Zu diesem Buch

Erika Petersen, geboren am 1. November 1913 in Borby
bei Eckernförde als Tochter eines Hamburger Kauf-
manns und Gutsbesitzers, absolvierte nach einer Haus-
haltslehre in der Landwirtschaft eine Ausbildung als
Sportlehrerin und Krankengymnastin. In den fünfziger
Jahren lebte sie mit ihrem Mann einige Jahre in Brasilien,
wo ihr auch die Idee zu einem schleswig-holsteinischen
Familienroman kam. «Ich glaube, daß es diese Ausflüge
mit Pferd und Hund, durch Felsgebirge und unberührte
Landschaft waren, die mich an meine Schleswiger Heimat denken ließen.» Dem ersten Band, «Die Herren auf
Moorburg» (rororo Nr. 4498), der sofort ein Erfolg
wurde, folgten inzwischen «Die Erben von Moorburg»
(rororo Nr. 4748) und «Die Frauen auf Moorburg»
(rororo Nr. 5089).
Erika Petersen lebt jetzt mit ihrer Familie in einem alten
Bauernhaus in Hohenfelde bei Trittau.

Erika Petersen

Die Herren
von Scharpenberg

Roman

Rowohlt

Veröffentlicht im Rowohlt Taschenbuch Verlag GmbH,
Reinbek bei Hamburg, Oktober 1987
Die Originalausgabe erschien 1985
im Hans Christians Verlag, Hamburg
Copyright © 1985 by Hans Christians Verlag, Hamburg
Umschlagbild Detlev Nitschke
Umschlagtypographie Manfred Waller
Satz Sabon (Linotron 202)
Gesamtherstellung Clausen & Bosse, Leck
Printed in Germany
980-ISBN 3 499 15960 0

Dem Kunsthistoriker
Herrn Dr. Horst Appuhn
in Dankbarkeit für seine Hilfe
gewidmet

Einführung

Im vorliegenden Roman ersteht eine Zeitepoche voller Spannungen und Neubeginn, voller erbitterter Kämpfe; aber auch angefüllt mit Beschaulichkeit und zärtlichsten Beziehungen.

Im Rahmen dieser Welt des späten Mittelalters erscheinen ein genialer Künstler und seine Gehilfen. Ihre herrlichen Werke dürfen wir heute noch bewundern; und diese sind es, welche die Wesensart des großen Meisters verraten. Ebenso treten uns auf seinen Bildwerken die Menschen seiner Zeit plastisch entgegen. Er selbst und seine Gehilfen sind hinter den dichten Nebeln der Vergangenheit verborgen. Um sie der Vergessenheit zu entreißen, soll hier die stille Insel ihres Schaffens, ihrer Freuden und Leiden in jener aufgeregten Zeit erscheinen.

Erster Teil

Der Nothelfer

An einem feuchtkalten Novembertag des Jahres 1511 lastete der Nebel besonders schwer über der Niederung eines Flüßchens in Mittelholstein. Wegen der unfruchtbaren Landschaft der Geest war die Gegend auf weiten Strecken unbesiedelt. Kein Luftzug regte sich, kein Laut war zu hören. Die ausgefahrene Straße, die sich hier durchwand, war in der trüben Dämmerung schwach erkennbar.

In diese urweltliche Stille prustete ein Pferd, Eisen klirrte auf Stein, und dann polterten schwere Räder über die Eichenbohlenbrücke des Gewässers. Auf der anschließend ansteigenden Straße wurde der Nebel etwas lichter. Ein langer Kastenwagen, von gewölbter Plane überspannt, wurde von zwei kräftigen Kaltblutpferden hinaufgezogen. Auf dem Brett unter der Plane saßen die beiden Kutscher. Zwei Reiter, in wollene Umhänge gehüllt, begleiteten den Wagen voraus. Der jüngere von ihnen trug einen Helm.

Sie ritten gen Norden. Im Dunst tauchte bisweilen ein Nadelwäldchen auf, auch Birken mit naß hängenden Zweigen zogen hin und wieder an ihnen vorbei. Nach einer knappen Stunde hörten die Reisenden hinter sich schnelle Hufschläge und das stoßweise Schnauben eines Pferdes. Aus dem Nebel tauchte ein Berittener auf, galoppierte heran und sprang neben dem Behelmten aus dem Sattel. Er ergriff den Umhang des jetzt haltenden Reiters.

«Bitte, nimm mich mit... ich werde verfolgt», flehte eine helle Stimme noch keuchend, «ich bin völlig erschöpft!»

Der Ritter sah auf ein fast kindliches Antlitz hinab in große, dunkle Augen: «Wer verfolgt dich, Junge?»

«Wegelagerer. Sie wollten mir mein Pferd rauben. Ich habe mich gewehrt und bin geflohen... Es waren drei üble Gesellen. Darf ich bei euch bleiben?»

Im trüben Schein der Wagenlaterne bemerkte der Ritter durch den aufgeschlitzten Umhang des jungen Menschen das Blitzen von Metall. Eine Lederkappe umschloß das verängstigte Gesicht.

«Gut. Steig in den Wagen, dort kannst du im Stroh ausruhen.

Aber sei vorsichtig, es liegt schon jemand drinnen, den darfst du nicht berühren», bestimmte der Reiter.

«Ist der krank oder tot?»

«Weder – noch. Er wird dich aber nicht stören», der Ritter lächelte und wandte sich zu dem haltenden Wagen um, «Marten, hilf dem jungen Mann auf den Wagen und paß auf, daß er an der richtigen Stelle liegt und kein Unheil anrichtet.»

Der Knabe klopfte seinem Pferd den Hals: «Ich bedanke mich sehr... aber mein Sleipnir? Sie werden gleich hier sein und wollen doch mein Pferd haben.»

«Den nehme ich zwischen meine Schenkel, dort ist er gut geborgen. Alle Wetter! Soviel ich sehen kann, hast du einen prächtigen Rappen, wenngleich er auch keine acht Beine hat wie Wotans Sleipnir. Meinen Hannibal kann Marten reiten.»

Nachdem der Kutscher den Flüchtling angewiesen hatte, sich auf die linke Wagenseite zu legen und still zu bleiben, verschloß er hinten wieder die Plane. Der Junge im dunklen Wagen war so ermattet, daß er sich nicht mehr Zeit nahm, sein kurzes Schwert abzulegen. Er streckte sich auf dem Stroh aus und schlief sofort ein. Er wurde auch nicht von dem heftigen Wortwechsel wach, der nach einer Weile vor dem Wagen stattfand.

Inzwischen hatte der Ritter die Steigbügel verlängert und betrachtete nachdenklich die schöne, mit einem Wappen geschmückte Satteldecke des Rappen. Unwillig schnob der Hengst, und der Ritter hatte Mühe, in den Sattel zu kommen, so wild gebärdete sich das Roß. Doch er bezwang es.

Es waren drei verwegene Gestalten, die aus dem Nebel heraus auf die Reisenden zuhielten. Sie erkannten sofort das edle Pferd unter des Ritters Umhang wieder. Als Marten, jetzt auf Hannibal, der drei Männer auf zwei Pferden ansichtig wurde, ließ er sich von seinem Kameraden die Peitsche herunterreichen.

«Wo ist der Junge, der mir mein Pferd gestohlen hat?» rief der Mann, welcher hinter seinem Kumpan auf der Kruppe des Pferdes saß. Der Ritter kümmerte sich nicht um die Kerle.

«Der Junge ist sicherlich im Wagen», rief der zweite Reiter und wollte sein Pferd wenden, um hinter das Gefährt zu kommen. Martens Peitsche klatschte ihm um die Ohren. Der Mann schrie vor Wut und Schmerz auf und zog blitzschnell seinen langen Dolch. Doch

Marten hieb ihm mit dem Peitschenstiel ebenso hurtig auf die Hand. Der Dolch fiel, von einem unflätigen Fluch begleitet, zu Boden.

«Packt euch», schimpfte Marten, «sonst gibt es noch mehr Prügel!»

Jetzt wandte der Ritter sich um: «Verschwindet!»

«Das ist doch unerhört. Der Herr sitzt auf meinem Roß…»

«So? Wie sieht seine Satteldecke aus?» fragte der Ritter den auf der Kruppe Sitzenden und hinderte den neben ihm haltenden Mann daran, seinen Umhang zu lüften, der über der Decke lag.

«Du weißt vielleicht auch nicht mehr, wie dein Pferd heißt?» rief der ältere Begleiter des Ritters auf der anderen Wegseite.

«Sleipnir, mein gutes Pferd», schmeichelte der angebliche Besitzer mit hoher Stimme. Der Rappenhengst wandte den Kopf und spitzte die Ohren. Verdutzt blickten der Ritter und sein Begleiter sich an.

«Nun streichel dein Roß auch schön in deiner Wiedersehensfreude», forderte der Ritter höhnisch auf und hielt neben dem Mann, der auch tatsächlich die Hand ausstreckte, obgleich sein Kumpan einen Warnruf von sich gab. Sleipnir blickte seitwärts nach der Hand, schnaubte, bleckte die Zähne und schnappte zu. Er bekam aber nur noch einen Fetzen vom Ärmel ins Maul, den er angewidert ausspie. Der Ritter klopfte ihm den Hals.

«Macht, daß ihr weiterkommt, ihr Gauner!»

Der vorne sitzende Reiter erklärte, der Junge habe dem Herrn wahrscheinlich etwas vorgelogen, nämlich, daß sie ihm den Rappen haben stehlen wollen. Der Herr könne ja sehen, daß sein Kamerad kein Pferd mehr habe und bei ihm aufgestiegen sei. Der Junge sei zu Fuß gegangen und habe sich an das Roß herangemacht, indes sie ihr Vesperbrot verzehrten. Sie hätten gar nicht so schnell aufspringen können, wie der Knabe es vom Baum losgebunden hatte und aufgesessen war. Es sei gewiß seines Kameraden Pferd.

«Auf keinen Fall», rief der Ritter, nun böse werdend, «schert euch endlich fort.» Er warf seinen Umhang zurück und griff nach seinem Degen. Auch sein Begleiter zog das Schwert; und als die drei Kumpane sahen, daß sie es mit geharnischten Männern zu tun hatten, gaben sie ihren Pferden die Sporen und galoppierten davon.

Langsam setzte sich der Zug wieder in Bewegung.

«Sollte der junge Mensch vielleicht doch…» wandte sich nach einer Weile der ältere Reiter an den Ritter, aber der unterbrach ihn:

13

«Sleipnir hat dem Kerl die richtige Antwort erteilt. Dem hat dieses edle Tier bestimmt nicht gehört. Es sei denn, er hat es selbst irgendwo gestohlen.»

Schweigend ritten sie weiter. Allmählich lichtete sich der Nebel.

«Die Pferde müssen Futter haben, Herr», rief der Kutscher, «sie beginnen zu zotteln, sie sind müde.»

«Das sind wir alle. Aber wir sind bald in Jevenstedt. Bis zur Reynoldisburg schaffen wir es nicht mehr, Marten, bei diesem Schnekkengang.»

Sein Begleiter gähnte laut und sagte dann: «Der Junge hinten im Wagen hat es am besten, der kann schlafen und ist bei dem da drinnen sicherlich gut aufgehoben.»

Der Ritter lachte: Jawohl, der habe für einen Beschützer eine wahrhafte Spürnase gehabt.

Vor der Ortschaft Jevenstedt durchdrang ein blasser Halbmond den Dunst und verbreitete schwaches Licht; so konnten sie endlich wieder die Straße übersehen. Denn der Talg in den Laternen war schon vor einer Stunde zu Ende gegangen. Die Pferde trotteten mit hängenden Köpfen einher. Besonders Sleipnir war so ermattet, daß er fast über seine eigenen Beine stolperte. Wer weiß, was der schon an Wegstrecke hinter sich hat, fiel es dem Ritter ein, und so stieg er ab, als das Dörfchen in Sicht kam, und führte das müde Roß am Zügel. Es tat gut, sich die Beine zu vertreten. Der Geruch von gebratenem Speck wehte zu ihnen herüber, und erst jetzt merkte der Ritter, wie hungrig er war.

Vor einer Hofstelle hielten sie endlich an. Der Bauer betrieb außerdem eine bescheidene Gastwirtschaft.

«Hoffentlich können wir hier übernachten», rief der Ritter und führte das Pferd hinter das mit Stroh gedeckte Haus. Der Wirt trat aus der Diele, und auf die Frage nach Unterkunft erwies es sich, daß er die Reisenden aufnehmen konnte.

«Die beiden Herren könnten eine Schlafkammer bekommen, und die beiden Fuhrleute mögen im Heu auf dem Boden übernachten.»

«Wir haben noch einen jungen Mann dabei», bemerkte der Ritter. Für ihn werde sich auch noch eine Schlafgelegenheit finden, versprach der Wirt. Sodann wurde der große Wagen in die Diele gefahren, wie es der Ritter verlangt hatte. Er ging knapp hinein, nachdem die Pferde ausgespannt waren und die Kutscher und ein Knecht ihn hineingeschoben hatten.

Als der Ritter die Plane hinten öffnete, saß der junge Mann aufrecht im Wagen. Er schaute sich im Schein der Laterne, die der Wirt hochhielt, im Wagen um: Hinter sich bemerkte er einige Kisten und an der rechten Seite einen langen Haufen Stroh, mit einem Seil umwunden.

«Was ist das?» erkundigte er sich erstaunt beim Ritter. Der schüttelte den Kopf. «Später, Junge. Komm fix herunter; denn wir wollen jetzt etwas gegen den Hunger tun.»

Die Wirtin führte die drei Gäste die Treppe hinauf zu einem Giebelzimmer und einer kleinen Kammer.

«Der Junge bleibt bei mir, Langbeen, du gehst in die Kammer.» Dem war es egal, wo sich seine Schlafunterlage befand. Er mußte sich tief unter dem Türbalken bücken, da er so ungewöhnlich lang war.

In der Giebelstube befand sich eine breite Bettstelle mit Vorhängen unter dem Schrägdach, Tisch und Stuhl sowie einige Kleiderhaken.

«Soll die Mahlzeit heraufgebracht werden, Herr?» Die Wirtin entzündete mit ihrem Licht zwei Talgkerzen auf dem Tisch.

«Wenn es unten warm ist, kommen wir lieber hinunter. Sag dem Kutscher, er soll den Wein vom Wagen hereinbringen.»

Sie ging, und der Ritter meinte, sie würden gewiß ein gutes Essen bekommen, da die Wirtin so kugelrund sei. «Meide Wirtshäuser, wo dünne Wirtinnen den Kochlöffel schwingen, sie kochen nicht mit Lust und Liebe wie die dicken, die selber gerne essen!» Er warf seinen Umhang auf den Stuhl und stand vor dem Jungen in einem um den Hals herum hübsch ziselierten Harnisch. Statt der Beinschienen trug er Lederhosen.

Seinen Degen legte er auf den Tisch. Auch der junge Mann legte den Umhang ab und auf den Stuhl. Er trug ein Kettenhemd und ein kurzes Schwert. Sie standen voreinander und lächelten sich zu. «Hilf mir aus dem Harnisch.» Der Junge trat herzu und löste geschickt die Verschlüsse, und der Ritter zog ihm das eiserne Hemd aus. Welch eine Wohltat war es, sich nun in einem leichten wollenen Wams zu bewegen!

«Sag mir deinen Namen, kleiner Gefährte», gebot der Ritter. Der Junge schlug die Augen nieder und murmelte: «Sievert.» – «Und was weiter?» fragte der Ritter; und als der, der sich Sievert nannte, schwieg, wurde er ernst und sagte wie zu sich, «dachte ich mir es doch... bei dir stimmt etwas nicht». Er streifte dem Jungen die Lederkappe vom Kopf. Zum Vorschein kam enganliegendes Haar, das schwarz wie Rabenflügel war, darunter die dichten, gewölbten Augenbrauen und tiefbraune große Augen, die ängstlich zu dem stattlichen Mann aufsahen. Eine schmale, gerade Nase und ein noch kindlicher Mund vollendeten das bräunliche Gesicht. Der Junge sah in des Ritters Antlitz. Es war hell unter dem dunkelblonden Haarschopf, mit gütigen hellblauen Augen, einer leicht gebogenen Nase und energischem Mund. Der Ritter legte dem Jungen die Hände auf die Schultern:

«Nun, kleiner Pferdedieb, rück mal heraus mit der Wahrheit! Wie hast du es fertiggebracht, diesen drei Kerlen den Sleipnir zu entführen?»

«Nein, die wollten ihn mir stehlen. Das ist die reine Wahrheit. Denen habe ich Sleipnir nicht fortgenommen», rief der Junge aufgebracht.

«So! Also bist du kein Pferdedieb. Aber dieses kostbare Pferd gehört dir bestimmt nicht.»

Der Junge konnte den strengen Blick des Ritters nicht ertragen und wandte seine Augen ab, dann sagte er leise, er sei doch ein Pferdedieb, und trotzig fügte er, sich wieder dem Ritter zuwendend, hinzu, das sei seine Angelegenheit.

«Wir sprechen nachher darüber, Junge.» Der Ritter wandte sich einer Kumme mit Wasser zu, die auf dem Fensterbrett stand, und wusch sich Gesicht und Hände. Der Junge tat es ihm nach. Dann stiegen sie hinunter, wo alsbald ein einfaches, aber wohlschmeckendes Mahl aufgetragen wurde, an dem auch Langbeen, der in Wirklichkeit Steenbuck hieß und ein erfahrener Kriegsmann war, teilnahm.

«Welch ein seltsamer Vogel ist uns da zugeflattert», rief Langbeen aus, als Ritter und Junge an den Tisch traten, «aus welchem Stall stammt denn dieser...»

«Bitte, nicht das Wort sagen...» rief der Junge aufgeregt aus und eilte auf den Kriegsmann zu, als wolle er ihm den Mund zuhalten.

«Ich mag und will es nicht mehr hören, man hat mich damit in meinem bisherigen Leben genug gequält.»

«Es sollte aber ein Lob sein. Es sollte heißen, welch stattlicher Jüngling.» Langbeen schmunzelte und strich seinen langen Bart.

«Du lügst. Ich weiß genau, was du sagen wolltest.»

«Spökenkieker», versetzte Langbeen und sah begierig den dampfenden Schüsseln entgegen, die eine Deern hereinbrachte. Schweigend widmeten sie vorerst der Mahlzeit ihre ganze Aufmerksamkeit, und erst als der Wein allein zurückblieb und in den einfachen Bechern seltsam vornehm funkelte, bedienten die drei Reisenden sich auch ihres Mundes als Werkzeug zu einem Gespräch.

Erst jetzt wollten die Männer wissen, wohin der Junge zu reisen gedächte. Er antwortete kurz, er wolle nach Norden, wohl dahin, wohin der Wagen fahren würde, und wenn sie ihn weiter mitnehmen wollten, sei er ihnen sehr dankbar; es habe sich ja gezeigt, wie schlimm es um die Wegelagerei immer noch bestellt sei. Der Ritter bemerkte, es sei von dem Jungen großer Leichtsinn gewesen, allein und dann noch auf solch edlem Pferd loszureisen. Er möge ihnen nun endlich reinen Wein einschenken, was diese Abenteuerei eigentlich vorstellen solle.

«Das weiß ich selbst noch nicht. Aber ich suche nicht das Abenteuer, sondern Arbeit und mein Auskommen.» Der Ritter fragte ihn, ob seine Eltern damit einverstanden seien? Der Junge nahm einen Schluck Wein, sah vor sich hin und murmelte: «Da ich nicht lügen mag, halte ich lieber den Mund.»

«Daß du von zu Hause ausgerissen bist, ist mir schon längst klar; du hast vorhin gesagt, du seist doch ein Pferdedieb. Du hast also Sleipnir deinem Vater gestohlen. Rede!»

Trübsinnig schüttelte der Junge den Kopf, sah erst Langbeen, dann den Ritter an, der lächelte und meinte: «Lassen wir das vorerst. Du kannst mit uns nach Schleswig weiterreisen. Hast du Kenntnisse im Lesen und Schreiben?»

«Ja, natürlich. Ich habe auch Latein gelernt...» Langbeen pfiff durch die Zähne: «Sieh an, sieh an... ein gelehrter... Vogel!» Der Junge zog die Augenbrauen zusammen. Der Ritter erkundigte sich, wo er seine Kenntnisse erworben habe.

«Im Kloster zu Ahrensbök», erwiderte der junge Mann kurz. Er blitzte Langbeen mit seinen dunklen Augen an und sagte: «Wenn du es weiterhin nicht lassen kannst, mich zu ärgern, gehe ich lieber nach oben.»

Langbeen schmunzelte: «Das ist recht. Laß dir nichts gefallen. Nur nicht die Flucht ergreifen, sich immer wehren bis zum letzten Hieb. Fortlaufen ist schmählich.»

«Wenn man gegen die Übermacht nichts ausrichten kann, ist es immerhin besser, als sich abschlachten zu lassen.»

«Wenn du nicht ein solch schnelles Pferd unter dir gehabt hättest wie Sleipnir, hätten die Gauner dich, um es zu ergattern, umgebracht. In diesem Fall war für dich die Flucht notwendig», warf der Ritter ein.

«Ich habe mich mit dem Schwert gegen sie gewehrt, so gut ich konnte, und Sleipnir mit seinen Hufen...»

«Brav, Junge.» Langbeen legte ihm die Hand auf die Schulter. «Auch ich habe mich – das einzige Mal in meinem Leben – vor der Übermacht verkrochen. Das Pferd hatten sie mir schon unter dem Leib getötet. Heilige Theresa! War das eine Abschlachterei damals bei Hemmingstedt...»

Der Junge riß die Augen noch weiter auf: «Du warst in der Schlacht von Hemmingstedt dabei und bist davongekommen?»

«Wie du siehst; denn ich hatte Glück. Die Dithmarscher hatten den Deich geöffnet und das Flutwasser in Siele und Gräben gelassen. Nachdem sie die schwarze Garde erledigt hatten, trieben sie die schleswig-holsteinischen Ritter, die sich wehrten, ins Wasser hinein. Sie sind in ihren schweren Rüstungen vielfach in den Gräben ertrunken. Die Bauern waren über ihnen. Wenn ich daran denke! Elf Jahre sind es her, als dort die Söhne des Adels ein grausiges Grab fanden.»

Der Ritter hatte den Jungen beobachtet, seine Hand zitterte, und nun kam es: «Hast du Henneke Scharpenberg gekannt?»

«Vom Ansehen. Das war ein wackerer Degen... Junge! Jetzt weiß ich, aus welchem Stall du kommst. Herrn Hennekes Haut war braun wie bei einem Tater, und er hatte deine braunen Augen.»

Der Ritter legte seinen Arm um die schmalen Schultern des Knaben: «Es war dein Vater?» Der junge Mann nickte und fragte Langbeen, wie der Vater umgekommen sei?

«Ich kann es dir nicht genau sagen. Aber er war anfangs gleich hinter der schwarzen Garde, welche die Dithmarscher auch aufgerieben haben. Ich sah seinen Helmbusch mit den fünf Hahnenfedern dort vorne an der Dusenddüwelswarf im Gewühl, wo der Kampf tobte; dann sah ich ihn noch einmal gleichzeitig mit etwa vier Bauern kämpfen, die mit Keulen um sich hauten. Ich habe später nur gehört, daß er gefallen sei.»

«Wie bist du damals eigentlich da herausgekommen, Langbeen? Das hast du mir nie erzählt?» fragte der Ritter.

«Das war nicht besonders ruhmreich. Ich wurde durch einen Schwertstich in den Hals unterhalb des Helmes verwundet, und ehe ich die Besinnung verlor und von den vordrängenden Soldaten zertrampelt wurde, denn der schmale Weg zwischen den Gräben war völlig verstopft, gelang es mir, auf allen vieren unter einen umgestürzten Wagen zu kriechen. Erst nach der Schlacht erwachte ich dort wieder. Ich fand auch noch etwas Eßbares, das die Bauern bei ihrer Plünderei der Kutschen hatten liegenlassen. Und ehe sie die Wagen fortholten, hatte ich mich verdrückt. Die Dörfer hatte König Johann ja auf unserem Vormarsch aufbrennen lassen. Dort war noch eine alte Frau, die mich aufnahm, bis ich etwas gekräftigt war. So, kleiner Herr von Scharpenberg, jetzt geht der alte Langbeen zu Bett.»

Auch der Ritter und Sievert Scharpenberg begaben sich nach oben, und ehe sie im Bett waren, erfuhr der Junge auch den Namen des Ritters. Er hieß Benedict Iversen. Er gehörte dem alten Heermannenadel aus Nordschleswig an. Sein Vater, Iver Andersen, lebte dort auf seinem Landsitz. Benedict, kurz Bendix genannt, war der zweite Sohn. Er hatte noch einen jüngeren Bruder gehabt, mit dem ihn ein ausgeprägt seelisches Verstehen brüderlich verband, während der älteste Bruder ihm nicht gefiel. Bendix hatte den Jüngsten immer beschützt, darum traf es ihn hart, als der Kleine mit fünfzehn Jahren starb.

Es war wohl auch der Grund, daß er für den in Not geratenen jungen Sievert Teilnahme empfand und bereit war, ihm zu helfen. Immerhin wußte er vorläufig noch nicht, was Sievert veranlaßt hatte, sein Elternhaus zu verlassen. Auf eine diesbezügliche Frage schüttelte der Junge den Kopf und zog sein Wams aus. Er war müde und wollte schlafen. Bendix Iversen entdeckte, daß der Junge einen Lederbeutel an einem schmalen Riemen um den Hals trug. Den legte er nicht ab, als er ins Bett stieg. Bald darauf streckte der Ritter sich neben ihm aus. «Du hast Geld bei dir?» fragte er. Und Sievert antwortete: «Ja, ich habe etwas Geld mitgenommen, eigentlich gehört es mir nicht. Ist es dir unangenehm, neben einem Dieb zu schlafen?»

«Es ist anzunehmen, daß du einen triftigen Grund dafür hast, dir Geld anzueignen, vielleicht kannst du es dem Eigentümer einmal zurückerstatten?» äußerte Bendix Iversen.

«Deine Vermutung ist richtig. Aber erst muß ich Geld verdienen, denn ich will arbeiten... hm, und das ist der Grund, weswegen ich ausgerissen bin. Bist du jetzt zufrieden, Ritter Bendix?»

«Vollauf, mein Junge, nun schlaf wohl!»

Da sie früh zu Bett gegangen waren, erwachten sie beim ersten Hahnenschrei. Eine Weile lagen sie stumm nebeneinander, dann fragte Bendix: «Hast du zu mir Vertrauen, Sievert?»

Der Junge drehte sich auf die Seite, faßte des Ritters Hand und drückte sie. Und nun erfuhr Bendix von dem jungen Scharpenberg, was ihn bewogen hatte, seine Heimat Eekenholt in Holstein zu verlassen:

Er war fünf Jahre gewesen, als sein Vater im Kampf bei Hemmingstedt den Tod fand. Seine Mutter zog sich von da an immer mehr in sich selbst zurück. Sein Großvater, Claus von Scharpenberg, war ein gestrenger Herr, den die Wehleidigkeit seiner Schwiegertochter ärgerlich machte. Der Knabe, der den Vater als einen lebensfrohen und gütigen Mann in Erinnerung hatte, vermißte ihn schmerzlich. Mit seiner Schwester, zwei Jahre jünger als er, wußte er zuerst nichts anzufangen. Später allerdings waren sie gute Kameraden; aber dann bestand seine Mutter darauf, daß er nach Ahrensbök zu den Kartäusermönchen kam, um etwas zu lernen. Der Großvater, der selbst weder lesen noch schreiben konnte, fand es unsinnig.

Von den Jahren in Ahrensbök sprach Sievert lebhaft. Besonders Bruder Jacobus hatte sich seiner angenommen und den lernbegierigen Jungen geschult. Er habe dort auch gelernt, was ihm an seiner Mutter unverständlich gewesen war, nämlich Frömmigkeit.

«Großvater war nicht fromm. Er sagte, das sei Firlefanz. Beten habe nur Sinn, wenn man in Not sei. Es gefiel mir im Kloster... nur daß sie mich Rabe nannten, hat mich sehr gequält. Ein junger

Laienbruder hatte es aufgebracht, und meine Mitschüler hänselten mich damit, weil ich so schwarze Haare und Augen habe. Darum hatte ich keine Freunde, außer dem Tischler im Ort, wo ich oft in meiner Freizeit war.»

Mit vierzehn Jahren hatte der Großvater ihn heimgeholt. Er fand Mutter und Schwester nicht mehr vor. Seine Mutter hatte die Tochter ins Nonnenkloster nach Preetz gebracht, damit auch sie etwas lerne, und war dann selbst nicht zurückgekommen. Als der Großvater sie holen wollte, hatte er sie nicht zu sehen bekommen, nur seine Enkelin, die erklärt habe, Mutter sei krank und bedürfe der Pflege.

«Ich glaube aber, sie wollte nicht nach Eekenholt zurück, weil Großvater sie nicht gut behandelt hat. Mich behandelte er auch recht hart. Ich sollte erst mal ein richtiger Kerl werden. Die Mönche hätten mich verdorben. Ich lernte fechten und reiten bei Franz, den sie auf Eekenholt Isegrim nannten. Der schonte mich nicht. Mit Großvater mußte ich oft stundenlang durch Morast und Gestrüpp auf die Jagd gehen und war danach mitunter sehr erschöpft. Das Schlimmste aber geschah vor einem halben Jahr: Eine Verwandte kam mit ihrer Tochter Mette zu Besuch. Mit der mußte ich spazierengehen, ihr auf das Pferd helfen und was nicht alles. Dabei konnte ich sie nicht ausstehen, diese Mette!»

«War sie denn häßlich oder garstig? Und wie alt war sie?» unterbrach Bendix ihn.

«Sie war vierzehn, hatte lange, baumelige Arme und Beine, grüne Augen und flachsige Haare, die ihr immer ins Gesicht fielen. Dumm war sie auch. Als ihr Vater kam, um sie abzuholen, war ich froh. Und dann eröffneten sie mir, daß ich Mette heiraten sollte. Vor Wut habe ich mich auf Sleipnir gesetzt und bin fortgeritten. Erst spät abends kam ich zurück, und Großvater hat mich mit der Reitpeitsche so verprügelt, daß ich zwei Tage nicht sitzen konnte. ‹Heiraten wirst du sie doch!› schrie er mich am nächsten Tag an. Ich fühlte mich so unglücklich in der dunklen Burg, die von sumpfigen Gräben umgeben ist. In den Wäldern, die Großvater gehören, ging es mir noch am besten. Es war schrecklich, alle waren mürrisch. Sleipnir war mein einziger Freund. Er ist Großvaters kostbarstes Pferd. Nicht nur, weil ich Mette versprochen werden sollte, war ich so unzufrieden. Ich wollte etwas tun, etwas schaffen. Einmal erwischte mich Großvater, als ich aus einem Stück Holz ein Pferd schnitzte.

Da warf er meine Arbeit ins Feuer: Handwerkerarbeit zieme sich nicht für einen Junker, belehrte er mich...»

«Du kannst schnitzen?»

«Ja, ich habe es bei Meister Gottschalk in Ahrensbök gelernt, und es bereitete mir Freude, wenn so etwas aus einem einfachen Stück Holz entstand. Schon der Geruch des Holzes tut mir gut.» Ritter Bendix wollte ihn unterbrechen, aber Sievert fuhr fort: «Dann, ehegestern, teilte mir Großvater mit, wir seien von Mettes Eltern für die kommende Woche eingeladen, dort sollte der Verspruch stattfinden... Und da bin ich abends, als alles schlief, in den Stall, nachdem ich aus Großvaters Schatulle Geld nahm, habe Sleipnir gesattelt und bin auf und davon. Die ganze Nacht geritten, gegen Morgen in einer Schäferhütte geschlafen. Dann sind Sleipnir und ich weiter. In Niemunster haben wir beide gegessen, und das Weitere weißt du.» Sievert saß aufrecht im Bett und schaute zum dämmrigen Morgen hinaus.

Bendix legte den Arm um ihn. «Du bist nun nicht mehr allein, mein Junge... Ich kann dich verstehen. Ich bin auch auf solch einer Burg aufgewachsen... nur hatte ich Eltern und Geschwister, kam auch nach Lügumkloster in die Schule, aber ich brauchte nicht zu fliehen.»

«Wäre mein Vater nicht in Hemmingstedt umgekommen, hätte ich es besser gehabt. Dieser Verlust hat alles zu Hause durcheinandergebracht. Aber nun habe ich einen richtigen Freund, dafür bin ich Gott dankbar.» Er umarmte Bendix, der ihm einen brüderlichen Kuß auf die Wange gab. Dann fragte Sievert, was es mit des Freundes Reise und dem geheimnisvollen Wagen auf sich habe.

«Ja, auf diese Frage habe ich schon gewartet. Es verhält sich so: Ich gehöre zum Gefolge Herzog Friedrichs von Schleswig, des Bruders des dänischen Königs Johann oder Hans, wie er meist genannt wird, wie dir wohl bekannter ist. Der Herzog war vor fünf Jahren während einer Reise in meines Vaters Haus zu Gast und unterhielt sich länger mit mir, darauf nahm er mich mit nach Schleswig, und ich wurde dort für meinen Dienst vorbereitet. Habe das Vertrauen des Herzogs gewonnen, begleite ihn mitunter auf Reisen, und jetzt hat er mir den Auftrag erteilt, ein wertvolles Bildwerk, das er vor einiger Zeit in Hamburg erstanden hat, um seine Kapelle zu schmücken, sicher nach Schleswig zu bringen...»

«Das ist der Jemand unter dem Stroh?»

«Ja, es ist eine große Figur – herrlich aus Holz geschnitzt –, der heilige Christophorus, der Schutzheilige der Reisenden, in dessen Schutz du deinen Verfolgern entgangen bist, Sievert.»

«Oh, das ist wunderbar! Wirklich? Den hat Gott oder die Heilige Jungfrau mir in den Weg geschickt. Und aus Holz, sagst du?»

«Aus einem Eichenstamm geschnitzt, scheint der menschlich anmutende Heilige aus dem Baum hervorgetreten zu sein. Das Bildwerk ist erstaunlich lebensecht und ehrfurchtgebietend. Du wirst es in Schleswig sehen.»

Sievert freute sich darauf und erkundigte sich, wer es geschnitzt habe.

«Er muß ein begnadeter Künstler sein, Sievert, der diese Meisterarbeit verfertigt hat. Sein Name ist Hans Brüggemann.»

2

Über der Schlei lag noch etwas Nebel. Die kleine Stadt Schleswig gruppierte sich um den hochragenden Dom. Weiter westlich, wo sich der tiefe Einschnitt der Ostsee, die Schlei, zu einem See ausweitet, erhob sich auf einer Insel die Burg Gottorp. Trotz ihrer steinernen Unnahbarkeit paßte sie sich in der fahlen Herbstsonne der Landschaft an. Die Dänen bezeichneten sie als Schloß und Riegel Dänemarks: Quasi clavis et custodia totius Daniae.

Ursprünglich war die kleine Schleiinsel Bischofssitz gewesen. Im Jahre 1268 hatte der Herzog Erich den Bischof Niels mit einigem Nachdruck genötigt, ihm Gottorp zu überlassen. Die Herzöge von Schleswig hatten früher auf einer der Stadt vorgelagerten Insel in der Juriansburg gesessen. Unter den Herzögen hatte Gottorp manchen Ansturm von dänischer Seite abgewehrt. So war die Burg mehr Riegel für Schleswig und Holstein geworden.

An diesen wehrhaften Mauern spazierten der Ritter Bendix und Sievert von Scharpenberg entlang, nachdem sie bei den Pferden gewesen waren. Sievert, der als Klosterschüler so gut wie nichts von geschichtlichen Ereignissen erfahren hatte, war wißbegierig, mehr, als Bendix eben angedeutet hatte, zu erfahren. Herzog Friedrichs

Ritter zeigte sich recht beschlagen in den Vorgängen der Vergangenheit:

«Du hast doch sicher von den Schauenburger Grafen gehört, die der deutsche Kaiser 1110 als Lehnsgrafen in Holstein im Kampf gegen die von Osten eindringenden Slaven einsetzte. Also, der letzte von ihnen war Graf Adolf der Achte, Herzog von Schleswig und Graf von Holstein, der hier auf der Burg Hausherr war. Die Dänen wollten ihn als König haben, aber er lehnte ab und schlug seinen Neffen Christian Graf von Oldenburg und Delmenhorst als Thronfolger vor; denn dessen Mutter war eine Nachkommin des alten dänischen Königshauses.

Außerdem war Christian, da Herzog Adolf kinderlos war, Erbe seiner Länder und wurde 1460 von den schleswig-holsteinischen Ständen zu Ripen als Herzog von Schleswig und Graf zu Holstein bestätigt. Damit wurde Gottorp Besitz des dänischen Königshauses. Nach dem Tode Christians im Jahre 1481 wurde sein ältester Sohn Johann König. Und der jüngere Sohn Friedrich wurde Herzog von Schleswig. Die Mutter, Königin Dorothea, eine Brandenburgerin, wollte ihren Lieblingssohn Friedrich als Herzog von Schleswig Holstein sehen. Doch König Johann, oder Hans, wie er meist genannt wird, setzte seinen Willen durch, daß die Brüder gemeinsam Schleswig und Holstein regierten. König Hans erhielt den Segeberger und Friedrich den Schleswiger Anteil.»

«So ist das! Ich wußte nicht, daß der König und der Herzog Brüder sind», äußerte Sievert, «erzähl weiter.»

«Prinz Friedrich wurde schon früh von seiner Mutter nach Gottorp geschickt, um dort erzogen zu werden. So ist ihm Schleswig zur Heimat geworden. Das Verhältnis der Brüder läßt zu wünschen übrig. Mitunter sind sie sich aber einig. Zum Beispiel als es um die Eroberung Dithmarschens ging. Sie wollten beide die starrköpfigen Dithmarscher in die Knie zwingen. An denen hat sich schon mancher Herrscher die Zähne ausgebissen. Nun, du weißt ja, wie das vor elf Jahren ausging; dein Vater ließ sein Leben dabei.»

Sievert seufzte. «Wäre Vater nur nicht mit dahingezogen!»

«Und die Fürsten haben auch nichts dabei gewonnen. Im Gegenteil, außer dem großen Verlust von Blut und Gut in der mörderischen Schlacht bei Hemmingstedt haben sie an Ansehen eingebüßt. Die Schweden witterten Morgenluft. Die schwedischen Reichsverweser aus dem Geschlecht Sture setzen immer mehr Selbständigkeit durch. Die kalmarische Union, die 1397 unter der Herrschaft Königin Margrethes die drei nordischen Reiche unter ein gemeinsames Wahlkönigtum vereinte, zeigt gewaltige Risse... Aber genug davon. Wir wollen uns nun mit deiner Zukunft beschäftigen, mein Junge. Wie wir es auf dem Ritt beschlossen haben, willst du also in die Tischlerlehre gehen. Das ist recht, denn Handwerk hat goldenen Boden. Gefällt dir Schleswig?»

Sievert blickte über das glitzernde Wasser des Burgsees zum Nordufer hinüber, wo eine malerische Baumgruppe stand. «Hier ist alles hell und freundlich.»

Und doch ermahnte der Ritter den Jungen noch einmal, ob er seinen Entschluß auch recht bedacht habe und nicht doch lieber zu dem Großvater zurückkehren wolle. Der alte Herr säße nun einsam auf Eekenholt; vielleicht habe er es mit den Plänen für seinen Enkel gut gemeint. Und immerhin sei Sievert der Erbe eines großen Besitzes, was man nicht einfach als Nichtigkeit beiseite schieben könne.

Sievert ließ den Kopf hängen: «Darüber habe ich genug nachgedacht, Bendix. Aber ich kann dort nicht mehr leben. Ich war so unglücklich. Soll ich denn immer weiter wie ein kleiner Junge, der ungezogen ist, behandelt und verprügelt werden? Es ist einfach unerträglich! Denn ich möchte so gerne etwas schaffen und endlich Nützliches tun.»

Sie schritten an der Wache in den Burghof hinein, welcher von vier Wohnflügeln umschlossen war. Iversen wollte sich um den Christophorus kümmern. Er rief, ehe sie die Kapelle betraten, einen Bedienten herbei; denn Bendix war bekannt, daß im Westflügel ein Tischler arbeitete, um einige Gemächer neu auszustatten. Er gebot dem Diener, den Tischler zu holen.

«Der Herzog und die Herzogin kommen in den nächsten Tagen zurück, dann soll der Heilige in der Kapelle stehen. Paß auf, Sievert, es ist einiges daran zu richten, wie man mir in Hamburg erklärte. Dabei kannst du helfen. Nachher fragen wir den Meister, ob er dich als Lehrling einstellen kann.»

«Das paßt sich gut!» Sievert freute sich. «Aber ich muß einen anderen Namen haben. Taufe mich schnell, ehe der Meister erscheint.»

Sie standen in der Kapellentür, und Bendix Iversen bog den Kopf des Jungen zurück und sah ihm nachdenklich ins Gesicht.

«Du hast einen klaren, offenen Blick, und die Unschuld zeichnet dein Antlitz. Von jetzt ab sollst du Reinhart heißen. Bewahre dir dein reines Herz, mein Junge.»

«Danke, Bendix. Einen Familiennamen muß ich auch haben. Etwas mit Holz, denke ich mir.»

Und der Ritter erwiderte lächelnd: «Holt. Du schast Holt heeten. Reinhart Holt!»

Die Burgkapelle war ein verhältnismäßig schmaler Raum. Der Strohhaufen lag auf einer großen Wagenplane vor dem kleinen Schnitzaltar. Reinhart konnte es gar nicht erwarten, das Bildwerk zu betrachten. Alsbald erschien der Tischlermeister, er war in den neu auszustattenden Gemächern beschäftigt. Er zog sein Käppchen und sah unter buschigen Brauen verwundert auf den dunklen Jungen hinab.

«Meister Greggersen, dort im Stroh liegt das Bildwerk eines Heiligen, das hier aufgestellt werden soll. Könntest du es gleich bewerkstelligen?» Iversen zeigte auf zwei sonderbar geformte Holzgebilde, die am vorderen Gestühl lehnten. «Dort liegen die Mantelteile des Heiligen. Die sollen mittels Holzdübeln an ihm befestigt werden.»

Der Meister betrachtete den langen Strohhaufen und meinte, es scheine ein Standbild von beträchtlicher Größe zu sein, da müsse sein Geselle helfen. Es sei der heilige Christophorus mit dem Christkind, aus einem dicken Eichenstamm geschnitzt, erklärte Bendix, und der Junge hier könne ihm zusätzlich behilflich sein, er verstehe etwas vom Handwerk.

«Mit drei Männern wird es noch besser gehen, Herr, denn Eichenholz ist schwer», äußerte der Tischler und sah Reinhart aus gutmütigen Augen an, «du willst also mit anpacken. Dann könntest du, derweil ich meinen Gesellen hole, schon das Stroh entfernen, da wir vor Feierabend noch etliches zu tun haben.»

Der Herzog werde wahrscheinlich morgen zurückkommen, sagte Bendix, und dann solle der Heilige hier fertig stehen. Der Meister nickte und entfernte sich.

«Ich habe im Rentamt noch etwas zu erledigen, mein Junge, hilf dem Meister tüchtig, dann wollen wir ihn nachher fragen, ob er dich einstellen will.» Bendix griff in sein Wams und gab Reinhart ein in

26

einer Lederhülse steckendes Messer, damit er die Verschnürung des Strohs aufschneiden könne. Dann begab er sich in die Rentei zur Abrechnung seiner Ankäufe in Hamburg; denn es war außer dem Standbild auch noch eine wertvolle Truhe mit italienischer Einlegearbeit für die Herzogin auf dem Wagen mitgeführt worden, darin sich einige Kostbarkeiten befanden, die ein Frauenherz erfreuen.

Eine Gruppe Burgbewohner hatte sich in der Kapelle eingefunden. Der Pfarrer hatte seinen Kaplan angewiesen, die Wachslichte auf dem Altartisch anzuzünden. Vor der weißen Wand, dem Kirchengestühl des Herzogs gegenüber, hob sich die hochragende Gestalt des Christophorus mit wehendem Mantel ab: Sie war 4,70 Meter hoch und 2,30 Meter breit. Der Heilige stand auf einem schön gearbeiteten Sockel. Das Jesuskind auf seiner Schulter hielt die Erdkugel auf dem Händchen. Unter dieser schweren und verantwortungsvollen Last stützte er sich sichtlich auf den langen Stab in seiner Hand. Sein Antlitz war gezeichnet von Mühe und Sorge.

Sie standen mit erhobenen Gesichtern vor ihm, die Menschen, die dieses vollendete Werk bewunderten und, innerlich berührt, den über das menschliche Maß hinausgewachsenen Heiligen voll Andacht betrachteten.

Schließlich löschte der Pfarrer die Lichte, und still gingen die Menschen in die Dämmerung hinaus. Es war, als hätten sie in ein tröstliches Licht geschaut.

Ritter Bendix, neben dem schier vor Bewunderung verstörten Reinhart, hielt den Tischler zurück, der eben, sein Werkzeug zusammengepackt, die Kapelle verlassen wollte.

«Meister Greggersen, hat dir Reinhart Holt gut geholfen?» Der Meister nickte. «Doch, das hat er. Der Junge ist geschickt und anstellig.»

«Könntest du ihn als Lehrling einstellen? Er ist schon bei einem Meister in Holstein in der Lehre gewesen und möchte sich weiter ausbilden lassen.»

Sinnend schaute der Tischler dem Jungen in die dunklen Augen, die voll Vertrauen zu ihm aufsahen. «Ich könnte noch einen Lehrling brauchen, der jetzige geht wohl in einem Jahr als Geselle fort... Du willst also das Tischlerhandwerk erlernen, Reinhart?»

«Ja, Meister, das möchte ich.» Der Meister fragte nach seinen Eltern und wo er zu Hause sei. Ritter Iversen antwortete, der Junge käme aus ordentlichem Hause, er sei ihm anvertraut, das möge dem Meister genügen.

«Gut, Herr, dann kann er morgen bei mir antreten. Er soll in meinem Hause wohnen und verpflegt werden. Willst du deinem Meister gehorchen und fleißig arbeiten, Reinhart?» fragte er ernst.

«Ja, Meister Greggersen, das verspreche ich dir.»

Der Meister reichte ihm die Hand. «Abgemacht.» Sie besprachen noch einige notwendige Angelegenheiten, dann trennten sie sich im Burghof.

«Ich weiß gar nicht, wie ich dir danken soll, Bendix, für all das, was du für mich getan hast!» Reinhart drückte dem Freund beide Hände, als sie in dessen Zimmer angekommen waren.

«Bedanke dich bei Christophorus, mein Junge», wehrte Bendix ab.

Reinhart war voll Freude, daß er nun wieder zu arbeiten beginnen konnte. Es sei leichter gegangen, als er gedacht, und er habe den Eindruck, daß Meister Greggersen ihm ein guter Meister sein werde. Sie saßen behaglich beieinander und tranken Husumer Bier. Dabei brach bei Reinhart die Begeisterung über den Christophorus aus. Er habe so etwas überhaupt nicht für möglich gehalten, nämlich, daß Menschenhände aus hartem Eichenholz so viel wundersame Schönheit und Natürlichkeit hervorzaubern könnten.

«Wenn der Christophorus gefaßt worden wäre, hätte er nicht so lebendig angemutet...» sagte Reinhart.

«Gefaßt, was ist denn das?»

«Bemalt bedeutet das, Bendix. Mir kam es vor, als sei er dort im flackernden Licht lebendig. Heilige Jungfrau, wenn man diese Fähigkeiten hätte, wie Meister Brüggemann sie besitzt! Dann wäre ich glücklich.»

«Die Bildhauer haben die für diese Kunst entsprechenden Werkzeuge, Reinhart. Die wirst du nur zum Teil bei einem Tischler finden. Du könntest dich später bei einem Bildschnitzer verdingen. Doch meine ich, daß für dich am Anfang eine richtige Tischlerlehre stehen muß. Soweit ich im Bilde bin, gehören die Bildschnitzer auch der Tischlerzunft an.»

Am Spätnachmittag durfte Reinhart mit dem Freund noch einmal auf seinem Sleipnir ausreiten. Ihm war etwas wehmütig zu Sinn, indes sie über die Anhöhen hinter dem Städtchen nach Osten ritten, dann zur Schlei hinunter abbogen, am Johanneskloster vorbei und an der Schlei entlangtrabten. Es war schon fast dunkel, als sie wieder in Gottorp ankamen. Dort war gerade ein Trupp Reiter eingetroffen, die zum Herzog wollten. Bendix, der einige von ihnen kannte, sprang ab und bedeutete Reinhart, die Pferde in den Stall zu bringen. Dort nahm Reinhart Abschied von Sleipnir.

Bendix Iversen tröstete später den traurigen Jungen, als er sein Gemach betrat: «Du kannst ihn in deiner Freizeit reiten, mein Junge. Aber ein Lehrling auf so einem stolzen Pferd ist einfach nicht passend. Du könntest ihn mir verkaufen, aber das willst du gewiß nicht. Sei froh, daß Sleipnir hier gut aufgehoben ist. Ich muß mit dem Stallmeister sprechen und ihn als mein Pferd ausgeben, anders geht es nicht. Aber er bleibt dein.»

Und vom Junker Scharpenberg blieb zum Schluß das Kettenhemd zurück, das ihn bei dem Überfall vor Verletzungen behütet hatte. Ritter Iversen nahm es in Verwahrung.

Die Lehrzeit Reinharts gestaltete sich zunächst, entgegen seinen Erwartungen, schwierig. Im schmalen, hohen Haus Meister Greggersens inmitten des Städtchens, an dem die Werkstatt nach der Gartenseite zu rechtwinklig anschloß, zog der Lehrling in das oberste Stockwerk zu Heini Grotjohann, mit dem er die Bettstatt teilen mußte. Heini war schon zwei Jahre in der Lehre und schob dem Anfänger alle unangenehmen Arbeiten zu. Außerdem war er Reinhart zuwider, da er nicht allzuviel auf Sauberkeit hielt und den neuen Lehrling gern hänselte. Besonders wenn Reinhart vor dem Ins-Bett-Gehen sein Gebet, wie er es gewohnt war, kniend in der Zimmerecke verrichtete. Der Junge tat das, nachdem eine Woche verstrichen war, still für sich im Bett, wenn Heini schon im Schlaf vor sich hinschnurgelte.

Die andere Qual war die «Kneifzange», wie Heini die rundliche Meisterin bezeichnete. Frau Greggersen hatte einen hochfahrenden Ton an sich, der dem bisherigen Junker nicht paßte... von so einer Handwerkersfrau. Doch folgte er dem Rat seines Freundes, den Mund zu halten; vorerst sei er ein Nichts, von den Leuten abhängig, habe ihnen zu gehorchen, und er solle froh sein, einen ordentlichen Meister bekommen zu haben.

In der Werkstatt beim Hobeln oder an der Drehbank fühlte Reinhart sich bei der Arbeit wohl, und der Meister war zufrieden mit ihm. Auch Laurenz, der Sohn des Meisters, der Geselle war, und der zweite Geselle gingen freundlich mit dem Jungen um. Anfangs hatten sie ihn zwar «kleinen Tater» genannt; da war Reinhart wütend geworden und hatte sie angeschrien, er sei kein Zigeuner und wolle das nicht wieder hören, und Meister Greggersen hatte ihm beigestanden.

Wenn sie mittags in der großen Küche am Tisch saßen und mit ihren Holzlöffeln in den Grützbrei langten, wozu die Meisterin gut zubereitete Beilagen reichte, mußte Reinhart oft an Bendix' Behauptung denken, daß dicke Weiber gut kochen könnten.

Ja, die Meisterin war eine vorzügliche Hausfrau, aber sie hielt stramm auf Ordnung. Zwar hatte sie in Trine, einem schon ältlichen, gleichmütigen Wesen, Hilfe, doch spannte sie die Lehrlinge bei groben Arbeiten oftmals mit ein. Meist nach Feierabend. Und diese unangenehmen Arbeiten schob Heini jetzt dem Neuen zu. Dann gab es mitunter Schelte von der Meisterin. Heini steckte oftmals ein Kneifen in die Ohrläppchen ein, wenn er sich, allzu sichtbar, nicht gewaschen hatte. Und als Reinhart einmal mit von einem Botengang bei schlechtem Wetter schmutzigen Stiefeln den eben von Trine saubergescheuerten Fliesenboden der Vordiele beschmutzte, eilte die Greggersen herbei und schlug dem Jungen einen nassen Scheuerlappen um die Ohren mit den Worten, ob er es nicht nötig habe, sich die Füße draußen vor der Tür abzutreten. Da wurde Reinhart so böse, daß er ihr den Lappen aus der Hand wandt und sie mit zornfunkelnden Augen anschrie, sie sei eine «Furie». Die Meisterin, welche dieses Wort nicht kannte, hielt es für einen ganz gemeinen Ausdruck und ohrfeigte Reinhart. Das war so kräftig, daß der Meister aus der Stube kam und den Streit schlichtete.

Am Sonntag darauf war Reinhart Holt in Gottorp bei dem Freund und klagte ihm sein Leid. Das war selbst dem verständigen Bendix zuviel. Sollte er mit Greggersen reden? Nein, es ging hier darum, die Meisterin und den unangenehmen Bettgenossen Heini auszuschalten. Und der Ritter Bendix wußte auch, wie er es anstellen sollte; denn er kannte die Menschen. Aber er sagte Reinhart nichts davon. Er ritt zu Weihnachten für eine Woche zu seinem Elternhaus.

Sie waren am Morgen des Sonntags im Dom gewesen, der Meister mit seinen Gehilfen. Reinhart war immer wieder von der Größe dieses Gotteshauses beeindruckt und natürlich auch von den Schnitzereien und Malereien. Greggersen konnte dem wißbegierigen Lehrling manches davon erklären. Aber so ein eindrucksvolles Werk wie den Christophorus fand Reinhart nicht darunter. Er empfand es immer noch als ein Wunder, wie er dem Heiligen auf der Landstraße begegnet und er in seiner Not von ihm behütet worden war.

Sie saßen noch am Mittagstisch und hatten gerade ihr Mahl beendet, als sie vor dem Hause Hufgetrappel vernahmen, das dann verstummte. «Das ist vor unserer Haustür», rief die Meisterin. Der Meister ging in die Vordiele und öffnete die Tür.

Benedict Iversen saß dort hoch zu Roß, neben sich ein schönes, schwarzes Pferd am Zügel. Er war prachtvoll gekleidet. Seine pelzverbrämte Schaube war mit einer breiten Goldspange vorn geschlossen. Er trug ein Barett mit Reiherfedern.

Der Meister verneigte sich tief: «Was verschafft mir die Ehre, Herr?»

«Gott zum Gruß, Meister. Ich will mit deinem Lehrling spazierenreiten.» Bendix sah mit einem Seitenblick die neugierigen Gesichter hinter dem Stubenfenster, voran die Meisterin mit ihrer weißen Haube. Dem Meister schien es die Sprache verschlagen zu haben. Dann besann er sich: «Kann der Reinhart reiten?»

«Ich nehme es an; hol ihn mir!» Der Meister eilte hinweg und rief in der Diele nach Reinhart, der war schon die Treppe hinauf, um seinen Mantel zu holen. Der Meister trat wieder vor die Tür, und der Ritter winkte ihn heran, als Greggersen ihm mitteilte, der Junge werde gleich kommen, kleide sich nur an.

«Meister, ich bitte mir aus, daß Reinhart in deinem Hause anständig behandelt wird! Er soll hier das Tischlerhandwerk erlernen, aber keine Magddienste leisten. Weiterhin mache ich dich darauf aufmerksam, daß er sich unglücklich mit einem fremden, unfreundlichen Menschen zusammen im Bett fühlt. Gibt es keine Möglichkeit in deinem Hause, ihm ein Bett zu geben? Ansonsten müßte er sich um eine andere Unterkunft bemühen.»

«Die Lehrlinge haben bisher immer zusammen geschlafen, Herr, aber ich will, weil du es wünschst, dafür Sorge tragen, daß er künftig alleine schlafen kann. Der Junge soll sich in meinem Hause wohl fühlen, denn er ist gutwillig und fleißig.»

«Das freut mich. Dann wird er auch noch freudiger arbeiten.» Reinhart kam mit Mütze und Mantel herausgesprungen.

«Den Mantel laß nur da, Reinhart, hier habe ich eine warme Winterumhüllung für dich.» Bendix reichte dem Jungen, der seinem Sleipnir zärtlich übers Maul strich, einen kurzen Fuchspelz hinunter, den Reinhart freudig überrascht um die Schultern warf. Den Mantel gab er dem Meister. Dann saßen sie auf. In der Haustür standen Meister und Meisterin mit ihrem Gesinde, sahen zu, wie die Reiter die Hand zum Gruß hoben und dann die Lange Straße hinuntertrabten.

Dieser frostklare Dezembertag bedeutete für Reinhart eine gute Wende in seinem Lehrlingsdasein.

Vorerst ritten die Freunde nebeneinander durch die weiße, windstille Landschaft über die Wiesen am Nordufer der Schlei entlang. Nachdem sie die Stadt im Rücken hatten, reichte Reinhart Bendix die Hand hinüber und dankte ihm für seine Fürsorge. «Welch ein Segen, daß ich dich fand, Bendix», sagte er.

Eine Weile ritten sie schweigend in der fahlen Dämmerung. Möwen kreischten über dem Wasser. Reinhart sagte, daß er hier zum erstenmal Möwen bewußt gesehen habe.

«Die Schleswiger behaupten, die Schleimöwen, die anders sind als die Ostseemöwen, wären die verzauberten Diener Herzog Abels, die immer wieder auf die Insel, wo einst die Juriansburg der alten Schleswiger Herzöge stand, zurückkehren, als seien sie an den Platz gebannt, wo vor langer Zeit eine böse Tat verübt wurde.» Und auf Reinharts Frage danach, erzählte Bendix:

«Herzog Abel, der mit seinem Bruder, König Erik Plogpenning von Dänemark, ständig im Streit lag, nahm den König, als er in friedlicher Absicht seinen Bruder besuchte, hinterrücks gefangen und ließ ihn, in Ketten gebunden, von einem Ritter seines Gefolges in einem Boot umbringen und in die Schlei versenken.»

«Wie grauslich, warum tat er das?»

«Weil er selbst König sein wollte zum einen, zum anderen hat er ihn wohl arg gehaßt. Er wurde auch König, aber nicht lange...»

«Als Mörder seines Bruders?»

«Er beteuerte seine Unschuld, und seine Eideshelfer bezeugten sie. Damals im dreizehnten Jahrhundert war man mit so etwas nicht gerade zartfühlend. Jeder dachte nur an seinen eigenen Vorteil. Sie nannten sich zwar schon Christen, sie hörten sich die Priester in den Kirchen an, aber Christi Lehren glitten ihnen anscheinend wie Wassertropfen vom Otternfell hinunter... Wir wollen hier abbiegen und einen anderen, besseren Weg zurückreiten; denn es wird bald dunkel.»

Der Weg stieg jetzt etwas an, sie ließen ihre Pferde Schritt gehen. Bendix wandte sich dem Freund zu: «Ich habe übrigens neulich in einer alten Schrift etwas gelesen, was dich angehen könnte. Und zwar über die Kriege der Hanseaten gegen das Raubrittertum im vierzehnten Jahrhundert. An dem Handelsweg zwischen Hamburg und Lübeck lagen dazumal einige Burgen, und von dort aus lauerte man den Wagenzügen auf und plünderte sie aus. Es wurden in dem Bericht die Zülen in Borstorf, die Ritzerauer und die Scharpenbergs in Linowe aufgeführt, deren Burgen die Hamburger und Lübecker immer wieder berannt haben. Da sie aber im Wasser lagen, waren sie schwer einzunehmen; wurden aber schließlich doch zerstört.» Er legte dem neben ihm reitenden Reinhart die Hand auf die Schulter: «Sollte die Wiege deines Geschlechtes dort gestanden haben?»

«Ich weiß es nicht, habe mich danach auch nicht erkundigt. Aber... meinen Großvater könnte ich mir gut als Raubritter vorstellen... der...» Reinhart verstummte.

Der Ritter lachte und meinte dann, Reinhart sei jedenfalls nicht das Urbild eines solchen Straßenräubers. Und dann fragte er, aus welcher Familie seine Mutter stamme.

«Schwaf», sagte Reinhart kurz.

«Schwaf... Schwafstede an der Treene?»

«Weiß ich nicht. Sie hat noch Verwandte in der Gegend von Niemunster. Sie mag aber die Schwägerin nicht leiden.» Der Junge trabte an. «Bist du nun fertig mit deiner Fragerei? Ja, dann will ich Sleipnir mal laufen lassen.»

Der Ritter konnte auf seinem starken, doch etwas schwerfälligeren Hannibal dem vor ihm dahinstürmenden Sleipnir kaum folgen. Habe ich den Jungen verletzt? überlegte er. Kurz vor der Stadt holte er Reinhart ein.

«Sag mal, Bendix, wenn ich wirklich von diesen gewalttätigen

Straßenräubern abstammen würde... ich bliebe darum doch dein Freund, nicht wahr?»

Bendix legte den Arm um seine Schultern und fragte, für wen Reinhart ihn eigentlich halte? Er sei ihm lieb, auch wenn er von dem Seeräuber Störtebeker abstamme...

Bald trennten sie sich, und Reinhart ging zu Fuß durch die schmalen Gassen.

Wie verändert war jetzt alles: Reinhart bekam ein Kämmerchen mit einer Lagerstatt für sich. Alle waren freundlich zu ihm, er wurde nicht mehr zu Dienstbotenarbeit herangezogen. Vielmehr übernahm er es, Listen vom Bestand aufzuschreiben, Nachbestellungen zu notieren und dergleichen mehr einzuführen, wodurch der Betrieb übersehbarer wurde. Der Meister belohnte ihn dafür, indem er dem Jungen Zeit ließ, seiner geliebten Bildschnitzerei zu frönen. Reinhart lernte vom Meister allerlei Kunstgriffe, die er noch nicht kannte. Nur waren die richtigen Werkzeuge zur Bildhauerei natürlich bei einem Tischler, der in der Hauptsache Möbel herstellte, nicht vorhanden. Doch war Reinhart ein Bildwerk gut gelungen. Sleipnir.

Unwiderruflich ging das Mittelalter seinem Ende entgegen. Umwälzende Neuerungen versetzten die Menschen in Unruhe. In Spanien herrschte das Goldfieber. Im Namen Christi begannen die Nachfolger des wagemutigen Entdeckers Kolumbus in Nord- und Südamerika unbarmherzig die eingesessenen Indianerstämme auszurotten, zu unterdrücken und vor allem ihrer Gold- und Silberschätze zu berauben. Das Christentum wurde den Indianern zum Kreuz Golgathas.

In Rom regierte Papst Alexander VI., der Spanier Borgia, ein rücksichtsloser Machtmensch, dessen prunkvolles Dasein mit einem Giftbecher beendet wurde. Savonarola, der zuvor des Papstes unheiligen Lebenswandel aufgedeckt hatte, wurde verbrannt.

1493 starb Friedrich III. in Wien, und sein Sohn, Maximilian I., genannt «der letzte Ritter», wurde deutscher König und römischer Kaiser. Drei Jahre später wurde sein Sohn Philipp der Schöne mit der spanischen Erbtochter, Johanna der Wahnsinnigen, vermählt. Dadurch fiel die spanische Krone an das Haus Habsburg.

Joachim I. aus dem Haus Hohenzollern, vermählt mit Elisabeth, der Tochter König Johanns von Dänemark, herrschte als Markgraf und deutscher Kurfürst in Brandenburg.

In Deutschland breitete sich der Humanismus aus; ein Bestreben nach mehr Bildung, nach gesitteter Menschlichkeit und Einsicht durch das Studium antiker Schriften. Namen wie Konrad Celtis, Jacob Wimpfeling, Johann Reuchlin und Erasmus von Rotterdam mit seinem «Handbuch des christlichen Streiters» tauchten auf.

Auf dem Gebiet der bildenden Künste wehte ein erfrischender Wind. Von Italien kommend, begann sich die Renaissance mehr und mehr auszubreiten und auch deutsche Künstler zu beeinflussen; eine Wiedergeburt der Antike, eine Erweckung des weltbewußten Menschen. Vorerst arbeiteten die Maler und Bildhauer noch nach dem Stil der Spätgotik. Doch vor allem Albrecht Dürer, der weitgereiste Maler aus Nürnberg, war seinen Zeitgenossen auf dem Gebiet der Kunst ein Vorbild, indem er in seinen Werken das Natürliche mit dem Schönen verband.

Aufsehenerregend war der erste von Martin Behaim verfertigte Globus in Nürnberg.

Im Ripener Privileg von 1460 bestätigte König Christian I. von Dänemark als Schirmherr Schleswig Holsteins, daß dieses Land nie geteilt werden dürfe: «... dat se blieven ewich tosamende ungedelt.» Sein ältester Sohn Johann, jedoch hielt sich nach dem Tode Christians nicht an das Versprechen seines königlichen Vaters und trennte Holstein von Schleswig. Die Einsprüche seiner Mutter und seines Bruders Friedrich schob er beiseite.

Das Erbe Schleswig, das Herzog Friedrich antrat, gereichte ihm nicht zur ungeteilten Freude. Sein Vater hatte uneingelöste Pfandbriefe hinterlassen und um Geld zu bekommen, ganze Ortschaften an vermögende Gutsherren verpfändet. Herrn Benedikt von Ahlefeldt auf Borghorst hatte der König gegen ein Darlehen die Thielenburg, Bergenhusen, Erfde, Hude, Hohn, Burgstall und Barshöft verpfändet. Erst acht Jahre nach Christians Tod konnte sein Sohn die Schuld bezahlen.

Bei dem reichen Sievert Brockdorf auf Windeby war der König so hoch verschuldet, daß er dem Edelmann die ganze Stadt Eckernförde verpfänden mußte. Auch Königin Dorothea verpfändete dem Windebyer, da sie Geld benötigte, den Zoll zu Gettorf. König Christian I. starb 1481. Und erst 1492 konnte Herzog Friedrich die

Pfandsumme für Eckernförde einlösen. Sievert Brockdorf ließ sein Leben in der Schlacht von Hemmingstedt. Sein Sohn und Nachfolger gelangte zu hohen Ehren.

Als im Jahre 1513 König Johann in Aalborg starb, wurde sein Sohn Christian II. König von Dänemark und Norwegen, Herzog von Holstein.

3

Die Sonnenstrahlen fingen sich in den jungen Blättern einer mächtig breiten Linde. Sie war so alt, daß in ihrem Schatten noch «Ding und Recht» gesprochen worden war, eine Versammlung, die nach ihr «Tilialgericht» genannt wurde. Sie wuchs auf der Halbinsel des Bordesholmer Sees, auf welcher sich das Augustiner Chorherrenstift mit seiner hervorragenden gotischen Kirche erhob. Die Linde rauschte im Frühlingswind des Jahres 1514 auf einem weiten Platz. Sie war noch winterlich kahl gewesen, als ein endlos langer und prachtvoll ausgestatteter Trauerzug an ihr vorbei zum Gotteshaus gezogen war.

Einige Herren in kurzen, dunklen Umhängen gingen eben leise plaudernd auf dem Platz vor der Kirche auf und ab, darunter Albert Preen, der Probst des Klosters.

Inmitten des Kirchenschiffes stand eine große, dunkle Gestalt mit entblößtem Haupt. Ein schwarzer Samtmantel fiel von den breiten Schultern herab. Herzog Friedrich sah auf den Sarkophag seiner Gemahlin Anna hinab. Still war es um den einsamen Mann in der großen Halle, totenstill. Bewegungslos stand der Trauernde, nur seine Lippen sprachen tonlose Worte. Schließlich hob er das Gesicht und schritt nach dem Chor hinüber, den hohe gotische Fenster erhellten. Er beugte das Knie vor der Jungfrau Maria. Seine Augen glitten über den alten Altar, er nickte vor sich hin und schritt dann langsam zurück, dem Tageslicht der geöffneten Türen entgegen.

Wenig später fand eine Besprechung im Zimmer des Probstes statt. Herzog Friedrich saß an der Schmalseite des Eichentisches, der Probst ihm gegenüber, ein Chorherr und die Begleitung des Fürsten dazwischen. Niemand hatte es gewundert, daß Herzogin Anna in Bordesholm bestattet worden war. Sie war gern mit ihrem Gemahl in diesem lieblichen Seewinkel gewesen, besonders im Sommer, wenn die Wiesen um das Kloster blühten, wenn die Roggenfelder dufteten und die Nachtigall in den Bäumen des Klostergartens schlug. So hatte sie den Wunsch geäußert, in der schönen Klosterkirche von Bordesholm die letzte Ruhestatt zu finden.

Und doch hoben die Herren, die um den Tisch herum saßen, die Köpfe, als der Herzog jetzt klar und bestimmt sagte: «Ich wünsche, wenn meine Zeit abgelaufen ist, hier neben der Herzogin beigesetzt zu werden.»

Ungläubig, erstaunt blickten sie sich an. Man hatte angenommen, der Sarkophag der Herzogin werde einmal neben ihrem Gemahl im Dom zu Schleswig seinen Platz finden. Der Herzog ließ durch seine nächsten Worte keinen Zweifel an seinem Entschluß aufkommen: «Es soll ein Grabmal über unseren Sarkophagen errichtet werden, das die Herzogin und mich in Bronze gegossen zeigt. Riepenhusen, du wirst dich um die Ausführung des Freigrabes kümmern.» Der Kunstsachverständige verneigte sich: «Ich werde mich bemühen, Herrn Herzogs Wünschen nachzukommen.»

Nachdem der Herzog einen Schluck Wein aus dem vor ihm stehenden Pokal getrunken hatte, hoben auch die Herren ihre Gläser.

«Es ist anzunehmen, daß der Probst und du, Wulf Pogwisch, als Verbitter und Gönner dieses Stiftes keinen Einspruch erheben werden?» bemerkte der Herzog, und ein Lächeln huschte um seine strengen Lippen. Die beiden Angeredeten versicherten lebhaft, im Gegenteil, es sei eine große Ehre, daß neben der Frau Herzogin auch der Landesherr hier bestattet zu werden wünsche. Und Wulf Pogwisch, ein stattlicher Herr mit eisgrauem Haar, fügte hinzu, außerdem werde ein derartig würdiges Freigrab, als Kunstwerk gesehen, einen Schmuck des Gotteshauses darstellen.

«Ja, ja, Wulf Pogwisch, ich weiß, du betrachtest alle Angelegenheiten von der Nützlichkeit her und sagst es freiweg. Doch wollen wir bei der Sache bleiben. Unserem Probst, Albert Preen, ist schon schriftlich kundgetan worden, daß wir wünschen, daß hier in der Stiftskirche eine größere neue Altartafel errichtet werden soll. Die Herzogin und ich haben schon vor Jahren das Chorgestühl erneuern lassen. Jetzt ist es an der Zeit, den schönen und lichten Chor mit einem künstlerisch hochwertigen Altar auszufüllen. Immerhin eine wahrhaft größere Zierde der Kirche als ein Freigrab, Wulf Pogwisch!»

Der Ritter verneigte sich und empfing mit Würde den kleinen Seitenhieb.

Der Herzog erklärte, er sei bereit, die Kosten für die Herstellung des Altaraufsatzes zu bestreiten. Und Albert Preen dankte dem Herzog auch im Namen seiner Brüder für diese wiederum so großmütige Stiftung zu Ehren Gottes und zur Erhebung der Andächtigen. Auch die anderen Herren priesen des Landesfürsten Güte.

Herzog Friedrich aber hatte noch einen triftigen Grund, einen aufwendigen Altar für seine Grabeskirche zu stiften:

Die Königinwitwe Christine, Herzogin von Sachsen, hatte den Bildhauer Claus Berg, einen Schüler Veit Stoß', an ihren Hof nach Dänemark berufen, um in der Grabeskirche ihres Gemahls und ihres Sohnes Franz in Odense auf Fünen einen Allerheiligenaltar zu schnitzen, welcher, wie Herzog Friedrich erfahren hatte, ein großartiges Werk zu werden versprach. Claus Berg, wahrscheinlich Jahre in der Graabrödre-Kirche in Odense beschäftigt, schied also aus, da er für seine Schwägerin arbeitete.

In ihrer einfachen niederdeutschen Art besprachen sie die Beschaffung eines Altaraufsatzes, den ein bedeutender Künstler schaffen sollte, um der Grabeskirche des Herzogpaares zu entsprechen. Es stellte sich jetzt heraus, daß Herzog Friedrich bereits Umschau nach einem geeigneten Bildschnitzer hatte halten lassen. Riepenhusen erwähnte, Bernt Notke wäre der richtige Bildhauer für solch einen Altaraufsatz gewesen. Aber der sei schon 1509 gestorben. Riepenhusen hatte sich in Lübeck und Lüneburg umgesehen, dort seien zwar einige Bildschnitzer wohnhaft, doch habe er nicht gefunden, was seiner Vorstellung des gewünschten Werkes entspräche. Es sei nicht die Klarsichtigkeit in den Gruppen gewesen, die er sich an den Retabeln angesehen habe, nicht das Natürliche und Eindringliche, wie etwa Dürer es in seinen Werken hervorbrächte. Zurückgekehrt nach Gottorp, seien Herr Herzog und er, Riepenhusen, in die Kapelle gegangen, um den Christophorus zu betrachten...

«Ja, das ist ein Bildwerk, das den Beschauer ergreift!» rief der Herzog. «Nicht dieses Durcheinander vieler kleiner Figuren, welches den Blick verwirrt, sondern da steht ein menschlicher Heiliger... der Mann, der ihn geschaffen hat, wird der Richtige für uns sein. Wie war doch noch sein Name, Riepenhusen?»

«Hans Brüggemann, Herr Herzog. Ob er aber imstande ist, einen großen Altaraufsatz herzustellen?» Weiter erzählte der kunstverständige Riepenhusen, daß er in Begleitung von Benedict Iversen nach Hamburg gereist war, wo Hans Brüggemann damals in einer Bildhauerwerkstatt den Christophorus erarbeitet habe. Aber da er Meister geworden war, sei er fortgezogen. Man wußte nicht, wohin. Man wußte nur, daß er in Walsrode in der Heide zu Hause sei; es bestehe die Möglichkeit, daß Brüggemann sich nach Lüneburg begeben habe; denn er habe einmal etwas in dieser Art geäußert.

«Iversen und ich sind also nach der Salzsiederstadt geritten, haben Brüggemann jedoch auch dort nicht angetroffen. Jetzt ist Iversen quer durch die Heide nach Walsrode geritten, und ich bin also seit gestern wieder hier angekommen, wie mit Herrn Herzog verabredet war.»

Bald darauf brachen die Herren auf. Des Herzogs geräumige Reisekutsche wurde von sechs Pferden gezogen. Er stieg mit Riepenhusen und Herrn von Ahlefeldt ein, die anderen Herren fuhren mit Wulf Pogwisch hinterher.

Der Herzog sah zur Kirche hinüber. Das Portal war geschlossen. Er wandte sich ab.

Wieder war eine Tür hinter ihm zugefallen.

Einige Tage nach der Bordesholmer Besprechung, an einem sonnigen Sonntagmorgen, spazierte Reinhart Holt gemächlich den Weg entlang nach Gottorp zu. Zur Kirche war er heute nicht gegangen; die Sonne lockte ihn hinaus ins Freie. Am Abend zuvor hatte sich ein heftiges Gewitter mit Sturmböen über Schleswig entladen. Es hatte die ganze Nacht wie aus Kübeln geregnet, und Reinhart sprang mit seinen langen Beinen über große Wasserlachen im ausgefahrenen Weg. Die Luft war klar und strömte Frühlingsdüfte über die Landschaft aus. Es grünte und sproßte ringsumher, und die Lerchen tirilierten in den blaßblauen Himmel hinauf.

Reinhart hatte seinen Freund Bendix seit einem Monat nicht mehr gesehen und war darum sehr erfreut, als er bei der Wache vor dem Gottorper Tor erfuhr, daß Bendix in der Burg sei. Vorerst begab er sich in den Pferdestall, aber die meisten Pferde waren auf der Weide.

Der Freund lag im Bett, als Reinhart sein Zimmer betrat. «Bist du krank?» rief er erschrocken, als der Ritter sich schlaftrunken aufrichtete.

«Keine Spur. Wie nett, daß du mich besuchen kommst! Aha, dort auf dem Tischchen steht mein Frühstück. Bringst du es mir her?» Indes er den Morgenimbiß zu sich nahm, berichtete Bendix, er habe einen höllischen Nachtritt hinter sich. Von Rendsburg ab unter Donner, Blitzen und Unmengen Wasser von oben. Eine wahre Sintflut sei es gewesen. Er sei völlig durchweicht in der Nacht hier angekommen, wo schon alle Welt zur Ruhe gegangen war.

«Hannibal und ich waren bis in die letzten Eingeweide durchnäßt.» Bendix trank den Rest aus der Milchkanne, sprang aus dem Bett und betrachtete Reinhart lächelnd, indes er sich ankleidete. «Wie du dich in den letzten Jahren herausgemacht hast. Man kann dich wirklich nicht mehr als Jungen bezeichnen.»

Reinhart war inzwischen gewachsen, hatte breite Schultern bekommen, das schwarze Haar fiel ihm locker auf die Schultern, und sein Blick drückte Selbstbewußtsein aus. Nur der kindliche Mund war derselbe geblieben, obwohl er Mädchenlippen geküßt hatte.

«Wo bist du eigentlich gewesen, Bendix?»

«Das erzähle ich dir nachher. Es wird dich wundern. Ich muß erst meine Botschaft an den Herzog loswerden. Du hast doch Zeit? Gut, dann machen wir uns einen gemütlichen Tag. Da liegen einige Bücher zum Lesen.» Fort war er.

Eine Stunde vertrieb Reinhart sich die Zeit mit einem Legendenbuch, bis Bendix wieder bei ihm war. Er strahlte, Herzog Friedrich habe ihn sehr gelobt, und das geschehe selten bei ihm. Nun habe er sich Urlaub genommen, was ihm gerne gewährt sei. «Du wolltest sicher mit mir ausreiten, Reinhart. Aber ich bin mehr für einen Spaziergang, denn Hannibal muß heute Ruhe haben. Gehen wir zum Wald hinüber?»

«Erzähl mir doch, wo du warst und welche Heldentat du vollbracht hast. Ich bin sehr gespannt», forderte Reinhart den Freund auf, indes sie die Insel über die breite Brücke verließen.

«Wohlan denn: Unser Herzog hat beschlossen, in der Bordesholmer Kirche, wo die Herzogin bestattet worden ist, einen großen Altaraufsatz zu stiften. Riepenhusen hat sich redlich bemüht, einen dafür geeigneten Künstler ausfindig zu machen. Der Herzog legte

Wert darauf, möglichst einem norddeutschen Bildhauer den Auftrag zukommen zu lassen. In Süddeutschland gibt es wohl große Bildschnitzer; aber die sollen vielfach Lindenholz verwenden. Vielleicht gibt es dort nicht solche gewaltigen Eichen, wie sie bei uns wachsen. Kurzum, Riepenhusen und ich sind auf die Suche gegangen. Fanden aber nicht den richtigen Mann. In Lübeck fanden wir zwar einen befähigten Meister, aber der ist zu alt, um solch einen anspruchsvollen Auftrag, dessen Ausführung Jahre beansprucht zu übernehmen…»

«Aber da ist doch Meister Brüggemann, Bendix», unterbrach ihn Reinhart erregt.

«Richtig! An den dachten wir natürlich. Riepenhusen war sich nur nicht klar, ob Hans Brüggemann, der zwar den großartigen Christophorus geschaffen hatte, imstande sei, einen Altaraufsatz zu schnitzen; denn sein ehemaliger Meister in Hamburg sagte uns, er glaube nicht, daß Brüggemann schon einen Altaraufsatz angefertigt habe. Er sei hochbegabt, habe jedoch in seiner Werkstatt aus Mangel an Aufträgen in dieser Hinsicht keine Arbeit gehabt, um auf sakralem Gebiet Erfahrungen zu sammeln. Er wisse aber nicht, ob Brüggemann in den Niederlanden, wo er früher gewesen sei, auf diesem Gebiet gearbeitet habe. Möglich sei es immerhin.»

Reinhart wurde ungeduldig: «Wo hast du Brüggemann gefunden; denn du hast ihn doch getroffen?»

«Immer mit der Ruhe, Freundchen! In Hamburg war er jedenfalls nicht. Er war schon fort, als wir den Christophorus abholten. Man gab uns einen Hinweis auf Lüneburg. Aber auch dort war er nicht. Wir wußten, daß Brüggemann aus Walsrode stammt; das Städtchen liegt im Süden der Lüneburger Heide. Riepenhusen mußte nach Bordesholm, und mir blieb nichts anderes übrig, als den letzten Versuch zu machen, um Brüggemann dort aufzustöbern.» Bendix bückte sich und brach einen Stengel Wiesenschaumkraut ab. Er hielt das duftende, zartlila Gebilde an die Nase.

«Trafst du den Meister also in dieser Heidestadt an?»

«Man wies mir dort den Weg zu dem Anwesen der Brüggemanns. Es lag unter alten Eichen, außerhalb des Ortes. In der Scheune fand ich seine Werkstatt, wo ein Geselle arbeitete und mir erklärte, der Meister arbeite in einer benachbarten Kirche. Er käme gegen Abend zurück. Du kannst dir wohl denken, daß ich nach dem langen Ritt in

41

der Hitze durch die Heide erleichtert war, endlich am Ziel zu sein. Der Geselle führte mich ins Haus. Dort traf ich des Meisters Mutter an, die anscheinend krank, in Decken gewickelt saß und recht betroffen war, als ich mich vorstellte und erklärte, weswegen ich gekommen sei. Schleswig sei doch recht weit fort, flüsterte sie. Ein hübsches, junges Mädchen brachte mir einen köstlichen Saft zur Erfrischung. Selten hat mir ein Getränk so gut gemundet. Die Alte berichtete mir allerlei aus der Kindheit ihres Sohnes, woraus hervorging, daß Brüggemann schon damals immer ein Schnitzmesser bei sich gehabt habe, ob beim Schafehüten oder beim Spielen.

Und plötzlich kam der Meister durch die Tür, unter deren oberen Balken er den Kopf neigen mußte, herein.»

«Wie sah er aus, Bendix?»

«Meister Brüggemann ist eine Erscheinung, die man nicht oft antrifft. Es ist schwierig, ihn richtig zu beschreiben. Er ist kräftig und hochgewachsen. Das ist das Äußere und nicht ungewöhnlich... Du wirst mich vielleicht für verdreht halten, wenn ich dir sage, wenn ich ihm auf der Straße in Walsrode begegnet wäre, hätte ich ihn sofort erkannt; nämlich als den Künstler, der den Christophorus geschaffen hat. So mußte er aussehen. Nicht als Abbild des Heiligen. Nein. Möglicherweise bleibt von einem Künstler mit ausgeprägten Wesenszügen davon an seinen Schöpfungen hängen. Riepenhusen, des Herzogs Kunstsachverständiger, jedenfalls behauptet es. Brüggemanns Erscheinung strahlt seelische Größe, Würde und Stärke aus. Er ist sicher im Auftreten; und als er mich mit seinen ruhigen Augen forschend ansah, hatte ich sofort Vertrauen zu ihm.

Wir reichten uns die Hände. Als ich meines Herzogs Auftrag ausrichtete, ging solch ein Leuchten über sein Gesicht, daß ich mich von Herzen mit ihm freuen mußte. ‹Endlich›, sagte er leise.»

«Warum hat ein so großer Könner sich in diesen entlegenen Winkel verkrochen?» stellte Reinhart die berechtigte Frage.

«Ich habe den Eindruck, daß Brüggemann ein frommer und gütiger Mensch ist. Du hättest sehen sollen, wie behutsam er mit seiner kranken Mutter umging, die natürlich betrübt war, daß der Sohn sie verlassen mußte. Übrigens erfuhr ich auch, daß Brüggemann in jungen Jahren viel gewandert war, auch bereits sakrale Werke geschaffen hatte. Riepenhusen kann also unbesorgt sein. Seine Mutter deutete an, der Sohn habe in Bremen eine Schule besucht.»

«Du hast mir meine Frage noch nicht beantwortet, Bendix, warum der Meister nicht in eine größere Stadt gezogen ist, wo er lohnende Aufträge bekommen könnte?»

«Das kann ich dir auch nicht sagen. Jedenfalls wird er übermorgen in Bordesholm sein, sich die Kirche ansehen, den Entwurf des Aufsatzes anfertigen und ihn hier vorlegen.»

«Oh, Bendix...» begann Reinhart.

«Ich weiß schon. Meinst du, ich hätte deiner nicht gedacht?» unterbrach ihn Bendix lächelnd und legte dem Freund den Arm um die Schulter. «Der Herzog ist froh, daß wir Hans Brüggemann gefunden haben. Der wird den Bordesholmer Altar schnitzen. Sieh zu, daß du schleunigst dein Gesellenstück machst!»

«Ja, Bendix, ja. Jetzt werde ich mich anstrengen, Geselle zu werden. Ob aber Meister Brüggemann mich als Schüler annehmen wird?»

«Sicher nicht als Lehrling. Der kann sich bei solch einem Auftrag bestimmt nicht mit Anfängern abgeben. Mich wundert nur, daß du nicht schon Geselle bist, Reinhart. Drei Jahre...»

«Sind noch nicht um. Ein halbes Jahr fehlt noch. Greggersen hat mich alles Schriftliche machen lassen. Da hatte ich nicht viel Zeit zum Schnitzen. Und immerfort Möbel zu machen bringt mich auch nicht weiter...»

«Und in deiner Freizeit hast du dich vermutlich mehr um die kleinen Mädchen gekümmert, mein lieber Reinhart. Stimmt es?»

Reinhart senkte beschämt den Kopf, warf dann seinem Freund einen schelmischen Seitenblick zu: «Wenn sie doch so niedlich anzusehen sind...»

«Wenn du sie nur betrachtest, mag es ja noch hingehen, doch dabei bleibt es gewöhnlich nicht.»

«Nee... Ein bißchen streicheln muß man sie auch, das erwarten die Mädchen doch? Vielleicht kannst du mir an Hand deiner Erfahrungen einige Hinweise geben, Bendix?» Seine dunklen Augen blinzelten.

«Als ob du solche Hinweise nötig hättest, du junger schwarzer Gockel», gab Bendix zurück und lachte, dann lenkte er von sich ab, «dein schwarzer Hengst verdient sich wenigstens mit seiner Anteilnahme für die Weiblichkeit sein täglich Brot... Ja, da staunst du! Ich wollte dich damit überraschen, mein Junge; dir einen ganz schönen

Batzen Geld aushändigen. Er ist nämlich schon seit drei Jahren als Zuchthengst eingetragen.»

«Oh, das ist ja großartig! Mein guter Sleipnir. Daß ich darauf nicht von selbst gekommen bin!» Reinhart schlug sich gegen die Stirn. «Aber ihr hattet doch seine Abstammung gar nicht», fiel es dem ehemaligen Junker ein. Bendix erklärte, dem Sleipnir hätten Pferdekenner sofort sein Araberblut angesehen.

«Komm jetzt, wir wollen sehen, was es in Gottorp Gutes zum Mittagsmahl gibt. Aber das sag ich dir, jetzt wird straff gearbeitet!» Reinhart versprach es.

Als sie über die Brücke auf die Burg zuschritten, kam ein kleiner Wagen auf sie zu, in welchem zwei Damen auf dem Rücksitz saßen. Die ältere hatte eine große Haube auf dem Kopf, die jüngere war ein sehr junges Mädchen mit rötlichblondem Lockenhaar, durch welches ein leuchtendblaues Band geschlungen war. Ihr frisches Mädchengesicht war so hübsch geschnitten, daß Reinhart den Schritt verhielt. Auch das Mädchen starrte ihn einen Augenblick an, dann war der Wagen vorüber, doch das junge Ding im Wagen drehte das Köpfchen nochmals um.

«Ein entzückendes Mädchen», murmelte Reinhart. Der Freund sagte trocken: «Aber nichts für dich. Du machst jetzt dein Gesellenstück, mein Lieber, und hast nur noch dafür Augen.»

«Und Hände», grinste Reinhart.

In Bendix' Zimmer lag ein Blatt Papier auf dem Tisch, das er jetzt aufnahm, nochmals las.

«Das habe ich gestern abend vorgefunden, eine Botschaft von meinem Vater. Darum habe ich mir vierzehn Tage Urlaub geben lassen: Mein Bruder heiratet Pfingsten. Endlich scheint er die Richtige gefunden zu haben. Ich kenne die Braut nicht. Sie ist aus Jütland. Natürlich muß ich zur Hochzeit. Anscheinend hat Vater zudem etwas mit mir zu besprechen. Morgen reite ich los. Leihst du mir Sleipnir? Ich möchte bei den neuen Verwandten ein wenig prunken.»

«Natürlich kannst du ihn haben... falls er nicht gerade Geld verdienen muß und Dienst hat. Ich werde ihn nachher mal fragen.»

Bendix zog Reinhart am Ohr. Vergnügt saßen sie wenig später beim Mahl zusammen, das Bendix' Diener Martin hereinbrachte. Nagten an saftigen Hühnerbeinen, schoben sich Mehlklöße in den

Mund und tranken Bier dazu. Als der Diener ihnen schließlich die Spülkummen reichte und mit den Überresten verschwunden war, konnte es sich Reinhart nicht versagen, eine Frage zu stellen, die ihn schon länger beschäftigte:

«Sag mir doch, Freund Bendix, warum bist du, ein stattlicher junger Mann, eigentlich noch nicht verheiratet?»

«Kannst du mir sagen, was ich ewigreisender Ritter mit einer Frau anfangen soll? Sie vielleicht mitnehmen bei Wind und Wetter, Wegelagerern und was einem unterwegs alles begegnen kann?»

«Sie könnte ja solange hierbleiben», erwiderte Reinhart.

«Ja, und aus Langeweile könnte sie mir Hörner auf das Haupt pflanzen, wie?»

«Hörner? Wie sollte sie das fertigbringen?»

«Indem sie während meiner Abwesenheit mit einem anderen Mann eine Liebelei anfängt. Das bedeutet es, wenn eine Ehefrau ihrem Mann Hörner aufsetzt.»

«Ich habe noch nie einen Mann mit Hörnern gesehen.»

«Die sieht man auch nicht. Aber die unsichtbare Schande ist wohl die qualvollste, du großer Junge», antwortete Bendix leise. Nachdenklich schaute Reinhart den Freund an, der auf den Boden blickte. «Hast du etwa auch unsichtbare Hörner, Bendix?»

«Nein, ich war noch nicht verheiratet… noch nicht. Aber dicht davor, und ich vertraute ihr.»

«Magst du es mir erzählen. Ich bin kein Junge mehr, Bendix.» Der Ritter erhob sich und blickte in den Burghof hinab. Dort unten habe er sie zuerst gesehen, es war bei ihrer Ankunft in Gottorp. Die Herzogin hatte sie als ihre Gesellschafterin zu sich genommen. Sie war ein Edelfräulein aus dem Dänischen Wohld. Hellblond mit hellen, strahlenden Augen und gescheit.

«In meinem jugendlichen Überschwang war ich wie von Sinnen. Und sie ebenfalls. Wir mußten damals, es ist fünf Jahre her, den Herzog und die Herzogin zu einem Fest am Hofe des Königs nach Kopenhagen begleiten. Das war ein anderes Leben als in unserem bescheidenen Gottorp! Du kannst dir nicht vorstellen, was es dort an glanzvollen Festen gab, Reinhart. Es war der gegebene Rahmen für unsere große Liebe. Erst als ich ihr hier im Wald, in dem wir heute morgen waren, erklärte, ich wolle sie ganz an mich binden, war ich verwundert, als sie zögerte einzuwilligen. Sie meinte, wir seien beide jung und sollten lieber abwarten, bis wir mit unseren Eltern gesprochen hätten. Das war zwar einleuchtend, ich sah es ein; denn wir hätten uns dann einen eigenen Wohnsitz schaffen müssen. Hier in Gottorp als Ehepaar zu verbleiben erschien selbst mir zu ungemütlich. Und richtig schickte der Herzog mich bald wieder mit einem Auftrag fort.»

Bendix blieb bei seinem Gang durch das Gemach vor Reinhart stehen. «Kurzum, meine Herzliebste hatte sich derweil mit einem vermögenden dänischen Grafen angefreundet, den der König zu seinem Bruder hergeschickt hatte. Mir wurde von dieser Liebelei hier natürlich gleich etwas zugewispert. Als ich sie zur Rede stellte, entgegnete sie, wir seien immerhin noch nicht verheiratet und es sei gut, daß sie vorher erleben könne, wie mich der Teufel der Eifersucht plage. Sie unterhalte sich gern mit dem Grafen, der ein weitgereister Mann sei, und so weiter. Ich ließ mich also versöhnen. Merkte jedoch bald, daß ihre angeblich große Liebe nur ein Strohfeuer gewesen war. Eines Morgens, den Tag werde ich nie vergessen, weckte der Herzog mich ganz früh. Er schläft gewöhnlich ganz tief und braucht nicht viel Schlaf. Dann will er aufstehen, und wenn er eine Reise vorhat, gleich losfahren. Die Diener oder Begleiter holt er dann einfach aus dem Bett. Und wie! Bei mir war er noch sanft. Er zog mir die Decke weg und rief: ‹Auf, auf! Ritter Iversen, wir müssen zum Bischof nach Schwabstedt fahren. Nimm dir Papier und Feder mit. Die dort sind mir zu langweilig mit ihrer umständlichen Schreiberei.›»

Reinhart lachte: «Warum schickt er denn nicht einen Diener, dich zu wecken?» Das dauere dem Herzog zu lange, und so wisse er, daß der Betreffende außer Bett sei, sagte Bendix.

«Ich sprang also rasch in die Kleider. Ein Diener hatte uns eine Morgenkost eingepackt, über die wir uns in der Kutsche hermachten. Draußen lag ein dämmeriger, grauer Tag über dem Land. Ein Selbstmordwetter. Die Sonne kam überhaupt nicht heraus, und ein dünner Regen verbreitete Nässe. Ich hatte sowieso nicht ausgeschlafen, wäre wohl wieder eingeschlafen, doch der Herzog wollte sich mit mir unterhalten. Schließlich tauchte Schwabstedt aus dem Dunst auf. Ich fragte mich, warum er schon so früh zu den Priestern fahren wollte. Nun will ich dir nicht seinen Grund und die ganze Geschichte erzählen, aber es war richtig, daß wir so früh in die Bischofsburg einbrachen. Sie liefen beim Anblick Herzog Friedrichs wie kopflose Hühner durcheinander und behaupteten, der Bischof liege noch zu Bett. Sie sollten ihn sofort wecken, brummte der Herzog. Mich hätte nicht gewundert, wenn er sich einen Kübel Wasser ausgebeten hätte, um den Bischof zu wecken. Nur so viel, es handelte sich um den Landbesitz eines alten Hagestolzes, der, eingedenk seiner Sünden, ihn der Kirche vermacht hatte. Wahrscheinlich haben ihm die Priester gehörig zugesetzt. Den Abend zuvor hatte es der Herzog erfahren. Jedenfalls erfuhr ich aus dem Dokument, das ich ausstellen mußte, daß der Erblasser gar kein Recht hatte, ihn zu verschenken, da der Hof nach seinem Ableben an die Krone zurückfallen würde, weil er keine Erben besaß.

‹...als ob sie das nicht gewußt hätten›, sagte der Herzog nachher im Wagen grimmig, ‹man muß ihnen auf die Finger schauen, aber sofort. Sonst wird eine ewige Schreiberei daraus.›

Wir fuhren also weiter nach Husum. Der Herzog stieg bei seinem Hardesvogt ab, ich fuhr zu einem guten Gasthof, ließ mir ein vorzügliches Mahl vorsetzen und ließ das schlechte Wetter draußen. Trank eine Flasche Wein, wonach ich mich schon wohler fühlte; und nach drei Stunden fuhren wir nach Schleswig zurück.»

Bendix guckte in den Bierkrug und trank ihn leer, Reinhart wartete. Über das sonst heitere Gesicht des Ritters lag jetzt Traurigkeit gebreitet.

«Wir waren eben aus Husum heraus, da sagte der Herzog, ‹nun werden sie wohl verschwunden sein›; auf meine Frage, wer verschwunden sei, antwortete er langsam und sah mich ernst an, ‹deine Geliebte mit ihrem neuen Bräutigam, Iversen. Tut mir leid für dich. Laß dir gesagt sein, du hast eine bessere Frau verdient. Die Herzogin hatte bald ihr Spiel durchschaut und ist froh, daß sie nach Dänemark heiratet. Doch gab sie mir einen Wink, und darum habe ich dich heute morgen so früh aus dem Bett geholt. Hätte auch einen anderen mitnehmen können. Aber da wir annahmen, daß du ahnungslos bist, wäre für dich dieser plötzliche Aufbruch des Brautpaares vermutlich recht schmerzlich gewesen.› Er reichte mir die Hand hinüber, ‹vergiß sie. Es ist besser so.› Ich bedankte mich bei ihm und lehnte mich zurück. Es war furchtbar, Reinhart.»

«Du armer Kerl. Das muß ja eine Riesenenttäuschung gewesen sein.» Bendix hieb mit der Hand durch die Luft, mit diesem Weibchen wäre er nicht glücklich geworden. «Eben darum habe ich unter diesen Umständen keine Lust, mich zu verheiraten. Mir gefällt mein Leben hier recht gut, aber eine Frau dazwischen? Nein.»

4

> *Wie schön blüht uns der Maien.*
> *Der Sommer fährt dahin.*
> *Mir ist ein schön Jungfräulein*
> *gefallen in mein Sinn.*
> *Bei ihr da wär mir wohl,*
> *wenn ich nur an sie denke.*
> *Mein Herz ist freudevoll.**

Der Pfingstsonntag war voller Sonne und Wärme, gerade so, wie er wunschgemäß sein soll: Himmelsschlüssel, Vergißmeinnicht und Sumpfdotterblumen blühten auf den Wiesen. Am Waldrand dufteten die Maiglöckchen, und über ihnen schmetterten Vögel ihre Lebenslust heraus.

Auf den Schleiwiesen wimmelte es von fröhlichen Menschen in bunter Festkleidung. Wie sie sich herausgeputzt hatten! Mit weiten Röcken in Blau, Rot und Grün, auch Weiß und Lila, kurze, bauschige und buntgestreifte Hosen die Männer. Die abenteuerlichsten Kopfbedeckungen tauchten in der Menge auf.

Ein leichter Ostwind ließ die langen Bänder am Kranz des Maibaumes flattern zwischen den Würsten und Kuchen, die darangebunden waren. Lachen und Scherzworte flogen hin und her. Maifest.

Neben der Festwiese tummelten sich junge Reiter im Geschicklichkeitsreiten. Hin und wieder erhielt einer unter ihnen eine Ohrfeige von dem buntbemalten, hölzernen Mann, dem Roland, der mit weit ausgebreiteten Armen an der vorgeschriebenen Bahn stand. Dann gab es Gelächter, vermischt mit Schadenfreude über das Ungeschick des Bestraften.

* Lied aus dem 16. Jahrhundert

Auch Reinhart Holt hatte sich festlich gekleidet. Die eng anliegenden Beinkleider zeigten ein Paar schlanke, doch kräftige Beine. Der knapp über die Oberschenkel fallende Kittel wies ein Muster in Weiß und Kornblumenblau auf. Ein blütenweißer Kragen und ein breiter Gürtel vollendeten die Kleidung. Der junge Mann stand mit einem der Tischlergesellen am Rande der Weide und ärgerte sich, daß er sich nicht auf seinem Sleipnir mittummeln konnte. Er hätte den Ring leicht ergattert und keine Ohrfeigen von dem sich drehenden Holzkerl bekommen. Aber leider war Sleipnir heute zur Hochzeit in Jütland. Und Bendix drehte sich gewiß im Tanz mit mehr oder weniger hübschen Mädchen.

Sollte der Freund sich belustigen! Reinhart wollte auch seinen Spaß haben. Knaben begannen drüben am Maibaum emporzuklimmen. Sie wollten die Würste und Kuchen abpflücken, die sonderbaren Früchte dieses Baumes. Doch wenigen gelang es; denn der Stamm war mit Fett beschmiert. Gelächter klang herüber. Selbst die Möwen, die über dem Platz kreisten, schienen Hohngelächter von sich zu geben.

Kalle, der Geselle, zog Reinhart mit fort. Musik trompetete von drüben. Jetzt ging der Tanz an. Sie kauften sich einen Krug Bier und hielten Umschau unter den jungen Mädchen. Kalle hatte bald ein ihm bekanntes Gesicht entdeckt und schloß sich dem Reigen an. Reinhart trank sein Bier aus und schlenderte am Rand des Festplatzes entlang. Wie hübsch war das Bild vor ihm! Die buntwogende Menge, dahinter die blaue Schlei, und darüber schwebten dicke weiße Lämmerwölkchen. Und wie der Mai duftete!

Man müßte es malen können. Er stand still und schaute um sich. Da vernahm er plötzlich hinter sich eine schrille Stimme:

«Laß mich los, was fällt dir ein!»

Reinhart sprang mit schnellen Sätzen hinter den Schlehdornbusch. Ein Mädchen suchte sich von der Hand eines Burschen loszureißen. Jetzt erkannte Reinhart sie. Es war das liebliche Mädchen, das er aus dem Wagen vor Schloß Gottorp bewundert hatte. Er herrschte den groben jungen Kerl an: «Mach, daß du fortkommst! Das ist mein Mädchen!»

Der Bursche duckte sich, als er die dunklen, zornfunkelnden Augen und die erhobene Faust Reinharts erblickte. Und das Mädchen riß sich los. Sie merkten gar nicht, daß der lästige Mensch sich fortmachte. Sie sahen sich an, das Mädchen noch mit erschrockenen Augen. Dann reichte sie Reinhart beide Hände und dankte ihm für sein rechtzeitiges Einschreiten.

«Er wollte mich umarmen, da bin ich fortgelaufen, hinter diesen Busch, aber er holte mich ein. Oh, ich wollte gar nicht tanzen. Wollte nur ein wenig dem lustigen Treiben zusehen.»

«Du bist doch nicht böse, daß ich sagte, du seist mein Mädchen?»

«Nein, denn zu dir habe ich Vertrauen. Wirst du mich beschützen?»

Und ob Reinhart sie beschützen wollte! Auf seine Frage, ob er sie nach Hause begleiten solle, erwiderte sie, daß sie unter seinem Schutz gern noch etwas hier draußen bleiben möchte. Hand in Hand wanderten sie um den Festplatz. Reinhart kaufte ihr etwas zum Trinken, dabei sah er sie mit Entzücken an. Und als sie dann die lustigen Volkstänze mitmachten, bekam das Mädchen rote Wangen und blitzende Blauaugen. Reinhart flüsterte ihr ins Ohr, er habe noch nie zuvor ein so schönes Mädchen gesehen.

Sie merkten nicht, daß sich die Menschen nach diesem vornehm wirkenden Paar umsahen, sie merkten nicht, daß die Sonne sich neigte und die Menge sich langsam verlief, um zum Abendessen heimzugehen. Erst als die Musik verstummte, wurden sie gewahr, daß es Abend war.

«Oh, die Muhme wird schelten, daß ich so lange spazierenging, ich muß schleunigst heimgehen», sagte das Mädchen erschrocken.

Reinhart erfuhr unterwegs, sie sei bei ihrer Muhme zu Besuch, und mit ihr habe sie in Gottorp eine Verwandte besucht. Auf ihre Frage, ob Reinhart in Gottorp wohne, antwortete er, er sei dort mitunter bei einem Freund. Sie hieß Sophie und fand seinen Vornamen sehr zu ihm passend.

Es war für das verliebte Paar ein Segen, daß die Muhme gehbehindert war. Sie konnte Sophie ja nicht zumuten, bei dem herrlichen Wetter in der Stube zu hocken. Das Mädchen mußte aber versichern, nicht wieder so lange auszubleiben wie am Pfingstsonntag.

Und Reinhart vernachlässigte seine Arbeit, um Sophie am frühen Nachmittag zu treffen. In einem verwilderten Garten am Rand des Städtchens gab es eine morsche Laube, mit Kletterpflanzen überwuchert, wo das verliebte Paar ungestört war.

Reinhart zählte die Stunden vom frühen Morgen bis zum Wiedersehen mit Sophie. Abends saß er in seinem Stübchen und schnitzte Sophies Kopf. Leider war es keine Gesellenarbeit für die Tischlerzunft. Er dachte auch an Bendix, den er jetzt lieber mied, und dessen Ermahnungen. Aber er war so im Banne des lieblichen Mädchens, daß die Meisterin bemerkte, wie unlustig er nur wenig von ihren Speisen zu sich nahm. Auch dem Meister fiel es auf, daß Reinhart wenig schaffte und «vom Fleisch fiel», wie man zu sagen pflegte. Auf sein Befragen antwortete ihm der Lehrling, es sei nur eine kleine Unpäßlichkeit, sie würde schon vergehen.

Und sie verging; aber anders und schlimmer, als er ahnte:

Eines Morgens schob er den Handwagen mit einem fertiggestellten Tisch, den er an den Auftraggeber zu bringen hatte, durch eine Gasse. Da tauchte Sophie, wie immer frisch und hübsch gekleidet, vor ihm auf. Sie blieb stehen, sie starrte ihm ins Gesicht und blickte dann an seinen Arbeitskleidern hinab:

«Was soll das bedeuten? Was treibst du da?»

«Ich erkläre es dir heute nachmittag, Sophie...»

«Nein... du hast mich belogen und betrogen!» stieß sie hervor.

«Das habe ich nicht. Du hast mich nie gefragt, was ich hier arbeite. Ich lerne das Tischlerhandwerk, aber...»

Sophies Antlitz wurde lang und hochmütig: «Und als solcher hast du gewagt, dich mir auf diese Weise zu nähern? Geh deiner Wege! Du hast mich schamlos belogen. Dein schwarzes Pferd, von dem du mir erzähltest...»

«...ist Wahrheit.»

Leute wurden auf das seltsame Paar aufmerksam. Sophie raffte ihren Rock und eilte davon.

Niedergeschmettert sah Reinhart ihr nach. Er wußte später nicht, wie und ob er den Tisch abgeliefert hatte, als er den leeren Karren in den Hof schob. Reinhart sah so elend aus, daß die Meisterin ihn frühabends zu Bett schickte. Jetzt wußte er, wie sein Freund damals unter dem Ende seiner großen Liebe gelitten hatte. Hätte er nur auf Bendix gehört, als er ihn mahnte, sich an die Arbeit zu halten.

In dieser Nacht wurde aus dem schwärmerischen Jüngling ein zielstrebiger Mann, der seinen Weg unaufhaltsam gehen wollte.

Von jetzt ab arbeitete Reinhart wie besessen an dem schon begonnenen Gesellenstück. Den noch unvollendeten Kopf Sophies steckte er in einen Sack und legte ihn in eine Ecke seines Schrankes.

Ab und zu suchte er Bendix wieder auf; verschwieg ihm jedoch sein kurzes Glück. Doch der Zufall wollte es, daß er Sophie noch einmal sah. An einem Sonntagmorgen ritten Bendix und Reinhart am Südufer der Schlei nach der kleinen Ortschaft Haddeby. Sie waren noch nicht weit von Gottorp entfernt, als sie ihre Pferde in Galopp setzten. Plötzlich tauchte vor ihnen das Edelfräulein Sophie auf, das sich erschrocken umwandte und stehenblieb. Dann rief sie laut: «Reinhart!» Er sah sie kurz an und wandte das Gesicht ab.

«Wer war das?» erkundigte sich Bendix.

Erst nachher, auf dem noch sehr hohen Umfassungswall der versunkenen, alten Wikingerstadt Haithabu sitzend, berichtete Reinhart dem Freund, was er mit der schönen Sophie erlebt hatte.

Einen Monat später wurde Reinhart vom Zunftmeister zum Gesellen ernannt.

Der Juni brachte, wie oft nach einem sonnigen Mai, geradezu herbstliches Regenwetter. Die Bauern sorgten sich um ihre Heuernte. An solch einem düsteren Tag fuhr Meister Brüggemann nach Gottorp. Riepenhusen hatte veranlaßt, daß er bei diesem unfreundlichen Wetter mit einer Kutsche von Bordesholm abgeholt wurde, wo er an Hand der räumlichen Ausmaße schon klarer die Gestaltung der Altartafel überdenken konnte.

Es regnete nicht mehr, als die Kutsche über die Brücke zur Burg hinüberdonnerte. Es war schon Spätnachmittag. Brüggemann ließ sich, wie Riepenhusen ihm empfohlen hatte, beim Ritter Iversen melden, wohin der Lakai sein Gepäck brachte. Im Hof waren mehrere Wagen anwesend. Der Herzog hatte Besuch.

Herr Benedictus, wie der Ritter oftmals im Umgang mit gelehrten Herren oder Priestern genannt wurde, empfing den Meister in seiner herzgewinnenden Art und verschaffte dem Reisenden Gelegenheit, sich umzukleiden und zu erfrischen.

«Ob der Herzog dich heute noch empfängt, ist ungewiß, da er an diesem Nachmittag eine wichtige Besprechung hat. Aber ich werde ihm deine Ankunft melden lassen.» Bendix sah zu der großen Rolle hinüber, die der Diener auf den Tisch gelegt hatte.

«Aha, das ist der Entwurf des Altaraufsatzes. Haben die Augustiner dir Hilfe geleistet, dir gute Gastfreundschaft gewährt?»

Der Meister erwiderte, er sei freundlich aufgenommen worden.

Außerdem habe er seinen Altgesellen für die Vermessungsarbeiten dabeigehabt; der sei mit den beiden Pferden im Stift zurückgeblieben. Natürlicherweise seien der Probst Preen und die Chorherren voller Anteilnahme in bezug auf die Ausgestaltung der Tafel gewesen. Ihm, Brüggemann, sei immerhin an den Wünschen des Herzogs in dieser Richtung am meisten gelegen.

«Es recht zu machen jedermann, ist eine Kunst, die keiner kann, Meister Brüggemann», warf der Ritter ein. Und der Bildhauer hielt dagegen: Der Herrgott werde wohl mehr auf die Absicht geben, daß ein unbedeutendes Menschlein ihm zu Ehren sich abmühe, ein recht anschauliches Bildwerk zu schaffen, ob es nun dem einen gefalle und dem anderen nicht.

Es wurde Abend, bis der Herzog einen Bediensteten schickte, um Meister Brüggemann zu holen. Draußen brauste der Sturm mit Regenböen um die freistehenden Burgmauern. Doch legten sie den Weg über lange Gänge und Treppen hinweg zurück.

Das Gemach, das Hans Brüggemann betrat, war hoch und dämmerig. Nur der Tisch, an dem der Herzog saß, war von sechs Kerzen in zwei Leuchtern erhellt. Es war ein Bild der Einsamkeit, wie der Landesfürst dort seinen Namenszug auf ein Schreiben setzte. Neben ihm auf dem Tisch lag ein Stapel Papiere. Er hob den Kopf und legte die Feder auf sein Schreibgerät.

«Komm näher, Meister Brüggemann!»

Der Bildschnitzer trat an den Schreibtisch und lehnte die lange Rolle gegen dessen Kante, dann verneigte er sich tief. Einen Augenblick war es still im hohen Raum, nur Regen klatschte gegen die in Blei gefaßten Scheiben. Herzog Friedrich musterte den großen Mann im schlichten, dunkelblauen Rock mit seinen blauen Augen, in denen sich das Kerzenlicht spiegelte.

«Du bist also bereit, für die Kirche zu Bordesholm eine Altartafel anzufertigen, und hast, wie ich sehe, den Entwurf mitgebracht?»

«Ja, Herr Herzog, und ich hoffe, daß er das Rechte für dieses schöne Gotteshaus sein könnte.»

«Es ist in der Tat eines der schönsten im Lande, und darum soll es einen dementsprechend würdigen Altar in sich bergen. Wirst du das schaffen können, Meister?»

«Ich werde keine Mühe scheuen, insbesondere da die Kirche, wie ich erfuhr, von Herrn Herzog zu hohen Ehren erhoben wurde.»

Der Herzog stützte den Kopf in die Hand und blickte auf den Schreibtisch nieder. «Dein Christophorus würde in Bordesholm auch besser zur Wirkung kommen als in meiner kleinen Kapelle. Der braucht Raum um sich herum mit seinem wehenden Mantel und der ganzen Welt auf dem Nacken. Aber er soll zunächst hierbleiben, der Heilige, der so viel Zuverlässigkeit ausstrahlt.» Er blickte zu Brüggemann auf: «Hast du derartige Retabeln schon verfertigt, Meister Brüggemann?»

«Ja, Herr Herzog, als Geselle habe ich geholfen, große Altaraufsätze zu schnitzen. Das war in den Niederlanden, während meiner Wanderjahre.»

«Gut ist das. Wir wollen uns mal deinen Entwurf ansehen.» Auf das Klingeln des Herzogs mit einer kleinen Bronzeglocke erschien ein Lakai und bekam den Auftrag, den großen Tisch im Nebenzimmer abzuräumen und dort Licht zu machen.

Unterdessen fragte der Herzog, ob der Meister verehelicht sei. Brüggemann verneinte es. Er sei frei und ledig. Freimütig erklärte der Herzog, er habe zunächst an Benedikt Dreyer gedacht, doch der habe den Auftrag übernommen, in Lübeck für die Burgkirche einen Altaraufsatz zu schnitzen.

Nebenan war ein gut erleuchteter Tisch, und Hans Brüggemann rollte seinen Plan auf. Er beschwerte die Ecken mit den Leuchtern.

«Für einen so großen Altar ist es mir klar, daß er genügend Platz bietet, die Leidensgeschichte Christi aufzunehmen, wie Herr Herzog es gewünscht hat.» Brüggemann deutete auf die Zeichnung links, die den geschlossenen Schrein darstellte, wie er bei den gewöhnlichen Gottesdiensten zu sehen war. Über den geschlossenen Flügeln erhob sich in feinen geschwungenen Linien das Gesprenge. Auch die Basis des Aufsatzes, die Staffel, zeigte geschlossene Flügeltüren.

Rechts davon befand sich die Zeichnung des Altars mit offenstehenden Flügeln, wie er sich bei hohen Kirchenfesten darbot. Meister Brüggemann hatte dahinter in dünneren Linien die drei hohen gotischen Fenster des Bordesholmer Chores eingezeichnet. Der Herzog beugte sich über diese Zeichnung:

«Wie großartig die Tafel sich in den Chorraum einpaßt, Meister! Die Spitze reicht genau in die Spitze des mittleren Fensters hinauf...»

«Ja, von unten gesehen. Alles muß ja vom Beschauer aus berechnet werden. Der Altar ist in seiner ganzen Höhe 47 Fuß (12,60 m) hoch und 25 Fuß (7,14 m) breit. Ist Herr Herzog damit einverstanden?»

«Aber gewiß, Meister, es ist der größte Altar, den ich jemals in diesem Aufbau gesehen habe. Nun sag mir, wie du die einzelnen Felder füllen wirst, die hier mit Zahlen bezeichnet sind?»

Hans Brüggemann spürte, wie schicksalhaft diese Stunde in Gottorp für ihn war. Draußen brauste der Nordweststurm um die alten Burgmauern. Hier drinnen im milden Lichtschein glühte ein göttlicher Funke im Herzen eines schöpferisch begabten Menschen danach, sich zu entfalten: ein Werk zu schaffen, das die Gläubigen in ihrer Seele zu Gott hinaufzuweisen, sie zu trösten, Menschen zu beglücken imstande sei. Endlich ein wirkliches Kunstwerk, wie er es sich seit eh und je erträumt hatte.

Sein Finger wies nach links oben in die Ecke des rechten Altarflügels: «Hier beginnt das für die Menschen schmachvolle Geschehen des irdischen Teils des Schreins. Bei Nummer 1: die Gefangennahme Jesu, 2. die Vorführung Christi vor Kaiphas und 3. die Geißelung, darunter die Dornenkrönung und daneben das ‹ecce homo›, 6. wie Pilatus sich die Hände in Unschuld wäscht, hier im großen Mittelfeld unten die Kreuztragung Christi und 8. darüber die Kreuzigung. Daran rechts im Flügel in der oberen Zeile anschließend die Kreuzabnahme und die Beweinung, dann 11. die Grablegung Christi, 12. und 13. Christi Höllenfahrt und Auferstehung, 14. der ungläubige Thomas. Da sie in das Reich des Unirdischen hinaufreichen, habe ich die Himmelfahrt unseres Herrn hier oben in die Spitze des rechten Flügels 15 verlegt, desgleichen gegenüber 16 die Darstellung des Pfingstwunders im linken Flügel.»

«Wunderbar», der Herzog murmelte es beeindruckt. Er betrachtete die lange, sehnige Hand des Meisters, welche eben auf dem Pergamentbogen lag. Diese kräftige Hand würde des Meisters Vorstellungskraft in Wirklichkeit umzusetzen imstande sein.» Und was werden die unteren Felder in sich bergen?»

«Die beiden äußeren Felder 19 und 20 sind dem Alten Testament zugehörig. Links wird zu sehen sein, wie der jüdische Priesterkönig Melchisedek den siegreichen Abraham mit Wein und Brot empfängt, und rechts außen 20 die Juden beim Essen des Osterlamms.

Beide Bilder weisen auf das spätere christliche Abendmahl hin, das in Feld 18 gezeigt werden soll, so wie in 17 die anschließende Fußwaschung Petri durch unseren Herrn Jesu. Alles bezieht sich in der Predella auf das Meßopfer. In der Mitte wird ein schön verziertes Sakramentshäuschen angebracht werden.»

Herzog Friedrich zeigte auf das große Mittelfeld über der Kreuzigung. Er nehme an, daß hier die Gottesmutter, der immerhin die Kirche zu Bordesholm geweiht sei, ihren Platz bekommen werde. Der Meister nickte: «Das Hauptfeld des Schreins ist in der Mitte der Kreuztragung und Kreuzigung Christi sowie der Mutter Gottes vorbehalten. Maria thront oben, schon dem irdischen Geschehen entrückt, jedoch bei zugeklappten Türen nicht mehr sichtbar. Sichtbar aber bleibt immer das Sprengwerk ganz oben mit dem Weltenrichter auf der Erdkugel und dem Regenbogen, der Versöhnung Gottes mit den Menschen. In die Fialen werden Engel hineingesetzt werden. Das ganze Gesprenge wird in zierlich-durchsichtiger Form gearbeitet sein. Es soll den himmlischen Teil der Tafel vorstellen, dessen Spitze ins Gewölbe hineinragt, wie auch unsere Kirchtürme in den weiten Himmel hinaufragen. Ebenso freistehend sind in Höhe der Gottesmutter links und rechts Adam und Eva, die Stammeltern, zu sehen. Neben ihnen auf den Pfeilern werden Engel mit den Marterwerkzeugen Christi sein. Sämtliche Bildnisse und Gestalten stehen im Zusammenhang. Die Leidens- und Heilsgeschichte.»

«Wie gedenkst du diese numerierten Felder und ihre Figuren zu gestalten?»

«In die Gehäuse werden in zwei oder drei Schichten die Figurengruppen hineingesetzt werden, Herr Herzog, die aus den dafür vorbereiteten Blöcken herausgeschnitzt werden. Die im Vordergrund befindlichen Figuren werden zum Teil freistehen, je nach den dargestellten Geschehnissen. Es soll lebendig wirken...»

Der Herzog war erfreut! «Die Figuren sollen also, so denke ich es mir, richtig dem Leben nachgebildet werden. Das ist vorzüglich! So habe ich es mir gewünscht. Der Christophorus hat mir deine Handschrift einleuchtend gedeutet. Nur, daß du fähig bist, eine so großflächige Zusammenstellung zu ersinnen, wußte ich bisher nicht. Und wie wird die Umrahmung der Kämmerchen aussehen?»

«Wir werden vor den oberen Teil Maßwerkschleier als Baldachine vor das Gewölbe setzen, versehen mit mancherlei Zierat.»

«Sehr schön. Das ergibt viel Kleinarbeit. Die Gestalten werden, soviel ich es beurteilen kann, verschiedene Größen aufweisen?» Brüggemann erwiderte lächelnd, man könne fast sagen, daß sie sich von oben nach unten zu verkleinern würden.

Der Herzog wies auf die Zeichnung ganz rechts auf dem Bogen. «Was bedeutet dieses schier verwirrende Gestrichel?»

«Das ist sozusagen das Gerippe des Werkes, Herr Herzog. Mein Altgesell und ich haben im Bordesholmer Chor herausgefunden, daß das gleichseitige Dreieck die Grundfigur der Berechnungen abgeben könne. Wir arbeiten nach den Begriffen der Raumlehre. Es können Kreise, Quadrate oder wie hier Dreiecke sein. Hier ist der Chor mit seinen Maßen. Dort haben wir ein gleichseitiges Dreieck auf dem Grundmaß der Chorseite aufgerichtet und darüber das gleiche Dreieck aufgestellt. Zusammen ergeben sie die gesamte Chorhöhe. Die Muttergottes, welche als Hauptfigur der Kirche anzusehen ist, erscheint genau dort, wo die Mitte der Chorhöhe ist, nämlich in der Mitte der beiden aufgestellten Dreiecke. Und so haben wir weiter bei der Vermessung des Altars mit Dreiecken gearbeitet. Daher das unverständliche Gewirr von Strichen.»

«Wie ich sehe, hast du Erfahrung in diesen Dingen. Das ist erfreulich. Jetzt gehen wir zurück und setzen uns ein wenig hin. Ich habe einen harten Tag hinter mir.» Brüggemann nahm zwei Leuchter vom Tisch und trug sie dem Herzog voran ins Schreibzimmer. Dort setzte er sie auf ein Tischchen, dessen Platte aus lauter Bernsteinstücken bestand. Die flackernden Kerzen zauberten Goldtöne darauf hervor. Die große Gestalt des Herzogs, der herantrat, warf ein verwischtes riesiges Schattengebilde gegen die weiße Wand über dem Paneel. Der Herzog und der Bildhauer standen einander gegenüber und sahen sich an. Zwei bedeutende Männer an der Schwelle einer neuen Zeit. Des Fürsten Antlitz wirkte müde, aber es lächelte.

«Setzen wir uns.» Und als sie sich auf zwei bequemen Stühlen niedergelassen hatten, sprach der Herzog: «Ich wollte eigentlich deinen Entwurf der Tafel von Fachleuten prüfen lassen... Es ist nicht vonnöten. Ich habe Vertrauen zu deinem Können und deiner Kunst. Du sollst deinen schönen Altar anfertigen, Meister Brüggemann...»

Der Bildhauer sprang auf und verneigte sich: «Ich danke Herrn

Herzog für seine Güte, ich danke von ganzem Herzen!» Er atmete tief, und sein Gesicht strahlte die große Freude wider. Herzog Friedrich streckte ihm seine rechte Hand hin, und der Meister ergriff sie.

«Willst du also in meine Dienste treten, Hans Brüggemann?» fragte der Herzog ernst. «Ja, Herr Herzog. Das will ich», erwiderte der Meister. Der Herzog nickte und gab seine Hand frei, hieß ihn sich wieder setzen und fuhr fort: «Ich weiß nicht, wann wir uns wiedersehen und darüber reden können, wie und wo du zu arbeiten gedenkst. Außerdem meine ich, daß du Ruhe und Sicherheit für deine große Arbeit wirst brauchen müssen. Keine Verpflichtungen, was Zunftwesen und dergleichen alles mit sich bringen mag. Darum rate ich, halte dich daraus, Meister; und das kannst du, wenn du zu meinem Gefolge gehören wirst. Nun?»

«Was Herr Herzog anführt, ist mir ganz aus der Seele gesprochen. Wenn ich mit meinen Gehilfen wirklich ganz zurückgezogen arbeiten könnte, würde auch die Arbeit besser vorankommen.»

«Wie lange wirst du dazu benötigen?»

Der Meister überlegte einen Augenblick und äußerte dann, es käme auf die Anzahl seiner Gehilfen an. Wenn alles gut verlaufe, könne man jedoch mit fünf Jahren rechnen. Der Herzog erkundigte sich nun, ob der Meister eine Werkstatt besitze, und Brüggemann erklärte, die reiche keineswegs aus. Auch beschäftige er eben nur zwei Gesellen. Es müßten für den Anfang jedoch mindestens ihrer fünfe sein. Die werde er schon zusammenbekommen. Nun tauchte die Frage nach dem Ort, wo Brüggemann arbeiten solle, auf. Bordesholm? Nein, der Herzog hatte seine Bedenken. Er schlug Husum vor: «Der Bleck Husum ist ein aufsteigender Ort, was Handel und Wandel betrifft. Besonders günstig dürfte es für dich sein, daß ihre noch junge, aber recht geräumige Kirche wenig Schmuck aufzuweisen hat, abgesehen vom Hochaltar und einigen teils von Gilden gestifteten Nebenaltären. Möglicherweise würdest du nach Beendigung unseres Altars dort neue Arbeit finden. Auch erscheint es mir wahrscheinlicher, daß du dort in Husum, vielleicht in einem der großen Speicher, Platz für eine entsprechende Werkstatt finden wirst. Aber ich überlaß es dir, Meister Brüggemann, selbst deinen Arbeitsplatz zu bestimmen.»

Brüggemann sah versonnen in das Kerzenlicht. Husum? Dann blickte er auf: «Herr Herzog hat gewiß das Richtige vorgeschlagen, und ich werde diesem Rat folgen.»

Es kamen noch einige wichtige Angelegenheiten zur Sprache, von denen der Herzog lächelnd meinte, man solle Künstlern eigentlich solche grauen, aber immerhin notwendigen Alltäglichkeiten fernhalten. Er setzte sich an seinen Schreibtisch, schrieb eine Weile, überreichte das zusammengefaltete und versiegelte Papier dem Meister und gebot ihm, es anderntags dem Rendanten Elvers abzugeben und sich mit diesem zuverlässigen Mann über den Inhalt des Schreibens zu unterhalten.

«Ich hätte es mir eigentlich denken können, daß du einen festen Vertrag ablehnen würdest, Meister», bemerkte Herzog Friedrich, er sah forschend in des Meisters ernstes Gesicht.

«Verträge sind ein totes Stück Papier, darauf möchte ich meine Arbeit an einem Werk zu Ehren unseres Gottes nicht aufbauen. Verträge werden aus Mißtrauen abgeschlossen. Es ist besser, Vertrauen, welches aus dem Herzen kommt, an den Anfang zu setzen. Herr Herzog hat zu meiner Arbeit Vertrauen, sonst hätte Herr Herzog mir nicht diesen herrlichen Auftrag erteilt, für den ich sehr dankbar bin... Und da sollte ich aus Mißtrauen ein Papier verlangen? Nein.»

«Du wirst es auch nicht bereuen brauchen, Meister Brüggemann, daß du kein Mißtrauen hegtest. Was brauchen wir Papiergeraschel? Wir machen es, wie es auch unter Händlern noch Brauch ist. Schlag ein, Meister, das ist unser Versprechen!»

Hans Brüggemann legte seine Hand in die ihm dargebotene rechte des Herzogs. Ein fester Händedruck. Dann sagte der Fürst: «Hier, vergiß nicht das Schreiben an Elvers. Und nun begib dich zur Ruhe! Ich muß noch arbeiten!»

Der Lakai mit Leuchter und der großen Rolle marschierte vorweg. Obgleich Hans Brüggemann todmüde war, wollte sich der erquickende Schlaf nicht einstellen. Seine Freude, diese herrliche Aufgabe ausführen zu dürfen, endlich ein wahrhaft fürstliches Werk erarbeiten zu können, hielt ihn wach. Erst in den Morgenstunden, als die Möwen schon um die Wasserburg schrien, schlief er ein. Er erwachte von Rossewiehern, lauten Stimmen und eilte an das Fenster, das nach Osten ging, wo die Sonne matt durch den nebeligen Dunst über der Schlei drang. Das Wetter hatte sich beruhigt. Unten, zwei Stockwerke tiefer, versammelte sich der Reisezug vor der Burg. Buntgekleidete Reiter in den Oldenburger Farben trabten von den Stallungen her um die Burgecke. Brüggemann öffnete das Fenster und sah jetzt mehrere Reisekutschen hinter drei geharnischten Reitern aus dem Burghof herauskommen. Und als der eine davon sich umwandte, erkannte er den Ritter Iversen, der ihn gestern schon davon unterrichtet hatte, daß er anderntags nach Kopenhagen reisen würde. Und auf Brüggemanns Frage, ob er den ganzen langen Weg reiten müsse, hatte Iversen gelacht. Nein, ab und zu könne er in eine der Kutschen steigen und werde abgelöst. Man habe ja keine Kriegszeiten.

Da, das war sicher des Herzogs breiter Reisewagen mit sechs schönen Pferden davor. Sie ordneten sich jetzt ein. Und der Zug setzte sich über die Brücke in Bewegung. Herzog Friedrich fuhr nach Kopenhagen. Auf dem Dach seines Wagens blitzte die Krone und der andere Zierat in der blassen Morgensonne. Den Mann, der drinnen saß, drückte diese Herzogskrone bisweilen schwer.

Meister Brüggemann, der ihr nachsah, jedoch wußte, daß diese Krone ein Schutz und Schirm für ihn bedeuten werde. Bevor der Meister nach einem langen Gespräch mit dem Rendanten Elvers Gottorp im bereitstehenden Wagen verließ, trat er in die Kapelle. Er betrachtete seinen Christophorus, dann kniete der fromme Meister nieder und dankte dem Herrgott für das Glück, das ihm zuteil geworden war.

5

An einem Dezembermorgen des Jahres 1515 umhüllte ein leichter Schneeschleier das Weichbild Husums. Die wirbelnden Flocken trieben mit dem schwachen Westwind an dem schmalen, fast hundert Meter hohen, von Kupfer bedeckten Turm der Marienkirche vorbei. Sie tanzten um die Schornsteine der strohgedeckten Häuser und endeten ihr luftiges Treiben auf feuchtem Untergrund.

Husum, einstmals nur aus einigen Häuschen an der Quwe (Aue) bestehend, hatte sich schließlich aus zwei Dörfern, genannt Wester-Husem und Oster-Husem, entwickelt. Die Aue, an der sie sich angesiedelt hatten, mündete in die Nordsee, in den Heverstrom. Die Nordsee mit ihren dazumal häufigen Sturmfluten, der Schrecken der schleswig-holsteinischen Westküste, aber war es, der Husum seine Bedeutung als Handelsplatz verdankte. Im 14. Jahrhundert wütete die «Mordsee», wie sie auch geheißen wird, besonders gewaltig gegen die niedrigen Deiche. Von der großen Insel Strand, Husum vorgelagert, verschlang sie besonders im Süden viel Land mit Bauernhöfen und Kirchdörfern und auch die blühende Stadt Rungholt mit ihrem durch Handel und Schiffahrt erworbenen Reichtum. Außerdem riß eine gewaltige Sturmflut die Lundsharde von der Insel fort, und der erweiterte Heverstrom ermöglichte es in der Folgezeit, daß tiefgehendere Schiffe Husum anlaufen konnten. So übernahm Husum als Warenumschlagplatz und Handelsort die Rolle, die einst Rungholt gespielt hatte.

Indessen, wie es sich oftmals in der Menschheitsgeschichte mit anwachsendem Wohlstand verhält, wurden auch die Husumer selbstsicherer und glaubten ihrem König Christian I., der ihnen schon mancherlei Privilegien zugestanden hatte, trotzen zu können. Er hatte ihnen erlaubt, daß niederländische Kauffahrteischiffe den Husumer Hafen anlaufen könnten, daß sie ihre Waren an die Ostseehäfen fahren lassen dürften. Er gestattete ihnen eigene Gerichtsbarkeit und das Ausscheiden aus der großen Harde. Husum wurde zwar keine Stadt, aber ein «Bleck». Es durfte sein Weichbild mit Toren und Spitzpfählen befestigen. Dann aber brach gegen Ende des 15. Jahrhunderts der Streit zwischen Christian I. und seinem Bruder Gerhard, dem Grafen von Oldenburg, aus, welcher zum Statthalter der Herzogtümer seines Bruders ernannt worden war. Gerhard trachtete danach, sich in ihnen festzusetzen. Er reiste umher, machte sich beliebt und zettelte einen Aufstand gegen den königlichen Bruder an. Die Husumer mitsamt den Eiderstedtern, den Stapelholmern und den Strandingern verbündeten sich mit Gerhard, der, vom Staller Edlef Knudsen eingeladen, 1472 mit Kriegern und Kriegsgerät in Husum landete. Er wollte den Ort noch stärker als Stützpunkt befestigen.

Der König wurde gewarnt und war schnell zur Stelle. Die Hamburger hatten ihn unterstützt, da «ihnen das Weichbild zum Nachteil gereiche», und der König hatte ihnen gelobt, wenn sie ihm helfen würden, werde er Husum zerbrechen.

Mit den sechshundert Hamburgern wurde in drei Wochen der Aufstand niedergeschlagen. Christian in seinem Zorn wollte erst Husum niederbrennen, aber die reumütigen Einwohner kamen ihm demütig mit dem Allerheiligsten entgegengezogen. Und auf das inständige Bitten des Stallers Tete Feddersen und des Amtmannes von Gottorp, Peter von Ahlefeldt, sah der König von der Zerstörung ab.

Die Hauptanführer wurden auf dem Klingenberg enthauptet. Man erzählt, es seien siebzig gewesen, andere meinen, man könne die Null davon abziehen. Die Brandschatzung betrug für Husum 30 000 Mark lübsch. Häuser und Grundstücke der Anführer wurden beschlagnahmt oder mit einer Steuer belegt, der «Rebellensteuer» *.

Die Folgen dieser Strafe sind verhältnismäßig schnell überwunden worden; denn die Nachfolger König Christians schenkten den Husumern wieder ihr Vertrauen und begünstigten den aufblühenden Ort nach Kräften. 1506 stiftete Herzog Friedrich den erhöhten Turmbau der Marienkirche.

Diese grünschimmernde Turmspitze sahen die beiden Insassen der Reisekutsche zuerst durch den leichten Schneefall, als sich die Straße, von Osten kommend, senkte. Alsbald wuchtete sich der herrliche gotische Bau über die niedrigen Häuser empor. Dann ratterte der Wagen zwischen anderen Gefährten und viel Fußvolk hindurch und fuhr in den großen Hof einer Gastwirtschaft hinein.

Der Kutscher sprang herab und öffnete die Wagentür. «Geh du einstweilen schon hinein. Ich werde mich nach einem Unterstand für die Pferde umsehen. Es scheint hier recht voll zu sein. Ich komme gleich nach», sagte Ritter Bendix und wickelte sich aus seiner Pelzdecke. Reinhart schlug der Tauschnee ins Gesicht, als er der Wirtschaft zueilte. In der großen Gaststube fand er einen unbesetzten Tisch in einer Ecke in der Nähe eines aus Eisenplatten geformten Beilegeofens, der von der Küche geheizt wurde. Ihn fröstelte, doch legte er seinen Umhang ab und wärmte sich vor dem Ofen auf. Er bestellte bei dem Bedienten zunächst einen Krug Warmbier. Stimmengewirr umgab ihn. Die mit Holz getäfelte Stube war voller schmausender

---

* Sogar Theodor Storm hat sie noch auf sein Haus in der Wasserreihe entrichten müssen!

Gäste, meist wohl Bauern aus der Umgebung. Auch einige behäbige Frauen darunter. Es schien Wochenmarkt zu sein.

Reinhart dankte Gott im stillen, daß er nun doch endlich nach Husum gekommen sei und auf dem Weg zu Meister Brüggemann. Viel hätte nicht gefehlt, und er wäre gestorben. Reinhart war lange sehr krank gewesen; Scharlach hatte ihn befallen, und das hohe Fieber wollte nicht weichen trotz der kalten Umschläge, die die alte Trine ihm anlegte. Indes er sein warmes Bier trank, gedachte er dieser betagten Jungfer, unter deren mürrischem Wesen sich ein warmes, mitleidiges Herz verbarg. Sie hatte keine Furcht vor Ansteckung wie die Meisterin. Sie saß oft nachts an seinem Bett und murmelte vor sich hin, und Reinhart wußte, daß sie für den kranken Jungen betete. Aber als seine Jugend die Krankheit endlich überwunden hatte und er sich bei ihr bedankte, wehrte sie ab und erwiderte bissig: «So, nun braucht die Olsche keine Angst mehr vor Ansteckung haben, jetzt soll sie dich Gerippe mal wieder hochpäppeln. Wenn die wüßte, was ich ihr alles aus ihrer Speisekammer für dich geholt habe, würde sie mir mit dem Schrubber den Buckel verbleuen.»

Der Freund trat mit dem dienernden Wirt an den Tisch, und sie bestellten ein kräftiges Mahl.

«Hoffentlich ist der Meister mit meinen Arbeiten zufrieden», bemerkte Reinhart in der Wartezeit.

«Deine Schnitzwerke sind, soweit ich es beurteilen kann, recht gut. Er wird dich schon nehmen; denn ich weiß, daß Brüggemann es nicht leicht hat, für sein Werk wirklich befähigte junge Leute zu finden. Er sagte es mir ganz offen, als ich mit ihm über dich sprach.»

«Vielleicht bin ich gar nicht befähigt...» meinte Reinhart.

«Rede keinen Unsinn. Du bist begabt, und ob du zur Zufriedenheit deines Meisters arbeiten wirst, liegt nur an dir selbst. Nimm dich vor Liebeleien in acht. Denk an deine etwas windschiefen Abenteuer in Schleswig! Greggersen war mit dir zufrieden, er sagte mir, er könne dir auf deinem Wege zur Bildschnitzerei nichts mehr beibringen, nur hatte er Bedenken, daß du dir nicht die Zeit genommen hast zu wandern. Aber unter Brüggemann wird das gehen, da er außerhalb der Zunft im Dienste des Herzogs steht.»

Während sie mit Behagen speisten, blickte Reinhart mit schelmischer Miene zu Bendix hinüber: «Sag mal, lieber Freund, kommen dir eigentlich gar keine windigen Abenteuer in die Möte *? Wenn ich ein Mädchen wäre, würdest du stattlicher Mann direkt mein Geschmack sein.»

Bendix verneigte sich gemessen und antwortete, es sei Reinharts Pech, daß er kein Mädchen sei. Immerhin könne er es Reinhart nun, da er seiner väterlichen Fürsorge entwachsen sei, berichten, daß er in der Nähe Gottorps ein zärtliches Verhältnis unterhalte; absolut kein windschiefes...

«Aber davon habe ich ja nie etwas bemerkt», staunte Reinhart.

«Ich bin auch nicht König Christian, der sein Verhältnis mit einer Bürgerlichen offen zur Schau stellt», erwiderte Bendix.

«Warum tut er denn das?»

«Nun, weil sie seine große Liebe ist. Auch mag er den Adel, den er nicht schätzt, gerne brüskieren.»

«Wer ist denn dieses Mädchen?»

«Ja, das ist eine fast märchenhafte Liebesgeschichte: Ihre Mutter Sigbrit Willumsdochter stammt aus Amsterdam. Einige sagen, sie habe in der reichen Kaufmannsstadt Bergen in Norwegen eine Gastwirtschaft gehabt, andere erzählen, sie sei Hökerin gewesen. Kronprinz Christian war dort als Vizekönig in Vertretung seines Vaters, König Johann. Er tanzte auf einem Fest auf Bergenshus mit einem bildhübschen, ganz jungen Mädchen, mit Sigbrits Tochter Dyveke; es muß wohl Liebe auf den ersten Blick gewesen sein. Er nahm beide, Mutter und Tochter, zu sich; und als er im vorigen Jahr König wurde, zogen das Täubchen – das bedeutet der Name Dyveke – und Mutter Sigbrit mit nach Kopenhagen.»

Reinhart war sehr beeindruckt und fragte, ob der König das Täubchen auch etwa heiraten werde, denn dann sei eigentlich das Märchen erst vollständig.

«Nein, das kann er nicht, selbst das ist diesem eigenwilligen König denn doch zu hoch gegriffen. – Aber wir wollen uns jetzt auf den Weg zu Brüggemann machen.»

Sie hatten die Mützen ins Gesicht gezogen, denn der Schnee rieselte noch immer herab. Die Straßen wurden leerer, die Marktbesucher zogen ab. Reinhart sah durch den Schneeschleier die Häuser an, die vorüberzogen. Meist waren sie einstöckig, aber auch zwei-

---

* Möte (plattdt.) = Quere

stöckige lagen besonders um den Markt herum am Wege. Hunde trieben sich umher, und die hungrigen Sperlinge untersuchten die Pferdeäpfel auf Körner hin. Der Kutscher stapfte mit seinem Sieben-Kragen-Mantel hinter ihnen drein, er trug einen großen Sack.

Ritter Bendix wußte, wo Brüggemann untergekommen war. Der hiesige herzogliche Vogt war vom Amt Gottorp angewiesen worden, sich nach einer passenden Gelegenheit für Brüggemanns Werkstatt umzusehen. Sie befand sich in der Nähe des Hafens in einem Lagerhaus, das nur teilweise als ein solches benutzt wurde. Der andere Teil war zwar ein wenig baufällig gewesen, doch hatten Meister Brüggemanns Gesellen gemeinsam mit einem Maurer Schäden ausgebessert, eine Decke über den großen Raum gezogen, wodurch ein Boden für trockenes Holz entstand, der durch einige geöffnete Luken Durchzug erhielt. Im Hof hinter dem Gebäude hatten sie Schutzdächer für die großen Eichenstämme errichtet. Auch hatte der Mauermann einen Schornstein gebaut, damit im Winter gearbeitet werden konnte. Es war viel Arbeit angefallen, ehe die Werkstatt und des Meisters Arbeitsraum bezogen werden konnten.

Als der Ritter und sein Schützling die Werkstatt betraten, herrschte dort reger Betrieb. Die Hobel waren in Tätigkeit, es wurde gesägt und gehämmert. Vier Männer waren an der Arbeit und blickten auf, als die Besucher die Tür öffneten. Reinhart nahm dem Kutscher den Sack ab und stellte ihn vorsichtig auf den Boden. Bendix schickte den Kutscher zum Wirtshaus zurück.

Der Altgeselle geleitete die beiden Fremden zum Arbeitsraum des Meisters.

Brüggemann stand an einem großen Ausziehtisch über einen Bogen Papier gebeugt und arbeitete mit Zirkel und Dreieck. Er war so vertieft, daß Bendix ihn anrufen mußte. Er strich sich das Haar aus der Stirn und richtete sich auf:

«Herr Iversen und sein Schutzbefohlener!» Der Ritter reichte ihm die Hand und fragte, ob der Meister mit der Unterbringung zufrieden sei? Brüggemann bejahte es und wandte sich Reinhart zu, der zu dem großen Mann mit glänzenden Braunaugen aufsah.

«Du möchtest also Bildschnitzer werden? Wie war noch dein Name?» – «Reinhart Holt.» Der Meister sah den Ritter an und fragte, ob der Name zu dem Gesellen passe? Bendix unterdrückte

65

ein Gelächter und antwortete, der Name sei absolut richtig, könne gar nicht besser sein.

Hans Brüggemann schaute Reinhart von oben bis unten prüfend an und bemerkte ernst, die Arbeit an einem Altaraufsatz erfordere nicht nur saubere Hände, sondern auch ein gläubiges Herz und reines Gewissen, und er, Brüggemann, hoffe, daß der junge Geselle dieses mitbringe. Reinhart mußte sich zwingen, dem Meister in die klugen Augen zu sehen. Er schluckte, weil in ihm ein Etwas hochstieg, was ihn schon seit seiner Krankheit geplagt hatte. Aber er hielt dem zwingenden Blick stand, wenngleich eine flüchtige Röte in seine Wangen stieg.

«Du hast dich schon in der Schnitzerei versucht, Reinhart?»

Reinhart nickte und holte den Sack herein, öffnete ihn und stellte seine Arbeiten klopfenden Herzens an der Kante des Tisches auf, rückte die beiden Talglichte rechts und links zu der Gruppe vor und blickte den Meister ängstlich an. Der trat an den Tisch, rückte die Bildwerke hin und her, nahm den kleinen Engel auf, betrachtete dann eingehend des Edelfräuleins, von Reinhart nochmals gründlich überarbeiteten Kopf, und zum Schluß nahm er die beiden Pferde auf und drehte sie hin und her.

Unterdessen hatte Reinhart hinter des Meisters Rücken vor Spannung des Freundes Hand ergriffen, der sie beruhigend drückte.

Endlich wandte sich der Meister um:

«Du hast Eichenholz verwandt, Reinhart. Das ist gut, dann bist du schon gewohnt, mit hartem Holz zu arbeiten... Hm, für den Anfang, und wie ich sehe mit unzureichenden Werkzeugen, ist deine Arbeit beachtenswert. Du hast Formgefühl, aber die Verhältnisrechnung geht noch nicht auf. Du mußt noch viel lernen... die Pferde sind dir am besten gelungen, die mußt du gut beobachtet haben. Ich nehme an, es ist dasselbe Pferd in beiden Arbeiten?»

«Ja, Meister...»

Brüggemann legte Reinhart die Hand auf die Schulter und nickte Bendix zu. «Du kannst bei mir bleiben, Reinhart Holt, als mein Gesell.»

Nachdem der überglückliche Reinhart seinem Meister den Gesellenbrief überreicht hatte, begleitete der Altgesell die beiden Freunde zu des neuen Mitarbeiters Unterkunft. Sie lag am Nordende des

Weichbildes in einem mit Reet gedeckten Haus und erwies sich als eine Schlafkammer mit zwei Betten im Giebelstübchen. Diese Nachtlager waren verkleidete Bettnischen unter der Dachschräge, einander gegenüber.

Das Haus gehörte einer Witfrau, die, der Einschichtigkeit müde, Meister Brüggemann und seine Gesellen aufgenommen hatte. Sogar ein kleines Mädchen von drei Jahren gehörte zu den Bewohnern; denn der Altgesell war verheiratet. Seine junge, kräftige Frau unterstützte die Hauswirtin in der Betreuung der Männer.

So wurden die Neuankömmlinge von den beiden Frauen freundlich begrüßt. Oben verriet die junge Frau mit schalkhaftem Lächeln: «Wir erwarten dich schon. Dein Bett ist schon bereit und mit gut gefüllter Seegrasmatratze versehen.» Sie schlug das dicke, mit Gänsefedern gestopfte Oberbett zurück. Aber Reinhart hatte noch einen Nachmittag mit dem Freund vor sich. Beide waren etwas wehmütig gestimmt, da sie sich von jetzt an nicht mehr so häufig sehen konnten.

Der Altgesell ging in die Werkstatt zurück, und Ritter Bendix und Reinhart saßen sich im Wirtshaus, das sich derweil geleert hatte, wieder gegenüber. Eine Kanne guter Rotwein stand zwischen ihnen. Bendix hob seinen Krug.

«Zum Wohle, lieber Reinhart! Auf daß du gute Zeiten in Husum verleben mögest.» Sie stießen an und tranken, indes ihre Augen sich nicht losließen.

«Dein Sleipnir hat Ehre eingelegt. Den hast du anscheinend mehr geliebt als deiner Geliebten Kopf», sagte Bendix und setzte den Krug ab.

«Außer dich, Bendix... Ja, Sleipnir. Der wird mir auch abgehen.» Bendix tröstete, hin und wieder – wenn es gerade passen würde – könnten er und Sleipnir wohl nach Husum kommen, und dann würden sie wieder einen Ausritt machen.

«Nein, ich will nicht mehr ausreiten», sagte Reinhart energisch, «ich will nur bei Meister Brüggemann lernen und arbeiten. Weißt du, Bendix, mich hat dort in der Werkstatt eine Art Arbeitsfieber gepackt. Das ist etwas ganz anderes als der zweckmäßige Betrieb in Schleswig. Die Gegenstände, die ich dort verfertigte, waren fremde Dinge, unzusammenhängend mit meinem Leben und Schaffen. Aber dieses große Werk Meister Brüggemanns wird mich ganz in seinen Bann ziehen. Das weiß ich schon jetzt. Es ist schließlich kein Gegenstand, auf den man sich hinsetzt, in den man Kleider hängt oder auf den man draufhaut, wenn man wütend ist...»

«Ich kann dich verstehen, insbesondere weil du ein frommer Mensch bist. Die Sachen, die du in Schleswig herstelltest, werden verbraucht werden, eines Tages werden Menschenhände sie fortwerfen und verbrennen... doch der eichene Altaraufsatz, den Brüggemanns Künstlergeist geschaffen hat, wird wohl Jahrhunderte überdauern und die Betrachter immer wieder fesseln und beglücken.»

«Es ist noch mehr, was der Altar bewirken sollte, Bendix. Und darum hat mir Brüggemann von sauberen Händen und gläubigen Herzen gesprochen... und von reinem Gewissen. Und das hat mir zu schaffen gemacht.»

Der Freund sah, wie Reinhart die Augen niederschlug. «Ich habe es dir angemerkt. Was ist es?»

Reinhart nahm einen großen Schluck des rotfunkelnden Weines: «Während ich mit dem Fieber des Scharlachs rang, stand mir oft die Gestalt meines Großvaters vor Augen. Auch Mutter und Schwester, Bendix. Mir wurde plötzlich klar, welch einen Kummer ich ihnen bereitet haben mag. Und als das Fieber wich und ich schwach und matt vor mich hindöste, erinnerte ich mich auch daran, wie meine Mutter mich als kleines Kind pflegte, wenn ich krank war, wie sie mir einen Becher mit Himbeersaft reichte und mir das wirre Haar aus der Stirn strich. Sie hat so schöne, leuchtendblaue Augen. Das Kloster hat mich meinen Verwandten entfremdet. Wahrscheinlich hat Großvater das gewußt...»

«Du kannst noch umkehren, mein Junge. Einmal mußte dir diese Erkenntnis kommen», sagte Benedict ernst.

Reinhart schüttelte den Kopf: «Als ich wieder gesund war, schrieb ich diesen Anfall von Reue meiner Schwäche zu und warf die Vergangenheit wieder hinter mich. Meister Brüggemanns kluge Augen und Worte aber beschworen alles wieder herauf. Es war mir, als blicke er in mich hinein und wisse alles. Und der Herrgott weiß es auch, was ich getan habe. Ich muß und will jetzt meinen Weg gehen. Letzten Endes ist es auch eine Arbeit, die zur Ehre Gottes getan wird.» Der junge Mensch sah den Freund fragend an.

Der nahm Reinharts Hand in die seinige. «Ich glaube, du wirst glücklich sein, in diesem, deinem Gottesdienst, mein Reinhart.»

«Ja, ich weiß es. Nun aber habe ich mir folgendes gedacht: Sie sollen wenigstens wissen, daß ich noch lebe. Und darum möchte ich dich bitten, schick ihnen Sleipnir zurück, lieber Freund!»

«Gerne will ich das tun, und ich werde es bei Gelegenheit selbst unternehmen. Der Großvater wird seine Freude haben...»

«Aber meinen Aufenthalt wirst du ihm nicht verraten. Oh, ich danke dir sehr, du Guter! Sage ihnen, daß ich ihrer gedenke und daß ich um Vergebung bitte. Sage ihnen, daß ich zufrieden mit meinem Dasein bin. Aber mache ihnen keine Hoffnung, daß ich zurück-kehre. Versprichst du mir, daß du meinen Wohnsitz geheimhältst?»

Lächelnd meinte Bendix, daß Reinhart doch vielleicht eines Tages nach Eekenholt heimkehren würde, wenn das große Werk fertigge-stellt sei? Aber er versprach, ihn nicht zu verraten.

Reinhart löste seine Hand und ergriff seinen Krug. «Nein, das glaube ich nicht. Mich wird die Bildschnitzerei gefangenhalten.» Möglich. Ebenso wie Meister Brüggemann nun doch seine kranke Mutter, oder was immer ihn in der Heidestadt festgehalten habe, verließ, um des Herzogs Auftrag zu erfüllen. Das eben sei das Glück eines Mannes und Künstlers.

«Wann ich deinen Auftrag erfüllen kann, weiß ich nicht. Jetzt im Winter wird es damit nichts werden. Aber im Frühjahr werde ich wohl nach Holstein kommen... Du bist nun schon vier Jahre fort. Willst du dem Großvater nicht schreiben?»

«Das ist unsinnig. Wie sollte ein Schreiben an diesen entlegenen Ort kommen? Außerdem glaube ich kaum, daß Großvater es lesen könnte. Und Mutter und Nele sind im Kloster Preetz.»

«Dann schreibe doch nach Preetz, das würde ankommen, und die beiden sind sicher des Schreibens und Lesens kundig?»

«Und dann würden sie herausbekommen, wo ich stecke. So was ist besser als mündliche Botschaft überbracht, Bendix.»

Die Wirtin erschien und brachte für den Ritter einen kleinen Im-biß, bevor er die Reise nach Schleswig antrat. Auch der Kutscher stärkte sich in der Küche. Zuvor brachten sie Reinhart mit dem Gepäck zu seinem neuen Heim. Dort nahmen die Freunde herzlich Abschied voneinander.

Reinhart stand in der Dunkelheit vor der Haustür und sah die Wagenlaterne um die Straßenecke verschwinden. Die Schneeflok-ken fielen in seine Haare. Er kam sich recht verlassen vor. Der gütige

Mann, der ihn bisher beschützt und geleitet hatte, entschwand jetzt seinem Lebenskreis. Was hatte er Bendix dafür gegeben? Seine Freundschaft? War das genug gewesen? Er wischte mit dem feuchten Ärmel über die Augen.

Da hörte er das Klappern eines Holzschuhes hinter sich, eine Hand faßte nach seinem Arm: «Wat steihst du hier buten, Jung. Warst di verköhlen. Kumm herin!»

Es war eine rundliche, kleine Frau, die Hauswirtin Dörthe Brodersen, die sie alle «Modder Dörthe» nannten. Sie hieß ihn willkommen in ihrem Haus und stieg mit ihrem Leuchter vor ihm die Treppe empor. Reinhart wunderte sich, daß es im Giebelstübchen gar nicht so kalt war, wie er vermutet hatte. Frau Dörthe wies neben der Tür auf die Wand, er solle mal anfassen. Die Steine waren warm. Dahinter sei der Rauchfang von der Küche, ein Rauchkämmerchen. In der kommenden Woche würde es wieder voll frischgeschlachteter Rauchwaren hängen, damit sie etwas für die vielen hungrigen Mäuler habe. Sie entzündete das Licht, das auf einem Tisch vor dem Fenster stand, und ließ ihn allein, nachdem sie ihm erklärt hatte, er könne seine Sachen im großen Schubfach unter seinem Bett verstauen.

Reinhart hing seinen Umhang an einen Haken am Bettpfosten auf und tat, wie ihn die Hausfrau geheißen hatte. Dann kniete er vor seinem Bett nieder und betete. Er bemerkte erst am flackernden helleren Lichtschein, daß jemand hinter ihm stand, und wandte sich um. Meister Brüggemann mit einem Licht in der Hand war es. Reinhart erhob sich etwas verlegen, doch der Meister sagte, er brauche sich nicht zu schämen, daß er zu seinem Herrgott gebetet habe. Ein Gebet am Anfang eines neuen Lebensabschnittes sei segensreich, wenn es von Herzen komme.

Der Meister sah sich um: «Ich wollte nachsehen, ob du gut untergebracht bist. Aber es scheint alles in Ordnung zu sein. Bist du zufrieden, Reinhart?»

«Ja, Meister, es ist ein behagliches Stübchen.»

«Du wirst es mit Lorenz Mummens teilen, ein verträglicher Mann. Und jetzt gehen wir hinunter zur Abendmahlzeit.»

In der geräumigen Küche unten standen die Gesellen hinter ihren Hockern um den großen Tisch. Das offene Herdfeuer verbreitete eine wohlig-warme Geborgenheit. Reinhart wurde als Hausgenosse und Mitarbeiter freundlich begrüßt, als der Meister ihn einführte. Da waren Vedderke Borchert aus Hamburg, Diederik Becker aus Lüneburg, Lorenz Mummens und der Altgesell Sywel Atynghe, ein Niederländer. Die letzteren beiden hatten schon bei dem Meister in Walsrode gearbeitet.

Mutter Dörthe und Ida Atynghe trugen die Schüsseln auf und setzten sich auf ihre Plätze, die Hausmutter an der Schmalseite des Tisches dem Meister gegenüber, Ida neben ihrem Ehemann. Der Altgesell sprach stehend ein Tischgebet, und dann forderte Frau Dörthe auf, tüchtig «beizulangen». Zudem nahm sie ein Roggenbrot vor ihre mollige Brust und säbelte ganz gleichmäßig große Scheiben herunter, auf welche Schmalz gestrichen wurde.

Es wurde fröhlich geplaudert und gelacht. Meister Brüggemann wünschte allen eine gute Nacht, als die Frauen den Tisch abräumten, und verschwand in seinem Wohnzimmer, wo er noch arbeitete.

Vedderke Borchert, der Hamburger, wußte noch allerlei spaßige Schwänke von seiner Wanderzeit zu erzählen, so daß selbst die beiden Frauen beim Geschirrspülen mitlachen mußten. Als sich aber die Modder Dörthe ins Bett begeben wollte, brachen die Gesellen auch in ihre Kammern auf.

«Du mußt mich morgen früh tüchtig rütteln», sagte Reinhart oben zu Lorenz, als sie in ihrer «Kus» lagen, «ich schlaf immer sehr tief…»

«Hauptsache, du schnarchst nicht!» kam es von gegenüber. «Ich habe einmal auf der Wanderschaft mit einem zusammengeschlafen, der…»

Reinhart erfuhr nicht, was der Wandersmann erlebt hatte, er schlief schon seinen ersten Schlaf unter einem Husumer Dach.

Die Werkstatt Meister Brüggemanns befand sich in mustergültiger Ordnung, als der Neuling sie mit den anderen Gesellen am nächsten Morgen betrat. Der Fußboden war sauber gefegt. Abfälle lagen in einem großen Korb neben dem Herd, daneben waren als Feuerung zersägte Kiefernholzkloben aufeinandergestapelt. Lorenz rakte gleich die Asche über den noch glimmenden Torfstücken beiseite und legte Späne darauf.

Der Altgesell zeigte Reinhart die auf einem langen Wandbrett liegenden Werkzeuge. Manche waren Reinhart bekannt, doch die meisten sollte er erst in der Handhabe kennenlernen. Die Äxte hatten zumeist vom Schaft aus eine ovale Öffnung zur Schneide hin, die sich verschieden breit erwies. Da waren die klobigen, hölzernen Klöpfel, mit denen das Schnitzmesser ins Holz getrieben wird, und die vielen Arten der Schnitzwerkzeuge: das breite Balleisen, der Geißfuß, ein zweischneidiges Eisen, breite Flacheisen und die Hohlmesser, mit welchen die Feinheiten an den Holzfiguren herausgearbeitet werden. Freilich waren die Gesellen noch nicht soweit, diese Werkzeuge zu benutzen. Denn, wie Sywel Atynghe erklärte, seien sie vorerst damit beschäftigt gewesen, die einzelnen Teile des Aufsatzes, den Rohbau, herzustellen. Dazu brauchten sie Äxte und Sägen.

«Wir haben die ersten Monate genug damit zu tun gehabt, die Werkstatt hier, des Meisters Stube nebenan und auch in Modder Dörthes Haus alles mögliche anzufertigen. Sogar Möbel haben wir für unsere Zwecke hergestellt. Aber nun geht endlich die Arbeit an der Tafel los!»

Reinhart mußte zunächst Äxte und grobe Werkzeuge am Drehstein schleifen und am Ölstein abziehen. Derweil sägten die anderen die Bohlen paßgerecht. Zwischendurch mußte der Neuling auf das Feuer achten; denn draußen hatte über Nacht Frost eingesetzt.

Erst beim Mittagessen sah Reinhart den Meister, der in seiner warmen Stube, wo er besseres Licht als in seinem Werkstübchen hatte, mit Entwürfen beschäftigt gewesen war.

Er fragte Reinhart, ob er seine Arbeiten nach zuvor entworfenen Zeichnungen gemacht habe? Reinhart bejahte es; und der Meister meinte, nach seiner Ansicht sei es auch das Richtige, andere zögen ein zuerst angefertigtes Tonmodell vor, was allerdings aus Sparsamkeitsgründen etwas für sich habe. Papier sei recht kostspielig.

«Wenn man aber nicht zeichnen kann, Meister?» warf Sywel ein. «Gebrauch du nur weiter deine Tonmodelle, Sywel, wie du es damals in Antwerpen machtest, als wir den großen Altaraufsatz schnitzten. Wat den een sin Uhl, is den annern sin Nachtigal», gab der Meister schmunzelnd zurück.

Nach Neujahr wurde es an einigen Tagen so kalt, daß das Arbeiten in der Werkstatt unangenehm wurde. Nur die «Kistenmacher» werkelten dort. Es waren Vedderke und Diederik Becker, ein riesiger Mann mit «was auf den Rippen», wie Modder Dörthe es nannte.

Dem machte die Kälte nichts aus. Lorenz Mummens, Sywel und Reinhart blieben bei dem Meister, der sie vorsorglich im Darstellen der menschlichen Anatomie unterwies. Sywel arbeitete mit Ton. Modder Dörthe juchzte erschrocken auf, als Reinhart, nur mit einem knappen Lendenschurz umgürtet Modell stand und seine Kameraden seine schlanken, muskulösen Beine nachformten, als sie sie zum Essen holen wollte. Seitdem benutzte sie lieber eine alte Kuhglocke auf des Meisters Geheiß.

Reinhart saß mit heißen Wangen über dem Zeichenpapier und zeichnete Männerhände ab, auch Frauenhände; da mußte Ida Atynghe herhalten. Sie hatte hübsche, schlanke Hände, wenngleich auch etwas verarbeitet.

Der Meister erklärte ihnen den Verlauf der Muskeln und Sehnen und verbesserte ihre Entwürfe mit wenigen Strichen.

Vedderke und Diederik, die beide auch geschickte Schnitzer waren, teilte der Meister ab für den Zierat des Aufsatzes, die Einfassung der Gehäuse, die Baldachine mit ihren vielen Ranken, Bogen und Zapfen, das Maßwerk.

Als das Frühjahr mit warmem Wetter kam, waren die groben Arbeiten geschafft. Der Rohbau der Staffel und der Gehäuse war ziemlich fertiggestellt. Sywel gebot Reinhart, zusammen mit Diederik gedrehte Säulchen für die Umrahmung der Gehäuse herzustellen. Das war ihm eine vertraute Arbeit. Er wunderte sich höchlichst, wie geschickt Diederik mit seinen großen «Pratzen» die feinste Arbeit bewältigte. Er spürte immer mehr, wie er in diese Gemeinschaft hineinwuchs. Reinhart füllte die Arbeit ganz aus. Aus Gesprächen hatte er mancherlei über seine Mitarbeiter erfahren. Sie hatten ihn anfangs auch ausfragen wollen; doch da sie merkten, daß Reinhart dann wortkarg wurde, unterließen sie es. Modder Dörthe hatte ihren Mann, der als Kapitän auf einem Husumer Schiff fuhr, auf See verloren. Er war bei einem schweren Unwetter über Bord gespült worden, das Schiff war einen Nothafen angelaufen. Modder Dörthe hatte tagaus, tagein an dem kleinen Fenster oben im Giebelstübchen, wo Reinhart schlief, nach dem Schiff ausgeguckt, bis es endlich, ausgebessert, einlief... ohne ihren Mann.

Daran mußte Reinhart oftmals denken, wenn er oben am Fenster stand und über den Deich hinweg auf die graue Nordsee hinüberblickte, wo die schönen, großen Silbermöwen ihre Bahnen zogen,

73

um plötzlich auf ihrer Jagd nach Fischen steil wie ein Stein hinunterzufallen. Wie herzhaft die Luft hier an der Nordseeküste roch! Ja, man roch sie wirklich, man hatte den Eindruck, daß ein Etwas um einen herum sei, fast greifbar und so wunderbar würzig. Vielleicht war auch etwas von dem frischen Grasduft daruntergemengt, der den Frühling anzeigte. Die Schafe weideten auf dem Streifen Vorland.

Eines Abends, als Lorenz, oder «Lorne», wie er genannt wurde, mit Reinhart am offenen Fenster am Tisch saß und noch zeichnete, hob er den Kopf und horchte. Seltsame Geräusche machten sich am Himmel breit. Die beiden sprangen auf und blickten hinauf in den rosiggefärbten Abendhimmel.

«Kraniche. Sie ziehen nach Norden», sagte Reinhart, «schau, wie sie ihre Hälse langmachen. Sonderbar sind ihre Rufe, geisterhaft.»

«Ja, wie verlorene Seelen.»

Der milde Abend lockte die beiden jungen Männer hinaus. Sie gingen durch Modder Dörthes Gärtchen, stiegen über den Zaun und spazierten auf dem Deich entlang. Die Sonne war hinter dem schmalen Ufer der großen Insel Strand weit draußen im Meer versunken. Sie setzten sich ins kurze Gras, das auf dem Deich wuchs, und waren ganz versunken in die Schönheit dieses Abends, der sie umgab. Der unendlich hohe Himmel, die Weite des Nordmeeres mit der ihnen unbekannten Insel als Grenze.

Vielleicht waren es auch die ernsten Worte des Meisters, die er ihnen am Nachmittag gesagt hatte über ihre Aufgabe, ein großes Werk zum Lobe Gottes zu schaffen, vor dem die Menschen in frommer Andacht niederknien würden, vor dem Weltenrichter und der Jungfrau Maria, vor Christus und den Heiligen in einem Dankgebet oder um Trost zu erbitten. Sie waren danach still auseinandergegangen. Es mögen diese Vorhaltungen gewesen sein, welche jetzt in der abendlichen Stille Reinhart veranlaßten zu sagen:

«Lorne, ich muß beten…» Der Kamerad nickte und faltete auch die Hände. Sie blickten zum Himmel auf. Einige blasse Sterne zeichneten sich schon ab. Jeder der beiden jungen Bildschnitzer betete wortlos für sich.

Auf dem Rückweg berichtete Lorenz Mummens, er habe schon als junger Geselle unter Brüggemann in Hamburg gearbeitet. Sei dann bis Köln und Aachen gewandert; und als er zurückkam, habe

74

er in Hamburg erfahren, daß Brüggemann Meister geworden und nach Walsrode gegangen sei. Dort habe er den Meister gefunden und sei bei ihm geblieben.

«Der Meister hatte Sywel, mit dem er schon in einer Werkstatt in Antwerpen gearbeitet hatte, von den Niederlanden kommen lassen. Das war geradezu abenteuerlich. Er hat einem Seemann, der nach Antwerpen segeln sollte, eine Botschaft an Sywel mitgegeben. Und Sywel hat, als er sie erhielt, sein Schurzfell abgenommen, seine Sachen zusammengepackt und ist mit dem Segler zurück nach Hamburg gefahren.»

Reinhart warf ein, warum der Meister nicht in den Niederlanden geblieben sei, dort seien doch bestimmt mehr Möglichkeiten gewesen, Aufträge zu bekommen.

Lorenz Mummens hob die Schultern. «Das habe ich mich auch gefragt. Sywel schwieg sich darüber aus. Es geht uns nichts an, Reinhart. Aber wir wollen uns alle Mühe geben, daß ihm dieses herrliche Werk gelingt.»

6

Am Dienstag vor Ostern brachen zwei Söldnerrotten über Husum herein. Meister Brüggemann und seine Gehilfen waren gerade nach der Mittagspause wieder auf dem Weg zur Werkstatt, als sie Pauken und Trompeten vernahmen. Menschen stürzten aus den Häusern, Hunde kläfften wie besessen. «Die Musik kommt!» Junge Mädchen mit flatternden Schürzen rannten auf die Straße.

«Kommt und schaut euch um. Das können wir gerade brauchen!» Der Meister rief es und eilte geschwinden Schrittes voraus durch die Krämerstraße zum Marktplatz. Die sechs Bildschnitzer eroberten sich in dem Menschengewühl das Treppchen eines alten Hauses vor der Tür. Rund um den Platz schauten die Bewohner aus Fenstern und Türen hinaus.

Von Norden her kamen sie herangezogen, vorweg Reiter in Rüstung mit offenem Visier, hinter ihnen das Fußvolk der Söldner. Welch ein Bild! Wie sie da anmarschiert kamen, in Blau-Gelb, den schleswigschen Farben, und Blau-Rot mit teils ärmellosen Brustharnischen, aus denen geschlitzte, bauschige Ärmel hervorquollen, auf den Köpfen runde Helme, teils mit Nackenschutz, teils mit Riemen unter dem Kinn gebunden. Aber erst die Hosen! Rote und blaue ganz enge Strumpfhosen. Die Jacken und Harnische bedeckten nur stramm den Oberkörper bei den meisten der Knechte, die in ihrer protzigen Männlichkeit einherstapften. Frech sahen sie umher, winkten den kichernden Husumer Mädchen zu. Welch Leben kam in den eben noch still in der Mittagssonne liegenden kleinen Ort! Die Einwohner wichen vor der eindringenden Masse gegen die Häuser zurück.

Terumtumtum machten die Trommeln. Noch ein Trompetenruf, und sie hielten auf dem Platz, die Söldner schwirrten auseinander.

Reinhart sah, wie sie sich an die jungen Mädchen heranmachten, deren Mütter und Väter sie am Arm in die Häuser fortzerrten und die Türen zuschlugen. Dann erblickte er, etwa einen Steinwurf entfernt, einen Ritter, der eben abstieg und sein Pferd einem der Knechte übergab. Er schlug das Helmvisier hoch und wandte sich zu einem anderen Reiter, der abgesessen war, um. Da drängte Reinhart sich aber geschwind durch das Gewühle.

«Bendix!»

«Reinhart! Dich wollte ich eben aufsuchen!» Sie reichten sich die Hände.

«Komm, wir gehen in den bewährten Gasthof ‹Zum Engel›.»

«Na, du dunkler Vogel, lebst du auch noch?» Ein langer Reiter trat auf Reinhart zu, das Pferd am Zügel.

Reinhart lachte und reichte auch ihm die Hand: «Das kann nur Langbeen sein!» Steenbuck bemerkte, er habe nichts von «schwarz» und anderen anstößigen Sachen geäußert.

«Paß du mit den beiden anderen auf, daß hier nichts Anstößiges geschieht, Langbeen. Die Kerle muß man im Auge behalten. Volquarts, Herr Paysen und ich gehen ins Wirtshaus. Wir lösen euch nach einer Stunde ab.»

Die Freunde gingen zur Treppe hinüber, wo Meister Brüggemann wie ein Feldherr stand und den Markt überblickte. Er begrüßte Herrn Iversen freundlich und gab Reinhart gerne eine Stunde frei.

Am Fenster der Gastwirtschaft war noch ein Tisch frei, und Bendix nahm den Helm ab: «Puh, seit einer Woche stecke ich schon in dem Eisenkerl.» Am Tisch streckte er die beschienten Beine von sich

76

und fuhr sich durch das dichte Haar. Reinhart wollte nicht essen, da er das Mittagsmahl hinter sich hatte. Aber Bendix bestellte Wein.

«Seid ihr im Krieg gewesen?» erkundigte sich Reinhart.

«Eine kleine Übung», Bendix hob lächelnd den Krug, «wir kommen eben von Ripen. Der Herzog ist schon mit seiner Garde nach Schleswig abgebogen. Diese Rotten gehen nach Rendsburg.»

«Ich freu mich ganz unbändig, dich zu sehen, mein Bendix.»

«Ich bin nur um deinetwillen mit dem Haufen hergeritten, hätte mit nach Schleswig reiten können. Habe auch meine Verwandten in Nordschleswig kurz aufgesucht. Dort ist Nachwuchs unterwegs. Nun erzähle, wie es dir hier ergangen ist!»

Mit strahlenden Augen berichtete Reinhart von seinem Leben in Husum und schloß mit der Bemerkung, daß er in seiner Tätigkeit und überhaupt sehr glücklich sei. Der Freund freute sich, er habe doch mitunter etwas Bedenken gehabt, ob nicht doch eine Enttäuschung käme. Es sei doch gewiß recht anstrengend.

«Ja, die Arbeit ist anstrengender, als sie in Schleswig war, Bendix, aber ... wieviel befriedigender. Und unser Meister ist ein Mensch, zu dem man aufsehen muß. Es gibt keinen Streit, es gibt keinen Lärm, keine Gehässigkeiten. Wir lieben den Meister und unsere Aufgabe.»

Bendix bearbeitete ein Bratenstück und nickte zufrieden, dann brauche er sich um Reinhart keine Sorgen zu machen.

«Wie geht es Sleipnir?»

«Gut, der führt ja ein Leben wie ein Pascha: gutes Futter, gute Behandlung, ein zufriedenstellendes Liebesleben, aber keinen Wein wie ein Muselmann.» Bendix hob lächelnd seinen Krug. «Ein Lob dem Wein, Reinhart!»

«Dein Wohl, Freund! Du jedenfalls hast alles zusammen, wie es sich für einen Christenmenschen gehört, nicht wahr?»

Da fehle denn doch einiges, meinte Bendix. Ein Mönchsleben wie Reinharts sei zwar nicht nach seinem Geschmack, aber solange er jung sei, ließe sich sein unruhiges Leben ertragen.

«Wer im Alter keine freundlichen Erinnerungen hat, ist arm dran, mein Reinhart. In der Jugend soll man nach seiner Veranlagung leben, gewiß, doch wie du eben richtig sagtest, wie ein Christ. Und das bedeutet, auch die Mitmenschen zu berücksichtigen, mit denen man lebt. Man sollte seinem Herrgott danken, daß man gesund und in der glücklichen Lage ist, sein Leben so einzurichten, wie es einem angenehm erscheint... Sieh dir nur diese unwissenden und stumpfen Geschöpfe da draußen an. Sie denken nicht weiter, als an das, was ihr Körper verlangt. Sie könnten einem leid tun, wenn man mitunter ansehen muß, wie boshaft sie sind. Glaubst du, daß es eine Freude ist, mit solchem Volk umherzuziehen?»

Sie sahen aus dem Fenster auf den Platz hinaus: Die Söldner hatten ein Feuer angezündet, darüber kochte in einem großen Grapen Suppe, sie füllten sie in ihre Becher und aßen Brotfladen dazu. Einer gab einem Hund einen kräftigen Fußtritt, daß das Tier aufjaulend ein Stück durch die Luft flog. Sie schubsten sich gegenseitig vor dem Suppentopf und lachten wiehernd, als einer von ihnen einer vorbeigehenden Frau in die Hinterbacken kniff. Die Frau drehte sich um und schimpfte laut. Was sie ihr nachriefen, konnten die Freunde nicht verstehen. Weiter hinten brannte noch ein Feuer, da schien auch etwas nicht in Ordnung zu sein; denn einer der Reiter fuhr mit der Reitpeitsche zwischen die Söldner. Die Einwohner Husums hatten sich in ihre Häuser verzogen.

Reinhart blickte zur hohen Marienkirche hinüber. Wie erhaben stand das Gotteshaus über diesem Menschengewimmel!

Er wandte sich wieder dem Freund zu und erkundigte sich, was sie in Nordschleswig getrieben hätten.

«Der Herzog wollte sowieso dort nach dem Rechten sehen, dann kam hinzu, daß er wieder einmal mit König Christian in der gemeinsamen Verwaltung der Herzogtümer nicht eines Herzens war und im Norden unter den Bauern Unruhen herrschten. Der König, der eine bürgerliche Erziehung gehabt hat, da sein Vater es so wollte, kann den Adel nicht ausstehen, da er ihm in seinen oft unklugen Beschlüssen hinderlich ist. Darum hält er zu den Bauern und Bürgern und unterstützt sie. Sein Oheim, der Herzog, dagegen hält es aus naheliegenden Gründen mit dem Adel. Nur einen Stand mögen beide Fürsten nicht, die hohe Geistlichkeit in ihrem Landhunger und oftmals wenig berechtigter und nicht gerade christlicher Überheblichkeit. Nun, wir haben dort im Norden einen Auftritt veranstaltet, der den Bauern und sonstigen Aufsässigen zeigt, daß der Herzog auf dem Posten ist. Das war der Zweck der kleinen Übung.»

«Sind die Bischöfe wirklich so raffgierig, Bendix?»

«Das Domkapitel zu Schleswig hat früher ungeheuer viel Land in Schleswig besessen. Das weiß ich nicht nur aus den betreffenden

Schriften. Damals gab es die großen Güter noch nicht. Überall saß das Domkapitel mit Anteilen in den Dörfern und Ländereien. Dann kamen die holsteinischen Adligen hierher und haben das Domkapitel geschröpft. Das mußte Federn lassen. Die Dörfer gingen zum Teil in den Gütern auf. Dieser Prozeß ist noch nicht abgeschlossen, der steht noch im Anfang. Herzog Friedrich kauft auch Land auf, wo er kann.»

«Von all diesen Dingen habe ich keine Ahnung», sagte Reinhart leise.

«Es sind auch meistens keine erfreulichen Angelegenheiten, mein kleiner Mönch... Wie ist es, bestehst du noch darauf, daß ich unseren Sleipnir in seinen Stammstall bringe?»

«Ja, Bendix, darum möchte ich dich nochmals bitten. Oder soll ich ihn dir schenken?»

«Aber mitnichten. Der gehört doch deinem Großvater, den kannst du nicht verschenken. Aber sei versichert, er wird weiter bei mir leben in Gestalt seiner entzückenden kleinen Tochter. Ha, da staunst du. Pechschwarz, wie es sich für ein Rappenmädchen gehört, ist es. Der Herzog hat auch eine Tochter von unserem Sleipnir. Du könntest reich durch ihn werden. Das Geld bring ich dir bei Gelegenheit her. Ich denke, im Juni nach Holstein zu reiten mit Klönhammer auf Hannibal und Saxa nebenher.»

Die Ablösung kam herein und Reinhart verabschiedete sich von Langbeen, der grinsend sagte: «Wann treffen wir uns mal wieder auf der Landstraße, Junker Krähe?»

Es machte Reinhart jetzt nichts mehr aus, selbst wenn Langbeen «Rabe» gesagt hätte. In der Hafenstadt Husum drehte sich niemand nach Reinhart um; denn es kamen so viele dunkelhäutige und schwarzhaarige Leute in den Hafenplatz Husum, Juden, Südländer und hin und wieder auch Tatern (Zigeuner), daß er nicht auffiel.

Draußen hatten sich die Söldner um die Troßwagen gelagert und tranken das gute Husumer Bier, das aus großen Kannen ausgeschenkt wurde.

«Wann wir uns wiedersehen, weiß ich noch nicht. Aber ich werde schon wieder eines Tages bei dir auftauchen.» Benedict Iversen stülpte den Helm auf. Aus dem Hof heraus brachte der Söldner Hannibal.

«Gott behüte dich, mein Bendix», sagte Reinhart.

«Meine es ebenso, Freund!» Sie reichten sich die Hände, und Bendix saß auf.

In der Osterwoche wurde fleischlos gegessen. Zwar hielten sich viele Menschen nicht mehr an den alten Brauch. Doch Meister Brüggemann legte Wert darauf, daß die christlichen Gepflogenheiten eingehalten wurden. Modder Dörthe und Ida verstanden es, die hungrigen Männer auch mit fleischlosen Speisen zu sättigen. Am Gründonnerstag wurde nur morgens gearbeitet. Am Nachmittag holte sie der Meister in sein Wohnzimmer. Hier legte er seinen Helfern den fertigen Plan von der Gestaltung des Mittelschreins und seiner Seitenflügel vor, ebenso die Schaukästen der Staffel, auch Sarg oder Predella genannt, lagen skizzenhaft vor.

Daneben lagen einige Blätter, welche die «Kleine Passion» von Albrecht Dürer enthielten. Die Abdrücke der Stiche hatte Hans Brüggemann in Hamburg besorgen können. Der große Nürnberger Meister diente in seiner Art der naturhaften Darstellung vielen Künstlern als Vorbild.

Der Meister erklärte seinen Schülern an Hand seiner Skizzen, welche der Dürerschen Vorbilder hier für einige der Schaubilder in den Gehäusen geeignet seien. Andere dagegen seien auf Grund der Umstellung vom flachen Stich auf die vollplastische Übertragung nicht zu verwirklichen.

«Außerdem soll es sich nicht um eine Nachahmung, sondern um eine selbständige Arbeit handeln. Trotzdem dürfen wir getrost von einem überragenden Künstler lernen.»

Der Meister hatte in diesen Tagen viel aufgezeichnet. Er hatte die Kriegsknechte, und was er sonst an Eindrücken aus der Bevölkerung aufgenommen hatte, zu Papier gebracht. Die Gesichter! Sehr sorgfältig waren einige Trachten, Rüstungen und auch Kopfbedeckungen zu Papier gebracht. Die Gesellen staunten. Wie es Art der Bildhauer war, zeichneten sie anders als Maler oder Zeichner. Es kam darauf an, was das Schnitzmesser hervorheben sollte. Hier hatte der Meister aber sehr genau jede Kleinigkeit mit dem Stift angegeben. Denn diese Zeichnungen sollten nicht zum Anlegen der Figuren dienen, sondern nur des Meisters Erinnerungsvermögen unterstützen.

«Will der Meister diese Söldnergestalten in dem frommen Werk unterbringen?» fragte Reinhart ganz betroffen.

«Ja, Reinhart, sie gehören in die Leidensgeschichte Christi. Sieh dir dieses Blatt, die Auferstehung Christi in Dürers ‹Kleinen Passion›, an. Auch er kleidet die Söldner, wie sie heute und bei uns aussehen. Wir wissen nicht, wie sie in damaliger Zeit gekleidet waren. Es ist auch nicht wichtig. Wichtiger ist, das unsere Bildwerke lebensecht auf die andächtigen Beschauer wirken mögen und daß Jesus mitten unter ihnen erscheint. Wie er bekleidet war, geht aus manchen Bibelstellen wohl hervor, da er schon von jeher so dargestellt wurde, wie wir ihn kennen.»

«Aber diese Kerle waren so roh und…» Reinhart war noch nicht überzeugt. Doch auf des Meisters Geheiß erklärte ihm der erfahrene Sywel, warum diese gewaltige Robustheit im Gegensatz zu dem leidenden Christus stehe. Gerade diese Rohheit der Menschen betone Christi vergeistigte Opferbereitschaft.

Eine Weile sprach der Meister noch über die schichtweise Einordnung der Figuren in die Gehäuse und über die damit verbundene Arbeitsweise, dann wandte er sich an Reinhart:

«Heute ist Gründonnerstag. Da wollen wir uns vergegenwärtigen, was vor dem Kreuzestod Christi geschah. Kannst du es uns vorlesen, Reinhart? Ich habe einst von einem alten Pfarrer, bevor er starb, seine Bibel geschenkt bekommen. Du kannst doch sicher aus dem Lateinischen die Geschichte in Gethsemane übersetzen?»

Erschrocken sah Reinhart auf. Hatte Bendix es ihm gesagt? Da er aber nicht in diese gütigen Augen lügen wollte, nickte er und sagte, er wolle es versuchen.

«Oh, wir haben einen Gelehrten unter uns!» rief Vedderke. Der Meister holte eine große Bibel hervor und legte sie vor Reinhart auf den Tisch.

«Soll ich aus dem Johannesevangelium lesen, oder Markus?» fragte er.

«Lies aus dem Lukasevangelium, Reinhart.»

Reinhart blätterte und begann: «Er ging hinaus, wie er es gewohnt war, an den Ölberg, und seine Jünger folgten ihm. Und als er dahin kam, sagte er zu ihnen: Betet, damit ihr nicht in Anfechtung fallt. Und er entfernte sich von ihnen, kniete nieder und betete: Vater, wenn du es willst, so nimm diesen Kelch von mir. Doch nicht mein, sondern dein Wille soll geschehen. Ein Engel vom Himmel erschien und stärkte ihn. Er aber rang mit dem Tode und betete noch heftiger. Sein Schweiß wurde zu Blutstropfen, sie fielen auf den Erdboden. Und er stand auf und kam zu seinen Jüngern und fand sie schlafend, weil sie traurig waren, und er sprach zu ihnen: Was schlaft ihr, steht auf und betet, damit ihr nicht in Anfechtung fallt!» Reinhart sah zu Meister Brüggemann auf, der ihm zunickte. So las er noch die Gefangennahme Christi und Petri Verleugnung vor.

Es ging nicht immer ganz glatt. Er hatte schon manches Wort vergessen, doch kannte er die Geschichte gut. Er erntete Lob von seinen Kameraden, und der Meister legte ihm die Hand auf die Schulter und sagte leise zu ihm: «Du kannst es doch noch besser als ich übersetzen.»

Die Kuhglocke bimmelte, und sie begaben sich zum Nachtmahl in die Küche. Reinhart saß nachdenklich da, ohne ans Essen zu denken, obschon er den Löffel zum Munde führte: Hatte Bendix dem Meister alles erzählt? Er konnte es sich nicht denken. Immerhin hatte er dem Meister wohl einiges über ihn sagen müssen, als er Reinhart dem Meister empfohlen hatte.

Am Schluß des Tages verkündete ihnen der Meister: «Ihr habt so fleißig gearbeitet, daß ihr einige Tage ausruhen könnt. Oder wollt ihr eine Wanderung machen? Tut, was euch gefällt. Ich fahre übermorgen hinüber auf die Insel Strand, bin wahrscheinlich Montagabend wieder hier. Dienstag beginnt die Arbeit. Aber morgen früh nehmen wir natürlich am Karfreitag-Gottesdienst in der Kirche teil.»

Das war eine erfreuliche Nachricht für die jungen Leute. Sie wollten alle in Husum das Osterfest verleben und beschlossen, den Osterspaziergang nach Mildstedt zu machen, was Sywel Atynghe ihnen empfahl. Er freute sich darauf, sein Familienleben zu genießen.

Was aber wollte der Meister eigentlich auf der Insel Strand? fragten sie sich. Der Altgesell meinte, der Meister wolle gewiß aus allem heraus sein und ganz ausspannen.

Damit traf er zwar den Kern, aber nicht den eigentlichen Grund, weswegen Hans Brüggemann zur Insel hinüber wollte.

Die Insel Strand im Süden der Halligen war eine fruchtbare und vielseitige Gegend. Ihre landwirtschaftlichen Erzeugnisse gingen zum großen Teil über den Husumer Hafen auf den Festlandabsatz hinüber. Seefahrt wurde wenig betrieben; denn die Strandinger, meist wohlhabende Bauern, fürchteten die «Mordsee», mit der sich ihre Vorfahren schon in den Jahrhunderten zuvor wegen der entsetzlichen Sturmfluten «vertürnt» hatten, weil die Nordsee immer wieder Müh und Arbeit zunichte gemacht hatte und in ihr Land einbrach. Herzog Adolf schilderte es so:

«Men secht wol, dat in de tiden (14. Jahrhundert) weren overgrote Vlote, de men noch na menen landseggende het de groten mansdrenke. – dat in de vorscreven olden vorledenen tiden grot jamer unde unvorwintlike schade schen is van waters nöden. Dar vele kerken, kerkespele, dorper und jeghene in unsen gebeden over vorghan sint unde noch unbedickt in der zee wüste ryden.»

Besonders die Insel Strand war in den schlimmen Zeiten hart von der See geschunden worden. Ihre Bewohner, zumeist Friesen, die dabei überlebten, hatten ihre Wohnstätten immer wieder aufgebaut, Deiche angelegt und gehofft, daß sie fortan verschont blieben.

Im Sonnenschein des Ostersonnabends tauchte die Insel Strand vor dem Bug des schwerfälligen Seglers auf, als Hans Brüggemann sich mit einigen anderen Fahrgästen hinübersetzen ließ.

Friedlich lag die See dazwischen und ließ kleine, hellblaue Wellen an der Schiffswand entlanggluckern. Der Meister atmete tief die frisch-kühle Luft ein. Feststimmung erfaßte ihn, der zum erstenmal seit langer Zeit froh und unbeschwert die Naturschönheit der Inselwelt erleben konnte. Der Winter war vorbei: Die helle Zeit begann.

Das Morgenlicht ließ die Schwingen der Möwen wie silberne Blitze aufleuchten. Als sie sich dem Strand näherten, zeichneten die Wellen helle Schlängellinien auf den flachen Grund des Wattenmeeres, so klar war das Wasser. Sie segelten in ein Priel hinein. Ein Kirchturm ragte über die zartgrünen Wiesen empor. Am hohen Himmel jubilierten die Lerchen und schwangen sich zur ewigen Bläue auf.

Strohdächer, die auf ihrem Grau grüne Moosinseln trugen, zeigten sich jetzt hinter dem Seedeich. Hochgezogene Friesengiebel erhoben sich über noch kahlem Gesträuch der Gärten.

Welche Ruhe lag über diesem Bild! Hans Brüggemann konnte sich nicht sattsehen, als das Schiff an der Morsumer Brücke anlegte. An ihrem Ende stand eine Frauengestalt in einer breiten Haube und einer Silberkette auf dem Umhang. Jetzt legte sie eine Hand über die Augen, um die Sonne abzuschirmen, und sah den Ankömmlingen auf der Brücke entgegen. War es der große Mensch, der sein Barett abriß und winkte? Sie sah hinter sich. Nee, der meinte sie. Wahrhaftig!

Noch ein paar Schritte, dann lagen vier Hände ineinander. «Maren… Deern! Ja, das sind noch immer deine himmelblauen Augen!» Sie blickte betroffen und stumm zu ihm auf, dann fragte sie, ob er wirklich Hans Brüggemann sei?

«Leibhaftig, Verwandte. Hattest du geglaubt, ich käme als fünfzehnjähriger Bursch einher?»

Indes sie zum Krug wanderten, wo ein kleiner Wagen mit einem Braunen stand, sagte sie, «wir sind schließlich inzwischen älter geworden», und mit einem schalkhaften Lächeln, «unter meiner Haube sprießen schon einige silberne Fäden. Aber nun erzähl mir bloß, was führt dich nach Husum? Ich kann dir gar nicht klarmachen, wie sehr ich mich über deine Botschaft freute, als der Milchkutscher sie mir ins Haus brachte!»

«Nimm an, ich sei nach Husum gereist, um dich zu besuchen, Base», erwiderte Brüggemann, «das hören Frauen gern.»

Sie stiegen auf den Wagen, und Maren Hindericksdochter nahm die Zügel auf: «Natürlich höre ich das gern, aber ich weiß auch von Mellef, daß du Bildsnitkermeister geworden bist und daß du dich beliebt machen willst, mein Junge. Hast du das nötig?»

«Als ich als Kind bei euch in Bremen wohnte, warst du oft recht streng mit mir, wenn ich meine Schreibübungen nicht ordentlich machte und lieber schnitzelte.»

Maren lachte und meinte dann, sehr lerneifrig sei der Hans nicht gewesen. Das sei erst später in Osnabrück als Lehrling über ihn gekommen, gab Brüggemann zurück. Auf ihr Drängen erzählte er seiner Base von seinem Auftrag, einen großen Schreinaltaraufsatz zu schnitzen.

Sie ließ vor Freude die Zügel fallen und klatschte in die Hände: «Wie wunderschön ist das. Welch herrliche Aufgabe für dich!»

Unterdessen fuhren sie durch das flache Land, am ovalen Holmsee vorbei. Dort wiegten sich die Wicheln, die voller silberner Kätzchen steckten, im Wind. Im Gras guckten Gänseblümchen heraus, und vorbeiflitzende Kiebitze schrien aus vollem Hals.

Die Frau fragte nach Brüggemanns Mutter. Sie sei leider kränklich, gab er Auskunft, aber die junge Heilwig, eine Verwandte von Vaters Seite, sorge für sie. Er habe sie ungern verlassen, aber Maren als Seemannsfrau wisse ja, daß Männer nicht immer daheimbleiben könnten. Über Marens Gesicht huschte ein Schatten, sie nickte, ja, davon könne sie ein Lied singen, sie habe ihren Kapitän nur ganz selten und dann auch nur kurz im Hause. Früher, als er mit einem Husumer Schiff fuhr, wäre es anders gewesen, aber seit er ein Hamburger Schiff fahre, sehe sie Mellef Ketelsen ganz selten.

«Seit ich hierher auf die Insel kam, ist mir klargeworden, warum er sich ein Mädchen aus der Fremde nahm: Die Mädchen auf dem Strand heiraten keine Seeleute, oder nur ganz ausnahmsweise. Ja, darum hat er sich bei mir, als wir uns in Bremen kennenlernten, gleich fest eingehakt... hüh, Grete!»

«Aha, deswegen!» Brüggemann lächelte. «Es gibt, soviel mir bekannt ist, noch eine Anzahl Orte mehr als diese Insel und Bremen. Und so ein schmucker Steuermann, wie Mellef war, der viel umherkam... hm. Wie ich mich entsinnen kann, sah ich sogar mit meinen Jungensaugen, wie er dich wie ein verliebter Kater umschnurrte.»

«Ach, ja, Hans, das war auch eine schöne Zeit, wenn er dann plötzlich wieder in Vaters Laden auftauchte, nicht nur, um Schiffsbedarf zu kaufen. Und die Hochzeit hast du auch noch miterlebt.»

«Ja, Maren, du warst eine entzückende Braut...»

Sie deutete mit dem Peitschenstiel über eine Bodenwelle hinüber: «Da drüben ist der Kirchturm von Ilgrof, meine neue Heimat. Du, das Dorf war vor fast zweihundert Jahren bei einer Sturmflut völlig unter Wasser. Alle Häuser zerstört. Die Menschen sind in den Kirchturm hinaufgeflüchtet und haben dort oben in Todesangst gesessen und gebetet. Und unser Herrgott hat sie erhört. Die Glocke hat plötzlich angefangen zu läuten, und ein helles Licht ist draußen gewesen, dann haben die hohen Wellen aufgehört, gegen die Warft zu donnern, und die Flut ist zurückgegangen. Danach haben sie alle ihre Höfe und Häuser auf Warften gesetzt; denn die Deiche halten ja nur bei den gewöhnlichen Sturmfluten.» Sie fuhren über eine Bohlenbrücke und bogen nach links ein. Ein Hof, auf einer Warft gelegen, über die einige Pappeln hinausragten, lag bald vor ihnen.

«Hier wohnt Tilu Bakkensen, Mellefs Schwestermann. Er bewirtschaftet hier seinen eigenen Hof und auch Vater Ketel Mellefsen sein Land. Vater Ketel wohnt hier bei seiner Tochter. Mit seinem Sohn hat er sich überworfen, weil er Seemann geworden ist! Und erst recht, daß er eine Fremde geheiratet hat. Ja, Hans, die Friesen haben harte Köpfe. Aber ich komme trotzdem ganz gut mit ihnen aus. Auch mit Vater. Er bedauert mich, da ich soviel alleine bin. Der Wagen gehört Tilu. Da kommt er schon.»

Der Bauer hatte eine ungewöhnlich große Nase und wurde auf dem Strand nur «Tilu mit de Nees» genannt. Die Ankömmlinge stiegen ab und begrüßten Bakkensen. Seine Aufforderung, ins Haus zu kommen, lehnte Maren jedoch ab. Sie wollten zu Fuß nach Ilgrof gehen, dann kämen sie gerade zur Tischzeit zurecht. Es wurde vereinbart, daß sie anderntags zum Mittagessen hierherkommen würden.

So wanderten sie geruhsam durch die sonnige Landschaft. Links und rechts des Feldweges sproß die frischgrüne Wintersaat aus dem fruchtbaren Marschboden heraus. Durch Wiesen und Weiden schlängelte sich der Weg. Dickwollige Mutterschafe, von den Osterlämmern umsprungen, knabberten am noch niedrigen Gras.

«Wie hoch der Himmel ist», sagte Brüggemann, «und welch eine Ruhe liegt über diesem Land inmitten des Meeres.»

«Die Vögel sorgen dafür, daß es nicht zu still wirkt.» Maren blickte einigen Lerchen nach, die sich ins Blau hinaufjubelten. Im Süden schimmerte die See, und die Möwen am Uferrand stritten sich kreischend. Ein Zug Stockenten zog über die Pylwormharde hinweg gen Südwesten, wo ihnen kleine Überreste der großen Insel ungestörte Brutstätten boten.

Der Fremde, der an der Seite Maren Hindericksdochters durch das Dörfchen Ilgrof schritt, wurde gebührend bestaunt. Ein kleines Mädchen, das einige Ruten «Palmkätzchen» zum Ostertag abgebrochen hatte, steckte vor Neugier den Finger in die Nase. Der Schuster trat in seinem Schurzfell vor die Tür und tat, als ob er etwas am Zaun zu tun habe. Eine hagere Frau mit einem Weidenkorb am Arm rief Maren etwas auf friesisch zu.

Das alte Bauernhaus, dessen Warft etwas abseits des Dorfes lag, hatten Maren und Mellef ansehnlich hergerichtet, als der Vater es verließ. Eine große Esche überragte das strohgedeckte Dach. Die kleinen Fenster blinkten in der Sonne. Drinnen auf dem offenen Herdfeuer brutzelte das Mittagsmahl auf dem Rost über den Flammen, und Elsbe, Marens Töchterlein, kam aus der Stubentür und begrüßte den Verwandten mit verschämten Lächeln.

«Nun, Jüngferlein, du schaust wie der prangende Lenz aus», sagte Hans Brüggemann, «wie alt bist du eigentlich?»

«Fünfzehn Jahre.»

Des Bildhauers Künstleraugen betrachteten die Nichte mit Wohlgefallen, wie sie in ihrer Lieblichkeit vor ihm stand, eine Zinnkanne in der Hand. Über der runden Stirn war das goldblonde Haar straff zurückgestrichen und endete in einem dicken Zopf. Einige Löckchen hingen über die Ohren. Das blaue Mieder war weit ausgeschnitten und mit einer bunten Borte versehen, worüber das Oberteil eines weißen Jäckchens zu sehen war, das den schlanken Hals inmitten der runden Schultern hervorwachsen ließ: Ein weiter, bauschiger Rock fiel bis auf die Holzschuhe herab.

Auch beim Mittagsmahl mußte Brüggemann immer wieder in dieses liebliche Mädchenantlitz blicken, dessen Wangen glatt und zartrosa wie die Blätter der wilden Rose anmuteten.

Sie aßen in der Stube, dem Pesel, auf einer Eckbank am Tisch. Seitwärts befand sich ein Wandbett, dessen Türen geschlossen waren. Eine Schenkschiewe, mit Faltmuster angefertigt, und ein schmaler gotischer Schrank mit sich verjüngendem Oberteil nahmen die andere Wand ein. Was Brüggemann aber besonders aufmerksam werden ließ, war außer dem hübschen Mädchenkopf ihm gegenüber die beschnitzte Bank, auf der er saß. Da er am Schmalende dieses Möbelstückes saß, hatte er die Armstütze neben sich, die ihm außerordentlich gefiel. Sie endete in einem Engelsköpfchen. Er sah auch, wenn Maren sich vorbeugte, das Verbindungsstück, welches die einfache Rückenlehne mit dem Sitzbrett verband, eine Schnitzerei, die Weinlaub und darin ein Gesicht im Halbrelief aufwies.

«Woher kommt diese hübsche Bank?» erkundigte er sich bei Maren, als Elsbe den Tisch abräumte.

«Die hat Jelke angefertigt. Oh, da fällt mir etwas ein... Der Junge ist recht geschickt in seinem Handwerk. Du, der wäre doch für dich in deiner Werkstatt eine Hilfe!»

Brüggemann erkundigte sich, wer der junge Mensch sei, und Maren berichtete, daß Jelke Jansen der Sohn eines Tischlermeisters in Rorbeck und mit Tilu Bakkensen verwandt sei. «Und wo ist dieses Rorbeck?» fragte Brüggemann.

«Hier auf dem Strand. Aber Jelke ist auf Wanderschaft. Ich weiß nicht, wo er jetzt ist. Geselle ist er schon.»

Der Meister besah sich die Arbeit genau und nickte zufrieden; den Jungen könne er brauchen. Ob der Vater auch Schnitzer sei?

«Ja, Jan Gunnesen hat hier in den Kirchen allerlei geschnitzt, das hat Jelke bei ihm gelernt. Seit etwa einem Jahr ist er fort, soweit ich mich entsinnen kann, war er in Lübeck.»

«Er wird wahrscheinlich in den väterlichen Betrieb zurückkommen», vermutete Hans Brüggemann, «ob er dort die Möglichkeit haben wird, Bildhauer zu werden und ob er das überhaupt vorhat, steht dahin. Auf jeden Fall besitzt er eine angeborene Begabung dafür.»

Am Nachmittag gingen sie zum Friedhof hinüber. Maren wollte das Grab umgraben, aber Hans Brüggemann wehrte ihr, das sei Mannsarbeit. Schnell war er damit fertig, und Maren setzte Himmelsschlüsselpflänzchen ein. Auf dem kleineren Hügel besonders sorgfältig. Sie stand zum Schluß auf den Spaten gestützt und sah auf den kleinen Hügel mit den gelben Blumen hinab.

«Wie ist dein kleiner Knabe umgekommen, Maren?» fragte er. «Mellef hat mir nur mitgeteilt, daß er gestorben sei, als wir uns einmal in Hamburg wiedertrafen.»

Die Mutter blickte nicht auf: «Er ist von einem wildgewordenen Bullen auf die Hörner genommen worden… und dann…» Sie verstummte und blickte zum Himmel auf. Ihre Augen schimmerten feucht, ihre Züge waren von Leid entstellt, sie flüsterte: «Warum hast du mir das angetan?»

Mater dolorosa, durchfuhr es den Meister. Dann ging er zu ihr hinüber, legte den Arm um sie. Maren bettete den Kopf an seine Schulter: «Ich komme immer noch nicht darüber hinweg, Vetter.» Er nahm ihr den Spaten ab, und sie gingen die Warft hinab.

Elsbe war zur Frau des Stallers zur Pylwormharde hinübergegangen, die einige junge Mädchen die Kunst des Stickens lehrte. Erst als die Sonne untergegangen war, kam sie nach Hause. «Hast du keine Angst um deine Tochter?» fragte der Vetter besorgt die Mutter.

«Nein, gar nicht, Hans. Hier herrscht nicht so ein Sittenverfall wie auf dem Festland. Du vermutest wohl, daß sie mit einem jungen Mann unterwegs ist? Nein, und wenn schon, geschieht ihr nichts. Ein Mädchen, das seine Ehre verliert, wird hier hart bestraft, Vetter.

Die jungen Leute packen es und werfen es auf den Misthaufen, direkt in die Jauche. Und wenn gar eine Deern von einem Fremden geschwängert wird, kann es geschehen, daß ihr Vater sie ins Meer wirft.»

«Das sind ja heidnische Sitten, Maren», Brüggemanns Gesicht verfinsterte sich, «die Strandinger sind doch Christen, wie ihre Kirchen aufzeigen. Es scheinen hier sogar ungewöhnlich viele Kirchen zu sein. Ich habe auf dem Wege hierher fünf gezählt, und dabei liegen sie in kleinen Dörfern.»

«Es stimmt: in Morsum, Gaickebull, Stintebull, Brunocke und hier. Ja, Hans, den Menschen hier sitzt, auch wenn sie nicht darüber reden, immer die Angst im Nacken, und sie wollen ihren Herrgott wohl günstig stimmen. Ich meine, sie bitten ihn mehr, als sie ihm danken. Und mit den heidnischen Sitten bist du gar nicht so weit von der Wahrheit entfernt. Heidnischer Aberglaube und die damit zusammenhängenden Gebräuche sind ihnen oft näher und verständlicher als Christi Lehren.»

«Eben. Sonst würde ihnen zum Beispiel die biblische Geschichte, wie Jesus Maria Magdalena ihre Sünden verzeiht, zu Herzen gehen... Mädchen, welche einen Fehltritt begangen haben, ins Moor zu werfen, war bei manchen heidnischen Stämmen Sitte. Und ohne das Licht des christlichen Glaubens wäre es wohl noch so...wie hierzulande.»

Maren stützte ihren Ellbogen auf das hochgezogene Knie und das Kinn in die Hand. Nachdenklich sah sie ins noch flackernde Herdfeuer, vor dem sie saßen:

«Man sagt den untergegangenen Runkholtern nach, daß sie in Saus und Braus gelebt hätten, jedenfalls die reichen Kaufherren der Handelsstadt. Wahrscheinlich sind es Sagen mit einem kleinen wahren Kern. Denn geschrieben wurde vor zweihundert Jahren, außer bei den Priestern, wenig... auf Wachstäfelchen, wie Mellef behauptet. Und doch! Die heutigen Strandinger sind nicht viel anders. Du solltest sie bei ihren Festen erleben! Fressen und saufen... und die Männer nehmen sich auch allerlei Freiheiten! Da biegen sich die Tische vor Braten, Pasteten, und in Husum kaufen sie den feinsten Wein ein, sag ich dir, wenn die Schiffe aus dem Süden ankommen. Es kommt auch vor, daß ein Kerl den anderen im Zorn umbringt. Sie leben, sie leben... denn wer weiß, was morgen auf sie zukommt.»

«Die Angst der Kreatur vor dem Ende, Maren, die hat es immer gegeben. Und ehe alles vorbei ist, das Leben voll ausschöpfen. An das Jenseits denken die wenigsten.»

«Was meinst du, Hans, wie die Priester hier manchmal von den Kanzeln schimpfen und ihnen eben dieses Jenseits vorhalten und was ihnen dort alles widerfahren kann.»

«Ja, und dann bleibt bei ihnen nur hängen, daß es ihnen in der Hölle noch schlechter ergehen wird und das Diesseits mit seinen Freuden noch kräftig ausgenutzt werden muß.»

Maren lachte, stand auf und holte eine Flasche Wein. Als sie die Krüge hoben, sagte sie: «Auf deine segensreiche Arbeit, Hans! Auf daß sie gut gelingen und den Gläubigen, die weniger dumpfköpfig sind, Trost und Erbauung spenden möge!»

«Daß Gott mir diese Jahre die Kraft und Ausdauer zuteil werden lasse, bitte ich ihn in meinem Gebet. Leicht wird es nicht sein.» Brüggemann trank den vor dem Feuer rotfunkelnden Wein, den Mellef seiner Frau für festliche Gelegenheiten mitgebracht hatte. Und dieses Wiedersehen nach langen Jahren war für die beiden Verwandten ein Fest.

Als Maren das Feuer gerakt und zugedeckt hatte, gingen sie vor die Tür. Der fast volle Mond stand im Süden über dem Meer. Sie holten sich ihre Umhänge und schritten einen Wiesenpfad entlang dem Deich zu, den sie über ein Treppchen bestiegen. Auf des Vetters Frage erklärte Maren, daß der Deich aus Moorplacken, verstärkt durch Bohlen und Pfähle, aufgefürt worden sei und noch mit Klei beworfen werde. Während sie ein kleines Stück ostwärts entlangwanderten, erzählte sie, daß alle Anwohner, die an Deich oder Vorland Land besitzen, sich an den Deicharbeiten beteiligen müßten: «Sobald einer sich davor drückt, verliert er sein Land. Denn sie sagen, wer nicht will deichen, der muß weichen. Dann muß er seinen Spaten in den Deich stecken, und derjenige, der den Spaten ergreift und mitarbeitet, ist dann Besitzer des dazugehörigen Landes. Ja, und dann glauben sie, daß beim Bauen eines neuen Deichstückes etwas Lebendiges hineingeworfen werden müsse. Am besten ein lebendes Kind.»

«Das ist kaum zu glauben, Maren!» Brüggemann rief es entsetzt aus. Aber Maren behauptete, es sei oft genug geschehen, mit Geld oder auch mit Gewalt.

«Sieh, dort unten ist der Siel, der den Wattpriel abschließt. Hier mündet der Bach ein, über dessen Brücke wir fuhren.» Es gluckerte und strömte dort unten. Sie standen und bewunderten das glitzernde Mondlicht auf dem stillen Wasser der großen, halbrunden Bucht, die einst die «Mordsee» in den Südteil der Insel auswusch. Es war Ebbe und das Wasser flach. Rechts hoben sich die Uferumrisse der Pylwormharde und links die Ufer der Edomsharde schwarz ab. Hell schimmerte die große Wasserfläche zwischen ihnen. Darüber lag eine urweltliche Stille.

«Ein riesiger Friedhof», sagte Maren und deutete auf das Wasser hinaus, «so weit du sehen kannst. Darunter liegen Dörfer, Kapellen und Kirchen... und unendlich viel Mensch und Vieh begraben. Versackt im Schlick des Wattenmeeres. Alte Leute erzählen, daß zu Zeiten, wenn der Ostwind lange wehte, bei Ebbe noch einige Kirchturmspitzen aus dem Wasser aufragten. Mellef, der als Kind schon immer mit dem Boot hier umherfuhr, sagt, er habe mitunter bei Flachwasser mit dem Kiel auf Steinbrocken festgesessen. Das muß hier vorne bei der Catrinen-Kapelle gewesen sein. Runkholt hat weiter im Süden gelegen, die Stelle heißt heute noch Runkholtsand.»

«Eine unheimliche Gegend», bemerkte der Vetter, «du redest so ruhig darüber, Maren. So, als ginge es dich gar nichts an. Würdest du nicht lieber nach Bremen zurückkehren?»

«Um des Himmels willen... nein, Hans. In diese engen Gassen und Twieten? In die stickige Luft zwischen lauter schwatzende Menschen? Ich bin zweimal, als es sich mit Mellefs Reisen so ergab, bei den Eltern in Bremen gewesen. Nein, dafür tauge ich nicht mehr. Und dann ist es Mellefs Heimat, an der er hängt, trotz allem. Du wirst es nicht glauben, doch ist es so: Auf mich übt diese Insel einen Zauber aus, ich kann verstehen, daß ihre Einwohner sie nicht verlassen wollen. Du mußt sie im Sommer erleben, wenn sich die goldenen Getreidefelder im Wind wiegen und das Vieh auf den Weiden geht und die Schnitter die Sensen schwingen...»

Brüggemann lächelte und fragte, ob sie auch Garben binden müsse?

«Nein, ich brauch es nicht. Tu es aber mitunter doch, um auf dem Bakken-Hof zu helfen. Siehst du, die müssen alle Landgeld an den Herzog bezahlen. Mellef ist davon verschont...»

«Tut der Herzog denn auch für euch etwas?»

«Oh, ja. Der Herzog fördert sehr den Deichbau. Er war auch einmal mit Frau Anna, seiner Herzogin, auf der Insel. Ich habe den Zug nur von weitem gesehen. Sie saßen alle zu Pferde und ritten zur Pylwormharde hinüber, wo des Herzogs Staller wohnt. Bakkensen sagt, der Herzog fördere den Deichbau, weil er Land gewinnen will, besonders am Festland drüben; denn Land bringt Geld. Und die Herren brauchen eben immer viel Geld.»

«Ja, die brauchen viel Geld, die Fürsten. Aber mitunter auch zu guten Zwecken», erwiderte der Bildschnitzer Brüggemann; denn er hatte nichts davon verlauten lassen, wer sein Auftraggeber war. Er fuhr aber fort: «Es war, ist und wird immer ein Gerede unter den kleinen Leuten sein, daß die Fürsten ihr Geld vergeuden; was sie an Abgaben bezahlen müssen, wird in tollen Festen auf prächtigen Schlössern verpraßt, auf Jagden, Reisen und was weiß ich. Daß ein regierender Fürst aber auch arbeiten muß und eine große Verantwortung auf seinen Schultern trägt, kommt ihnen nicht in den Sinn. Ich jedenfalls glaube, daß so ein Herr größere Sorgen hat, als ein kleiner Handwerker sie kennt.»

Sie gingen derweil auf dem Deich zurück, und Maren sagte: «Das ist richtig, nur daran denkt der einfache Bürger wohl nicht. Der sieht nur den Prunk, in dem sie leben, und den muß er durch seiner Hände Arbeit mitbezahlen.»

«Er steht aber auch unter dem Schutz seines Landesfürsten... Und der Prunk? Kannst du dir vorstellen, daß ein Bremer Senator zum Beispiel in einem bescheidenen Häuschen unter einem Stroh-dach wohnen würde?»

Maren lachte und erwiderte dann, das sei nun wirklich unvor-stellbar.

«Also. Das Ansehen und die Ehrfurcht bedürfen bei der breiten Masse der Bevölkerung seit eh und je des äußeren Aufwandes, Base. Nicht nur bei den Fürsten. Unsere Kirche weiß das auch. So verhielt es sich immer schon. Wahrscheinlich wäre unser Herr Jesus nicht gekreuzigt worden, wenn er mit großem Prunk und einem Heer von Söldnern hinter sich aufgetreten wäre. Aber das wollte er nicht; denn es wäre seinen Lehren völlig zuwider gewesen. Er hatte eine andere Aufgabe.»

«Wie du das alles so klar siehst, Hans! Man denkt eben nicht weit genug. Du bist viel umhergereist und hast dein Wissen erweitert.

Mellef hat es mir auch einmal klargemacht, daß ihn die bunte Welt herausgelockt hat, um mehr zu wissen.»

«Es ist Veranlagung, Maren. Viele Menschen, ja, die meisten begnügen sich mit ihrer kleinen Welt, in der sie leben, und sind glücklich in ihr, wie du es auch auf deiner kleinen Insel bist. Und das ist gut so.»

Sie sah zum bestirnten Himmel auf und entgegnete leise: «Ich bin glücklich in der großen, schönen Gotteswelt.»

7

Während der Meister über die Ostertage eine ihm gänzlich neue Welt bei einem Streifzug zu Wagen mit Tilu Bakkensen und Maren über die Insel Strand erlebte, hatten sich seine Gesellen die Freizeit für ihre Erkundungen zunutze gemacht. Sie wanderten frühmorgens nach Mildstedt, dem Hauptort der Südergoesharde, hinüber. Wuchtig erhob sich die dreihundertjährige Kirche vom blauen Himmel ab.

In ihrem großen, weihevollen Innenraum erlebten die Gesellen die Osterfeier. Selbstverständlich betrachteten sie unterdessen den prächtigen Schnitzaltar, eine Lübecker Arbeit aus dem vorigen Jahrhundert mit bemalten Figuren auf Goldgrund. In der Mitte die Kreuzigung. Die Seitenflügel zeigten die Verkündigung, Anbetung, Geburt Christi und die Darstellung im Tempel.

Auf dem Rückweg nach Husum tauschten sie ihre Meinungen über das Altarwerk aus. Vedderke zum Beispiel gefielen die am Himmel schwebenden Engel der Kreuzigung nicht, sie seien zu auffällig und plump und lenkten von der tragischen Handlung ab. Lorne meinte, die Engel mit den Bechern gehörten in das Bild, da sie den sterbenden Heiland laben wollten. Obwohl ihre Ansichten auseinandergingen, waren doch alle vier Gesellen beeindruckt.

Die Bürger Husums hatte das schöne Wetter zum Osterspaziergang herausgelockt. Außer den armen Leuten waren sie in festlichen Gewändern unterwegs: die Frauen in langwallenden Kleidern oder Umhängen, deren seitliche Schlitze gepuffte, farbenfrohe Ärmel sehen ließen. Schmuck blitzte im Sonnenlicht. Die Männer trugen hohe, hinten aufgeschlagene Krempenhüte und offene, mit bunten Streifen besetzte Schauben.

Vor dem Haus des Zuckerbäckers drängten sich die Kinder. Der quergeteilte Fensterladen war im oberen Teil hochgeklappt und unten heruntergelassen. Darauf lag süßes Gebäck, vor allem die begehrten «Judasohren», die nur für die Osterzeit hergestellt wurden.

Man grüßte einander, stand auf ein Schwätzchen beisammen und wünschte sich frohe Ostern. Außerhalb des Ortes trugen junge Männer Holz zusammen und richteten einen Scheiterhaufen auf. Ein Brauch, noch aus dem Mittelalter stammend, der in fröhlicher Runde die letzte Winterkälte austreiben sollte.

Dort fanden sich am Abend auch Meister Brüggemanns Gesellen zusammen. Auch Sywel und Ida Atynghe waren mitgekommen. Der Abend war windstill und klar, und vom Deich aus konnten die Husumer die Osterfeuer der Insel Strand aufflammen sehen. Junge Stimmen erhoben sich in der Stille und sangen alte Lieder. Man war beisammen, der Winter war vorbei, der Frühling zog ein. Auferstehung Christi, Auferstehung in der Natur. Nachdem die Feuer erloschen waren, ging man fröhlich schwatzend an den wärmenden häuslichen Herd.

Im Hause Modder Dörthes fehlten Diederik Becker und Vedderke Borchert, als man nach einem Krug Warmbier zu Bett gehen wollte. Sywel meinte, er habe die Abtrünnigen mit einigen Mädchen im Gespräch gesehen. Ja, sagte Modder Dörthe, die sind wohl noch in den «Krug» zum Tanz gegangen, dort spielte Swen «Rumtata» mit seiner Fiedel mitunter auf. Sie öffnete das Küchenfenster und legte den Türschlüssel in eine Mauerritze, der verabredete Platz, wenn niemand im Hause öffnen konnte.

Reinhart und Lorne steckten die Köpfe oben aus dem Fenster, sie sahen zu, wie auf der Insel langsam die Osterfeuer erloschen.

Noch einmal klappte das Küchenfenster: Becker war um Mitternacht eingetroffen und legte den Schlüssel wieder hinaus. Na, Vedderke würde morgen einen dicken Kopf haben. Wo war er eigentlich abgeblieben, der schnurrende Kater? Kopfschüttelnd legte sich Diederik in ihre gemeinsame Bettstatt.

Vedderke hatte absolut keinen dicken Kopf, als er verspätet zum Frühstück in der Küche erschien und in den Korb mit Eiern langte. Auf die Frage des Altgesellen, wo er sich die Nacht um die Ohren geschlagen habe, erwiderte er, es sei eine herrliche Mondnacht gewesen, und da sei er spazierengegangen.

«Aber doch nicht allein», warf Lorne, an seinem Roggenbrot kauend, ein.

«Habe ich auch nicht behauptet», gab Vedderke zurück, und Becker knurrte, er habe grausam kalte Füße gehabt, als er zu ihm ins Bett gekrochen sei.

«Ein Segen, daß ich solch einen Backofen wie dich im Bett habe», lenkte Vedderke ab.

Die kleine Marieke Sywelsdochter trippelte zu Vedderke hin, stemmte ihre runden Ellbogen auf seine Schenkel und lächelte ihn an: «Vedderke... Haps!» Der junge Mann schob den Hocker zurück und hob das Mädchen auf seinen Schoß, tunkte ein Stückchen Brot in seinen Milchkrug und schob es in den kleinen, aufgesperrten Schnabel. «Noch ein!» Das war ein Spiel der beiden ungleichen Freunde. Marieke schätzte außer ihrem Vater, unter den anwesenden Männern Vedderke am meisten.

Ehe die Familie Atynghe sich in ihre Stube zurückzog, bat Vedderke den Altgesellen um den Schlüssel zur Werkstatt.

«Was willst du denn dort?» fragte Sywel erstaunt.

«Arbeiten.»

«Wie kommst du mir denn vor, Vedderke Borchert? Aber meinetwegen. Deine kalten Füße kannst du ja bei Diederik wieder aufwärmen. Feuer wird nicht gemacht.»

Ida Atynghe war mit Marieke auf dem Arm stehengeblieben und musterte den jungen Mann mit ihren gescheiten Frauenaugen.

Der sah mit einem verschmitzten Lächeln zu ihr hinüber, den Kopf leicht auf die Seite geneigt. Seine hellen Augen blinzelten unter den langen Wimpern hervor.

«Vedderke, du siehst eben aus wie ein Entenküken, wenn es einen so schelmisch von der Seite anschaut. Ja, das kommt auch davon, weil du als Nase so was wie einen Entenschnabel im Gesicht hast... Und du führst wieder mal etwas im Schilde.»

«Mach keinen Unfug!» drohte Sywel und gab ihm den Schlüssel.

Reinhart wollte sich das Franziskanerkloster vor der Ortschaft ansehen, und die anderen beiden Gesellen schlossen sich ihm an. Sie gelangten durch einen engen Gang, der gen Norden führte, dorthin. Das Kloster war von Brandmauern umgeben und gegen Süden und Norden erbaut. Der Eingang war linker Hand im südlichen Giebel, wo oben die Glocke hing, die zur Messe und zur Predigt läutete. Das Barfüßerkloster war erst 1494 erbaut worden, wie die jungen Leute von dem Franziskaner, der den Eingang bewachte, hörten. Als er erfahren hatte, wer die drei Gesellen waren, ließ er sie gerne eintreten und führte sie umher.

Zur Rechten des Portals befand sich die Decanei oder des Prioris Logement. Daran anschließend das Kapitel Haus.

Sie betraten die Kirche, die so breit wie das ganze Haus war. Im Norden nach der Ostseite lag der Reventer, nach dem Westen das Refectorium. An einem Brunnen vorbei begaben sie sich zur Küche hinüber. Über den Gemächern waren die Mönchszellen. Es war alles sehr bescheiden eingerichtet, der Anspruchslosigkeit des heiligen Franz von Assisi, der den Orden gegründet hatte, entsprechend. Ein sehr schöner Park dehnte sich nach Osten und Norden aus. Sogar ein Fischteich war angelegt worden. Jetzt freilich waren die Bäume noch kahl, und der kalte Ostwind sang in ihren Zweigen. Aber die jungen Leute sahen auch jetzt die Anlagen eines gepflegten Gartenbaus.

Darauf übernahmen die Gesellen einen ausgedehnten Spaziergang in Richtung Hattstedt. Hier trat die Geest schon dicht an die Küste heran.

Unterdessen war Vedderke unbemerkt mit einem Bündel unterm Arm in sein und Diederiks Stübchen zurückgekehrt. Hier war es doch wärmer als in der Werkstatt. Er arbeitete eifrig. Und als Sywel hereinguckte, um die Gesellen zum Vesperbrot in die Küche zu holen, lag nur Vedderke auf dem Bett und schlief fest. Das Mittagsmahl hatte er schon versäumt. Auf dem Wandbord stand ein Gegenstand unter einem Tuch. Daneben lag noch ein Klumpen Ton. Neugierig hob er den Lappen hoch und starrte verblüfft eine etwa 20 Zentimeter hohe, nackte Frauengestalt an. Sie war noch nicht ganz fertig, zeigte aber immerhin schon eine befriedigende Kenntnis des weiblichen Körperbaus. Sywel Atinghe schüttelte den Kopf: dieser Bengel!

«He, Vedderke!» Er rüttelte den Schlafenden, der nur knurrte und sich auf die andere Seite wälzte. Der Altgesell knuffte ihn.

Vedderke riß die Augen auf und sah Sywel mit der noch weichen Figur in der Hand vor sich stehen. Da sprang er hoch: «Was fummelst du da umher? Sie ist noch nicht fertig!»

«Dein Spaziergang im Mondschein scheint mir sonderbare

Früchte eingebracht zu haben… Sag mal, hatte das Mädchen etwa ein Stadtwappen hinter der Schulter eingebrannt?»

«Weiß ich nicht, habe ihr nicht auf den Rücken gesehen.»

«Das kann ich mir vorstellen…»

Vedderke blinzelte unter seinen dichten Wimpern hervor: «Nichts kannst du dir vorstellen; ich wollte mich von der Beschaffenheit des weiblichen Körpers unterrichten. Rücken! Der ist nicht anders als bei uns auch.»

Sywel betrachtete den Rücken der Figur, er war weich-weiblich. «Du hast dir die Deern aber doch gründlich angesehen…»

«Selbstverständlich. Was sagt unser Meister immer? ‹Macht die Augen auf, wenn ihr unter Menschen seid, dabei könnt ihr nur lernen!› Und das habe ich getan.»

«Mensch, aber doch nicht so: nachts umherschleichen und Mädchen ausziehen und was weiß ich noch alles!»

«Schleichen!» Vedderke setzte eine beleidigte Miene auf. «Wie soll man denn sonst Kenntnis vom weiblichen Körperbau erhalten. In diesem Nest gibt es nicht mal ein Badhaus.»

Der Altgeselle setzte sich zu ihm auf die Bettkante und sagte freundlich: «Vedderke, ich weiß, daß deine Gründe ein Windei sind. An unserem Werk wirst du keine Gelegenheit haben, deine eben erworbenen Kenntnisse anzuwenden. Die heiligen weiblichen Gestalten wird der Meister selber erschaffen, und das unter ganz anderen Voraussetzungen. Du kennst sie, nicht wahr?»

Vedderke nickte, ließ dann den Kopf hängen und murmelte, er sei nun mal kein Glatzkopf mit einer Kutte. Dann stand er auf und nahm die Figur, stellte sie auf das Brett, auf dem sie gearbeitet worden war, und drückte sie mit der flachen Hand zu einem unförmigen Klumpen zusammen, steckte den in das Tuch und warf ihn in die Ecke.

«So, Altgeselle, bist du nun zufrieden?»

Sywel legte dem jungen Mann die Hand auf die Schulter und lächelte. «Ja, und morgen gehen wir wieder an unsere schöne Aufgabe!»

«Es bleibt unter uns, Sywel?» Es wurde Vedderke versprochen, denn der Altgeselle hatte Verständnis für seine jungen Kameraden.

Abends saßen wieder alle um den großen Küchentisch herum. Meister Brüggemann brachte einen frischen Hauch von Seeluft mit, dazu eine hübsche große Muschel für Marieke, die der Liebling aller war.

Der Meister fand nachher keine Ruhe vor all den Eindrücken, welche sich bei seinem Inselbesuch in ihm angesammelt hatten; er ließ bis nach Mitternacht, als sein Licht ausgebrannt hatte, den Stift über Papierbögen gleiten. Figuren, an denen die Trachten die Hauptsache waren, entstanden. Gesichter wurden skizziert. Erst dann konnte er schlafen.

Reinhart, der am anderen Morgen Heizdienst in der Werkstatt hatte, erwartete beim prasselnden Feuer die anderen. An diesem Morgen unterwies der Meister sie, was zunächst in Angriff genommen werden müsse.

«Ihr vier Jungen arbeitet noch weiter an den Verzierungen. Sywel und ich beginnen jetzt mit dem Schnitzen der Figuren. Nur nicht ungeduldig werden! Ihr kommt noch alle dran. Der Altgesell und ich wissen, daß die Schnippelei an dem kleinen Gerank der Einfassungen Sorgfalt und Genauigkeit erfordert, darin sollt ihr euch zuvor üben. Wenn ihr erst Figuren schnitzt und hinterher wieder an die Kleinarbeit der sich immer wiederholenden Verzierungen müßt, wird es euch langweilig erscheinen. Außerdem erfordert die Bildhauerkunst Kräfte. Die sollt ihr Jungen vorerst sparen. Wir müssen damit haushalten, sonst erlahmt man leicht. Erst die Übung, dann die Kunst; und nun sagt mir doch, was Kunst überhaupt ist?»

Sie sahen verlegen und nachdenklich den Meister an, die vier Jüngeren, dann sprach Reinhart:

«Wenn der Meister es erlaubt, möchte ich meine Ansicht über die Kunst äußern... Kunst ist etwas Künstliches, etwas von Menschen künstlich Hergestelltes, etwas Nachgeahmtes...»

«Das ist ein Eimer auch», warf Vedderke ein.

«Dann wären alle Handwerker Künstler», gab Sywel zurück.

«Fahr fort, Reinhart, du warst noch nicht fertig», ermunterte der Meister.

«Einen Eimer und andere nützliche Gegenstände, die der Mensch nötig hat, sind keine Kunstgegenstände, die haben die Menschen sich ausgedacht. Ich glaube, die Kunst hat ihre Vorbilder in der Natur. Vielleicht sucht sie die Schöpfungen Gottes nachzuahmen, sie noch zu verherrlichen?»

«Und in der Musik, Reinhart? Wie ist es da?» fragte Lorenz Mummens.

«Da gibt es auch Vorbilder in der Natur, Vogellieder, der Wind singt und braust, Wellengerausche und…» Reinhart wurde von Diederik unterbrochen, richtige Lieder seien von Menschen ausgedacht, und die hätten mit Naturgeräuschen nicht viel zu tun. Woher aber kämen den Menschen diese Tonfolgen? Das sei seiner Ansicht nach Kunst.

«Man kann verschiedener Meinung sein, was die Kunst anbetrifft», sagte der Meister. «Darüber haben sich schon klügere Leute, als wir es sind, die Köpfe zerbrochen. Zu deiner Bemerkung, Diederik, sind wohl tatsächlich jene Menschen, die es verstehen, aus ihrem Innern ganz neue Lieder und schöne Tonfolgen hervorzubringen, die größten Künstler. Die anderen Künstler brauchen Vorbilder. Reinhart, du hast recht: Die Kunst hat ihre Wurzeln in der Natur, also im göttlichen Geschehen. Wo sie davon abweicht, wird sie zur Fratze, die gerade noch dazu dienen mag, die Beschauer zu erschrecken. Es soll in heidnischen Tempeln solche Götzenbilder geben. Es gibt auch in der Natur Scheußlichkeiten, zumeist durch Krankheit und Tod hervorgerufen. Es würde jedoch einem Künstler kaum einfallen, sie nachzuahmen. Wichtig in der Kunst ist, daß der Schaffende seinem Werk seinen eigenen Stempel verleiht. Daß er auf seine Weise das Bild erfaßt oder auffaßt, das er darstellen will. Das sollte auch euer Streben sein, wenn ihr einmal selbständig als Meister arbeiten werdet. Vorläufig braucht ihr euch noch nicht die Köpfe zu zerbrechen über Anlage und Ausführung unseres frommen Werkes. Das besorgt euer Meister. Und jetzt wollen wir uns ganz unserer Aufgabe widmen.»

Die Arbeit wurde verteilt: Die Gesellen gingen daran, die Verzierungen der Schaugehäuse zu schnitzen. Der Meister und Sywel nahmen sich die vorbereiteten Figurenblöcke vor. Da die Tafel nicht gefaßt – bemalt – werden sollte, war die Gefahr des Reißens des Holzes vergrößert. Daher wurden die Figurengruppen aus zwei bis drei Reliefschichten zusammengestellt. Diese Blöcke bestanden aus 5 bis 8 Zentimeter dicken und 26 bis 36 Zentimeter breiten, aufrecht stehenden Eichenbohlen, die zusammengeleimt waren. In den Gehäusen waren es meist zwei Figurenblöcke hintereinander, die es ermöglichten, die Figuren tief in ihre Gehäuse hineinzustaffeln.

Das Aneinanderfügen der Bohlen erforderte sehr genaue Arbeit. Auch diese Arbeit hatte Reinhart gelernt. Er durfte zusehen, wie der Meister und Sywel die eingespannten Blöcke bearbeiteten. Erst das rohe Aushauen mit Klöpfel und breitem Eisen, dann das vorsichtige Zuschnitzen der Umrisse der zu schaffenden Gruppe. Den vorderen Block nahm sich der Meister vor, den hinteren der Altgesell. Die betreffenden Zeichnungen lagen vor. Dann kam die Feinarbeit, die einzelnen Figuren herauszuarbeiten und zu gestalten. Das erforderte sehr viel Zeit und Sorgfalt.

Auch Mummens hatte auf dem Gebiet keine großen Erfahrungen; sie wechselten sich ab beim Zuschauen; denn der Meister legte Wert darauf, daß beide baldmöglichst zum Figurenschnitzen dazukamen. Reinhart bewunderte den Meister bei seiner Arbeit, wie geschickt und scheinbar mühelos unter seinen Händen Umrisse und Rundungen aus dem harten Holz hervortraten.

Das Holz war hart; denn bevor sie an das Zusammenleimen der Blöcke gingen, ja, bevor sie die Bohlen zurechtschnitten, mußte das Eichenholz von seiner weicheren Außenseite befreit werden, welche die Holzwürmer gern befielen. So waren die verwendeten Bretter nur aus hartem Kernholz.

Die beiden Bildschnitzer mußten zum Teil gebogene Messer verwenden, um an die schwer zu erreichenden Stellen der Figurengruppe heranzukommen.

Wenn die Lernenden sich vorstellten, welch eine Riesenarbeit vor ihnen lag, Hunderte der geplanten Figuren auf diese mühevolle Weise anzufertigen, erschraken sie. Doch meinte Lorenz, das werde man gewohnt werden. Vorerst hatten sie mit den Baldachinen der Gehäuse zu tun, den Säulchen, Rankenwerk und Zubehör der Figuren, was etwa an diese angesetzt wurde, Spieße, sonstige Waffen und Geräte.

Sywel hatte entschieden weniger Arbeit als der Meister mit der bewegten Vordergrundgruppe, da er die Söldner im Hintergrund schnitzte, und war infolgedessen eher mit seinem Relief fertig. Er kümmerte sich um die Arbeiten, die nebenbei erledigt werden mußten.

Reinhart und Mummens paßten sehr auf, als der Meister an das «Ausputzen» seiner Gruppe ging. Wie fein die Späne unter seinem feinen Hohleisen abrollten!

Auch Sywels Arbeit überprüfte Brüggemann sorgfältig und überarbeitete nochmals dessen Figuren; jedenfalls die sichtbar werdenden Antlitze und Schultern.

Währenddessen überprüfte Sywel die Arbeiten der vier Gesellen. Einiges mußte verbessert oder als ungenügend neu hergestellt werden. Alles ging ruhig und planmäßig vonstatten. Wenig wurde geredet. Als die Tage länger wurden, begannen sie morgens eine Stunde früher zu arbeiten; doch machten sie eine längere Mittagspause, in der ein jeder tun und lassen konnte, wie und was ihm gefiel. Meister Brüggemann hielt nichts davon, seine Gehilfen zu überanstrengen. Er vertraute ihnen und wußte, daß sie mit Eifer und Freude ihre Arbeit taten. Ein großer Krug mit Buttermilch stand bereit, den Durst zu löschen.

Einen großzügigeren Auftraggeber als Herzog Friedrich hätte Meister Brüggemann sich nicht wünschen können. Es war für alles gesorgt. Sie konnten ihrer Arbeit unbeschwert nachgehen; die geldlichen Angelegenheiten wurden von Gottorp aus geregelt. Ab und zu fuhr Brüggemann mit einem Gehilfen des Vogtes nach Schleswig hinüber, um bei Herrn Elvers vorzusprechen.

Bei einer solchen Gelegenheit begegnete der Meister im Burghof dem Herzog, der gerade zu Pferde hereinkam. Er winkte, während er abstieg, dem Bildschnitzer zu und unterhielt sich mit ihm. Zum Schluß bemerkte Herzog Friedrich: «Es freut mich zu hören, daß du zufrieden bist, auch mit deinen Helfern. Du brauchst dich nicht abzuhetzen. Die Hauptsache bleibt, daß deiner Hände Werk gut gelingt.»

Folglich war Meister Hans Brüggemann im Bleck Husum ein Außenseiter. Man wußte unter den dortigen Berufsgenossen nicht recht, was von ihm zu halten war. Es war nur bekannt, daß er einen großen Altaraufsatz zu schnitzen hatte, aber nicht, für welche Kirche. Die umliegenden Kirchen waren alle mit Altären ausgestattet. Es erschien ihnen verwunderlich, ja, beinahe beleidigend, daß der Zunftbruder sich gar nicht um sie bekümmerte. Man traf sich dort gelegentlich und zu bestimmten Anlässen. Es gab noch zwei ältliche Schnitkermeister, die auch am Gestühl der Marienkirche mitgearbeitet hatten. Der eine hatte sogar noch einen der Nebenaltäre, der von einer Bruderschaft gestiftet worden war, geschnitzt. Außerdem kamen die Tischler von den umliegenden Dörfern zu bestimmten

Festen nach Husum herein, um mit den Zunftfreunden gemeinsam fröhlich zu feiern. Nein, es war geradezu ungehörig, daß Meister Brüggemann sich von ihnen fernhielt. Was der sich wohl einbildete? Ein bißchen Neid, ein Quäntchen Neugier mochten wohl mitspielen, als sich schließlich Meister Detel aufmachte, um der Sache auf den Grund zu gehen.

Nun hatte Brüggemann seinen Gesellen die Anweisung erteilt, wenn er in seiner kleinen Stube in die Arbeit vertieft sei, wolle er nicht gestört werden. Nur in dringenden Fällen, und schon gar nicht von Fremden, die neugierig seien.

An einem sonnigen Maimorgen erschien also Meister Detel in der Tür von Hans Brüggemanns Werkstatt, in der die Gesellen bei der Arbeit waren. Der Altgesell war zu einer Besorgung fortgegangen, und der Meister saß, in seiner Schnitzerei an einer der kleinen Rahmenfiguren vertieft, bei halbgeöffneter Tür in seiner Stube, als der Besucher seinen Gruß sprach:

«Glück herein! Gott ehr das ehrbare Handwerk. Mit Gunst, Gesellen, oder ist der Meister unter euch?»

Die jungen Leute sahen auf, und Diederik, den der Fremde ansah, schüttelte den Kopf und blinzelte Reinhart zu, der unter ihnen der Wortgewandteste war. Reinhart erhob sich, warf einen Blick in die Stube des Meisters und nahm wahr, daß Brüggemann unwillig den Kopf schüttelte. Was der Besucher nicht wahrnehmen konnte, da die Tür ihm den Blick in die Stube verwehrte.

«Was ist dein Begehr, Bruder?» Reinhart stellte sich hochaufgerichtet neben diese schützende Tür.

«Man nennt mich Meister Detel Snitker. Ich komme auch im Namen der Zunftgenossen, um euren Meister und euch in unseren Reihen zu begrüßen, wenn's euch beliebt. Führ mich zu deinem Meister, Gesell!»

«Wir danken dir für deinen freundlichen Gruß, Meister Detel. Hat Meister Brüggemann dich zum heutigen Tag eingeladen?»

Nein, das habe er zwar nicht. Diese Art vornehmer Bräuche pflege man hierzulande in den Zünften eigentlich nicht. Unterdessen schweiften seine hurtigen Augen von einem Bord zum anderen.

Die Gesellen ließen sich nicht in ihrer Arbeit stören. Vedderke und Lorne leimten gemeinsam einen Maßwerkschleier zusammen.

Und Meister Brüggemann nebenan hatte sein feines Schnitzmes-

ser sinken lassen und betrachtete seinen Gesellen Reinhart, der als
Wächter vor seiner Tür verharrte und trotz seines Schurzfelles genau
wie ein echter Ritter wirkte. Dieses hochmütige Gesicht konnte man
nicht machen, überlegte der Meister, das war einem Menschen angeboren. In diesem Augenblick wußte Hans Brüggemann, wer sein
Geselle war. Er hatte sich über die Freundschaft mit Ritter Iversen
gewundert, jetzt tat er es nicht mehr. Das flog dem Meister in wenigen
Sekunden durch den Kopf, indes Reinhart seine Antwort gab:

«Der Meister ist mit Arbeit überhäuft. *Er* hat keine Zeit, in den
Arbeitsstunden Besuche zu machen. Wir dürfen ihn nicht stören; und
ungebetene Gäste, so leid es mir tut, Meister, darf ich ihm gar nicht
anmelden. Du bist vergebens gekommen und tust besser, auch ein
anderes Mal diesen Weg nicht zu wiederholen.»

«Das ist ja nicht zu glauben ... so etwas muß man sich von einem
Gesellen sagen lassen.»

Brüggemann sah Reinhart einen Schritt nach vorne machen, hörte
ihn fragen, ob er dem Meister etwas ausrichten solle, und dann
klappte die Tür zu.

«Komm her, Reinhart!» rief der Meister, als der Gesell an der Tür
vorbei wollte.

«War es nicht recht, Meister?» fragte Reinhart. «Ich glaube, er
wird nicht wiederkommen.»

«Dank dir! Das hatte ich schon kommen sehen. Und das hat der
Herzog vermeiden wollen.»

Der Meister stand auf und ging mit Reinhart in die Werkstatt.
«Versteht mich recht, Gesellen. Gegen die Zunft ist nichts einzuwen-
den. Sie hat sich große Verdienste erworben. Ihr wißt es von euren
Wanderjahren, wie die Zunftgenossen den fremden Handwerksburschen in einer Stadt behilflich sind, Unterkunft und Arbeit zu finden,
sie zu schützen in Krankheit und Not auf ihrer Reise. Aber wir sind
hier unter anderen Voraussetzungen – im Dienste des Herzogs, sozusagen – an den Hof gebunden. Und Schnüffler können wir nicht
gebrauchen. So, nun wollen wir weitermachen.»

So war es: Es war kein selbständiger Meisterbetrieb in dem Sinne,
wie die meisten zur Zunft gehörigen Werkstätten es waren. Und das
hatte Reinhart von Bendix erfahren. Darum konnte er auf diese Art
seinen verehrten Meister abschirmen. Es war eine sonderbar stark
verbundene Gemeinschaft, des Herzogs Bildschnitzer.

Bald darauf kam zwar auch ein nichtgeladener Gast in die Werkstatt, aber der wurde mit Freuden eingelassen... Riepenhusen. Er überbrachte Reinhart herzliche Grüße von Benedict Iversen und besah, vom Meister geführt, die Arbeiten. Sehr beeindruckt äußerte der Kunstkenner sich dem Meister gegenüber.

«Meister Brüggemann, dein Werk wird etwas ganz Großartiges werden. Das ist jetzt schon festzustellen. Welch eine Freude wird Herzog Friedrich empfinden, wenn er schon dieses sieht!»

«Der Herzog sollte mit der Besichtigung noch etwas warten. Vorerst sind es eben nur einige Figuren und das Maßwerk», entgegnete Brüggemann trocken.

Riepenhusen erklärte, in den kommenden Monaten werde der Herzog gewiß nicht nach Husum kommen können, dafür sei keine Zeit. Er verabschiedete sich und forderte Reinhart auf, ihn zur Kutsche zu begleiten.

Dort überreichte Riepenhusen dem Gesellen einen länglichen Holzkasten, der verschnürt war. Unter der Schnur steckte ein zusammengefaltetes Papier mit Siegel. Lachend winkte der kunstverständige Herr dem verdutzten Reinhart zu und fuhr davon.

An seinem Werktisch zog Reinhart das Briefchen hervor und las die Zeilen: «*Velleeve Reinhart, mennichmal hev ik an di dacht, men ik weer velmols ünnerwegens unde anderntags befind ik mi na Bordesholm to. Wat in disse Schatull is, kümmt vun Sleipnir. Wenn he na Holsteen kümmt, weet ik ni. Men he kümmt. Wat ik gesecht, hev ik gesecht. Salve! Din Bendix.*»

Natürlich wußte Reinhart, was Sleipnir ihm beschert hatte, darum werkelte er weiter und trug seinen Schatz nach Feierabend in sein Stübchen, wo er ihn in die Bettlade verstaute. Er hatte gar nicht nachgezählt, wie viele Silberstücke es waren, die Bendix in Papierrollen im Kästchen verpackt hatte. Auf die Fragen seiner Kameraden hatte er geantwortet, ihm sei eine Zauberwurzel zugeschickt worden. Sie trat am Sonntag in Tätigkeit. Reinhart entnahm der mit Kupferband beschlagenen Schatulle einige Silbergeldstücke, drehte den Schlüssel um, den er in sein Wams steckte, und lud die Kameraden zu einem Nachtmahl in den Gasthof «Zum Engel» ein. Das wurde eine Schlemmerei mit Wein und allem Drum und Dran! Für Ida, die er heimlich anschwärmte, erstand er in der Weberstube ein hübsches, buntes Schultertuch. Den Meister fragte er, als er ihn allein erwischte, ob er ihm einen Wunsch erfüllen könne? Aber Brüggemann schüttelte lächelnd den Kopf und fragte, ob Reinhart eine Erbschaft gemacht habe? Der sagte freimütig, er habe eine kleine Nebeneinnahme erhalten. Da meinte Hans Brüggemann, dann könne er vielleicht der Modder Dörthe einen neuen Grapen verehren, die habe einen Topf zerbrochen und sei recht traurig darüber. So kam die gute Frau zu einem grau-irdenen Topf. Eine wahre Freude für sie; denn Tonwaren kosteten verhältnismäßig viel Geld. Bronzegrapen konnten sich nur reiche Leute leisten. Natürlich wurden Keramikgegenstände eingeführt, waren für den ärmeren Verbraucher indessen zu teuer. Modder Dörthe besaß einige Keramikgeschirre, auch Kacheln, die in der kleinen Diele die Wand zierten. Diese Dinge hatte ihr einst ihr Kapitän zumeist aus den Niederlanden mitgebracht. So auch den zerbrochenen Grapen, ein Tongefäß, das als Suppenschale diente. Da nun aber diese Quelle für sie versiegt war, war sie sehr vorsichtig mit diesen Sachen; zumal sie für die Frau ein Andenken an ihren Eheliebsten waren.

Im täglichen Gebrauch wurden daher die althergebrachten Holzgefäße verwendet: Daubenschälchen mit einem Eisenring in der Seitenmitte, geschnitzte Holzteller. Die Holzeimer waren meist aus ausgehöhlten Baumstämmen gefertigt, wobei der Boden aus einer angesetzten Holzplatte bestand. Löffel und Schaufeln waren aus Holz, Abortdeckel und Dosen mit Deckel, die letzteren oftmals feingedrechselt, Bütten und Schüsseln. Nur eben zum Kochen auf dem Feuer war man auf Tongefäße angewiesen oder zum Hähnchenbraten auf einfache Eisenstangen, die drehbar waren.

Reinhart Holt hatte seine Hausgenossen nicht aus Geltungsbedürfnis beschenkt, sondern weil es ihm behagte, seinen Mitmenschen eine Freude zu machen. So wurde es auch aufgefaßt, und man fragte nicht weiter, woher das Geld kam. Vedderke fragte nur: «Hat deine Zauberwurzel die Eigenschaft, immerfort wirksam zu sein, Jung? Dann könntest du dich zur Ruhe setzen und ein vornehmer Nichtstuer werden.»

«Ja, ja, Vedderke, da hast du recht. Ich mag aber gerne arbeiten. Und außerdem ist es bei dieser Wurzel so, daß ihre Zauberkraft nachläßt, je mehr man von ihr redet und je mehr man an sie denkt! Darum wollen wir sie lieber ganz beiseite lassen. Möglicherweise brauche ich sie einmal dringend.»

8

König Christian II. von Dänemark war ein zwielichtiger Mensch: Mit Klugheit begabt, konnte er weittragende Pläne fassen, die seiner Zeit weit voraus waren und auf Widerstand stießen, da sie undurchführbar erschienen. Dazu kam, daß er sein Leben lang im Gegensatz zum Adel stand. Sein Vater, König Johann, hatte ihn früh darauf aufmerksam gemacht, wie günstig es war, sich mit dem aufsteigenden Bürgertum gutzustellen.

Er war mittelgroß; durch Leibesübungen, Reiten, Fechten, körperlich gestählt, liebte er harte Wettbewerbe auf diesem Gebiet. Dazu war er ein wilder Jäger. Die von ihm gemalten Bildnisse, unter anderem von Albrecht Dürer und Lucas Cranach, zeigten einen Mann mit einem ausdrucksvollen und vornehmen Antlitz, dessen große Augen jedoch von Schwermut gezeichnet sind. Ein rötlicher Vollbart ließ ihn älter erscheinen.

«König Christiern», wie er sich auch nannte und so mit großen, steilen Buchstaben seine Unterschrift setzte, war im Glück überschwenglich heiter, im Unglück verzagt und niedergedrückt. Wenn er etwas erreichen wollte, versprach er alles, was von ihm verlangt wurde. Manchmal hielt er sein Wort, vielfach aber nicht. Das war sein Verhängnis. Liebevoll und zartfühlend in seinem Verhältnis zu der geliebten Dyveke, konnte der König gewalttätig und grausam sein, wenn ihn der Zorn übermannte.

Sein Vaterbruder Herzog Friedrich hatte seine liebe Not, wenn es sich um die gemeinsame Verwaltung der Herzogtümer Schleswig und Holstein handelte. Herzog Friedrich hatte es seinem Bruder Johann nie verziehen, daß er entgegen des Vaters Gebot die Herzogtümer geteilt hatte. Ihm wären die Schwierigkeiten mit seinem Neffen erspart worden, wenn ein Herr über beide geblieben wäre.

Der dänische Adel und die Reichsräte waren empört über den Einfluß, den Dyvekes Mutter Sigbrit, die Holländerin, auf den König hatte. Sie war eine überaus gescheite und weitblickende Frau, die insbesondere in Wirtschafts- und Zollfragen bewandert war, sich weiterbildete und ihre Fühler ausstreckte, um möglichst auf dem laufenden zu sein. So erteilte sie dem König ihre Ratschläge, die sich als gut bewährten. Er vertraute ihr völlig.

In diese Idylle platzte im Jahre 1514 die Forderung der Reichsräte, daß der König sich nunmehr verehelichen müsse. Falls ihm etwas zustoßen sollte, war kein leiblicher Nachfolger vorhanden. Da waren Herzog Friedrich und sein Sohn Christian, der zu der Zeit elf Jahre alt war. Aber der König hatte keinen Sohn. Seine Mutter, Königin Christine, suchte ihn auf. Christian hatte mit ihr eine lautstarke Aussprache in dem burgartigen Schloß auf Slotholmen. Erregt, wie er war, schleuderte er seinen Reichsräten, als sie ihm vorhielten, er könne doch nicht ewig mit einer Geliebten zusammenleben, den Satz entgegen: «Ich habe nur das getan, was meine Vorväter auch getan haben!» Böse funkelten seine Augen.

Schließlich gab er nach, erklärte sich bereit, eine Prinzessin zu heiraten. Seine Mutter riet ihm, sich an ihren Bruder, den Kurfürsten Friedrich von Sachsen, mit dem Auftrag zu wenden, eine Braut für ihn zu erkunden. Man entschied sich für die zweite Tochter Philipps des Schönen von Burgund, den sein Vater, der deutsche Kaiser Maximilian I., mit Maria der Wahnsinnigen, der spanischen Erbtochter, verheiratet hatte, womit die spanische Krone an die Habsburger fiel.

Isabella von Burgund war dreizehn Jahre alt, als sie die Braut des dänischen Königs wurde. Des Königs Oheim, Friedrich der Weise von Sachsen, erklärte sich bereit, die Verhandlungen zu führen, die mit der Fürstenhochzeit verbunden waren. Es wurde vereinbart, welche Brautgeschenke gegeben werden sollten. Die Mitgift des Hauses Habsburg war schon auf 250000 Gulden festgesetzt. Allerdings in Raten zahlbar. Die letzte Rate sollte 1518 beglichen werden.

Das Leibgedinge, welches König Christian für seine Gemahlin als Einkommen vorgesehen, hatte den Unwillen seiner Mutter erregt. «Was fällt dir ein», hatte sie ausgerufen, «Isabella ist die Enkelin des Kaisers. Und dann so ein Lumpengeld!»

Christian hatte gelassen seinen Bart gestrichen und gemeint, er habe schon genug Unkosten zu bestreiten wegen dieses aufgezwungenen Unternehmens. Die Hochzeit der Burgunderprinzessin mit Christian II. wurde glanzvoll am niederländischen Hof der Statthalterin Margarete von Habsburg gefeiert, wo eine dänische Abordnung eingetroffen war. Der Bräutigam, der leider nicht anwesend war, da er um diese Zeit gerade in der Frauenkirche zu Kopenhagen als König gekrönt wurde, ließ sich durch seinen Freund Mogens Göye vertreten. Das war am 11. Juni Anno Domini 1514.

Die Hochzeit in Kopenhagen war auf Johanni 1515 festgelegt.

Am 26. Juni bestieg Isabella die «Juliane», eines von elf Schiffen, die sie nach Dänemark begleiteten.

Inzwischen trafen die geladenen Gäste in Kopenhagen ein. Viele Adelsfamilien waren darunter. Aus dem Ausland erschienen die Kurfürstin Elisabeth von Brandenburg, Christians Schwester, Herzog Friedrich von Schleswig – unter seiner Begleitung der wackere Ritter Iversen –, Herzog Hinrik von Lüneburg mit seinen beiden Söhnen und Herzog Hinrik von Mecklenburg in Vertretung des Kaisers. Papst Leo hatte den Bischof von Reval, Johann Blankenfeld, zur Kopenhagener Hochzeit geschickt.

Der König war in grimmiger Verfassung, wenn er bedachte, was dieser ganze Aufwand kostete. Und seine Laune wurde keineswegs besser, als er erfuhr, daß vorerst nicht einmal das erste Drittel der Mitgift an ihn ausgezahlt werde!

Wenn jetzt alles glatt abgelaufen wäre, die Gäste bald abgereist wären und die Angelegenheit ihren vorgeplanten Gang genommen hätte, hätte man aufatmen können. Doch der König mußte sich in Geduld fassen mit einem Haus voller Gäste!

Die Schiffe liefen erst am 4. August in Helsingör ein. Sie hatten Gegenwind gehabt, und Isabella lag krank auf der «Juliane» zu Bett. Die Seereise und die Aufregung brachten bei der kindlichen Fürstin ein Fieber hervor.

Sie aber ließ bis Hvidöre weitersegeln, wo der König sie empfing. Dem jungen Mädchen in ihren kostbaren, schweren Gewändern war schwindlig, als sie dieses prunkvollen Gefolges des Königs ansichtig wurde:

Hinter ihm erschienen dreihunder Ritter zu Pferde, die Königinwitwe mit einem Gefolge von zweihundert Reitern und König Christian selber in einer kostbaren Tracht, die von Gold und Perlen strahlte.

Isabella aber sah mit glänzenden Augen zu dem stattlichen Mann auf, der ihr aufmunternd zulächelte und ihre kleine kalte Hand in seiner großen warmen hielt. Er nannte sie Elisabeth. Und so hieß die Burgunderprinzessin fortan: Dronning Elisabeth.

Am nachfolgenden Sonntag wurde Elisabeth im Königsschloß getraut und gekrönt, nicht in der Kirche; denn die junge Königin fühlte sich krank. Der Erzbischof hielt die Traurede und verkündete

So war das damals …

... vor fast fünfhundert Jahren im alten Dänemark: Der König heiratet die Enkelin des deutschen Kaisers, kassiert eine Mitgift von 250000 Gulden, billigt seiner jungen Frau selbst aber nur ein lumpiges Taschengeld zu.

Heutzutage haben sich die Verhältnisse etwas geändert. Viele Ehepartner planen gemeinsam, was sie mit ihrem Geld anfangen wollen und wie sie es sinnvoll und zinsgünstig anlegen können.

am Ende der Messe, daß der Papst allen Anwesenden zur Feier des heutigen Tages ihre Sünden vergeben habe.

Es wurden bald nach der Hochzeit Drohungen gegen den König laut, die sich gegen Dyveke richteten. Er kaufte Mutter Sigbrit und seiner Dyveke ein Gut in der Nähe der Stadt. Besuchte sie indessen weiter. Die beiden Frauen gehörten in sein Leben. Die junge Königin hingegen erwies sich bald als eine einsichtige und tatkräftige Frau, die sogar gegen ihre Familie zu ihrem Ehemann hielt.

Die Warterei der geladenen Gäste auf das Eintreffen der Habsburgerin in Kopenhagen war gräßlich gewesen. Die Stadt war überfüllt. Die einheimischen Adligen konnten auf ihre Besitzungen zurückfahren, bis ein Bote das Einlaufen der Schiffe meldete. Die Gäste vom Festland dagegen, die bleiben mußten, langweilten sich, und eine schlechte Stimmung verbreitete sich.

Herzog Friedrich, wie auch die anderen deutschen Fürsten, war verabredungsgemäß Ende Juni eingetroffen. Als Mitte Juli die Schiffe noch nicht von der Küste des Kattegatts in Sicht waren, beschlossen die deutschen Fürsten abzureisen. Einige schleswig-holsteinische Adlige ließ der Herzog in Kopenhagen als Vertreter der Herzogtümer zurück. Er hatte keine Zeit, die Tage in Kopenhagen zu vertrödeln. Ritter Bendix begleitete ihn.

Als sie auf dem Fährschiff von Fünen nach Jütland über den Belt fuhren, winkte der Herzog Bendix zu sich in die Kutsche. Seine anderen Herren standen draußen.

«Sag mal, Iversen, was wollte deine ehemalige Geliebte eigentlich noch von dir? Ich sah, wie die Gräfin sich nach dem Abendessen, als du hinausgingst, an dich heranmachte, wie du ein ganz finsteres Gesicht machtest, und sie wütend in den Saal zurückeilte und erregt mit einem jungen Ritter sprach.»

«Herr Herzog, ich hatte recht ungünstige Nachrichten über die Gräfin vernommen. War ihr aus dem Wege gegangen. Und als sie nun zuckersüß auf mich zukam, mich am Ärmel faßte und unsere Bekanntschaft erneuern wollte, habe ich ihr erklärt, daß sie eine rossige Stute sei. Aber ich sei ein Mensch und kein Beschäler.»

Der Herzog schlug sich lachend auf den Schenkel: «Iversen, du bist ein Grobian. Aber verdient hat das Weib die Antwort. Wahrscheinlich hat sie ihren neuesten Galan aufgefordert, sich mit dir zu schlagen. Ist er bei dir aufgetaucht?»

Bendix schüttelte den Kopf. «Der hat sie wohl auch nicht für wertvoll genug gehalten, ihretwegen mit mir die Klingen zu kreuzen. Ich bin Herrn Herzog sehr dankbar, daß ich jetzt schon mit zurückfahren durfte. Dieser Dämmerzustand in Kopenhagen war ja nicht auszuhalten.»

Die Heirat der Habsburgerin mit dem dänischen König war eine politische Angelegenheit gewesen.

Kaiser Maximilian verstand es, sein Herrschaftsgebiet durch Einheiraten zu erweitern. Er selbst hatte die Niederlande, Burgund und sein Sohn Spanien erheiratet. Der Kaiser befand sich wie viele Fürsten fast ständig in Geldnöten. Kriege waren an der Tagesordnung und kosteten Geld. Hier lag auch die Ursache, weswegen Christian von Dänemark auf die Mitgift warten konnte.

Das Oberhaupt des Römischen Reiches Deutscher Nation war kein vermögender Herrscher in dem Sinne, was man unter Reichtum verstand.

Deutschland bestand aus einem Sammelsurium von großen und kleinen Fürstentümern, deren Herrscher sich gegenseitig eifersüchtig überwachten, damit ihnen kein Vorteil entging.

Die Zeiten der mächtigen deutschen Könige, die sich vom Papst in Rom – meist mit einigem Nachdruck – zum römischen Kaiser krönen ließen, waren längst vorbei. Die ständigen Kämpfe mit den Päpsten hatten ihren weitgespannten Machtbereich zerschlagen. Die letzten deutschen Könige, welche auch Italien im Griff hatten, waren die Hohenstaufen vor dreihundert Jahren gewesen, deren letzter Kaiser in Palermo, seiner eigentlichen Residenz, begraben liegt. Damals stand das Papsttum auf der Höhe seiner Macht.

Allerdings war die christliche Kirche im Abendland durch die Vernichtung der Ostkirche in Konstantinopel erst durch die Kreuzritter, dann durch die Turkvölker stark geschwächt worden.

Gewiß, auch Kaiser Maximilian wurde nach alter Gepflogenheit als römischer Kaiser bezeichnet, doch war er nicht nach Rom gefahren, um sich krönen zu lassen. Er hatte andere Sorgen – der Kampf um Norditalien, das noch immer die Welthandelsstraßen Europas beherrschte. Maximilian wurde von den Franzosen, welche dieselben Ziele verfolgten, besiegt, und sie besetzten die Lombardei mit Mailand. Verloren sie jedoch bald wieder an die Spanier; wodurch sie am Ende abermals an die Habsburger gelangte. Dazu kam auch

Neapel an Spanien-Habsburg. Nachdem Maximilians Enkel Ferdinand durch Heirat Böhmen und Ungarn gewann, war der Kaiser eine Großmacht in Europa, ein Umstand, den Frankreich sich bemühte, ihm streitig zu machen...

Papst Leo X. hatte im Jahre 1513 nach Antritt seines hohen Amtes über die Christenheit geäußert, jetzt wolle er das Leben richtig genießen: Er war ein prachtliebender Herr, dieser Giovanni de Medici aus dem reichen Florentiner Geschlecht. Es lag auf der Hand, daß er seine Vorliebe auch nach außen bewerkstelligte: Der Bau der Peterskirche zu Rom erforderte ungeheure Summen Geld. Es mußte irgendwie von der gläubigen Christenheit beschafft werden. Papst Leo X. hatte zwar nicht den Ablaßhandel erfunden, dieses nützliche Geschäft hatten seine Vorgänger seit eh und je erfolgreich gehandhabt. Jetzt sollte ein geballter Angriff auf die breite Masse sündiger Zeitgenossen veranstaltet werden. In Deutschland wandte sich die Kurie an den jungen Erzbischof von Mainz, Albrecht von Brandenburg, ein Bruder des Kurfürsten und Markgrafen Joachim von Brandenburg, der den Wünschen des Heiligen Vaters nachkam. Der gewandte Dominikanerprior Tetzel übernahm es, die sündigen Seelen um sich zu versammeln. Überall wurde er als direkter Abgesandter des Papstes mit Ehrungen empfangen. Nebenbei war er auch Ketzerrichter und drohte, «allen, die wider meine Predigt und den Ablaß reden, will ich die Köpfe abreißen lassen und sie blutig in die Hölle stoßen, die Ketzer brennen lassen, daß der Rauch über die Mauern aufschlagen soll».

Er war ein guter Redner, hatte schon 1504 den Ablaßhandel in Deutschland getätigt. Seine Predigten waren klar und den einfachen Menschen verständlich. Tetzel ließ die armen Seelen im Fegefeuer die Hinterbliebenen anflehen: «Erbarmt euch, wir sind in schwerer Pein, mit wenigen Almosen könnt ihr uns erlösen. Seid nicht so grausam, uns in den Flammen schmachten zu lassen. Für ein viertel Gulden ist der Brief zu haben, kraft dessen ihr die göttliche und unsterbliche Seele sicher und frei zum Vaterland ins Paradies bringen könnt.»

Auch wandten Tetzel und seine Gehilfen sich an die Mörder, Räuber und Lasterhaften: «Jetzt ist es Zeit, Gottes Stimme zu hören, der da nicht will den Tod des Sünders, sondern daß er sich hier bekehret.»

Die Ablaßprediger hatten ungeheuren Zulauf aus allen Schichten der Bevölkerung. Sie waren ja Stellvertreter des Papstes! Welch eine Gelegenheit, für etwas Geld sicherzugehen, nicht für seine Sünden büßen zu müssen. Allerdings wurde der Ablaßbrief bei größeren Verfehlungen teurer. Aber sei es drum! Wie sie sich um den eisernen Kasten mit den Ablaßbriefen drängelten!

«Sobald das Geld im Kasten klingt,
die Seele aus dem Fegfeuer in den Himmel springt!»

Zwischen diesem mittelalterlich-düsteren Gerangel um Sünden, Fegefeuer, Teufel, Höllenqualen und Geld klangen helle Schellentöne. Die Glöckchen am Narrengewand der Spaßmacher, die in roten Flatterröckchen und Narrenkappe einhersprangen und ihre Possen zum Ergötzen der seßhaften Bürger betrieben. Sie zogen nicht nur unter dem fahrenden Volk umher. Nein, sie waren mitunter an Fürstenhöfen ansässig.

Auch Kaiser Maximilian hatte seinen «kurzweiligen Ratgeber», Kunz von Rosen, seinen schlauen Hofnarren. Sie waren verbreitet an den Höfen des Hochadels, meist geistreich-witzige Männer, die sich manche Dreistigkeiten erlauben durften.

Auf den Landstraßen gehörten die Spaßmacher den «fahrenden Leuten» an. Zumeist waren sie auch «unehrliche» Leute, wie der Henker und seine Gesellen es waren. Es war ein armes Volk, das vor den Städten und Orten meist in Gruppen auftrat, Narren oder solche, die auf den Händen liefen oder über ein gespanntes Seil; die den Bär tanzen oder einen Affen betteln ließen, um sich einige Münzen zu verdienen. Sie bekamen von mitleidigen Bürgern auch abgelegte Kleidungsstücke, besonders wenn sie kleine Kinder hatten.

Was war alles auf den staubigen oder aufgeweichten Landstraßen unterwegs! Neben Kutschen, Reitern und großen Planwagen der Kaufleute, heimatlose Menschen, Bettler, Leprakranke, die aus den Städten mit einer Bettelklapper und etwas Werkzeug gejagt worden waren, um draußen in einem Winkel irgendwo zu sterben. Zigeuner tauchten mitunter dazwischen auf, Pilger und entflohene Verbrecher. Wenn dann eine Abteilung der Kriegsknechte oder Söldner mit Fahnen und Schwertern, Hellebarden und bunter Kleidung auftauchte, wich alles zur Seite. Auch fahrende Schüler und Handwerksburschen zogen hier fürbaß. Die Schüler, die unterwegs zu einer Lateinschule waren, waren auf Bettelei angewiesen, da sie meist vom Elternhaus, in ihrem Drang zu lernen, ausgerissen waren.

Die Handwerksgesellen hatten es kaum nötig zu betteln. Sie wurden in die Städte eingelassen, wenn sie sich ausweisen konnten. Sonst mußten sie erst ein Zeichen vom Herbergsvater holen. Ihr Bündel blieb vor dem Tor draußen, bis die Wache sie mit Genehmigung des «Vaters» einließ. Die unehrlichen Leute mußten im Vorfeld der Stadt bleiben, ebenso Kranke.

Die Gegensätze waren erheblich: hier das arme Volk auf den Landstraßen, dort in den reichsfreien Städten wie Nürnberg, Köln, Frankfurt und Augsburg die vermögenden Kaufleute. Hier lag Deutschlands Reichtum. Schon die Bauten wiesen ihn aus. Die Bürger hatten herrliche Gotteshäuser, Rathäuser und prachtvolle Wohnhäuser errichtet. Diese Städte lagen an den großen Handelsstraßen. Sie waren, wie es in Nordeuropa die Hansestädte vorstellten, die «Umschlaghäfen». Während in den nordischen Ländern der Glanz der Hansa langsam verblaßte, blühten die süddeutschen Handelsstädte auf.

Woher hätten sich Fürsten und andere Menschen, die Kredit nötig hatten, das Geld holen sollen, wenn nicht von den reichen Kaufherren in Nürnberg und anderen Städten, vor allem aus Augsburg. Kaiser Maximilian war Jacob Fugger hoch verschuldet. Jacob, der «Reiche» oder auch «Königsmacher», wie er genannt wurde, gab dem Kaiser das Geld für seine Kriege. Natürlich, denn er war auch daran beteiligt, ob die Handelsware aus Italien und den Mittelmeerländern über deutsche, italienische oder gar französische Straßen rollte. Diese Familien wie die Fugger, die Welser oder die Tucher hielten dank ihres Reichtums die Fäden in der Hand und ließen manchen daran zappeln.

Dann kam der Landadel, der die leibeigenen Bauern gegen sich hatte und sonst im allgemeinen nicht als vermögend bezeichnet werden konnte und sich manche Edelleute durch Räubereien oftmals in ihrer schwierigen Lage zu verbessern suchten. Derartige Ausschreitungen, wenngleich sie von den jeweiligen Landesfürsten scharf geahndet wurden, minderten das mittelalterliche Ansehen des Ritterstandes beträchtlich.

Hin und wieder tauchten in der Landschaft Klöster mit ihren Kirchen und Kapellen auf. Etliche von ihnen waren reich an Besitz und durch Abgaben der ihnen zugehörigen Dörfer. Manche Äbte führten ein recht weltliches Leben: Sie nahmen an kriegerischen Auseinandersetzungen teil, liebten Gaumengenüsse und waren auch mitunter der Frauenliebe nicht abgeneigt. Andere hielten sich streng an ihre Ordensregeln. Immerhin taten sie viel für Arme und Bedürftige, unterhielten Schulen und hielten in ihren Schriften vieles fest, was sonst der Vergessenheit anheimgefallen wäre.

Auf dem letzten Gebiet waren es auch die fahrenden Sänger und Erzähler, die alte Mären und Heldensagen im Volke wachhielten. Ihnen wurde, obgleich sie auch zu den Fahrenden zählten, gerne Unterkunft und Speise gegeben. Sie saßen erzählend auf des Bauers Ofenbank. Sie sangen an Sommerabenden unter der Dorflinde ihre Weisen von versunkenen Geschehnissen oder berichteten auf einer Burg am Wege den staunenden Zuhörern von seltsamen Sagen, Zaubereien und was sie auf ihrer Wanderschaft aufgepickt hatten.

Spielleute kamen bei Festen angezogen und machten Musik zum Reigen auf dem Dorfanger. Woher sie kamen, wußte man nicht. Wohin sie gingen, fragte man nicht. Sie waren zur rechten Zeit da. Obgleich sie beschenkt wurden, ließen sie auch mal etwas mitgehen, was ihnen nicht gehörte. Man sah es ihnen nicht nach. Man hatte seinen Spaß gehabt.

Ja, die Gegensätze waren groß: hier seelisch-religiöse Schwärmerei, dort entsetzliche Roheit, die noch durch Zurschaustellung von Auspeitschungen und Brandmarkung am Pranger der Städte gefördert wurde. Das Volk strömte herbei, wenn etwas Schauriges geboten wurde wie Hinrichtungen, Enthauptungen, Hängen, Aufs-Rad-Flechten oder gar das Vierteilen eines lebenden Menschen durch galoppierende Pferde. Es sollte abschreckend wirken und trug trotzdem zur Verrohung bei.

Zwischen all diesen Gegensätzen bildeten die Handwerker eine ruhige Mittelschicht. Vielfach waren die Handwerker vermögend, besonders die Gold- und Silberschmiede. Durchweg führten sie in den Städten ein gesichertes Leben, waren angesehen und mitunter auch recht einflußreich in der Stadtverwaltung. Manche von ihnen waren arm und hielten ihr Geschäft nur mit Mühe aufrecht. Es lag an den örtlichen Verhältnissen und an Fleiß und Geschicklichkeit des jeweiligen Meisters natürlich auch. Sie bildeten eine gesunde Grundlage für das Gemeindewesen, wie es in manchen Gegenden auch die freien Bauern waren.

Die Art, wie die Menschen sich miteinander unterhielten, war im allgemeinen recht geradezu. Man nahm kein Blatt vor den Mund. Dem gegenüber standen indessen auch lyrische Gedichte und sehr zarte Gesten im Umgang von Mensch zu Mensch.

An einem warmen Sommertag im Juli 1516 ritten Bendix Iversen und sein Diener, Martin Klönhammer, eine von wildem Gestrüpp gesäumte Straße entlang. Die Sonne brannte heiß vom reinblauen Himmel herab, und Bendix meinte, sie seien wohl auf dem richtigen Weg nach Eekenholt.

Er klopfte Sleipnir den Hals: «Das wird unser letzter Ritt sein, Sleipnir. Ich trenne mich ungern von dir.»

Ein angenehmer Wind kühlte Reiter und Pferde. Die Männer trugen nur Hemden und auf dem Kopf breite, flache Mützen, die den Augen Schutz vor dem grellen Sonnenlicht boten. Zu seiten der Kniehosen hing der Degen herab. Neben Hannibal, auf dem der Diener saß, trabte Saxa, die Klönhammer am langen Zügel führte.

Auf den Straßen der Herzogtümer war es stiller als auf den süddeutschen Handelsstraßen. Hauptsächlich war es der Ochsenweg, der sich von Jütland bis an die Elbe hinzog, auf dem oftmals ein wahres Gedrängel herrschte, wenn Menschen, Pferde und Rinder unterwegs waren. Hier, am Rande der Geest, auf dem Weg nach Ostholstein, trafen die Reiter selten Reisende an.

Jetzt tauchte ein Buchenwald auf. Wie ein gewaltiger Dom überwölbte er die Straße. Zwischen jungen Bäumen standen graue Riesensäulen. Mancherlei Getier huschte und sprang ihnen über den Weg. Der Hufschlag versank im Moos. Die Vögel hatten schon, bis auf wenige Stimmen, ihren jubelnden Gesang eingestellt.

Ein Dörfchen kam in Sicht. Die Bauern auf den Feldern waren beim Mähen der Gerste. Sie ließen einen Augenblick die Sensen sinken, und die Binderinnen standen mit einer Garbe im Arm und starrten den fremden Reitern nach. Bendix verhielt sein Pferd, als ein alter, runzliger Mann, der vor seiner Hütte stand, ihn grüßte.

«Sind wir hier auf dem Wege nach Eekenholt?» Der Alte zog die Schultern hoch. «Eekenholt? Nee, das kenn ich nicht. Der Herr kann besser den Vogt fragen, der wohnt hier längs, eben aus dem Dorf heraus.»

Der Weg teilte sich in drei Richtungen vom Dorfplatz aus. Der Vogt war nicht daheim, aber seine Frau, die im Garten des Steinhauses arbeitete, konnte Auskunft geben. Eekenholt? Davon gebe es mehrere. Zu wem die Herren wollten? fragte die Frau.

«Zum Ritter Scharpenberg!» rief sie dann. «Kriegt der alte Kauz auch einmal Besuch? Denn man to!» Sie beschrieb genau den Weg und sagte, eine Stunde etwa hätten sie noch zu reiten. Einen Krug Buttermilch bekamen die durstigen Reiter von der freundlichen Frau. Dann ging die Reise weiter.

Bendix wurde durch die hin und wieder auftauchenden Kornfelder an seine Heimat erinnert und genoß den hübschen Anblick, den das sich im Wind wiegende, goldglänzende Getreide ihnen bot. Die unermüdlichen Lerchen stiegen auf und ab, und hin und wieder muhten Kühe hinter ihnen her. Das waren die einzigen Laute, die sie begleiteten.

Schließlich, nach einer Gruppe ziemlich ärmlicher Häuschen, erreichten sie über die Bohlenbrücke eines Baches einen großen Eichenwald, an dessen Rand der Weg entlangführte. Hier müßten sie eigentlich am Ziel sein, sagte Bendix, und Klönhammer meinte, da der Weg sich bald wieder teilte, «Wat nu?» und hielt sein Pferd an. Auch Bendix verhielt. Sie waren erhitzt und müde, auch die beiden Reitpferde ließen die Köpfe hängen. Aber sie standen in der erfrischenden Kühle des Schattens.

Da hörten sie rechts im Wald das Wiehern eines Rosses. Auch die Pferde hoben die Köpfe, und Saxa wieherte mit.

«Bleib mal hier, Martin», gebot Bendix, «da ist ein Reiter im Wald, denn Pferde grasen dort ja nicht. Ich werde mal nachsehen und nach dem rechten Weg fragen.»

Er bog ein Stückchen weiter in einen schmalen Trampelpfad ein, trabte durch die Eichenstämme, und alsbald kam ihm ein Reiter entgegen. Der saß allerdings im Frauensattel, trug über den blonden Flechten ein rundes Strohhütchen mit blauem Band, das als Schleier auf den Nacken fiel; dazu über dem Mieder einen weißen breiten Kragen, der am Hals offen war, und über dem blauen weiten Rock eine Art Schürze mit bunter Kante.

Erstaunt verhielt das weibliche Wesen ihr Pferd, als der verstaubte junge Herr in seiner einfachen Kleidung jetzt im Schritt auf sie zukam; sein verschwitztes Hemd war von Sonnenkringeln, die sich durch die Eichenäste gestohlen hatten, gesprenkelt. Auch die Reiterin war übersprenkelt, so daß ihr Bild in seiner huschenden

Unruhe, welche die vom Wind bewegten Zweige der Eichen verur-
sachten, Bendix wie verzaubert erschien. Sie hielten voreinander
und betrachteten sich verwundert, und Bendix erkannte sie so-
gleich: Ihr Gesichtszuschnitt glich dem des Freundes, nur weicher
und mädchenhafter. Zwar sah sie ihn aus Augen an, welche die
Farbe der Kornblumen hatten, ihre Hautfarbe war heller und das
Haar honigfarben.

«Was tust du hier, Fremder?» sagte sie und zog die feinen Augenbrauen zusammen. Bendix war so beeindruckt von ihr, daß er sein
Herz hart klopfen fühlte und schwieg. Unter seinem Blick wandte
sie die Augen ab und sah auf Sleipnirs Kruppe nieder. Dort lag die
Satteldecke mit ihrem eigenen Wappen. Sleipnir kannte sie nicht;
denn sie war schon im Kloster zu Preetz, als ihr Großvater das Pferd
nach Eekenholt gebracht hatte.

«Wie kommst du zu der Satteldecke?» Ihre Stimme klang erregt.

«Es ist die Satteldecke deines Großvaters, Jungfer Scharpenberg,
und dieses Pferd gehört ihm ebenfalls…»

«Oh! Ist es das Pferd, auf dem mein Bruder geflohen ist? So
kommst du von ihm? Aber woher kennst du mich, du nanntest mich
beim Namen?»

«Du siehst ihm sehr ähnlich…»

Sie fiel ihm ins Wort. «Wo ist Sievert? Wo ist er? Bitte, sag es mir!»

Bendix schüttelte den Kopf. «Er lebt und läßt dich vielmals grüßen. Mein Auftrag ist, euch das zu vermelden und diesen wackeren
Sleipnir hier abzuliefern… weiter nichts.»

Sie atmete tief auf. «Gott und die Heilige Jungfrau seien gelobt,
daß sie meinen Bruder behütet haben… und dich herschickten. Wer
bist du?»

«Sievert und ich sind uns in herzlicher Freundschaft zugetan. Er
wollte euch wissen lassen, daß er sich wohl befindet und glücklich
sei. Zu dem Zweck hat er mich ausgeschickt… Sleipnir, benimm
dich!»

Der Hengst beschnupperte den Hals der braunen Stute, die ihm
offensichtlich mindestens ebensogut gefiel wie seinem Reiter ihre
Reiterin.

Martin Klönhammer unterbrach die Idylle, indem er mit den beiden Pferden im Pfad auftauchte.

«Herr, sind wir nun richtig?» rief er hinüber.

«Ja, Martin, richtiger kann es gar nicht sein», gab sein Herr lächelnd zurück.

«Wie war noch dein Name? Sievert hat ihn mir bestimmt einmal genannt. Wir vermuteten dich im Kloster...»

«Ich bin Nele Scharpenberg. Nun will ich nur noch zweierlei wissen: Kommt Sievert wieder nach Eekenholt?» Bendix sagte, daß Sievert nicht käme, aus Gründen, die ihr vielleicht bekannt seien. Sonst wäre er nicht ausgerückt. Nele nickte ernst, sie könne es verstehen.

«Und was möchtest du noch wissen, Jungfer Nele?»

Sie schlug die Lider nieder und errötete. Ein richtiges Mädchen, stellte Bendix zufrieden fest. «Nun sag es schon!»

«Wie heißt du?» fragte sie leise.

«Bendix.» Das war unverfänglich. Es gab viele Benedicts. Sie fragte auch nicht weiter, sondern zwängte ihre Stute durch die Stämme und ritt dem kleinen Trupp voraus: «Kommt nur, ihr seid müde und verstaubt, und die Pferde müssen saufen.»

Eekenholt war ein Rittersitz mitten in einem meist mit Eichen bestandenen Forst gelegen. Der Bach, den die Reisenden zuvor überquert hatten, spendete sein aufgestautes Wasser für die Schutzgräben des Wirtschaftshofes und der Burg. Die ganze Anlage hatte nur einen Zugang durch ein in Backstein und Fachwerk aufgeführtes Torhaus mit einer Zugbrücke, die eben heruntergelassen war, aber des Nachts geschlossen wurde. Die Gebäude waren zum Teil aus dicken Eichenbohlen aufgeführt, zum anderen, dem älteren, Teil aus Lehmwänden bestehend.

Hier wurden die Pferde zurückgelassen und den Knechten zur Pflege übergeben. Martin Klönhammer mußte auch hierbleiben, bekam von der Wirtschafterin in der Küche ein Mahl vorgesetzt und durfte sich ausruhen.

Benedict Iversen ging neben Nele unter einigen riesigen Eichen hindurch auf die Burg zu, welche auf einem runden Hügel und von einem Wassergraben umgeben, sich zwischen den Eichenwipfeln erhob. Eine feste Bohlenbrücke führte zum rundbogigen Tor eines mächtigen Turmes aus unbehauenen Feldsteinen.

Als sie hinübergingen, erkundigte sich Bendix, ob die Zugbrücke hier nicht mehr in Tätigkeit sei, da sie Geländer habe.

«Die Angeln sind schon lange verrostet. Mein Vater hat das Geländer anbringen lassen und sie außer Tätigkeit gesetzt, als Großvater verreist war. Er war nachher sehr böse. Vater hat das angeordnet, weil er selbst im Winter, als sie überfroren war, als junger Mensch darauf ausgerutscht war und in den Graben stürzte, wobei er sich ein Bein brach. Wenn sie auch von Nässe glitschig ist, kann man sich festhalten.»

Welch ein düsteres Bild, dachte Bendix und sah zu dem alten Turm auf; unten keine Fenster, nur oben ein paar Ausgucke. Er hatte schon manche dieser Art Burgen gesehen, fand diese aber trotz des strahlenden Sommerwetters besonders ungemütlich und unheimlich. Das Tor stand offen, der Burgherr war mit seinen Hunden in den Wald geritten. Alles machte einen vernachlässigten Eindruck, konnte Bendix feststellen.

Und als ob Nele Scharpenberg seine Gedanken mitgedacht hätte, sagte sie: «Wenn du dich erfrischt hast, könnten wir uns in mein Krautgärtlein setzen, dorthin kommt ein bißchen Sonne.»

Nele ging in den Turm voran. Sie stiegen zwei steinerne Wendeltreppen hinauf, und sie führte den Besuch in ein kleines Gelaß, wo ein Brett auf Klötzen, ein Hocker, ein Holzeimer mit Wasser und eine Holzbütte standen. Eine alte Frau, die Nele «Meller» rief, brachte ein Leinenhandtuch. Nach der Wäsche bekleidete Bendix sich mit einem reinen Hemd aus seiner Reisetasche, goß das Wasser in den Abtritt, der draußen angebaut war und auf den Graben hinausführte. Dann begab er sich nach Neles Anweisung hinunter und sah, daß die Hoftür geöffnet war.

«Hier!» rief Nele aus einem winzigen Garten, der sich an die Palisaden, die den runden Hügel bis zu beiden Seiten des Turmes umschlossen, anlehnte.

Das Mädchen hatte sich dort ein blühendes Plätzchen geschaffen, wie sie es bei den frommen Frauen zu Preetz gelernt hatte. Es duftete zwischen den Sommerblumen nach würzigen Kräutern: Kamille und Thymian, Rosmarin und Liebstöckel. Ritter Bendix sah nur entzückt auf das liebliche Bild, das sich ihm bot. Das Mädchen hatte ihr Hütchen abgelegt. Ihre Zöpfe hatte sie um den Kopf aufgesteckt, schimmernd lag die Sonne auf ihrem Scheitel. Sie hatte das Mieder abgelegt und trug das weiße Leibchen mit dem breiten Kragen. Neben ihr auf der einfachen Holzbank stand eine Zinnkanne und auch zwei graue Krüge mit blauem Muster darauf. Wie freundlich sie Bendix entgegensah!

Er nahm auf der Bank Platz, Kanne und Krüge standen zwischen ihnen. Nele schenkte kühles Bier ein. Der Ritter konnte seinen Blick, auch als er den Krug leertrank, nicht von ihr wenden, bis das junge Mädchen schließlich ausrief: «Was schaust du mich denn fortwährend an; habe ich einen schwarzen Fleck im Gesicht?»

«Nein, aber zwei blaue, und die sind so verwunderlich schön, daß ich sie immer anblicken muß!» Lachend wandte Nele das Gesicht ab und richtete die beiden «blauen Flecke» über die Palisaden hinweg auf die Eichenwipfel. Dort ließ sich eben ein Adler herabgleiten. Sie deutete dahin und erzählte, daß Familie Adler dort horste. Bendix meinte, das sei seltsam, daß die scheuen Vögel so dicht am Haus nisteten.

«Großvater liebt diese stolzen Vögel und duldet nicht, daß sie getötet werden. Freilich holen sie sich von den Kleintieren auf dem Hof manches. Aber schließlich wollen sie leben und brauchen Futter. Wir essen ja auch Tiere.»

«Der Mensch ist das größte Raubtier, Nele. Überhaupt, seit das Schießpulver erfunden ist... Aber sag, ist deine Mutter hier?»

«Nein, sie ist im Kloster geblieben. Sie hat aber nicht den Schleier genommen. Großvater hat sich endlich bereit erklärt, sie dort einzukaufen, und Mutter hat eine behagliche kleine Wohnung. Sie haben sich nie vertragen, meine sanfte, fromme Mutter und mein wilder Großvater. Dafür hat Großvater seine Verwandte Tilde-Meller geholt. Die führt das Hauswesen.»

«Und du, warum bist du zurückgekommen, Nele? Ich muß Sievert doch etwas von euch erzählen können.»

«Das sollst du auch, Bendix. Du bist sein Freund, und ich weiß nicht, warum, aber ich vertraue dir. Großvater ist eines Tages vor einem halben Jahr geharnischt in Preetz mit seinen Leuten eingeritten und hat mich nach einer harten Auseinandersetzung mit dem Probst und der Äbtissin mitgenommen. Sie hatten schon ein Pferd für mich mit Frauensattel darauf mitgebracht, auf das Isegrim, der mich auf dem Arm hatte, hinaufgesetzt hat. Dann brausten wir durch die Klosterpforte ab, daß der Staub hinter uns aufwölkte.» Sie lachte und erzählte weiter, sie habe sich leider von der Mutter nicht verabschieden können, die weinend auf dem Hof stand.

«Das war echt Großvater, er erreicht alles, was er will, meist mit Gewalt... aber er wird doch nicht alles erreichen, Bendix.»

«Was denn nicht?»

«Er hat mir gleich klargemacht, daß er mich verheiraten wolle; da mein Bruder ausgerissen sei und anscheinend nicht wiederkäme, sei ich nun dran, für Nachkommenschaft zu sorgen...»

«Was?» fuhr Bendix Iversen hoch. «Der Alte hat doch nicht schon einen Freier für dich?»

«Den hat er natürlich. Einen unheimlichen Menschen, der mit Großvater...» Nele verstummte jäh und ließ den Kopf sinken.

Mit einigen Griffen hatte Bendix Kanne und Krüge auf den Boden gestellt und legte den Arm um Neles Schulter. «Du willst den Kerl nicht haben, Nele?»

Sie blickte auf des Ritters Stiefel hinab und schüttelte den Kopf: «Um des Himmels willen, nein... ich habe Großvater gedroht, daß ich lieber wie mein Bruder ausrücken würde, als diesen mir ekligen Menschen zu ehelichen. Ich will nur Zeit gewinnen, Bendix; denn nächstes Jahr bin ich großjährig, dann kann er mich nicht mehr mit Gewalt zurückholen. Ich könnte auch heimlich wieder nach Preetz ausrücken, das ließe sich schon machen. Aber dann müßte ich den Schleier nehmen, dann kann Großvater nichts mehr machen, insbesondere wenn Mutter einwilligen würde...»

«Sieh mich an, Nele!» Bendix hatte finster zusammengezogene Augenbrauen. «Kannst du es dir vorstellen, ein Nonnenleben bis ans Ende deines Lebens zu führen?»

Sie sah zu ihm auf und lächelte: «Nein, das will ich nicht. Ich habe im Kloster erkannt, welch ein trauriges Leben es sein muß, immer dort eingesperrt zu sein.» Sie lehnte den Kopf zurück und sah zum Himmel auf. «Seit ich wieder hier bin, weiß ich erst, wie schön es ist, frei umherstreifen zu können und Gottes Wunderwelt zu erleben.»

«Das sollst du auch weiterhin, Nele. Sievert würde bestimmt sehr traurig darüber sein, wenn du das Opfer dieses tyrannischen alten Mannes sein würdest. Er hat schon genug Unheil angerichtet.»

«Das hat er wahrlich. Und er wird noch mehr anrichten», fügte sie leise hinzu. Dabei sah sie zum Turm hinüber und rückte von Bendix ab. «Sie könnten uns von drüben beobachten, und dann ist wieder Unfriede. Komm, gehen wir hinein, die Sonne ist schon hinter den Eichen versunken.»

«Nele, ich will dir helfen, ich muß es.» Bendix stand auf und zog Nele hoch, so daß sie durch seine Gestalt geschützt war. Sie legte zaghaft ihre Hand an seine Wange und fragte: «Kannst du es?»

«Ja, du liebes Mädchen.» Bendix' Gedanken wirbelten durcheinander, als er in ihr vertrauensvoll zu ihm aufgehobenes kindliches Gesicht blickte. «Es muß gehen. Ich brauche etwas Zeit. Willst du auf mich warten, Nele, es wird nicht allzulange dauern?»

«Wie willst du mir aber helfen, lieber Bendix? Willst du mir den Bruder wiederbringen? Dann wäre alles gut, und ich brauchte nicht… zu heiraten.»

«Willst du nicht heiraten?»

«Wie kommst du darauf? Ich will Kinder haben! Aber doch nicht einen, den Großvater mir aussucht.»

«Ich komme wieder, Nele.» Bendix neigte sich und küßte das Mädchen zart auf die Stirn, dann wandte er sich um und sagte: «Ich will nachsehen, wie mein Diener Martin Klönhammer untergekommen ist.» Er blieb vor dem Eingang zum Turm stehen und fragte, wie es überhaupt mit dem Nachtquartier sei. Den Großvater müsse er noch sprechen…

«Ihr bleibt natürlich hier», fiel Nele ein. «Nur Großvater nimmt keine fremden Bedienten in die Burg, er ist sehr mißtrauisch; du als Freund von Sievert bist unser Gast.» Er wollte eben durch die Tür gehen, da hielt Nele ihn am Hemdsärmel fest: «Mir ist eben etwas eingefallen. Ist Sievert schon verheiratet? Dann könnte ich ihn vielleicht besuchen? Das würde Großvater doch erlauben.» Bendix antwortete, Sievert sei ledig, und mit einem Besuch sei da nichts zu machen.

«Aber es kann ja sein, daß du verheiratet bist und ich deine Frau besuchen könnte?»

Bendix schaute dieses harmlos-kindhafte Mädchen verwundert an. War es möglich, daß Nele gar nicht bemerkt hatte, wie es um ihn stand? Sie war doch in dem Alter, wo andere Mädchen schon längst verheiratet waren und Kinder hatten. Aber sie war schon als Kind ins Kloster gekommen und erst vor einem halben Jahr wieder in Freiheit. Was wußte sie denn von Männern?

«Nein, kleine Nele, Bendix ist nicht verheiratet.»

«Oh! Du bist aber in dem Alter, wo Männer schon meist verheiratet sind und eine eigene Familie haben.»

Welch eine sonderbare Gedankenverbindung! Nachdenklich trennte er sich von dem Mädchen in der Turmhalle und schritt in den Hof hinab.

Er traf Martin im Pferdestall an, wo er gemeinsam mit einem Pferdeknecht den Pferden Hafer für die Abendmahlzeit in die Krippen schüttete. Sleipnir drehte den Kopf, als er Bendix' Stimme hörte, und schnaubte leise.

Der Ritter trat an ihn heran und klopfte ihm den Hals: «Na, Sleipnir, nun bist du wieder in deinem Stall. Aber viel Stroh hast du gerade nicht unter den Füßen.» Er sah umher, indes Sleipnir den schönen Kopf an seiner Schulter rieb. «Ja, mein Alter, jetzt heißt es Abschied nehmen. Hoffentlich hast du es hier gut!»

Martin trat heran und sagte in seinem heimatlichen Dialekt: «Was für eine Lotterwirtschaft! Ich helf dem alten Hinz ein bißchen, das ist ein freundlicher Mann. Nee, Herr, hier würde es mir nicht gefallen.»

«Mir auch nicht, Martin. Wo wirst du heute nacht schlafen?»

«Hier oben auf dem Heuboden», er wies auf ein Stiege in der Ecke des großen Stalles, wo eine Reihe Pferde nebeneinander standen, von waagerecht hängenden Pfählen voneinander getrennt. Es mutete alles recht einfach an. Drei Reitpferde waren außer Hannibal, Saxa und Sleipnir unter den schweren Ackergäulen.

Martin Klönhammer war vom Hof Iversens zu seinem jungen Herrn nach Schleswig gekommen und ihm treu ergeben. Er war etwas älter als Bendix, und sie kannten sich von Kindesbeinen an. Er war als Reiter ebensogut wie als Diener und hatte Bendix oft auf Reisen begleitet. Jetzt legte er Sleipnirs Sattel und Saumzeug, die auf einer Kiste gelegen hatten, auf den dafür bestimmten Pflock am Eichenpfahl neben dem Pferd.

«Du wirst auch im Heu gut schlafen, Martin. Und morgen früh reiten wir zurück. Hast du ordentliches Essen bekommen?»

«Doch, die Leuteköchin kann kochen. Aber sonst? Eine finstere Gesellschaft hier. Bin froh, wenn wir wieder zu Hause sind, Herr.»

Einen freundschaftlichen Klaps bekam Sleipnir noch zum Abschied und Martin ein ermunterndes Wort, dann begab sich Bendix wieder zur Burg hinüber. Ihn erfüllte große Freude, ein Glücksempfinden, wie er es seit seinen Jugendjahren nicht mehr gehabt hatte. Es war so schön zu leben! Er pfiff leise eine übermütige Weise vor sich hin. Diese alte, düstere Burg seines Freundes, welch eine liebliche Knospe barg sie hinter ihren dicken Mauern!

Hier ging die Sonne früh unter, verschwand hinter dem Eichenwald, der Burg und Hof eng umstand. In der Turmhalle, deren eine Seite die schmale Wendeltreppe barg, brannten darum schon zwei Pechfackeln in Mauerringen. Tilde-Meller kam die Treppe hinab, als Bendix eintrat. Sie begrüßte den Gast etwas steif und gab ihrer Freude Ausdruck, daß Herr Benedict eine Botschaft von Sievert überbrachte. Dann stieg sie vor ihm bis zum ersten Stockwerk die enggewundene Treppe empor.

Wie erstaunt war der Gast, als sie ihn in ein hübsch ausgestattetes Gemach führte, an dessen Wand einige gestickte Behänge sichtbar wurden. Davor stand eine mit Schnitzereien verzierte Anrichte. Hochlehnige Stühle standen um den schweren Eichentisch, und darüber hing vom Deckenbalken eine schön geformte Bronzeampel herab, die mit Talglichtern besteckt war. Sie warf ein unruhiges Licht über die am Tisch Wartenden: Nele und ein stämmiger älterer Mann, Hofvogt und Vertrauter Ritter Scharpenbergs. Nele machte die Herren miteinander bekannt, und «Isegrim» murmelte, er habe mit Freude vernommen, daß der Junker am Leben sei, und er hoffe, daß er bald zurückkommen werde.

Das Nachtmahl war im Gegensatz zum Raum einfach-ländlich. Der Stuhl des Burgherrn stand leer. Isegrim berichtete, der Herr müsse eigentlich schon hier sein; er sei hinter einem Bock her, den er bislang noch nicht recht vor den Pfeil bekommen habe. Ein schlaues Stück Wild. Das lasse dem Herrn keine Ruhe. Aber jetzt sei es schon duster.

Der Anblick dieses Menschen berührte Bendix unangenehm. Sein starker Nacken ging ohne Absatz in den Hinterkopf über. Die Kiefer waren breit ausladend, und seine Augen blickten immer am Gegenüber vorbei, wenn er sich mit irgend jemand unterhielt. Der Vogt versuchte Bendix nach seinen Lebensumständen auszuhorchen, doch erfuhr er so gut wie nichts darüber. Nachdem Isegrim seine Mahlzeit verschlungen hatte, erhob er sich, wünschte allerseits eine gute Nachtruhe und verschwand.

Tilde-Meller ging an die Wand, zog an einer Schnur, die hinter dem Teppich im Boden verschwand, und alsbald erschien eine Magd mit einem flachen Korb und räumte den Tisch ab. Die Hausfrau gebot ihr, des Herrn Abendessen auf seine Stube zu bringen, sie holte sich eine Näharbeit und saß schweigend dabei, während sich die jungen Leute unterhielten. Nele und Bendix plauderten über ihre Schulzeit. Das war am unverfänglichsten. Sie waren ja beide in einer Klosterschule gewesen. Indes die Meller den Scheitel über ihre Handarbeit gebeugt hielt, sah sich das Pärchen zärtlich in die Augen. Es war kühl im Raum, und Bendix holte sich aus seiner Reisetasche das Wams, nahm auch seinen Degen, der noch im Waschraum an der Wand lehnte, an sich, wie es auf Reisen seine Gewohnheit war.

Als er die Treppe hinunterstieg, stand der Burgherr plötzlich vor ihm auf dem schmalen Vorplatz, der den Wohnraum von seiner Stube trennte. Er war unbemerkt gekommen, hatte seine Mahlzeit eingenommen und begrüßte seinen Gast höflich und gemessen. Bendix murmelte undeutlich seinen Namen und ergriff die Hand des alten Ritters. In der Stube, die durch einen Leuchter schwach erhellt war, sah er zu dem großen Mann auf.

Claus Scharpenberg hatte noch pechschwarzes Haar, das ihm auf die Schultern hing, und einen mächtigen, schwarzen Vollbart. Seine Gesichtsfarbe war braun und runzelig. Eine Hakennase trat aus diesem dunklen Antlitz hervor, und die Augen lagen unter buschigen Brauen versteckt. Bendix durchfuhr ein Gedanke: Hagen Tronje, so hatte er sich den finsteren Helden der Nibelungensage immer vorgestellt.

Da Ritter Scharpenberg jetzt lächelte, zeigten sich in dem Bartgestrüpp weiße, kräftige Zähne. Man nahm Platz.

«Du erscheinst, junger Freund unseres Sievert, wie ein streitbarer Engel vom Himmel», er ließ seinen Blick zu Bendix' Degen, den er eben abnahm und an die Stuhllehne stellte, schweifen, «um uns eine frohe Botschaft zu bringen. Wir haben lange auf den Jungen gewartet und haben es schon aufgegeben, noch etwas von ihm zu hören. Erzähl also, wie es ihm ergangen ist.»

Um sich erst mal zu besinnen, was er sagen durfte, erwähnte Bendix, daß er auf Sieverts Wunsch den Hengst Sleipnir zurückgebracht habe.

«Den habe ich bereits begrüßt, mein Hofvogt sprang mir gleich mit der Nachricht von deinem Besuch ins Gesicht, als ich heimkam. Hm, wie alt ist der Sleipnir jetzt? Der muß wohl fast zehn Jahre sein und hätte mir ein Stück Geld gebracht. Wo hat er gestanden?»

«In guter Hut. Dem ist nichts abgegangen…»

«Aber als Beschäler doch?»

«Natürlich. Und das Geld ist in der Familie geblieben, da Sievert es bekommen hat.»

«Nun, er wird es nötig gehabt haben, junger Ritter…? Wie war noch dein Name?»

«Benedict… Hansen. Ich soll euch nur das ausrichten: Sievert denkt an euch und bittet dich, ihm seine Flucht zu verzeihen, und will dir dein Eigentum, den Hengst, zurückgeben. Mehr hat er mir nicht aufgetragen.»

Der Alte lehnte sich zurück und nickte, sagte eine Weile nichts, und Bendix guckte sich in diesem merkwürdigen Raum um. Er war etwa so groß wie das gegenüberliegende Wohngemach, nur in der einen Ecke befand sich eine Mauerwölbung, darin sich ein Teil der Wendeltreppe verbarg. Ein schöner Teppich bedeckte zum großen Teil den Boden. Potztausend, der paßte nicht zu dem einfachen Lager, das mit seinen Felldecken eher in eine Hütte der alten Germanen gehört hätte. Auf einem Regal erblickte Bendix drei schön gearbeitete Silberbecher. Daneben lagen Jagdmesser, Schnüre und andere einfache Werkzeuge. Eine Armbrust hing an der Wand, die weißgekalkt und rauh war. Von der Balkendecke herab hing ein Adler. Er war noch nicht ausgewachsen; denn die Spannweite seiner ausgebreiteten Flügel betrug nicht die Weite eines erwachsenen Adlers.

«Den hat einer meiner Jagdhunde angenommen, als der Vogel dabei war, eine Ente auf dem Hof in die Fänge zu nehmen. Das war ein Frevel. Den Hund habe ich getötet und den schönen Vogel ausgestopft, der der Bestie zum Opfer fiel», sagte der Alte, der den Blick des jungen Mannes bemerkt hatte. «Wir wollen einen Becher Wein miteinander trinken, bist du auch Jäger?»

«Nein, dazu habe ich keine Zeit.»

Claus Scharpenberg erhob sich, holte zwei der Silberbecher und eine Flasche Wein aus einem Holzeimer, der unter einigen Kleidungsstücken, die an der Wand hingen, stand. Der Duft eines guten Weines überdeckte einen Augenblick den moderigen Geruch, der Bendix in diesem finsteren Gehäuse schon die ganze Zeit gestört hatte.

«Trinken wir auf unseren Sievert! Und daß er bald in die Burg seiner Väter zurückkehren möge.» Der Großvater sah dem Gast über den Rand des Bechers in die Augen, und als er ihn absetzte, fragte er, ob Sievert etwas Dahingehendes geäußert habe. Ritter Bendix verneinte es.

«Aber du weißt, wenn du sein Freund bist, sicher von seinen Plänen für seine Zukunft. Teile mir also mit, was du weißt und vor allem, wo er sich aufhält... Du zögerst? Kannst du dir vorstellen, daß wir um ihn gebangt haben. Er war doch erst ein halbes Kind, als er hier verschwand. Ihm hätte auf der Landstraße so mancherlei widerfahren können! Geld hatte er mir zwar gestohlen, aber Geld allein tut es auch nicht. Also erzähl mir!»

«Es tut mir leid, daß ich das nicht kann.»

«Soll ich annehmen, daß du Sievert nicht kennst oder nur flüchtig? Daß du sein Pferd an dich genommen hast – hm –, um dafür vielleicht einen Lohn zu erhalten?»

Aufbrausend erhob sich Bendix aus seinem Stuhl. «Was fällt dir ein!»

«Setz dich wieder hin. Mir kam dieser Gedanke, als mir der Isegrim berichtete, daß du bei Tisch kein Wort von Sievert erzählt, dich in Schweigen gehüllt habest. Doch stehen zwei Tatsachen dagegen: Du hast nicht das Gesicht eines Gauners und bist ein Edelmann. Das kann ich sehen. Außerdem läßt sich Sleipnir nicht von niederen Leuten reiten, wie ich aus Erfahrung weiß. Der ist dir vertraut und hat dich einen weiten Weg getragen. Er war erschöpft und die beiden anderen Pferde ebenfalls, wie mir mein Pferdeknecht vermeldete, und dein Bedienter schlief auch schon. Woher kamst du?»

Bendix setzte sich wieder hin und ergriff den Becher, der Wein war vorzüglich. «Ja, wir sind einen langen Weg geritten. Das tut aber nichts zur Sache.»

«Doch, denn ich weiß nun, daß sich Sievert weit von Eekenholt fort befindet... hm. Ich glaubte, er sei zu den Pfaffen geflüchtet. Aber dort ist er nirgends zu finden. Weder in Ahrensbök noch in Reinbek oder sonstwo. Aber das Pfaffenvolk lügt trotz aller Heiligkeit, wenn es jemanden schützen will. Da kann man nichts ausrichten.» Grimmig trank er seinen Becher leer, stellte ihn mit Nachdruck auf den kleinen Tisch zwischen ihnen. «Dann muß eben ein Eidam her. Sievert ist dumm, so ein Erbe auszuschlagen!»

Weil sie sich angesehen hatten, hatten sie nicht bemerkt, daß Nele eingetreten war.

Schlank und aufrecht stand sie, eine lichte Gestalt, vor dem dunklen Hintergrund: «Redest du schon wieder von Schwiegersohn? Du kennst meine Absicht, Großvater. Dumm bist nur du, weil du mit deiner Starrköpfigkeit alle aus dem Hause ekelst... ja, ja, das kann ich ruhig sagen; denn Ritter Benedict wird auch Sieverts Gründe wissen, warum er Eekenholt verließ. Wolltest du eines Tages wieder ganz allein hier hausen?»

«Ich werde hier nicht wieder allein bleiben, das verspreche ich dir. Was wolltest du, Nele?»

«Dir und dem Ritter eine gute Nacht wünschen. Beurlaube deinen Gast, Großvater, er bedarf der Ruhe nach einem anstrengenden Tag.» Nach einem beschwörenden Blick auf Bendix, den der Alte nicht sah, da er die Becher wieder füllte, wandte sie sich um und ging hinaus. «Geh nur zu Bett, Kind, und schlaf gut. Ich möchte noch ein Weilchen mit unserem Gast plaudern», rief der Alte ihr nach, und Bendix wünschte ihr auch eine gute Nacht. Dann schloß sich die Tür.

Nachdenklich sah Bendix auf den funkelnden Rotwein im Silber nieder, dann hoben sie wieder die Becher und tranken sich zu, und Bendix äußerte: «Ich kann es verstehen, daß sie ihren Bruder herbeisehnt. Leider verhält es sich aber so, daß Sievert eine Aufgabe übernommen hat, die ihn zwingt dortzubleiben, wo er sich befindet. Das erfordert Zeit, Herr Claus.»

«Ich bin alt, junger Mann, und brauche bald einen Nachfolger. Darum kann ich nicht ewig warten, bis mein Enkel geruht, hier wieder aufzutauchen. Sag mir, wo er steckt, damit ich mich mit ihm in Verbindung setzen kann!» Die Stimme des finsteren Ritters grollte jetzt.

«Das kann ich nicht; denn Sievert hat mein Wort, daß ich schweige.»

«So! Was... Wort! Ist dir nicht klar, daß Blutsverwandtschaft sich nähersteht als das Versprechen eines Freundes?»

«Oftmals stehen sich Wahlverwandtschaften näher. Wieviel Wortbrüchige laufen auf dieser Erde umher. Ich gehöre nicht zu ihnen, mir sind sie verächtlich», erwiderte Bendix ernst.

«Daß du einem alten Mann erst Hoffnung machst und dann die gebende Hand zurückziehst, ist das etwa ritterlich? Mir erscheint es grausam.» Claus Scharpenberg beugte sich über das Tischchen und starrte dem Gast ins Gesicht. Seine Augen, dunkel wie die des Enkels, spiegelten unter den überhängenden Brauen das Licht der Kerze wider. Sie erschienen Bendix wie dunkle, kleine, mit braunem Wasser gefüllte Moorblänken inmitten des Heidekrautes, die einen Lichtstrahl auffangen. Sie waren gefahrvoll für den unkundigen Wanderer.

«Willst du es mir wirklich nicht sagen?» sagte der Alte leise. Auch Bendix neigte sich vor, und Scharpenberg erblickte ein Paar helle, wachsame Augen. Er ist hart wie ein Raubvogel, stellte der Alte fest.

«Nein. Ich werde mein Wort halten!» Bendix war sich klar, daß der Alte alles aufbieten würde, um den Enkel hierherzubringen. Andererseits tat er ihm leid. Doch würde Reinhart keine Ruhe mehr finden. Und das war das Schlimmere. Er war so glücklich bei seiner Bildschnitzerei. Nein! Wie hatte der Alte seine Enkelin von Preetz entführt!

Sie starrten sich während dieses Gedankenganges an. Dann lehnte sich der Alte zurück, schloß einen Augenblick die Augen. Danach richtete er sich auf und lächelte vor sich hin:

«So, du willst schweigen… Reden wir von anderen Dingen. Was treibst du selber?»

Bendix merkte jetzt erst richtig seine Müdigkeit und antwortete, er sei viel auf Reisen.

«Aha, so lebst du nicht mit Sievert zusammen?»

«Keineswegs… aber, Herr Claus, ich bin jetzt todmüde, habe meine Bestellung ausgerichtet und möchte gern mein Lager aufsuchen; denn morgen in der Frühe will ich fortreiten; meine Reise geht noch weiter.» Das sagte er aus Vorsicht, um etwa nachgeschickte Spione abzuschütteln.

Auch der Alte erhob sich, klingelte an einer Glockenschnur nach Isegrim, der unten ein Gelaß neben der kleinen Turmhalle bewohnte, und wünschte seinem Gast eine gute Nacht. Es dauerte ein Weilchen, bis Isegrim auftauchte, er hatte wohl schon geschlafen. Er gähnte auch laut, als er den Ritter abholte, um ihn zu seinem Nachtlager zu führen. Mit dem Licht in der Hand stieg er vor Bendix die Wendeltreppe hinunter. Unten hielt er vor einer eisenbeschlagenen Tür an, öffnete sie und sagte: «Wir sind auf Gäste gar nicht eingerichtet, aber für eine Nacht wird es schon reichen.» Er gab Bendix, der nickte, das Licht und ließ ihn ein. Dann schloß sich die Tür hinter ihm. Ein leise scharrendes Geräusch hörte der Ritter, der sich betroffen umsah: Die schon fast heruntergebrannte Kerze gab wenig Licht, Säcke, Tonnen und Kisten, Kruken, ein großer Schrank standen darin, und Metall blitzte kurz auf, als Bendix zu der Lagerstätte schritt, die sich als eine rohe Bank mit zwei Schaffellen erwies. Er stellte das Licht auf den Boden und legte sich nieder, zog das eine Schaffell über sich, bemerkte, daß der Raum ohne Fenster war. Nur in der dicken Bohlentür war ein kleines, vergittertes Fenster wohl als Luftzufuhr angebracht. Den Ritter schauderte es in der feuchten Kälte. Er blies das Licht aus, legte sich hin und dachte: In welch einem schrecklichen Haus lebst du, kleine Nele. Dann schlief er ein.

9

Es gab wirklich kein Gastzimmer in diesem Turm. Aber Nele und ihre Meller hatten das Kämmerchen, welches Nele und ihr Bruder als Kinder bewohnt hatten und das Nele jetzt für sich allein hatte, für den Gast gerichtet. Tilde-Meller hatte es dem Großvater mitgeteilt. Nele schlief in dem Bett ihrer Eltern mit der Meller zusammen in dem anderen Stübchen oben im zweiten Geschoß.

Aber in dieser Nacht war sie so unruhig, daß sie sich gar nicht auszog, sondern der Tante sagte, sie wolle noch zum Großvater hinuntergehen, es könne sein, daß die beiden Herren noch etwas brauchten. Sie werde sich später zu ihr legen. Dazu kam sie jedoch nicht, sie setzte sich auf das Lager in ihrem Zimmer und wartete, nachdem sie der Großvater hinaufgeschickt hatte, auf Bendix. Da sie die Gepflogenheiten ihres Großvaters kannte, war sie besorgt, insbesondere, da sie unten von dem schweren Burgunder tranken, wie sie bemerkte, der denjenigen müde machte, der ihn nicht gewohnt war. Großvater machte er nichts aus. Unruhig stand sie auf und lauschte auf der obersten Stufe nach unten. Von dort aus war sie nicht zu sehen. Aber hören konnte sie, als Isegrim den Gast ins Erdgeschoß begleitete.

Nele Scharpenberg war ein beherztes Mädchen. Jetzt aber hämmerte ihr Herz zum Zerspringen. Mit geballten Fäusten stand sie dort oben und lauschte. Der Treppenschacht war wie ein Hörrohr, und sie konnte vernehmen, daß Isegrim wieder nach oben stieg und zum Großvater hineinging. Gleich darauf kam er wieder heraus, und der Großvater sagte: «Er darf uns nicht entwischen, ehe er geredet hat. Es ist die einzige Gelegenheit, den Junker wieder herzubekommen.»

«Er wird schon weich werden, der junge Herr. Erst mal soll er sich da unten ausschlafen, dann wollen wir weitersehen. Weg kann er keinesfalls.»

Damit stieg Isegrim hinunter in seine Stube, die mit einem Fenster zum Wirtschaftshof hinauslag.

«Diese Halunken», murmelte Jungfer Nele, «das soll euch versalzen werden!» Sie wußte jetzt Bescheid, was dem armen Bendix bevorstand. Er hatte den Freund nicht verraten. Sie ließ den Kopf sinken. Sie konnte ihn verstehen, was immer Sievert auch betrieb, daß er nicht wieder nach Eekenholt kommen wollte. Und dieser edelmütige Ritter hatte sein Versprechen gehalten, ihn nicht zu verraten. Sie wußte es jetzt gewiß und war sich klar, daß dieser Freundschaftsdienst ihm übel gelohnt werde.

Sie lauschte an der Tür, die Meller schnarchte, gut! Ruh dich aus, Nele, und laß den lieben Bendix erst schlafen. Du selbst mußt wachen. Ihr war bewußt, daß das, was sie tun würde, gefährlich war, wenn es mißglückte. Der Großvater war furchtbar in seinem Zorn. Eine heiße Welle schoß ihr ins Gesicht. Warum mischte sie sich ein! Vielleicht sagte Bendix doch, wo Sievert steckte, und konnte frei davongehen? Was dann geschehen würde, war ihr klar. Nein, Sievert sollte wenigstens verschont werden... Ja, und Bendix mußte heraus aus seinem Gefängnis... Er würde nicht reden. Bestimmt nicht. Nele hatte ein kleines, hölzernes Madonnenbildnis, das ihr eine alte Nonne verehrt hatte, auf ein Bord gestellt. Dort kniete sie nieder und flehte die Gottesmutter um Schutz in dieser Nacht an. Dann legte sie sich auf ihr Bett.

Erschrocken fuhr Bendix aus dem Schlaf, als sich ihm eine Hand auf die Stirn legte. Im Kerzenlicht neigte sich Neles Antlitz über ihn: «Wach auf, Bendix! Du mußt fliehen, sie haben dich eingesperrt. Du bist gefangen, wenn du ihnen nicht sagst, wo Sievert sich befindet.» Sie rüttelte den Schlaftrunkenen: «Steh um Gottes willen auf!»

«Du, Nele? Eingesperrt?»

«Ja, ich habe sie belauscht, sie wollen dich hier drinnenlassen, bis du geredet hast. Willst du das, dann kannst du vondannen ziehen... Aber Sievert...»

«Ich werde nicht reden!» Bendix sprang hoch, schüttelte die Benommenheit von sich, dann nahm er sie in die Arme. «Du gutes Mädchen!» Er drückte sie kurz an sich: «Hab Dank, Nele.»

Das Mädchen gab ihm seinen Degen in die Hand, dann eilten sie auf Zehenspitzen hinaus, und Nele flüsterte, als sie leise die Gefängnistür schloß und den großen Eisenriegel wieder vorschob: «Isegrim wohnt hier gegenüber. Sei leise!»

Das Portal des Turms hatte sie schon geöffnet. Sie gab ihm draußen flüsternd Anweisung, wie das Pforthaus zu öffnen sei, damit die Zugbrücke, die das Tor verschloß, niederging. Dann strich sie ihm über die Wange: «Gottes Segen sei mit dir, lieber Bendix!»

«Ich werde bald wiederkommen, Nele. Ganz gewiß. Hab Dank!»

Sie wandte sich schnell ab, denn Tränen stiegen ihr in die Augen. Vorsichtig schloß sie wieder das Tor und eilte nach oben. Aber eines hatte Nele nicht bedacht, und ein heißer Schreck durchfuhr sie, als sie in ihr Stübchen kam. Draußen bellten Ritter Scharpenbergs Hunde wie wild in ihrem Zwinger hinter den Holzlatten, als sie die laufenden Schritte über den Hof vernahmen. Sie steckten die Schnauzen durch die Trallen und sahen den fliehenden Mann. Das kam sonst nicht vor, da kein Fremder nachts wegen des geschlossenen Tores den Hofplatz betreten konnte, es sei denn, er watete durch den Graben. Dort würde er im Morast versinken.

Bendix rannte zum Pferdestall. Die Tür war nicht verschlossen. Er lief an die Bodentreppe und rief nach Martin, der verschlafen antwortete. «Komm schnell herunter. Wir müssen fort. Das junge Mädchen hat mich befreit!»

Er öffnete weit die Tür, um sehen zu können, denn die Nacht war dämmerig. Der Mond stand noch halbrund über den Eichenwipfeln. Als er eben Sleipnir, den er aus dem Schlaf hochscheuchte, Decke und Sattel auflegte, ertönten drei Trompetenstöße vom Turm her.

«Verfluchte Köter!» schimpfte der Ritter und rief Martin zu, er solle Hannibal schleunigst satteln, sonst seien sie beide Gefangene. Der Diener kam von der Treppe angerannt und fragte, was denn los sei. «Später, Martin. Das ist eine Räuberhöhle hier. Die haben mich gefangengesetzt. Los, mach!»

Er legte Sleipnir das Kopfzeug um. War noch nicht fertig, da kamen sie schon vom Torhaus hergelaufen. Aber auch der alte Hinz, der sich noch eben die Hose zumachte, war im Stall.

«Hat das alte Aas dem Ritter was angetan? Macht bloß, daß ihr fortkommt. Ich lauf hinterm Stall rum und mach euch das Tor auf. Wehrt euch, die bringen euch sonst um!» Er öffnete die kleine Tür, die zum Misthaufen hinausging, lief zwischen Stall und Torhaus entlang und verschwand darin.

Sie hatten die beiden Pferde noch nicht fertig gesattelt, da waren sie heran. Vorweg Isegrim mit dem Degen in der Hand, vom Torhaus kamen drei Männer gerannt. Sie liefen barfuß und dürftig bekleidet, der eine trug ein kurzes Schwert, die anderen hatten Knüppel in der Hand.

Ritter Bendix sprang mit dem Degen aus dem Pferdestall dem Hofvogt entgegen. Ihm fuhr durch den Kopf, daß Reinhart ihm erzählt hatte, Isegrim sei ein vorzüglicher Fechter und habe es ihm auf des Großvaters Befehl beibringen müssen.

«Laßt mich ziehen, Hofvogt, dann steck ich meinen Degen ein. Ich habe euch nichts getan, Frieden!»

«Kein Frieden, du verstockter Mensch. Warum kannst du dem Alten nicht sagen, wo sein Enkel steckt? Tu es! Sag es mir, dann kannst du fürbaß ziehen. Aber lüg mir nichts vor, das kriegen wir heraus! Also?»

«Ich denke nicht daran, habe dem Junker mein Wort gegeben. Was erlaubst du dir eigentlich, Vogt?»

«Ich folge dem Befehl meines Herrn, dich nicht ziehen zu lassen. Macht den Pferdestall zu!» rief Isegrim. Er machte einen Ausfall gegen den Ritter. Die Klingen blitzten im Mondschein. Hitzig drangen die Männer aufeinander ein. Der Ritter war schneller in seinen Streichen. Isegrim mußte sich schwer verteidigen und wich zurück. «Ergreift ihn!» rief er.

Martin Klönhammer hatte sich, als die Tür sich schließen wollte, dagegengeworfen, und der Knecht draußen wurde zu Boden geschleudert. Er sprang über ihn hinweg, seinem Herrn zu Hilfe, auf den die beiden anderen Kerle von hinten zuliefen. Martin riß dem Liegenden das Schwert weg. Seinen Degen hatte er im Dunkeln auf dem Boden nicht so schnell finden können.

Jetzt rief er grell: «Herr zur Seite!» Ehe der Diener heran war, hatte einer der Knechte den Knüppel auf Bendix' Haupt niedersausen lassen. Benedict Iversen sank lautlos zu Boden.

«Bist du verrückt, ihn totzuhauen, verdammter Kerl!» schimpfte Isegrim und beugte sich über den liegenden Ritter. «Nehmt den Diener gefangen, aber haut ihn nicht tot.»

Martin Klönhammer, voll Entsetzen und Wut, wehrte sich wie ein Besessener mit der Klinge gegen die drei rohen Kerle, denn der Gestürzte war jetzt auch dabei. Sie mußten hin und her tanzen, um dem Schwert auszuweichen. Bis es einem gelang, es Martin mittels des Knüppels aus der Hand zu schlagen. Da umschlossen Martin von hinten zwei eisenstarke Arme. Und Klönhammer rief laut in seiner Not: «Sleipnir!», als sie ihn gemeinsam zum Pferdestall schleiften.

Ein Schnauben antwortete, und der Hengst trat ihnen mit hängendem Kopfzeug entgegen. Er stieg hoch, und sein Huf traf den einen Kerl am Kopf. Da kam Isegrim angesprungen. «Sleipnir!» rief auch er besänftigend. Die Kerle stoben vor dem Tier auseinander, das sich auch nicht von Isegrim anfassen ließ. Es rannte hinaus und zum Ritter. Dort blieb er stehen und berührte sanft den bleichen Kopf, dem Blut aus der Nase rann. Isegrim näherte sich dem Roß, aber es wandte ihm den Kopf zu, bleckte die Zähne und legte böse die Ohren an.

«Komm her, du!» rief Isegrim. «Er hat das Blut gerochen und ist wild. Führ ihn in den Stall.» Die anderen Pferde wieherten jetzt auch, und Martin hörte Hannibals Stimme, dann ging er mit wankenden Knien zu seinem Herrn, kniete nieder und legte den Kopf auf seine Brust. Keiner hinderte Martin, dem die Tränen kamen. Inzwischen wehrte Sleipnir die zwei Kerle ab, der dritte lag mit blutendem Kopf vor dem Pferdestall. Isegrim fragte: «Lebt er noch?» Martin öffnete das Wams des Ritters und horchte. Ganz schwach und langsam schlug das Herz. Martin hob den Kopf: «Ja, er lebt, aber das Herz schlägt… zögernd.» Er legte die Hand auf des Bewußtlosen Kopf. Aber das Haar war trocken. «Er braucht einen Heilmeister.»

«Ach, was. Er ist unmächtig geworden von dem Schlag des blöden Kerls. Nun hat das Pferd ihm eine Backpfeife dafür gegeben. Bring du Sleipnir in den Stall, und dann mußt du hierbleiben und kannst deinen Herrn pflegen.» Martin sah im Dämmerschein des aufziehenden Tages den Vogt an. Aaspack, das könnte euch passen, mich einzusperren. Ich muß Hilfe holen. Er sah zum Turm hinüber, wo eben eine große Männergestalt über die Brücke herunterkam. Jetzt wird's Zeit. Er strich noch einmal seinem Herrn über den Kopf, dann erhob er sich, hielt Sleipnir die Hand hin. Das Pferd kam, er ordnete das Kopfzeug, und ehe man ihn hindern konnte, saß Martin Klönhammer im Sattel, flüsterte Sleipnir etwas ins Ohr, und das Tier stob davon.

«Sleipnir!» rief Ritter Scharpenberg hinterher. Aber der Vogt sagte, das Tor sei ja geschlossen. Erst als sie gleich darauf die donnernden Hufschläge über der Zugbrücke hörten, schrien sie: «Wer hat das Tor aufgemacht?» Ritter Scharpenberg aber neigte sich über den wie tot daliegenden Ritter, und dann ging ein gepfeffertes Donnerwetter über die Umstehenden nieder: «Bringt ihr Holzköpfe es nicht einmal fertig, mit fünf Kerlen einen Mann zu fesseln? Müßt ihr Schweinehunde ihn gleich tothauen? Gesindel verdammtes! Ein Freund des Junkers ist er, und nun habt ihr ihm den Schädel eingeschlagen, ihr Hundesöhne.»

«Er ist nicht tot, Herr, er ist wohl nur unmächtig. Sein Herz schlägt noch», sprach Isegrim.

«Dem ist der Schädel eingeschlagen, sonst würde da kein Blut aus dem Kopf kommen. Hier am Ohr läuft auch was raus. Wer hat das getan?» Er blickte wild um sich, als wolle er dem Täter auch den Schädel zertrümmern.

Isegrim deutete nach dem Stall hinüber, dort lag der Knecht mit blutüberströmtem Kopf. «Na, der hat seine Strafe schon weg», brummte der Ritter. «Was steht ihr da und glotzt? Fällt es euch nicht ein, den flüchtenden Diener zu verfolgen? Der bringt uns noch das Gericht auf den Hals.» Aber Isegrim sagte, daß Sleipnir von den Pferden, die im Stall seien, nicht einzuholen sei, auch nicht von den beiden fremden Pferden. Die seien Halbblüter und plumper.

«Wo ist eigentlich Hinz? Hat der alte Knacker etwa das Tor heruntergelassen?»

Keiner hatte den alten Hinz gesehen. Isegrim ging hinüber in seine Knechtskammer am Pferdestall. Da lag der Alte schlafend zu Bett. Isegrim rüttelte ihn wach. Hinz antwortete auf dessen Frage, ob er das Tor aufgemacht habe, er hätte nichts gehört, Trompete? Nein, er habe fest geschlafen. Und das Tor? Vielleicht hätten die Knechte im Torhaus vergessen, es zu schließen?

Unterdessen hatte Claus Scharpenberg festgestellt, daß der vom Pferdehuf getroffene Knecht tot war. Gesicht und Stirnschädel waren zertrümmert. «Tragt ihn auf den Acker und grabt ihn ein», befahl er. Dann nahmen Isegrim und sein Herr vorsichtig den jetzt leise stöhnenden Bendix auf und trugen ihn gemeinsam zum Turm hinüber.

«Wenn der Kutscher ihn nicht zu Boden gebracht hätte, läge ich vielleicht dort», sagte Isegrim, «der konnte fechten wie der Teufel.»

«Der hätte dir nicht den Garaus gemacht, Isegrim. Der nicht, der hat sich verteidigt; Ritter, der er ist.»

«Hm, der Herr hat recht. Ich begann den Gang... Hat das Nelemädchen gestanden, daß sie die Turmtür aufgemacht und den Ritter befreit hat?»

«Nein. Die Meller sagt, sie habe, nachdem sie von mir heraufkam, die ganze Zeit neben ihr geschlafen. Sie wären erst von deiner Trompete wach geworden. Und das Tor draußen? Wer hat die Zugbrücke heruntergelassen? Hier scheinen Geister umzugehen, Isegrim. Der Diener konnte doch nicht wissen, was wir mit dem Ritter vorhatten.»

Sie trugen Bendix durch das Portal, Isegrim verhielt den Schritt. «Nein, von außen kann man es nicht öffnen. Es muß Nele gewesen sein.» – «Ich werde sie mir noch vorknöpfen, später...»

«Gott im Himmel! Was habt ihr mit ihm gemacht? Ihr Ungeheuer!» Nele stand mit vor Schreck geweiteten Augen neben ihnen. In dem Augenblick stöhnte Bendix dumpf. «Er lebt wenigstens. Oh, wie seid ihr gemein, diesen jungen, freundlichen Mann, der uns eine gute Botschaft brachte, so zuzurichten. Er blutet ja!» Sie war außer sich.

«Das hätte nicht zu sein brauchen, wenn du ihn nicht hinausgelassen hättest, du dummes Frauenzimmer!» schnauzte der Alte. Jetzt weinte das Mädchen. Tilde-Meller kam die Treppe herab, sie schlug die Hände über dem Kopf zusammen. «Ihr scheußlichen Mannsleute, ihr gehörtet alle eingesperrt!»

«Halt dein Maul, Tilde. Wo legen wir ihn hin?» fragte der Alte. Isegrim wies mit dem Kopf zu der eisenbeschlagenen Tür.

«Nein, er kommt auf mein Bett», schluchzte Nele.

«Wie sollen wir ihn da raufbringen», erwiderte der Alte, «so ein eingeschlagener Schädel darf nicht viel hin und her bewegt werden.» Ritter Claus, der alte Raufbold, wußte mit eingeschlagenen Schädeln Bescheid.

«Eben. Aber wir müssen es versuchen. Ich nehm ihn auf den Arm, und du, Nele, hältst seinen Kopf fest!» Der Alte nickte, und indem er dem Vogt, der ein starker Mann war, vorsichtig den Kranken aufbürdete, fuhr er Nele an: «Flenn nicht, Deern. Quetsch dich neben Isegrim und halt dem Ritter den Kopf. Los!»

Es war ein schwieriges Unterfangen. Isegrim keuchte sich Schritt für Schritt die enge, gewundene Treppe hoch. Nele schrapte sich an der Wand entlang und hielt Bendix' Kopf, daß er nicht über Isegrims Schulter pendelte. Der Alte hatte den Ritter an den Beinen gefaßt.

Endlich hatten sie ihn oben in Neles Bettkasten. Als sie ihn niederlegten, brüllte der Bewußtlose auf. Die Meller kam mit einem Leinentuch und wischte die schon angetrockneten Blutspuren an Nase und Ohr ab. «Das war wirklich zu arg», sagte Tilde-Meller, als Isegrim nach unten gegangen war, «das war dein letzter Streich, Claus Scharpenberg. Ich mach das nicht mehr mit.»

«Ich auch nicht, Großvater. Magst du hier dein Unwesen weitertreiben», murrte Nele.

Scharpenberg sah sie finster an, murmelte: «Weibergewäsch», und stieg die Treppe hinunter.

Tilde, die alte Witfrau, schickte Nele um warmes Wasser in die Küche, die in einem Anbau am Turm war, und zog Bendix behutsam Stiefel, Strümpfe und Hose aus. Den Bewußtlosen plagten Schmerzen, er stöhnte und bewegte unruhig die Hände. Das Wams hatten sie ihm ausgezogen, da es schmutzig war. Die Meller nahm eine vorsichtige Wäsche bei dem Leidenden vor. Dann wachte das junge Mädchen bei ihm. Stunde um Stunde blickte Nele in das blasse Männergesicht mit den geschlossenen Augen. Dabei betete sie mitunter zur Heiligen Jungfrau, daß Bendix nicht sterben möge.

Es war für Reinhart ebenso bedeutsam, als ob er zum Ritter geschlagen würde, da er nun endlich als Bildschnitzer arbeiten durfte.

Eines Morgens führte ihn der Meister vor den eingespannten Block, zeigte ihm die betreffende Zeichnung und sagte: «Du hast mir nun oft genug auf die Finger geschaut, Reinhart. Nun sollst du deine Fähigkeit, ein Bildhauer zu werden, beweisen. Sieh dir die Figur genau an, die du jetzt aus dem Holz herausschnitzen wirst.» Er gab seinem Gesellen das betreffende Eisen in die Hand, um die Figur anzulegen, trat zurück und rief: «Glück zu, Gesell!»

Reinhart nahm den Holzklöpfel in die rechte Hand und begann das Eisen hineinzustemmen. Sywel überwachte seine Arbeit zunächst, da der Meister in seine Stube zurückgegangen war. Er gab ihm hin und wieder Anweisungen, und Reinhart lief vor Aufregung der Schweiß von der Stirn. Wie war das Eichenholz hart! Doch sank er abends befriedigt auf sein Bettgestell. Der Anfang war gemacht!

An jenem Morgen nach den Ereignissen auf Eekenholt saß Reinhart vor seinem Block und schnitzte mit dem breiten Messer an einer schon menschenähnlichen Figur, als ein Reiter draußen vom Pferd sprang. Er hatte ein zweites Pferd neben sich am Zügel und rief durch das offene Fenster: «Ist der Junker von Scharpenberg hier?» Lorne, der vor ihm am Tisch arbeitete, antwortete: «Nee, den gibt es hier nicht.» Da sprang Reinhart auf und eilte aus der Tür.

Ein ihm unbekannter Herr, der den «Krebs», einen Brustharnisch, trug, kam ihm entgegen. «Bist du der Junker von Scharpenberg?»

«Ja, der war ich», sagte Reinhart erregt, «wer schickt dich?»

«Der Herzog Friedrich aus Gottorp. In Eekenholt ist ein Unglück geschehen. Du allein kennst den Weg dorthin. Wir müssen sofort hinreiten; denn der Ritter Iversen ist dort zusammengeschlagen worden...»

«Um Gottes willen!» rief Reinhart. «Und ich habe ihn dorthin geschickt. Er ist doch nicht tot?»

«Nein, aber ich weiß es nicht genau. Sein Diener Martin kam gegen Morgen völlig erschöpft auf dem schwarzen Hengst in Gottorp an und berichtete. Wir haben ihn sofort zu Bett geschickt. Auch das Roß war erschöpft. Die schlafen jetzt... Komm schnell, wir müssen erst nach Rendsburg und eine Mannschaft Reiter abholen, damit wir diese Bande dort bezwingen können.»

Einen Augenblick lehnte Reinhart wie überwältigt vor Kummer und Wut am Türpfosten. Sein Mund war schmal, er kniff die Lippen zusammen und umkrampfte den Schaft des Eisens.

«Ich... ich komme», stammelte er und rannte wie blind gegen den Meister an, der mit den Gesellen an die Tür gekommen war.

«Darf ich Urlaub bekommen, Meister?»

«Es ist dein Freund, Reinhart? Ja, natürlich mußt du ihm zur Hilfe kommen. Bleib bei ihm, solange du bleiben mußt. Gott sei mit dir, lieber Junge!»

«Danke, Meister. Ich komme wieder zu euch!» Reinhart riß sich das Schurzfell ab und wollte, so wie er war, hinaus, aber Lorne kam mit seinem Wams gelaufen und half ihm hinein.

Reinhart schwang sich auf das Pferd. Aus dem Stand setzten sie die Pferde in Galopp und waren bereits um die nächste Ecke verschwunden.

«Hat der Meister es gewußt?» fragte der Altgesell.

«Gewußt nicht, aber geahnt, Sywel. Reinhart war mit dem Ritter Iversen eng befreundet. Wir wollen nur hoffen, daß der Ritter, ein wahrhaft guter Mensch, mit dem Leben davonkommt.»

«Wer mag der Reiter gewesen sein? Er war ein Herr von Stand.»

«Und der Herzog hatte ihn geschickt, Lorenz.»

«Unser Reinhart ein Junker», verwunderte sich Vedderke.

Eine Weile redeten sie noch darüber. Der Meister arbeitete schon wieder in seiner Stube. Sywel gebot weiterzuarbeiten.

Unterwegs nach Rendsburg erfuhr Sievert, daß sein Begleiter Arzt und der Heilmeister des Herzogs sei. Während sie die Pferde in leichtem Trab ausruhen ließen, erzählte Josias von Damm auf Sieverts Frage, wie sie ihn ausfindig gemacht hätten, daß Riepenhusen es ihnen gesagt habe, da er um die Ausritte Iversens und Sieverts mit dem Rapphengst in Schleswig damals gewußt habe.

«Riepenhusen saß gerade mit dem Herzog beim Frühstück, als der Diener Iversens mit der Schreckensnachricht in Gottorp eintraf, und erwähnte, daß der Ritter den schwarzen Hengst nach Eekenholt gebracht hätte. Da wußte Riepenhusen Bescheid. Der Herzog ließ mich aus dem Bett holen. Er war so aufgebracht, wie ich ihn selten erlebt habe. ‹Einer meiner besten Ritter... von einem Leibeigenen hinterrücks niedergeschlagen! Das ist nicht zu fassen›, rief er zornig, ‹das muß bestraft werden.› Darauf ließ er einige Schriftstücke holen und nickte befriedigt, unterrichtet darüber, daß Eekenholt in seinem ostholsteinischen Bereich liege. Dem Ritter von Scharpenberg wird allerhand zur Last gelegt. Die Lübecker Kaufherren können von ihm und seinen Kumpanen ein Lied singen, wenn ihre Wagen unterwegs nach Norden in die Seenlandschaft kommen. Wußtest du davon, Junker Sievert?» Der Arzt wandte den Kopf und sah seinen Begleiter ernst an.

«Ja, ich wußte es; darum habe ich Eekenholt verlassen. Was aber mein Großvater jetzt an Bendix verbrochen hat, setzt allem die

Krone auf. Und ich hatte ihn hingeschickt, um dem alten Scheusal eine Freude zu machen. Jetzt ist er fällig!» Sievert sagte es grimmig.

«Er wird seine Strafe bekommen. Der Herzog hat einen Boten nach Rendsburg geschickt, von dort werden uns Kriegsleute beigegeben. Du mußt uns führen, und zwar den kürzesten Weg, Junker. Wir würden sonst Zeit verlieren. Wer kennt schon dieses versteckte Nest. Und wir müssen uns beeilen; denn bei einem Schädelbruch – und den hat der Ritter nach Klönhammers Aussage erwischt – kann jede Bewegung zum Verhängnis werden.»

Im Galopp ritten sie weiter. Die Pferde waren schnell. Der Arzt bemerkte, der Herzog habe ihm zwei seiner schnellsten Pferde mitgegeben. «Ich glaube, er schätzt seinen Ritter Benedict sehr. Er ist ein liebenswürdiger und edelmütiger Mensch. In Gottorp ist er allgemein beliebt.»

«Wem sagst du das? Es hört sich fast so an, als hättest du ‹war› gesagt. Wenn wir Bendix tot antreffen, erwürg ich meinen Großvater!»

Sievert Scharpenberg jagte neben dem Arzt her und sah und hörte nichts von der Landschaft. Er sah nicht die Sommerreife der Felder. Die wilden Blumen am Wegrand trampelte sein Pferd nieder. Er hörte nicht den Amselruf aus den Wäldern. Er hörte erst zu, als der Arzt sagte: «Übrigens ist der Ritter Benedictus von einem jungen Mädchen aus seinem Gefängnis befreit worden. Martin sagte, die Jungfer habe sie bei der Ankunft zum Hofe geleitet, und der Ritter habe sich mit ihr unterhalten…»

«Was sagst du da? Sie muß im Turm wohnen, sonst wäre sie nicht an den Kerker, den ich wohl kenne, herangekommen. Im Turm aber… es muß meine Schwester gewesen sein… Nele. Sie muß auf Eekenholt sein. Gott sei Dank, daß Nele zu Hause ist. Dann wird sie wenigstens für Bendix sorgen. Mir fällt ein Stein vom Herzen!»

Am Fuße der Reynoldesburg an der strömenden Eider wurden sie schon im Hof des Truppenlagers von einer Gruppe Reiter erwartet. Ihr Anführer war Hauptmann Steenbuck.

Er trat an Sieverts Roß heran, grüßte ernst und sagte: «Es ist ein trauriger Anlaß, daß wir uns wiedersehen, Junker Scharpenberg. Gott gebe, daß wir unseren lieben Ritter lebendig antreffen! Wenn nicht… gibt es Kleinholz.» Sievert reichte ihm die Hand: «Es freut mich, daß Langbeen den Befehl hat, da ich weiß, daß er meinen Freund schätzt. Ich habe einen Arzt dabei, der wird unseren Ritter schon gesund pflegen.»

Die beiden Ankömmlinge erhielten einen kleinen Imbiß, während die Reiter aufsaßen. Auch einen Bügeltrunk gab es für Roß und Reiter, dann stoben sie vondannen.

Leider mußten der Arzt und Sievert langsamer voranreiten, da die Rendsburger Rosse nicht so schnell wie die Vollblüter aus des Herzogs Stall waren. In den Ortschaften standen die Leute und starrten dem bewaffneten Zug nach. Langbeen hatte es für richtig befunden, Sievert ein Kettenhemd überzuziehen. Selbst ein Eisenhut war den beiden an der Satteltasche befestigt worden. Sievert wollte das abwehren, aber Langbeen hatte darauf bestanden mit den Worten, ob er sich vielleicht auch von seinem Verwandten den Schädel einhauen lassen wolle? So hatte er sich auch noch den Schwertgurt umschnallen lassen, insbesondere, als Langbeen ihm den Befehl des Herzogs zeigte, den Ritter Scharpenberg und seine Leute gefangenzunehmen. Ja, das würde Kämpfe geben, wenn... er nicht selbst eingriff.

Der Bote aus Schleswig, der Langbeen über die Vorfälle auf Eekenholt unterrichtet hatte, war schon wieder nach Gottorp unterwegs.

Mit gerunzelten Brauen ritt Sievert Scharpenberg das letzte Stück vor Eekenholter Gebiet einher. Vor dem kleinen Dorf, das schon zum Gut gehörte, hob er den Arm und fiel in Schritt. Der Zug hinter ihm tat es ihm nach, und Langbeen kam heran.

«Hier könnt ihr nicht mehr fehlreiten: durch das Dorf und immer geradeaus, den Feldweg entlang, dann kommt ein großer Eichenforst, da gabeln sich bald zwei Wege. Ihr reitet links den Hang hinunter, dann seid ihr am Ziel, Langbeen», sagte Sievert, «Herr Josias und ich reiten voraus. Dann bin ich im Hof, wenn ihr ankommt. Die Leute sind jetzt draußen, wahrscheinlich in der Ernte, und kommen erst, wenn die Sonne sinkt, auf den Hof zurück. Ich habe mir überlegt, daß ihr, wenn ihr jetzt schon einreitet, die Hauptbösewichte nicht antreffen werdet. Sie aber werden euch schon vorher gewahr werden, oder gewarnt und mit ihrem schlechten Gewissen im Wald verschwinden. Da könnt ihr lange suchen. Also, ihr bleibt hier hinter dem kleinen Wäldchen, wo man euch vom Dorf aus nicht sieht, und wartet etwa, bis die Sonne hinter den Waldkronen verschwindet, dann werden sie alle auf dem Hof sein. Der Weg ist nicht zu verfehlen. Es ist dem Doktor doch recht?»

«Ich kann gar nicht schnell genug zu meinem Kranken kommen. Mir scheint dein Plan auch einleuchtend zu sein.»

Das fand Langbeen auch. «So haben wir noch etwas Ruhe vor dem Sturm», meinte er.

Im vollen Galopp ritten die beiden Herren bald danach in Eekenholt ein. Die Zugbrücke war herunter. Sievert lenkte zum Pferdestall hinüber und sah betroffen auf den großen Blutfleck vor der Tür, wo der Kutscher von Sleipnir erschlagen worden war. Da kam schon der alte Hinz herbeigelaufen: «Herr Jesus! Unser Junker Sievert! Endlich!»

Sievert sprang herab und schlug dem alten Hinz, der ihn schon als Kind das Reiten gelehrt hatte, auf die Schulter. Er wußte, daß Hinz ein guter Mensch war. «Ja, Hinz. Aber sag schnell, wie geht es dem Ritter?»

Hinz hob die Schultern, aber er meinte, er lebe jedenfalls noch. «Ist meine Schwester hier, Hinz?» Ja, das Nelekind sei auch da, schon seit einem halben Jahr; und als er Sieverts Blick nach dem Blutplacken bemerkte, erzählte er, daß der widerliche Paul dort von Sleipnir erschlagen sei, als sie den Diener des Ritters haben fesseln wollen; und er habe das Tor aufgemacht, damit der Ritter und sein Diener herauskönnten. Leider sei ja der arme Ritter... von dem Paul fast totgeschlagen worden, als er sich gegen Isegrim mit dem Schwert gewehrt habe.

«Paß auf, Hinz: Du läßt unsere Pferde gesattelt...»

«Der Junker will doch nicht gleich wieder fort?»

«Vielleicht brauchen wir sie später noch. Reib sie ab und... na, du weißt ja Bescheid. Und noch eins, sag keinen Ton davon, daß ich mit dem Doktor hier gekommen bin.»

«Oh, Doktor, das ist gut. Dann hat der Bediente euch Bescheid gesagt», der alte Mann strich über Sieverts metallenen Ärmel, «und unser Junker ist ein Ritter geworden!»

Die beiden Männer wandten sich, und Josias von Damm rief noch: «Hüte die Pferde gut!» Sie nahmen Degen und Helm unter den Arm und gingen rasch auf den Turm zu.

Das Portal stand sperrangelweit offen, wie immer an heißen Sommertagen, um die Wärme hereinzulassen.

«Sie werden ihn nach oben gebracht haben», sagte Sievert und eilte schon die Wendeltreppe empor. Der Arzt hinter ihm dachte, wie haben sie den Verletzten da nur heraufgebracht? Wenn das nur gutgegangen ist!

Oben schrie eine Frauenstimme auf. Dann hielten sich die Geschwister umfangen. «Oh, Sievert, daß du gekommen bist!» Nele standen vor Freude die blanken Tränen in den Augen. Sievert musterte lächelnd seine hübsche Schwester: «Wie gut, daß du ihn pflegen kannst. Wie geht es ihm?»

Sie schob ihn in die Kammer und an das Bett, das sie einst als Kinder geteilt hatten. Bendix lag bleich und noch immer in tiefer Bewußtlosigkeit da. Erschüttert nahm Sievert die schlaffe Hand des Freundes. Sie war warm. Ein tiefer Seufzer der Erleichterung machte sich Luft. Der Arzt machte sich mit Nele bekannt. Sie hob die nassen Augen zu dem Fremden empor: «Gott sei Dank, daß du gekommen bist, Doktore!»

Indes Herr Josias Bendix untersuchte, unterhielten sich die Geschwister leise, und Sievert erfuhr die näheren Umstände. «Diese Halunken! Jetzt ist das Maß voll, Nele», knirschte der Bruder.

«Tilde-Meller und ich werden Eekenholt verlassen. Ich hätte Großvater umgebracht, wenn Bendix tot gewesen wäre. Er hat ihn zwar nicht niedergeschlagen, aber er war der Anlaß. Er wollte mit Gewalt wissen, wo du stecktest, um dich – wie mich auch – wahrscheinlich mit seinem Pack zu holen.»

«Er wird mich nicht holen, und ihr braucht Eekenholt nicht zu verlassen. Im Gegenteil. Ihr müßt wohl hierbleiben. Sie werden Großvater wegholen. Er muß unschädlich gemacht werden. So geht das nicht weiter.»

Der Arzt drehte sich um: «Er hat eine Schädelfraktur. Aber die Kopfhaut ist unversehrt geblieben. Nur ein kleiner Schorf ist darauf. Aber es kann sein, daß seine Bewußtlosigkeit noch anhalten wird.» – «Besteht noch Lebensgefahr?» fragte Nele.

«Wenn er ganz ruhig liegt, kann alles gutgehen. Bis er bei Bewußtsein ist, muß ständig einer bei ihm sein, damit er nicht aus dem Bett stürzt. Das könnte den sofortigen Tod zur Folge haben. Redet er mitunter, Jungfer Nele?»

«Mitunter brüllt er ganz dumpf. Er bewegt sich auch manchmal. Aber geredet hat er nicht.»

«Ach, Nele, wenn er zu Großvater nur geredet hätte! Dann wäre es alles nicht so gekommen. Aber er ist ein grundanständiger Mann, daß er es mit seinem Versprechen so ernst nahm. Ich wäre auch mit dem boshaften Alten zur Not fertig geworden. Wo ist Tilde-Meller?»

«Sie schläft, hat heute nacht bei Bendix gewacht. Großvater hatte es uns befohlen, ihn nicht allein zu lassen.»

«So, das hat er mit seinem schlechten Gewissen getan. Nun kann er ihn nicht mehr mit Fragen quälen.» Sievert trat an das Bett, neigte sich und küßte den Freund auf die Stirn. Der öffnete plötzlich die Augen, sie sahen stumpf und ohne Ausdruck zur Balkendecke empor. «Bendix!» sagte Sievert an seinem Ohr. Der Kranke schloß wieder die Lider, und Herr Josias sagte, daß er noch nichts wahrnehmen könne. Die Natur habe es gnädig eingerichtet, wenn Schmerzen zu groß seien, verliere die Kreatur das Bewußtsein und erwache erst dann wieder, wenn die Pein erträglich sei.

Sievert schaute aus dem Fenster. Die Sonne stand schon tief. Hinter ihm sagte Nele: «Großvater will mich mit seinem widerlichen Kumpan Otto verehelichen, aber…»

Der Bruder unterbrach sie: «So, dich will er auch noch mit Gewalt unglücklich machen!» Er setzte den Schaller, einen Helm mit aufschlächtigem Visier, auf und nahm den Degen von der Truhe, dann ging er die Treppen hinunter. Der Arzt rief ihm nach: «Verlier nicht die Vernunft, Junker!»

Claus von Scharpenberg saß in seiner Stube und bastelte an seiner zweiten Armbrust, die der Spanner neben ihm auf Jagd oder im Gefecht immer bereithalten mußte. Als die Tür sich öffnete, blickte er auf, ließ die Waffe fallen, rief: «Sievert, Junge!» Er legte das Werkzeug auf das Tischchen und wollte aufstehen.

«Bleib sitzen, du alter Halunke!» herrschte der Enkel ihn an. «Du hast so viel auf dem Kerbholz, daß es genug ist, um dich an den Galgen zu bringen.» Sievert stand vor der halbgeöffneten Tür, in der rechten Hand den Degen, in der linken hielt er den Schlüssel und drehte ihn, indes er laut schimpfte, heraus.

«Das sind ja wunderschöne Begrüßungsworte, nachdem wir uns Jahre nicht gesehen haben», höhnte der Alte und ging auf den Junker zu, der den Degen hob und dem Großvater auf die Brust setzte. «Setz dich in deinen Stuhl. So, und nun habe ich einiges auf dem

Herzen: Du hast dich offenbar so sehr nach mir gesehnt, daß du meinen guten Bendix fast hast totschlagen lassen, du Lump!»

«Das habe ich nicht gewollt, Sievert, mäßige gefälligst deinen Ton. Was...»

«Halt das Maul! Diese Roheiten hast du mich gelehrt, und nur diese Sprache scheinst du zu verstehen. Meine Mutter hast du durch deine Gemeinheiten hinausgeekelt. Hast sie einem Rohling verheiraten wollen, um dein Raubgesindel noch zu festigen. Du hast dasselbe mit Nele vor.»

«Otto Franzendorf ist ein Edelmann...»

«Daß ich nicht lache. Was ist an dem wohl Edles dran? Genausowenig wie an dir. Räuber seid ihr, skrupellose Machtmenschen, die alles um sich her zerschmettern, wenn es ihnen in ihren Kram paßt. Ich habe inzwischen eine andere Welt erlebt...»

«Ja, die Pfaffen haben dich untauglich gemacht. Hätt ich das doch nie zugelassen! Nimm deinen Degen weg, Junge!»

«Bleib schön sitzen, du alter Satan, bis es dir erlaubt wird, deine Stube zu verlassen. Wenn ich daran denke, wie du mich durchgeprügelt hast! Wie der Luzifer Isegrim mich beim Fechten und bei anderen Kriegsübungen geschunden hat. Und jetzt hast du hier das Ergebnis deiner vorzüglichen Erziehung vor dir und wunderst dich auch noch! Du bist gemeingefährlich, dir darf man nicht einmal einen anständigen Menschen, der dir zudem noch eine Freude machen wollte, in deine verdammte Burg schicken, ohne daß er in Lebensgefahr gerät. Ich hatte schon vergessen, wie sehr ihr euch hier von dem entfernt habt, was man als Mensch bezeichnen kann. Jetzt aber ist es genug. Du wirst eine Rechnung für deine Schandtaten vorgelegt bekommen. Aber nicht erst im Jenseits.»

Bei den letzten Worten sprang Sievert in die Höhe und zerschnitt mit zwei schnellen Degenhieben die Schnüre, an denen der Adler hing, welcher mit einer Staubwolke auf Claus Scharpenberg niederfiel, der darunter auf seinem Stuhl saß. Ein wütender Laut drang unter dem Gefieder und den Schnüren hervor. Aber als der Alte sich daraus hervorgearbeitet hatte, drehte sich von draußen der Schlüssel um.

Sievert eilte die Treppe hinunter, sah um die letzte Biegung herum: Die Tür zum Kerker war offen. Ein Mann schleppte gerade ein paar Schwerter zum Portal hinaus, auf dem Kopf hatte er zwei

Helme aufeinandergestülpt. Er rannte mit seiner Last über die Brücke auf den Hof.

Ein heißer Schreck durchfuhr Sievert: Langbeen war vor der Zeit gesichtet worden. Das Tor war geschlossen! Er sprang mit einigen Sätzen durch die offene Kerkertür. Niemand war darin; aber die Kiste, in der das Rüstzeug lag, war leer. Sievert eilte die Treppe empor. Warum hatte Isegrim das nicht seinem Großvater gemeldet? Hatte er oben gelauscht? Wahrscheinlich, die Tür war ja halb offen; nun war Eile geboten.

«Nimm Helm und Schwert, Josias Damm», rief er oben, «du mußt mir den Rücken decken, damit ich das Tor öffnen kann. Schnell!»

Der Arzt sprang gerüstet hinter dem Junker die Treppe hinunter. Als sie unter den Eichen angekommen waren, sahen sie den gewappneten Zug mit Steenbuck an der Spitze hinter dem äußeren Graben zum Torhaus galoppieren.

Diesseits des Torhauses waren sieben Männer dabei, sich zu rüsten. Sie zogen sich die Kettenhemden über, setzten Helme auf, die Degen lagen noch auf dem Boden in der Toreinfahrt. Und noch ehe sie ganz fertig waren, rannte Sievert zwischen sie.

«Haltet ein! Des Herzogs Leute sind draußen! Ihr seid sonst alle des Todes.»

«Der Junker!»

«Er ist ein Verräter!» schrie jetzt Isegrim und kam aus dem Torhaus gelaufen. Sievert hatte mit einem Blick gesehen, daß auch der Köhler mit seinen grauslichen Söhnen dabei war.

«Laß sie nicht an die Degen», rief Sievert dem Arzt zu, der schon breitbeinig über dem Haufen der Mordwaffen stand. Isegrim warf sich dem Junker mit dem Degen in der Hand entgegen. «Du Aas willst mich wohl auch noch umbringen?» schrie er den Hofvogt an und schlug ihm von unten her mit solcher Wucht gegen den Unterarm, daß Isegrims Degen fortflog. Sievert nahm ihn auf dem Weg zum Tor auf. «Im Namen des Herzogs, öffnet die Zufahrt!» hörte er Steenbucks Stimme vom Graben her, wo die Reiter hielten.

«Sofort, Langbeen», schrie Sievert zurück und löste den Hebel, die Zugbrücke rasselte herab. Da waren sie aber schon bei ihm, die Knechte seines Großvaters. Er sah Josias mit zwei Schwertern um sich schlagen, und Isegrim kam auf ihn zugerannt, wieder bewaffnet. Da bog Hinz mit einer Mistforke um die Ecke der Toreinfahrt und schlug damit auf den einen Köhlerssohn ein, der eben dem Arzt gefährlich wurde.

Und jetzt setzte die Brücke drüben auf, und die Reiter trabten herüber. «Zur Seite, Junker!» schrie Langbeen Sievert zu, der die Klinge mit Isegrims kreuzte. Er sprang an die Mauer der Durchfahrt zurück. Des Hauptmanns Lanze traf Isegrims Schulter. Er taumelte zurück, ließ den Arm sinken. Dann quollen die Reiter durch die enge Einfahrt des Tores in den Hof hinein. Als der letzte drinnen war, wand Sievert die Brücke wieder vor das Tor. Isegrim saß auf dem Boden, das Blut rann ihm aus dem Ärmel hervor. Sievert sah ihn mit einem finsteren Blick an, nahm den neben dem Vogt liegenden Degen an sich und legte Hinz, der am Eckpfeiler der Ausfahrt lehnte, die Mistforke noch in der Hand, die Hand auf die Schulter.

«Du bist ein braver Kerl, Hinz...»

«Gott sei es gedankt, Junker, daß hier mal aufgeräumt wird, ich habe den Dummköpfen immer gesagt, daß das nicht gutgeht.»

Derweile kreisten die Reiter die um sich schlagenden Knechte des Burgherrn ein. Als sie alle mit ihren Peitschen und Lanzen in den Kreis gezwungen hatten, gebot Langbeen Halt! Sie konnten nicht mehr an den dicht an dicht haltenden Pferden vorbei. Nur der eine Köhlerssohn duckte sich und entkam unter einem Pferdebauch hindurch. Als er sah, daß das Tor geschlossen war, sprang er in den Graben, versuchte sich strampelnd aus dem Schlamm ans andere Ufer zu retten; aber der Morast ließ ihn nicht los. Er versank.

Hauptmann Steenbuck gebot den Eingekreisten, die Waffen niederzulegen. Zwei der Reiter sprangen ab und fesselten die Knechte und die beiden Köhler mit einem langen Seil. Dann wurden sie in einem leeren Raum des Torhauses, bewacht von zwei Söldnern, eingesperrt.

Isegrims Wunde wurde von dem Arzt versorgt, dann wurde auch er gefesselt und in den Kerker gebracht, wo er Bendix den Abend zuvor gefangengesetzt hatte.

Da Josias von Damm und Sievert Fleischwunden davongetragen hatten, gingen sie zu Nele und der Meller in den Turm hinauf und wurden verbunden.

Die beiden Frauen waren blaß und verängstigt. Sie hatten oben wegen der Eichenkronen nicht sehen können, was im Hof vor sich ging. Nun atmeten sie auf, als die beiden Männer heraufkamen. Nachdem sie sich etwas gewaschen hatten und die Wunden versorgt waren, legten Sievert und der Arzt sich im Wohngemach unten auf den Teppich und schliefen vor Erschöpfung sofort ein.

Sievert hatte nicht dabeisein wollen, als sein Großvater gefangengenommen wurde. Er hatte Langbeen den Schlüssel ausgehändigt mit der Weisung, es schonend abzumachen, er sei zwar ein Bösewicht, aber immerhin auch ein alter Herr.

So begab sich der Hauptmann mit drei seiner Reiter zum Zimmer des Ritters. Als sie die Tür öffneten, saß der Alte auf seinem Stuhl und hatte den verstaubten Adler auf dem Schoß, streichelte das Gefieder und blickte ruhig auf. Das Fenster stand offen, er hatte alles gehört, denn durch die Eichen konnte er auch nichts sehen.

«Claus von Scharpenberg, ehemals Ritter, im Namen des Herzogs Friedrich auf Schloß Gottorp nehme ich dir die Freiheit, bis man dich um deiner bösen Taten willen verurteilt hat.»

Der Alte ließ den toten Vogel fallen, indem er aufstand und in aufrechter Haltung vor den Kriegsleuten stand.

«Ich folge. Dort in der Ecke steht mein Schwert!»

Steenbuck nahm das Schwert in die Hand, prüfte es und sagte, als er den Griff betrachtete: «Eine herrliche Arbeit.»

«Überreiche es meinem Enkel, er wird es dereinst vielleicht einmal in Ehren tragen können», erwiderte Claus von Scharpenberg. Er trat mit dem Fuß hart auf den Adler, so daß der Kadaver zerbarst, und flüsterte: «Aus!» Dann hielt er Steenbuck die Hände hin und ließ sich fesseln.

Im Morgengrauen verließen die Gefangenen den Hof: Vorauf fuhr die Kutsche Claus von Scharpenbergs, in der er selbst und Isegrim saßen, bewacht und gefesselt. Auf dem Bock saß Hinz, der den Weg nach Rendsburg kannte. Die sechs Leute, die an den Raubzügen beteiligt gewesen waren, waren auf einem kleinen Ackerwagen gefesselt. Drei schwerbewaffnete Reiter ritten nebenher.

Und Steenbuck war mit den übrigen Reitern schon unterwegs zu Otto Franzendorf, der eine halbe Wegstunde zu Pferde entfernt in seiner Burg hauste. Auch für diesen «edlen Wegelagerer» hatte er einen Haftbefehl vom Herzog in der Tasche.

Tilde-Meller und Nele waren ratlos: Wie sollten sie allein und ohne Männer mit dem Hofbetrieb fertig werden, wenn Sievert nicht auf Eekenholt bliebe? Er tröstete sie, er werde bei ihnen bleiben, bis Bendix das Bewußtsein wiedererlangt habe. Außerdem waren die verheirateten Gutsarbeiter da, welche nicht zu des Ritters «Leibwache» gehört hatten. Viel Landwirtschaft hatte Eekenholt ohnehin nicht. Das meiste war Wald, zwei Seen. Sie bauten Gerste, Hafer und Roggen an. Das meiste davon ging für den Eigenbedarf drauf. Ebenso Flachs. Holz und Wild waren da. Das war Sache des Forstaufsehers und der Waldarbeiter, und sie waren an ihrem Platz. Er werde schon einen Hofvogt ausfindig machen.

Immerhin waren die Frauen den Druck los, den der Großvater ausgeübt hatte. Er hatte sich sowieso nicht für die Landwirtschaft begeistert und bildete darum keine Lücke.

Der Arzt des Herzogs mußte schließlich auch nach Gottorp zurückkehren. Sie alle machten sich Sorgen, weil Bendix auch nach vier Tagen noch immer in tiefer Bewußtlosigkeit lag. Er war mager, und sein Gesicht war eingefallen, blaue Schatten lagen um seine Augen.

Zwischendurch war Hauptmann Stenbuck aufgetaucht, nachdem er seinen Auftrag, Otto Franzendorf betreffend, erledigt und die Begleitmannschaft mit den Gefangenen nach Rendsburg geschickt hatte.

Traurig stand er am Lager Iversens und strich dem Bewußtlosen über die Stirn:

«Wenn man solch einen strahlendgesunden Mann gekannt hat und dann ansehen muß, was gemeine Halunken aus ihm gemacht haben, könnte man einen Mord begehen. Aber das hat, wie ich hörte, der brave Sleipnir besorgt. Unser Ritter wird doch wieder auf die Beine kommen, Heilmeister?»

Er war mit dem Arzt allein, und Herr Josias hob die Schultern: «Es ist anzunehmen. Allerdings, Steenbuck, was mir Sorge macht, sind seine wirren Reden, die ich mitunter nachts anhören kann, wenn ich neben ihm liege, damit er nicht aus dem Bettkasten fällt.»

«Ach, du gnadenreiche Mutter! Er wird doch nicht mit verwirrtem Geiste aufwachen?»

«Darauf kann ich keine Auskunft geben. Laß es unter uns bleiben, Hauptmann.»

Unten verabschiedete sich Langbeen von Sievert, der mit einem der Landarbeiter zusammenstand und den Erntebetrieb besprach.

Sie mußten sich einige Männer aus den zu Eekenholt gehörenden Dörfern holen, als Ersatz für die Gefangenen.

«Will der Junker die Tischlerarbeit weiterbetreiben?» erkundigte sich Langbeen. «Mir scheint, daß er hier gebraucht wird.»

«Das stimmt zwar. Aber ist es richtig, eine angefangene Arbeit einfach liegenzulassen, insbesondere wenn sie einen glücklich macht?»

«Nein, das sollte man nicht tun, Junker. Welches Pferd soll ich nach Schleswig mitnehmen? Der Heilmeister bat mich darum, da ich beim Herzog gleich Meldung machen muß.»

«Nimm den Fuchs vom Herzog mit. Den Braunen reitet doch dann der Arzt. Ich werde auf Saxa zurückreisen, und Hannibal bleibt für unseren Iversen hier.»

Sie verabschiedeten sich herzlich voneinander, und als Sievert etwas später Langbeen und seinem Begleiter nachsah, wie sie mit den drei Pferden im Torhaus verschwanden, kam die Leuteköchin auf ihn zu: «Junker, könnte die Herrin nicht wieder herkommen? Der Alte ist nun fort. Vielleicht, daß die Frau, die in ihrer ruhigen Art immer gut mit den Leuten umgehen konnte, die Zügel in die Hand nehmen könnte; denn der Junker will wohl nicht hierbleiben. Frau Tilde hat auch so genug um die Ohren, und die Jungfer ist noch unerfahren.»

«Daran habe ich schon gedacht, Drude. Habe aber bisher keine Zeit gehabt, nach Preetz zu reiten. Ich will es versuchen, Mutter dazu zu bereden.»

«Seit die Herrin fort ist, wurde es hier schlechter, Junker Sievert. Kein Vieh mehr, keiner kümmert sich um die Kranken in den Dörfern und hier. Ich kann das nicht, weil ich keine Zeit dafür habe; denn ich muß auch alle Wäsche waschen und in Ordnung halten, muß für Ordnung bei den Kätnern sorgen, da die Frauen in der Ernte mit zu Feld müssen und die Kinder allein sind.»

Das muß gleich in Angriff genommen werden, ehe Damm fort ist, überlegte Sievert und eilte in den Turm, um sich mit Nele zu besprechen. Die sollte mitkommen.

Oben war Nele bei dem Kranken, und als Sievert durch die Tür schaute, bemerkte er, daß seine Schwester sich eben über Bendix neigte und ihn auf die Stirn küßte. Als sie sich aufrichtete, erblickte sie den Bruder und errötete wie eine Mohnblume.

Sievert trat herzu und legte den Arm um ihre Schultern. «Mein Schwesterchen, ich ahnte schon etwas, nun aber weiß ich, daß du unseren lieben Bendix im Herzen trägst. Wie es mich freut! Und nun gestehe mir, hast du Hoffnung, daß er deine Neigung erwidert?»

«Ich glaube es und wünsche es mir sehr, Sievert. Zuerst habe ich es nicht bemerkt, doch als er mir versprach, da wir zum letztenmal miteinander redeten, bald wiederzukommen, meine ich, darauf hoffen zu dürfen.»

«Ja, was sollte er hier sonst wohl noch wollen, als dich wiederzusehen.»

«Eben. Nach Großvater hätte er sicher keine Sehnsucht gehabt. Oh, Sievert, kannst du es verstehen, wie es mich getroffen hat, daß sie ihm so übel mitgespielt haben?» Der Bruder strich ihr über das Haar. «Ja, du arme Deern. Er wird schon wieder gesund werden, und dann...» Er dachte an Bendix' Abneigung gegen eine Ehe, an eine Veränderung seines bisherigen Lebens.

«Und dann?» Nele lächelte ihn erwartungsvoll an. Doch Sievert schwieg und setzte sich auf die Kleidertruhe, dann eröffnete er ihr den Plan, anderntags mit ihm nach Preetz zu reiten.

«Mutter wird nicht einwilligen, Bruder. Sie fühlt sich dort recht wohl. Wir könnten es immerhin versuchen, es wäre großartig, wenn Mutter wieder hier wäre!»

Josias von Damm erklärte sich bereit, noch einen Tag zuzugeben und auf den Kranken zu achten. So bestiegen die Geschwister Neles Stute und Hannibal und ritten durch Wälder und an Seen entlang zum Benediktinerinnenkloster Preetz, eines der reichsten Klöster in den Herzogtümern. Seine Ländereien reichten mit etwa vierzig Dörfern bis an die Ostsee.

Die kleine Reise war für die Geschwister eine Ausspannung nach den verflossenen aufregenden Tagen. Darum auch hatte Sievert die Schwester mitgenommen. So zogen sie durch das sommerliche hügelige Land. Schwer hing das dunkle Buchenlaub am Gezweig. Stille Reetseen blitzten im Dämmern des Waldes auf, und über ihnen gurrten Holztauben, lachte der Buntspecht, und der Häher machte seinen Warnspektakel.

Der Bruder erzählte der Schwester jetzt erst ausführlich von seiner Bildhauerei. Nele war sehr verwundert, daß Sievert unter die

Handwerker gegangen war. «Mir ist dieses Leben lieber, als wenn ich an einen Fürstenhof gegangen wäre, wie es üblich ist. Später auf Abenteuer ins Ausland gehen. Möglicherweise in Kriege ziehen für irgendeinen mir gleichgültigen Fürsten. Das ist doch das Leben der meisten Edelleute, wenn sie jung sind. Und nachher, wenn du wieder heimkommst? So ein Leben wie Großvater? Nee, Nele.»

«Ach, Sievert, Großvater war eine Ausnahme. Du brauchtest doch nicht auf Raub auszugehen. Ja, ja, er hätte dich auch am liebsten dazu angeleitet, als er merkte, daß er allmählich alt wurde. Aber Vater hat es, wie Mutter mir sagte, auch nie getan. Der war in jungen Jahren auch bei irgendeinem Fürsten im Süden und war ein hervorragender Turnierreiter.»

«Was soll das alles. Ich will etwas schaffen und fühle mich wohl dabei, Schwesterchen.»

«Bendix fühlt sich wahrscheinlich auch wohl beim Herzog…»

«Eines Tages wird er vielleicht auch das Reisen überhaben.» Sievert sah seine Schwester an und lächelte.

«Wenn er nur erst wieder auf den Beinen wäre», sagte Nele, «Herr Josias äußerte, es werde noch mindestens einen Monat dauern, bis er die Bettstatt verlassen könne, solange wird er wenigstens auf Eekenholt bleiben müssen.» Sie deutete über die Baumwipfel eines großen Parkes, der jenseits des Weges auftauchte: «Sieh, dort ragt das große, rote Dach der Klosterkirche auf.»

Über das Flüßchen Schwentine, das sich um die Klostermauern herumschlängelte, gelangten sie durch ein Torhaus auf den Hof. Gleich daneben banden sie die Pferde an dafür bestimmte Pfähle. Die Schwester Pförtnerin hatte Nele freundlich begrüßt. Das junge Mädchen war lange Jahre in diesen Mauern gewesen. Sie ging schnellen Schrittes an den Häusern entlang, die sich am Park entlangzogen, und trat auf eine halboffene Tür zu. Gleich darauf hielt Sievert seine Mutter im Arm, die zunächst sprachlos vor Glück und Überraschung war. Die Freude trieb der großen, schlanken Frau das Wasser in die kornblumenblauen Augen. Auf der Wandbank saßen sie in der kleinen Stube, und die Mutter hatte rechts und links ihre Kinder im Arm.

«Meine beiden Lieben, wie lange ist es her, daß ich euch bei mir hatte? Wohl ein Dutzend Jahre! Und du, Sievert, bist derweile ein Mann geworden. Ach, wie oft habe ich zu Gott und der Heiligen

Jungfrau gefleht, das noch einmal erleben zu dürfen. Nun haben sie mir meine Bitte erfüllt. Kinder, wir gehen nachher zur Kirche hinüber, und jeder von uns entzündet eine Dankeskerze. Aber jetzt erzählt, wie es sich zutrug, daß ihr beide zusammen hergekommen seid!»

Frau Hedwig war von der Schilderung der Ereignisse auf Eekenholt betroffen. «Es konnte mit eures Großvaters Lebensart auf die Dauer nicht gut ausgehen», rief sie, «mich wundert nur, daß er nicht schon eher gefangen wurde. Ach, Kinder, er war nicht immer so. Der Tod seiner über alles geliebten Frau, eurer Großmutter Sophie, hat ihn so bitter gemacht. Da ist wohl alles mögliche, was die gute Frau unterdrückt hatte, in ihm aufgestanden.»

Als dann Sievert auf ihre Bitte hin offen erzählte, was er bisher erlebte, schwieg die Mutter zunächst eine Weile und sah ihm in die dunklen Augen. Dann sagte sie: «Es ist wenigstens besser, du verdienst dein täglich Brot auf ehrliche Art, als daß du euer Raubritterblut geerbt hättest. Meine Verwandten haben mich, bevor ich Vater heiratete, darauf aufmerksam gemacht, daß dieses lauenburgische Geschlecht etwas düster sei. Es war auch einer der Gründe, weswegen ich dich nach Ahrensbök zur Schule schickte. Bist du glücklich, mein Sohn?»

«Ja, Mutter. Ich kann es dir nicht recht erklären, warum es mich so froh und zufrieden macht, wenn ich bei der Arbeit bin und zusehe, was unter meinen Händen entsteht. Es macht mich entschieden glücklicher, als wenn ich – wie ich es dir schilderte – mich mit dem Degen in der Hand gegen Pack verteidigen oder angreifen müßte.»

Die Geschwister sagten vorerst nicht, welches der eigentliche Grund ihres Besuches war. Es gab vorweg so viel zu berichten. Die Mutter brachte ihnen zur Erquickung Milch und ein Holzschüsselchen Himbeeren, die sie auf einem Spaziergang morgens im Wald gepflückt hatte. Auch Brot und Butter brachte eine Laienschwester herein.

Danach beugten sie die Knie vor dem Schreinaltar mit der geschnitzten St. Annengruppe und den Heiligenbildern. An einem Seitenaltar entzündeten sie drei Kerzen und murmelten ihre Dankgebete. Das Gotteshaus war menschenleer. Sievert betrachtete mit Kenneraugen den umlaufenden Nonnenchor mit seinen schön geschnitzten Wimpergen und Malereien, die letzteren erschienen ihm, dem Schüler Brüggemanns, etwas einfältig.

Frau Hedwig selbst fragte, was jetzt aus Eekenholt werden sollte.

«Ich werde, sobald Bendix Iversen bei Bewußtsein ist, wieder nach Husum reiten, Mutter. Einiges habe ich im Betrieb ordnen können. Isegrim fehlt sehr.»

«Er wird doch einmal wiederkommen», meinte Frau Hedwig.

«Der Kerl soll sehen, wo er abbleibt. Bei uns nicht, Mutter!» Und Nele stimmte dem Bruder zu. Einige Jahre würden sie wohl im Kerker verbringen müssen, sagte Sievert, und dabei fiel ihm noch etwas ein: «Mutter, ich habe keine Ahnung von den Geldsachen auf Eekenholt. Der Heilmeister meint auch, daß Großvater auferlegt wird, Brüche zu zahlen. Wo hat der eigentlich sein Geld? Ich schlafe zwar in seiner Stube, nachdem die Frauen sie ordentlich gesäubert haben, aber Geld habe ich dort nicht gefunden. Nur ein wenig in seiner Geldkatze. Tilde-Meller weiß es auch nicht. Mutter, du mußt helfen. Du bist doch jetzt wieder die Herrin, alle warten auf dich.»

«Nein, ich bleibe hier. Seit Vater gefallen ist, habe ich mich auf Eekenholt todunglücklich gefühlt. Hier habe ich Ruhe und Frieden. Mit diesen Kerlen dort…»

«Aber die sind doch alle fort, liebe Mutter», rief Nele, «komm doch wieder nach Eekenholt…»

«Eines Tages taucht der schreckliche alte Mann dort wieder auf…» Frau Hedwig blieb stehen und sah einem Fisch nach, der in der Schwentine, an der sie entlangspazierten, hochsprang, um eine Mücke zu erhaschen.

«Du brauchst ja deine Wohnung hier nicht aufzugeben», schlug Nele vor, «wenn Großvater wiederkommen sollte, dann kannst du hier wieder einziehen. Aber wir sind eben wirklich in Not, Mutter. Mitten in der Ernte sind sieben Männer ausgefallen. Die Frauen aus den Katen müssen mitmähen. Und auf dem Hof… ach, bitte! Tilde-Meller hat auch alle Hände voll zu tun. Und dann haben wir noch einen lieben, pflegebedürftigen Gast im Haus, um den ich mich kümmern muß, wenn Sievert und der Arzt fort sind.»

Das gab den Ausschlag. Hedwig von Scharpenberg, in deren blonden Haaren auch schon Silberfäden glitzerten, wenn sie keine Haube trug, erklärte, in drei Tagen bereit zu sein, um sich abholen zu lassen. Solange mußte Sievert noch zu Hause bleiben.

«Wie wunderschön, daß du wieder in Eekenholt sein wirst, liebe Mutter!» rief Nele vom Pferderücken, und Sievert strich der Mutter zum Abschied über die hohe Stirn. Dann ritten sie frohen Mutes nach Eekenholt zurück.

Währenddessen hatte Josias von Damm am geöffneten Fenster der Krankenstube im Turm gesessen und sich mit einem Bündel Schriften der Humanisten, die ihm in Gottorp auf den Tisch geflattert waren, beschäftigt. Welch ein Gezänk unter ihnen! Grundlegend hatten sie alle ihre Weisheit an den antiken Schriften aufgemöbelt, die man jüngst als richtunggebend entdeckt hatte. Erasmus von Rotterdam war ein ruhiger Pol in diesem Wirrwarr von Streitschriften. Es ging um das alte, klassische Latein und um das Mönchslatein. Da waren die «Dunkelmänner», die Dominikaner in Köln, da waren die Gegner, die jugendlichen Humanisten, die «Lichtmänner». In Köln war um die Jahrhundertwende der «Hexenhammer» veröffentlicht worden, der aufzeigte, wie Hexen und Zauberer erfolgreich aufgefunden werden konnten.

Dem gegenüber wieder stand die Sehnsucht nach stiller und aufklärender Gelehrsamkeit, von den großen antiken Vorbildern ausgehend, gefördert von einsichtigen Fürsten und Klerikern.

Kopfschüttelnd legte der Arzt diese Erzeugnisse der Buchdruckerkunst auf den Truhenrand. Wie war dieses Zeitalter doch zerfahren und unausgegoren! Es lag so viel Unzufriedenheit und Streit in der Luft. Selbst hier in der ländlichen Stille konnte kein Friede sein, weil da ein alter Querkopf mit Gewalt und Tücke seinen Enkel wiederhaben wollte. Hinter sich hörte er ein Stöhnen.

Josias erneuerte den kalten Umschlag auf der Stirn des Leidenden, der die Decke fortgestrampelt hatte. Der Arzt holte sich den dreibeinigen Hocker heran, der am hinteren dritten Bein einen Stock mit quer befestigter, einfacher Lehne hatte. Er setzte sich ans Bett und beobachtete Bendix genau; denn er sah, daß der Kranke tiefer atmete. Offenbar tat ihm das eiskalte Wasser auf der Stirn wohl. Er lächelte ja! Träumte er? Wie blaß und mager war der arme Kerl! Er hatte nun schon am fünften Tag keine Nahrung bekommen.

Bendix' Augenlider bewegten sich. Und auf einmal schlug er die Augen auf. Gespannt beugte der Arzt sich vor. Sie waren klar und

sahen ihn. Gott sei gelobt! Ein erleichterter Seufzer hob Josias'
Brust.

«Bendix Iversen, da bist du ja wieder!» sagte er.

«Nein, nein… ich bin nicht da… dieses ist nicht meine Kammer!» Der Arzt lachte und sagte dann: «Du bist nicht in Gottorp, du
bist in Eekenholt.»

«Heilmeister! Du bist aber doch in Gottorp. Und ich bin auch da.
Laß dich begraben!» Damit schloß er wieder die Augen und drehte
sich auf die Seite. Bedenklich sah Josias auf ihn hinab. Er war verwirrt, gewiß. Bei Schädelfrakturen war vielfach die letzte Zeit-
spanne vor dem Bruch für immer aus dem Gedächtnis ausgelöscht,
das wußte der Arzt. Nun, man würde sehen. Anscheinend schlief er.
Gut.

Es dämmerte schon draußen, und der Arzt hatte einen Kerzenhalter
neben Bendix' Lager gestellt, um noch etwas in einem Büchlein zu
lesen, nachdem er mit Frau Tilde gespeist hatte.

In der Tür erschien Nele in ihrer Reitkleidung. Sie brachte einen
frischen Hauch der Durchlüftung mit herein.

«Wie geht es unserem Bendix, Doktore?»

«Gute Botschaft. Komm herein und sieh, er schläft.»

«Oh, er ist nicht mehr bewußtlos?» Mit raschelnden Röcken und
fliegendem Schleier war Nele am Bett und kniete nieder, sah dem
Schläfer dicht ins Gesicht. War es der jugendfrische Duft oder ihr
Atem, der Bendix erwachen ließ. Er schlug die Augen auf und
blickte in ihre von der Kerze erleuchteten blauen Augen.

«Bendix, Lieber…» flüsterte das Mädchen glücklich.

«Nele. Du bist zu mir gekommen. Wo warst du eigentlich inzwischen?»

«Ich war meist hier bei dir. Aber du… schliefst so furchtbar
lange.»

Bendix sah verwundert umher, dann faßte er an seinen Kopf:
«Heilmeister, wenn du hier bist, dann bin ich krank. Was sind das
nur für verfluchte Schmerzen in meinem Schädel?»

«Es ist ein Glück, daß du wieder ganz vorhanden bist, Ritter Bendix! Du befindest dich noch immer auf Eekenholt und warst fünf
Tage bewußtlos, weil dir jemand mit einem Knüppel auf den Kopf
geschlagen hatte.»

«Warum denn das? Ich weiß jedenfalls nichts davon. Aber wenn du es behauptest, stimmt es wohl, denn daß da oben irgendwas entzwei ist, merke ich.» Er wollte sich aufrichten, aber Nele drückte ihn wieder auf sein Lager, und der Arzt bedeutete ihm, er müsse unbedingt liegenbleiben. Bendix fragte: «Wie lange?»

«Bis dein Schädel heil ist. Eher wird es nichts mit dem Aufstehen.»

«Heiliger Strohsack! Also gefangen in Eekenholt. Jetzt weiß ich auch, daß sie mich eingesperrt hatten, weil ich nicht sagen wollte, wo Reinhart steckt.»

«Das brauchst du auch keinem mehr erzählen. Hier ist er», rief es von der Treppe her. Sievert stand in der Tür: «Jubel und Freude, die Erde hat dich wieder, mein Bendix!» Er schubste seine Schwester beiseite und nahm den stoppelbärtigen Freund in die Arme.

Indes Sievert nun erzählen mußte, wieso er plötzlich hier sei, stiegen der Arzt und Nele in die Küche hinunter, um etwas zum Essen, besonders für den Kranken, zu bereiten.

Bendix war, nachdem er seinen Milchbrei genossen, von diesem Ansturm so erschöpft, daß er mit dem Löffel in der Hand einschlief. Nele, die seinen Kopf gestützt hatte, bettete ihn sorglich. Dann legte Sievert sich an seine Seite. Der Arzt sollte einmal ruhig in Großvaters Stube ausschlafen; denn anderntags wollte er nach Gottorp reiten.

Bevor der Arzt abreiste, mußte Ritter Bendix sich eine gründliche Körperpflege gefallen lassen. Der Heilmeister und Sievert ruhten nicht eher, bis der erschöpfte Kranke im frisch bezogenen Bett, rasiert, von Kopf bis Fuß gesäubert und zufrieden lag. Nele kam mit einem bunten Sommerstrauß aus ihrem Gärtchen herauf und stellte den braunen Krug auf die Truhe, damit Bendix etwas von dem Sommer betrachten könne.

Das Mädchen meinte, Bendix sehe um Jahre jünger aus, da nun sämtlicher Bart fort wäre. Ihr Bruder riet ihr, fortan aufzupassen, daß der Freund so hübsch bleibe. Wenn er selbst fort wäre, müsse sie die Pflege des Liegenden allein übernehmen.

«Das werde ich gerne übernehmen», entgegnete sie und drückte Bendix' Hand.

Später, als sie im Wohngemach speisten, fragte Sievert:

«Sag mir doch, Tilde-Meller, woher habt ihr eigentlich die schönen Teppiche bekommen? Ich dachte darüber nach, als du mit einem solchen Prachtstück in die Kammer geschleppt kamst, damit wir Bendix darauflegen konnten, um ihn zu waschen.»

«Besitzt du keine Vorstellungsfähigkeit, Junge? Dann will ich dir dieses Wunder erklären: Den Leuchter über uns und andere schöne Dinge mitsamt den Teppichen hat dein findiger Großvater gemeinsam mit Isegrim auf der Landstraße gefunden.»

Nele lachte über Sieverts verdutztes Gesicht, und als er sagte, man müsse so was doch den Eigentümern zurückerstatten, lachte sie noch mehr.

«Wie willst du die wohl aufstöbern? Und schau dir die häßlichen Flecken in diesem hier an, weil Isegrim den Hunden bei den Mahlzeiten oft etwas hinwarf.»

«Es ist sicherlich schon etliche Jahre her, seit sie mit einem ganzen Wagen voller Teppiche hier ankamen. Dein Großvater sagte, sie seien von Lübeck nach Jütland für irgendwelche Jagdschlösser des Königs bestimmt gewesen. Isegrim hat einige von ihnen recht gut verkauft. Die hatten ihre Hehler in den größeren Städten sitzen. Und ich muß ehrlich sagen, ich war froh, daß ich keine kalten Füße mehr bekam.»

«Ist dir diese Räuberei nicht peinlich gewesen, Tilde-Meller?»

«Natürlich, Sievert. Gräßlich waren diese Heimlichtuerei und Unehrlichkeit. Was sollte ich aber machen? Froh, ein Unterkommen gefunden zu haben, nachdem mein Ehemann gestorben war, bin ich ahnungslos dem Ruf meines Verwandten gefolgt. Merkte dann aber bald, warum die Hausfrau mitsamt Nele ins Kloster gegangen war. Ich will es euch sagen: Isegrim war der böse Geist eures Großvaters. Er ist ein entlaufener Franziskanermönch. Er hat sich allerlei zuschulden kommen lassen, und Claus Scharpenberg hatte ihn in der Hand. War auch froh, einen schreibkundigen Menschen als Hilfe zu haben, der ihm willig das meiste abnahm. Und die Leute kuschten vor Isegrim. Nun, Kinder, sie bekommen beide ihren Lohn.»

10

Unter den weit ausholenden Sensenstreichen sank das Getreide
schwadenweise zu Boden. Die Frauen banden Garben und setzten sie
in Hocken zuhauf. Auf den bereits abgeernteten Guts- und Bauernhöfen sammelten arme Leute mit ihren Kindern die liegengebliebe-
nen Ähren auf.

Sievert von Scharpenberg war nach Gottorp unterwegs. Saxas
Hufe wirbelten den Staub der Landstraße hoch. Aber da kam wieder
ein Buchenwald, und der Reiter atmete auf.

Der Abschied von Eekenholt war ihm schwer geworden. Mußte er
eigentlich nach Husum zurück? Ja, es zog ihn mächtig dahin. Er
umfaßte den Griff seines Degens an seiner Hüfte. Gut, er hatte bewie-
sen, daß er den Degen führen konnte, wenn es sein mußte. Das kunstvoll geschmiedete Schwert seines Großvaters hatte er in dem Schrank
verwahrt, in welchem auch die Rüstung Claus Scharpenbergs untergebracht war. Der Enkel wollte lieber das Schurzfell tragen.

Er gedachte der Worte des alten Bruder Jacobus in Ahrensbök:
«Pflichterfüllung ist notwendig. Ein Mensch, der keine Pflichten hat,
ist wie eine Feder, die jeder Windstoß in eine andere Richtung blasen
kann.»

Roß und Reiter legten im Dorfkrug zu Gettorf eine Pause ein.
Sievert saß mit einem höfisch gekleideten Herrn, der zu Benedict
Sestede nach Kohöved wollte, beim Mittagsmahl.

Der weitgereiste Herr erzählte von seinen Reisen. Von ihm erfuhr
Sievert zum erstenmal etwas über den Ablaßhandel.

Er war wie vor den Kopf geschlagen. Seit seiner klösterlichen Erziehung hatte er zu den Priestern aufgesehen. Und nun sollte der
Heilige Vater veranlaßt haben, daß Menschen, die Böses getan hatten, sich mit Geld von ihren Sünden loskaufen konnten? Wie konnte
ein Verbrechen durch Geld ungeschehen gemacht werden?

«Ungeschehen wohl nicht», erwiderte der Herr auf Sieverts Frage,
«mit dem gekauften Ablaßbrief gelangt der Sünder jedoch nicht in
die Hölle, sondern in den Himmel.» Und lachend fügte er hinzu: «Es
ist unglaublich, wie viele sogar recht gescheite Menschen sich zu dem
Geldkasten der Ablaßkrämer drängen!»

Meister Brüggemanns frommer Geselle lachte nicht mit. Verwirrt
verabschiedete er sich schnell und ritt bedrückt weiter.

Erst als er aus dem Wald heraus unvermittelt an den Strand der Eckernförder Bucht kam, der frische Seewind ihm den heißen Kopf kühlte, vergaß er seine Verdrießlichkeit und hielt mit Saxa am Ufer.

Aus der schimmernden Bläue rollten die gischtigen Wellen heran und brachen sich aufspritzend auf den Sand. Der Strandhafer wehte und surrte. Der Wind war so stark, daß Sievert seine Mütze fester aufsetzen mußte. Möwenschrei und Wogenbrausen, fliegender Sand und darüber der die Farben verstärkende Sonnenschein – welch ein Leben war das!

Sievert ritt durch Tang und Muscheln zum Wassersaum hinunter, und Saxa strebte in die anlaufenden Wellen, durch die sie stapfte. Draußen auf der Förde waren einige kleine Fischerboote, und ein Zweimaster kam hereingesegelt.

Erfrischt ritt der junge Mann weiter auf die Stadt Eckernförde zu. Landarbeiter, die vor dem Tor arbeiteten, wiesen ihm den Weg um das Ende der Förde herum nach Schleswig.

Hügelauf, hügelab ging es jetzt durch Wald und Feld. Dann kamen einige kleine Ortschaften.

Sievert war die Gegend fremd, er kannte nicht die Namen der Dörfer und wußte nichts von den Gutshöfen, die hinter Wald und Wiesen lagen. Auf einem Berg drehte sich eine Bockmühle im frischen Wind. Und da tauchte schon die Schlei auf.

Hier kannte er sich aus, und Saxa griff tüchtig aus. Sie witterte den heimischen Stall.

Die Sonne war bereits hinter dem Wald am Ende der Schlei versunken, und ihr Widerschein färbte das Wasser des Burgsees rötlich. Als Sievert hinüberritt, hob sich die Burg dunkel und wuchtig aus dem leuchtenden Licht hervor. Saxas Hufe polterten über die Bohlenbrücke. Sievert brachte sie in den Pferdestall. Und da war Martin Klönhammer dabei, Sleipnir mit dem Striegel zu bearbeiten. Freudig begrüßte er den Junker Scharpenberg, und Sleipnir verpaßte der entgegengestreckten Hand seines Herrn einen feuchten Handkuß, ließ sich von dieser vertrauten Hand liebkosen, indes Sievert dem treuen Diener vom Zustand des Ritters berichtete.

«Martin, dir ist es zuzuschreiben, daß die Zustände auf Eekenholt sich rasch geklärt haben. Dafür möchte ich dir danken.»

Martin winkte ab. Er sei in einer recht verzwickten Lage gewesen: Sollte er bei seinem Herrn bleiben und ihn pflegen, oder sollte er

Hilfe holen, damit sie beide aus der Gefangenschaft herauskämen? Außerdem habe er, Martin, bemerkt, daß das junge Mädchen, die seinen lieben Herrn befreit habe, ihm wohlgesinnt ist. Und darum habe er lieber hier in Gottorp Bescheid gesagt; denn die Zustände dort seien doch «'n beeten to doll west!», schloß Martin seine Betrachtung.

Derweil hatte Saxa sich dazugedrängt und Sleipnirs Hafer aufgefressen, der nur seinen Herrn betrachtete.

«Du reitest morgen mit mir nach Husum, Martin. Mein letzter Ritt auf Sleipnir. Du nimmst Saxa. Dann bringst du Saxa hierher zurück und kannst anderntags Sleipnir nach Eekenholt reiten. Ritter Bendix möchte, daß du den Frauen dort beistehst und auch sonst für ihn sorgst, Klönhammer. Er darf mindestens noch vier Wochen nicht aufsitzen.»

Martin strahlte: «Dor hev ick all op luert, Junker.»

Die Wache am Tor gab dem Junker Scharpenberg Auskunft, daß der Heilmeister in der Burg sei. Sievert machte sich mit Martins Hilfe in Bendix' Behausung sauber, bekam einen Imbiß und ließ sich bei Herrn Josias anmelden. Der kam spornstreichs herunter, um Sievert zu begrüßen, und hörte voll Freude, daß der Ritter auf dem Wege der Besserung sei. Er fand es richtig, Martin als Pfleger hinzuschicken. «Ja», grinste Sievert, «ich habe den Frauen klargemacht, daß Bendix vor allem einen gelernten Bartstutzer brauche.»

«Ergo!» Josias von Damm lachte auch. Darauf erwähnte er, der Herzog habe angeordnet, ihn zu benachrichtigen, wenn Sievert in Gottorp eintreffe. «Du mußtest, wie verabredet, ja hierherkommen. Er hat heute abend einige Herren bei sich; doch habe ich dem Herzog einen entsprechenden Zettel hingelegt. Er wird dich wohl morgen in der Frühe sprechen wollen, da ihm das Wohl und Wehe Iversens sehr am Herzen liegt.»

Der Arzt hatte Verbandszeug mitgebracht. Und da sie beide bei dem Gefecht in Eekenholt an den Armen Wunden hatten, verbanden sie sich gegenseitig. Die Verletzungen waren schon am Abheilen. «Wo hast du studiert, Heilmeister?» fragte Sievert.

«In Bologna und später noch in Tübingen. Man muß die Nase in die Welt hinausstecken, um Vergleiche anstellen zu können. Heutzutage ist man ein Nichts, wenn man nicht weit gereist ist. Übrigens traf ich in Bologna einen Landsmann, sogar hier aus unserer engeren Heimat. Der Vater, Ritter Benedikt Pogwisch, sitzt auf Grünholz in Schwansen, und sein jüngster Sohn sollte Geistlicher werden. Dieser Detlev Pogwisch sah eher so aus, als passe zu ihm besser eine Ritterrüstung als die Priesterstola und lange Röcke. Er brauchte sich dessen nicht zu schämen, daß er dem italischen Wein zugetan war. Was wir damals über den Klerus von Rom hörten, war nicht gerade dazu angetan, ihm gegenüber große Ehrfurcht zu bezeigen. Nun, Detlev machte seinen Magister, machte sich in Rom beliebt und reiste schließlich nach Schleswig zurück mit der Absicht, hier Bischof zu werden. Der König Johann und Herzog Friedrich befürworteten es, und er wurde als Bischof gewählt; aber Papst Alexander wollte einen Italiener auf den Schleswiger Bischofsstuhl setzen und tat es auch. Doch der aus Süditalien kommende Bischof de Castro kränkelte in unserem rauhen Landstrich. Er tätigte lieber mit Detlev Pogwisch ein Abkommen, daß dieser ihm, de Castro, jährlich 300 Ducaten Rente bezahlte, dafür wurde der Pogwisch Bischof von Schleswig. Aber dem Papst mußte er für die Bischofswürde 3000 Gulden überweisen. Fürwahr eine teure Angelegenheit, die das Bistum in Schulden stürzte.»

Sievert bemerkte, zur Zeit sei doch Herr Gottschalk von Ahlefeldt Bischof in Schleswig, von dem höre man doch eigentlich nur Gutes.

«Ja, Sievert, der ist ein ruhiger und besonnener Herr. Nicht so ein Unband, wie es diese Pogwisch auf Grünholz sind.»

«Erzähl, sind noch mehrere so... zielbewußt wie jener Detlev?»

Josias von Damm schenkte sich Bier in Sieverts Krug ein und trank ihn leer. «Ja, da gab es einen Wirbel um ein Gut in Ostholstein, das die Pogwischs gekauft hatten. Irgendwie war es wohl nicht ganz rechtens gewesen. Es wurden Prozesse geführt, die bis zum Gerichtsstuhl Kaiser Maximilians kamen. Da die Pogwischs auch dort nicht ihr angebliches Recht bekamen, wurde auch der Papst wieder hineingezogen, dieses Mal wieder ein anderer Papst. Zum Schluß mußten die Grünholzer sich fügen und das erworbene Gut zurückgeben. Das ist aber noch nicht alles. Kürzlich starb der Bruder Hinrich von dem verflossenen Bischof. Er gehörte dem Stift Odense an, und er wurde dort von den Franziskanern in geweihter Erde beigesetzt. Jetzt hat Papst Leo X. den Kirchenbann über die Mönche in Odense verhängt.» – «Aber warum denn?»

«Hinrich Pogwisch hatte im Jähzorn einen Priester in Schwerin gehörig verhauen. Bei ihm konnte man wirklich sagen, der Apfel fällt nicht weit vom Stamm; denn sein Vater Benedikt hat den Priester des Dorfes Kosel erschlagen, weil er über Herrn Benedikts Vater Schmährede geführt hatte.»

«Das muß ja eine schreckliche Familie sein», sagte Sievert.

«Die sind nicht schlechter als andere auch. Denk nur an deinen Großvater und was wir in Eekenholt erlebt haben, Junker Sievert. Unser Herzog hat es nicht leicht, kann ich dir nur sagen. Aber man hört eben nur von denen, die zu selbstherrlich handeln und andere schädigen. Von den vielen stillen und anständigen Familien hört man nichts.»

«Du hast recht, Heilmeister. Wie froh und dankbar bin ich, daß ich damals den Mut fand, diesem Großvater zu entfliehen. Und dankbar kann ich sein, daß ich Meister Hans Brüggemann bei seinem schönen Werk helfen darf. Das verdanke ich hauptsächlich meinem lieben Bendix.»

«In vier Wochen werde ich nach Eekenholt fahren, dann will ich nachsehen, ob unser Freund wieder aufstehen kann. Er wird recht geschwächt sein. Aber er ist ja in guter Hut. Sehen wir uns morgen noch?» erkundigte sich Herr Josias.

«Martin und ich werden, wenn der Herzog mich gesprochen hat, aufbrechen; denn in Husum ruft die Pflicht.»

Sievert brachte den Arzt auf den Hof hinaus; dann begab er sich in die Kapelle, wo ein Licht auf dem Altar brannte. Er kniete vor dem großen Christophorus nieder und sprach ein Dankgebet, gedachte auch des kranken Freundes in Eekenholt, auf dessen Ruhestätte er alsbald in tiefen Schlaf versank.

Sie packten gerade einige Sachen von Bendix zusammen, die Martin Klönhammer nach Eekenholt bringen sollte, als ein Lakai erschien und Sievert zum Herzog holen sollte. Martin brachte des Junkers Degen und schnallte ihn um, Sievert setzte des Vaters Barett auf, er dachte daran, wie er vor vielen Jahren als Flüchtling mit Bendix nach Gottorp gekommen war und in der Kapelle als Tischlerlehrling angefangen hatte zu arbeiten.

Sievert hatte Herzog Friedrich noch nie gesehen. Seine Mutter hatte dem Sohn einige Anweisungen gegeben, falls der Herzog ihn empfangen sollte, um etwas über Bendix' Befinden zu erfahren. Der Lakai riß die Tür auf und meldete den Junker.

Sievert trat ein. Herzog Friedrich, der an der Fensterseite des hohen Raumes auf und ab ging, trug einen langen, dunkelbraunen Hausrock. Der Junker riß die Kopfbedeckung ab und verneigte sich tief vor dem Fürsten, der ihn prüfend musterte.

«Dunkel wie sein Vater, aber die Gesichtszüge sind anders. Ja, Sievert von Scharpenberg, deinen Vater habe ich zweimal gesehen. Einmal auf einem Turnier, wo er sich wacker gehalten hat, ein andermal, als es ernst wurde und wir nach Dithmarschen zogen.»

Auf eine Geste des Herzogs setzten sie sich einander gegenüber, und Sievert mußte nun berichten, wie es Bendix ergangen ist. Er berichtete alles wahrheitsgemäß, verschonte auch seinen Großvater nicht.

«Du weißt dich auszudrücken. Wo gingst du zur Schule?»

«Bei den Fratres zu Ahrensbök, Herr Herzog.»

«Und dein schöner, schwarzer Rappe, von dem ich ein Fohlen aufziehen lasse, war also der Anlaß, der die Dinge ins Rollen brachte; konntest du den nicht selber auf euren Hof bringen?»

«Ich habe mir schon die größten Vorwürfe gemacht, daß ich Bendix darum gebeten hatte. Daß es solche schlimmen Folgen haben würde, konnte ich nicht ahnen.»

Der Herzog forderte ihn auf zu berichten, weswegen er nicht selbst nach Eekenholt geritten sei, und erfuhr aus den knappen Sätzen des Junkers, was es damit auf sich gehabt hatte und wie der Ritter Benedict Iversen ihm geholfen habe, zu Meister Brüggemann zu kommen.

«Nun ist dein Ahn zunächst einmal gut aufgehoben. Er ist seinem Stand entsprechend im Einlager untergebracht, wie Steenbuck mir berichtete. Die anderen Kerle sind im Kerker. Willst du jetzt in Eekenholt bleiben?»

«Nein, Herr Herzog. Ich reite anschließend nach Husum zu meinem Meister Brüggemann und bin glücklich, ihm bei seinem großen Werk helfen zu können. Ich will bei dem Handwerk eines Bildhauers bleiben.»

Erstaunt betrachtete Herzog Friedrich den jungen Mann. «Und dein Erbteil? Du willst darauf verzichten?»

Sievert erwiderte, Großvater lebe noch, und seine Mutter sei, wie berichtet, jetzt auf dem Hof. Außerdem habe er eine Schwester, die werde vielleicht seiner Mutter den rechten Eidam anbringen. Dabei lächelte Sievert so verschmitzt, daß der Herzog aufmerksam wurde. «Besteht dafür eine bestimmte Aussicht?»

«Großvater wollte sie mit Otto Franzendorf verehelichen. Das aber wollte sie nicht und wäre wohl lieber wieder ins Kloster gegangen...»

«Ha, die beiden Herren sitzen jetzt noch näher beieinander als vorher, wo sie mitsammen ihre Angriffe auf friedliche Fuhrleute planten... Hat der Alte wenigstens ordentliche Verhältnisse hinterlassen?» fragte der Herzog.

Sievert sah sich jetzt in Rücksicht auf die Mutter vor und erwiderte, darüber sei er nicht unterrichtet. Seine Mutter habe nur gesagt, sie würden schon irgendwie zurechtkommen, die Ernte sei einigermaßen gut ausgefallen. Das war nicht gelogen. Was sie in der Bettlade gefunden hatten, ging den Herzog nichts an. Es handelte sich wohl darum, was man dem Großvater als Bußgeld aufbrummen werde.

Als Sievert zum Schluß erwähnte, Martin Klönhammer werde anderntags nach Eekenholt zu seinem Herrn reiten, um ihn zu pflegen und das Pferd hinzubringen, setzte der Herzog sich an den Tisch und schrieb einige Zeilen an Bendix, die Klönhammer mitnehmen solle. Dann reichte er Sievert von Scharpenberg die Rechte und trug ihm auf, dem Meister Brüggemann von ihm einen Gruß zu bestellen.

«Vielleicht bist du, junger Mann, weiser als mancher Junker, dir einen so schönen Beruf auszusuchen, nämlich Werke zu schaffen, die dem Herrgott zur Ehre gereichen. Leb wohl!» Der Herzog lächelte.

11

Hans Brüggemann freute sich sichtlich, als sein Geselle Reinhart wieder in seiner einfachen Arbeitskleidung in seiner Werkstatt auftauchte und auch den Gruß des Herzogs ausrichtete.

Reinhart Holt war direkt zum Haus Modder Dörthes geritten, hatte von Martin und vor allem von Sleipnir herzlichen Abschied genommen, trat als Junker in die kleine Diele, wo Ida Atynghe vor Schreck leise aufschrie, da sie den Junker zuerst nicht erkannte. Modder Dörthe kam aus der Küche gelaufen, und beide Frauen konnten es gar nicht fassen, daß der Fremde, als er das Barett abnahm, sich als Reinhart entpuppte. Er bat sie, über seinen Aufzug zu schweigen, er sei von einer langen Reise gekommen.

Oben zog er sich um, und da er keinen Platz für sein Herrenzeug hatte, erbarmte sich Modder Dörthe und verstaute alles, was an Sievert von Scharpenberg erinnerte, zuunterst in eine Truhe, die in der Vordiele stand. Sie wog den Degen in der Hand und meinte, zu Ida gewandt: «Wenn hier mal een in dat Dörlock steiht unde will nich wedder rutgahn, dann nimmst du dat Deert hier ut de Kist unde kettelst em wat ünner de Rippen, Ida.»

«Huch!» sagte Ida. «Ick schall mi woarn * .»

Der Meister nahm Reinhart in seine Stube, erkundigte sich nach dem Zustand Ritter Iversens und freute sich, daß er lebte und gesundete. Von den Geschehnissen auf Eekenholt erzählte Reinhart nichts, und der Meister fragte auch nicht danach. Nur als er den Verband am linken Unterarm des Gesellen sah, erkundigte sich Brüggemann besorgt, ob er verletzt wurde.

«Einen Hieb habe ich auch noch abbekommen, aber der ist schon fast verheilt. Auf jeden Fall bin ich arbeitshungrig, Meister.»

Mit Feuereifer stürzte er sich in die Schnitzerei. Jetzt erst wurde ihm bewußt, wie sehr er sie vermißt hatte. Die Kameraden waren die ersten Tage etwas zurückhaltend, sogar Lorne, mit dem er zusammen im Giebelstübchen hauste. Doch als der Sonntag kam, brachte die kleine Marieke Sywelsdochter eine Klärung zustande.

Sie saßen nach dem Kirchgang beim Frühstück zusammen in der Küche und verzehrten ihre Morgenkost, als Marieke, ihre von Vedderke geschnitzte Holzpuppe unterm Arm, zu Reinhart hintrippelte:

«Reina, wo hattu dein großes Pferd?»

«Das ist weit fort, Marieke. Wo hast du es gesehen?»

«An Fenster. Hat der andere Mann es mitgenommen und kommt nicht wieda?»

* woarn = hüten

166

Reinhart schüttelte den Kopf und sah die Kameraden an. Sie blickten auf ihre Schüsseln, nur Vedderke blinzelte zu ihm herüber.

«Ich weiß aba, wo dein langes Messer is, Reina. Ich sag es aba nicht weita, weil Modder doch damit den Mann in der Tür damit unter die...» Sie kam nicht weiter, Ida und Modder Dörthe lachten schallend. Die Gesellen grinsten auch, und der Meister fragte, was denn das für eine Räubergeschichte sei?

Die Frau aus der Heide sah Reinhart an. Der hob die Schultern und sagte, seinetwegen könnte sie es erzählen.

So gab denn Ida Atynghe Sieverts Einzug als Junker bekannt und was Marieke unbemerkt von Modder Dörthes Rat, den Degen betreffend, aufgeschnappt hatte.

«Nun berichte uns doch, Reinhart, welche Gründe es waren, die dich veranlaßten, vor uns deine wahre Abkunft zu verstecken?» Der Meister blickte seinen Gesellen freimütig an.

«Zuerst hatte ich Angst, daß mein Großvater mich ausfindig machen könnte, welcherAnsicht auch Bendix Iversen war und mir meinen jetzigen Namen gab. Wir wollen es auch dabei belassen.» Dann schilderte Reinhart kurz, weswegen er sein Elternhaus verlassen hatte. Ebenso knapp berichtete er von des Freundes schlimmem Erlebnis auf Eekenholt und dem anschließenden Kampf dort. Erwähnte aber nicht das dortige Räuberunwesen.

«Und dabei bist du verwundet worden, Reinhart?» fragte der Meister.

«Ja, ich mußte zu meinem Leidwesen gegen die eigenen Gutsleute fechten, die mich hindern wollten, dem Reiterhaufen die Zugbrücke zu öffnen.»

Die Kameraden wollten noch mehr von diesem Abenteuer hören, aber Reinhart antwortete, es läge nun alles mit Gottes Hilfe hinter ihm, und er sei wieder Reinhart Holt und mitten unter ihnen. Er schloß mit der Frage: «Habt ihr euch etwa eingebildet, ich schäme mich meiner Herkunft? Da seid ihr aber auf dem Holzwege gewesen.»

«Tja, Reinhart, man sagt, wenn ein Pferd im Ziegenstall geboren wird, ist es noch längst keine Ziege. Wir sind aber alle im Ziegenstall geboren. Und wenn da plötzlich ein Pferd hereingetrampelt kommt, werden die Ziegen ein bißchen scheu. So seh ich es», erklärte Vedderke.

Die anderen lachten, dann gab Diederik von sich:

«Da muß ich widersprechen, Vedderke. Mag ja sein, daß du im Ziegenstall geboren wurdest... bitte, das ist keine Schande; denn unser Herr Jesus wurde im Kuhstall geboren und hat uns das Licht in die Finsternis des Heidentums gebracht... Ich jedenfalls bin im Bettgestell zur Welt gekommen und Reinhart sicherlich auch. Wir werden geboren und müssen alle sterben. Nur wie wir die Spanne Leben dazwischen zubringen, unterscheidet uns Menschen...»

Der Meister schob seinen Teller beiseite und sprach:

«Was redet ihr eigentlich von Pferden, Ziegen und Unterschieden? Was uns hier miteinander verbindet, hat mit all diesen Dingen nichts zu tun. Es ist die Kunst, die Freude am Schaffen und eine herrliche Aufgabe. Hat jemand etwas dagegen zu sagen?»

Sywel, der bisher nur zugehört hatte, erwiderte nun:

«Unser verehrter Meister hat den Nagel auf den Kopf getroffen. Reinhart ist der Kunst genauso wie wir anderen verfallen. Wir sind eine Gemeinschaft, die an einem Strang zieht – des Herzogs Bildschnitzer.»

«Mit einem Meister, wie wir uns keinen besseren wünschen können», rief Lorenz Mummens.

Der Meister dankte ihnen und sprach den Wunsch aus, daß seine Gehilfen möglichst lange bei ihm bleiben möchten, um das gemeinsame Werk zu vollenden.

Sie wußten gar nicht, wie es kam, aber sie reichten sich um die Tafel herum die Hände. Wobei es Vedderke nicht lassen konnte, Reinhart zuzuflüstern: «Komm her mit deinem Huf, du Pferd!»

Dann hob Modder Dörthe die Tafel auf. Das geschah, indem Ida und sie das Brett hochhoben und auf einen langen niedrigen Schrank neben die Abwäsche trugen. Stehen blieben vor den Sitzenden nur die einfachen Holzständer, auf denen die Tafel lag. Sie war unter Diederiks Händen in der Werkstatt entstanden.

Es gab für Reinhart unendlich viel zu lernen. Viele Kunstgriffe des Handwerks brachte Sywel ihm bei. Da gab es zum Beispiel innerhalb der Maserung Stellen, denen mit dem Eisen schlecht beizukommen war. Die mußten herausgeschält und durch ein glattes Stück Holz ersetzt werden. Mit Sorgfalt wurde danach die Verfugung durch Überarbeitung unsichtbar gemacht. Ebenso geschah es beim Schließen der Bohrlöcher an der fertigen Figur, wenn sie die Werkbank nicht mehr nötig hatte. Wo sie beim Einspannen in der Bank am Kopf- und Fußende mittels eines Zapfens befestigt war, befand sich ein Bohrloch. Es mußte mit einem genau passenden Holzdiebel verschlossen und so gut überschnitzt werden, daß keine Fugen zu bemerken waren. Meist erwies sich der Haarschmuck oder eine Kopfbedeckung als günstig, den Kopfdiebel zu verbergen.

Die Hauptsache beim Aushauen der Figur war, möglichst viel stehen zu lassen, um nichts oder wenig ansetzen zu müssen. Das Anlegen einer knienden Figur oder einer mit weit ausholenden Bewegungen erforderte einen erfahrenen Bildhauer. Diese Arbeiten erledigten vorerst immer noch der Meister und Sywel Atynghe.

Es machten sich jedoch die Besonderheiten an Begabungen unter den Gesellen bemerkbar. Meister und Altgesell hatten dafür ein geschultes Auge und besprachen es untereinander. Sie waren sich einig, daß unter den vier Gesellen bei der Herstellung der Schreinfiguren Reinhart und Lorenz die besten Hilfen sein würden. Der Riese Diederik war ausgerechnet sehr geschickt bei den knifflichen Kleinigkeiten des Maßwerkes, auch kleiner Randfiguren und dergleichen. Vedderke war ein recht schnell arbeitender Tischler und Zuschnitzer der Figuren. Er besaß nicht das Feingefühl, das beim Ausputzen der Figuren notwendig war. Vielleicht fehlte ihm auch die Sicherheit des Auges zu erkennen, worauf es ankam, um beispielsweise einem Antlitz mit wenigen Schnitten einen besonderen Ausdruck zu verleihen.

Besonders das bewunderte Reinhart so sehr an seinem Meister, ebenso wie Brüggemann die Raumsicht in den kleinen Schaubühnen der Figurengruppen völlig beherrschte, wie sie in den Raum meist in zwei Blöcken leicht ansteigend gestaffelt waren und die Figuren, die hinten standen, sich verkürzten, so daß das Bild perspektivisch natürlich wirkte. Auch die Einwirkungen des einfallenden Lichts spielten in der Anordnung der Figuren eine Rolle, besonders der freistehenden im Vordergrund, damit Licht und Schatten eine beabsichtigte Wirkung hervorbringen konnten. Und in solchem Fall waren Vorlagen von flach angelegten Zeichnungen oder Stichen nicht verwendbar. Da ein Altar immer im Osten steht und von den Südfenstern, der Sonnenseite, bei Tageslicht angeleuchtet wird, mußten die Gruppen dementsprechend ausgerichtet sein, damit, besonders, weil er nicht gefaßt werden sollte, das Licht das

Holz im Hell und Dunkel seiner Schnitzarbeit wie lebendig erscheinen ließ.

Sie freuten sich, wenn eine Figurengruppe besonders gut gelungen war, gleichgültig, wer sie geschaffen hatte. Sie mühten sich jeder für sich, die ihm aufgetragene Aufgabe möglichst gut auszuführen, ob es nun das Herausarbeiten einer schön geformten Ranke der Verzierung, ob es ein Menschengesicht, ein Muster in der Kleidung oder auch nur das Befestigen der einzelnen Teile im Gehäuse war.

Hans Brüggemann wußte aus Erfahrung, daß ein großes Werk nur dann einwandfrei gelingen kann, wenn die kleine damit beschäftigte Mannschaft voller Anteilnahme, in Ruhe und gutem Einvernehmen daran arbeitet. Streit, Neid und Eifersucht mußten draußen vor der Werkstattür bleiben. So legte der Meister Wert darauf, daß seine Gehilfen sich glücklich und wohl befanden.

Ehe der Sommer sich dem Ende zuneigte und das letzte Korn geerntet wurde, machten sie einen gemeinsamen Ausflug auf die Insel Strand, da die vier jungen Leute sie sich gerne einmal ansehen wollten und Brüggemann von Maren bei einem neuerlichen Besuch in Husum schon gescholten worden war, daß der Verwandte sich so selten mache.

Nach einer Woche Regenwetter war der Himmel am Freitagnachmittag wieder reingefegt, und der Meister sprach zu seinen Helfern, als Sywel die Werkstatt abschloß: «Ihr habt alle so fleißig gearbeitet, daß wir uns mal zwei Tage erholen wollen. Wenn es euch Freude macht, segeln wir morgen – solange das gute Wetter noch anhält – nach Strand hinüber und lüften uns in der frischen Seeluft gehörig aus.»

Das war eine Überraschung, und sie begaben sich gleich zum Hafen, um nach den Tiden und einer Gelegenheit zu fragen, um hinüberzugelangen.

Es paßte gut: Am Morgen war Flut, und gegen Abend konnten sie mit einem Schiffer zurücksegeln. Sywel wollte derweil den Frauen bei der Gartenarbeit helfen.

Ein frischer Westwind stand ihnen entgegen, als sie anderntags übersetzten. Der Schiffer mußte kreuzen, und das Schiffchen haute mitunter in die Wellentäler, daß ihnen der Gischt ins Gesicht spritzte. Sie lachten und waren übermütig wie die Kälber, wenn sie im Frühling aus dem Stall getrieben werden. Der Meister freute sich über die Lebenslust seiner jungen Leute.

Morsum lag im Sommerkleid vor ihnen, als das Schiff anlegte; und es dauerte keine Viertelstunde, da hatten die jungen Männer einen kleinen Wagen erobert. Ein alter Bauer, der seine Tochter in Morsum besucht hatte und sich eben am Gartentürchen verabschiedete, wurde bestürmt. «Aber es gehen nur vier Mann drauf», meinte er bedenklich. Der Meister sagte, er wolle sowieso wandern, und zwar nach Ilgrof zu seinen Verwandten. Der Bauer aber fuhr nach Osterwoldt in der Beltringharde. Man wurde sich einig: Drei stiegen zu dem Bauern auf das Wägelchen, und Sievert schwang sich auf das kräftige Pferd.

«Viel Spaß!» rief Brüggemann ihnen zu und winkte. «Seid nur zur Zeit wieder hier!»

Die vier Gesellen wollten viel von der Insel sehen und waren froh, nicht alles ablaufen zu müssen; denn der Bauer erklärte, die Entfernungen von Ort zu Ort seien weiter, als sie dächten.

Sie hatten die Mützen abgenommen. Der Wind fuhr ihnen durch die Haare. Die Luft schmeckte salzig, und über ihnen wölbte sich ein ungeheuer weiter Himmel, von weißen Windstreifen durchzogen. Sie fühlten sich so leicht, so unbeschwert.

«Wohin fährst du eigentlich, Ohm?» fragte Vedderke, der neben dem Kutscher saß.

«Immer nach Westen. Von Osterwoldt aus ist es nicht weit zur offenen See, die müßt ihr Landratten euch mal ansehen.»

Vorläufig fuhren sie an Wiesen und Weiden, an abgeernteten Feldern und solchen, auf denen das goldgelbe Getreide sich noch im Wind bog. Bauerngehöfte auf Warften zogen vorüber. Störche spazierten auf den Wischen umher, und der Himmel war voller Vögel, großer und kleiner.

Reinhart auf seinem dicken Pferd dachte an seinen letzten Ritt auf der schlanken Saxa. Wie anders war diese Landschaft als der Osten Schleswig-Holsteins. Aber sie gefiel ihm auch. Zwar gab es hier nur hin und wieder Baumgruppen; aber die Weite und Unbeengtheit gefielen ihm ausnehmend gut. Da tauchten in der Ferne rechts und links Kirchtürme auf. Und der Bauer beantwortete die Fragen: «Rechts Evesbul und Rorbeck, links Gaickebul und Stintebul.»

Überraschend tauchte nach einer Weile eine ganz andere Landschaft auf. Der Weg ging etwas hügelan. Dort lag ein Moor. Rot blühte noch das Heidekraut. Der Weg wurde sandig. Eine kleine Geestinsel inmitten der fruchttragenden Marschen. Ein paar armselige Hütten, teils aus Moor- und Grasplacken, zogen vorüber. Struppige Hunde liefen kläffend dem Wagen nach. Der Bauer verjagte sie mit der Peitsche und sagte: «Hier hausen arme Leute, Besenbinder und Korbflechter und auch faules Volk, das sich mit der Arbeit erzürnt hat.»

Natürlich war der Bauer neugierig; denn was gab es schon an Neuigkeiten auf der Insel? Da hatte jemand einen anderen verprügelt, Timm Mummesen hatte sich wieder besoffen und war von seiner Frau verhauen worden. Da war eine Kindtaufe, dort eine Hochzeit oder in Bupsee eine «große Leiche».

Vedderke erzählte ihm also, sie seien Bildschnitzer. Aber wenn sie gedacht hatten, der Bauer wisse nicht, was das sei, irrten sie sich. Er war als junger Mensch auf dem Festland gewesen und hatte zum Beispiel in Lübeck in den großen Kirchen die geschnitzten Bildwerke angesehen. Die schönen Altäre im Dom hatte er noch in guter Erinnerung. Die jungen Leute staunten. Und sie staunten noch mehr, als sie in Osterwoldt von dem Bauern in seinen schönen Pesel zum Mittagessen eingeladen wurden. Was seine Schwiegertochter an leckeren Speisen aus dem Stegreif auf die Tafel brachte, erschlug sie fast.

Nach dem Mahl zeigte ihnen der alte Mann die Schnitzereien an Möbeln und Türen, die hier auf der Insel angefertigt worden waren.

Reinhart betrachtete ein ziemlich verwischtes Wappen auf einem Truhendeckel und fragte den Hausherrn, was es bedeute. Der antwortete, soweit er sich besinnen könne, sei es aus der Familie seiner verstorbenen Frau, die von dem Adelbonden Feder Tetsen abstammte, dessen Hauszeichen es wohl sei.

Der alte Herr erzählte, daß in Rorbeck ein tüchtiger Snitkermeister wohne, der auch in seinem Hause einiges an Möbelzierat angefertigt habe. Als er nun fragte, in welcher Werkstatt sie arbeiteten und welcher Art Schnitzwerk sie herstellten, antwortete Lorne Mummens, daß sie im Auftrag des Herzogs einen großen Schreinaltaraufsatz anfertigten. Der alte Bauer und sein Sohn waren davon sehr beeindruckt.

Da sie einen weiten Rückweg hatten, drängte Reinhart zum Aufbruch, weil sie noch an die Westküste wollten. Der junge Bauer erbot sich, die Gäste dorthin zu fahren, was sie gerne annahmen. Mit herzlichen Dankesworten schieden sie.

In Westerwoldt stiegen sie ab, und der Bauer fuhr zurück. Sie hatten nicht lange zu gehen, dann lag das Meer vor ihnen. Zwar rollten noch schaumköpfige Wellen gegen den Strand, aber es war schon Ebbezeit. Die schreienden Möwen kreisten über ihnen, Reinhart war noch immer verwundert über das schöne Bauernhaus in Osterwoldt. Wie behaglich war dieses Heim vermögender Bauern! Und er gedachte des kalten Wohnturms in seiner Heimat. Warum wurde dort so wenig aus dem Boden geholt? Er wußte nicht, ob das Land von Eekenholt guten oder dürren Boden hatte. Er blickte zu den Umrissen eines Landstreifens hinüber, der nach Norden den Horizont begrenzte, weit, weit draußen im Meer.

«Wie einsam leben die Menschen hier auf den Inseln», sagte Lorne zu Reinhart und folgte dessen Blick. Vedderke, das Stadtkind, meinte, es sei geradezu beklemmend in dieser urweltlichen Naturlandschaft. Diederik fand es großartig hier am Meer. Er setzte sich auf den Boden, die anderen taten es ihm nach. Das gleichmäßige Rauschen der See machte sie müde, auch war die kräftige Luft daran schuld.

Vedderke trieb die drei anderen schließlich hoch. «Wißt ihr, daß unter dem Wasser, so weit wir sehen können, lauter versunkene Dörfer und Kirchen liegen? Der junge Bauer hat es mir erzählt. Ich finde es hier unheimlich. Kommt! Wir haben noch weit zu wandern!»

Unterwegs wurden sie wieder lustig und schritten rüstig fürbaß. Diederik meinte, er habe das Laufen schon fast verlernt bei der ewigen Sitzerei und Steherei. Sie verliefen sich in den Feldwegen, kamen nach Bupsee, von dort nach Königsbul und landeten nach einer Rast im Heidekraut des Moors, in Duft und Bienengesumm, in Rorbeck.

«Habe ich einen Durst!» stöhnte Vedderke. Eine Windmühle surrte im Flügeldrehen. Daneben befand sich ein Ausschank, insbesondere für die Bauern, die mit ihren Getreidesäcken kamen und für den eigenen Bedarf hier mahlen ließen. Zwei bespannte Fuhrwerke hielten an der schattenden Hecke aus wilden Rosen.

Und hier fanden sie Odde Poppendochter, ein strahlendlustiges Geschöpf mit einem runden Kopf voller Ringellocken, großen, graugrünen Augen. Sie hatte beim Lachen Grübchen in den rosa Wangen und einen großen Mund voller gesunder Zähne. Wenn sie recht von Herzen lachte, konnte man sie sehen, alle 32 Stück, die wie Perlen aufgereiht waren. Sie trug ein ausgeschnittenes Mieder mit bunter Stickerei, bauschige, weiße Ärmel, einen langen Rock unter einem weißen Überwurf. Sie mochte siebzehn Jahre alt sein.

Sie stand in der offenen Tür der Gaststube und guckte nach den Tauben, die über dem Müllerhaus schwebten.

Die vier jungen Männer blieben bei ihrem lieblichen Anblick unwillkürlich stehen. Bis Vedderke mit dem Ruf losstürzte: «Hast du was für mich zu trinken?»

Odde deutete über ihre Schulter und rief zurück: «Komm herein, du Kalb, ich habe nichts, aber hier drinnen könntest du einen Krug Bier erhalten.»

Lachend stiegen die Gesellen zu dem Häuschen hinauf. Odde trat mit ernstem Gesicht beiseite und hielt die Hände auf dem Rücken. In der Gaststube saßen drei Bauern beim Bier, und Oddes Bruder, Gunne Poppensen, der zweite Sohn des Müllers, der die Landwirtschaft und gelegentlich auch den Ausschank betreute, kam ihnen entgegen. Er nötigte sie an den langen Tisch, wo die Bauern saßen. Aber Odde kam hinterher und sagte, die Herren mit den blassen Gesichtern seien gewiß Ausflügler aus der Stadt und würden wohl lieber im Freien sitzen.

«Du kannst Gedanken lesen», meinte Lorenz, und die anderen nickten.

Odde öffnete die rückwärtige Tür, die in einen Obstgarten führte. Dahinter war eine Weide. Im Schatten eines ausladenden alten Apfelbaumes befand sich ein dicker und kurzer Baumstumpf, auf dem ein Mühlstein lag; davor eine Bank. Gunne holte drei Dreibeinschemel, wie sie zum Melken benutzt werden, aus der Gaststube, und jetzt hatten alle um den Mühlstein Platz. Odde auch; denn die jungen Leute bestanden darauf, daß die hübsche Wirtin ihnen Gesellschaft leiste.

«Wirtin!» sagte Odde und setzte ihren Krug auf den Steintisch. «Das hört sich so alt und würdig an. Hübsch, ja, das hört ein Mädchen gern. Und Mädchen sind neugierig; woher kommt ihr?»

«Da du Gedanken lesen kannst, mußt du es raten können», sagte Vedderke.

«Hm... es fängt mit H an und hört mit m auf?»

«Geraten. Kannst du lesen und schreiben?» fragte Lorne. Was ihm einfiele, erwiderte Odde, sie könne ja auch sprechen und sei kein Tier. Reinhart saß auf seinem Hocker vornübergeneigt und betrachtete dieses muntere Geschöpf, das so unbefangen und schlagfertig antworten konnte. Welch ein schönes Bild stand ihm vor Augen: die fröhliche Runde vor dem Mühlstein, durch die Zweige der Obstbäume sah er die Bockmühle mit den wirbelnden Flügeln und dahinter die weite, ebene Landschaft in goldenen und grünen Tönen. Ein Bild zum Malen. Dazu diese liebliche Mädchenerscheinung, die ihn eben betrachtete und fragte, ob er auch sprechen könne.

«Was fällt dir ein. Ich kann lesen und schreiben und bin kein Tier!» Seine dunklen Augen funkelten sie an. Beide hoben lachend den Krug und tranken ihn leer.

Diederik erhob sich, griff nach einem reifen Augustapfel und biß knackend hinein. Der Baum war voll davon. Eine kleine Katze kam um die Hausecke und rieb sich an Oddes Bein, dann sprang das Tier ihr auf den Schoß und begann zu schnurren. Sie streichelte es.

Als nun Vedderke sich auch einen Apfel holte, rief das Mädchen: «Das gilt nicht, ihr könnt soviel essen, wie ihr wollt, aber erst mal pflückt den Baum leer. Ich habe nämlich keine Zeit dazu», dabei lachte sie und zeigte ihre schönen weißen Zähne.

«Heilige Theresa, wir sind den ganzen Nachmittag gelaufen, und nun sollen wir auch noch auf dem krummen Dings da umherturnen», sagte Vedderke, «wir sind froh, daß wir sitzen können.»

Lorne schlug vor, sie könnten sich erst Kraft anessen und dann pflücken.

«Sei nicht ungemütlich», schlug Reinhart vor, «sag uns erst mal deinen Namen, dann könnten wir darüber verhandeln.» Er stand auf und holte sich auch einen Apfel, um festzustellen, ob es sich überhaupt lohne. Sie könnten gallenbitter sein. Aber sie waren köstlich saftig und schmackhaft.

«Ja, sag uns deinen Namen!» rief Lorne.

«Ich heiße Odde Poppendochter...» Schallendes Gelächter. So was gebe es doch gar nicht. Welch ein Witzname. Ihr Bruder kam heraus, um nach der Kanne zu sehen und ob die Herren noch Bier möchten? Nein, sie wollten die Äpfel pflücken, und sie fragten den jungen Mann nach dem Namen des Mädchens. Es stimmte tatsächlich. «Ich bin Gunne Poppensen», sagte er, «und unser Vater ist Poppe Bennesen.»

Odde holte Körbe, Diederik konnte von unten her viele Äpfel pflücken, und die drei anderen saßen im Baum, Odde war verschwunden. Als sie den Baum leergepflückt hatten und genüßlich Äpfel kauten, kam sie auf einem kleinen, langhaarigen Pferd über die Weide getrabt, band das Tier an einen Baumstamm und setzte sich zu den jungen Leuten. Artig bedankte sie sich und fragte, ob sie einen Sack voll mitnehmen möchten. Sie strahlte so viel Fröhlichkeit und Gesundheit aus, daß die vier Männer sie immer ansehen mußten. Der Schelm saß aber in ihren Augen, als Vedderke sich dem Pferdchen näherte und fragte, ob er mal reiten dürfe?

Sie ging hin, ordnete etwas am Sattelzeug und hieß ihn aufsitzen. Das war ein urkomisches Reiten, was Vedderke anstellte: Das Pferdchen schlug aus, stellte sich hoch, schüttelte sich, bis Vedderke ins Gras purzelte. Die Kameraden hielten sich die Seiten vor Lachen. Das Pferdchen kam ruhig zu seiner Herrin und schnoberte an ihrem Haar. Sie klopfte ihm den Hals.

«Was hast du nur mit meinem Hans gemacht, Jüngling?»

«Dat is'n Düwel, dat Deert», Vedderke rieb sich das Hinterteil.

«Steig du mal auf, Diederik», sagte er dann, «du hast lange Beine!»

«Den wollen wir wohl kriegen», sagte der lange Mensch.

«Du kannst ja zu Fuß mitlaufen, Diederik», lachte Lorne. Er kam nicht zum Laufen. Sie waren noch keine zehn Meter fort, da lag Diederik im Gras und sah sich so verdutzt um, daß alle laut auflachten, Odde am meisten.

«Es ist unmöglich, darauf zu reiten», schimpfte der Lange, «mach uns das mal vor, du Puppentochter!» forderte er energisch. Odde setzte sich also auf ihren Hans, der meistens Mehlsäcke trug und lammfromm ging. Auch jetzt lief er hübsch folgsam, was Odde ihm an Hilfen aufgab. Reinhart saß in der Hucke und guckte zu.

«Ich weiß gar nicht, was ihr mit ihm anstellt», Odde sprang ab und streichelte das Pferdchen, «er ist doch ganz zahm.»

Jetzt stieg Lorne auf, ihm erging es nicht anders, und er erntete besonders großes Gelächter, da er auf einen Pferdeapfelhaufen fiel. Warum er gerade dahin das Pferd gesteuert habe, höhnte Vedderke.

Weil er es darauf angelegt habe, recht weich zu fallen. Odde lachte so, daß ihr die Tränen in den Augen saßen.

Der Bruder kam heraus, und er rief seiner Schwester zu, sie solle den Unsinn sein lassen. «Aber der schwarze Tater hat noch nicht draufgesessen», lachte sie, «oder fürchtest du dich?»

Er hob die Schultern. «Ja, Reinhart, nur zu! Du kannst wirklich richtig reiten, das wissen wir doch. Zeig es der Puppentochter mal!» rief Lorne.

Er könne es ja versuchen, sagte Reinhart und stieg auf. Odde verzog schon den Mund zum Lachen, sie ließ es aber bleiben; denn Reinhart ritt ihren Hans musterhaft. Schritt, Trab und im Galopp kam er zurück, so daß sie alle auseinanderfuhren. Lachend sprang er aus dem Sattel. Er trat an Odde Poppendochter heran und sagte ernsthaft, es sei der Brauch, daß der Sieger in einem Wettstreit belohnt werde.

«Ja, da hast du recht, Schwarzer, was wünschst du dir als Lohn?»

«Ich möchte dich küssen.»

«Du redest irre. Hier vor allen Menschen?»

«Wir könnten es auch hinter dem Busch dort tun.»

«Nein, ich bin fürchterlich erkältet und könnte dich anstecken.»

Sie lachten und johlten. Plötzlich sagte Lorne: «Ich glaube, wir müssen los. Schaut mal, die Sonne steht schon ziemlich tief. Wir wollen doch unseren Meister nicht warten lassen.»

«Wohin müßt ihr? Nach Morsum?» fragte Odde. Und der Bruder, der seine Schwester genau kannte und den Spaß eben mit angesehen hatte, meinte: «Odde, fahr die Herren doch eben hin.»

Indes Diederik und Vedderke den beschmutzten Lorne mittels Grasbüscheln vom Pferdemist befreiten, ging Reinhart mit Odde zur Mühle hinüber, um ihr beim Anspannen zu helfen. Im Schuppen stand ein Einspänner. Odde führte ein großes Pferd herein, und als Reinhart das Kopfzeug fertig angeschnallt hatte, trat das Mädchen zu ihm: «Du sollst nicht um deine Belohnung kommen, Schwarzer.» Es nahm seinen Kopf zwischen die Hände, und Reinhart griff zu und küßte sie zärtlich. Danach legte Odde ihren Zeigefinger auf seinen Mund. «Ja, Odde Poppendochter, jetzt haben wir beide schon zwei Geheimnisse miteinander», sagte er lächelnd.

«Du hast den Kniff mit dem Hans bemerkt?» fragte sie.

«Ja, es war schwer zu erkennen, da du deinen langen Rock ganz heruntergezogen hattest. Aber ich sah doch, daß du deine Fußspitzen unter das Gelenk seiner Vorderbeine gesteckt hattest, als du anrittest. Hast du ihn abgerichtet?»

Odde hatte das Geschirr fertig angelegt, sie stiegen auf, Reinhart neben sie auf das Brett. «Nein, Gunne hat es getan. Das kleine Pferd war verwildert, als er es billig kaufte. Er hat es gezähmt; aber so, daß nur Eingeweihte, die ihm beim Anreiten jenes Zeichen geben, drauf sitzen bleiben können. Wir haben schon manchen Spaß damit gehabt, Wetten abgeschlossen. Sie sagen hier, Hans habe den Teufel im Leib.»

Der Abend war noch warm, und der Wind war eingeschlafen. Die jungen Leute sangen auf dem Weg nach Morsum. Der Weg war ausgefahren, schmal und holperig, und die drei Gesellen hinten im Kasten purzelten mitunter durcheinander.

Als sie durch Morsum fuhren, zog Odde dem Pferd mit der Peitsche eins über die Kruppe. Im scharfen Trab rumpumpelte der kleine Wagen durch den Ort zum Anlegeplatz. Die drei Männer mußten sich festhalten. Einige Leute liefen vors Haus, und Gelächter und Juhu begleitete das Gefährt. Und Odde lachte am meisten.

«Da kommen sie!» rief Hans Brüggemann, der mit einem stattlichen Mann mit Ledermütze und grauen Schläfen vor der Brücke auf und ab ging. Ein kleiner Kutschwagen war neben ihnen angebunden.

Odde hielt erst direkt vor ihnen an. Die vier Gesellen sprangen noch lachend herunter.

«Ihr habt ja einen Schelm von Kutscher!» Hans Brüggemann lachte fröhlich mit ihnen.

«Und dazu heißt sie auch noch Odde Poppendochter!» krähte Vedderke und hob das Säckchen mit den Äpfeln herunter. Reinhart sagte: «Wir haben überhaupt nicht das Bier bezahlt, Odde...» Und er griff in seine Wamstasche. Aber Odde winkte hoheitsvoll ab. «Dieses Mal wart ihr meine Gäste. Das nächste Mal dürft ihr bezahlen. Ihr kommt doch mal wieder nach Rorbeck... zum Reiten?»

Sie wendete den Wagen, winkte und fuhr lachend davon.

«Hat der Meister schon lange gewartet?» fragte Reinhart nun mit etwas schlechtem Gewissen.

«Ja, wir hatten schon Besorgnisse, was euch auf diesem Eiland alles in die Quere gekommen sein könnte. Was habt ihr da in dem Sack? Ein Ferkel?» Der Schiffer wartete schon auf dem Boot.

Hans Brüggemann verabschiedete sich herzlich von seinem Begleiter, und Mellef Ketelsen versprach, bevor er wieder auf Reisen ginge, würde er «in deinen frommen Musentempel hineinschauen».

Es hatte in Ilgrof auf beiden Seiten eine freudige Überraschung gegeben, einmal daß Hans Brüggemann unvermutet auftauchte und Kapitän Ketelsen gerade seit einer Woche zu Hause war.

Jeder von den fünf Ausflüglern bewahrte an diesen Tag eine sonnige, fröhliche Erinnerung auf.

Es waren an Reinhart so viele bunte Bilder auf der Insel vorübergezogen, so daß er am Abend noch nicht müde war, sich seinen Umhang holte und spazierengehen wollte. «Was, du willst noch mehr laufen», fragte Mummens und hatte vor Müdigkeit ganz kleine Augen, außer einigen blauen Flecken.

Bei dem schönen Spätsommerwetter waren noch viele Husumer Bürger auf den Beinen. Alte und junge Paare, Alleingänger und Hunde. Reinhart stieg vom Deich aufs Vorland hinunter und setzte sich auf einen umgekehrten Kahn.

Er ließ den Tag noch einmal an sich vorüberziehen, eine Kette von angenehmen Geschehnissen. Ja, eine Kette, so war auch sein Leben. Jeder Tag ein Glied darin. Viele eintönige, auch häßliche Stücke wies dieses zusammenhängende Gebilde auf. Und dann leuchteten einige Teile wie mit Edelsteinen geschmückt auf. Das waren die Tage in Eekenholt, die letzten, gewesen. Die Verbundenheit mit Mutter und Schwester und die Freude, mit dem genesenden Freund zusammensein zu können. Welch ein Geschenk: alle seine ihm liebsten Menschen um sich zu haben!

Für Reinhart, der seit seiner Kindheit, nachdem er das Elternhaus verlassen hatte, immer unter ihm im Grunde genommen gleichgültigen Menschen gelebt hatte, bedeuteten diese harmonischen Tage in Eekenholt ein beglückendes Geschenk des Schicksals. An die vorangegangenen Ereignisse wollte er nicht denken. Sie lagen hinter ihm. Überhaupt all die Unruhe in der Welt, wie sie auch durch Erzählungen auf seiner Reise an ihn herantrat; er hatte sie, nachdem er seine ruhige Insel des Schaffens wieder betreten, abgeschüttelt. Er liebte die stille Welt in der Werkstatt Meister Brüggemanns. Dort fühlte er sich geborgen und seiner Aufgabe ganz hingegeben. Wie das Werk gedieh! Es war keine Überschwenglichkeit in ihnen. Dieser Teil seiner Kette würde ihren gediegenen Glanz bewahren, würde weder verrosten noch sich verfärben oder zersetzen.

Und nun war plötzlich ein bunter Stein dazwischen: der jetzt sich seinem Ende zu neigende Tag. Ein zwar nicht sehr kostbarer, aber ein lustiger, vielleicht rosenroter Schmuckstein hatte sich eingeschlichen. Ein rosenroter, lachender Mund. Die fröhlichen Stunden mit den Kameraden. Die Sonne, die Gastfreiheit auf der Insel, das schäumende Meer, die Silbermöwen. Ein Apfelbaum mit einem liebreizenden Mädchen darunter und viel Spaß und Frohsinn.

Dort drüben lag die Insel, nur ein schmaler Streifen im Dämmern. Violette Wolken ballten sich am Horizont, und die Sterne begannen schon matt heraufzuziehen. Hin und wieder tönte noch ein heiserer Möwenschrei, auch sie gingen zur Ruhe.

Reinhart erhob sich und seufzte: Wie beglückend war es, ein Mädchen zu küssen, den Arm um einen schmiegsamen Körper zu legen. Sie hatte nach Sonne und Leben geduftet. Wie sie lachen konnte, Odde Poppendochter. Sie war lustig wie ihr Name. Nur das? Nein, es steckte bei ihr mehr dahinter.

Sei dem, wie es wolle; seine Arbeit vertrug keine Ablenkung. Er gedachte seiner schleswigschen Abenteuer. Bendix würde wieder mit dem Finger drohen. Er brauchte es nicht.

Am anderen Abend, am Sonntag, saßen sie, nachdem das Nachtmahl beendet war, in des Meisters Stube beisammen und sprachen über die vor ihnen liegende Arbeit.

«Und wenn ihr auch noch nicht das Eigentliche, Ausdrucksvolle, schafft, solltet ihr dennoch am Gestalten des geplanten Bildes mit Anteilnahme arbeiten und euch hineinversetzen können in die Leiden Christi...» sprach Brüggemann.

«Reinhart, lies uns die betreffende Stelle aus der Matthäusfassung vor.»

Reinhart holte die große Bibel vom Bord und suchte, bis er das 27. Kapitel fand, wo die Verurteilung und Verspottung Christi beschrieben war. Er begann mit Vers 23:

«Der Landpfleger sagte: Was hat er Übles getan? Sie schrien noch mehr und sprachen: Laßt ihn kreuzigen. Da aber Pilatus sah, daß er nichts ausrichtete, sondern noch mehr Getümmel entstand, nahm er

Wasser und wusch seine Hände vor dem Volk und sprach: Ich bin unschuldig an seinem Blut. Sehet ihr zu. Da antwortete das Volk und sprach: Sein Blut komme über uns und unsere Kinder! Da gab er ihnen Barabbas los, aber Jesus ließ er geißeln und überantwortete ihn, daß er gekreuzigt werde.

Da nahmen die Kriegsknechte des Landpflegers Jesus mit sich in das Richthaus und holten die ganze Schar zu ihm her und zogen ihn aus und kleideten ihn in einen Purpurmantel und flochten eine Dornenkrone und setzten sie auf sein Haupt und gaben ihm ein Rohr in die rechte Hand und beugten die Knie vor ihm und verspotteten ihn und sprachen: Gegrüßet seist du, der Juden König! und spien ihn an und nahmen das Rohr und schlugen damit sein Haupt.»

Reinhart sah den Meister an.

«Es ist genug», sagte Brüggemann, «seht ihr diese scheußliche Handlung vor euch?»

«Die Dornenkrönung? Ja», sagte Sywel Atynghe.

Brüggemann erhob sich und holte mehrere Zeichnungen herbei. Sie beugten sich über den Tisch und betrachteten sie. Die einzelnen Figuren waren bis ins kleinste skizziert. Der Meister verteilte daran die Arbeit.

Maßwerkschleier und Umrahmung zu dem Gehäuse waren bereits fertig. Alle Männer wurden zur Arbeit an den Figuren herangezogen. Und sie freuten sich dessen. Die drei vorderen Gestalten waren natürlich dem Meister und Sywel vorbehalten. Aber die hinten stehenden Figurengruppen sollten die jungen Gesellen erarbeiten.

Freudig gingen sie am Montag an ihre Arbeit. Der sonnige Sonnabend auf dem Strand versank hinter ihnen im Nebel des Vergessens.

Sie bemerkten es kaum, daß sich draußen Wind erhob und graue Regenschleier über Husum hinwischten. Der Sommer war vergangen.

12

Wenn die Störche gen Süden ziehen, ist der Herbst da. Auch die anderen Zugvögel sammelten sich zum Aufbruch in warme Länder in den großen Eichen auf Eekenholt.

Bendix Iversen hörte die Stare in den Bäumen lärmen und lächelte wehmütig vor sich hin. Er war noch immer an sein Lager gefesselt. Wenn doch nur der Heilmeister erscheinen würde, damit er wieder auf zwei Beinen stehen könnte! Seine Kopfschmerzen waren seit etwa zwei Wochen verschwunden. Bendix hatte dem Arzt versprochen, den Kopf unten zu lassen, bis Herr Josias bei ihm auftauchen werde. Und im Halten von Versprechen war Bendix ja einwandfrei. Er lachte auf, das von einem Stockhieb geplatzte Denkgefäß da auf seinen Schultern war die Quittung dafür. Nein, man sollte es sich zehnmal überlegen, etwas zu versprechen... Er sah durch das kleine Fenster, das offen war, ein Stück blauen Himmel und einen Eichenzweig, worauf mehrere Vögel saßen.

Das war seit Wochen sein Blick in die Außenwelt. Aber dort auf der Truhe stand ein Topf mit Zweigen des Spindelbaums, an denen die scharlachroten Pfaffenhütchen leuchteten. Dafür sorgte Nele schon die ganze Zeit. Immer wieder fand sie irgend etwas, was sein Auge erfreute. Und er lag da wie ein Wrack auf der Sandbank und ließ sich von den Frauen und Martin verhätscheln; verdammt, was war aus dem Ritter Bendix Iversen geworden?

Er bedauerte sich nicht. Das war nicht seine Art; aber er ärgerte sich über seinen Zustand; und als er Martin gegenüber vor einigen Tagen seinen Unmut geäußert und kräftig geflucht hatte, sagte dieser in seiner trockenen Art: «Herr Bendix kümmt sick wedder as'n Küken in de Dranktünn*!»

Bendix faltete die Hände über der Brust und drehte die Daumen umeinander: Wrack auf der Sandbank! Ja, Eekenholt war anscheinend so eine Sandbank, die kein rettendes Schiff finden konnte. Ob seine Eltern von seinem Pech wußten? Sollte er Martin nach Gottorp schicken, der wußte wenigstens den Weg. Vielleicht konnte der Heilmeister ihn nicht finden? Er lachte vor sich hin. Wer weiß? Es könnte ja sein, daß das Schicksal oder Gott, oder wer immer die

* Dranktünn = Abfalltonne

Zügel in Händen hielt, sein Schiff hier absichtlich stranden ließ. Hm, ja... Was war das denn? Kam Martin schon zurück? Er war zu Felde geritten, wo sie beim Pflügen waren. Martin war Bauernsohn, stellte hier so etwas wie den Hofvogt dar und konnte mit den Leuten gut umgehen. Die Frauen waren unten und kochten mit der Küchenmagd Obstsaft ein.

Da kam etwas Fremdes auf den Hof, die Hunde kläfften wie toll, und er hörte Hinz' Stimme.

Bendix' Herz klopfte laut. Sollte das Besuch für ihn sein? Ja, Männerstimmen unten, und dann kam es die Treppe heraufgejachtert, das war Nele. Sie stand mit hochroten Wangen in der Tür: «Bendix! Die Erlösung naht. Der Heilmeister mit noch einem Herrn sind eben angekommen... Da sind sie schon!»

«Lieber Bendix, wie geht es dir?» Josias von Damm kam herein.

«Wie habe ich auf dich gewartet, Heilmeister!» rief Bendix und dann. «Wen hast du denn da mitgebracht?»–«Riepenhusen!»

«Hurra! Er lebet wieder!» lachte des Herzogs Kunstverständiger und reichte Bendix beide Hände. «Wir vermissen dich sehr in Gottorp. Hier habe ich einen Brief vom Herzog für dich, der dich herzlich grüßen läßt.»

Nele sah, wie Bendix' Augen aufstrahlten. Sie ging langsam die Treppe hinunter zu ihrem Obstsaft in die Küche.

«Erzählt! Wie sieht es in der Welt draußen aus?» fragte Bendix, als er den Brief Herzog Friedrichs gelesen hatte, der ihm empfahl, sich vorerst zu erholen, ehe er wieder nach Gottorp käme.

«Nun laß uns erst einmal Atem holen und uns vom Reisestaub reinigen. Die Herrin hat uns unten ein Gelaß angeboten, wo wir das vornehmen können. Nachher sehen wir weiter», sagte der Arzt, dann gingen sie hinunter.

Der Heilmeister äußerte sich später nach der gründlichen Untersuchung über Bendix' Gesundheitszustand recht zufrieden.

«Denn wollen wir mal versuchen, aus dir wieder ein lebenstüchtiges Stück Mensch zu machen, Ritter Bendix», schloß er und gebot ihm, sich auf den Rand der Bettstatt zu setzen. Es drehte sich alles vor Bendix' Augen. Er schloß sie, wartete etwas und öffnete sie wieder, es war schon besser. Die beiden Herren nahmen ihn nach einer Weile zwischen sich und gingen mit ihm einige Minuten im Stübchen auf und ab, dann mußte er wieder ins Bett. Aber er war trotz der Schwäche glücklich, daß er nun wenigstens sitzen durfte. Der Arzt ordnete an: langsam jeden Tag etwas länger aufstehen und umhergehen, bis Bendix selber merkte, daß er wieder kräftig genug sei, um auch ins Freie zu gehen.

«Wann kann ich wieder reiten, Medicus?» erkundigte Bendix sich.

«Vorerst noch nicht. Übrigens war dein Bruder in Gottorp. Sie hatten sich Sorgen gemacht, weil sie gar nichts von dir hörten. Das war vorige Woche. Ich habe ihm reinen Wein eingeschenkt, und er war sehr erschrocken. Läßt dir sagen, du solltest erst mal, wenn es möglich wäre, zu Muttern nach Hause kommen, um zu Kräften zu kommen.»

«Ja, das wollte ich ohnehin. Zu Kräften komme ich hier auch, werde hier vorzüglich gepflegt. Aber ich hätte einiges mit Vater zu besprechen.»

«Ich würde dir raten, Bendix, warte ab, bis du dich wieder gesund fühlst. Dann kann Hinz dich wohl nach Schleswig fahren. Hannibal kann mitlaufen. Dort untersuch ich dich noch mal, und dann kannst du nach Nordschleswig reiten, wenn alles in Ordnung ist. Das könnte etwa in vierzehn Tagen sein… per Wagen! Nicht die lange Strecke reiten!»

«Wer macht eigentlich jetzt meinen Dienst in Gottorp?»

«Der junge Meinsdörp. Der ist zwar diensteifrig, aber er guckt sich gerne nach den jungen Frauenzimmern in Schleswig um.» Riepenhusen sagte es lächelnd. «Bei Hof sind wir ja ein Mönchskloster, seitdem keine Herzogin mehr dort wohnt. Mir macht's nichts, ich habe zum Glück meine Familie in Schleswig.»

«Man munkelt, daß wir vielleicht bald wieder eine Herzogin bekommen werden», bemerkte der Arzt.

«Ach! Wer ist es denn?» fragte Bendix.

«Solange man noch munkelt, sollen besser keine Namen genannt werden», entgegnete Herr Josias. «Der Herzog hat eben wieder großen Verdruß mit dem Olpenitzer…»

«Hat Benedict von der Wisch wieder etwas Schlimmes angestellt?»

«Warst du nicht mit dabei, Bendix, als er dem Herzog einen Fehdebrief hingeschickt hatte und ihr mit einem Reiteraufgebot gegen ihn vorgingt?»

«Ja, das ist ein rabiater Mensch. Der Herzog war ja im Recht», sagte Bendix. «Was war denn damals los?» fragte Riepenhusen.

Josias lachte und sagte dann: «Dieses Olpenitz scheint merkwürdige Typen auszubrüten: Im vorigen Jahrhundert hatten zwei Vettern das Gut in Besitz, darauf die Söhne, Sehestedt und Schinkel. Sie konnten sich nicht vertragen, und da hat Sievert Sehestedt Claus Schinkel erstochen. Sie hätten das auch in Olpenitz erledigen können, aber nein, das vollzog sich während der Messe in der Kappeler Kirche. Und den Reitknecht von Claus Schinkel ermordete der Sehestedt auch gleich mit. Er mußte 1600 Mark Bußgeld zahlen. Dann war da ein Mord an einem Dienstmann des Königs, den unser würdiger Herr Benedictus auch noch deckte. Aber das Tollste war doch seine Unverfrorenheit Anno 1511, ein holländisches Schiff auf der Nordsee zu überfallen, die Besatzung umbringen zu lassen und dann noch dem Herzog Fehde zu erklären, weil er das Schiff dem Eigner zurückgegeben hatte!»

«Wir sind damals scharf gegen ihn vorgegangen. Aber er hat sich mit seinem Vetter Clemens von der Wisch verbündet und führt weiter Fehde gegen den Herzog. Was hat er denn nun wieder aufgestellt?» fragte Bendix.

Da erschien Nele in der Tür und bat die Herren zum Abendessen. «Du bekommst gleich deine Schüssel, Bendix. Ist der Besuch auch nicht zu anstrengend für dich?» fragte Nele besorgt.

Er lächelte und sagte, er lebe geradezu auf, da er wieder mit der Welt in Berührung komme.

«Wir drei einsamen Frauen kommen uns ganz sonderbar vor, daß wir Herrenbesuch zu Tische haben», erklärte Frau Hedwig unter dem Bronzeleuchter beim Abendessen. Tilde-Meller und die Hausfrau hatten die Erzeugnisse des Hofes aufgetischt, und die Gäste lobten das Mahl. Riepenhusen erzählte, er habe in Kiel etwas zu erledigen gehabt und habe sich dem Arzt angeschlossen, um Benedict Iversen seinen Besuch zu machen. «Ich wollte mir ansehen, wie sich Bendix Iversen in solch einer... alten Burg ausnimmt», sagte er und grinste.

«Du wolltest sagen, in solcher Raubritterburg. Das ist doch allgemein bekannt. Aber jetzt ist es damit vorbei. Oder wird Claus von Scharpenberg bald wieder hier erscheinen?» Das lag Frau Hedwig sehr am Herzen.

Sowohl der Arzt als auch Riepenhusen konnten der Hausfrau nicht die gewünschte Auskunft geben. Sie vermuteten, daß es noch keine Verhandlung gegen Scharpenberg und Franzendorf gegeben habe. Natürlich fragten die Frauen nach Sievert. Aber auch was den jungen Bildhauer anbetraf, wurden sie enttäuscht; denn sie hatten keine Vorstellung davon, wo Gottorp und wo Husum lagen und daß die Herren in Husum eigentlich kaum etwas zu bestellen hätten.

Als Bendix von Martin zur Nacht gebettet war, saßen sie noch ein Stündchen am Bett des Ritters und mußten ihm viel erzählen. Sie sprachen auch über die Arbeit an dem geplanten Bordesholmer Altaraufsatz, Riepenhusen war begeistert von dem, was er bisher gesehen hatte. Es war zwar noch nicht viel gewesen, aber das wenige hatte ihm genügt, um beurteilen zu können, welche Fähigkeiten Meister Brüggemann besaß.

«Ist der Herzog eigentlich schon in der Werkstatt gewesen?» erkundigte Bendix sich.

«Nein», erwiderte Riepenhusen, «er will sich einen vollständigeren Eindruck durch seinen Besuch verschaffen, darum wartet er noch ab. – Was ist nun eigentlich mit deinem doppelnamigen Freund? Es wäre doch jetzt der gegebene Zeitpunkt, daß der Junker das Schnitzmesser aus der Hand legt und hier nach dem Rechten sieht, scheint mir.»

«Scheint so. Da hast du recht, aber Reinhart ist der Kunst verfallen und wird sich um Eekenholt nicht kümmern wollen. Er ist glücklich bei seiner Arbeit unter Brüggemanns Aufsicht. Sie liegt ihm mehr, als sich hier um das Gut zu kümmern.» Bendix, der lange Zeit aufrecht im Bett gesessen hatte, legte sich nieder.

«Aber er versteht anzuordnen und zu befehlen, Bendix. Du hast ihn als Junker nicht erlebt, wie er sich mit den Kerlen da vor der geschlossenen Zugbrücke herumgeschlagen hat und Steenbuck mit seinen Leuten den Rest besorgte. Wir waren sehr in Not, bis das Tor geöffnet war», erklärte der Arzt.

«Nein, so kenne ich ihn nicht», erwiderte Bendix versonnen. «Trotzdem halte ich ihn für einen Künstler von Veranlagung.»

Das eine schlösse das andere nicht aus, meinte Riepenhusen, nur verhalte es sich leider so, daß die Frauen hier allein zurückblieben, wenn Bendix und Martin Klönhammer fort seien.

«Und Leibeigene allein lassen...» Herr Josias machte ein bedenkliches Gesicht. Dann blickte er plötzlich rasch auf: «Wie alt bist du eigentlich, Bendix Iversen?»

«Dreißig und heiratsfähig... Das wolltest du doch wissen?»

«Ja, der Gedanke kam mir eben; und in Anbetracht dessen wäre es doch gar nicht abwegig, wenn du... nun, der Schwager deines Freundes würdest; denn Jungfrau Nele hat dich lieb, das kann ein Blinder sehen, und du...?»

«... sollst, könntest hier die ziemlich kümmerliche Wirtschaft als Neles Ehemann in Schwung bringen, nicht wahr? Das wolltest du doch sagen. Es gibt da aber einen Haken. Ich habe keine Ahnung, wie man das macht. Du etwa, Heilmeister?» Bendix grinste.

«Nein, ich bin Arzt.»

«Und ich bin Gefolgsmann des Herzogs. Ergo!» Riepenhusen fragte, ob Bendix das immer bleiben wolle. Bendix erwiderte, er habe auch darüber nachgedacht. Aber eben habe er darüber nachgesonnen, ob der Heilmeister sich gar nicht entschließen könne, wieder zu heiraten. Dem Alter nach passe er fast zu Frau Hedwig, und die sei nun wirklich eine verehrungswürdige Frau. Wenn schon ein Mann auf den Hof kommen müsse...

Jetzt lachten alle drei Männer, und Bendix schickte sie hinaus, da er sehr müde war. Sie begaben sich also hinunter in Isegrims Gemach, das Martin für diese Nacht hatte räumen müssen. «Ich kann es ihm nicht verdenken, wenn Iversen kein Verlangen danach hat, in diesem finsteren Gemäuer mit solchem Modergeruch weiterzuhausen», äußerte Riepenhusen, als er unten die dicke Eichenbohlentür mit den Eisenbeschlägen hinter sich und dem Arzt schloß.

Vorsichtig geleitete Martin Klönhammer seinen Herrn das erste Mal nach langer Zeit die steile Wendeltreppe hinunter. Bendix wollte endlich an die frische Luft, obgleich ihn noch bisweilen Schwindel befiel.

War das eine Wohltat, die würzige Herbstluft einzuatmen! Martin hakte den Ritter unter und führte ihn langsam über den Hof, durch das Torhaus hinaus und in den Wald hinein. Wie hatte er es nur ausgehalten, so viele Wochen in dem Turm eingesperrt zu sein und immer zu liegen!

Unterdessen fragte Bendix den Diener aus, was sie auf den Feldern trieben, und Martin berichtete und erzählte von den Mängeln, die ihm überall entgegentraten.

«Die Frauen sollten man lieber den ganzen Kram verkaufen und in die Stadt ziehen, als sich hier abzuplagen, Herr Bendix. Das ist alles 'n Tropfen auf'n heißen Stein, was hier gemacht wird.»

Sie setzten sich eine Weile auf einen vom Sturm – wer weiß, wann – entwurzelten Baum hin. Es war voller Eicheln um sie herum, und in einem anderen Teil des Waldes, durch den sie anschließend gingen, lagen die Bucheckern zwischen spärlichem Gras und alten Blättern. Ein Buntspecht hackte in eine abseitsstehende Föhre.

«Haben sie hier eigentlich keine Schweine, Martin?»

«Ein paar Swien sind schon da, so für das Winterschlachten.» Hier könnte sich eine ganze Herde dickfressen, ging es Bendix durch den Sinn. Ein Bach versperrte ihnen den Weg, er war zu breit zum Überspringen. Ein Sonnenstrahl fiel durch das lichter werdende Laub, und Bendix sah einige Forellen an einer Stelle, wo der Bach sich zu einem kleinen Teich weitete, umherflitzen. So klar war das Wasser. Hübsch war es anzusehen, wie sich die Lichtkringel der Sonnenstrahlen auf dem Teichgrund bewegten und auch die munteren Fische trafen. Mit Heißhunger stürzte sich Bendix später unter dem Bronzeleuchter über die Schüsseln her. Die drei Frauen freuten sich darüber, wie schnell der Ritter wieder zu Kräften kam.

Eines Morgens stand er gerade in der Turmtür, als ein schlanker Reiter durch das Torhaus hereinkam… auf Sleipnir! Er fegte zweimal in vollem Galopp um den Hofplatz und dann im Schritt in den Pferdestall. Das war denn doch… verwunderlich! Er ging zum Stall hinüber, in dem Hinz beim Ausmisten war.

«Wer reitet auf Sleipnir?» rief Bendix ihm zu. Der Knecht blinzelte und sagte, das sei sein neuer Stallknecht. Bendix hörte einen glucksenden Laut von Sleipnirs Stand her und ging dorthin. Lachend tauchte Neles Gesicht neben des Hengstes Hals auf. Nun mußte auch der Ritter über Neles Aufmachung lachen. Sie hatte alte Beinkleider ihres Bruders an, auch ein abgelegtes Wams von Sievert, und um ihre Haare hatte sie ein Tuch geschlungen.

«Er geht ja nicht unterm Frauensattel; dann muß ich ihn schon in Hosen und Herrensattel reiten. Er muß doch bewegt werden…» Der Hengst drehte den Kopf und spielte mit den Ohren. Bendix trat heran und streichelte ihm das Maul. Nebenan schnaufte Hannibal.

Auch er wurde von seinem Herrn begrüßt. Bendix fühlte sich glücklich, wieder zwischen den Pferden zu sein. Gutgelaunt sagte er zu Nele: «Sattel ihn nicht ab, wir wollen mal ein wenig ausreiten. Ich nehme Hannibal.» Nele hatte Bedenken, der Heilmeister hatte doch gesagt...

«Wir wollen ja nicht gleich nach Gottorp reiten. Nur ein bißchen durch den Wald.» Nele freute sich.

Es war eine herrliche Herbststimmung in den Waldungen, als sie Seite an Seite umherstrolchten. Jetzt erfuhr Bendix von Nele, daß Sleipnir wieder als Zuchthengst eingesetzt war.

«Und wer bringt ihn hin? Oder kommen sie mit den Stuten her?» fragte Bendix.

«Meistens bring ich ihn hin; denn Hinz hat gerade genug zu tun, und Sleipnir läßt auch nur mich und Martin aufsitzen. Schließlich soll er auch mal tüchtig laufen.»

Bendix schüttelte mißbilligend den Kopf und sagte: «Die können ihre Rappstuten auch herbringen. Es paßt sich nicht, daß du – und dann noch in Hosen – den Hengst dahinreitest, Nele.»

«Warum denn nicht? Wegen der Hosen? Ich kann mir ja einen langen Rock umhängen, was aber beim Auf- und Absitzen hinderlich ist. Ich hab's schon versucht.»

Er hielt Hannibal an, und auch sie parierte Sleipnir. Der Ritter sah ihr in die harmlosen Augen. Ein Mädchen vom Lande. Da sagte sie: «Ich bringe ihn ja nur hin und gehe dann ins Haus... wenn du das meinst. Das hat mir die alte Frau Franzendorf geraten.»

«Was? Zu denen bringst du Sleipnir auch hin?»

«Warum denn nicht? Der eklige Otto sitzt mit Großvater in Haft, und die Meller ist zu mir immer nett gewesen.»

«Und was sagt deine Mutter dazu?»

«Wir brauchen Geld; denn wir wissen nicht, was wir an Bußgeld bezahlen müssen.» Sie sah entzückend aus, wie sie ernst vor sich hinsah und dem Hengst die Mähne kraulte. Der kaute behaglich am Gebiß, was der Ritter ihm nicht verdenken konnte.

Auch Hannibal fühlte sich mit seinem Herrn im Sattel anscheinend pudelwohl, wenn man das von einem Roß sagen darf.

Sie kamen an der Köhlerhütte vorbei, die verlassen und baufällig dastand. Die Frau war zu Verwandten ins Dorf gezogen. Ein erloschener Meiler stand in der Nähe.

«Wo sind die Leute heute?» wollte Bendix wissen.

«Die hat Martin alle auf das Feld geschickt, um zu säen...»

«Wintergerste?»

«Woher weißt du das, Bendix?»

Er lächelte, er habe mal geraten. Eine kurze Waldstrecke ritten sie im Galopp. Nele wollte nicht, aber Sleipnir schloß sich dem voranlaufenden Hannibal gleich an. «Du sollst das noch nicht, Bendix!» rief sie ängstlich. Aber er gab zurück, er sei kein Zuckerhut bei Regenwetter.

Bendix legte sich nach dem Mittagessen zu Bett und schlief vier Stunden.

Abends saß er mit Frau Hedwig allein unter der Bronzeleuchte, und sie sagte: «Lieber Iversen, ich weiß gar nicht, wie es sein wird, wenn du und Martin fort seid. Es ist doch traurig, daß Sievert, mein Sohn, nicht bei uns sein will. Es quält ihn hier jetzt keiner mehr, und wir brauchen ihn doch sehr. Es sind so viele Dinge, die nur ein Mann erledigen sollte und die man keinem Diener überläßt.»

Die große Frau hatte die Hände auf dem Tisch gefaltet und sah den Ritter mit ihren großen, blauen Augen so tieftraurig an, daß er betroffen seinen Blick abwandte und ihn über ihre weiße Haube schweifen ließ, deren Seitenteile auf ihre Schultern abfielen.

«Du möchtest, daß ich mit Sievert spreche und ihn ermahne, nach Eekenholt zurückzukommen. Ist es so?»

Die Mutter nickte und sagte leise: «Wenn du es tun würdest, hat es sicher mehr Gewicht, als wenn wir Frauen ihn bitten. Ich weiß, daß er dir sehr zugetan ist und sich sehr um dich gesorgt hat.»

Bendix ermahnte Frau Hedwig, sich keine allzu großen Hoffnungen zu machen. Aber er wolle es versuchen, wenn sich die Gelegenheit dazu ergeben sollte.

Dann sprach er mit der Gutsherrin über wirtschaftliche Angelegenheiten. Bendix machte ihr einige Vorschläge, wie sie im günstigen Fall die Einnahmen verbessern könne. Er hatte von Martin allerlei erfahren.

«Du verstehst etwas von der Wirtschaft, Iversen», bemerkte Frau Hedwig erstaunt. «Wenn du doch hierbleiben könntest! Aber ich seh es ein, du mußt deinen Dienst beim Herzog versehen.» Sie lehnte sich im Stuhl zurück und sah zu den flackernden Kerzen auf. «Weißt du, ich möchte morgen mit dir einmal unsere Grenzen abreiten, damit du selbst sehen kannst, was Sievert hier leichtfertig im Stich läßt.»

«Du darfst nicht vergessen, daß der Alte eines Tages wiederkommen wird. Wirst du dann wieder ins Kloster ziehen?» Bendix lenkte ab, war aber innerlich bereit, anderntags mit der Frau auszureiten.

«Es kommt darauf an, wie er sich dann benehmen wird. Er ist kein schlechter Mann, Iversen. Er war, als seine Frau lebte, anders. Dann kamen die Schicksalsschläge: Erst fiel Henneke, mein Mann; dann starb seine Mutter. Das alles veränderte unser Leben... zum Unheil. Vielleicht hat der Vater sich durch seine Gewalttaten von seinem Schmerz ablenken wollen?»

«Ja, so etwas gibt es. Es muß schon schlimm gewesen sein, daß ihr alle vor ihm geflohen seid!»

«Fürchterlich. Das möchte ich nicht wieder erleben.»

«Und Nele. Die wäre dann hier allein mit ihm?» fragte Bendix. Erschrocken sah Frau Hedwig auf. Bendix hielt ihre Augen mit seinem Blick fest. So verharrten sie eine Weile, dann sagte sie traurig: «Nele wird in diesem Fall wohl wieder ins Kloster gehen.» Bendix legte seine Hand auf ihre gefalteten Hände. «Das sollte sie nicht tun, liebe Frau Hedwig! Es eilt ja nicht. Und Otto Franzendorf ist vorläufig fort; ebenso der Großvater.» Er lächelte so herzlich, daß Frau Hedwig es ihm nachtat.

«Das stimmt. Wir haben aber trotzdem keinen Herrn auf dem Hof. Deswegen möchte ich dich doch bitten, ernsthaft mit Sievert zu reden.» Bendix versprach es ihr.

Am Morgen darauf ritten sie zusammen den Scharpenbergschen Besitz ab. Das meiste war Wald. Auch ein See gehörte dazu. Bendix erkundigte sich, ob er fischreich sei. Die Gutsfrau hob die Schultern, das wisse sie nicht. Hin und wieder störten sie Wild auf.

Bendix gefiel das Landschaftsbild sehr. Es war hügelig, kleine Wasserläufe, um die sich sumpfige Wiesen breiteten, gab es, und der Wald, zwar verwildert und ursprünglich, war eine Augenweide. Er brachte indessen außer gelegentlichem Holzschlag sicherlich kaum etwas ein. An einigen Bäumen ließ die Herbstsonne das Laub schon golden aufleuchten. Herbe Düfte stiegen vom Waldboden auf.

Als sie aus dem Wald herauskamen, sahen sie jenseits des Steiges ein gepflügtes Feld, drei Männer hatten Saatschürzen vor und warfen in weitem Bogen Wintergetreide über die braune Erde. Voran erkannte Bendix seinen Martin. Ja, der Kleinbauernsohn hatte als Diener nicht sein väterliches Erbe eingebüßt. Die beiden Reiter hielten die Pferde an, sahen hinüber, und Frau Hedwig sagte: «Welch geruhsamen Anblick bieten die drei Männer in ihrer nützlichen Tätigkeit, wie sie im Gleichschritt den Samen in den Boden senken!» Bendix nickte.

Sie ritten auch durch die drei Dörfer, die zum Gut gehörten. Sie waren ärmlich anzusehen, ebenso wie ihre Einwohner, die aus den Hütten kamen, um die Herrin zu grüßen.

«Ich war lange nicht hier. Schrecklich, wie inzwischen alles verfallen ist!» Frau Hedwig runzelte die Augenbrauen.

«Euer Verwalter hat sich, wie es scheint, nicht allzuviel um all diese Angelegenheiten gekümmert, verehrte Frau», sagte Bendix.

«Sag lieber, sein Herr hat das alles verkommen lassen. Der hat sich ganz auf Isegrim, den finsteren Gesellen, verlassen. Als Henneke von Scharpenberg lebte, sah es hier anders aus.» Sie seufzte, strich eine Haarsträhne unter die Kappe und schlug einen Feldweg nach links ein.

«Wo treibst du dich eigentlich immer herum, man sieht dich nur noch bei Tische?» fragte Bendix Nele beim Mittagmahl.

Das Mädchen blickte schnell von ihrem Teller auf und strahlte aus ihren blauen Augen. «Oh, Bendix, du hast mich vermißt?»

«Ja, aber ich hatte dich gefragt.»

«Ich lerne bei Tilde-Meller das Nähen und habe auch sonst viel zu tun. Du hast mich jetzt wohl nicht mehr nötig? Oder doch?»

Bendix blickte zur Ampel empor, unterdrückte ein Lächeln und bemerkte: «Vor allem vermisse ich die Blumen, die du mir sonst immer hingestellt hast.» Sie meinte darauf, die habe er doch erst recht nicht nötig, da er jetzt wieder draußen sein dürfe. Außerdem sei es mit den Blumen vorbei.

«Da hast du recht. Was macht dein Krautgärtlein?»

«Was soll es machen? Da will ich nachher die trockenen Küchenkräuter abpflücken und für den Winter aufhängen, damit wir auch im Winter in der Küche Gewürz haben.»

Die beiden Frauen sahen sich an und lächelten. Sie lächelten noch mehr, als sie eine Stunde später das Paar hinten in Neles Gärtlein beim Wirtschaften sahen. Sie bemerkten jedoch nichts, was sie gerne gesehen hätten.

Nele hatte ein wenig geschwindelt, als sie erzählte, sie lerne bei der Meller das Nähen. Das hatte sie schon in Preetz gelernt. Aber vor einer Woche hatte sie abends im Bett zur Meller gesagt: «Ich muß ein neues Kleid haben. Meine alten passen alle nicht mehr recht. Wenn ich nur Stoff dazu hätte!»

«Ja, du hast recht, Nele. Deine Sachen spannen zu sehr über der Brust... Warte mal, ich glaube, in der Kiste, wo die Teppiche drin lagen, ist noch Stoff. Ob aber für ein Kleid, weiß ich nicht genau.»

Sie fanden in der Kiste im Kerker unter den restlichen Teppichen nicht nur eine Rolle Stoff, sondern deren drei: einen dichtgewebten, blauschimmernden, seidigen Stoff, der silberdurchwirkte Ränder hatte, von dem die alte Tilde meinte, es sei sicher ein kostbarer Vorhang, eine Rolle feines Leinen und einen dicken, kastanienbraunen Wollstoff. Das weiße Leinen wies zwar außenherum schon gelbliche Spakflecke auf. Innen konnte man es aber noch verwerten.

Nele fiel der Meller vor Freude um den Hals.

Nun ging im Zimmer der Meller eine rege Tätigkeit an. Die geschickte Tilde fuhr mit ihrer großen Schere durch die Stoffe.

«Wozu willst du eigentlich diesen Staat haben, Nelekind?» fragte die Mutter. Nele, die mit feinen Stichen den Saum des blauen Kleides nähte, blickte nicht auf. Sie murmelte, daß sie nichts anzuziehen habe, wenn sie einmal ein hübsches Kleid brauche. Der Großvater habe ihr, als der Lübecker Handelsmann das letzte Mal auf Eekenholt gewesen sei, nicht erlaubt, sich einen Kleiderstoff zu kaufen, und einen neuen Umhang brauche sie auch dringend; denn sie sei seit dem letzten gewachsen. Und die Mutter hatte genickt und sich dazugesetzt, um zu helfen, wenn sie Zeit hatte. Ja, die Mutter ritt sogar an einem Tag nach Preetz in ihre Wohnung und kam mit Pelzwerk wieder, womit der braune Umhang verbrämt wurde.

Unterdessen hatte sich Bendix so weit erholt, daß er sich auf die Reise nach Schleswig machen wollte.

«Ich könnte reiten», sagte er im Stall zu Martin, der Hannibal absattelte.

«Schall ick achteran lopen, Herr?» fragte der Diener trocken.

«Nee, das sollst du nicht, auch haben wir ja allerhand Kram mitzunehmen. Wir müssen also mit der Eekenholter Kutsche fahren. Und du auf Hannibal. Wir könnten uns abwechseln.»

«Hat der Doktor verboten. Das hat er mir eingebleut.»

«Dann müssen wir wohl gehorchen, Martin», sagte Bendix ergeben und erkundigte sich, ob Martin sich auf die Rückkehr nach Gottorp freue?

Martin kratzte sich hinterm Ohr und meinte: «Das kann ich eigentlich nicht sagen. Meine Arbeit hier hat mir gut gefallen. Das hat mich an zu Hause erinnert... in Gottorp zwischen diesem hochnasigen Dienervolk... Nee. Aber da bin ich auch bei Herrn Bendix, und das ist die Hauptsache!»

«Danke, Martin», erwiderte Bendix und legte einen Augenblick seine Hand auf die Schulter seines Dieners. Nachdenklich ging er von dannen. Am Tag bevor die Reise losgehen sollte, regelten die beiden Männer zusammen mit Frau Hedwig noch allerlei auf dem Hof und mit den Gutsleuten.

Nele war nur beim Mittagmahl anwesend. Sie habe zu tun. Bendix sah sie nachmittags mit Hinz vor dem Pferdestall stehen, der die Kutsche putzte. Der alte Kutscher schlug sich zum Schluß lachend auf das Knie. Und er lachte noch immer, als Nele auf den Turm zulief, wo Bendix ihr auf der Brücke entgegenkam und sie fragte, was sie dem alten Hinz Spaßhaftes aufgetischt habe?

Es war offensichtlich, daß Nele mühsam ein Gelächter verbarg. «Ach, ich habe ihm aufgetragen, was er mir von der Reise mitbringen soll, und das fand er so komisch.»

«Was hast du ihm aufgetragen, dir zu besorgen, Nele?»

«Das will ich dir lieber nicht sagen, sonst..., sonst schimpfst du mich aus. Und das will ich nicht, wo es dein letzter Tag auf Eekenholt ist, Bendix.»

Ernst sah der Ritter sie an, dann nahm er ihren Arm und führte sie in den Turm. «Sag mir doch, Nele, warum weichst du mir die letzte Zeit aus?»

«Tu ich das? Ich habe so viel zu besorgen, und du... bist auch viel draußen. Oh, Bendix, du bist mitunter gar nicht mehr so lieb zu mir, wie du es am Anfang warst. Warum das?»

«Bist du deswegen traurig, kleine Nele?» Sie nickte und sah zu

194

Boden. Er atmete tief und legte den Arm um ihre Schulter. «Wir wollen uns den Abschied nicht noch schwerer machen. Sieh, ich muß wieder meinen Dienst in Gottorp aufnehmen. Aber eines Tages komm ich wieder, Nele. Das habe ich dir schon damals gesagt.»

Schritte kamen die Wendeltreppe herunter. Bendix küßte Nele schnell auf die Wange. Dann ging er hinaus, und Nele hüpfte ihrer Mutter entgegen die Stiege hinauf.

13

Der Reisetag prangte in blauer Luft und Sonnenschein über der holsteinischen Landschaft. Doch wehte von Nordosten ein kalter Wind, der klare Meeresluft von der Ostsee herüberblies. Sie saßen zusammen beim Frühstück im Turm unter dem Bronzeleuchter, und Bendix Iversen bedankte sich in warmen Worten bei den drei Frauen für ihre aufopfernde Fürsorge dem Fremdling gegenüber. Sie waren alle etwas wehmütig gestimmt. Die Eekenholter hatten sich an den liebenswürdigen Ritter gewöhnt und betonten ihm, daß sie ihn ungern scheiden sehen.

«Sicher wirst du wieder hier in die Gegend kommen, Bendix Iversen», sagte Frau Hedwig, «du bist uns immer herzlich willkommen.» Bendix verneigte sich artig. Ja, er werde bestimmt wiederkommen. Und was der Redensarten, die aber von Herzen kamen, noch mehr sind. Nele verließ, nachdem sie die Morgenkost beendet hatte, schnell das Gemach.

Schließlich standen sie mit Bendix unten in der Turmtür. Martin brachte das Gepäck an die Kutsche, die vor der Brücke bereitstand. Auch Hannibal war gesattelt am Brückengeländer angebunden. Alles war bereit. Nur Nele war nicht gekommen, um Abschied zu nehmen.

«Vielleicht ist sie so traurig, daß sie lieber oben bleiben will», meinte Bendix, «dann grüßt sie recht herzlich von mir.»

Es war nicht nötig, sie zu grüßen; denn Jungfer Nele kam in pelzbesetztem Umhang mit einem gefüllten Ledersack die Treppe herunter. Bendix sah starr zu ihr hinauf. Dann blickte er Frau Hedwig an, die ausrief: «Nele, was bedeutet das?»

«Das bedeutet, daß ich eine Reise antreten will, eine Reise zu meinem Bruder. Die Gelegenheit wollte ich mir nicht entgehen lassen.»

«Du kannst doch nicht…» rief Frau Hedwig.

«Ich kann», rief Nele, war unten angekommen und setzte den Sack ab.

«Nein, Nele. Das kannst du nicht!» Bendix' Stimme grollte. «Das war nicht vorgesehen. Und ich nehme dich nicht mit!»

«So? Gehört dir denn die Kutsche dort unten? Ist das dein Kutscher? Es ist wohl eher so, daß *ich* dich mitnehme, lieber Bendix.» Sie stand hochaufgerichtet vor ihm, und unter ihrem braunen Käppchen funkelten ihre Augen ihn an.

Er blitzte sie jetzt zornig an. «Nein, das geht nicht. Gehabt euch wohl!» Damit ging er schnellen Schrittes die Brücke hinunter und stieg in den Wagen. Er rief dem Kutscher zu: «Fahr los, Hinz!»

«Nee, Herr, Befehl von Jungfer Nele, nicht eher, als bis sie hier neben mir auf dem Bock sitzt!»

Die Jungfer rief dem unentschlossen dastehenden Martin zu, er solle ihr Gepäck holen. Martin gehorchte.

«Nele! Du kannst doch nicht so einfach fortreisen», sagte die Mutter ganz verzagt. Tilde-Meller kniff sie in den Arm und blinzelte ihr zu. Nele wandte sich den beiden Frauen zu, umarmte sie und sagte, sie sollten unbesorgt sein, ihr würde schon nichts geschehen.

«Jetzt gehst du auch noch fort!» jammerte Frau Hedwig.

«Ich werde schon wiederkommen. Soll ich Sievert von euch grüßen?»

«Warte!» rief Frau Hedwig und rannte die Treppe hinauf. Sie kam mit einem Geldbeutel wieder, den Nele dankbar entgegennahm. Von der Brücke winkte sie denen zu, die riefen, Sievert solle nach Hause kommen. «Lebt wohl, ihr beiden Lieben!» Dann stieg sie unten auf den Kutschbock. Martin half ihr grinsend hinauf und bestieg Hannibal.

«Tilde, du hast es gewußt», sagte Frau Hedwig und schloß das Portal, «warum hat sie es mir nicht gesagt?»

«Damit du dich nicht vorher unnütz aufregst, Hedwig. Das Mädchen weiß genau, was es will, sag ich dir. Und ich habe ihr zugeraten. Die ist eine von Scharpenberg. Und hat Claus von Scharpenberg den Ritter nicht weich gekriegt, Nele wird es gelingen.»

«Ich empfinde es unpassend, was sie tut, Tilde. Das sollte ein Mädchen nicht machen, sich einem Mann aufdrängen.»

Nele von Scharpenberg drängte sich absolut nicht auf. Sie thronte neben dem Kutscher auf dem Bock, der zunächst vor sich hinkicherte. Auch Martin schmunzelte. Hinz hatte vorsorglich eine Decke auf den Bock gelegt, damit «Nelekind» es auch warm habe. Alle waren froher Stimmung, nur im Wagenkasten saß ein Mann, der ärgerlich war.

Sie schlugen die Straße nach Norden ein. Die beiden Halbblüter an der Deichsel trabten hurtig los. Vorbei flogen Felder und Baumstämme, Fasane flogen schimpfend an den Wegrändern auf, und Nele sah mit blanken Augen umher und war frohen Mutes. Herrlich war so eine Reise!

Nele blickte Hinz an: Hm... er sah ansehnlich aus, gekleidet in den Scharpenbergschen Farben, die er lange nicht getragen hatte und tüchtig gebürstet waren. Sogar Handschuhe hatte er angezogen. Ob Bendix arg wütend war? Warum eigentlich? Aber sie hatte es geahnt. Die Männer mögen es eben nicht, wenn die Frauen ihren eigenen Willen haben. Tilde-Meller hatte ihr eine Geschichte erzählt, wie eine ihrer Schwestern einen Mann durch ihren Willen auf die richtige Bahn gebracht hatte. Sie hatte Nele auch geraten, sich zurückzuhalten und Bendix ihre Liebe nicht zu sehr zu zeigen. «Das vertragen sie nicht, Nele, dann werden die Frauen nachher meist schlecht behandelt.» Oh, sie hatte von der gescheiten Tante allerlei erfahren bei diesen abendlichen Bettgesprächen.

«Aus den Augen, aus dem Sinn.» Das hatte Nele vor allem behalten. Nein, sie wollte Bendix nicht verlieren!

Gegen Mittag kamen sie in Kiel an. Bendix hatte Hinz zuvor beschrieben, wohin er fahren sollte. Es war ein Gasthof in der Nähe des Marktes der kleinen Stadt. Martin, der ihn kannte, leitete Hinz dahin. Nele schaute umher: So viele Menschen, Wagen und Pferde hatte sie noch nie zusammen gesehen. Sie fuhren in die Durchfahrt. Martin stieg ab und öffnete seinem Herrn die Wagentür. Bendix stieg aus und half Nele vom Bock, dann gingen sie in die Gaststube hinein, in der an einem langen Tisch eine Gesellschaft saß und speiste. Der Wirt führte die beiden Reisenden an einen kleinen Tisch in eine Ecke.

Als er mit Bendix' Bestellung verschwunden war, sagte der Ritter, indem er Nele aus dem Mantel half: «War es nicht recht kühl da oben auf dem Bock?»

«Nein, ich hatte mich in die Decke gewickelt. Es war wunderbar, durch die schöne Landschaft zu fahren.»

«So, so», machte Bendix und setzte sich mit verdrießlichem Gesicht ihr gegenüber. Nele betrachtete ihn lächelnd und meinte: «Ich mag viel lieber die sonnige Gegend anschauen als ein muffiges Gesicht. Und daß du das haben würdest, konnte ich mir denken.»

«Macht es dir etwa Freude, mich zu ärgern?»

«Wie kommst du nur darauf, lieber Bendix?»

«Weil du anscheinend wußtest, daß es mir nicht gefallen würde, daß du mitreistest. Du hättest mir das vorher sagen sollen.»

«Dann wäre ich jetzt nicht in Kiel. Stimmt es?» Das sei wahrscheinlich, gab er zu und äußerte dann: «Es ist doch Unfug, daß du Sievert besuchen willst. Der kann dich zwischen seiner Arbeit gar nicht gebrauchen und auch nicht unterbringen. Ich habe deiner Mutter versprochen, mit ihm ernsthaft zu sprechen, daß er nach Eekenholt zurückkehrt. Deswegen brauchtest du nicht diese Reise zu unternehmen. Er wird es sowieso nicht machen. Vielleicht kenne und verstehe ich ihn besser als du.»

Das Essen wurde aufgetragen. Sie verzehrten es schweigsam. Sie tranken Bier, und Bendix bestellte sich einen Kornschnaps. «Willst du auch einen, Nele? Auf dem Bock wird es nachher kalt werden.» Seine Miene war grimmig, was Nele gar nicht an ihm kannte. Sie sah ihm mit ängstlichem Blick in die strengen Augen.

«Ja, ich will auch einen Schnaps haben.» Sie trank, gleich Bendix, das volle Glas in einem Zug aus und schüttelte sich. «Brrr! Ist das scharf!» Der Mann lächelte, und sie sagte: «Jetzt siehst du wieder... angenehm aus. Warum warst du eigentlich so böse, Bendix?»

«Das bin ich noch, und ich habe Grund dazu. Aber das wirst du kleines Mädchen doch nicht verstehen.»

«Nee. Wir sitzen hier doch ganz gemütlich beisammen. Was ist denn schlimm dabei, daß du dich ärgern mußt?»

Bendix knurrte etwas vor sich hin, was sie nicht verstand. Er rief den Wirt und rechnete mit ihm ab. Nele warf ein, sie wollte ihre Rechnung selbst begleichen. Aber Bendix warf ihr nur einen strengen Blick zu und schüttelte den Kopf. Dann half er ihr in den Umhang, und sie begaben sich in die Durchfahrt. Dort hatten die Pferde noch den Futtersack vor den Köpfen und fraßen. Sie gingen auf der Straße auf und ab, und Bendix fragte, ob sie ihren hübschen Mantel selbst genäht habe? Sie strahlte ihn an und sagte, mit der Hilfe ihrer Meller.

«Du hattest also diese Reise gründlich vorbereitet!»

«Ja, natürlich. Ich hatte ja nichts Ordentliches anzuziehen, Bendix.»

Die Pferde waren fertig, Martin und Hinz waren auch da, und Bendix sagte zu Nele, als sie zum Wagen gingen: «Willst du wieder auf den Bock hinauf? Wir kommen nachher an die Ostsee, da wird es recht kalt.»

«Wenn du dein muffiges Gesicht ablegst, krieche ich zu dir in den Kasten», gab das Mädchen ernsthaft zurück. Bendix öffnete die Wagentür und ließ Nele einsteigen. Dann setzte er sich neben sie, und Martin schlug die Tür zu. Bendix sah noch, wie sein Diener schmunzelte. Weiter ging die Reise. Nele blickte aus dem Kutschenfenster.

Bendix sah sie forschend an. Was er im Dämmern des Kastens erblickte, entzückte ihn. Das mädchenhafte Gesicht mit den großen, blauen Augen. Das Kinn wurde umschmeichelt von dem Pelzwerk des Kragens. Eine honigfarbene Locke kringelte unter dem Käppchen vor ihrem Ohr. Der junge Mann seufzte tief, dann begann er: «Nun sag mir einmal ganz ehrlich, Nele, warum du mich unbedingt begleiten wolltest?»

«Martin hat mir gesagt, daß man von hier aus über Gottorp nach Husum kommen kann. Da habe ich mir die Reise vorgenommen; denn du mußtest nach Gottorp zurückkehren, wie ich wußte.»

Bendix war nicht zufrieden mit der Antwort und sagte, Nele hätte es mit ihm besprechen sollen. Ja, sagte Nele darauf, Männer wollen immer bestimmen, was Frauen tun oder lassen sollten. Darauf habe sie sich lieber nicht verlassen. Ob sie denn überhaupt Geld bei sich habe? «Ja», sagte Nele, «sonst hätte ich nicht meine Rechnung bezahlen wollen. Ich kann in Husum ruhig in eine Herberge gehen, und ich sehe nicht ein, warum ich nicht auch eine Reise machen soll.»

«Im allgemeinen ist es nicht üblich, daß junge Mädchen allein reisen.» Nele sah sich verwundert um, sie sei doch in Begleitung von drei Männern, und auf der Rückreise seien es ein Mann und zwei Pferde. Es sei ja auch möglich, daß ihr Bruder gleich mitkäme. Dann sah sie zum kleinen Fenster hinaus, das aus grünlich dickem Glas war und alles etwas verzerrte. Bendix versank in Nachdenken. Man hörte nur das Rumpeln und Schnarren der Räder. Die Sonne stand schon tief und warf ein grünliches Licht auf Neles Antlitz. Bendix faßte ihren Arm. «Dreh dich um und sieh mich an!» Sie tat es. «Nele, du sagst mir nicht die Wahrheit. Du bist mitgefahren, um bei mir etwas zu erreichen. Das ist mir klar.»

«Dann ist es gut, wenn es dir klar ist… Nur weiß ich nicht recht, wie ich auf dem Kutschbock bei dir etwas erreichen sollte?»

Bendix sagte: «Lassen wir diese Albernheiten und reden einmal vernünftig miteinander, Nele!»

«Ja, gerne, Bendix, darauf warte ich schon die ganze Zeit, wo wir hier nebeneinanderhocken. Sag mir, wann gedachtest du eigentlich, nach Eekenholt wiederzukommen?»

«Ja, das habe ich versprochen… Oh, ihr Scharpenbergs verlangt immer Versprechen von mir. Sievert, daß ich sein Pferd nach Eekenholt bringe. Was dabei herauskam, weißt du. Deine Mutter verlangt, daß ich mit Sievert über seine Rückkunft in die Burg seiner Väter rede. Du verlangst…» Nichts habe sie verlangt, er habe es selbst versprochen. Wenn es ihm jetzt leid täte, brauche er es nur zu sagen. Dabei sahen ihre blauen Augen ihn finster an.

«Du bist ja ein ganz gefährliches Frauenstück, Nele. Mir tut mein Versprechen nicht leid. Welch ein Unsinn! Nur so schnell wird das nicht gehen, daß ich zu dir frei und unabhängig nach Eekenholt komme. Ich bin noch im Dienst des Herzogs, das läßt sich nicht so schnell lösen…»

«Warum nicht? Die haben auch noch andere Ritter da, nehme ich an, die deinen Dienst übernehmen könnten.»

«Ich bin aber gerne dort bei meinem Herrn, habe auch noch andere Pläne durchzuführen. Das geht nicht so schnell, Mädchen. Du mußt schon Geduld haben und warten, bis…»

«… ich Runzeln im Gesicht kriege, wie? Ich will aber nicht warten.» Da kein Tisch vorhanden war, haute Nele dem Ritter mit der Faust und voller Wucht auf das Knie.

«Nele! Was fällt dir ein!» rief Bendix, drehte sich um und rüttelte das Mädchen an den Schultern. «Ich kenne dich gar nicht wieder.

Du warst so sanft und so besorgt um mich, als ich hilflos in deinem Bett lag.» Er ließ von ihr ab, und Nele sagte, sie habe sogar um sein Leben gebetet, aber das hätte sie auch getan, wenn ihr Bruder so krank gewesen wäre, jawohl. Nun sah Bendix, daß sie Tränen in den Augen hatte. Leider freute es ihn. Dann legte er seinen Arm um ihre Schultern und sagte eine Weile gar nichts. Auch Nele legte ihren Kopf an seine Schulter und schnuckerte ein bißchen. So ließen sie sich weiterrumpeln.

Derweil zogen die alten Bäume des Dänischen Wohld vorbei. Es war derselbe Weg, den Sievert im Sommer entlanggeritten war. Jetzt war es Herbst, und die Bäume bogen sich im starken Ostwind. Wo der Wald Lücken von Feldern aufwies, rüttelte der Sturm am Wagen, und Martin ritt auf die linke Seite in den Wagenschutz hinüber. Schließlich kamen sie in den Schutz eines großen Waldes, der bis an die Förde hin reichte. «Ich möchte mir die Beine vertreten», sagte Nele und zog an einer Schnur in der Ecke. Hinz fuhr an die Wegkante und hielt an, da das Glöckchen geläutet hatte.

Nele war schnell draußen, und Bendix sprang hinterher. Sie lief in ein Gebüsch. Bendix lächelte: die kleinen Mädchen! Er ging ein wenig voraus in den Wald. Bald kam sie ihm nach, und sie schritten einen schmalen Steig unter den Bäumen dahin. Der Mann hatte den Arm um sie gelegt.

An der Straße hatte Hinz unter die Bäume gelenkt. Hier war es windstill. Martin saß auch ab und sagte zu Hinz hinauf: «Dat ward wat mit uns Jungfer unde min Herrn, Hinz. Wi möt woll en beeten töven.»

«Hev ick mi all dacht!» nickte der alte Kutscher.

Sie sahen es hell durch die Bäume schimmern, das still dahinwandelnde Paar. Und als das Brausen der Wellen zu hören war, riß Nele sich los und eilte zwischen den dicken Buchenstämmen hindurch ans Ufer. Das lag hoch an der zur Förde senkrecht abfallenden Steilkante über dem Meer. Unten schäumten die Wellen auf die großen Findlingssteine des Strandes. Nele mußte sich gegen den Sturm stemmen. Welch ein Aufruhr der Natur! Als Bendix heran war, reckte sie die Arme aus den Schlitzen des Mantels und rief laut: «Wie ist das herrlich!» Es glitzerte und brauste vor ihr. Weiße Schaumköpfe schossen heran und lösten sich in Gischt und Getobe auf.

Benedict Iversen aber sah nur die begeisterte Nele dort an der Abkante mit ihren ausgebreiteten Armen, als wolle sie mit ihrem breit wehenden Mantel und den flatternden Haaren auf das Meer hinausfliegen. Er faßte zu und zog sie in seine Arme, trug sie hinter einen breiten Baumstamm und küßte sie wie ein Verdurstender. Und Nele hatte ihre Arme um seinen Hals geschlungen, so fest, als wollte sie ihn nie wieder loslassen.

Die beiden Bedienten mußten ziemlich lange warten, bis ein glückstrahlendes Paar wieder auftauchte.

Weiter ging die Fahrt. Das Städtchen Eckernförde mit seinem großen Kirchendach, seinen Fischerbooten und Schiffen im Hafen, seinen geduckten Häuschen und langem Rathaus zog vorüber. Die Liebenden sahen nichts davon, sie saßen umarmt und besprachen, was jetzt zu geschehen habe, nachdem Bendix versichert hatte: «Du sollst nicht warten, bis du Runzeln im Gesicht hast, meine Nele. Hast du es so eilig, mich zu ehelichen?» Sie umarmte ihn und flüsterte in sein lächelndes Gesicht. «Ja, Bendix, es ist mir ein schrecklicher Gedanke gewesen, daß ich vielleicht Jahre lang ohne dich leben sollte... Und wer weiß, was inzwischen geschehen kann?»

«Und darum bist du mitgefahren?»

Nele nickte und verbarg ihr Gesicht an seinem Hals. Er streichelte ihren Rücken.

Jetzt aber saßen sie nebeneinander und betrachteten miteinander Gegebenheiten, mit denen sie sich abzufinden hatten. Bendix machte ihr klar, daß er zunächst mit dem Herzog reden müsse. Er hatte vorgehabt, noch ein oder zwei Jahre am Hofe zu Gottorp zu bleiben und dann zu seinem väterlichen Erbe in Nordschleswig zurückzukehren. Es war ein Hof mit einem Dorf, das sein Vater vor einigen Jahren für seinen zweiten Sohn erworben hatte, da er Benedict nicht ewig als Hofmann in Gottorp sehen wollte. Das war der Scharpenberg-Tochter völlig neu.

«Und wer bewirtschaftet deinen Hof jetzt?»

«Vater hat ihn vorerst selbst in Verwaltung. Auch kümmert mein Bruder sich wohl um ihn. Sobald ich ihn übernehmen will, überschreibt Vater ihn mir. Aber das ist nicht so ein zum Teil brachliegender Betrieb wie bei euch, sondern die Ländereien werden bebaut und ausgewertet. Wir haben da nicht so viel Wald.»

«Verstehst du denn etwas davon, Bendix?» Der Ritter lachte und erklärte dann, er sei von klein auf dazu angehalten worden, sich in der Richtung Kenntnisse zu erwerben, um dereinst seine Leute beaufsichtigen zu können.

Bendix eröffnete ihr, daß er noch ein halbes Jahr in Gottorp bleiben würde. Im Frühjahr werde geheiratet, und dann müsse man weitersehen.

«Und wir sitzen weiter in Eekenholt ohne Mann?»

«Was hast du dir bloß in deinem jungen Kopf gedacht, Jungfer Scharpenberg? Wolltest du mich veranlassen, mit dir umzukehren und sofort den Hofvogt bei euch abzugeben? Dazu dich vom Fleck weg zu heiraten?»

Darauf antwortete Nele gar nicht, sondern bemerkte: «Auf einem Bein kann man nicht lange stehen. Darum wollte ich auch nach Husum zu Sievert. Vielleicht hat er solch ein Einsehen...»

«Nein, Nele. Er wird bei seiner Schnitzerei bleiben. Es gäbe eine andere Möglichkeit, um euch zu helfen... Mein Hof läuft nicht fort, ich wollte ihn sowieso erst in zwei Jahren übernehmen. Ich könnte euch ab Frühjahr zur Verfügung stehen... Warte ab! Nicht so stürmisch. Erst müßte ich das mit Sievert bereden. Wir könnten so die Zeit überbrücken, bis dein Großvater wieder da ist. Aber das ist auch nichts... wenn ich euren verfaulten Betrieb hochbringe, ist der Alte nachher derjenige, der ihn wieder verkommen läßt. Weißt du was? Ich fahre morgen mit dir nach Husum, und wir besprechen es mit Sievert.»

Nele freute sich und war wirklich «unbändig», was Bendix weidlich ausnützte. Als sie schließlich schier atemlos voneinander abließen, sagte Bendix: «Begreifst du nun endlich, weswegen ich dich nicht auf einer so langen Fahrt neben mir haben wollte?»

«Nein, wir hätten dann noch mehr Zeit gehabt, uns zu küssen. Ich für meinen Teil mag das schrecklich gerne... weil ich dich so lieb habe, mein Bendix», sagte das Mädchen leise. Jetzt küßte er sie zart auf die Stirn.

In Schleswig übernachteten Nele und ihr Kutscher in einem Gasthof. Herr und Diener begaben sich mit Hannibal nach Gottorp und verließen auch morgens die Burg unauffällig, denn Bendix wollte erst die Eekenholter Angelegenheit mit Sievert regeln, ehe er sich bei dem Herzog zurückmeldete.

Anderntags fiel Reinhart fast von seinem Hocker, als er seine Schwester in ihrem langen, pelzverbrämten Mantel die Werkstatt betreten sah. Vedderke war schon am Fenster und betrachtete die Kutsche mit dem Scharpenbergschen Wappen und dem Ritter, der davor stand.

«Nele, seh ich richtig?» Er sprang auf, die Schwester lief auf ihn zu und fiel ihm um den Hals.

«Das ist eine Überraschung, Schwesterchen! Oh, da draußen ist unsere Kutsche! Und Bendix ist auch da!» rief Reinhart.

«Wir sind von Eekenholt direkt hergefahren, Sievert, Mutter und Tilde-Meller lassen dich grüßen…»

Der Meister kam auf den fröhlichen Lärm hin aus seiner Werkstatt und begrüßte freudig Bendix, der eben in die Tür trat: «Glück herein, Ritter Iversen! Ist der Kopf wieder heil?»

«Vollkommen, Meister Brüggemann.»

War das ein fröhliches Getümmel in der sonst so stillen Werkstatt. Reinhart stellte seine Kameraden vor, die alle herankamen, um das hübsche Mädchen zu begrüßen. Dann eilte Reinhart hinaus, um den alten Hinz zu begrüßen. «Hier also ist unser Junker gelandet», sagte der Kutscher und betrachtete fast ungläubig seines Herrn Schurzfell. Erst danach umarmte Reinhart den Freund, der ihm sagte, daß sie hergekommen seien, um etwas Wichtiges mit ihm zu besprechen. Der Meister gab seinem Gesellen frei. Es war Sonnabendnachmittag, und sie wollten ohnehin bald Feierabend machen.

Zuvor aber wollten die beiden Besucher sich noch gerne die Holzfiguren ansehen, die auf Regalen standen; manche schon im fertigen Gehäuse. Nele, die fromm erzogen war, kniete vor der Leidensgeschichte Christi nieder. Es war die Dornenkrönung. Sie war so ausdrucksvoll gelungen, daß der Anblick das Mädchen einfach in die Knie zwang. Sie hatte die Hände gefaltet und blickte dann zu der Geißelung auf, deren Gehäuse daneben stand. Die Männer standen alle stumm hinter ihr und störten Nele in ihrer Andacht nicht. Und Meister Brüggemann erlebte jetzt zum erstenmal, wie seine Arbeit auf den unbefangenen Beschauer wirkte. Dieses junge Mädchen sah nicht die Kunst, sie empfand nur das, was die Geschehnisse in den kleinen Bühnen zum Ausdruck brachten: das Leiden des HERRN.

Als Nele alles, was dort stand, mit Andacht betrachtet hatte, erhob sie sich und ging ernst auf Hans Brüggemann zu. Sie nahm seine

Hände, sah sie an und sagte: «Meister, deine Hände sind gesegnet.» Er sah, daß ihre Augen feucht waren, ließ ihre eine Hand los und strich ihr über die klare Mädchenstirn: «Du wirst glücklich werden. Das wünsche ich dir von Herzen!»

«Danke, Meister... Welch wundervolle Arbeit habt ihr alle hier geleistet. Daß Menschenhände das vollbringen können!»

Erst als Vedderke mit einem Flederwisch kam und ihr den Mantel vorne von Sägespänen reinigte, erwachte sie aus ihrem Entzücken. Bendix aber bat ihr im stillen alles mögliche ab, was ihm über sie an Unreifheit in den Sinn gekommen war. Auch er war betroffen über das Werk dieser Männer. Das mußte ein ganz ungewöhnlicher Altaraufsatz werden.

Sie verabschiedeten sich und gingen hinaus. Sievert, nun wieder Junker, gebot Hinz, erst zu seiner Behausung zu fahren; denn er wollte sich zur Feier des Tages umziehen. Er ahnte vorerst noch nicht, daß es tatsächlich eine Feier wurde.

Nele trug nicht ihr Staatskleid auf der Reise, aber sie sah trotzdem reizend aus in ihrem warmen Reisekleid, das die Meller ihr mit dem frischen weißen Kragen und den weißen, blaubestickten Borden um die Säume zurechtgeschneidert hatte. Sie saßen in dem bewährten Gasthof «Zum Engel» am Husumer Markt. Bendix bestellte eine gute Flasche Wein. Dann verkündete er, daß er und Nele sich versprochen hätten und daß die Hochzeit im Frühling stattfinden solle. Sievert war so glücklich, daß er beide umarmte und küßte.

«Daß ihr beiden ein Paar werden würdet, ist für mich die größte Freude!» sagte Sievert und hob sein Glas. «Auf daß ihr immer vom Glück gesegnet sein werdet!»

Als die zweite Flasche Wein in Angriff genommen wurde, erzählte Nele, weswegen sie nach Husum gereist sei. «Wir sind nun ganz ohne männlichen Beistand, Sievert. Es geht so nicht. Bendix will erst im Frühjahr in Gottorp Schluß machen.» Sie bat den Bruder, den Winter über nach Eekenholt zu kommen.

Sievert sah vor sich hin, dann schüttelte er den Kopf. Er würde gerne helfen, aber er könne nicht fort. Sie seien nur drei Mann, die dem Meister an den Figuren helfen könnten. Das sei wenig, und er könne den Meister nicht im Stich lassen, es sei einfach zuviel Arbeit. Im Winter sei in der Landwirtschaft sowieso nicht viel zu tun. Viehwirtschaft sei nicht da, von wegen Mist fahren und dergleichen.

Das, was anliege, könnten die Leute auf Eekenholt auch ohne Aufsicht schaffen. Da habe er kein Betätigungsfeld.

«Das stimmt schon», sagte Bendix, «immerhin treten oftmals Lagen auf, mit denen die Frauen nicht allein fertig werden.» Er wandte sich an Nele: «Ich habe es dir ja im voraus gesagt, daß Sievert hier nicht loskommen kann und will.» Bendix nahm einen Schluck und sagte dann zu Sievert: «Willst du denn eigentlich überhaupt nicht mehr nach Eekenholt zurückkommen? Daß du die Altartafel mit vollenden willst, ist klar. Aber was ist danach? Deine Mutter hat mich so sehr gebeten, ein Wort dafür einzulegen, daß du doch zurückkommen mögest, Sievert. Sie war sehr traurig darüber, daß du dich um diesen großen und schönen Besitz nicht kümmern willst.»

«Du kennst meine Ansicht, lieber Freund. Eines Tages ist Großvater wieder da; denn schließlich ist er noch der Besitzer von Eekenholt. Soll ich mich da mit ihm herumstreiten? Nee! Möglicherweise erscheint auch Isegrim wieder auf der Bildfläche. Soll ich dafür meinen schönen Beruf hinwerfen? Versteht mich doch!»

«Ich verstehe dich, Bruder», sagte Nele, «nachdem ich deine Arbeit und Meister Brüggemann erlebt habe. Ich hatte ja keine Ahnung, welch eine schöne Aufgabe zu hast, wie sie dich fesseln muß. Nur uns ist leider damit nicht geholfen.»

«Ich glaube, ich habe einen guten Vorschlag. Ich schicke Martin Klönhammer nach Eekenholt!» sagte Bendix.

«Ja, ja, Bendix. Das wäre wunderbar! Er hat ja inzwischen schon den Hofvogt gespielt. Aber dann hat mein lieber Bendix keinen Diener», erwiderte Nele.

«Ach, ich trenne mich natürlich ungern von dem guten Kerl, aber es gibt in Gottorp wohl irgendeinen Lakaien, der für mich und die Pferde sorgt.» Bendix sprach dann mit Sievert über die Einnahmen des Gutes, und Sievert antwortete, daß sie zum Teil von den Abgaben aus den Dörfern kämen, auch seien die Bauern dort gespannpflichtig. Weiter bringe der Holzschlag etwas ein. Auch die Köhlerei habe Einkünfte gebracht, soviel er sich erinnere. Die Köhler seien zwar jetzt fort, doch könne man neue Leute einstellen. Das Gutsgetreide sei auch zum Teil zum Verkauf bestimmt. Viel wäre wohl nicht dabei zu verdienen.

«Der Wald ist zu groß, Sievert, man müßte daraus mehr Ackerland machen und auch Wiesen zur Viehhaltung. Milchwirtschaft bringt schließlich auch im Winter Geld ein.»

«Sag mal, Bendix, verstehst du eigentlich etwas von der Landwirtschaft?» fragte Sievert erstaunt.

Er erfuhr nun, daß der Freund in der Landwirtschaft groß geworden sei und einen eigenen Hof bewirtschaften soll. Doch sei Bendix bereit, zunächst auf Eekenholt die Wirtschaft zu leiten, bis er sie an einen fähigen Mann abgeben könne. Und deswegen meine er, ob Sievert nicht doch das Gut übernehmen wolle?

«Ich bin dir außerordentlich dankbar, du guter Mensch, daß du uns zunächst aus der Klemme helfen willst. Aber ich weiß nicht, wie lange ich hier in Husum gebunden bin… Und dann Großvater! Mit dem will ich auf keinen Fall wieder zusammenstoßen. Du könntest es leichter haben und mit Nele auf deinen Besitz ziehen, das wäre wirklich ein Freundschaftsdienst, den du uns leisten könntest.» Sievert legte seine Hand auf die des Freundes.

«Natürlich will ich euch helfen. Doch so weltfremd, daß ich meine Kräfte für euren heruntergekommenen Besitz ohne einen Verdienst einsetzen werde und später erleben kann, daß der Alte, wenn er zurückkommt, alles umwirft und der alte Schlendrian wieder einsetzt, bin ich nun auch nicht, ihr Lieben», erwiderte der Ritter.

«Das ist ganz klar, Bendix. Wie verbleiben wir also?» fragte Sievert. Sie berieten sich hin und her, dann fragte Bendix, ob Sievert hier sein gutes Auskommen habe?

«Ich brauche hier kaum etwas. Verpflegung und Unterkunft habe ich frei, und ansonsten bekommen wir Gesellen vom Meister einen anständigen Lohn.»

«Gut! Dann bist du von Eekenholt vorerst nicht abhängig?»

«Absolut nicht, Bendix. Das ist für mich ein sehr beruhigendes Gefühl. Vorläufig ist Mutter als Besitzerin anzusehen, solange der Alte fort ist.»

Sie einigten sich darauf, daß Benedict Iversen mit Hedwig von Scharpenberg einen Pachtvertrag abschließen solle, so daß sie eine Summe festsetzen würden, die Bendix den Scharpenbergs als Pacht zahlen müsse, dafür gehörten ihm die Gutseinnahmen. Der Vertrag solle solange gehen, bis der alte Scharpenberg wieder auf Eekenholt eintreffe. Im Falle, daß Benedict Geld in Instandsetzungen des Gutes stecken würde, müsse ihm das nach Ablauf des Vertrags – es sei denn, es würden von dem Alten andere Regelungen vorgeschlagen – zurückerstattet werden.

«Ob eure Mutter darauf eingeht, weiß ich nicht, das soll sich erst herausstellen.»

«Doch», sagte Nele energisch, «das wird sie; denn es ist ein vernünftiger Vorschlag. Und letzten Endes bleibt das Geld ja in der Familie, da Bendix ihr Schwiegersohn wird. Wenn Großvater zurückkommt und ihm unsere Maßnahmen nicht passen, dann gehen wir auf Bendix' Hof in Nordschleswig, und das alte Ekel kann alleine auf Eekenholt bleiben. Mutter und Meller nehmen wir dann mit, wenn Mutter nicht wieder ins Kloster geht. Ist es so recht, mein Bendix?»

Der Ritter war einverstanden unter der Bedingung, daß dann der Alte gezwungen sei, Bendix auszuzahlen, was er an Werten in das Gut angelegt habe. Das müsse alles rechtskräftig beglaubigt werden. Auch werde er in Gottorp erfahren können, wie weit man mit den Verhandlungen gegen den Alten gekommen sei. Er erkundigte sich bei Nele, ob sie wisse, ob der Alte Menschen umgebracht habe? Nein, davon wußte Nele nichts. «Er war richtig wütend, daß sie dich fast erschlagen hatten, Bendix. Ich glaube so schlecht ist Großvater nicht.» Auch Sievert bestätigte, daß er von einem Mord nie gehört habe.

Zufrieden mit ihren Vereinbarungen, trennten sie sich, und das Paar fuhr nach Gottorp zurück.

Nele und Hinz erhielten von Bendix Weisung, erst auf ihn im Gasthof zu warten, ehe sie nach Eekenholt zurückfahren würden.

Es war gegen Abend, als Bendix endlich in Gottorp eintraf.

Herzog Friedrich kam seinem Ritter entgegen, als der Lakai die Tür aufriß und Bendix meldete. «Mein lieber Iversen, endlich bist du wieder in Gottorp! Ist deine Gesundheit wieder ganz hergestellt?» Der Fürst hielt des Ritters Hand fest, der sich tief verneigte.

«Vollkommen, Herr Herzog. Darf ich mich nach Herrn Herzogs Befinden erkundigen?»

«Immer dasselbe. Wenn man nicht ein so dickes Fell besäße, hätten all die kleinen und großen Ärgernisse diesen Landesfürsten schon umgebracht. Bis dahin ist noch einiges zu erledigen. Aber setz dich und berichte mir. Du schaust frisch und gesund aus.»

Der Herzog war einer von den gar nicht so häufig auftretenden

Menschen, die zuhören konnten, ohne dem Erzähler ins Wort zu fallen. Hin und wieder sah er, während Bendix von seinen Eekenholter Abenteuern berichtete, finster drein. Aber auch ein kurzes Auflachen bezeugte, daß er ganz bei der Sache war. Als der Ritter jetzt von seiner Verlobung mit Nele von Scharpenberg sprach, rief er lachend: «Potztausend, Iversen! Konntest du dir denn keine andere Ehefrau aussuchen, als gerade die Enkelin von dem alten Raubritter, der dir fast hätte den Schädel einschlagen lassen?»

«Nele von Scharpenberg ist schon die richtige Frau für mich, Herr Herzog.» Bendix erzählte seinem Herrn nun doch von dem Besuch in Meister Brüggemanns Werkstatt, wie Nele vor den Bilderwerken des Meisters in Andacht versunken sei, und von der Notwendigkeit, mit dem Junker Scharpenberg zu sprechen.

Das gefiel dem Herzog aus zweierlei Gründen.

«Ich werde demnächst nach Husum fahren, um mir die Arbeit Brüggemanns anzusehen; denn du sagst ja, daß es schon viel zu sehen gibt. Erzähle mir nun weiter von der verfahrenen Lage auf Eekenholt.»

Vor den hellen, forschenden Augen seines Herzogs konnte Bendix nichts verschweigen. Nur ließ er noch nichts von seinem Plan verlauten, daß er dort selbst eingreifen wolle. Er kannte seinen Herrn.

So schüttelte Herzog Friedrich auch bedauernd den Kopf, als Bendix ihm die schlimme Lage der Frauen dort schilderte, welche die Gefangennahme der Männer verursacht hatte.

«Tut mir leid, Iversen. Der Heilmeister hat mir berichtet, welch liebenswürdige Frauen es sind, die dich umsorgt haben. Was Wunder, daß du die Jungfer liebgewonnen hast. Den Junker habe ich inzwischen kennengelernt, den jungen Bildhauer. Sonderbarer Mensch. Was werden die Eekenholter Frauen nun machen?»

«Ich werde für die nächste Zeit meinen Diener Martin Klönhammer hinschicken, der inzwischen dort als Hofvogt gearbeitet hat. Er ist ja ein Bauernsohn aus meiner Heimat und versteht es, mit den Leuten dort umzugehen.»

«Brav. Laß dir von Wiedenkamp einen Diener anweisen. Allerdings ist es keine richtige Lösung, Iversen.»

«Das meine ich auch, Herr Herzog. Ist die Verhandlung gegen Claus von Scharpenberg und Otto Franzendorf schon gelaufen?»

«Ja, mir ist berichtet worden, daß sie als Strafe wohl noch ein

Jahr in Haft bleiben, dazu Bußgeld zahlen müssen. Der alte Scharpenberg soll eine gute Haltung gezeigt haben. Seine von ihm angestifteten Leute bekamen ein halbes Jahr Kerker.» Der Herzog beugte sich vor und fragte Bendix langsam: «Du hast etwas vor mit diesem Eekenholt, Iversen, da du jetzt in die Familie eintrittst? Also heraus mit der Sprache!»

Bendix holte tief Atem und gab dem Herzog in seiner freimütigen Art seine Pläne zur Kenntnis. Der Fürst zog die Augenbrauen zusammen und fragte: «Du willst mir also den Dienst aufkündigen, Ritter Iversen?»

Bendix antwortete, er sähe leider keine andere Möglichkeit, der Herzog möge ihm verzeihen. Ihm sei es auch leid, seinen gütigen Herrn zu verlassen, aber er sei dort nötiger als hier. Er habe ohnehin vorgehabt, in einigen Jahren seinen Hof auf Wunsch seines Vaters zu übernehmen. Nun sei ihm diese Eekenholter Sache über den Kopf gekommen...

«Ja, ja, erst ein Knüppel auf den Kopf und dann die Minne!» knurrte der Herzog und strich seinen Kinnbart. «Ich lasse dich recht ungern ziehen, Iversen, aber anbinden kann ich dich nicht. Und schließlich willst du eine Familie gründen. Das Alter hast du. Wie lange kann ich noch mit dir rechnen?»

«Bis Mai, Herr Herzog, dann muß ich mich dort um den Hof kümmern, den Winter über kann Martin den Frauen beistehen.»

Sie sprachen noch über den Vertrag, den Bendix mit seiner Schwiegermutter über die Pacht zu machen beabsichtigte, und Herzog Friedrich meinte, das sei ein Wagnis; denn noch lebe der alte Scharpenberg. Man wisse nicht, ob der sich nachher an eine Abmachung halte, die er als Besitzer nicht unterschrieben habe.

«Mit dem kann ich ohnehin keinen Vertrag machen, da er weder lesen noch schreiben kann», murrte Bendix vor sich hin. Der Herzog bemerkte, auch mit solchen Leuten würden schriftliche Vereinbarungen getroffen, man lese ihnen eben den Inhalt eines solchen Abkommens vor, und sie machten dann ein Zeichen darunter. Das sei eine windige Angelegenheit für Iversen.

Bendix erwiderte, der alte Mann werde zufrieden sein und dem Vater seiner Enkelkinder schon keine Schwierigkeiten in den Weg legen. Denn die wolle er auf jeden Fall haben, das wisse er.

«Gut, Iversen. Ich wünsche dir Glück bei deinen Unternehmungen!» Der Herzog erhob sich, und Bendix verabschiedete sich, er bedankte sich für das Verständnis seines Herrn.

«Nun möchte ich aber doch gerne deine Braut einmal sehen. Oder ist sie schon nach Eekenholt unterwegs?» Nein, sie sei noch in einem Gasthof in Schleswig.

Der Herzog dachte nach, dann sagte er: «Heute ist es zu spät. Aber morgen mittag erwarte ich euch zur Tafel, es sind bei mir zwei brandenburgische Edelfrauen zu Besuch. Das würde passen. Bis morgen!»

In seinem Zimmer schrieb Bendix einige Zeilen auf ein Blatt Papier und schickte Martin damit zu seiner Braut, damit sie sich auf den morgigen Besuch beim Herzog vorbereiten könne.

Martin war sehr beeindruckt von dem Bescheid, daß er mit der Kutsche wieder nach Eekenholt zurückfahren solle, um dort weiter tätig zu sein. Nur, daß er sich von seinem Herrn trennen mußte, verdrießte ihn. Aber es würde ja nicht lange sein.

Pünktlich fuhr die Scharpenbergsche Kutsche in den Burghof ein. Bendix in Hoftracht half Nele heraus. Dann gingen sie in Bendix' Gemach hinein.

Der Ritter nahm erst seine kleine entzückend aussehende Braut in die Arme. «Oh, Bendix, ich bin ganz aufgeregt», sagte sie. Dann nahm er ihr den Mantel ab, trat zurück: «Alle Wetter, Mädchen! Du schaust aus wie eine Prinzessin», rief er staunend.

Nele hatte das kornblumenblaue Seidenkleid an, das am tiefen Ausschnitt mit silberbestickten Streifen besetzt war, auch an den weiten Ärmeln und am Gürtel blitzte die silberne Stickerei. Nele wußte nicht, wie hübsch das Blau des Kleides und des kleinen Käppchens, das auf ihren honigfarbenen Flechten thronte, zu ihren Augen paßte. Sie konnte sich selber ja nicht sehen, wie frisch ihre rosigen Wangen und ihr zartrosa Mädchenmund sich ausnahmen.

«Hast du das etwa auch mit deiner Meller genäht?»

«Ja, siehst du, ich kann es jetzt gut brauchen.» Er fragte, wieso sie das gewußt habe.

«Ich hoffte doch sehr, daß ich vielleicht eine Verspruchsfeier erleben würde, und deshalb...»

Ein Lakai trat ein und holte das Paar ab. Er legte Nele den Umhang um. Dann gingen sie über den Hof in den Südflügel hinein. Oben im Eßsaal befand sich vor einer großen Schenkschiewe, deren

Klappe heruntergelassen war, bereits eine kleine Gruppe Mittagsgäste und empfing von einem Diener kleine Gläser mit Südwein. Es waren zwei Damen, die ältere trug einen in Falten gelegten Surkot mit einer kleinen Schleppe, darüber den offenen Tasselmantel, welcher den blitzenden Schmuck auf der Brust sehen ließ. Die jüngere trug ein einfacheres, ausgeschnittenes und anliegendes Kleid mit weitem, durch eingesetzte Keile glockig herabfallendem Gewand in ähnlicher Art wie Neles schweres Seidenkleid. Bei ihnen standen der Heilmeister und der Ritter Ritzerau. Beide Herren begrüßten Bendix freudig und machten die Ankömmlinge mit den Brandenburgerinnen bekannt. Die ältere Dame war eine Verwandte des Herzogs und die jüngere ihre Begleiterin, die Jungfer Quitzow.

«Du siehst wie das blühende Leben aus, Bendix Iversen», sagte Josias von Damm, «bist du wieder ganz beieinander?» Bendix sagte, ihm könne es gar nicht besser ergehen. Und der Heilmeister fuhr fort: «Sieh an! Mittlerweile hat sich ein wunderschöner Schmetterling aus der kleinen emsigen Puppe in Eekenholt entwikkelt.»

Nele strahlte ihn mit den «zwei blauen Flecken» an und mußte ihm erzählen, wie es eben in Eekenholt aussah. Derweil dachte Bendix, der Herzog hat ihnen nichts von Nele und mir gesagt, sonst würde der Heilmeister einen passenden Spruch anbringen. Indes Ritzerau sich mit den Damen unterhielt, bemerkte Bendix mit Stolz, wie sein Blick immer wieder zu Nele hinüberschweifte. Sie hatten gerade ihre Gläser ausgetrunken, als ein würdiger Herr in prächtiger Hoftracht die Tür an der einen Schmalwand öffnete und der Herzog eintrat. Auch er trug festliche Kleidung. Nele war sehr beeindruckt von der fürstlichen Gestalt in der pelzverbrämten Samtschaube und dem mit einer Goldagraffe geschmückten Barett. Die Herren behielten ihre Kopfbedeckung auf, wie die Frauen ihren Kopfputz.

Die Tafel war sonntäglich gedeckt. Der Herzog nahm am Schmalende Platz. Vor dem Stuhl ihm gegenüber befand sich kein Gedeck. Es war der Platz der Herzogin gewesen, den sonst nur ihr Sohn Christian einnahm, wenn er in Gottorp war. Der Prinz war fünfzehn Jahre alt.

Nele von Scharpenberg wurde auf den Platz links vom Herzog verwiesen. Die brandenburgische Prinzessin saß rechts von ihm. Zu ihrer Rechten saß Ritzerau neben dem Hoffräulein, Bendix und der Heilmeister gegenüber bei Nele, die der Herzog freundlich begrüßt hatte. Er sprach ein kurzes Gebet und wünschte seinen Gästen eine gesegnete Mahlzeit. Danach wurde die Suppe, eine kräftige Rindfleischbrühe mit Einlagen, mit silbernen Löffeln aus kleinen Keramikschälchen, die aus den Niederlanden stammten, gegessen. Unterdessen redete die Brandenburgerin mit dem Herzog.

Während die Schüsselchen abgeräumt wurden, wandte sich Herzog Friedrich an Nele: «Nun wollen wir uns miteinander unterhalten, Jungfer... wie war doch dein Name?»

«Nele von Scharpenberg, Herr Herzog.»

«Ja, Jungfer Nele, ich habe ein ziemlich großes Huhn mit dir zu rupfen!»

«Warum denn?» Erschrocken legte Nele die Hand auf ihre Brust. Ein finsteres Lächeln zeichnete des Herzogs Antlitz. «Weil du es fertiggebracht hast, mir meinen Ritter Benedict auszuspannen. Ist das eine Art und Weise, seinem Landesfürsten zu dienen?»

«Aber Bendix bleibt doch noch in Herrn Herzogs Dienst!»

«Ja, nur bis zum Maimonat. Er wollte länger bleiben, weißt du das?» Und als Nele ganz verzagt nickte, sagte er: «Du hast es ihm ausgeredet. Stimmt es?»

«Ja, das habe ich, weil wir ihn so dringend auf Eekenholt brauchen», erwiderte sie leise. Nele senkte den Kopf.

«So! Einen anderen Grund hast du nicht?»

Jetzt richtete sich das Mädchen mit geröteten Wangen wieder auf und sah den Fürsten verlegen lächelnd an.

«Es ist die Minne, Herr Herzog, die uns wünschen läßt, nicht so endlos lange mit unserer Verehelichung zu warten.»

Sie hatten leise gesprochen, die anderen Tischgäste unterhielten sich taktvoll; doch Bendix hatte mit halbem Ohr zugehört und sah jetzt, daß der Herzog sein herzliches Lächeln aufgesetzt hatte, das seinen Gesprächspartnern meist Vertrauen einflößte.

«Ja, wenn es die Minne ist, muß ich mich natürlich bescheiden, Jungfer Nele... Aber da kommt der Fisch!»

Ein großer Hecht, schon von seinen vielen Gräten befreit, wurde mit einer köstlich würzigen und süßsauren Tunke gereicht, dazu gab es Weizenbrot. Aus silbernen Bechern trank man Rheinwein dazu. Schweigend widmeten sich die Schmausenden dem Mahl.

Ehe der Wildbraten aufgetischt wurde, erhob sich der Herzog mit seinem Glas und verkündete, daß sein Ritter Benedict Iversen sich mit dieser lieblichen Jungfer Nele von Scharpenberg verlobt habe. Er winkte dem Lakai, die Gläser vollzuschenken, und dann stießen alle mit herzlichen Glückwünschen mit dem Brautpaar an. «Werdet glücklich miteinander. Es ist das Schönste im Leben, wenn sich zwei Herzen zueinanderfinden. Seid darauf bedacht, daß sie euer ganzes Leben zusammenbleiben», rief der Herzog und setzte sich.

«Du Heimtücker!» rief der Heilmeister jetzt laut. «Ich war es, der dir vorschlug, der Schwager deines Freundes zu werden und auf Eekenholt zu bleiben!» Bendix lachte. Und Herr Josias fuhr fort: «Aber du lehntest es ab und sagtest, ich solle Frau Hedwig heiraten, damit ein Mannsbild auf Eekenholt bleibe.»

«Was ist das?» fuhr der Herzog auf. «Du, Heilmeister, wolltest mir meinen Ritter Bendix abspenstig machen? Dann bist du also der Schuldige und nicht Jungfer Nele. Das ist denn doch... Da muß ich mich recht herzlich bei ihr entschuldigen.»

Nele hatte nun den Schelm in ihren Augen. «Das ist nicht nötig, Herr Herzog... Ein bißchen habe ich auch Schuld, um bei der Wahrheit zu bleiben.» Der Herzog tätschelte ihre kleine Hand.

Zum Wildbraten gab es den «Furmenty», einen Weizenbrei aus ganzen, enthülsten Körnern zubereitet und mit Milch, Eiern Saffran und Zucker schmackhaft gemacht, dazu französischen Rotwein aus einer schön gearbeiteten Silberkanne. Währenddessen mußte Bendix, da die Damen den Verlauf dieser aufregenden Geschichte gerne hören wollten, erzählen, wer nun eigentlich der schuldige Teil war. Selbstverständlich ließ er die schlimmen Ereignisse auf Eekenholt weg und zeigte in lustiger Weise auf, wie denn schließlich seine Verlobung zustande kam. Es war eine fröhliche Tischrunde um den Herzog. Die Sonne schien in den Saal und ließ die Silberstickerei auf Neles Kleid aufblitzen sowie auch des Herzogs Goldschmuck. Die Damen saßen mit dem Rücken zur Sonne, sonst hätte die Funkelei noch mehr Glanz gehabt.

Zur Nachspeise kam eine große Zinnschüssel mit Obst auf die Tafel, dazu Mandeln, Rosinen und andere Leckereien in kleinen Silberschälchen, sogar getrocknete Datteln.

So etwas hatte Nele noch nie gegessen. Sie war froh und strahlte hin und wieder ihren Bendix an, plauderte unbefangen mit dem

Herzog und den Edelfrauen. Und Bendix war richtig stolz auf sein «kleines Landmädchen», das zum erstenmal in die große Welt ausgeflogen war... und in seiner Jugendfrische und Natürlichkeit allen gefiel.

Eines konnte sich der Herzog indessen, als er nach aufgehobener Tafel noch ein Weilchen mit seinen Herren zusammen stand und die drei Frauen aus dem Fenster blickten und die schöne Aussicht von dort oben bewunderten, nicht verkneifen zu bemerken: «Wenn ich mir meine Gäste betrachte, so muß ich feststellen, daß ich drei ehrbare Vertreter aus echten Raubritterfamilien unter meinem Dach beisammenhabe. Dich, Ritzerau, Nele von Scharpenberg und Johanna Quitzow. Das ist wahrlich ein Staat!»

«Wenn wir dabei erst anfangen wollten, Herr Herzog...» lachte von Damm.

«Ja, ja, hören wir lieber damit auf! Das könnte zu weitläufig werden», vergnügte sich der Herzog. Dann besprach er mit Ritzerau und Bendix einige in Angriff zu nehmende Angelegenheiten. «Morgen geht der Dienst wieder an, Iversen!»

Eigentlich hatte Bendix mit Nele noch seine Eltern aufsuchen wollen. So schickte er anderntags einen Boten mit einem Schreiben nach Nordschleswig.

Nach einem wehmütigen Abschied fuhren Nele, Hinz und Martin fort.

Zweiter Teil

Die Vollendung

I

Was ein Augustinermönch am 31. Oktober 1517 an dem Portal der Schloßkirche zu Wittenberg veröffentlichte, wirkte wie ein Paukenschlag. Seine Hammerschläge verkündeten zu Beginn seiner 95 Thesen: «Frieden, Frieden – und ist doch kein Frieden!» Und am Ende seiner Thesen: «... sondern das Kreuz, das Kreuz!»

Hervorgerufen durch den Ablaßhandel und andere Mißstände in der Kirche, die er anprangerte, wollte Luther eine Disputation einleiten zur Bewältigung der Sündenlast. Wahre Reue durch einen Ablaßbrief beseitigen? Nein, nur aufrichtige Reue und Buße könnten Vergebung herbeiführen. Man sollte Christus nachfolgen durch Leiden, Tod und Hölle.

Er, der Doktor der Theologie und Dozent an der kurfürstlichsächsischen Universität zu Wittenberg, hatte seine Erfahrungen und Kämpfe auf diesem Gebiet gemacht. Er sprach zu seinen jungen Studenten in einer klaren, allen verständlichen Sprache, die zu Herzen ging. Die kleine, unbedeutende und neue Universität zog durch Luthers Lehren immer mehr Hörer heran. Das Augustinerkloster, in dem Luther lebte, und besonders ihr Vikarius von Staupitz, der Luther von vornherein gefördert hatte, waren stolz auf diesen Zustrom.

Es trat so manches an Luther heran, was ihm absonderlich erschien und sich mit seinem geraden Gottesglauben nicht vereinbaren ließ. Da war zum Beispiel der Reliquienschatz des sächsischen Kurfürsten, der in der Schloßkirche von Wittenberg ausgestellt war, Friedrich der Weise hatte ihn auf seiner Wallfahrt in das Heilige Land erworben und mitgebracht. Es waren 5005 Stücke, wenn man sie genau zählte. Des Kurfürsten Hofmaler Lucas Cranach hatte dazu einen Führer in Holzschnitten angefertigt. Denn diese Sammlung brachte den Betrachtern Segen, da sie Ablaß der Sünden versprach. Dem andächtigen Betrachter waren etwa 1443 Jahre Ablaß vom Fegefeuer sicher! Was war da nicht alles zu bestaunen: der Leichnam eines von Herodes ermordeten Kindes, ein Haar der Jungfrau Maria, ein Strohhalm aus Christi Krippe und eine Unmenge anderer heiliger Dinge.

Dazu kamen die vielen Heiligen, deren Kalender dem Kind Martin schon in der ersten Schule eingepaukt worden war – die Vorzimmerhüter Gottes oder auch andere «Treppengeländer», wie Luther sie in seiner oftmals bilderreichen Sprache bezeichnete, auf dem Weg zu seinem Herrgott. Er lehnte all diese Sprossen ab, er sprach in seinen Gebeten direkt zu Gott oder zu Christus.

Mit den Nachwehen der deutschen Mystiker befaßte sich Luther überhaupt nicht. Sie lebten auch verborgener im Untergrund, denn die Kirche lehnte sie ab. Er kannte nichts von dem Meister Eckhart der Gotik. Aber aus diesen Gruppen der Mystiker gingen Bewegungen hervor wie die «Devotio moderna» des Gerrit Grote oder ein bekanntes Andachtsbuch des Thomas von Kempen. Es waren jedoch immer kleine Gruppen, welche sich für die Nachwehen der Mystik begeisterten. Da gab es Streitereien mit Scholastikern. Vor allem waren Luther die uralten Thesen des Griechen Aristoteles im Wege, nach denen er lehren sollte und die er als veraltet ablehnte.

Über all diese Strömungen hinweg trat Martin Luther an die Öffentlichkeit. Er hatte einen wohlerwogenen und einwandfrei aufgesetzten Brief an den Erzbischof von Mainz, Albrecht von Brandenburg sowie auch an andere hochgestellte Geistliche geschrieben, in dem er seine Zweifel anmeldete. Aber der Paukenschlag von Wittenberg, diese Einleitung zu einem Sturm, fand vorläufig überhaupt keinen Widerhall. Luther bekam keine Antwort auf seine Schreiben. Aber die Bürger, das einfache Volk und sonstige Einsichtige wurden aufmerksam. Die Lehren Luthers gingen ihnen besser ein als das Latein der Priester. Denn Luther sprach deutsch. Der Stein, der ins Wasser gefallen war, zog seine Kreise; vorläufig waren es noch kleine Wellen, die sich ausbreiteten.

Ehe sie den Norden Europas erreichen konnten, waren die kleinen Wellen schon verebbt. In die abgeschiedene Werkstatt Hans Brüggemanns in Husum, diese Insel ruhigen Schaffens in einer Welt voll Zank und Aufruhr, drang keine Kunde von den neuen Lehren des Wittenberger Mönchs. Und wenn sie dort angekommen wäre, hätte Meister Brüggemann als strenggläubiger Katholik wahrscheinlich verwundert den Kopf geschüttelt, nur einen Augenblick innegehalten, um dann weiterzuarbeiten.

Sie spürten nicht den Frühlingswind einer neuen Zeit, sie hielten sich in ihrer Arbeit noch an die Regeln der gotischen Kunstepoche. Und doch ging der Meister schon bei der Gestaltung seiner Figuren einen neuen Weg. Nicht durch Farbe hauchte er ihnen Leben ein. Seine Schnitzkunst verlieh seinen Gestalten Menschlichkeit. Das Eichenholz erhielt Leben. Und seine Schüler bemühten sich, es ihm nachzutun.

Reinhart Holt gewann mit jeder neuen Figur, die unter seinen jetzt schwieligen Händen entstand, mehr Geschicklichkeit. Ihm wurde oftmals heiß, wenn sein Hohleisen mit jedem davon abrollenden Span eine schöne Rundung vollbrachte, wenn die Gestalt immer mehr aus dem Holz hervortrat, bis er sie aus seinen Händen entlassen und dem Meister zeigen konnte. Es kam dann vor, daß ihm Brüggemann einen oder auch mehr Fehler zeigte, die er, der Schüler, gewissenhaft verbesserte. Mitunter nahm der Meister die Figurengruppe auch selbst in die Hände und verbesserte mit wenigen sicheren Schnitten das Gesicht oder einen anderen Teil dieses kleinen Holzmenschen.

Ein Jahr war unterdes vergangen. Der Winter war hart gewesen. Sie hatten, als sie einige Tage wegen der starken Kälte mit der Arbeit aussetzen mußten, noch zusätzlich zu der offenen Feuerstelle, die nicht ausreichte, um die große Werkstatt zu erwärmen, einen Ofen aus Eisenplatten angebracht, der einen Abzug nach draußen erhielt. Den heizten sie mit Torf, der länger als Holz brannte. So zwischen zwei Feuern überstanden sie den Winter besser.

Als der Frühjahrssturm den Winter in den Norden fortblies, im Husumer Klostergarten die Krokusse aus der kalten Erde hervordrängten und die ersten Zugvögel eintrafen, erschien eines Morgens auf dem Platz vor der Werkstatt die herzogliche Kutsche mit ihren sechs Pferden. Es war nahezu ein Kunststück des Kutschers, sie dort unterzubringen. Die Lakaien sprangen hinten ab, öffneten die Tür, und heraus stieg Herzog Friedrich, gefolgt von Wulf Pogwisch, Riepenhusen und Bendix Iversen.

Vedderke, der sie zuerst sah, ergriff den Besen und fegte den Boden in Windeseile sauber, dabei schrie er: «Meister, de Hartog kümmt!»

«Laßt euch nicht stören», sagte Brüggemann ruhig und trat aus seinem Stübchen vor die Werkstattür, wo er den Fürsten ehrerbietig empfing.

Aufmerksam betrachtete der Fürst nach der Begrüßung seinen «Snitkermeister» und sagte: «Meister, du bist magerer geworden.» Und als er, eintretend, die vollen Regale an den Wänden sah, vollendete er: «Es ist auch kein Wunder, daß du vom Fleisch gefallen bist.» Brüggemann erwiderte lächelnd, er habe das nicht allein geschaffen, und deutete auf seine jungen Leute, die sich von ihren Hockern erhoben hatten und sich vor dem Landesherrn verneigten, der ihnen freundlich zunickte. Es wurde still in der Werkstatt, als die Herren vor die Regale traten und die heiligen Geschehnisse, die dort schon fertig in ihren Gehäusen standen, betrachteten. Man wußte, was sich gehörte. Die Gehäuse des rechten Seitenflügels waren fertig, zwei des linken Flügels ebenfalls. Das dritte wies auch schon einige Figuren auf, die sich aber noch in Arbeit auf den Tischen befanden: der hintere Block der Grablegung Christi mit einigen trauernden Frauengestalten. Den vorderen Block mit der Grablegung hatte der Meister eben in Arbeit. Auch den besahen die Besucher eingehend, um zu erkunden, wie solch ein Kunstwerk im Entstehen war.

Tief beeindruckt begaben sich die Herren mit dem Meister in dessen Stube nebenan. Riepenhusen war des Lobes voll. Der Herzog hörte sich das erst an, nahm dann des Meisters beide Hände und sagte: «Ich meine, diese kleinen, frommen Schaustücke sind über jedes Lob erhaben, Meister Brüggemann. Mehr möchte ich nicht dazu sagen. Nur vielleicht noch, daß ich mich dazu beglückwünschen kann, einen solch befähigten Meister in dir gefunden zu haben.» Dann wandte er sich um und schmunzelte: «Eigentlich müßte ich mich auch bei dir, Riepenhusen, bedanken.» Riepenhusen verbeugte sich und antwortete, den Rest habe schließlich der wackere Ritter Iversen mit seinem Ritt durch die wilde Heide besorgt. Alle lachten, und Bendix meinte, er habe jetzt gesehen, daß der Ritt sich gelohnt habe; denn sie hätten wohl keinen Meister gefunden, der so ein großartiges Werk zustande bringen könne.

«Das meine ich auch.» Der Herzog schaute Hans Brüggemann an: «Macht dir die Arbeit an der Tafel Freude, Meister?»

«Ich kann mir nichts Schöneres vorstellen, als diese Arbeit zu Ehren Gottes… für Herrn Herzog und für all die vielen Menschen, die einstmals davor stehen oder knien werden», gab Brüggemann bescheiden zurück.

Der Herzog erkundigte sich, ob schon Besuch von Bordesholm gekommen sei; und als Brüggemann verneinte, bemerkte er, dann könne er sich darauf gefaßt machen. Es käme wahrscheinlich auch noch mehr Besuch in die Werkstatt, schloß er lächelnd.

Wulf Pogwisch erkundigte sich, ob der Stifter sich nicht vom Meister in diesem Werk verewigen lassen wolle?

Um des Himmels willen, nein! rief der Herzog. Er sei nicht für das Verewigen. Ihm genüge, daß er bereits auf seinem prachtvollen Grabmal zu Bordesholm in voller kriegerischer Aufmachung mit der Herzogin verewigt sei.

Es mußte aber doch irgendeiner der Gesellen den Herzog bei der Besichtigung der Figuren skizziert haben... denn man hörte ein unterdrücktes Lachen durch die offene Tür.

«Dann müsse der Meister wenigstens auf die Tafel», meinte Riepenhusen. Aber auch Hans Brüggemann war nicht für das «Verewigen» zu haben. «Wir verwenden wohl Eindrücke von Menschen, die uns begegnen, wenn sie in unsere Darstellung hineinpassen, in Gestalt oder Antlitz ausgeprägt sind und der Wesensart der zu gestaltenden Figur entsprechen. Aber darin stimme ich Herrn Herzog bei, Drang nach Geltung oder Eitelkeit haben in einem Altarbild nichts zu suchen.»

Bekräftigend nickte der Herzog und dachte daran, daß auf Wunsch seiner Schwägerin Christine die gesamte Familie seines Bruders Johann von Claus Berg auf dem Odenser Altar abgebildet werde.

Bendix besprach sich, bevor die Herren sich verabschiedeten, noch mit Reinhart. «Am 15. Mai ist Hochzeit auf Eekenholt, da hast du zu erscheinen! Soll ich dir Hinz mit der Kutsche schicken oder Martin mit Sleipnir?»

«Schick mir lieber Sleipnir, sonst verlern ich noch das Reiten!»

Sie standen an der Tür, und der Herzog trat hinzu und fragte den Junker, ob er noch immer Freude an der Arbeit hier habe?

«Ich kann mir nichts Schöneres denken, Herr Herzog», erwiderte Reinhart. «Dann macht weiter so!» rief der Herzog den Gesellen zu und begab sich zur Kutsche.

Drinnen sagte Wulf Pogwisch: «Das kostet Schweiß und Geld...»

«Ja, Wulf Pogwisch», gab der Herzog zurück, «zum Glück ist es nicht dein Geld. Du bist fromm, kannst aber auch rechnen. Ich kann

aber noch besser rechnen als du. Denn ich rechne weiter...
nach Jahrhunderten und wie viele Menschen vor diesem herrlichen Werk, das unser Meister jetzt schafft, in Andacht knien
werden.»

Vierzehn Tage später erschien der angekündigte Besuch aus Bordesholm, Propst Albert Preen und zwei Chorherren. Sie kamen zu
Fuß; denn sie hatten zuvor einen Besuch im Franziskanerkloster
gemacht, ihre Pferde dort untergestellt und sich eine Stärkung gefallen lassen. Der Franziskanerprior hatte es sich nicht nehmen lassen,
sie zu Meister Brüggemanns Werkstatt zu begleiten und sich die Arbeiten anzusehen. «Wenn's erlaubt ist», äußerte er bescheiden, als
Brüggemann die vier Herren begrüßte.

Sie waren vor den Schaubildern nicht so still wie die Herren aus
Gottorp; denn sie waren es gewohnt, unter heiligen Gestalten zu
wandeln.

Auch sie waren voller Lob und überrascht von dem starken Ausdruck des Dargestellten; immerhin hatten die beiden Chorherren
Bedenken, ob nicht zum Beispiel die Söldnergestalten sich in ihrer
knappen Kleidung und Gestalt auf einem Altarblatt zu lebensecht,
um es gelinde zu sagen, ausnehmen würden?

Nein, absolut nicht, erwiderte der Meister, es könne gar nicht
lebensecht genug sein. Die Padres haben diese Söldner vielleicht
noch nicht vor Augen gehabt. Aber so seien sie. Und da die anderen
Menschen in ihrer heutigen Tracht erschienen, könne er die Söldner,
die Jesus gefangennehmen, nicht in erfundenen Kleidern dort hineinstellen.

Und der Franziskaner äußerte, er habe sie gesehen, sie seien echt,
und der Gegensatz zum HERRN sei damit sehr gut gelungen. Der
Propst hatte Bedenken, daß die Gestalten in der Weite der Kirche zu
klein sein würden. Meister Brüggemann ließ sich nicht beirren und
sagte trocken, ja, wenn es an hohen Feiertagen, wo der Schrein geöffnet sei, gerade finsteres Regenwetter sei, habe man Pech gehabt.

«Und was die Größe anbetrifft, konnten sie nicht größer ausfallen, weil dann der Aufsatz auch hätte größer werden müssen. Das
trifft mit der Höhe des Chors in Bordesholm nicht zusammen», fuhr
Brüggemann fort.

«Vielleicht hätten die Maßwerkschleier in den Gehäusen etwas
kleiner ausfallen können?» äußerte einer der Chorherren.

«Ohne Zweifel. Gefallen sie Hochwürden nicht?»

«Sie gefallen uns sehr», sagte der Propst abschließend, und der Franziskaner nickte dazu.

Die Bildhauer waren froh, als sich die Werkstattür hinter den Geistlichen schloß.

«Kritik üben ist leicht», sagte Sywel Atynghe, «überhaupt, wenn man wahrscheinlich nicht einmal fähig ist, ein Schaf zu schnitzen, geschweige denn, nur einen solchen Entwurf wie unsere Tafel aufs Papier zu zeichnen.»

«Jedermann darf sich dazu äußern, ob ihm ein Kunstwerk gefällt oder nicht», bemerkte Hans Brüggemann, «aber an der Ausführung desselben sollte er nicht den Besserwisser spielen, wenn er es nicht selbst als Fachmann besser ausführen kann. Man soll sich Kritik gefallen lassen von Meistern, die das Handwerk noch vortrefflicher beherrschen, und dankbar dafür sein. Aber nicht von Menschen, die an einem Kunstwerk etwas bemängeln, weil sie in dem seelischen Bereich, aus dem heraus es entstanden ist, nicht zu Hause sind, weil es ihnen an Einbildungskraft fehlt.»

Reinhart hatte mit glänzenden Augen zugehört, jetzt meinte er: «Ob es nicht auch mitunter einfach nur Geltungsbedürfnis ist, was die Besserwisser treibt?»

Der Meister lächelte: «Ob sie es auch für sich in ihrem stillen Kämmerlein tun, wenn sie zuvor ein Kunstwerk betrachtet haben, weiß ich nicht. Aber meist geschieht es wohl im Beisein anderer Menschen.»

«Oder dem Künstler gegenüber», warf Vedderke ein. «Aber ich glaube kaum, daß zum Beispiel Herr Riepenhusen, der von Kunst etwas versteht, es nachträglich vor den anderen Herren getan hat. Und der Herzog sicher nicht.»

«Und das ist die Hauptsache», meinte Brüggemann, «jetzt wollen wir aber wieder an unser Werk gehen!»

Grüß Gott, du schöner Maien, da bist du wiedrum hier,
tust jung und alt erfreuen mit deiner Blumen Zier.
Die lieben Vöglein alle, sie singen all so hell;
Frau Nachtigall mit Schalle hat die fürnehmste Stell.
Die kalten Wind' verstummen, der Himmel ist gar blau,
die lieben Bienlein summen daher in grüner Au.

O holde Lust im Maien, da alles neu erblüht,
du kannst mich sehr erfreuen, mein Herz und mein
Gemüt.*

Selbst Sleipnir wieherte in die milde Mailuft, nachdem der Morgen-
dunst sich aufgelöst hatte und die Sonne die Landschaft in prunken-
den Farben aufleuchten ließ.

Sie ritten eben an der Schlei entlang auf Eckernförde zu, Junker
Sievert von Scharpenberg auf Sleipnir und Martin auf Saxa. Hügel-
auf, hügelab. Rechts und links das frische Maiengrün. Sie ritten an
der Graskante der Landstraße, und Martin hatte viel zu berichten.
Sievert wollte alles wissen. Er war voll Freude an diesem Morgen.
Einmal heraus aus der Werkstatt. Luft! Sonne! Vogelgesang und der
Duft der Birken, die am Wege ihre zarten Blättchenschleier wehen
ließen! Zehn Tage Erholung hatte ihm Meister Brüggemann zugestanden. Er selbst hatte um fünf gebeten. Sleipnir hatte seinem
Herrn zur Begrüßung in Husum einen feuchten Kuß auf die Wange
verpaßt. Wie hatten die Kameraden gelacht und ihm neidlos recht
fröhliche Tage in der Heimat gewünscht.

Hochzeit! Sein Schwesterchen wurde des Freundes Frau! Etwas
Besseres hätte Sievert sich für die beiden nicht wünschen können,
die seinem Herzen so nahe standen.

Martin hatte den Winter über schon allerlei auf Eekenholt in
Ordnung gebracht, was sein Herr ihm zuvor aufgegeben hatte. Ja,
nun war Benedict Iversen seit Ende April auf Eekenholt. Gott sei
gelobt!, und er «fuhrwerkte» dort ganz vortrefflich umher. Und
Jungfer Nele erst! Sie hatte mit ihrer Mutter und Tante und noch
einigen Frauen den alten Räuberturm auf den Kopf gestellt, damit
zur Hochzeitsfeier alles in Ordnung ist.

«Was die Frauensleute dort alles herausgeschmissen haben, Junker, da haben wir auf dem Hof gestaunt, als wir den alten Plunder
verbrennen mußten. Die Mottenmaden in alten Pelzdecken sind
richtig im Feuer gebraten worden, hohoho!» Martin lachte, und
gestunken habe der Kram! Die Jungfer habe einen Zimmermann
geholt, und der habe im Turm gewerkelt.

«Was macht die Landwirtschaft, Martin?»

* Lied aus dem 16. Jahrhundert

«Die Wintersaat steht gut, hat aber kahle Stellen. Wir haben daherum zuviel Wild, Junker. Der Jäger schießt wohl was weg, aber es vermehrt sich wie die Mäuse, die auch Überhand nehmen. Die Katzen kommen dagegen nicht an. Auch Ratten sind viel zuviel da. Krieg die mal! Die gehen in die Gräben. Das Aaszeug.»

«Da fällt mir etwas ein, Martin: Habt ihr etwas von den Leuten gesehen, die eingesperrt waren? Die müßten jetzt doch frei sein? Meines Großvaters ‹Leibwache› und Isegrim?»

«Ja, Junker. Zwei davon sind wieder auf Eekenholt. Sie sind ja Leibeigene. Die anderen haben sich verkrümelt. Die beiden Knechte, die ganz abgerissen und klapperdürr ankamen, erzählten, daß die anderen dadurch frei zu werden hofften, wenn sie fortwanderten. Ich glaube, sie wollten nach Dithmarschen. Sie meinten, dort gäbe es keine Leibeigenen. Und Isegrim ist tot. Im Kerker gestorben. Sie erzählten, er habe nicht mit ihnen im Loch gesessen. Aber ein Wächter hat ihnen gesagt, Isegrim wäre an seiner Schulterwunde gestorben. Hat damals wohl Dreck hineinbekommen.»

«Und benehmen sich die beiden Knechte jetzt anständig?»

«Ja, Hinz sagte, die beiden wären noch die besten gewesen und hätten auch bei dem Überfall auf meinen Herrn nicht mitgemacht. Die sind ganz zahm. Kamen kurz vor Herrn Bendix in Eekenholt an, und mein Herr sagt, wir wollen sie behalten, da sie sich jetzt Mühe geben. Auch gehören sie eigentlich Herrn Claus.»

Die Sonne stand schon hinter den lichtgrünen Eichenwipfeln des Eekenholter Forstes, als die beiden Reiter auf dem Hof ankamen. Im Turm standen sämtliche Fenster und Türen offen. Sievert sprang von Sleipnir herunter und warf Martin die Zügel zu, dann rannte er über die Brücke in den Turm hinauf. Gleich darauf hatte er Mühe, sich aus den ihn umschlingenden Armen freizumachen. Mutter, Schwester und Meller waren glücklich, daß der Sohn des Hauses gekommen war. Bendix war im Wald. Tilde-Meller hottelte los, um Sievert eine Stärkung zu holen.

Nele sah so aus, wie man sich eine glückliche Braut nur vorstellen kann. Sie hatte sich in eine große Schürze gehüllt und war bei der Arbeit. Die Mutter saß mit Nähzeug im Wohnzimmer. So waren sie hervorgestürzt, um Sievert zu begrüßen. Sie waren sich nicht ganz sicher gewesen, ob er kommen würde.

«Du bist ja mit deiner Schnitzerei verheiratet, Bruder!» scherzte Nele.

Bald darauf schloß Sievert den Freund in die Arme: «Wie siehst du gesund aus!» rief er, nachdem er den Bräutigam gemustert hatte.

«Und du mußt von den Frauen genudelt werden, Lieber, du bist blaß und mager», erwiderte Bendix, der sich freute, daß Sievert eine Woche zu Hause sein könne.

Beim Abendessen hatten sie sich viel zu erzählen, aber Sievert fielen die Augen zu. Die Mutter begleitete den Sohn an sein Bett, dem ehemaligen Leidenslager des Freundes, das er auch jetzt bewohnte. Aber Sievert merkte gar nicht, daß Bendix sich später neben ihn legte. Erst als die Vögel morgens in den Eichen zwitscherten, wurden beide wach. «Wie lange ist es eigentlich her, daß wir die erste Nacht unserer Freundschaft in Jevenstedt zusammen die Bettstelle teilten?» fragte Bendix und reckte sich gähnend.

«Sechs Jahre. Wer weiß, was aus mir geworden wäre, wenn du mich nicht auf der Landstraße aufgesammelt hättest, Freund und Bruder?»

«Was, sechs Jahre älter ist man schon geworden? Du lieber Himmel! Wie die Zeit läuft, dann wird es freilich Zeit, daß man eine Familie gründet...»

«Und wenn die tüchtige Nele nicht eingegriffen hätte, wie ich jetzt weiß, hättest du sie noch Jahre zappeln lassen oder sie an einen anderen Freier verloren.»

«Schrecklicher Gedanke! Aber der Abschied von Gottorp, wo man schon Wurzeln geschlagen hatte, ist mir trotz meines Glücks doch schwer geworden. Das wird dir auch so ergehen, wenn du dich mal von deinem Brüggemann losreißen mußt, Reinhart.»

«Will ich gar nicht. Du bist jetzt hier. Wie ist es eigentlich geworden? Ist Mutter auf deine Vorschläge eingegangen?» erkundigte sich Sievert.

«Mit vollen Segeln. Wir sind in Kiel bei so einem Rechtsverdreher gewesen und haben das alles schriftlich festgelegt. Wenn der liebe Großpapa zurückkommen und mich hinauswerfen oder -ekeln sollte, muß er zahlen, was ich hier hineinstecke. Und das wird eine ganze Menge; denn arm bin ich gerade nicht, lieber Freund. War ein solider und sparsamer Jüngling, und da sammelt sich so einiges an, insbesondere, da Herzog Friedrich nicht gerade kleinlich ist.»

«Was hast du mit deinem Verhältnis in Schleswig gemacht, du sittsamer Jüngling?»

«Die Kleine habe ich inzwischen gut verheiratet. Sie hatte einen platonischen Verehrer, da habe ich ihr kräftig zugeraten.»

«Wie geschickt! Das werde ich mir mal merken…» grinste Sievert.—«Hast du denn eine Liebste?»

«Nein, und Holz kann man nicht verheiraten», lautete die Antwort. Sievert erfuhr nun, daß die Bußsumme für den Großvater beglichen worden sei. «Der Beutel, den Großvater im Bett hinterlassen hatte, ist merklich schlapper geworden. Aber Mutter bekommt ja nun Pacht von mir», erklärte Bendix. Und Sievert kam es nun, wo Bendix «Mutter» sagte, erst recht zu Bewußtsein, wie eng der Freund jetzt an die Familie Scharpenberg gebunden war, und gab ihm einen Kuß auf die Wange. «Bruder!»

«Das Schicksal hat es doch gut mit uns gemeint, mein Reinhart», erwiderte Bendix Iversen und erzählte dann, daß am nächsten Tag seine Eltern zum Hochzeitsfest eintreffen würden. Der Bruder könne nicht kommen, da seine Frau krank sei. Verwandte von der Schwafschen wie auch von der Scharpenbergschen Seite wären zu erwarten. Dann sprangen sie aus dem Bett; denn es war viel auszurichten, da in zwei Tagen die Hochzeit stattfinden sollte.

Der Turm war wohnlicher geworden. Sievert staunte. Zum Teil waren Fenster vergrößert worden, was eine schwere Arbeit für den Maurer bedeutet hatte, da die Mauern sehr dick waren und aus Feldsteinen bestanden. Aber sie hatten es geschafft. Das junge Paar sollte vorerst in Großvaters Gemach wohnen, das nicht wiederzuerkennen war. Mehr Licht, eine bequeme, große Bettstelle mit neuem Inhalt. Mutter und Meller hatten auch zwei Betten in dem bisherigen Zimmer der Meller bekommen, und das kleine Gemach, in dem Sievert eben noch mit Bendix schlief, sollte für Sievert oder anderen Besuch freigehalten werden. Martin mußte wieder sein Quartier unten mit dem Torhaus vertauschen, da dort Bendix' Eltern nächtigen sollten.

«Es ist alles ein wenig knapp», meinte Bendix, «in einem Jahr kommt der Alte wieder, dann wollen wir sehen, wie es sich entwickelt. Man könnte vielleicht zum Hof unten etwas anbauen.»

Ein anderer Freund als Sievert wäre vielleicht stutzig geworden, mit welcher Sicherheit Bendix bestimmte, insbesondere, da Sievert schließlich der Erbe des Besitzes war. Doch er wußte, wer Bendix war, und er kam gar nicht darauf, an ihm zu zweifeln.

«Das wäre kein schlechter Gedanke, Bendix», sagte er daher, «wir müssen abwarten, wie Großvater verfahren will, wenn er zurückkommt.»

Zwar hatte man in Eekenholt um das Wetter gebangt, doch ließ das schöne Maiwetter sie nicht im Stich; denn man wollte – wegen des beschränkten Raumes im Turm – das große Fest draußen feiern. Der alte Hinz, als Hochzeitsbitter hübsch hergerichtet, war von Frau Hedwig zu Pferde zu den Höfen der Verwandtschaft losgeschickt worden, weil er den Weg dahin kannte. Nach Nordschleswig war Bendix selbst noch von Gottorp aus auf Hannibal hingeritten. Zur großen Freude seiner Eltern, daß er jetzt endlich das Wanderleben beim Herzog aufgeben und seßhaft werden wollte. Nur leider vorerst nicht in ihrer Nähe auf seinem Hof. Das könne jedoch noch kommen, meinte Bendix und hatte ihnen die Lage in Eekenholt offen auseinandergesetzt. Daß der alte Scharpenberg wegen Räubereien in Haft war, regte seine Verwandten nicht auf. Es saßen noch ganz andere angesehene Adlige in Einzelhaft.

Auch Sievert hatte sich mit seiner Mutter zu seiner Zufriedenheit ausgesprochen. Frau Hedwig war von ihrem neuen Sohn begeistert. Wie er alles anpackte! Sie hatte so sehr gewünscht, daß Bendix nach Eekenholt zurückkäme, und nun war ihr Wunsch in Erfüllung gegangen... dank ihrer entschlossenen Nele. Immerhin schwebte die Zukunft in Gestalt von Claus von Scharpenberg als düstere Wolke über allen.

Als aber der Hochzeitstag heraufzog, war der Alte im Einlager völlig nebensächlich. Bendix' Eltern trafen am Abend zuvor ein. Iver Andersen Retrup war ein würdiger und stiller Herr mit weißem Haar und glattrasiertem Gesicht. Nele entdeckte in ihm ihren Bendix im Alter wieder, so ähnlich war er seinem Vater. Die Mutter, Frau Hilda, nahm die Braut gleich in die Arme und rief, sie sei froh, nun endlich noch eine Tochter zu haben. Leider sei sie zu weit fort von Retrup. «Ich mag so gerne hübsche und freundliche Gesichter um mich haben... Und du, Nele, bist ja entzückend anzusehen!»

«Und du auch, meine hübsche, neue Mutter», rief Nele lachend und streichelte die noch glatten Wangen ihrer Schwiegermutter. Wie konnte es auch anders sein bei solch einem lachenden Sonnenwetter, als daß alle Welt fröhlich war.

Nur Sievert durchfuhr am Hochzeitsmorgen ein heißer Schreck! Aber soweit war es noch nicht. Vorerst ritt er in Festkleidung zwischen einigen jungen Männern und Verwandten, darunter ein Gottorper Ritter, den der Herzog als seinen Vertreter mit einem kostbaren Silbergeschenk nach Eekenholt abgesandt hatte, zur Kirche. Dahinter rollten die Kutschen und Wagen mit den älteren Hochzeitsgästen und den Eekenholter Leuten. Nur die Frauen, die für das Festmahl zu sorgen hatten, waren auf dem Hof und dem Festplatz zurückgeblieben. Sie fuhren auf den Erntewagen, lachten und waren fröhlich.

In ziemlichem Abstand hinter der Staubwolke des Zuges fuhr der kleine, offene Wagen mit dem Brautpaar. Er mutete wie ein Maienwald an, mit hellgrünen Buchenzweigen geschmückt; das hatte Hinz angeordnet und gemacht, weil er auch bei sorgfältiger Pflege die schadhaften Stellen des alten Gefährts verdecken wollte.

Nele trug das «Gottorper Kleid», wie Bendix es nannte, und einen malerisch um das Haupt gewundenen, weißen Spitzenschleier, unter dem ihr liebliches Gesicht mit den beiden «blauen Flecken» strahlend hervorschaute; nicht minder strahlend als der Bräutigam unter seinem Barett, das eine wehende Reiherfeder schmückte.

Vor der kleinen Dorfkirche empfing der Pfarrer den Brautzug, den der stattliche Martin auf Hannibal anführte, und ordnete den Festzug in die Kirche. Voran Iver Andersen mit Frau Hedwig, dann Frau Hildegard mit Frau Hedwigs Bruder Hans Schwaf, und so gliederte sich die Verwandtschaft an. Und in dem Augenblick, als Sieverts Tante Hese Rethwisch vor ihm auftauchte, seine Hand mit einem fröhlichen Wort ergriff und ihm aufmunternd eine junge Frau zuschob, wurde er starr.

«Bist du etwa Mette?»

«Ja, und du bist Sievert?... Hätte ich gewußt, daß du hier bist, wäre ich nicht gekommen», flüsterte Mette. Sie standen vor dem Kirchenportal, und es war so, als bilde sich um sie ein luftleerer Raum. Aber sie wurden vorangedrängt. Mette nahm seine Hand. «Wir müssen weiter!»

«Warum wärst du nicht gekommen?» flüsterte Sievert.

«Weil du mich nicht ausstehen kannst. Darum.»

«Benimm dich jetzt anständig, du langes Stück Mensch. Wir sind in einer Kirche, wie du siehst», knurrte Sievert.

Es ließ sich nicht vermeiden, daß Sievert neben seiner Base im Chorraum Platz nehmen mußte. Die Kirche war proppenvoll, als das Brautpaar hereinkam. Welch ein schönes Paar, flüsterte es hinter vorgehaltenen Händen. Alles reckte die Hälse. Mutter Hedwig bekam nasse Augen, als sie ihr Nelekind an der Seite des Ritters den Gang herabkommen sah. War es Rührung oder Dankbarkeit? Sie wußte es nicht.

Sie saßen auf schräg gestellten Bänken im kleinen Chor der Kirche. Und wenn Sievert zum Hochaltar hinsah, konnte er nicht umhin, während der heiligen Handlung Mettes Gesicht, die eng neben ihm saß, mit den Blicken zu streifen. Auf der Straße hätte er sie nicht wiedererkannt, diese Mette von damals, die der letzte Anstoß gewesen war, daß er fluchtartig Eekenholt verließ. Die mußte ihm nun an diesem freudigen Tag in die Quere kommen! Warum hatten Nele und die Mutter es ihm nicht gesagt? Nun ja, er hatte nicht danach gefragt, wer alles eingeladen war. Verflixt und zugenäht! Er sah zu seiner Mutter hin, aber die blickte mit ihren schimmernden Augen zur Tochter hinüber. Sie und Nele hatten doch auch gewußt, daß er Mettes wegen verschwunden war. Ach, was ging es ihn an? Zum Glück hatte er nachher Sleipnir zwischen den Schenkeln. Da konnten sie ihn nicht wieder neben Mette in den Wagen schubsen! Mette, die auch gespannt die Geschehnisse vor dem Altar verfolgte, sah ihn nicht an.

Sievert stellte fest, daß Mette eine Frauenhaube trug. Wo war denn der Mann dazu? Nein, sie war nicht mehr das schlaksige Mädchen mit zu langen Armen und Beinen. Woher hatte sie bloß dieses klassische Gesicht? Und das flachsige Haar war unter der Haube verschwunden. Hm, eine kostbare Haube, ohne Frage, die die Stirn fest umschloß und sich nach hinten zu aufbauschte. Und das auch nicht gerade billige Kleid zeigte weibliche Rundungen. Aber ihr Gesicht war traurig, das war ihm gleich aufgefallen. Mager war sie noch immer.

Jetzt vollzog der Priester die Trauung. Sievert vergaß Mette; und seine kleine Schwester war Bendix' Eheweib geworden. Das ergriff ihn. Die beiden da vorne sahen sich glücklich lächelnd an. Ja, sie paßten großartig zusammen. Es war doch gut, daß er den Freund nach Eekenholt geschickt hatte.

Die Trauung war vorüber. Man erhob sich, und Sievert trat mit den anderen zu dem Paar und wünschte ihnen Glück und Segen, dann drängelte er sich durch und war als erster im Dorfkrug, wo die Pferde standen. Rauf auf Sleipnir! So, da war er sicher und konnte auf die Gesellschaft warten. Langsam kamen sie aus der Kirche, und als Martin Hannibal bestieg, rief Sievert: «Wir wollen los, Martin, und sehen, ob alles in Ordnung ist.»

Damit galoppierte er mit dem Diener davon.

Nele, die eben mit Bendix in den Wagen stieg, lachte laut und sagte dann: «Er flüchtet wieder mit Sleipnir, mein Gemahl! Wie damals vor Mette.» Bendix wußte längst Bescheid und lachte auch, dann aber vergaßen die beiden Glücklichen alles um sich herum und fuhren Hand in Hand zum Festessen nach Eekenholt, dieses Mal vor dem Zug. Und zu Hause setzte Nele die schon bereitliegende Frauenhaube auf und stand mit ihrem Ehemann beim Torhaus an der Zugbrücke, um die Gratulanten zu empfangen. Sie stiegen aus, die Wagen und Pferde wurden fortgebracht. Als alle angekommen waren, spazierte man in kleinen Grüppchen in den Wald hinein. Das war eine Überraschung. Nicht weit vom Hof war mitten im Wald eine Weide, wo sonst die Pferde grasten. Heute brannte dort ein Feuer. Ein großer Dreibeingrapen stand darüber. Man hatte «Tafeln» aus ausgehängten Türen und Leinenlaken hergestellt, die auf den alten Fässern aus dem «Kerker» ruhten. Der Zimmermann hatte einige lange Bänke, sogar mit Rückenlehnen, getischlert. Der «Festsaal» hatte keinen Schmuck nötig. Der stand ringsumher im zarten Grün. Und Tafelmusik gab es auch, denn die kleinen Sänger schmetterten ihre Lebenslust von den Eichenwipfeln in die Bläue hinauf. Und auch die Blumen fehlten nicht. Sie standen am Waldrand in dicken Büscheln. Himmelsschlüssel, die dottergelben Sterne des Scharbockskrautes, und an dem Bächlein wiegte sich das zartviolette Wiesenschaumkraut.

Es gab eine kräftige Rindfleischsuppe mit getrockneten Pflaumen und Klößen. Darauf folgte gebratenes Feldgeflügel, wahrscheinlich waren es Rebhühner ohne Kopf. Sie wurden von drei Mägden in einem Gestell an Eisenstangen über dem Feuer gedreht. Dazu wurde

Wein ausgeschenkt. Den Schluß bildete ein Grießbrei mit einge-
machten Früchten.

Sievert hatte sich zu den Verwandten seiner Mutter, den Schwafs,
gesetzt und plauderte mit Base und Vetter. Mette saß an einem anderen Tisch neben dem Gottorper Ritter.

Nach dem Essen begaben sich die älteren Leute, unter die sich
auch das Brautpaar und Mette mischten, in den Turm, um etwas zu
ruhen. Die jungen Leute gingen mit Sievert in den Wald, um einen
Spaziergang zu machen. Nun kam das Gutsgesinde auf die Weide
und verzehrte den Rest des Hochzeitsmahls mit Bier dazu.

Scherzreden und Lachen schollen durch den Wald. Am Nachmittag erschienen drei Musikanten aus einem benachbarten Städtchen
und spielten zum Tanz auf. Daran beteiligten sich auch die Gutsleute. War das ein fröhlich-buntes Gewimmel auf dem weiten Platz!
Denn auch etliche der Dorfbewohner erschienen und brachten wie
alle übrigen Gäste für das Brautpaar bescheidene Gaben auf einen
Tisch, an dem Nele saß und über die freundliche Anteilnahme
staunte, sich bedankte und alles gebührend lobte. Dann kam der
Bräutigam und eröffnete mit Nele den Reigen, wozu ein Brautlied
gesungen wurde. Es folgten lustige Tänze, bei denen die Tänzer
große Sprünge machen mußten. Die älteren Leute konnten da nicht
mehr mittun und sahen vergnügt zu.

Sievert ging ziemlich außer Atem zu seiner Mutter, die ihm ge-
winkt hatte.

«Höre, mein Sohn», sagte sie und führte ihn etwas beiseite an den
Waldrand, «du hast dich Mette gegenüber sehr schlecht betragen.»

«Hat sie gepetzt?»

«Ach, Sievert, was soll denn das? Die arme Deern an so einem
frohen Tag häßlich zu behandeln!»

«Mutter, du weißt, daß Mette der letzte Anstoß war, daß ich mein
Elternhaus verließ. Hättest du mir doch gesagt, daß sie hier auf-
taucht, dann wäre ich nicht so überrascht worden. Ich war richtig
wütend!»

«Wir haben dir nicht gesagt, daß die Rethwischs kommen, da du
mir schon einmal gesagt hattest, daß du nichts von Mette hören
wolltest. Tante Hese meinte, es sei doch Kinderei, wenn ihr beiden
Verwandten euch nicht vertragen könntet; darum hat sie euch, nun
zwei erwachsene Menschen, aussöhnen wollen. Sie waren ja gleich

zur Kirche gefahren, um keinen Umweg zu machen. Und nun hörte ich, was sie ihrer Mutter, als die danach fragte, erzählte. Das war nicht schön, Sievert!»

«Ach was, dann werde ich ihr eben ein gutes Wort sagen. Wo ist sie eigentlich?»

Frau Hedwig antwortete: «Die arme Mette hat wohl keine Lust, umherzuhopsen. Sie hat so Schweres durchgemacht, worüber sie kaum hinwegkommt.»

«Sie ist verheiratet, Mutter?»

«Witfrau.» Sie gingen nebeneinander am Wald entlang, und die Mutter berichtete von Mette: Sie war seit der Klosterschule mit Nele befreundet. Mit sechzehn Jahren hatte ihr Vater, der inzwischen verstorben ist, sie mit Hinnerik Krummland verheiratet, der zwanzig Jahre älter war als sie. Sie war ja sehr schüchtern und kindlich; und in der Hochzeitsnacht war sie vor Schreck ausgerückt und auf den Turm gestiegen, nur mit einem Laken bekleidet. Es war im Winter. Aber ehe sie etwas Schlimmes dort oben anstellen konnte, hatte Hinnerik sie gepackt. Doch die arme Mette hatte sich eine Lungenentzündung geholt und war todkrank. Hinnerik hatte sie rührend gepflegt und umsorgt, so daß sie mit dem Leben davonkam. Und nun erst merkte sie, welch guten Mann sie hatte. Die Ehe war sehr glücklich geworden. Aber sie war wohl vom Pech verfolgt; denn ihr Glück dauerte nur ein und ein halbes Jahr, dann verunglückte Hinnerik Krummland tödlich. «Er war zu einem Fest geritten. Mette wollte nicht mit, da sie ein Kind erwartete. Hinnerik trank mitunter reichlich. Er hatte wohl darum in der Dunkelheit den Rückweg verfehlt, das Pferd ist einen Abhang hinuntergestürzt und hat seinen Reiter unter sich begraben. Erst gegen Morgen fanden ihn seine Leute tot. Das Pferd war auch halbtot. Als sie der besorgten Mette nun ihren Mann, furchtbar zugerichtet, vor die Füße legten, ist Mette völlig zusammengebrochen und hat zudem ihr Kind verloren. Sie selbst wäre dabei fast verblutet und ist lange krank gewesen.»

«Mutter, das ist ja entsetzlich!» rief Sievert betroffen. «Es tut mir bitter leid, daß ich die arme Frau so grob anfuhr. Ich werde mich bei ihr entschuldigen... Wo mag sie sein?»

«Sie mag nicht gerne unter vielen Menschen sein. Sie ist vor ein paar Minuten in den Wald gegangen in Richtung Köhlerhütte. Sie ist nur Neles wegen gekommen, die sie als ihre Freundin sehr darum bat. Ja, Sievert, geh und such sie. Muntere sie ein wenig auf. Tante Hese sagte mir, sie sei viel zu traurig.»

Sofort machte sich Sievert auf die Suche. Er war sehr betroffen von dem Gehörten. Er ging eine ganze Weile im Wald umher. So weit fort, daß er die Musik nur noch ganz leise vernahm. Er rief auch einige Male. Und plötzlich antwortete Mette. Sievert fand sie auf einem Baumstamm am Bach sitzend, wo er sich ausweitet. Sie betrachtete die Fischlein.

«Du, Sievert?» Erschrocken wandte sie sich um. Er blieb vor ihr stehen und sah ihr in das zu ihm erhobene Gesicht. Verwundert stellte er fest, daß ihre Augen die Farbe des lichtgrünen Mailaubes hatten. Langsam ließ er sich neben sie auf den Baumstamm nieder. «Ich habe dich gesucht, Mette... Meine Mutter hat mir tüchtig die Leviten gelesen. Mit Recht. Kannst du mir verzeihen, daß ich dich so häßlich angeranzt habe?»

«Wenn du es bereust, muß ich es wohl.» Sie sah vor sich nieder. «Aber ich war auch grob zu dir. Wollen wir es vergessen, Sievert!»

Im Baum über ihnen schimpfte der Pirol sein «Bülo, Bülo» zu ihnen hinunter. Mette blickte empor. «Der Pfingstvogel ist schon da.» Jetzt kam der Eichelhäher angeflattert, und der scheue, gelbe Vogel stob davon. Streitsüchtig schrie der Häher hinter ihm her. Die beiden jungen Menschen saßen still nebeneinander und hörten dem schmetternden Vogelchor zu. Schließlich berichtete Sievert, daß seine Mutter ihm von Mettes Unglück erzählt habe, und das habe ihm sehr leid getan. Er habe keine Ahnung davon gehabt, sonst hätte er sein loses Maul ihr gegenüber im Zaume gehalten. Und was sie ihm vor der Kirchentür gesagt habe, sei auch die Wahrheit gewesen. Er habe sie nicht gemocht... damals, fügte er hinzu.

«Das habe ich gemerkt; denn du warst immer unwillig, wenn du mit mir reiten solltest oder dergleichen. Und mit vierzehn Jahren ist man als Mädchen so tolpatschig und unbeholfen, Sievert, und du warst es auch.»

«Es ist üblich, daß die Eltern ihre Kinder früh verheiraten wollen, obgleich sie noch halbe Kinder sind. Sie hätten mir eine Märchenprinzessin als Frau bestimmen können, ich hatte keine Lust zu heiraten. Das war nicht deine Schuld, Mette, wie ich es jetzt sehe, daß ich ausriß. Mir gefiel es nicht auf Eekenholt.»

«Glaubst du denn, daß ich Lust zum Heiraten hatte? Aber doch bin ich der Anlaß gewesen, daß du hier verschwunden bist. Ich habe mitunter das Gefühl, daß ich Unglück bringe...»

«Ach, Unsinn! Ich müßte dir dafür danken, daß ich mich endlich aufraffte, um meinen Großvater zu verlassen, um auf eigenen Füßen zu stehen und nach meiner eigenen Veranlagung leben zu können.»

Mette erklärte, daß Nele ihr von seiner Tätigkeit in Husum berichtet habe und seine Schwester ihn verstehe. «Sie war sehr beeindruckt, Sievert, von der schönen Arbeit, die ihr dort leistet.»

«Ja, ich bin sehr glücklich und zufrieden dabei. Und nun hat Nele meinen Freund Bendix geheiratet. Das ist für mich eine große Freude! Komm, Mette, wir wollen ihnen beim Feiern helfen.»

Mette fand es zwar viel schöner, hier still im Wald zu sitzen, aber auf Sieverts Zureden stand sie auf und meinte, sie sei schließlich zu einer Hochzeit mitgefahren und wolle nicht Trübsal blasen. «Aber», fuhr sie fort, «es erinnert mich alles so sehr an mein eigenes Glück damals, Sievert, daß es mir weh ums Herz wird.» Traurig sah sie ihm in die Augen, als sie vor ihm stand, fast so groß wie der hochgewachsene, junge Mann.

Sievert hakte sie auf dem wurzeldurchzogenen Steig unter und meinte, sie solle ihr Leid beiseite lassen. «Du bist doch jung, Base, und wirst eines Tages wieder dem Glück begegnen.»

Mette schüttelte den Kopf, das glaube sie nicht. Doch als sie wieder die Waldweide erreichten und die Musik einen flotten Ländler aufspielte, faßte Sievert seine Base und schwenkte sie im Tanz. Mette bekam rote Wangen und lächelte ihn an.

«Ich habe nie bemerkt, daß du so schöne, weiße Zähne hast, Mette. Das kommt davon, daß ich dich wohl nie lachend gesehen habe. Lach doch, Mette, es kleidet dich so gut!»

Mette war jung. Sie tanzte mit dem Bräutigam, indes Sievert seine Schwester beim Reigen führte, sie tanzte mit dem Gottorper Ritter und sogar mit dem Anführer des Hochzeitszuges, Martin Klönhammer, dem die bunten Bänder um seinen hohen Hut flatterten, als er die Rethwischtochter im Kreise drehte. Und Sievert, der Junker, griff sich die mollige Leuteköchin Drude und dankte ihr für ihre Arbeit an diesem Fest, die zum größten Teil auf ihren breiten Schultern gelegen hatte.

Noch einen Tanz machten Mette und Sievert zusammen, ehe es nun im Schatten des Waldes kühl wurde. «Hat es dir ein wenig Freude gebracht, Mette?» fragte er sie.

«Ich danke dir», erwiderte sie, «du hast meinen Kummer ein wenig verjagt, doch er wird wiederkommen.»

«Laß ihn nicht heran! Jetzt kommt der Sommer mit seinen Freuden… Bist du bei deinen Eltern?»

Mette berichtete, daß sie sich auf dem Gut ihres Mannes zu einsam fühle. Ob es ihr bleiben würde, sei ungewiß; denn die Familie Krummland wolle ihr den Besitz abjagen, weil es ein Familiengut sei. Aber ihr Bruder hatte es übernommen, den Streit mit den Krummlands zu Mettes Gunsten zu Ende zu führen. Wenn sie einen Sohn gehabt hätte, wäre es einfacher gewesen. Immerhin habe sie vorläufig die Einnahmen von Ilefeld.

Die kalte Abendluft ließ silberne Schleier von der erwärmten Erde aufsteigen. Es gab zum Schluß des Festes noch allerlei abergläubische Possen um das Brautpaar, um ihm Glück zu bringen. Eine alte Frau aus einem der Eekenholter Dörfer leitete diese Scherze, die Heiterkeit bei den Zuschauern hervorriefen. Dann brachen die Gäste, die einen weiten Weg hatten, auf, und im Turm blieb nur die engere Familie bei einem kleinen Imbiß im Wohnzimmer zurück, wobei noch Wein getrunken wurde.

Jette Schwaf, die ihre spitze Zunge ihrer Schwägerin Hedwig gegenüber spazierengehen ließ, wie sie es in diesem muffigen Turm überhaupt aushalten könne, wo man nicht einmal abends so ein Fest weiterfeiern könne und dergleichen unfreundliche Äußerungen mehr, brachte einen Mißton hinein. Und Hedwig, die in ihrer sanften Art nur mit einem Lächeln antwortete, fragte später draußen ihren Bruder Hans, wie er es mit Jette überhaupt aushalten könne?

«Ich habe sie übergelegt, als sie mir gleich am Anfang unserer Ehe so kam, und mit der Reitpeitsche tüchtig verhauen. So habe ich es ihr bei mir jedenfalls abgewöhnt. Wenn wir nachher allein sind, kann sie auf einige Ohrfeigen rechnen, daß sie sich schlecht benommen hat, dieser Satan. Aber Hedwig, liebe Schwester, se harr wat an die Föt.» Was besagen will, daß Jette eine stattliche Mitgift in die Ehe gebracht hatte.

Die Schwafs fuhren mit den Rethwischs, bei denen sie übernachtet hatten und auch diese Nacht blieben, zusammen fort, ehe es ganz dunkel wurde.

Hese-Meller fragte Sievert, ob er sie noch, bevor er abreise, besuchen wolle? Und Bendix antwortete, das würden sie bestimmt tun, er und Nele kämen mit, wenn's recht sei.

Sievert führte Mette die Brücke zum Wagen hinunter, legte ihr den Arm um die Schulter und sagte, er freue sich, daß Base und Vetter sich ausgesöhnt haben; die junge Frau nickte dazu, und er mußte ihr versprechen, sie noch in der kommenden Woche zu besuchen. «Du wirkst geradezu belebend auf mich, Sievert. Schade, daß du so weit fort bist, ganz dahinten an der Nordsee.»

Oben fragte Iver Andersen Frau Hedwig, wie sie eigentlich mit den Rethwischs verwandt sei.

«Die Großmutter von Mette ist eine Schwester von Claus von Scharpenberg gewesen. Die hatte zwei Töchter. Hese war die ältere, die hat Rethwisch geheiratet, der ist vor zwei Jahren gestorben, und sein Sohn ist Erbe. Mein Mann Henneke war ein Vetter von Hese, die ein herzensguter Mensch ist.»

Das Brautpaar war verschwunden.

Die Morgensonne stand noch niedrig, als sie in das Fenster von Claus von Scharpenbergs ehemaliges Schlafgemach schien. Bendix öffnete die Augen, sah auf Neles Haar hinab, die in seinen Armen lag. Sie schlief noch fest. Dann sah er Neles Staatskleid in einem runden Haufen mitten im Zimmer auf dem Boden liegen, so wie das Mädchen herausgestiegen war. Die ordentliche Nele! Er lächelte vor sich hin und berührte mit seinen Lippen ihr honigfarbenes Haar. Dann beugte er sich etwas vor und bemerkte noch direkt vor dem Bett einige Wäschestücke seiner Frau.

Gähnend wurde Nele wach, blickte, noch etwas im Schlaf befangen, das geliebte Bendix-Gesicht an und sagte schelmisch: «Ich habe den Eindruck, daß ich jetzt verheiratet bin, wie könntest du dich sonst unterstehen, in meinem Bett zu liegen?»

«Es ist deines Großvaters Bett. Aber ich bin zum Glück nicht dein Großvater, du Ausbund von Lieblichkeit.» Und schon umschlang er sie wieder und flüsterte an ihrem Ohr: «Welch ein kümmerliches Dasein habe ich bisher geführt. Ich merke es erst jetzt.»

«Ich auch», erwiderte Nele, «und dieses fade Leben hätten wir, wenn es nach deinem Willen gegangen wäre, noch etliche Jahre genießen können. Du hast es mir recht schwer gemacht, deinen Wahn mit der Ritterei zu durchbrechen. Aber nun habe ich dich, mein lieber Mann. So fest habe ich dich!» Sie drückte ihren Bendix so fest an sich, wie sie nur konnte.

Nach dem Frühstück ritten Herr Iver und sein Sohn durch Wald und Flur und besprachen miteinander, was zu tun sei. Der Vater sah die Mängel und riet Bendix ab, bevor Claus von Scharpenberg zurück sei, Geld in das Gut zu stecken. Als Pächter hast du gar kein Recht dazu, meinte er, behelft euch erst mal so, wie es ist.

«So kann man aber nichts herauswirtschaften, Vater, wenn ich Mutter Hedwig die Pacht bezahle, bleibt dabei nicht viel übrig. Guck dir nur diese sauren Wiesen an! Guck dir den wilden Forst an. Schön ist er ja. Aber bringen kann er nichts. Vieh muß her für Mist. Das bißchen, was wir uns von den Bauern holen, genügt nicht.»

«Ja, ja, das sehe ich auch. Aber ich rate dir dringend: Laß erst alles so! Ich werde dafür sorgen, daß du die Einnahmen von deinem Hof bekommst, vorläufig steckt dein Bruder sie ein, weil er ihn bewirtschaftet. Peter ist raffgierig, das weißt du. Was an Unkosten darauf liegt, werde ich abziehen. Dann hast du nachher die Mittel, um etwas hineinzustecken, wenn du hierbleiben willst.»

«Wahrscheinlich hast du recht, Vater. Dem alten Scharpenberg traue ich nicht recht. Aber im Turm muß noch einiges getan werden. Der Winter muß da grauslich sein...»

«Und dann bedenke, daß Sievert vielleicht eines Tages selbst übernehmen will. Das darfst du nicht außer acht lassen.»

Der landschaftliche Reiz Eekenholts nahm den Vater genauso gefangen wie den Sohn. Aber nicht das war es allein, daß Iver Andersen dem Sohn nicht abriet, seine Pläne fallenzulassen. Das Gut hier hatte entschieden mehr Grundfläche als Bendix' Hof. Es war nur nicht voll erschlossen.

2

Doch als Sievert nach acht Tagen voller Urlaubsfreude mit Martin nach Husum zurückritt, packte ihn schon wieder die Sehnsucht nach seiner Arbeit. Er hatte sich gut erholt. Das Wetter war seit gestern schlecht geworden, und er hatte einen alten Umhang übergeworfen, den er früher bei seinen Streifen durch den Wald getragen hatte. Ein leichter Nieselregen ging nieder, und es war kühl geworden. Sleipnirs schwarzes Fell dampfte vor Nässe, und er trabte so schnell, daß Saxa ab und zu galoppieren mußte, um den Stallgefährten einzuholen.

Andererseits konnte Sievert sich von den Gedanken an die sonnigen Tage unter den lieben Menschen zu Hause noch nicht losreißen. Es war alles so ganz anders als in Husum. Die Warmherzigkeit, die ihm von allen Seiten entgegenströmte, gab es in dieser Art in Husum nicht. Dort war jeder, wie er selbst, mit seiner Arbeit ausgefüllt. Er gedachte auf dem langen Weg auch des Nachmittags bei Rethwischs. Wie er neben Mette hinter Bendix und Nele durch den Garten und die Wiesen ging, wo die Sumpfdotterblumen blühten und es so feucht wurde, daß Bendix und er die beiden jungen Frauen über eine sumpfige Strecke tragen mußten. Mette, die barhäuptig war, hatte ihre hellen Flechten um den Kopf herum aufgesteckt, und die dufteten im Sonnenschein so wunderbar weiblich… Sie hatte die Arme um seinen Nacken geschlungen, und als er sie niedersetzte, wo es zum Wäldchen hinaufging, behielt er ihre Hand in der seinen.

Im Wald pflückten die beiden Frauen Waldmeister für den Wäscheschrank, und Bendix und er halfen ihnen; wie war es schön gewesen! In fröhlicher Runde saßen sie in der Gartenlaube und plauderten. Und wie hell war alles in Mettes Heimat. Und doch sah sie mitunter traurig vor sich hin. Er hatte Mitleid mit ihr. Sie war, als die Gäste zu Pferde stiegen, noch ein Stück mit ihnen bis zum Ausgang gegangen; und wie einsam hatte sie dort gestanden, als Sievert sich noch einmal umdrehte und ihr erhobener Arm, der ihm noch einmal winkte, herabsank! Die arme Mette. Sie müßte wieder heiraten, dann würde sie sicher ihr Leid vergessen.

«Wo wollen wir essen, Junker?» fragte Martin in seine Gedanken. Sievert schlug Gettorf vor, dort sei ein gutes Wirtshaus. So ritten sie an Kiel vorbei.

Eine dicke Wolkendecke lag über der Zimbrischen Halbinsel ausgebreitet und zog träge nach Osten. Im Dänischen Wohld war es unter den Baumkronen duster. Aber sie waren schon so durchnäßt, daß das Wasser von ihren Zweigen herab auf die beiden Reiter lief. Sievert fühlte sich ungemütlich, und Martin sagte: «Dieser Wald ist bei solch einem Schietwetter unheimlich.»

Sie waren beide bewaffnet; denn Mettes Bruder hatte ihnen erzählt, daß er Kunde davon habe, daß wieder Wegelagerer unterwegs wären. Auch Bendix hatte ihnen dringend empfohlen, außer dem Degen Brust und Kopf zu schützen. So hatten die beiden Reisenden sich aus der Kiste im «Kerker» bedient.

Im Trab ritten sie über die gewundenen Wege vorwärts, als ihnen ein Bauer auf einem Pferd entgegenkam und sie anhielt.

«Kommt schnell! Eine Kutsche ist von Bewaffneten überfallen worden. Ich habe kein Schwert bei mir und kann dem Herrn und seinem Kutscher, die sich tapfer wehren, nicht helfen, da bin ich vorbeigaloppiert, um aus meinem Dorf Hilfe zu holen. Bis dahin machen die drei Kerle aber die Reisenden fertig!»

Er wandte sein Pferd, und sie ritten so schnell, wie es auf dem schlechten Weg möglich war, nach Norden. Bald sahen sie die Kutsche, die schräg gegen einen Baum gekippt war, der sie am Umfallen gehindert hatte. Zwei Pferde standen ohne Reiter auf der Graskante. Der Wagen war in Richtung Eckernförde unterwegs gewesen. Schnell waren sie an der linken Seite der Kutsche.

Ein Mann in Kettenhemd und Helm versuchte in die zu hoch liegende Tür des gekippten Wagens zu klettern, die offensichtlich mit Gewalt geöffnet war; denn sie hing offen in ihren Angeln. Er wurde von drinnen abgewehrt. Vorne hielt ein Reiter mit einem kurzen Schwert den Kutscher auf dem Bock in Schach, und die Pferde hielt ein ebenfalls bewaffneter Kerl fest.

Sievert rief nur zwei kurze Befehle. Martin ritt nach vorne zu den Pferden, der Bauer nahm den Reiter am Kutschbock von hinten mit den Fäusten an. Sievert setzte dem erschrocken sich umsehenden Kerl am Wagenschlag den Degen gegen das pralle Hinterteil und herrschte ihn an: «Komm da herunter, du Mistkerl!» Im selben Augenblick bekam der Mensch einen Tritt gegen den Kopf, daß er die Hand von der Wagenkante losließ und die Degenspitze ihm in die Hinterbacke drang. Seine eine Hand hielt einen Degen. Sleipnir, der aufgeregt schnaubte, schielte seitwärts zurück, und dann gab er dem Verletzten einen Tritt gegen den Unterschenkel, daß er schreiend umfiel.

Jetzt aber drehte der Reiter neben dem Bock sich um und verpaßte Sievert einen Schwertstreich auf den Helm, der aber abglitt und auf Sieverts Schulter landete. Der Bauer zog den Reiter an einem Bein. Aber er saß wie festgewachsen auf dem Gaul. Sievert rief dem Kutscher zu: «Mensch, halt die Pferde fest!» Denn Martin war vorne in ein Gefecht mit dem dritten Mann verwickelt.

Jetzt nahm Sievert sich den Angreifer vor. Die Klingen trafen sich und klangen gefährlich in der Stille des Waldes.

Der Junker wehrte die Streiche ab. In dem Moment, als er den Reiter mit einem starken Hieb am rechten Oberarm traf, wäre er fast aus dem Sattel gestürzt, denn Sleipnir machte einen Satz und biß dem Wallach des Reiters in die Kruppe. Der wieherte und rannte mit einem Ruck davon, sein Reiter fiel aus dem Sattel. Da war der Bauer über ihm, riß ihm den Helm ab und bearbeitete den Kopf des Wegelagerers mit seinen Fäusten, bis sein Opfer bewußtlos war. Auch Martin war der Sieger im Kampf mit seinem Gegner, einem jungen Bürschchen, das des starken Martins Streichen nicht gewachsen war und sich ergab. Martin sprang ab, holte mit einer Hand, indessen die andere den Burschen gepackt hielt, eine Schnur aus der Satteltasche und fesselte dem Jungen die Hände.

Der Kutscher hielt unterdessen seine Pferde stramm am Zügel; denn er wußte wohl, warum der Junker es ihm geboten hatte. Wenn die Pferde sich in Bewegung gesetzt hätten, wäre die schwere Kutsche ohne die Baumstütze umgefallen. Der Bauer schleppte sein Opfer an den Wegrand, und Sievert half dem Herrn aus dem Wagen.

Es war ein alter Herr, der noch von seinem Verteidigungskampf keuchte. Er war unbewaffnet und hatte den Gauner mit Händen und Füßen und seinem Handstock am Einsteigen gehindert. Er umarmte Sievert dankbar und lehnte dann erschöpft an der schiefen Kutsche.

Sein Angreifer lag stöhnend am Boden und versuchte sich aufzurichten. Der alte Mann opferte seinen breiten Ledergürtel, damit er gefesselt werde. Offensichtlich hatte ihm Sleipnir das eine Bein zerschlagen. Sie zerrten ihn an den Wegrand.

«Sie müssen ins Loch abgeführt werden», sagte Sievert, «das sind ganz gefährliche Brüder. Martin, bleib du mit unserem wackeren Bauern hier zur Bewachung, ich werde schleunigst nach Gettorf reiten, damit sie abgeholt werden. Seht ihr derweilen zu, daß ihr die Kutsche wieder aufrichtet, damit der alte Herr sich darin ausruhen kann.» Er stob mit Sleipnir davon, klopfte seinem braven Roß den Hals und war hinter den Bäumen verschwunden.

Dank seines Kettenhemdes und des Helmes war Sievert, außer einer Schlappheit im linken Arm von dem Hieb auf die Schulter, nichts geschehen. Im Gettorfer Krug traf er zwei Gutsbesitzer aus der Gegend an, die sofort auf Sieverts Bericht und mit Hilfe des Wirtes den Landjäger und zwei Helfer mit einem Wagen losschickten, um die Gauner abzuholen und an die entsprechende Stelle abzuliefern. Er berichtete später den beiden Herren, es seien junge Leute gewesen, die die Kutsche überfallen hätten.

«Wahrscheinlich sind es verwilderte Knappen gewesen», meinte der eine Herr, «möglicherweise haben sie gewußt, daß der alte Herr Geld bei sich hatte. Was hätten sie denn sonst erbeuten wollen? Die Kutsche und die Pferde? Das wäre am Tag zu auffällig gewesen. Damit wären die Kerle nicht weit gekommen.»

«Es soll augenblicklich mit der Wegelagerei wieder schlimm sein, wie man hört», bemerkte der andere. Und Sievert sagte, daß er gewarnt worden sei, sonst hätten er und der Knecht sich wohl nicht gewappnet. Die Herren brachen auf, und nach einer Weile erschien Martin mit Saxa im Gasthof. «Setz dich her, Martin», forderte Sievert den treuen Knecht auf.

Sie hatten das Mittagsmahl schon fast beendet, als auch der alte Herr zu Fuß auftauchte. Sein Kutscher hatte den Wagen mit der hängenden Tür langsam hergefahren und zum Schmied gebracht, damit die Tür wieder in Ordnung gebracht werde.

Sie erfuhren erst jetzt, daß der Herr ein Geschäftsmann aus Schleswig war, in Kiel einen Handel getätigt hatte und eine stattliche Summe Geldes bei sich trug. Er hatte in einem Gasthof in Kiel sein Mahl eingenommen, und der Wirt, der ihn kannte, fragte ihn, ob er ein lohnendes Geschäft abgeschlossen habe. Der alte Herr hatte es lächelnd bestätigt, er sei recht zufrieden. Die in der Nähe sitzenden drei jungen Leute in ihren Panzerhemden und den Helmen neben sich hätte er keineswegs für Räuber gehalten, eher für junge Edelleute.

Als er sie aber, eben aus Kiel heraus, hinter der Kutsche heranjagen sah, wußte er Bescheid. Er hatte zufällig aus der Kutsche hinausgeschaut, ob es noch regnete. Da hatte er die Türen verriegelt. Sie hatten die Kutsche in eine tiefe Sandfurche an den Wegrand abgedrängt, da war es dann aus gewesen. Der alte Herr bedankte sich überschwenglich bei seinen Helfern und erfuhr auch, daß sie nach Husum reisten. Er kritzelte für Sievert seinen Namen und Wohnsitz auf; wenn der Junker ihn einmal in Schleswig besuchen würde, würde er sich freuen. Er bot ihnen eine Belohnung in Geld an, aber Sievert lehnte es entschieden ab. Das sei nur Christenpflicht gewesen.

Der Rest der Reise ging ohne Zwischenfälle vonstatten, und sie trafen am Spätnachmittag in Husum ein, wo sie zum Gasthof ritten und die Pferde unterbrachten. Martin sollte dort übernachten und anderntags zurückkreiten. Beim Abschied wollte Sievert dem Diener sein Rüstzeug mitgeben. Doch Martin wehrte ab: «Der Junker wird doch spätestens in einem Jahr wieder nach Eekenholt kommen wollen. Dann kann ich das Zeugs wieder mitschleppen.»

«Wieso in einem Jahr?»

«Zur Taufe», sagte Martin trocken und fügte grinsend hinzu, «wenn der Junker nicht schon früher auf Eekenholt auftauchen wird.»

«Wie kommst du nur darauf, Martin?»

«Weil ich Augen im Kopf habe und gesehen habe, wie der Junker mit Frau Mette tanzte und wie die beiden so vortrefflich zusammenpaßten, daß man blind sein muß, um nicht zu merken: Das ist ein Paar...»

«Mensch, was fällt dir ein...» unterbrach Sievert ihn.

«Hinterher habe ich mit ihr getanzt. Was ist das für eine feine und schöne Frau! Junker Sievert, die ist richtig. Und ich meine, der Junker wird vielleicht doch eines Tages Sehnsucht nach ihr kriegen und nach Eekenholt reiten, weil er...»

«Dor kannst du lang op töwen*!» warf ihm Sievert aufgebracht entgegen und wandte sich zum Gehen. «Aber Hemd und Helm behalte ich hier, das ist richtig bei den Zuständen auf den Straßen. Grüß nochmals alle zu Hause, Martin.» Dann ging Sievert hinaus.

---

* töwen = warten

Draußen fiel ihm ein, daß er ja in Modder Dörthes Haus auch noch wehrhafte Kleidung hatte. Aber er kehrte nicht um, sondern ging in den Stall und verabschiedete sich von Sleipnir, der sein Haferfressen kurz unterbrach und Sievert den Kopf auf die Schulter legte.

Es nieselte noch immer. Sievert ging zur Werkstatt, die ganz in der Nähe war. Aber die Tür war schon verschlossen. Unterwegs zu seinem Quartier guckten die Husumer sich nach dem stattlichen Mann mit dem Helm um.

Er platzte in die Abendmahlzeit hinein und wurde freundlich begrüßt. Meister Brüggemann entdeckte sofort den zerschnittenen Mantel auf Reinharts Schulter und fragte, ob er verletzt sei. Reinhart lachte: «Es ging noch gut ab.»

Nachdem er sich in seinem Stübchen umgekleidet hatte und wieder unten erschien, mußte er von seinem Abenteuer berichten. Hans Brüggemann sagte: «Bleib du nur hier. Mir scheint, daß du eine Gabe hast, auf Mordgesellen zu stoßen, Reinhart. Man muß ja um dich bangen, wenn du auf Reisen bist!»

«Hat der Meister um mich gebangt?» fragte Reinhart mit glänzenden Augen.

«Wie es ein Vater von einer Schar junger Söhne tut», erwiderte Hans Brüggemann so leise, daß es nur wie ein Hauch über den Tisch hinflog. Doch vernahmen sie es alle und sahen ihn an, der seine Augen von Reinhart abwendete und alle seine Gesellen einzeln anschaute. Modder Dörthe nickte vor sich hin.

In die Stille brach die kleine Marieke ein: «Ich hat ein Hut!» Sie hatte sich von der Truhe draußen, auf die Reinhart seine kriegerische Ausrüstung gelegt hatte, den Helm geholt und auf ihren kleinen Kopf gestülpt. Sie hielt ihn vorne hoch, um sehen zu können. Der drollige Anblick ließ die Tischrunde in Gelächter ausbrechen.

Als sie etwas später oben in ihrem Stübchen waren, sagte Lorenz zu Reinhart: «So ist das Leben: Ernst, Nachdenklichkeit und Heiterkeit müssen sich abwechseln, wie vorhin bei Tisch, Reinhart; dann ist es richtig, glaube ich.»

«Du hast recht, Lorne. Das muß im Leben eines Menschen gut ausgewogen sein, damit er glücklich ist. Und was unser Meister zu uns gesagt hat, ist mir wie ein Geschenk. Sieh, ich habe meinen Vater kaum gekannt. Jetzt erst weiß ich, was ich entbehren mußte, jetzt wo unser Meister mir sagte, daß er sich um mich gesorgt habe.»

«Kann ich verstehen, Reinhart. Und er hat sich wirklich um dich gesorgt; denn vor einigen Tagen hat er auf dem Markt gehört, daß auf dem Ochsenweg wieder Überfälle stattgefunden haben. Er sagte abends beim Nachtmahl, er wäre froh, wenn Reinhart wieder heil hier wäre.»

«Es hätte auch schiefgehen können, Lorne. Ich habe noch keine Zeit gehabt, dem Herrgott oder Sankt Christophorus für seinen Schutz zu danken.» Er warf sein Wams ab, kniete vor seinem Bett nieder und neigte die Stirn auf die gefalteten Hände.

Sobald er in der Werkstatt wieder eine halbfertige Figur unter dem Eisen hatte, war er wieder Reinhart, der Bildschnitzer. Die schönen Tage auf Eekenholt, die traurige Mette und die anderen Erlebnisse versanken in die Vergangenheit. Doch spürte er, daß ihm die Ruhepause wohlgetan hatte. Auch der Meister beobachtete seinen frischen Arbeitseifer und beschloß, auch den anderen Helfern – und sich selbst – eine Pause zu gönnen. Zuvor aber mußten noch einige Arbeiten fertiggemacht werden.

Die Gehäuse sollten verpackt und auf den Boden verstaut werden. Der Platz in der Werkstatt wurde zu eng. Jetzt hantierten der Meister und Lorne, nachdem die Grablegung fertiggeschnitzt worden war, mit Farbe. Mit feinen Pinseln wurden die Augen und Lippen der Figuren getönt. Unterdes hatten Sywel und Reinhart noch an den Figuren der Umrandungen einiges zu tun. Der große Diederik und Vedderke werkelten wieder als Kistenmacher mit Kiefernholz auf dem Hof. Aber bevor endlich alles zur späteren Beförderung nach Bordesholm fertig war, geschah etwas ganz Unerwartetes.

Die beiden Maler waren eben mit ihrem fein-kniffligen Werk fertig, als eines Nachmittags ein sehr großer Herr an der Tür erschien, sich bücken mußte, um unter ihr hindurchzukommen, und gleich auf den Meister zuschritt. Er stellte sich als der Obrist Hoyer vor und sagte, er käme eben von Gottorp. Der Meister verneigte sich und erfuhr nun, daß König Christian mit der Königin anderntags nach Husum käme und Meister Brüggemanns Werkstatt zu besuchen wünsche, um sich die Arbeiten des Altaraufsatzes anzusehen.

«Er hat mich zwar nicht beauftragt, ihn anzukündigen», sagte

des Herzogs Obrist, «doch hat Herzog Friedrich mir den Wink gegeben, dir Bescheid zu sagen, Meister Brüggemann.»

«Dafür danke ich sehr. So können wir uns darauf einrichten, Herr
Obrist», erwiderte Brüggemann.

Hermann Hoyer fragte, ob es erlaubt sei, sich das bisher Geschaf-
fene anzusehen. Selbstverständlich führte der Meister ihn vor die
Gehäuse. Und als der große Herr alles angesehen hatte, sagte er zum
Meister: «Ich habe mich zwar nicht sonderlich viel mit der Kunst
beschäftigt und verstehe nicht allzuviel davon, Meister Brüggemann, aber ich meine, es gehört kein großes Kunstverständnis dazu,
um zu bemerken, daß hier etwas ganz Großartiges entsteht! Die
Gestalten sprechen zu dem Beschauer selbst. Die frommen Geschichten sind einfach Leben geworden unter deinen und deiner Gehilfen Händen.» Der Obrist verneigte sich vor Brüggemann und
auch vor seinen Gesellen und ging still von dannen.

«Der König kommt, der König besucht uns!» Wer hätte das gedacht! Doch Brüggemann fiel ein, daß der Herzog bei seinem Besuch lächelnd noch mehr Besuch angekündigt hatte. Er hatte es
gewußt. Anscheinend wollte der König überraschend hier ankommen. Wie es hieß, liebte er es, plötzlich irgendwo aufzutauchen.

So wurde alle Arbeit liegengelassen, die Werkstatt aufgeräumt
und die Gehäuse mit der Leidensgeschichte Christi in ihrer auf dem
Altar vorgesehenen Stellung und Reihenfolge aufgebaut.

«Es darf nicht so anmuten, als erwarteten wir den König», bemerkte der Meister, «weil er sich nicht anmelden lassen wollte. Was
sonst wohl üblich ist.»

Sie sagten auch am Abend nichts davon zu den Frauen. Das hatte
Vedderke vorgeschlagen. «Denn», sagte er, «die Frauensleute ziehen mit solch einer Nachricht gleich auf die Straße. Und der König
will vielleicht gar nicht erkannt werden.»

Vedderke war damit nicht weit von der Wahrheit entfernt: Die
Majestäten waren zwar mit der breiten Reisekutsche, samt Silber-
beschlägen und vergoldeter Königskrone auf dem Dach, von acht
Pferden gezogen, samt Herolden und Rittern vorweg und was sonst
noch alles dazugehört, über die Brücke nach Gottorp eingefahren,
aber Herzog Friedrich hatte ihnen anderntags geraten, den ganzen
Königspomp wegen der zu engen Gassen im Bleck Husum lieber in
Gottorp stehenzulassen. Es sei vernünftiger, nicht auch noch Men-

schenmassen aus den Häusern zu locken, um den Platz für die Kutsche noch mehr einzuengen. Da könne es geschehen, daß sie zu Fuß durch die schmutzigen Gassen gehen müßten. Der Herzog wußte, wo Brüggemann zu finden war und auch wo der Hardesvogt und der Obrist Hoyer wohnten, die der König ebenfalls aufsuchen wollte. Ausschlaggebend war Königin Elisabeths Abneigung gegen Menschenansammlungen. Sie wollte lieber unerkannt den Ort ansehen sowie auch die Landschaft in aller Ruhe betrachten; denn sie kannte Schleswig-Holstein noch nicht.

Der König war einverstanden, bückte sich, nahm den Fuß seiner Gemahlin in die Hand und meinte, mit dem dünnen Schühchen könne sie wirklich nicht spazierengehen. Darum bekam der Obrist auch keine Anweisung, die Besucher anzumelden. Nur bei seiner Frau natürlich.

So hielten eine Stunde vor Mittag anstatt acht Pferde und Prachtkutsche nur vier Pferde und eine einfache Hofkutsche aus Gottorp vor Meister Brüggemanns Werkstatt. Ein Bedienter ohne Livree sprang vom Bock, öffnete den Wagenschlag, half einem Herrn heraus, der einer Dame die Hand reichte. Der Bediente lief zur Werkstatt, öffnete die Tür und meldete: «Seine Majestät König Christian von Dänemark und Norwegen, Ihre Majestät die Königin!»

Hans Brüggemann nahm sein Schurzfell ab, zog das Barett und beugte das Knie vor dem eintretenden Monarchen, der die Königin an der Hand hatte.

Der kluge, aber schwermütige Blick des Königs traf Meister Brüggemanns Augen, als er den Kopf hob und sagte: «Welch eine große Ehre, daß Eure Majestät meine bescheidene Werkstatt aufsuchen!»

Der König musterte für einen Augenblick schweigend den großen Mann, dann sagte er: «Gestattet der Meister der Königin und mir, seine Arbeiten für die Altartafel zu besichtigen?»

«Selbstverständlich, Majestät.» Brüggemann verbeugte sich vor der Königin und machte eine einladende Geste zu den Borden. Die Gesellen verneigten sich, als der König an ihnen, die sich erhoben hatten, vorüberging und ihnen zunickte. Und sie dachten, wie einfach ist der König gekleidet. Er trug eine Ledermütze mit einem kleinen Schirm, eine offene Schaube mit etwas Pelzwerk verbrämt über einem knielangen Gewand. Keinen Schmuck außer zwei kostbaren Ringen.

Aber die Königin! Sie erschien hellgekleidet in einem lang wallenden, köstlichen Gewand, das über die rauhen Dielen der Werkstatt raschelte. Über ihrem jungen, blassen Antlitz trug sie eine hellblaue Samthaube mit kostbarem Besatz und einem Schleier, der ihr bis auf den Rücken fiel. Sie mutete wie eine Lichtgestalt in der nüchternen Werkstatt an. Den Gesellen schien sie eine richtige Märchenprinzessin zu sein, diese huldvoll den schmalen Kopf neigende, sechzehn Jahre alte Königin.

Brüggemann führte sie vor die Gehäuse mit Christi Leiden, und der König nahm seine Mütze ab. Eingehend betrachteten die Majestäten die Bildnisse. Es war still in der Werkstatt, bis die Königin vor das Vesperbild trat und leise zum König sagte: «Sieh, wie wundervoll die Gruppe der Trauernden aufgebaut ist! Und Maria in ihrem Schmerz um den Sohn!»

«In der Tat. Einzigartig!» Der König wandte sich zu dem Meister um, der hinter ihm stand. «Das ist keine Handwerksarbeit, Meister Brüggemann. Du hast diese biblischen Gestalten mit warmem Herzen und gläubigem Geist erschaffen. Könntest du uns den Plan des ganzen Werkes zeigen?»

Diederik hatte für diesen Fall am Morgen einen Sessel von Modder Dörthe mitgeschleppt mit der Begründung, es käme Besuch in die Werkstatt. Darauf nahm die Königin vor dem Tisch in des Meisters Stube Platz, indessen der König und Brüggemann sich über den großen Plan des Altaraufsatzes beugten und Brüggemanns Finger erklärend den Schrein umriß. Er holte auch einige flüchtige Skizzen hervor, welche die Anordnung der Figuren im Mittelstück des Aufsatzes zeigten, Kreuzigung und den Weg nach Golgatha. Auf den letzteren Entwurf deutete der König: «Dürer. Und auch die Kreuzigung ist dem Bilde von Dürers ‹Kleiner Passion› ähnlich.»

«Eure Majestät haben richtig geurteilt. Ich habe diese herrlichen Stiche der ‹Kleinen Passion› von dem großen Meister Dürer erstanden und als Vorlage benutzt. Wir brauchen alle Vorbilder, Majestät. Die Ausführung allerdings ist später für einen Bildhauer eigene Arbeit.»

Es entwickelte sich nun ein Gespräch zwischen König und Bildschnitzer, das Brüggemann erkennen ließ, daß der Fürst viel von der Kunst verstand. Christian II. war von jeher ein Liebhaber der schönen Künste gewesen, insbesondere der Malerei und Bildschnitzerei.

Albrecht Dürer und Lucas Cranach hatten den König von Dänemark bei seinem Besuch in ihrer Werkstatt gemalt. Jetzt sprachen sie von den großen niederländischen Malern, von Rogier van der Weyden, den Brüdern Hubert und Jan van Eyck und Hieronymus Bosch, der im Vorjahr verstorben war. Der König erfuhr, daß Brüggemann als Geselle sich in den Niederlanden umgesehen hatte. Auch König Christian war dort umhergereist und hatte die Arbeiten jener Künstler bewundert. Ebenfalls die Königin war mit der niederländischen Kunst vertraut, da sie dort zum Teil ihre Jugend verbracht hatte.

«Die schönen Einfassungen der frommen Bildnisse erinnern mich sehr ans Hertogenbosch, Meister Brüggemann», erwähnte Königin Elisabeth. Und der Meister sagte lächelnd, auch ihn erinnerten die Maßwerkschleier an jene Kathedrale, ebenso wie ihm dabei die Bildschnitzerei von Adriaen von Wesel einfielen. Auf die Frage des Königs, ob Brüggemann dort gearbeitet habe, erwiderte dieser, nur mit dem Zeichenstift auf seiner Gesellenwanderung habe er sich damit in den niederländischen Kirchen beschäftigt. Richtig gearbeitet habe er erst später in den großen Werkstätten in Antwerpen. Die Königin sprach ihn nun auf niederländisch an, und Hans Brüggemann antwortete ihr in derselben Sprache, er habe zwar meistens das Plattdeutsch gesprochen, aber ein wenig habe er doch die Landessprache gelernt.

Während dieses Gespräches hatte Brüggemann – in diesem Fall nicht nur als Künstler – aufmerksam das Antlitz des Königs betrachtet. Er saß vor ihm auf Brüggemanns Stuhl und sah mit seinen traurigen Augen zu seiner Gemahlin hinüber. Der Kopf mit den kastanienfarbigen Locken war wohlgeformt und schön zu nennen. Der rötliche Bart war kürzer als früher geschnitten. Er hatte eine schmale, vorspringende Nase und eine gerade Stirn, von zwei Querfalten durchzogen. Das Gesicht wirkte ruhig, fast sanft. Und doch hatte Brüggemann zufällig in Bordesholm ein Gespräch der Chorherren mit angehört, die den dänischen König als herrisch, leidenschaftlich und im Zorn furchtbar genannt hatten. Wie sonderbar, daß dieser Herrscher jetzt eben vor ihm auf seinem Stuhl saß und so ruhig und gelassen wirkte. Jetzt erhob er sich, setzte seine Mütze auf und verabschiedete sich von Brüggemann mit den Worten: «Wie gut ist es, Meister, daß es in dieser schäbigen Welt auch Menschen gibt, die imstande sind, schöne Werke zu schaffen. Die Welt hat sie nötig!»

Draußen im Wagen legte Königin Elisabeth ihre Hand auf die ihres Gemahls und sagte: «Wenn ich ehrlich sein will, muß ich sagen, daß mir das, was der Meister bisher geschaffen hat, besser gefällt, als das, was wir von Claus Berg in Odense sahen.»

«Mir auch, Elisabeth. Wenn das Altarbild fertig ist, wollen wir es uns in Bordesholm ansehen. Ich glaube, es wird großartig... Wenn... könnte man überlegen, ob wir Meister Brüggemann nach Kopenhagen holen könnten», sinnierte der König, der Vergleiche anstellen konnte; denn er hatte sich auch unter den Werken der großen süddeutschen Bildhauer umgesehen.

Die fremde Kutsche hatte doch Neugierige in den Straßen Husums angelockt. Der König sah es aus dem Fenster, sah die prächtige Haube seiner Königin an und nahm von hinten ihren Schleier hoch, um ihn über den blauen Samt zu binden. «So, jetzt kannst du aus dem Fenster schauen.»

Sie wurden zum Mittagsmahl beim Obristen Hoyer erwartet, fuhren aber noch ein wenig durch die Gassen und am Hafen entlang.

Hermann Hoyer war mit dem König über das Haus Oldenburg verwandt. Zudem war seine Frau Katharine eine Tochter von Herzog Friedrich aus einer Liebesverbindung in seinen jungen Jahren. Die zweite Tochter aus dieser Verbindung war auch in Husum verheiratet, und zwar mit dem angesehenen Kaufmann Hans Knutsen. Der Herzog stand in einem herzlich-väterlichen Verhältnis zu seinen beiden Töchtern und besuchte sie gerne in Husum, insbesondere da er Witwer geworden war.

Vielleicht waren es diese Beziehungen, einige der wenigen Punkte, in denen der Onkel und der Neffe sich begreiflicherweise verstanden. Der Herzog hatte nie ein Wort über des Königs Liebesbeziehungen zu Dyweke verloren.

Hermann Hoyer hatte etwa die Größe, wie sie auch König Christian I. gehabt hatte, der erste Oldenburger auf dem dänischen Thron. Er wurde in Husum «Lange Harm Hoyer» * genannt. An der Mittagstafel im Hause Hoyer wurde die Unterhaltung auf platt-

---

* Hermann heißt auf plattdeutsch Harmen oder Harm.

deutsch geführt, wie es auch am dänischen Hof üblich war. Darum konnte die Königin mithalten. Sie war wohl der vornehmste Gast, den Husum bis dahin gehabt hatte, die Enkelin des deutschen Kaisers Maximilian.

3

«Welch ein Glück, daß wir noch nicht alles auf den Boden gebracht hatten, sonst hätten wir schlecht dagestanden, als der König kam», sagte Sywel Atynghe zu Meister Brüggemann.

Sie alle waren noch sehr beeindruckt von dem Besuch der Majestäten, indes mit Sorgfalt die Gehäuse in paßgerecht gezimmerte Kisten verpackt wurden. Brüggemann wollte erst, wenn alles fertig war, den Gehilfen seine Ferienpläne mitteilen. Doch mitten hinein platzte wieder ein Besuch.

Eines Nachmittags erschien vor der Werkstatt ein Reiter mit zwei Pferden. Er sprang von dem einen Roß ab und öffnete die Tür, die Zügel um den Arm geschlungen.

«Ist Meister Brüggemann hier?» Hans Brüggemann kam aus seiner Stube herbei. «Du lieber Himmel, woher kommst denn du, Luden?»

«Gestern von Walsrode, heute von Hamburg. Deine Mutter schickt mich, Hans. Es geht mit ihr zu Ende, und sie möchte dich so gerne noch einmal sehen. Da habe ich dir gleich ein Pferd mitgenommen. Mit dem Wagen wäre es zu langsam gewesen.»

Brüggemann atmete tief und fuhr sich über die Stirn: «Also doch. Ich habe die letzte Zeit so häufig an sie denken müssen. Wollte in den nächsten Tagen eine Gelegenheit suchen, um hinzukommen. Und nun bist du guter Kerl hergerast! Ich danke dir.»

«Wir dürfen nicht lange warten, Hans. Aber die Pferde müssen sich erst mal ausruhen, und ich... kann derweil mein Schwesterchen besuchen. Sieh, Sywel, Schwager! Wie geht es euch?»

Jetzt erfuhren die Gesellen von ihrem Meister, daß er mit ihnen Ferien machen wollte. Er hatte nach Walsrode reisen wollen und gab ihnen drei Wochen frei, damit sie sich erholen könnten. Sie setzten einen Tag fest, an dem sie alle wieder in Husum eintreffen woll-

253

ten. «Ihr habt so fleißig gearbeitet, und wir sind ein ordentliches Stück vorangekommen. Ihr habt eine Pause verdient.» Die jungen Leute freuten sich. Aber Reinhart sagte zum Meister, es sei nur bedauerlich, daß der Meister einen gar traurigen Urlaub antreten müsse. Brüggemann strich seinem Gesellen über den schwarzen Schopf und sagte: «Das ist das Leben: ein ewiges Werden und Vergehen.» Dann gab er Anweisungen, was in der Werkstatt noch getan werden müsse. Und Sywel versprach, alles genau zu überwachen. In zwei Tagen würden sie damit fertig sein.

Der Walsroder begab sich mit Sywel zu seiner Schwester Ida Atynghe, und der Meister ging zum herzoglichen Hardesvogt Walcke Witzen, bei dem er Geld abholte, damit seine Helfer für ihre Ferienreise ausgerüstet seien.

Vedderke meinte, als die vier jungen Leute allein weiterarbeiteten: «Glück herein, Gesellen! So kommen wir plötzlich zu Ferien wie die Jungfrau zum Kind.»

Ehe die beiden Walsroder aufbrachen, ging Reinhart noch zum Meister in seine Stube bei Modder Dörthen, wo er seine Sachen zusammenpackte und versuchte, die traurigen Gedanken an seine Mutter zu verdrängen.

«Meister, jetzt mache ich mir Sorgen. Will der Meister nicht lieber mein Kettenhemd überziehen und einen Degen mitnehmen? Auch einen Helm habe ich draußen in der Kiste.»

Der Meister schüttelte den Kopf. Sie seien zwei einfache Reisende, die keine Wertsachen bei sich führten.

Das sei Reinhart auch gewesen, sei aber mit dem Knecht unterwegs gezwungen worden, in einen Überfall einzugreifen. Und er, Reinhart, glaube, der Meister wäre in solchem Fall auch nicht einfach vorbeigeritten, wenn Menschen in Gefahr seien.

«Da hast du recht, mein Junge… aber du brauchst selber deine Wehr, wenn du nach Hause reiten willst.»

«Ich habe zwei Kettenhemden. Eines könnte der Meister doch überziehen… bitte!» Er sah mit seinen dunklen Augen so flehend zu seinem verehrten Meister auf, daß Brüggemann sich erweichen ließ, eines der Hemden anzulegen, auch den einen Degen drängte Reinhart ihm auf, aber den Helm lehnte er ab. Er sei kein «Ritter».

Der Bauer hatte übrigens auch einen Degen dabei, als sie losritten, um auf dem Ochsenweg nach Süden zu reisen. Die Gesellen blieben zurück, und Diederik meinte, es sei richtig, daß Reinhart den Meister gewappnet habe.

«Stellt euch vor, wenn der Meister nicht zurückkäme. Er weiß wohl gar nicht, was er wert ist. Wir könnten die Tafel allein und selbst mit Sywel nicht in der Vollendung wie unser Meister fertigmachen. Das lernen wir nie. Das ist eben angeboren.» Dazu nickten die anderen. Sie saßen um den Abendbrottisch und blickten immer wieder zu dem leeren Hocker des Meisters hinüber. Es war eine größere Lücke dort als nur das leere Tischende. Ida war fröhlich, sie hatte seit Jahren ihren Bruder bei sich gehabt und von zu Hause gehört. Und sie schenkte nach dem Essen Bier ein und vertrieb die nachdenkliche Stimmung.

Selbst Modder Dörthe sagte: «Wor kann't angahn, wat man sik an'n Minschen wöhnen kann.»

Beim Bier wurden Pläne geschmiedet. Es war verabredet worden, daß Brüggemann mit einem Wagen von Idas Elternhof zurückfahren sollte und Sywel und Ida, die Sehnsucht nach ihrer Heide bekommen hatte, damit zurückreisen sollten. Und natürlich sollte Marieke endlich ihren Großeltern gezeigt werden. Darum blieb Sywel vorerst in Husum, um noch zu arbeiten. Er nahm seine Ferien später. Dem Meister war es sehr lieb, daß die Werkstatt nicht ganz unbeaufsichtigt blieb.

Natürlich wollten die Gesellen auch einmal nach Hause fahren. Aber wie? Außer Reinhart wohnten sie alle im Süden, und so beschlossen sie, nach alter Handwerksburschen Art zu dritt loszutippeln und unterwegs vielleicht einen Wagen zu treffen, der sie ein Stück mitnähme. Es war ja Sommer, man konnte auch marschieren.

Und Reinhart? Was wollte er machen? Auch tippeln?

Es kam alles so plötzlich, daß Reinhart noch gar nicht wußte, was er mit seinen Ferien anfangen wollte. Er antwortete nicht gleich und sah vor sich auf seinen Krug.

«Ich habe einen Plan», rief Diederik Becker, «wir haben jetzt Zeit, einmal wieder nach Strand hinüberzusegeln. Das war doch damals eine herrliche Fahrt! Was meint ihr?»

«Das ist das richtige», krähte Vedderke, «und dann besuchen wir Odde Poppendochter. Sie hat uns doch eingeladen...»

«Ja, daß wir dann betolen müssen», sagte Lorne, «aber das mach ich mit. Du auch, Reinhart?»

Reinhart hob den Kopf und lachte. Dann fragte er, ob sie wieder vom Pferd fallen wollten? Er jedenfalls wäre auch dafür, zur Insel zu segeln.

Ida, die nicht ganz mitkam, wurde nun die Geschichte von der listigen Müllerstochter aufgetischt. Sie kamen allmählich in die rechte Ferienstimmung, obgleich für sie die Ferien erst zwei Tage später begannen, da noch Arbeit vor ihnen lag. Und die war nicht leicht. Diederik war ein kräftiger Mann, doch die Kisten mit den Eichenholzgehäusen waren ein zu schwerer Brocken, um sie die steile Bodenleiter hinaufzubefördern. Rückwärts konnte man die Leiter nicht hinaufklettern, zwei nebeneinander ging auch nicht. Findige Handwerker entdecken immer einen Ausweg. Ohne daß Diederik zu Schaden kam, wurden die Kisten oben verstaut. Sywel besah sich die Holzvorräte. «Wenn das nur hinreicht!» meinte er bedenklich. Er beschloß, auf dem Hof noch Blöcke zurechtzusägen, damit für das kommende Jahr genügend ausgetrocknetes Holz vorhanden war.

Nach drei Tagen segelten die vier jungen Leute zu der Insel hinüber; und Ida sagte zu Modder Dörthen: «So, Modder, nun haben wir beiden Frauensleute auch ein bißchen Ferien.»

«Jo, Ida, ick will nu man bi, un de Jungs ehr Büxen flicken.»

Als die Gesellen am Nachmittag vor der Windmühle in Rorbeck ankamen, sahen sie verwundert zu dem großen Haus hinauf, das jetzt dort stand, wo das Wirtshäuschen gestanden hatte. Aus der geöffneten Tür hörten sie Mädchengelächter. Sie stiegen hinauf und trafen in der jetzt großen Gaststube auf eine fröhliche Gesellschaft junger Mädchen. Die alte Müllerin saß am Schmalende der Tafel, rechts und links ihre Söhne. Und Odde Poppendochter trug einen Sommerblumenkranz auf den hellen Locken. Odde hatte just Geburtstag!

«Ihr kommt mir gerade recht, ihr Husumer Holzböcke!» rief Odde strahlend und sprang auf, lief auf die Gesellen zu und lud sie ein, ihren Geburtstag mitzufeiern! Aber zuerst mußte sie sich von den Gesellen umarmen lassen und Glückwünsche entgegennehmen. Sie sah so frisch und glücklich aus, die listige Müllerstochter, daß sie geradezu ein Augenschmaus war. Und wie sie sich über den Besuch freute!

Alsbald setzten die jungen Männer sich auf eine Bank an den Tisch. «Nee, das gilt nicht», rief Odde, «immer ein Mädchen dazwischen!» Das ließen die Rorbecker und Morsumer Deerns, Oddes Freundinnen, sich nicht zweimal sagen.

«Ihr habt aber eine Witterung, ihr Jünglinge! Wir wollten gerade meinem Geburtstagskuchen zuleibe gehen», rief Odde und schnitt den mächtigen Napfkuchen an, der mit Rosinen und Mandeln gespickt war. Auch Schmalzgebackenes stand in Schüsseln bereit. Jeder bekam zunächst ein dickes Stück Kuchen auf sein Holzbricken. Dazu gab es sahnige Milch aus Krügen.

Das Geburtstagskind saß zwischen ihrem ältesten Bruder und ihrer Schwägerin und versprühte gute Laune um sich herum. Reinhart, der ihr gegenübersaß, kam sie vor wie ein buntes, munteres Vöglein, das den Kopf zwitschernd vor Lebenslust hin und her wendete. Sie kam kaum zum Essen, so achtete sie darauf, daß alle Gäste gut versorgt waren.

Ja, sie hatten die alte Hütte abgerissen und dieses feste Steinhaus hierhin gesetzt, weil sie oftmals zu viele Gäste hatten, erzählte der jüngere Poppensen.

«Bei solch einer hübschen Wirtin...» äußerte Vedderke.

«Wirtin! Ich komm nur herüber, wenn es hier etwas Lustiges zu erleben gibt. Solche unklugen Vögel, die reiten wollen, ohne es zu können, wie ihr es seid, kommen mir immer recht», rief Odde anzüglich. «Das hättet ihr sehen sollen, als die wie die Mehlsäcke herunterpurzelten», wandte sie sich an die Mädchen.

Da erschienen in der Tür einige junge Männer. Odde sprang auf und herrschte sie an: «Wegen Familienfest geschlossen!» und schlug die Tür zu. Sie schob den Riegel vor.

«Die fehlen uns gerade», sagte sie und setzte sich wieder.

Im späteren Verlauf der Feier erfuhren die Gesellen, daß es Störenfriede aus dem Dorf seien, die Odde ärgern wollten, weil sie das Mädchen fürchteten. Welche Bewandtnis es damit hatte, erfuhr Reinhart erst später von Odde Poppendochter. Die Burschen zogen auch dieses Mal den kürzeren, was Anlaß zu noch mehr Heiterkeit gab.

Sie waren später im Garten hinter dem Haus und spielten lustige Spiele – «Kringelbieten», wobei eine mit Kringeln behängte Schnur, die von Baum zu Baum gezogen war, gezupft wurde. Danach sprangen die Gäste hoch, um einen Kringel abzubeißen, indes Odde die Schnur tanzen ließ. Gab das ein Gelächter! Sie waren eben beim «Blindekuh»-Spielen, als um die Hausecke wieder die Dörfler auftauchten. Aber Odde hatte vorgesorgt:

«Jetzt los!» rief sie, indes ihre Mutter bat: «Odde, laß das lieber!»

Im Handumdrehen waren die Gäste bewaffnet, denn hinter dem Haus standen schon Peitschen, Mistforken und Knüppel bereit.

«Einkreisen!» rief der jüngere Poppensen, er nahm sich eine lange Peitsche und reichte auch Reinhart und Lorne eine. Kurzum, sie trieben die Eindringlinge um das Haus herum zum Stall hin. Diederik hatte einen Knüppel und rannte mit seinen langen Beinen, um den Störenfrieden den Weg zur Dorfstraße abzuschneiden. Die Mädchen mit Mistforken und Harken rannten hinter den Flüchtenden her. Die bekamen die Peitschen der Männer auf den Buckel. Und es blieb ihnen nichts anderes übrig, als über den Misthaufen zu laufen, um zur Mühle hinüberzukommen, wo der Weg noch frei war. Dort stand Odde und kippte ihnen einen Eimer voll Jauche über die Köpfe. «Du verdammte Hexe. Du Beest!» schimpften die Burschen.

«Jetzt steckt ihr mal im Mist, ihr Holzköpfe und Verbrecher!» rief Odde und sah dann lachend zu, wie die Burschen bis an die Knie durch den Mist wateten. Drüben war der alte Müller aus der Mühle gekommen, lief auf die Burschen zu und schüttete ihnen Mehl über die Köpfe, was an der Jauche kleben blieb. «Wenn ihr noch einmal meine Odde belästigt, häng ich euch an die Mühlenflügel, ihr Schweinigels!» schimpfte der alte Mann aufgebracht. Die Geburtstagsgesellschaft stand am jenseitigen Rand der Mistkuhle und hielt sich die Seiten vor Lachen, wie die stinkenden Kerle mit von Mehl verklebten Augen davonschlichen. Diederik gab jedem von ihnen noch einen tüchtigen Hieb auf den Hosenboden, da trabten sie aber los! An der Mühle hörten sie, wie sich das Gelächter und die Schmährufe durch die Dorfstraße fortpflanzten. Die Mädchen steckten die Köpfe zusammen, und die große, rotblonde Deern aus Morsum sagte: «Das hätten sie nicht einstecken brauchen, wenn unsere Melin noch unter uns wäre.» Reinhart hörte es, weil er hinter ihnen zum Wirtshaus hinaufging.

Abends gab es Spanferkel mit einem Gemüse, das die Gesellen nicht kannten. Auf ihre Frage, was es sei, erfuhren sie, daß dieser Kohl am Strand wüchse. Er schmeckte den Fremden vorzüglich. Sie konnten das alles, was eine Magd auf die Tafel trug, nicht bewältigen. Der Wein, der kalt im Mühlenkeller gelagert hatte, hob die Stimmung.

Plötzlich, als sie im Garten unter den Bäumen lustwandelten, erschien der Fiedler, den Odde hatte holen lassen.

Er entlockte seiner Fiedel zarte Melodien, und die Mädchen sangen dazu und forderten die jungen Männer zum Reigen auf. Sie tanzten auf der Weide hinter den Obstbäumen. Auch die beiden Müllerssöhne waren dabei, und die Eltern sahen schmunzelnd zu und dachten an ihre eigene Jugendzeit.

Als der Spielmann abzog, führte Reinhart Odde, die er an der Hand hatte, hinter einen Busch und nahm sie in die Arme, indes die anderen ins Haus gingen.

«Du mußt meinen Geburtstagskuß noch hinnehmen, Odde», flüsterte Reinhart, und das Mädchen wisperte zurück, daß sie schon darauf gewartet habe. Reinhart küßte sie ausgiebig. Er war nicht nur vom Wein trunken. Diese lebensvolle Odde, die fröhliche Feierei und ein berauschendes Empfinden von Freiheit beglückten ihn. Lornes Ruf nach Reinhart ließ die beiden Verliebten hinter dem Busch hervortreten. Es war fast dunkel. Sie gingen ins Haus, und Gunne Poppensen wies den vier Gesellen in zwei Stübchen ihr Nachtlager zu. Odde begab sich zwischen ihren Eltern, dem älteren Bruder und seiner Frau ins Müllerhaus hinüber.

Gunne, der in der Wirtschaft schlief, erzählte den Gesellen, daß der Bau dieses Hauses nötig geworden sei.

«Im letzten Winter sind zwei Bauern, die hier zuviel getrunken hatten, nachts in Dusterheit und Kälte verunglückt. Der eine ist gestorben. Den anderen fanden die Moorleute auf sein Gewimmer hin mit gebrochenem Bein neben dem umgekippten Wagen zwischen Mehlsäcken im Graben und haben ihn gerettet. Da sagte Vater, daß die Hütte zu klein sei und wir ein Haus bauen wollten, wo solche Saufbrüder wenigstens nachts bleiben könnten.»

«Ihr braucht ihnen ja nicht so viel auszuschenken, daß sie so duhn sind und nicht mehr fahren können», meinte Lorenz.

Der junge Wirt hob die Schultern, er könne nicht wissen, wieviel sie vertragen könnten. Das sei ganz verschieden; und es sei wohl ein schlechter Wirt, der seinen Gästen vorschreibe, wieviel sie bei ihm trinken dürften. Damit sei kein Geschäft zu machen.

Drei der Gesellen segelten anderntags auf das Festland hinüber, um ihre Wanderung aufzunehmen und keine Zeit zu verlieren. Reinhart wollte noch einen Tag bleiben, um sich die Insel anzusehen. Und es machte sich so, daß Odde Poppendochter etwas in der Pylwormharde bei der Frau vom Staller zu bestellen hatte und Reinhart in der kleinen Kutsche mitnahm. Das war ein günstiger Zufall.

Es war windig, und Odde hatte ihre Locken unter einem hübsch gefälteten, weißen Leinentuch verborgen. Sie trug die kurze Houppelande, hochgegürtet mit kleinem Schoß über den Hüften.

Neben ihrem Wege schwankten die grünen und gelblichen Kornfelder im Seewind. Haufenwolken huschten über den hellblauen Himmel hinweg. Reinhart hielt die Zügel in einer Hand, seine andere Hand hielt Odde. Mitunter plauderten sie oder schwiegen auch verträumt in den sommerlichen Tag.

An einer besonders hübschen Aussicht hielt Reinhart an. Odde deutete umher. Das ganze Getreide, das er sehe, sei Gerste für das Husumer Bier. Auch Hopfen zeigte sie ihm, aber der wachse auf dem Festland besser. Im Süden blinkerte ihnen die Nordsee entgegen.

«Wie schön ist es hier!» rief Reinhart. Kirchtürme tauchten aus dem Getreidemeer auf, einzelne Baumgruppen und Warften, mit Gebäuden bestanden. Als sie weiterfuhren, fragte Reinhart, was eigentlich dieser Krieg mit den Burschen in Rorbeck zu bedeuten habe? Er sah dem Mädchen in die Augen, die plötzlich traurig wurden. Oddes Gesicht wirkte in diesem Moment um Jahre älter.

«Ach, es ist eine schlimme Geschichte, Reinhart. Was sollen wir uns den sonnigen Tag damit verderben?»

«Ich werde dich schon wieder aufheitern. Ich weiß genau, daß bei dir etwas anderes als nur Spaß hinter deinen Streichen, die du mit jungen Leuten machst, steckt. Vielleicht tut es dir gut, dir etwas von der Seele zu reden?» Er legte den Arm um ihre Schulter; denn es war kein Mensch weit und breit.

«Ich bin dir gut, Reinhart. Du bist anders als die anderen jungen Leute. Vernünftiger vielleicht. Ich weiß nicht, was es ist, daß ich dir traue... Nun. Ich hatte eine gute Freundin, mit der zusammen ich auch beim Pfarrer Unterricht hatte. Sie war mir so vertraut wie eine Schwester. Als sie fünfzehn war, kam hier ein Fremder her, ein Handelsmann. Er sah gut aus und hatte gutes Benehmen. Sie vergaffte sich in ihn, und der Mensch verführte sie, so daß sie ihre Ehre verlor. Er fuhr wieder davon. Aber die Rorbecker Burschen, die du gestern abend erlebt hast, hatten sie belauscht, überfielen das Mädchen mit Schimpf und Schande und warfen sie bei einem Bauernhof in die Mistgrube. Es war schon Herbst und recht kalt. Sie haben sie dort untergeduckt, so daß sie fast umgekommen wäre. Die Bauernleute kamen dazu und zogen die Halbtote heraus. Und Melin bekam eine schwere Brustentzündung und starb kurz danach.»

«Wie abscheulich! So eine gemeine Horde!» rief Reinhart empört.

«Ja. Ich war so voll Trauer über diese Gemeinheit der viehischen Kerle, die so was ungestraft machen durften, weil es ein altes von Männern erdachtes Gesetz ist, daß ich eine ingrimmige Wut auf die jungen Burschen bekam. Darum ist es mir eine Erleichterung, sie zu lächerlichen Gestalten zu machen. Du wirst das wahrscheinlich nicht verstehen, warum ich mich an ihnen räche... Und dieses Gesindel in Rorbeck dreht den Spieß um und versucht, mich herunterzumachen. Aber du hast ja erlebt, wie das meist ausgeht. Es ist nicht das erste Mal, daß ich ihnen die Federn gerupft habe. Ich muß das einfach, Reinhart, so widerwärtig sind sie mir.» Odde schwieg und blickte vor sich hin.

Reinhart war erschüttert über dieses offene Bekenntnis, und er dachte daran, was man mit seinem Freund Bendix gemacht hatte und wie er selbst eine sinnlose Wut auf die Täter gehabt und sogar seinen Großvater dem Gericht ausgeliefert hatte.

Odde hob den Kopf und sah ihn an: «Bist du jetzt sehr entsetzt über mich?»

«Nein, Odde. Ich kann es verstehen. Aber du bist in Gefahr, selbst dabei eines Tages zu Schaden zu kommen, wenn du es so weitertreibst. Es sind ja nicht alle jungen Leute so verblendet wie diese rohen Burschen hier. Es könnte auch sein, daß du ihnen eines Tages ohne Schutz ausgeliefert bist.»

«Das sagen meine Eltern auch. Ich sehe es ein, und ich habe schon einiges mit denen erlebt. Bin aber immer noch mit ihnen fertig geworden.» Sie lehnte sich zurück und sah zu den ziehenden Wolken und steigenden Lerchen auf. «Die Welt ist doch so herrlich, und ich möchte immer fröhlich sein. Aber da laufen solche Ungetüme wie diese Kerle umher und verderben einem die Laune. Melin war ein so guter Mensch, aber die Liebe hat sie so gepackt, daß sie dem Handelsmann nachgab. Sie hatte gehofft, er würde sie mitnehmen und heiraten. Aber auch dieser Mann taugte nichts und ging ohne sie fort. Warum muß denn ein Mädchen für ihre große Liebe so grauenhaft büßen? Die Männer werden nicht auf den Misthaufen geworfen, wenn sie ein Mädchen lieben!»

Reinhart lachte kurz auf. Sie hatte ja recht, diese Odde, die sich ihm jetzt in einem ganz anderen Licht zeigte. Sie dachte nach, und zwar gründlich. Dann handelte sie. Ob das richtig war?

Sie wechselten jetzt von der Edomsharde in die Pylwormharde hinüber und kamen durch Ortschaften. Reinhart rückte von dem Mädchen ab, damit sie nicht auch noch Schwierigkeiten bekam.

Odde blieb nur kurz im Hof des Stallers. Sie ließen den Wagen dort stehen und spazierten etwas durch die hübsche Landschaft bis zum Deich hinunter. Stiegen zur Seeseite hinab, denn es war gerade Ebbe, und schauten auf das Meer hinaus. Odde zeigte Reinhart ein paar kleine Inseln und erzählte ihm, was hier alles versunken sei. Die Lämmer, die auf dem Vorland weideten, kamen neugierig heran, und Odde spielte mit ihnen. Es war ein so hübscher Anblick, daß Reinhart sie mitten zwischen den Lämmern in die Arme nahm und küßte. Die Tiere sahen verwundert zu dem Menschenpaar auf, das dastand, sich küßte und Zärtlichkeiten flüsterte.

Draußen auf dem Hever näherte sich ein Schiff. Sie stiegen auf den Deich hinauf und wandten sich nach Westen. Dort tauchte auf geräumiger Warft die Kirche auf, deren mächtiger Turm eine Seemarke für die Schiffer bedeutete, die Husum anlaufen wollten.

«Wir wollen in die Kirche gehen, Reinhart. Sie hat ein schönes Schnitzwerk. Da du Snitker bist, wird es dich erfreuen, es zu betrachten, meine ich.»

Der Altaraufsatz aus dem vorigen Jahrhundert war wirklich eine großartige Lübecker Arbeit, die Reinhart sich eingehend ansah. Besonders erschien es ihm, daß die Außenflügel des Schreins, neben den geschnitzten Bildern aus dem Leben Christi und Marias, Gemälde zeigten.

Sie waren allein im Gotteshaus, und Reinhart konnte sich Muße gönnen, um die Schnitzereien genau anzusehen. Er erkannte auch klar den Unterschied zu der Arbeit seines Meisters. An Gestühl und Kanzel gab es auch für den jungen Bildhauer allerlei Sehenswertes.

Odde Poppendochter wußte zu erzählen, daß auch die Taufe aus dem vergangenen Jahrhundert stammte. In alten Zeiten hatte hier an ihrer Stelle eine sehr wertvolle Taufe gestanden. Die hatte der gefürchtete Seeräuber Kort Widerich mit seinem schlimmen Gesindel gestohlen und nach Eiderstedt gebracht.

«Woher weißt du das alles?» erkundigte sich Reinhart.

«Unser alter Pfarrer in Rorbeck hat es uns Kindern erzählt, als wir mit ihm einen Ausflug hierher machten. Er sagte auch, daß dieses Gotteshaus uralt sei.»

Ehe sie die Kirche verließen, kniete Reinhart vor dem Altar nieder und verrichtete ein stummes Gebet. Und Odde tat es ihm nach.

Als sie zum Stallerhof zurückgingen, wurde sie wieder ganz lustig, nämlich als Reinhart sagte: «Du munteres Wesen hast dem armen Bildschnitzer, scheint mir, ganz schön den Kopf verdreht.» Da blieb Odde stehen, hielt die gespreizte Hand vor ihr Gesicht und sang: «Und wenn du meinst, ich lieb dich nicht und treib mit dir nur Scherz; dann zünde ein Laternchen an und leuchte mir ins Herz... Kiekebusch, ick seh di.» Und Reinhart fuhr fort: «Dat du mi sühst, dat freut mi.» Und dann faßten sie sich an die Hände und wirbelten, indem sie «titirallala, titirallala» sangen, umeinander herum.

Ein alter Bauer, der ihnen einige Kühe entgegentrieb, schüttelte lächelnd den Kopf und murmelte: «Unkloget Volk!»

Reinhart war durch diese Verse an die Hochzeit auf Eekenholt erinnert worden. Den alten Tanz hatten sie auch auf der Waldweide aufgeführt. Dort würde er in einigen Tagen wieder sein...

Unterwegs nach Morsum, da sie an einer einsamen Stelle Abschied nahmen und anhielten, um sich noch einmal zu küssen, sagte er zu Odde: «Wann ich einmal wieder auf den Strand kommen werde, weiß ich nicht, liebe Odde. Es kann lange dauern. Wir haben eben Ferien und müssen uns danach tüchtig ranhalten.» Er legte ihr die Hand unters Kinn und hob ihren Kopf. «Sieh mich an. Du bist wohl traurig? Hoffentlich hast du keinen Knacks an deinem fröhlichen Herzen erlitten. Das würde mir leid tun. Ich sage dir offen, daß ich an irgendwelche Bindungen durch Herz oder Hand noch gar nicht denken kann. Eine große Arbeit liegt in Husum noch vor uns, und bei der muß ich ungeteilt bleiben.»

Odde drehte ihren Kopf nach vorne, nahm die Zügel auf und

klatschte sie dem Pferd auf den Rücken. Der Wagen setzte sich in Bewegung. Erst dann sagte sie: «Ich bin nicht Melin, die sich einbildete, daß, wenn sie einen Mann liebte, er sie auch lieben müßte und sie sofort mit sich nehmen wollte. Denn ich habe zwei Brüder, mit denen ich mich gut verstehe. Wahrscheinlich werde ich darum gut mit Männern fertig, weil ich ihre Art kenne. Du brauchst kein Mitleid mit mir zu haben, du liebestrunkener Holzbock!»

Jetzt lachten sie beide wieder und trennten sich später in Morsum als gute Freunde. Odde Poppendochter fuhr im scharfen Trab rumpelnd davon und sah sich nicht einmal mehr um.

Zwei Tage später schlenderte Reinhart durch Schleswig. Er war mit einem Husumer Fuhrmann hinübergefahren. Jetzt überlegte er, wie er weiterkommen sollte. Er war nicht nach Gottorp gegangen. Vielleicht hätte ihm Riepenhusen oder Doktor Josias eine Gelegenheit verschaffen können. Fraglich, ob sie in der Burg waren. Geld hatte er genug bei sich. Da waren ja noch Sleipnirs Gottorper Einnahmen. Etwas aus dem Kasten unter seinem Bett hatte er eingesteckt. So bummelte er an dem schönen Sommertag durch das Städtchen und besuchte seinen alten Meister. Die Meisterin fiel fast hintenüber, als ein geharnischter Ritter plötzlich in der Diele stand und sich als Reinhart, der Geselle, entpuppte. Er hatte sich den Scherz nicht verkneifen können. Hatte in dem Gasthof, wo er abgestiegen war, Helm und Kettenhemd angelegt, welche er auf der Frauen Drängen mitgenommen hatte.

Er wurde in die «gute Stube» genötigt, und als der Meister erschien, rief der gleich: «Habe ich es mir doch gedacht, daß du ein unechter Tischler bist, Reinhart!»

«Aber ich bin ein echter, wenngleich auch nicht mehr Tischler, sondern Bildsnitker, Meister Greggersen», sagte Reinhart.

«Aber woher hast du dein Rüstzeug?»

«Aus einer Kiste im Hause meines Großvaters», belustigte Reinhart sich. Dann erzählte er auf des Meisters Drängen, was sie in Husum arbeiteten. Und Greggersen war sehr beeindruckt.

«Ich freu mich für dich, Reinhart, daß du zu einem tüchtigen Meister gekommen bist und bei deiner Arbeit zufrieden sein kannst. Das ist die Hauptsache!»

Auch die alte Trine war noch da. «Sie ißt das Gnadenbrot», sagte die Meisterin, «und sie ist schon tüdelig.» Doch Trine erkannte Reinhart wohl und muffelte: «Ut Kinner war'n Lüd!» Sie muffelte weiter, um den Sabbel zu halten; denn Zähne hatte sie nicht mehr. Reinhart guckte noch in die Werkstatt, wo wie immer genug Arbeit war. Der Meister war zufrieden. Es waren aber außer dem Haussohn auch neue Gehilfen dort.

Gegen Abend ließ Reinhart sich vom Diener bei Herrn Nielssen in seinem stattlichen Haus auf dem Gallberg anmelden.

Der alte Herr aus der überfallenen Kutsche empfing den Gast mit großer Freude. Die Hausfrau kam herbei, bedankte sich herzlich für Reinharts Hilfe und lud den jungen Mann, dieses Mal ohne Ritteraufmachung, da er ja kein Ritter war, ein, ihr Gast zu sein. Reinhart nahm dankend die Einladung zum Abendessen an, ansonsten sei er auf der Durchreise und wohne im Gasthof.

An der reichbestellten Tafel, an der noch einige Hausbewohner der Verwandtschaft saßen, erfuhr der Kaufmann auf seine Frage, wie Reinhart reisen wolle und wohin, den wahren Sachverhalt, nämlich, daß der junge Gast eine Gelegenheit suche, nach Ostholstein zu seinem Elternhaus zu gelangen.

«Aber, lieber junger Freund, das ist doch ganz einfach, du nimmst eines meiner Pferde!»

«Ich bleibe aber etwa fünfzehn Tage zu Hause», äußerte Reinhart bedenklich.

«Ich kenne dich als einen anständigen Menschen und vertraue dir, daß du mein Roß wieder herbringst. Und ich brauche es nicht unbedingt. Habe genügend Pferde im Stall.»

Sievert von Scharpenberg hielt es nun an der Zeit, dem gütigen, alten Herrn anzuzeigen, wer er war. Der Kaufmann meinte, er habe sich also nicht getäuscht, da er ihn für einen jungen Adligen gehalten habe. Daß er sozusagen seinen eigentlichen Stand mit dem eines Handwerkers vertauscht habe, erschien ihm außergewöhnlich. Es nötigte ihm Achtung ab.

Als Sievert auf dem Eekenholter Hofplatz eintraf, kam ihm Martin Klönhammer mit breitem Grinsen entgegen und nahm ihm den Schleswiger Fuchs ab: «Wat hev ick seggt?»

«Ja, Martin, du hast gesagt, daß ich bald wieder nach Eekenholt kommen würde. Ich bin jedoch nicht aus Sehnsucht nach einer gewissen schönen Frau hergeritten. Man hat mich zur Erholung geschickt. Nun schaust du aber dösig aus.»

«Is eendont. Der Jungherr ist wieder hier. Dafür ist aber die Herrin nicht da, und die hat die schöne, junge Frau mitgenommen. Wohin? Die sind im Kloster.»

Zunächst aber erfuhr Sievert, als er aus den freudigen Umarmungen seiner Verwandten wieder auftauchte, daß seine Schwester ein Kind erwarte. Nele teilte es ihm selber glückstrahlend mit. Sie weideten sich alle an seiner Überraschung; denn der Gedanke an ein Kind war ihm überhaupt noch nicht gekommen. Weiter berichteten sie Sievert, daß die Mutter nach ihrer kleinen Preetzer Wohnung sehen wollte, und da habe sie Mette auf deren Bitte dorthin mitgenommen.

Auf Sieverts Frage, warum Mette mitgereist sei, erwiderte Bendix nur: «Iß erst etwas und schlaf dich aus. Du hast schon ganz müde Augen.»

In seiner Kammer fiel Sievert wie ein Stein in sein Bett und schlief durch, bis Nele ihn wachrüttelte: «Verschlaf doch nicht den schönen Morgen, Bruder!»

Kurz darauf erklärte Nele ihm, wie das von Bendix ausgedachte Duschvorhaben in Betrieb zu setzen war, welches Sievert im Waschraum vorfand. «Es ist ja großartig, was ihr hier aus dem Loch gemacht habt, Nele.»

«Ja. Sieh, wir haben hier auch ein kleines Öfchen für den Winter oder für das Warmmachen von Wasser. Es sind wieder Köhler im Wald», erklärte Nele, während sie wie früher dem Bruder den Rücken wusch. «Ach, Sievert, Bendix ist so tüchtig; und ich bin so glücklich mit meinem lieben Mann.»

«Das freut mich für euch! Endlich ist das Glück in dieses alte Gemäuer wieder eingezogen, Nele... Du, da fällt mir etwas ein. Es muß eine ordentliche Tür vor das alte Gemäuer am Abtritt. Die Luke da läßt zu viel Zugluft durch...»

«Das hat Bendix auch schon dem Zimmermann gesagt, der meinte aber, daß es schwierig sei, weil die Wand so bucklig ist.»

Während Sievert sich mit dem Handtuch abrubbelte, sagte er, das werde er selbst machen, wozu habe er die Tischlerei gelernt. Dann habe er ein bißchen Arbeit.

Danach traf er Bendix auf dem Hof. Der nahm den Freund mit in den Wald und zeigte ihm, wo sie im Winter Bäume schlagen wollten, um Platz für Schweineställe zu schaffen. «Einfach aus Eichenbalken, Sievert», erklärte der Landwirt, «es gibt hier im Herbst so viele Eicheln und Bucheckern, da können sich die Tiere sattfressen. Und wir haben auf dem Hof nicht den Gestank vom Schweinemist, den wir wiederum gut für die Äcker brauchen können.»

Sievert fand den Plan, daß Bendix außer den wenigen Tieren für den Eigenbedarf Schweine anschaffen wollte, vernünftig.

Sie gingen zu den Koppeln und besahen das Getreide, das Martin hatte säen lassen. Es stand gut. An einigen Stellen waren allerdings viel Disteln dazwischen. «Die kriegen wir auch noch fort», sagte Bendix. Ihm machte die Wirtschafterei jetzt wieder Freude.

Als sie zum Hof zurückgingen, brachte Bendix das Gespräch auf Mette. «Sie sitzt mal wieder unter Druck; denn der Vetter ihres verstorbenen Mannes – auch ein Krummland – hat einen Sohn. Und da sie Ilefeld anscheinend nicht auf rechtlichem Wege überschlucken können, will dieser Sohn Marquart sie nun heiraten. Tante Hese sagt, er sei ein Herumtreiber…»

«Und was sagt Mette dazu?» unterbrach Sievert gespannt.

«Gar nichts. Sie ist, als sie hörte, daß Mutter Hedwig nach Preetz fahren wollte, herübergekommen und mitgefahren, sie hat diese Rangelei um das Gut ihres Mannes restlos satt. Aber natürlich ist ihre Familie nicht dafür, daß sie einfach aufgibt.»

«Das wäre das Dümmste, was sie anstellen könnte», meinte Sievert. Und Bendix sagte, ihr Bruder Bodo ließe sich die Angelegenheit einiges kosten und habe einen geschickten Juristen beauftragt.

«Sie müßte selbst in Ilefeld wohnen, Bendix, den Kram dort unter Aufsicht haben, finde ich.»

«Das habe ich ihr auch gesagt. Aber du kennst sie ja. Sie ist in ihrer Gemütsverfassung wieder ganz unten angelangt. Nun sitzt sie da im Kloster und bläst wahrscheinlich Trübsal. Das ist nicht richtig für eine so junge Frau.»

Bendix Iversen blieb stehen, sah seinen Freund an und legte ihm die Hand auf den Arm. «Sievert, uns geht das eigentlich nichts an…»

«Nee.»

«Aber Nele macht sich Sorgen um die Freundin, und ich glaube, man muß Mette mal ordentlich zurechtrütteln. Wir haben gestaunt, wie du das auf der Hochzeit fertiggebracht hast. Sie war ja wie ausgewechselt. Sag mal, hast du solch einen Einfluß auf die Weiber?»

Sievert lächelte etwas unsicher. «Es scheint so. Vor einigen Tagen hat eine Deern von der Insel Strand mich einen liebestrunkenen Holzbock genannt. Daraufhin habe ich ihr klargemacht, daß sie lieber nicht auf mich warten solle…»

Er sagte das ganz ernsthaft, und der Freund lachte schallend.

«Nun lachst du mich auch noch aus!» sagte Sievert grinsend. «Einfluß soll ich haben? Was soll ich denn für Einfluß haben, wenn so eine Deern so süß aussieht, daß man sie in den Arm nehmen muß?»

«Hast du das auch mit Mette im Wald gemacht?»

«Nee, ganz bestimmt nicht, Bendix.»

«Vielleicht wäre es ganz vernünftig gewesen…»

«Das glaube ich nicht; denn dann wäre sie wohl noch trauriger geworden, wenn ich wieder verschwunden wäre, mein Bendix.»

«Du bist aber höchstwahrscheinlich der richtige Kerl, um sie zur Vernunft zu bringen. Reite doch mal nach Preetz hinüber und berede sie, daß sie nach Ilefeld zurückgeht, sich dort festsetzt und ihr Gut richtig in Besitz nimmt. Tante Hese sagt, sie hätte damals, als ihr Mann noch lebte, recht gut umhergewirtschaftet.»

Sievert erklärte sich einverstanden, da Mette ihm leid tat. Aber er nahm gleich den kleinen, offenen Jagdwagen für die Reise; denn er wollte seine Mutter gerne bei sich haben.

Martin, der den Wagen vor die Turmbrücke fuhr, grinste ziemlich unverschämt, als er Sievert den Platz räumte, der vom Bock herunterraunzte: «Du brauchst gar nicht so dämlich zu grinsen, Martin, ich will bloß meine Mutter abholen.»

Martin antwortete, er habe eine Decke hineingelegt, damit die Frauen keine kalten Füße bekämen.

Während Sievert durch den goldenen Dunst des Sommertages rollte, freute er sich, daß seine Schwester den zu ihr passenden Mann bekommen hatte. Wenn er Bendix nicht nach Eekenholt geschickt hätte, wäre aus dieser Ehe nichts geworden. Und wenn der Freund nicht so lange krank dort gelegen hätte und gleich wieder weitergereist wäre, wohl auch nicht. Schicksalsfügung? Merkwürdig! Man sollte nicht immer über unglückliche Zustände schimpfen; mitunter waren sie dazu da, um ein Glück zustande zu bringen. Er freute sich auf das Wiedersehen mit der Mutter.

Er fand sie in ihrer kleinen Wohnung im Gespräch mit zwei Nonnen, die sie besucht hatten. Als er, der Mann, durch die geöffnete, niedrige Tür eintrat, erschraken die Frauen zunächst. Erst als Sievert rief: «Mutter, dein Sievert ist gekommen», sprang Frau Hedwig auf und umarmte ihn. Sie stellte ihn den beiden Freundinnen vor, die ihn freundlich begrüßten und meinten, er habe mit seiner Mutter nur dem Gesichtsschnitt nach Ähnlichkeit. Sie verabschiedeten sich alsbald taktvoll. Nun mußte Sievert erzählen, was ihn herführte und wie es ihm ergangen sei. Die Mutter konnte gar nicht genug vom Leben des Sohnes erfahren. Auf seine Frage erklärte sie, daß sie im Sommer gerne in Preetz sei, es sei so schön gelegen, und Mette und sie wanderten gerne im Schwentinetal umher.

«Wo ist Mette?» fragte Sievert schließlich. Sie sei wohl in die Kirche gegangen, meinte die Mutter. «Mette ist fromm, und in ihrer Not findet sie dort Trost im Gebet, Sievert. Ich nahm sie gerne mit; denn sie ist angenehm um sich zu haben.»

«Ist sie noch immer so traurig, Mutter?»

«Ja, sie ist jetzt vor den Krummlands geflohen, die oft nach Hummelstedt zu den Rethwischs kamen, um Mette zu einer Heirat mit Marquart zu bewegen. Sie mußte mal Ruhe haben, die arme Mette.»

«Und nun hole ich euch ab; denn ich habe den Jagdwagen gleich mitgebracht. Ich kann doch sonst nicht bei dir sein, Mutter.»

Natürlich war Frau Hedwig bereit, mit nach Eekenholt zu fahren, und Mette sollte auch mitkommen. Es war eine gute Gelegenheit.

Sievert begab sich, indes Frau Hedwig ihre Siebensachen zusammensuchte und ein kleines Mahl bereitete, zur Kirche hinüber. Kleine Mädchen, die Klosterschülerinnen, tobten auf dem Klosterhof umher.

Eine der Benediktinerinnen spielte die Orgel, anscheinend zur Übung; denn Sievert sah keine Menschen im Kirchenschiff.

Leise ging er den Mittelgang hinunter und fand Mette auf einer kleinen Bank im Seitenschiff vor einem Marienbild sitzen. Sie hatte die Hände um ihr eines hochgezogenes Knie gefaltet und blickte zur Madonna auf. Offenbar lauschte sie den Orgelklängen, die jetzt aufrauschten und das Kirchenschiff mächtig durchfluteten. Die einsame junge Frau hörte darum wohl nicht seine Schritte. Sie schrak zusammen, als plötzlich Sieverts dunkle Gestalt vor ihr auftauchte. Er setzte sich neben sie auf die Bank, ohne ein Wort zu sagen, und nahm ihre Hand, die sich ihm in Abwehr entgegenstreckte. Dann erst erkannte sie ihn. «Sievert! Du?» flüsterte sie. Er nickte und legte den Zeigefinger seiner anderen Hand auf seinen Mund. Mette sah ihn an, aber er betrachtete das Marienbildnis und hielt ihre Hand, indes die Nonne jetzt der Orgel sanfte Melodien entlockte. Erst als ein Mißton ins Spiel kam und die Musik verstummte, erhob sich Sievert und zog Mette hoch.

«Komm, wir wollen in den Sonnenschein gehen, Mette», sagte er leise. Die Orgel begann wieder perlende Töne aufklingen zu lassen, indes das Paar die Kirche verließ. Sievert befand sich in einer eigentümlich feierlichen Stimmung. Als sie auf den sonnigen Hof hinaustraten, verflog sie. «Hast du dich sehr erschrocken, Base, als ich kam?» fragte er sie lächelnd. Sie stand vor ihm, und die Sonne machte ihre hellen, grünen Augen durchsichtig.

«Wie schön, daß du da bist, Sievert. Wie lange bleibst du?»

Während er ihr erzählte, wie es käme, daß er schon wieder in der Heimat sei, betrachtete er sie. Wie blaß sie war! Mette trug ein schlicht herabfallendes Gewand, ein breiter, bestickter Gürtel umspannte die schlanke Körpermitte. Um die Schultern hatte sie ein feinwollenes Tuch geschlungen.

Die Mutter hatte das Mittagsmahl bereit und plauderte mit dem Sohn über die Ereignisse auf Eekenholt. Auch sie freute sich auf das Enkelkind. Mette saß still dabei und aß nicht viel. Sie wollte der Mutter beim Aufräumen in der kleinen Küche helfen.

«Nein, liebes Kind, du gehst jetzt mit Sievert ein wenig spazieren, bis ich hier alles erledigt habe. Dann bin ich euch los. Wenn ich fertig bin, können wir losfahren.»

Mette wollte an der Schwentine entlanggehen, aber Sievert sagte: «Da sind so viele Bäume, wir wollen lieber im Sonnenschein spazieren. Du hast die Sonne nötig, Mette, mit deinem Blaßgesicht.»

Sie fanden einen schmalen Steig am Lanker Seeufer zwischen Schilf und wilden Sommerblumen. Auf seine energische Aufforderung hin erzählte sie ihm von ihren Sorgen. Sie hatte den Vetter untergehakt, denn der Weg war schmal, und sie mußten dicht nebeneinandergehen. Mette hatte ihr Kleid durch den Gürtel etwas hochgezogen, da der Steig feucht war.

«Ja, Mette, wenn du diesen Marquart nicht leiden magst, kannst du ihn nicht heiraten. Das müssen zwar viele Mädchen, wenn der Vater ihnen einen Mann aussucht; aber das hast du nicht nötig, obgleich es die beste Lösung wäre und du dann Ruhe hättest.»

Mette sah ihn an, wie er gleichmütig einem Vogel nachsah. Dann sagte sie: «Ich habe nicht die Absicht, wieder zu heiraten; denn ich kann das Glück, das mir einmal beschert war und das so grauenhaft endete, nicht vergessen.»

«Das wirst du aber müssen. Sonst verpaßt du das nächste Glück. Du bist doch jung und hübsch, Mette. Wie du jetzt lebst, vernichtest du selbst deine Gesundheit und Jugend. Was soll das?»

«Du hast gut reden, Vetter! Du bist glücklich in deiner Bildschnitzerei und hast solch schwere Schicksalsschläge nicht erleben müssen. Ihr Männer habt es überhaupt viel besser und... leichter.»

«Dafür braucht ihr Frauen nicht so schwer zu arbeiten.» Sievert blieb stehen und deutete über den See. «Sieh, ist das nicht herrlich? Wie die Sonne auf dem Wasser glitzert. Drüben am Ufer der grüne Wald mit den hohen, alten Bäumen und davor die beiden Silberreiher... Da! Jetzt schießt der eine hinunter und holt sich einen Fisch. Wie ist die Welt doch schön, Base! Hier gehen wir, zwei junge, gesunde Menschen, und freuen uns an der Gotteswelt. Ist das nicht allein schon beglückend?»

«Du bist ein Künstler, Sievert, und siehst das Malerische...»

«Man braucht kein Künstler zu sein, um sich an einer Sommerlandschaft zu freuen. Du hockst viel zuviel in dunklen Stuben. Ja, Mette, das sehe ich dir an. Wozu hast du Augen, Ohren und all deine dir verliehenen Sinne? Nur um deine täglichen Hantierungen zu erledigen? Wozu hat der Schöpfer diese Welt so schön gestaltet? Nur damit die Tiere und Menschen Futter haben. Oder zu was sonst? Die Tiere bemerken seine Schöpfung nicht, liebe Base. Die hat er für uns Menschen geschaffen und uns befähigt, sich daran zu freuen und... aufzurichten. Und das solltest du tun!»

Der Pfad endete in einem Kratt, einem kleinen, wilden Buschwald. Ein morscher Baumstamm lag umgestürzt mit der schon blätterlosen Baumkrone im Wasser. Hier stand kein Reet. Sievert zog seine Jacke aus, legte sie über den Stamm, machte eine großartige Geste mit der Hand und lud die Base ein, auf diesem Thron Platz zu nehmen. Er setzte sich neben sie und «rüttelte» sie zurecht, wie Bendix ihm geraten hatte:

«Wie du lebst, ist ganz verkehrt. Was du brauchst, ist eine dich ausfüllende Beschäftigung...»

«Du hast recht», unterbrach ihn Mette, «wenn ich ein Kind hätte, wäre mir schon geholfen. Aber in Hummelstedt umherzusitzen ist auch nicht das richtige.»

«Eben. Das sollst du auch nicht. Frau Krummland, du hast ein Gut, und wenn du dich nicht darum kümmerst, wird es dir eines Tages von der Verwandtschaft weggenommen, außerdem verkommt es, wenn kein Herr darauf ist. Hast du wenigstens einen anständigen Hofvogt?»

«Es ist wirklich hübsch hier, wo man jetzt frei über den See blicken kann... Hofvogt? Ja, der ist ein ordentlicher Mann. Das ist meine geringste Sorge!»

Sievert legte den Arm um ihre Schulter, um den «Einfluß» zu verstärken. «Gut, aber es gibt für eine Gutsherrin doch noch eine Menge Pflichten. Da hättest du ein Betätigungsfeld, Mette. Das weißt du doch selber?»

Das wisse sie wohl. Aber ganz allein in dem großen Haus? Davor habe sie Angst. Und dann kämen die Erinnerungen noch stärker auf sie zu, erwiderte die junge Frau.

Ach, was! Wenn sie ihre Arbeit habe, würde es nicht so schlimm damit bestellt sein, behauptete Sievert. «Das Haus deines Mannes wird verfallen, wenn du da nicht Ordnung schaffst. Ich meine, er würde böse darüber sein, daß du dich nicht um seine Hinterlassenschaft bekümmerst. Hat er das verdient, du Trauerweide?» sagte Sievert nun streng.

Sie schaute ihn erschrocken an und rückte etwas von ihm ab. Er nahm den Arm von ihrer Schulter, wandte sich ab und sah auf den See hinaus. Eine Weile saßen sie still, und die Goldammer sang über ihnen ihren Vers. Auch die Amsel schmetterte im Kratt.

Schließlich sagte Mette, nachdem sie einen Seufzer in das Vogelkonzert hinaufgesandt hatte: «Wahrscheinlich hast du recht... ich könnte ja auch den einst schönen Garten in Ordnung bringen...

Meinst du, daß ich das in meiner schlechten Verfassung fertig-bringe?»

«Die bildest du dir bloß ein, und darum ist sie da. Jag sie fort, Mette! Dann kannst du alles aufstellen, was du willst. Raff dich auf, und du wirst sehen, welche Freude du daran haben wirst, wie alles wieder unter deinen Händen gedeiht. Ich weiß aus eigener Erfah-rung, daß Arbeit einen Menschen erst froh macht. Etwas leisten, etwas hervorbringen. Du warst damals nicht der einzige Grund, daß ich aus Eekenholt floh. Ich wollte arbeiten, mir selbst meinen Unter-halt verdienen, nicht mehr auf dem Hof herumsitzen und mir den Gaunerbetrieb dort ansehen oder womöglich eines Tages mitma-chen müssen.»

«Du bist ein Mann. Das ist anders, Sievert.»

«Nein, frag mal meine Schwester. Die hat ihre Freude an ihrer Arbeit auf Eekenholt... und nun bekommt sie auch noch ein Kind dazu...»

«Die Glückliche!» murmelte Mette.

«Das kannst du eines Tages auch alles haben, Base, dieses Frauenglück. Aber wenn du so weitermachst, wirst du vor der Zeit verwelken. Wirst dich in Trauer aufzehren. Was für ein Unsinn!»

Wieder sahen sie auf den See hinaus, wo eben um das Schilf eine Familie Enten hervorkam und laut quakte. Dann drehte sich Sievert zu Mette um, packte sie bei den Schultern und schüttelte sie: «Gehst du nun nach Ilefeld?»

«Ja... ja... ich... ich m-u-uß wohl!» Sie nahm ihre verrutschte Haube ab, als Sievert sie losließ. «Du bist ja ein Grobian!»

«Zuweilen. Ich kann auch anders sein. Sieh mal, sooo!» Er strich ihr über die hellen Flechten. «Wenn du artig bist.»

«Ich werde artig sein; denn ich will tun, was du forderst», jetzt lächelte Mette, «aber eine Bedingung habe ich: Du wirst mich nach Ilefeld begleiten und mir zeigen, wie ich es von neuem anpacke. Wenn ich dort allein ankomme, ist es für mich schlimmer. Verstehst du das?»

«Natürlich. Ich komme mit, aber nur einige Tage. Und weißt du was? Wir nehmen Mutter Hedwig mit. Die kann dir in Haus und Garten besser raten. Ich habe dann auch Mutter dabei, denn ich weiß nicht, wann ich mal wieder herkommen kann.»

Mette war einverstanden. Und als sie nun am Seeufer zurückgingen, hatte Sievert eine ganz andere Mette neben sich. Arm in Arm schritten sie im Sonnenschein einher. Mette hatte bei allen Plänen nur ihre Bedenken, ob ihr nicht doch das Gut fortgenommen werden könnte. Und dann sei all ihr Mühen umsonst gewesen! Der Vetter redete es ihr aus. «Wir nehmen einen von unseren Hunden mit. Die sind scharf. Und wenn die Krummlands erscheinen, läßt du sie nicht ins Haus. Jag den Hund oder auch zwei auf sie los, dann werden sie es wohl aufgeben, dir Besuche zu machen.»

Der kleine, vollgepackte Wagen traf gegen Abend auf Eekenholt ein. In dieser Nacht schliefen die beiden Freunde wieder einmal in Sieverts Kammer. Mette kroch zu Nele ins Bett. Dort hatten sie allerlei zu beschwatzen.

Nele sagte zu Bendix, als die drei Reisenden samt Hund am nächsten Morgen abfuhren: «Sievert hat Mette wieder umgekrempelt. Was wir alle nicht erreichten, er hat es fertiggebracht. Ob er sie wohl liebt, Bendix? Hat er nichts gesagt?»

«Nee, Liebe, der ist mit seiner Schnitzerei verheiratet. Mir wäre es auch lieber, wenn wir ihn etwas näher hätten. Aber darauf können wir nicht rechnen.»

«Pfüüt!» machte Nele. «Mette mag ihn sehr, sonst hätte sie nicht nachgegeben. Frauen bringen bei Männern mitunter Wunder fertig, lieber Bendix, wenn du dich erinnern kannst?»

Sie blitzte ihn mit den «blauen Flecken» so schelmisch an, daß Bendix sie zärtlich an sich zog.

4

Auf der Fahrt nach Hummelstedt, wohin die Reise zunächst ging, fletschte der große Wolfshund von Eekenholt zunächst die Zähne gegen Mette. Doch als Frau Hedwig ihn streichelte und ihm gut zuredete, dabei Mette streichelte, beruhigte das kluge Tier sich allmählich. Immerhin gab es auf dem Hummelstedter Hof zunächst eine Aufregung und schimpfendes Gekläffe, als Herrn Bodos Brakken den fremden Hund wahrnahmen. Aber ein Knecht kam gelaufen und sperrte sie ein.

Die Überraschung im Haus der Rethwischs war groß, als die Besucher hereinkamen. Und als sie erfuhren, weswegen die Eekenholter mit ihrer Mette unterwegs waren, war die Freude noch größer.

«Mein lieber Sievert, welch ein Segen, daß du gekommen bist!» rief Mutter Hese und nahm Sievert in die Arme. «Unsere Mette scheint geradezu aufgelebt zu sein. Ja, ja, sie muß sich um Ilefeld kümmern. Das haben wir ihr immer gesagt. Und wo du auftauchst, klappt es plötzlich.»

Mette war hinausgegangen und hatte den Hund, der Wolf hieß, gemeinsam mit Frau Hedwig in ein Kämmerchen gesperrt.

Vor dem Mittagessen packte Mette ihre Sachen, die sie mitnehmen wollte, zusammen. Ein bißchen Angst hatte sie doch, das Elternhaus wieder zu verlassen. Schon einmal hatte sie in Furcht ihr Stübchen geräumt, um mit ihrem angetrauten Mann nach Ilefeld zu ziehen. Sie stand einen Augenblick müßig und blickte in den sommerlichen Garten hinunter. Ob es dieses Mal das letzte Mal war, daß sie das geliebte Hummelstedter Haus verließ? Nun, sie würde doch ab und zu wieder zu Besuch hiersein. Darum ließ sie einige Dinge zurück.

War das eine Fuhre voll, als der kleine Wagen unter Winken der Zurückbleibenden den Hof verließ! Wolf saß zwischen Frau Hedwigs und Mettes Beinen auf Mettes Kleidersack. Vorne bei Sievert türmten sich weitere Gegenstände, so daß der Vetter sich beim Fahren kaum rühren konnte. Aber sie kamen gegen Abend, ohne auf den schlechten Feldwegen umzukippen, am Ziel an.

Das große Ilefelder Fachwerkhaus lag im Abendsonnenschein vor seinem parkartigen Garten, als sie vor dem Portal anhielten. Sie stiegen gerade mit steifen Beinen aus, als schon der Hofvogt Dreyer angelaufen kam und Mette den ungläubig blickenden Mann begrüßte: «Wie steht es auf Ilefeld, Dreyer? Alles in Ordnung?»

«Woll, woll. Will die Herrin nu hierbleiben?»

«Ja, ich will hierbleiben, und morgen berichtest du mir, was sich inzwischen zugetragen hat.» Der Vogt verbeugte sich und ging kopfschüttelnd davon.

Jetzt kamen der alte Kutscher und seine dicke Frau aus dem Haus. Die alte Frau schlug die Hände über dem Kopf zusammen: «Heilige Jungfrau, Frau Mette ist da... mit Besuch, und ich habe gar nichts gerichtet!»

Ehe Mette die Wohnräume betrat, hakte sie Sievert unter und sagte leise, indes die Diener und Frau Hedwig die Treppe emporstiegen: «Komm lieber mit, Vetter. Allein ist's mir zu schwer.»

«Gar nichts ist zu schwer, Mette. Komm nur!» So traten sie in des verstorbenen Hausherrn Stube linker Hand der Vordiele. Sievert sah mit einem Blick, daß das Gemach ungepflegt war. Auf dem polierten Tisch hinter dem Sessel des Verstorbenen lag eine dicke Staubschicht. Die Dielenbohlen zeigten Schmutzflecke, und in den Ecken waren stattliche Spinnennetze aufgespannt. Mette schrie entsetzt auf und zeigte auf die Wand über einer schweren, eichenen Sitztruhe.

«Die Bilder sind fort, die da hingen!»

«Welche Bilder, Mette?»

«Es waren schöne, alte Gemälde von meines Mannes Großeltern, die ein Lübecker Maler gemacht hatte. Wer hat... das müssen die Krummlands mitgenommen haben; denn es sind ja auch ihre Großeltern.»

«Das ist ja allerhand. Schau dich mal um, vielleicht haben sie noch mehr Sachen nach ihrem Geschmack mitgenommen.»

Aber Mette lief zur Tür und rief nach Anna, der Haushälterin. Die kam aus der Küche gelaufen und gab auf Mettes Frage, ob die Krummlands hiergewesen seien, Auskunft: «Ja, der Alte und der Junge kamen eben nach dem Pfingstfest hier mit ihrem Wagen an. Sie wollten nach dem Rechten sehen, weil ja keine Frau mehr hier sei. Sie sind dann durch das Haus gegangen. Ich bin in die Küche, um ihnen eine kleine Mahlzeit anzurichten. Aber als ich damit fertig war, waren sie schon fortgefahren.»

«Sie haben die beiden Gemälde in des Herrn Zimmer mitgenommen, Anna. Hast du das nicht bemerkt?» Nein, sie sei ja in der Küche gewesen, und Theo sei zu einer Besorgung fortgewesen.

«So bist du mindestens seit Pfingsten nicht in den Stuben gewesen, du altes Weib! Man kann es sehen», fuhr Sievert sie an.

«Oh, welch ein Schreck! Nein, ich bin wohl durchgegangen, habe aber davon nichts bemerkt», jammerte Anna.

«Von dem Dreck hier drinnen wohl auch nicht, was?»

Sie schlug die Schürze vor das rotgewordene Gesicht.

«Geh nun in deine Küche und sieh zu, daß du uns ein Abendessen machst!» befahl Sievert.

Sie entdeckten noch mehr fehlende Sachen, als sie nun durch die Stuben gingen. Mette war empört. Es waren alles Dinge, die schon seit alten Zeiten im Hause waren, teils wohl wertvoll.

«Es ist höchste Zeit, daß du zurückgekommen bist, Mette. Du siehst nun, wie nötig es war. Und so was solltest du heiraten!»

«Fürchterlich», sagte Mette, wandte sich dann aber zum Vetter um und lächelte wehmütig, «stell dich nicht an, dein Großvater hat noch in viel größerem Maße gestohlen, lieber Sievert.»

«Jawohl, das hat er und sitzt dafür seine Strafe ab. Aber ich kann mir nicht vorstellen, daß die Scharpenbergs ihre eigenen Verwandten beklaut haben.»

Frau Hedwig war auch entsetzt, als sie es beim Abendessen erfuhr. «Vielleicht ist das gut so, Mette. Es scheint mir ein Zeichen, daß die Krummlands keine Aussicht haben, Ilefeld einzustecken. Auf jeden Fall werden wir Bodo auf der Rückfahrt diesen gemeinen Streich berichten, damit er es seinem Rechtsvertreter mitteilt. Meinst du nicht auch, Sievert?»

«Auf jeden Fall. Es könnte sein, daß du die Sachen wiederbekommst, Mette.»

In den nächsten Tagen sorgte eine erfahrene Hausfrau dafür, daß Mette einige Frauen kommen ließ, und das Haus wurde bis in die entlegensten Ecken unter Frau Hedwigs Anleitung gesäubert und geputzt. Mette begab sich in den verwilderten Garten und brachte ihn mit zwei Knechten einigermaßen in Ordnung. Unterdessen setzte sich Sievert auf Saxa, die sie hergefahren hatte, und ritt mit dem Hofvogt durch die Ländereien des Gutes. Er war zwar kein Landwirt, doch sah er wohl die Mängel, die dort ohne Aufsicht eingetreten waren, ob es nun auf den Feldern, im Wald oder in den Hofgebäuden war. Mette hatte in Gegenwart des Vogtes, als sie einmal mitritt, gesagt: «Ihr richtet euch alle nach den Anweisungen meines Vetters, des Junkers Scharpenberg. Er vertritt mich hier draußen!»

Frau Hedwig hatte Mette absichtlich in den Garten geschickt, damit sie bei dem schönen Wetter möglichst viel draußen war. Sie kam mit roten Backen zu den Mahlzeiten herein und aß mit Heißhunger.

Eines Abends nach dem Essen führte sie den Vetter in den Garten, um ihm zu zeigen, wie es jetzt dort aussehe, und war sehr stolz auf sein ehrliches Lob. Es war jetzt ein schöner Garten mit gemähten Rasenflächen, alten Bäumen und einigen wilden Blumen, die Mette tags zuvor am Waldrand gefunden hatte. Es war Frauenschuh, ein Orchideen ähnliches, buntes Gewächs, und andere hübsche Pflanzen wie auch Frauenmantel von der Wiese. Mette wußte die Namen nicht. «Sie sind noch ein bißchen schlapp, aber ich gieße sie tüchtig und hoffe, daß sie richtig anwachsen.»

Da Mette die Haube abgelegt hatte, strich Sievert ihr über das helle Haar. «Darüber mußt du einen Zauberspruch sagen, dann gedeihen sie.» Die junge Frau kniete nieder, beugte sich über ihr Beet, strich mit beiden Händen über die Pflanzen und flüsterte: «Liebes Kräutlein, wachs und blüh, daß ich viele von dir zieh!»

Sievert reichte ihr die Hand, als sie sich erheben wollte. «Ist das ein Zauberspruch?»

«Natürlich ist es einer… ich habe ihn mir eben ausgedacht», jetzt lachte Mette über sein erstauntes Gesicht.

«Übrigens, Kräutlein», erinnerte sich Sievert, «Nele hat sich einen richtigen Küchenkräutergarten angelegt. Von der könntest du sicher Samen bekommen.»

«Ich hatte auch einen», Mette zeigte auf eine Buschwildnis, «dort war er. Alles verkommen. Aber wir haben es damals bei den Nonnen gelernt. Nele und ich auch. Ich werde wieder einen anlegen.»

Sie gingen noch ein wenig durch den Abend. Die Singdrosseln flöteten ihr Abendlied in den Baumkronen über ihnen, und die Grillen waren auch noch nicht zur Ruhe gegangen und rieben ihre Beine mit Gezirpe aneinander. Sonst war es still um sie.

Plötzlich blieb Mette stehen und nahm Sieverts Hände. «Ich muß dir sehr danken, daß du mich hierhergebracht hast, Vetter. Ohne deine Schimpferei hätte ich nicht den Mut gefunden und ohne eure Hilfe schon gar nicht.»

«Hm… du bist dabei gesund geworden, Mette, und das, meine ich, ist die Hauptsache. Bist du hier im Garten fertig?»

«Ziemlich. Es gibt noch manches zu tun…»

«Dann wollen wir morgen mal zusammen über Feld reiten, damit du siehst, um was es dort geht. Denn übermorgen reisen wir fort. Ich will auch noch etwas von meinem lieben Bendix und von Nele haben.»

«Ja, das sollst du auch. Du hast Ferien und hast hier nur Arbeit gehabt. Aber ich mag gar nicht daran denken, daß die gute Tante und du fortgehen», sagte Mette traurig. Im Hause war es schon still.

In der dunklen Diele sagte Sievert: «Schlaf nun wohl, Mette, und sei nicht traurig. Du hast eine schöne Aufgabe. Wolf wird dich bewachen, wenn unliebsamer Besuch kommen sollte. Er läuft dir ja schon nach. Und du hast als Gutsherrin so viele Menschen, die um dich herum sind und für die du sorgen mußt, nicht wahr?»

«Ja, Sievert. Ich will auch keine Trauerweide mehr sein.» Sie legte ihm die Hände auf die Schultern: «Schlaf gut!»

Sievert zog sie an sich und küßte sie auf die Stirn, dann sprang er die Treppe hinauf.

Als sie am nächsten Tag gegen Mittag von ihrem Ritt durch Feld und Wald zurückkamen, sagte Sievert: «Dein Hofvogt Dreyer ist nicht der Schlechteste. Es ist aber so, daß man ihnen allen auf die Finger gucken muß. Die haben gedacht, du würdest nicht wiederkommen. Du weißt nun, worauf du achten mußt, Mette?»

«Ich werde schon aufpassen, und die Gebäude werde ich auch in Ordnung bringen lassen.»

Früh am nächsten Morgen fuhr Theo, der Kutscher, den kleinen Wagen vor. Frau Hedwig kam mit ihrem Reisesack heraus. Sievert ging in Mettes kleines Wohnzimmer, wo sie noch schnell ein paar Zeilen an ihre Mutter kritzelte, die Sievert mitnehmen sollte. Dann nahmen sie Abschied voneinander.

«Wer weiß, wann wir uns wiedersehen, lieber Sievert. Wenn du nach Eekenholt kommst, wirst du mich doch besuchen, schon um zu sehen, ob ich ordentlich gewirtschaftet habe?»

«Nicht nur deswegen, Mette... Ich werde schon wieder auftauchen. Es waren wunderbare Tage hier bei dir auf Ilefeld. Und nun laß ich eine hübsche, junge Frau mit rosa Wangen zurück.»

Sievert nahm sie in die Arme und küßte diese rosigen Wangen. Sie legte ihre Arme um seinen Hals und hatte feuchte Augen, als Sievert sich losriß und hinauseilte.

Mette zog ihr Tüchlein aus dem Ausschnitt, wischte die Augen, lief dann vor das Portal und winkte mit dem Tuch, bis sie den Wagen nicht mehr sehen konnte.

Bodo Rethwisch schlug sich lachend auf den Oberschenkel, als Sievert von dem Diebstahl im Ilefelder Haus berichtete:

«Diese Hornochsen! Etwas Günstigeres konnten sie gar nicht anstellen. Jetzt kriegen wir sie. Die haben geglaubt, daß Mette nie wieder zurückkäme, und haben wahrscheinlich die schönen, alten Stücke verhökert. Der alte Krummland ist ja ständig in Geldnöten. Laß dir danken, Vetter, daß du es in Ordnung gebracht hast. Hoffentlich hält sie es nun aus auf ihrem Besitz!»

«Kümmer dich ab und zu um sie, Bodo, und du auch, Henni», wandte Sievert sich an Bodos junge Frau. Sie versprachen es, das sei selbstverständlich.

Den Rest seiner Ferien verbrachte Sievert recht erholsam. Ehe er abreiste, ermahnte ihn Freund Bendix, sich unterwegs zu wappnen, damit es ihm nicht wieder so ergehe wie auf seiner letzten Heimreise bei dem Überfall auf den Besitzer des Fuchses. Er habe von reisenden Hökern gehört, daß wieder allerlei Überfälle stattgefunden haben. «Laß dir das schöne Tier bloß nicht stehlen», sagte Bendix besorgt, «denk an den Beginn unserer Bekanntschaft! Und du hast jetzt keinen Christophorus in der Nähe.» Anschließend erzählte Bendix, daß er in Gottorp gehört habe, wie sie im vorigen Sommer auf dem Landtag in Levensau schwere Strafen gegen Straßenraub und andere Gewalttaten erlassen hätten. «Wenn der König und unser Herzog sich auch sonst meist nicht einig sind, aber zu Levensau waren sie es.»

Am Abend vor seiner Abreise machte Sievert noch einen Ritt auf seinem getreuen Sleipnir allein durch Wald und Flur. Dann trat er, in Eisen gekleidet, die Reise nach Husum an. Es war unterwegs aber sehr warm. In der Mittagspause in Kiel legte er darum während des Essens das Kettenhemd ab und griff in die Tasche seines Wamses, um wegen seiner schweißnassen Stirn ein Tuch hervorzuholen. Dabei bekam er ein Stück Papier in die Hand. War das der Brief an Hese-Meller? Den hatte er doch abgegeben! Er setzte sich an den Tisch und entfaltete den Zettel. Darauf stand geschrieben:

> *Lieblich hat sich gesellet*
> *mein Herz in kurzer Frist*
> *zu einem, der mir gefället.*
> *Gott weiß wohl, wer es ist.*

Und bleib ich auch zurücke,
bin ich nicht mehr allein.
Es bleibt mir doch die Brücke
für das Gedenken mein.

Sievert saß mit dem Zettel in der Hand und starrte vor sich auf den Tisch. Reglos saß er eine ganze Weile da, ohne das laute Geschwätz in der Gaststube zu hören. Erst als die Wirtin besorgt an den Tisch kam und fragte, ob es dem Junker nicht gutgehe, hob er den Kopf und blickte sie verwundert an. Sie bemerkte das Papier in seiner Hand und fragte, ob er eine böse Nachricht erhalten habe?

«Eine böse Nachricht? Nein, nein! Bringe sie mir einen Krug guten Wein, Frau Wirtin!»

Die Nacht verbrachte er im Hause des Kaufherrn Nielssen, dessen Hausfrau es sich nicht nehmen ließ, ihm ein Lager zu bereiten.

Herr Nielssen wies ihm eine Gelegenheit, nach Husum zu kommen, und entließ Sievert mit den Worten: «Wenn Junker Scharpenberg einmal wieder nach Ostholstein reiten will. Der Fuchs steht bereit.»

Außer Meister Brüggemann waren abends alle wieder um die Tafel in Modder Dörthes Küche versammelt. Es war ein freudiges Wiedersehen. Viel wurde berichtet und manches verschwiegen. Dabei gingen sie tüchtig dem Grütztopf zuleibe. Als Diederik Reinhart nach seinen Ferienerlebnissen fragte, antwortete er zwischen zwei Löffeln Grütze: «Ich habe mit Säge und Axt gearbeitet. Eine neue Tür am Abtritt in meinem Elternhaus war nötig.» Sie lachten und waren sichtlich erholt. Doch immer wieder lauschten sie hinaus, ob nicht ein Wagen vor dem Haus ankäme.

Ida hatte schon das Reisegepäck fertig, da sie am morgigen Sonntag mit Sywel und Marieke nach Walsrode fahren wollte.

Schließlich sagte Sywel: «Hoffentlich ist unserem Meister unterwegs nichts zugestoßen. Ich kenne ihn schon ewig lange. Er ist zuverlässig und pünktlich, das weiß ich.»

«Er kann ja auch in Walsrode festgehalten sein», gab Ida zu bedenken.

«Wer reist, muß viel durchmachen», sagte Diederick, «ich bin unterwegs auch fast ertrunken, als ich von dem Elbschiff über Bord ging. Ich hatte auf der Kante in Lee gesessen, und da kam eine Bö, und ich lag plötzlich im Wasser…»

«Du bist ja auch blöde, dich mit deinem Gewicht auf Leekante zu setzen», sagte Vedderke, der Hamburger Junge.

Jeder von den drei Gesellen hatte unterwegs irgendeinen kleinen Unfall oder Pech einstecken müssen. Nur Reinhart wußte nichts Derartiges zu berichten. «Ich habe meinen Eisenkram umsonst angezogen», sagte er nur unwirsch.

Etwas bedrückt suchten sie müde ihr Lager auf, und Lorenz Mummens sagte in die Dunkelheit zu Reinhart, ehe er sich auf seiner Lagerstatt zurechtruckelte: «Ich habe auch sonst noch Pech gehabt, habe mir etwas aufgesackt, was ich so leicht nicht loswerde.»

«Was denn? Bist du krank?» fragte Reinhart erschrocken.

«Tja, vielleicht ist das eine Krankheit, Reinhart, ich habe mich über beide Ohren verliebt.»

«Wenn's weiter nichts ist!» knurrte Reinhart.

«Ja, Mensch, was soll ich denn damit? Mein Vater hätte mich gerne bei uns in den Elbmarschen behalten. Er ist auch alt geworden. Ich habe mich schwer genug losgerissen… Aber ich kann doch unseren Meister nicht im Stich lassen.»

Reinhart richtete sich auf: «Nee, Lorne, das kannst du nicht! Wir müssen erst unser Werk zu Ende führen… Wenn nur Meister Brüggemann wieder hier wäre! Nun wollen wir schlafen.»

Den Sonntag über verbrachten sie in Sorge; aber abends hielt der Wagen aus Walsrode vorm Haus. Sie eilten alle hinaus und begrüßten Hans Brüggemann stürmisch. Sywel fuhr das Gefährt mit dem müden Pferd hinter das Haus und lud den Hafersack aus. Er tränkte es und band ihm den Sack vor. Danach tüderte er es im Garten an, wo sich das Tier auch gleich ins Gras legte.

Der Meister berichtete nur kurz, er sei aufgehalten worden, außerdem habe er wegen des starken Verkehrs lange auf die Überfahrt über die Elbe warten müssen, so daß er in Hamburg übernachtet habe. Er sah abgespannt aus, aß hastig etwas und ging zu Bett.

Betroffen sahen sich die Zurückgebliebenen an und redeten leise untereinander, der Meister habe gewiß mancherlei Ungemach erlitten und bedürfe jetzt der Ruhe. Er habe seine Mutter verloren, und er habe vielleicht noch sonst Schweres zu bewältigen. Dazu die lange anstrengende Reise. Sywel sagte zu seiner Ida, es sei vielleicht besser, wenn sie einige Tage warten würden, ehe sie in die Heide fahren sollten.

Doch am nächsten Morgen schien der Meister erfrischt zu sein, und er gebot Sywel und Ida, gleich nach dem Morgenimbiß abzufahren.

So beluden sie den Wagen und traten die Reise an, als sich die Bildhauer zu der Werkstatt begaben.

Der Altgesell hatte in ihrer Abwesenheit tüchtig vorgearbeitet; und Meister und Gesellen stürzten sich wieder in die Arbeit. Gründlich, wie Hans Brüggemann war, fragte er seine Helfer, ob sie über die Bedeutung des Bildes Bescheid wüßten, welches sie jetzt zur Ausführung bringen wollten: Christus in der Vorhölle.

Diederik antwortete: «...niedergefahren zur Hölle, am dritten Tage auferstanden von den Toten. Das ist mir bewußt. Aber warum Jesus vorerst zur Hölle fahren mußte, weiß ich nicht.»

«Es hat etwas mit der Vergebung der Sünden zu tun, kann ich mich erinnern», bemerkte Klosterschüler Reinhart.

«Das ist richtig, Reinhart. Jesus war bestrebt, nicht nur die Lebenden und die Zukünftigen durch seinen Opfertod von ihren Sünden zu erlösen, sondern auch den Toten Erlösung zu bringen, darum fuhr er nieder ins Reich der unerlösten Toten, in die Vorhölle, wie es auch genannt wird. Wie ihr auf dem Entwurf seht, kommt Abraham aus dem Höllentor, und Christus neigt sich zu ihm. Hinter dem Herrn stehen die anderen biblischen Gestalten.»

Für das Ausarbeiten der Figuren waren nur, da Sywel fort war, Reinhart und Lorenz geeignet.

Reinhart ging voll Arbeitseifer an seine Aufgabe. Zu seinem Schrecken bemerkte der Meister jedoch, daß Lorenz Mummens nicht mehr die sichere Hand und den alten Schwung beim Arbeiten besaß. Drei Tage sah er sich das an; dann holte er sich den jungen Mann abends nach dem Essen in seine Stube.

«Lorenz, mit dir stimmt etwas nicht. Sage deinem Meister, was es ist», begann Brüggemann, hinter seinem Tisch sitzend, und sah zu dem vor ihm stehenden Lorenz auf. «Sywel ist fort, und ich brauche darum deine volle Arbeitskraft. Die ist, wie ich bemerkte, bei dir nicht vorhanden. Also, sprich offen aus, was dich bedrückt!»

Einen Augenblick zögerte der junge Mann, dann gestand er leise, daß die Minne ihn gepackt habe, das mache ihm zu schaffen.

«Habe ich es mir doch gedacht! Ich habe euch in die Ferien geschickt, daß ihr euch erholen sollt. Ich habe nichts dagegen, wenn ihr euch auch mal den Mädchen zuwendet. Ihr seid jung. Das ist natürlich. Aber an den Arbeitsplatz gehört keine Kopfhängerei und Unfähigkeit, sich dem Werk ganz hinzugeben. Wir sind zwar keine Priester; doch hat unsere Arbeit Ähnlichkeit mit der Hingabe an ein frommes Werk wie bei jenen, die sich dem Dienst an Gott widmen. Nur daß wir dabei auch noch eine harte Körperarbeit zu leisten haben. Das erfordert den ganzen Menschen, Lorenz. Du bist aber nur zur Hälfte anwesend. Stimmt es?»

«Ja, Meister. Ich komme von der Sehnsucht nach dem geliebten Mädchen nicht los...» Lorenz fuhr zusammen, als der Meister mit der Faust auf die Tischplatte schlug, daß seine Zeichenstifte hochhüpften. Dann sprang Brüggemann auf und rief: «Bildest du dir ein, daß das mit anderen jungen Männern nicht auch geschehen ist? So was nimmt man doch nicht mit an den Arbeitsplatz!»

Der Meister ging ans Fenster und sah in den Garten hinaus. Eine Weile war es still im Raum. Lorenz sah betrübt auf des Meisters Rücken. Dann drehte Hans Brüggemann sich langsam herum und setzte sich wieder an den Tisch. «Setz dich hin, Lorenz! Wir wollen einmal verständig darüber reden, wie dem abzuhelfen ist. Ich will dir sagen, was mit dir geschehen ist... Es gibt unter den Mädchen und Frauen ganz verschiedene Arten. Die eine schenkt einem verliebten Mann großes Glück, das ihn beschwingt, ja, ihn emporhebt und seine Arbeitskraft steigert. Der Altgesell hat in Ida eine solche Frau gefunden. Du hast damals bei uns in der Heide dieses junge Glück bei den Atynghes ja miterlebt. Ida ist eine kluge und verständige Frau. Und Sywels Geschick hat sich durch sie in der Bildschnitzerei erst recht entfaltet. Die beiden verbindet ein tiefes seelisches Verstehen. Eine andere Sorte von Frauen wirkt ganz anders auf Männer. Ich sage absichtlich nicht auf verliebte Männer. Denn richtige Liebe ist es meistens nicht, was solch ein Paar verbindet... Ist dein Mädchen klug?»

«Das weiß ich nicht, Meister.»

«Aber höchstwahrscheinlich hübsch. Oder welche Vorteile besitzt es sonst?»

«Es ist schön...»

«Und du bist dieser körperlichen Schönheit verfallen, Lorenz.

Und kommst jetzt von dieser lustvollen Körperlichkeit nicht los, meinst du?»

«Es mag sein, daß der Meister recht hat. Das Glück, das ich durch mein Mädchen erlebt habe, kann ich nicht vergessen.»

«Ist das ein Glück, was dich unfähig macht, deiner Arbeit wie früher voll Freude und Erfolg nachzugehen?» fragte der Meister. «Bist du wirklich glücklich, Lorenz. Ehrlich!»

«Nein, Meister, weil ich nicht mehr bei ihr bin.»

«Siehst du. Das ist kein Glück. Soll ich dir sagen, was es ist, das sogenannte Glück, das du genossen hast? Es war Sinnenlust. Willst du das Mädchen heiraten?»

«Nein, Meister, denn ich will hier meine Arbeit tun und meinem Meister helfen, unser Werk zu Ende zu bringen.»

«Auf diese Antwort habe ich gehofft, mein Junge. Du wirst das Weib über die Arbeit vergessen. Wirf deine Sehnsucht nach Körperfreuden beiseite, wenn du hierbleiben willst... Übrigens, hast du einmal bedacht, was dein Stubengefährte Reinhart alles beiseite geworfen hat?»

«Reinhart nimmt auch mal ein Mädchen in den Arm und küßt es. Das habe ich selbst gesehen, Meister. Das soll keine Petzerei sein, denn der Meister hat ja nichts dagegen.»

«Nein, dagegen habe ich gar nichts. Reinhart wird sich nicht an so etwas derart verlieren wie du. Aber er hat sein Erbe in Form eines großen Besitzes beiseite geworfen, um der Kunst zu dienen. Und dann solltest du nicht deine wollüstigen Erinnerungen loswerden können, ein Kerl wie du?»

«Ich werde sie loswerden, Meister. Bestimmt!» Lorenz richtete sich auf.

«Gut. Das freut mich. Und nun werde ich dir einen Auftrag erteilen. Wenn du ihn ausgeführt hast, wird deine Qual eine Ende haben. Du sollst ein Teufelchen schnitzen, das dem unkundigen Beschauer klarmachen soll, daß Christus sich im Vorraum der Hölle befindet. Du sollst das Teufelchen allein entwerfen und anfertigen, Lorenz. Sieh dir dieses Bild von der ‹Kleinen Passion› des Meisters Dürer in der Werkstatt an, das wir zum Vorbild nahmen. Aber gestalte ihn, wie du ihn dir vorstellst.»

Lorenz dankte dem Meister voll Freude, daß er den kleinen Teufel ganz allein verfertigen solle.

Im Eekenholter Turm waren wieder Veränderungen getroffen worden. Denn man mußte mit der Rückkehr des alten Scharpenberg rechnen. Benedict Iversen hatte den Kerker ausräumen und herrichten lassen. Er war frisch geweißt worden, ein Fenster war in das dicke Gemäuer gebrochen worden, groß genug, um Licht und Luft einzulassen. Der Zimmermann fertigte eine neue Bettstatt an, und die Frauen sorgten für das nötige Zubehör. Tilde-Meller kramte einen der geraubten Teppiche hervor und legte den Steinfußboden damit aus. Darauf standen die Möbel, die der Alte früher in seinem Gemach benutzt hatte, und einen Schrank hatten sie auch hineingestellt. Es sah alles ordentlich und behaglich aus. Den Modergeruch hatte Bendix allmählich durch ständiges Lüften und Beheizung mit einem eisernen Ofen, dessen Rohr durch die Mauer nach draußen geleitet war, hinausgetrieben.

Die Blätter der Eichen krüselten schon golden herunter, als an einem kühlsonnigen Tag ein fremder Wagen auf den Hof fuhr und eine große, hagere Gestalt herausstieg.

Nele, die eben mit einem Korb voll Eiern aus dem neuen Hühnerstall kam, setzte den Korb ab und ging dem Alten entgegen. Der Wagen wendete und fuhr durch das Torhaus davon.

«Großvater, nun bist du wieder zu Hause!» rief Nele ihm entgegen und streckte die Hand aus.

Claus von Scharpenberg nahm die Hand seiner Enkelin und ließ sie zunächst nicht wieder los. «Kind, ja, da bin ich wieder... Endlich! Aber sag, erwartest du etwas Kleines?» Er schaute auf ihren hochgewölbten Schurz über dem Rock, und seine traurigen Augen blitzten unter den überhängenden Brauen auf.

«Ja, Großvater! Du bekommst ein Enkelkind!» Nele strahlte. «Komm, wir wollen hineingehen.» Nele war trotz ihrer Leibesfülle noch schnell wie ein Wiesel und holte ihren Korb. Der alte Mann sah sich um und schüttelte fast ungläubig den Kopf über die Ordnung und Sauberkeit auf dem Hof. Am Torhaus zeigten sich einige der Leute und flüsterten, der «Olle» ist wieder da. Scharpenberg beachtete sie nicht.

Nele war wieder neben ihm: «War es schlimm, Großvater?»

«Schlimm und... auch gut, Nele. Aber nun sag mir, wer ist denn der Vater deines Kindes?»

Sie gingen über die Brücke zum Turm, und Nele antwortete mit

spitzbübischem Gesichtsausdruck: «Otto Franzendorf ist es jedenfalls nicht!»

«Das weiß ich auch. Ein Segen, daß er es nicht ist. Wie konnte ich
nur…» Er verstummte, denn in der Turmtür stand Hedwig von
Scharpenberg und lächelte ihm entgegen. «Willkommen, Vater.»

«Hedwig! Du bist hier?»

«Leibhaftig. Warum sollte ich nicht hiersein?»

«Ja, ich war ja nicht da. Bleibst du nun, Schwiegertochter?»

«Das liegt an dir!» sagte Frau Hedwig scharf, aber sie reichte ihm
trotzdem die Hand.

Tilde, die nun auch herunterkam, begrüßte ihn kurz: «Na, Claus,
alles gut überstanden?»

«Hm… wie du siehst, lebe ich noch. Ihr habt hier ja allerlei umge-
katert, wie ich draußen gesehen habe.»

«Großvater, hier ist jetzt deine Stube.» Nele deutete auf die Kerkertür.

«Was, da soll ich hinein? Habe lange genug im Kerker gesessen…» Aber Nele öffnete mit strahlendem Gesicht die Tür, Licht
fiel heraus, und der Alte starrte sprachlos in die Stube. Dann faßte er
sich und ging hinein, die Frauen folgten ihm. Er sah sich um, fand
seine Sachen darin und murmelte: «Träume ich? Das soll das alte
Loch sein mit all den Fässern und dem Gerümpel? Das ist ja direkt
fürstlich!»

«Ja, fürstlich, da hast du recht, Claus. Wenn du nicht den Teppich
gestohlen hättest, würdest du hier kalte Füße kriegen.»

«Sei still, Tilde, und erinner mich nicht an diese wüsten Zeiten!»

Erst beim Abendessen erfuhr er, wer der Vater seines Enkels sei.
Die Frauen konnten es sich nicht verkneifen, des Alten Überraschung zu erleben, als Bendix an die Abendtafel trat. Der Alte fuhr
tatsächlich von seinem Stuhl hoch: «Ritter Bendix! Nun laßt Sievert
auch noch eintreten, damit die Überraschungen aufhören. Was
machst du denn schon wieder auf Eekenholt?»

Bendix stand stumm lächelnd am Türpfosten. Der Alte setzte sich
wieder und fuhr sich über die Stirn. «Oder bist du doch noch gestorben und trittst hier als Rachegeist auf? Mich wundert bald gar
nichts mehr…»

«Also, du hast ein schlechtes Gewissen?» sagte Bendix und trat
an den Tisch.

«Ja, das habe ich ... jetzt, Ritter Bendix. Wenn ich dich auch nicht selbst umgebracht habe. Doch war ich der Anlaß.»

«Du kannst mir ruhig deine Hand reichen, du alter Sünder; damit du feststellen kannst, daß ich lebe.» Claus von Scharpenberg nahm die ihm dargebotene Hand und hielt sie fest, dabei murmelte er: «Kannst du mir verzeihen?»

«Ich kann es, denn ich bin ein Christ. Und es scheint so, als hättest du in deiner Haft Reue empfunden. Oder irre ich mich?»

«Du irrst dich nicht. Ich bin froh, daß du mit dem Leben davongekommen bist. Aber nun sage mir endlich, wie kommt es, daß du hier ... Bist du etwa derjenige, der Nele in andere Umstände gebracht hat?»

Bendix löste seine Hand und setzte sich neben Nele, legte den Arm um sie und fragte, ob sie nicht ein hübsches Paar seien?

«Tatsächlich, das seid ihr! Was denn? Seid ihr auch verheiratet?»

Frau Hedwig nahm das Wort, ob der Großvater glaube, daß ihre Tochter es fertiggebracht habe, in ledigem Zustand ein Kind zu empfangen?

Der Alte senkte das bärtige Haupt und faltete die Hände vor sich auf der Tischkante. Betroffen sahen die anderen zu und hörten Claus von Scharpenberg murmeln: «Gott, welch ein Glück hast du mir Sünder beschert. Ich habe es nicht verdient!» Dann hob er den Kopf und rief: «Aber ihr habt es verdient. Einen besseren Mann hättest du, Nelekind, gar nicht bekommen können. Und du, Hedwig, keinen besseren Eidam. Gottes Wege sind wunderbar. Wir wollen IHM dankbar sein!»

«Amen», sagte Frau Hedwig. Gleich darauf – sie hatten sich noch kaum von des Großvaters Wandlung erholt – kam die Magd und brachte die Abendmahlzeit.

Am nächsten Morgen gingen der alte und der junge Herr von Eekenholt auf dem Hof umher. Was Bendix bisher erneuert und angelegt hatte, fand die Billigung von Herrn Claus. Da gackerte und quakte es im Gehege des Geflügels, Schweine grunzten.

«Die mag ich mit ihrem Gestank nicht leiden», sagte der Großvater. Bendix erklärte ihm, er möge das auch nicht. Aber sie kämen in den Wald, wenn Großvater nichts dagegen habe.

«Was, meinen Wald willst du mir auch noch verstinken! Nee, Bendix, den laß nur in Frieden.»

Oha, dachte Bendix, das ist ein wunder Punkt! Er schlug vor, zusammen in den Wald zu reiten, damit er Herrn Claus einen Plan unterbreiten könne.

Scharpenberg ging ins Haus und kam mit einem Wildlederanzug in den Pferdestall. Der alte Hinz, der auf einem Dreibeinhocker saß und am Pferdegeschirr etwas flickte, stand auf und machte eine Verbeugung.

«Mojn, Hinz, du alter Querkopf! Ich habe gehört, was du dir im vorigen Jahr bei dem Trubel hier alles geleistet hast entgegen den Anweisungen deiner Obrigkeit... und das war gut!»

Hinz riß die Augen auf und sah seinem Herrn nach.

Dann besah sich der Großvater alle Pferde. Sleipnirs Tochter war eine bildschöne, schwarze Stute geworden, die Bendix, um wie der Vater bei den Germanengöttern zu bleiben, Freya genannt hatte.

Auf dem Wege zum Wald sprach er Bendix seine Anerkennung aus, den Pferdestall bereichert zu haben. Auch die Ackerpferde waren in gutem Zustand, und der alte Hinz hatte Hilfe bekommen.

«Aber wir müssen mehr Hafer anbauen», bemerkte Bendix, «und dazu brauchen wir mehr Land. Wir haben jetzt fünf Pferde mehr im Stall als früher. Ich habe schon Hafer kaufen müssen. Das tut nicht nötig.»

Der Alte nickte und fragte dann: «Hast du einen Geldjuden totgeschlagen, Bendix? Wenn ich bedenke, was deine Neuerungen gekostet haben, deckt sich das nicht mit den Einnahmen, und wie Hedwig mir sagte, ist das Geld, das ich noch hatte, für das verdammte Bußgeld fast draufgegangen.»

Jetzt erst erfuhr Claus von Scharpenberg, daß Ritter Bendix einen Hof besaß, der ihm Geld einbrachte. Er erzählte dem Alten auch die Unterredung mit seinem Vater, als der zur Hochzeit hiergewesen war.

«Herr Iver hat dir einen guten Rat gegeben, Bendix, als er dich ermahnte, auf meine Rückkehr zu warten, ehe du viel Geld in Eekenholt hineinstecktest», erwiderte der Großvater ernst, «denn vorläufig bin ich noch der Besitzer. Wir wollen das alles gründlich miteinander erwägen, was du sonst noch vorhast. Was du da mit Hedwig vertraglich abgemacht hast, ist Unfug. Du gehörst jetzt in unsere Familie, und ich merke wohl, daß du mehr von der Landwirtschaft verstehst als ich. Mir lag die Wirtschafterei von jeher nicht. Das hat immer ein Verwalter besorgt. Und wenn du das übernehmen willst, ist es mir nur recht. Was du dabei hineinstecken willst, mußt du wieder herauswirtschaften. Das gehört dir. Darüber werden wir schon einig. Aber von dir abhängig sein... Nee, Bendix, das geht nicht an!»

«Es hätte ja sein können, daß du mich hinauswerfen würdest, Großvater, wenn du hier wieder auftauchtest. Darum habe ich mich versichert, daß ich das Geld, was erst nötig war, um den Kram erst einmal wieder in Schwung zu bringen und Einnahmen zu haben, zurückbezahlt bekäme. Denn ich hatte dich, weiß Gott, nicht in angenehmer Erinnerung. Auf meinen Hof könnte ich immer noch mit Nele und unserem Kind zurückkehren.»

Der Alte legte Bendix die Hand auf die Schulter. «Sei unbesorgt; der alte Raubritter ist verschwunden. Wir werden schon miteinander auskommen. Nur will ich mich hier auf meine alten Tage wohl fühlen. Wie ist es schön, wieder durch den Wald zu reiten. Wie habe ich mich in der Haft danach gesehnt!»

Mittlerweile waren sie schon tief im Forst. Bendix erzählte, daß er neue Köhlersleute bekommen habe, und das Häuschen sei ausgebessert worden. Sie ritten daran vorbei, der Alte war zufrieden. Aber nicht lange; denn als sie links heraus an den Waldrand kamen, eröffnete Bendix dem Alten, daß hier und in weitem Umkreis die Bäumen fallen müßten, um Ackerland und Weiden zu gewinnen.

Claus von Scharpenbergs Antlitz verfinsterte sich. Er blickte zu den Baumriesen empor. Herrliche alte Eichen waren es, und dazwischen standen breitausladende Buchen.

«Du bist wohl verrückt, sie herunterzuhauen! Nee, das will ich nicht haben.»

Mit beredten Worten erklärte Bendix ihm, wie nötig es doch sei, mehr bebautes Land zu bekommen. Er rückte auch gleich mit dem Plan heraus, zusätzlich zum Hof eine Schweinemast anzulegen. Dort müßten auch die Bäume fallen. Sie gerieten scharf aneinander, die beiden verschiedenen Männer. Der Alte verteidigte seine geliebten Bäume; er zeigte hinauf in die schon kahl werdenden Geäste, wo die Horste der großen Vögel zum Teil sichtbar wurden. «Willst du ihnen ihr Heim nehmen?»

«Die werden anderswo nisten, Großvater.»

«Sie werden fortziehen, und ich freue mich immer, daß es hier noch recht viele Vögel gibt.»

«Der Wald ist immer noch groß genug. Jetzt ist er zu groß. Dein Jäger taugt auch nichts. Es verwildert hier drinnen immer mehr.»

«Laß es doch! Mir gefällt es eben.»

«Ja, mir gefällt es auch. Aber die Bäume werden morsch und stürzen schon von selber. Das macht die Natur, damit die jungen Luft kriegen. Sie müssen geschlagen werden, solange das Holz noch was taugt und Geld bringt. Sei doch vernünftig, Großvater!»

Der Alte schwieg und strich seiner Gret die Mähne. Als es eng wurde, drängte Sleipnir sie beiseite und setzte sich vor sie in Trab. Scharpenberg betrachtete die ritterliche Figur vor sich auf dem stolzen Rappen. Ja, das war der Richtige auf Eekenholt. Jetzt drehte Bendix sich um und sagte scharf:

«Wenn ich an den Wald nicht heran darf, ist alle Mühe vergebens; dann geh ich lieber auf meinen Hof nach Nordschleswig. Oder soll ich vielleicht nach altem Brauch auch ein Raubritter werden, um die nötigen Mittel für eine große Familie heranzuschaffen?»

«Reg dich ab, Ritter Bendix!» gab der alte Scharpenberg zurück. «Zeig mir lieber deinen Schweineplatz. Denn es stimmt, hier liegt alles voll Eckern, da kannst du Schweine fettmachen.»

Sie ritten eine Weile schweigend einen schmalen Steig unter den Bäumen entlang.

«Hier ist es. Nicht zu weit vom Hof und nicht zu viele Bäume», erklärte Bendix.

«Aber was für schöne Bäume! Die haben sich ausbreiten können. Nein, Bendix, das wäre schade. Ich weiß einen besseren Platz, da kannst du abholzen.»

Sie konnten gar nicht hineinreiten, so dicht wucherte dort Gestrüpp und Kleinholz. Bendix war hier noch nie gewesen. Der Busch lag ein Stück hinter der Pferdeweide, wo die Hochzeit stattgefunden hatte.

«Hier kannst du deine Schweinerei hinsetzen, junger Mann.»

«Aber die Stämme, die ich für die Ställe brauche, gibt es hier nicht», wandte Bendix ein.

«Die nimmst du von den geschlagenen Bäumen am Waldrand, wo wir vorhin waren…» brummte der Alte.

«So bist du damit einverstanden, daß wir dort Äcker anlegen?» Bendix wandte sich ruckhaft zu dem Großvater um.

«Ich will dir was sagen: Du hast einen harten Kopf. Das habe ich schon einmal erfahren; und daraus ist Unheil gekommen. Der Klügere gibt nach... dor steiht de Oss!» Und der Alte wies mit seiner Reitgerte auf Bendix.

Wie es zu der erstaunlichen Wandlung des alten Mannes gekommen war, erfuhr nur Frau Hedwig. Ihr Schwiegervater lud sie einige Abende später auf ein Glas Wein in seine behagliche Stube ein, wo die Magd Feuer im Ofen gemacht hatte.

Sie sprachen über diesen Pachtvertrag, den Hedwig von Scharpenberg mit Benedict Iversen abgeschlossen hatte. «Mir gefällt es nicht, Hedwig, daß wir eine vorbestimmte Summe Geld für unseren Unterhalt von Bendix bekommen. Der wird das Gut hochbringen. Ich habe ihm zugestanden, daß er von dem erwirtschafteten Reingewinn seine Auslagen zurücknehmen kann. Aber ich will Übersicht behalten, was hier hereinkommt. Das kommt in den gemeinsamen Pott, Hedwig. Wir beiden Alten brauchen nicht mehr viel, und die junge Familie soll anständig leben. Dieses Verhältnis, daß meine Enkelin hier als Pächtersfrau lebt, paßt mir nicht.»

«Du hast vollkommen recht, Vater», nahm Frau Hedwig das Wort. «Es war ja auch nur ein Notbehelf, bis du wieder hiersein würdest. Nele und ich waren ohne Männer sehr in Not; und da fand ich diese Lösung vernünftig. Vor allem wollte ich Bendix hierhaben. Wir wußten nicht, ob du hier wieder in der alten Weise verfahren würdest... daß du dich so grundlegend ändern würdest, ahnten wir nicht. Denn jetzt sind wir eine Familie, und der Vertrag erscheint mir auch überflüssig.»

Der Alte schenkte nochmals die Silberbecher voll. «Du wirst also hierbleiben, Hedwig? Es würde mich freuen!»

«Ja, ich werde bleiben. Doch da ich im Kloster eingekauft bin, werde ich die kleine Wohnung behalten und mitunter im Sommer dort leben...»

«Ja, tu das. Preetz ist ein schöner Platz. Ich habe früher die Pfaffen nicht gemocht, Hedwig. Aber ich habe inzwischen einen von ihnen kennengelernt. Und der hat mir die Augen geöffnet für mancherlei, über das ich bisher nicht nachgedacht hatte.»

«Du hast mich früher verhöhnt, wenn ich in meinem großen Kummer Trost im Gebet suchte, Vater...» sagte Frau Hedwig leise.

Der Alte lehnte sich in seinem Sessel zurück: «Nicht nur dir, sondern auch deinen Kindern habe ich Unrecht getan. Ich weiß es jetzt. Und ich will dir zu erklären versuchen, warum das Böse über mich Macht gewann... Sieh, ein Tier, sei es ein Hund oder ein Pferd, das schrecklich gequält wird, verkriecht sich in sich selbst, und wenn es hervorkommt, wird es böse gegen seine Umgebung. Du weißt selbst, welche Schicksalsschläge über uns hereinbrachen. Du suchtest Trost bei Gott und ich... beim Teufel. Erst in Gestalt von dem wilden Otto Franzendorf bei Saufereien und Räubereien. Ich war damals kein alter Mann, als meine liebe Frau von mir gerissen wurde, Hedwig, welche in ihrer sanften Art das Scharpenbergsche Blut in mir zähmte... Und die Adler hatten in all ihrer natürlichen Raublust auch etwas schuld. Schon als junger Mensch habe ich diese stolzen Vögel bewundert, wie sie sich auf ihre Beute stürzten. Ein großartiger Anblick war das.» Er schwieg und blickte in seinen Becher, den er in der Hand hielt.

«Sie nisten immer noch hinter Neles Gärtchen und holen gerne vom Geflügel.»

«Laßt sie. Es ist ihre Natur, aber nicht die Aufgabe eines normalen Menschen, sich auf daherziehende Wagenzüge zu stürzen und zu rauben. Und das hat mir der alte Pfarrer, nachdem ich ihm aus meinem Leben berichtet hatte, klargemacht. Es kam noch Isegrim dazu, dieser verkommene, ehemalige Mönch.»

«Ja, mit dem Kerl kam erst recht das Unglück auf den Hof», bemerkte Mutter Hewig.

«Als er hier Zuflucht vor seinen Verfolgern suchte, sah ich an seinem Schwert noch getrocknetes Blut kleben. Ich konnte ihn brauchen, den ehemaligen Großbauernsohn und Mönch, als Verwalter und als Räuber. Er ist tot. Es ist nicht schade um ihn.»

«Nun erzähl mir, wie es geschehen ist, daß du deine Schandtaten bereutest, Vater.»

«Zuerst befreite mich der Pfarrer von dem widerlichen Otto Franzendorf, den ich erst in seiner wirklichen Gestalt in so enger Gemeinschaft in derselben Stube kennenlernte. Der machte seine spöttischen Bemerkungen, während sich der Geistliche mit mir unterhielt, und störte uns fortwährend. Ich bekam auf Zuspruch des

Paters Laurentius ein kleines Stübchen und war Franzendorf los. Ja, Hedwig. Zuerst war ich unwirsch, als der Pater zu uns kam. Jedoch hatte ich bereits durch Bendix' Verwundung einen Ruck zur Vernunft bekommen. Den zweiten erhielt ich durch deinen Sohn Sievert. Als der hier urplötzlich einen Tag später auftauchte, hat er mich derart angeschnauzt und mir meine Untaten vorgehalten, so daß ich mir selbst fast widerlich vorkam. Jeden anderen hätte ich zusammengehauen. Aber ihn nicht; denn er zeigte sich mir als ein echter Scharpenberg... Ja, da staunst du. In dem steckt nämlich einer drin, bloß weiß er das nicht über seinem Schnitzkram.»

«Er ist glücklich...»

«Ja, das habt ihr mir schon erzählt. Aber ich soll dir von meiner Wandlung berichten. Gut: Pater Laurentius ist ein Mensch – so was habe ich noch nie erlebt –, der einen Frieden und eine Güte ausstrahlt, daß man ihm zuhören muß. Er kam einmal die Woche zu uns ins Einlager, mich besuchte er abends noch öfter. Und er sprach zu mir von Christus und der Liebe der Menschen zueinander. Er hat mir aus seiner lateinischen Bibel die Bergpredigt verdeutscht. Ich konnte es erst nicht verstehen. Es waren für mich alles ganz neue Begriffe. Er hat meine Taten nicht verdammt, sondern er sagte, da er von mir wußte, daß nur ein Teil von Bosheit angefressen war. Der andere und größere Teil wäre aber Gott zugewandt. Das glaubte ich nicht. Aber er sagte darauf, ich habe ihm von meiner Freude an meinem Wald und der Bewunderung des Frühlings und sonstiger Naturerscheinungen erzählt. So sei ich immer Gott nahe gewesen, dem Schöpfer des Himmels und der Erde. Die Menschen aber seien ebenso Geschöpfe Gottes und wollten geliebt und geachtet werden, wie etwa die Adler, die Pferde oder andere Lebewesen von mir geliebt worden wären. Und Gott, der alles wüßte, habe wohl dafür gesorgt, daß sich alles so gestaltet habe, wie ich es ihm geschildert hatte. Er hat mich beten gelehrt, er hat mir auch etwas lesen und schreiben beigebracht; für später, meinte er, wenn ich nicht mehr zur Jagd gehen oder zu Pferde sitzen könne. Ja, Hedwig, ich bin durch den guten Pater ein neuer Mensch geworden und bin glücklich darüber.»

«Und du hast jetzt erst das Glück durch Gottes Hilfe nach Eekenholt gebracht, Vater. Das glaube ich.» Frau Hedwig reichte Claus von Scharpenberg die Hand, die er lächelnd drückte.

«Und jetzt will ich mir meinen Räuberbart von Bendixens Diener abschneiden lassen», verkündete der Großvater.

Die Leute in den Dörfern erkannten Claus von Scharpenberg, ihren Herrn, nur durch Sleipnir und Frau Hedwig wieder, als sie ihre Dörfer abritten, hier und dort anhielten und auch mit einigen Leuten redeten und Fragen stellten. Beide hatten sich Jahre nicht um diese Dörfer bekümmert und alles Isegrim überlassen. Und der hatte nichts für sie getan.

Als sie diesen Schrecken hinter sich hatten, sagte Scharpenberg zu seiner Schwiegertochter: «Hedwig, da muß viel geschehen. Bendix sagte es mir schon. Aber er will natürlich dort nicht viel Geld reinstecken. Schließlich ist und bleibt Sievert als ein Scharpenberg der Erbe. Ich werde nächste Woche nach Kiel fahren. Habt ihr in Isegrims Stube kein Geld gefunden?»

«Nur etwas, nicht der Rede wert.»

«Dann muß ich nach Kiel zu unserem Geldhöker... Ja, der handelt mit Geld. Gegen Zins. Und die bei ihm Geld lassen, bekommen auch Zins. Da muß noch was sein...»

«Von euren Räubereien?»

«Kann sein, ich habe das alles Isegrim überlassen. Unehrlich war er nicht. Er konnte lesen, schreiben und gut rechnen. Nein, nein, es sind wohl auch die Einnahmen vom Gutsbetrieb dahin gegangen. Das Geld will ich in die Dörfer stecken; denn die Leute, besonders die in Lütke-Eekenholt, sind in Not. Vor dem Winter muß da manches instandgesetzt werden.»

«Da tust du ein gutes Werk, Vater, und wenn es auch von geraubtem Gut bezahlt wird...»

«Eben», erwiderte Claus von Scharpenberg.

5

Kreischend flogen die Möwen im Weststurm ans Ufer und ließen sich im Deichschutz nieder. Das welke Gras wurde gekämmt. Die große Esche vor Maren Hindericksdochters Haus bog sich ächzend im Sturm. Mellef Ketelsen stand am Fenster und blickte besorgt hinunter auf das aufgewühlte Meer hinter dem Deich. «Hoffentlich flaut der Wind bis morgen ab!» sagte er, sich in die Stube umwendend.

Dort stand Elsbe Mellefsdochter in ihrem Brautstaat, an dessen Saum die Mutter noch etwas zurechtsteckte. Und vor ihnen am Tisch saß Hans Brüggemann mit seinem Zeichenstift und hielt das liebliche Bild der Braut auf einem Papierbogen fest. Bei dieser Anprobe trug die Braut schon die Krone über dem locker herabfallenden, welligen Haar, das ihr bis über die Körpermitte reichte. Ihr Gesicht war ernst-verträumt. Das Kleid war ausgeschnitten und schlicht mit seinen langen Ärmeln.

Es war der erste Weihnachtsfeiertag, und morgen sollte Elsbe mit einem Großbauernsohn von der Pylwormharde vermählt werden.

«Bekomme ich auch bestimmt mein Brautbild, Hans-Ohm?» fragte Elsbe.

Brüggemann nickte, aber bis es ganz fertig sei, müsse sie noch ungefähr ein Jahr warten.

Frau Maren hatte noch mancherlei zu ordnen, als sie mit der Näherei fertig war. Dann kämpfte sie sich zum Bakkensenschen Hof hinüber, wo die Feier stattfinden sollte, weil dort mehr Platz war. Auch die Braut hatte noch zu tun, und die beiden Männer hüllten sich in ihre wollenen Umhänge, drückten die Mützen fest auf den Kopf und begaben sich zum Deich hinunter. Sie betrachteten gerade das geschlossene Siel, gegen das die Wellen anwüteten, als ein Reiter angetrabt kam und neben den Männern absprang. Es war der Deichgraf. Er schlug Mellef auf die Schulter: «Na, Kaptein, wie wird das Wetter?»

«Ich fürchte, daß der Wind auch nach der Springflut nicht abnimmt, Eler. Mir gefällt die Wolkenbildung nicht.»

«Mir auch nicht; und sieh, wie die Möwen heranflüchten! Hoffentlich halten die alten Bretter da unten den Druck aus. An der Beltringsharde erreichen die Gischtspritzer schon die Deichkrone. Ich habe Wachen aufgestellt. Kannst du jemanden herschicken? Ich reite weiter zur Edomsharde hinüber, Mellef… Schon ein Hochzeitsgast?» wandte der Deichgraf sich an Brüggemann, und Mellef sagte, es sei ein Verwandter von Maren, den sie von Husum abgeholt hätten.

«Morgen sehen wir uns… so Gott will. Denn du weißt ja, wie der alte Friesenspruch geht:

> *Wat brüllt de Storm?*
> *De Minsch is'n Worm.*
> *Wat brüllt de See?*
> *Een Dreck is he!»*

Nach diesen Worten schwang sich der große Mann auf das Pferd, sein Umhang flatterte im Sturm. Dann war er verschwunden.

Sie stiegen, von schreienden Möwen umgeben, den Deich hinan und mußten sich gegen den Sturm stemmen. Unten schäumte die Nordsee gegen den Deichfuß. «Wenn nur nicht der Sturm nach Südwesten dreht, dann haben wir hier nichts zu lachen, Hans!» brüllte Mellef Ketelsen.

Hans Brüggemann fühlte sich zum erstenmal in die Naturgewalten hineinbezogen. Ja, der Mensch war ihnen gegenüber ein Wurm. Wie sie heranwogten, die hohen Wellen mit ihren Schaumkronen. Welch schauerliche Kraft offenbarte sich in diesem Anblick. Der Sturm pfiff den beiden Männern sein mächtiges Lied in die Ohren. Wie eisig traf sie der Aufruhr! Langsam kamen sie bis zum nächsten Siel voran. Dort stiegen sie hinab und überzeugten sich, daß es standhielt. Dann begaben sie sich mit Rückenwind nach Ilgrof zurück, und Mellef schickte zwei Männer zur Wache los.

Der Wind flaute nicht ab. Über Nacht tobte er rüttelnd am Haus. Sie lagen angezogen auf ihrer Bettstatt. Doch gegen Morgen wurde das Sturmheulen leiser. Der Kapitän ging hinaus, um nachzuschauen, und verkündete dann drinnen: «Wir können jetzt ruhig schlafen. Der olle Rasmus hat an Kraft verloren.»

Es stürmte immer noch tüchtig, als die Kirchturmglocke zur Hochzeitsfeier läutete. Des Pfarrers Pluviale flatterte ihm um den Kopf, als er von seinem Haus zur Kirche hinüberging. Auch hatten Sturm und Wellen mancherorts Schaden angerichtet. Die Reetdächer waren gezaust worden. Ganze Bündel des Reetes lagen um die Häuser verstreut, und am Deich waren, besonders auf der Westseite des Strandes, Schäden entstanden, so daß der Deichgraf nicht zur Hochzeit kommen konnte. Auch viele andere Gäste erschienen nicht.

Es galt zunächst einmal die Ordnung wiederherzustellen, auch mitunter den betroffenen Nachbarn zu helfen. Einige Siele waren von dem Wasserdruck beschädigt worden, was Überschwemmungen der Wege zur Folge hatte. Elsbe erfuhr schon frühmorgens, als die Wächter in Mellefs Haus kamen, daß auch in der Pylwormharde Siele gebrochen sein sollten. Sie bangte, daß Edlef, ihr Bräutigam, mit seiner Familie nicht kommen könne. Elsbe hatte kaum geschlafen. Brüggemann bemerkte ihr verstörtes Gesicht und tröstete sie, er werde schon kommen; zu Pferde könne er auch durchs Wasser reiten.

Es war aber noch jemand im Haus, der Kummer hatte. Mellef Ketelsen. Er würde seinen erzürnten Vater auf dem Fest treffen müssen. Niemals in all den Jahren war er auf den Bakkenshof gegangen, und sein Vater war, wenn Mellef in Ilgrof anwesend war, nie bei seiner Schwiegertochter gewesen. Wenn Maren ihn mahnte, er solle nicht so stur sein, hatte Mellef immer wieder geantwortet, er habe seinen Vater nicht verstoßen, es sei umgekehrt gewesen, nur weil der alte Querkopf wütend sei, daß nicht alles nach seinem Willen gelaufen wäre.

Als nun Mellef in seinem Feststaat aus seiner Stube kam, bereit zum Kirchgang, nahm Hans Brüggemann sich ihn vor:

«Es ist nicht schön, bei solch einer heiligen Handlung wie der Trauung deines einzigen Kindes, gegen deinen Vater Groll im Herzen zu tragen, Mellef Ketelsen. Vielleicht sehnt auch er sich danach, Frieden mit dir zu machen. Hilf ihm etwas dabei, Vetter, schon um deines Kindes willen, deren Großvater er ist.»

Mellef sagte unwirsch: «Warum macht er denn ohne Grund solchen Stunk? Ich mag ihm nicht nachlaufen.»

«Sei du nur froh, daß du noch einen Vater hast, Mellef», mahnte Brüggemann, «du kannst dann auch immer deine Schwester besuchen.» Kurzum, Hans Brüggemann bekam ihn doch dahin, daß er brummte: «Na ja, wenn es sich so ergeben sollte...»

Und es ergab sich, daß der Sturm die Kirchgänger buchstäblich in die Kirchentür hineinblies. Als Mellef und seine Familie eben in der kleinen Vorhalle festen Fuß gefaßt hatten und Maren die Braut aus einem großen Tuch schälte, um ihr die Krone, die sie in einem Korb mitgebracht hatte, aufzusetzen, war ein Wagen von der Bakkenswarft vorgefahren. So kam es, daß der alte Ketel, vom Wind geschoben, seinem Sohn direkt in die Arme lief. Sie sahen sich einen Augenblick stumm in die hellblauen Augen. Dann sagte Mellef: «Wüllt us verdrägen, Vadder?» Und der alte Mann legte statt einer Antwort die Arme um seinen Sohn, der auch schon graue Haare hatte. Dann sahen sie in lauter lachende Gesichter, und die Braut umarmte nun auch den Großvater und freute sich über die Versöhnung. Freudig nahm sie nun den Arm ihres Vaters, der sie in das Kirchenschiff hineinführte, wo der Bräutigam schon mit dem Pfarrer im Altarraum stand. Hans Brüggemann hatte seine Augenweide an der anmutigen Braut und... er hatte einen heimlichen Raub begangen, und der sollte nicht nur ein Hochzeitsgeschenk für die junge Frau werden.

Auf dem Bakkenshof gab es später in Pesel und Diele eine solch reichhaltige Schmauserei, wie Hans Brüggemann sie noch nicht erlebt hatte. Später erschienen Musikanten, und da ging es erst recht hoch her. Für Brüggemann, den Künstler, gab es eine Menge zu beobachten. Welche Gestalten tummelten sich da beim Tanz! Und dann, als er mit seiner Base Maren eben den Reigen tanzte, erblickte er ein Antlitz, das er noch nicht bemerkt hatte, da er mit den älteren Gästen im Pesel gespeist hatte, während die Jugend auf der Diele war. Es war das Gesicht eines jungen Mannes, ein Friesenantlitz vom reinsten Wasser, wie er es für sich bezeichnete. Maren folgte seinem Blick und rief: «Jelke ist ja mitgekommen! Hans, das ist der Snitker, der die Bank bei uns geschnitzt hat, nach dem du fragtest. Der ist wohl zu Weihnachten nach Hause gekommen. Seine Eltern sind auch hier; denn seine Mutter ist eine Schwester von Tilu Bakkensen.»

Es dauerte nicht lange, dann saßen sich Meister und Geselle im Pesel gegenüber. Nach einer halben Stunde reichte Hans Brüggemann Jelke Jansen die Hand, und der junge Bildhauer versicherte: «Nach Neujahr bin ich in des Meisters Werkstatt in Husum!»

Jelke Jansen war von seiner Wanderschaft, die ihn auch in die Niederlande geführt hatte, kurz vor Weihnachten zu seinem Vater, der Tischler in Rorbeck war, zurückgekehrt. Auch den alten Meister lernte Brüggemann kennen. Er hatte zwar die Tischlermeisterschaft, schnitzte aber hauptsächlich Verzierungen an Hausrat und Türen auf der Insel. Von ihm hatte Jelke die Begabung. Indessen versicherte der Alte, der Sohn sei begabter und habe sich mehr der

Bildhauerei zugewandt. Die Unterkunft in Husum bedeutete keine Schwierigkeit, da eine Base von Jelkes Mutter in Husum wohnte, die ihn sicher aufnehmen werde.

Trotzdem der Sturm noch immer draußen sein Wesen trieb und auch noch Schneeregen eingesetzt hatte, war Elsbes Hochzeit voll Festesfreude. Meister Brüggemann genoß sie und war so fröhlich wie lange nicht mehr.

Es roch in der Werkstatt nach Leim. Vedderke rührte in einem Topf auf dem Ofen. Er und Diederik arbeiteten eben am Maßwerk eines Gehäuses. Reinhart, der am langen Tisch saß und einer Figur den letzten Schliff gab, sah durch das leicht beschlagene Fenster, wie im starken Schneetreiben ein großer Mann vorbeiging. Die Tür öffnete sich, und ein Kopf mit einer verschneiten Seehundsfellmütze schaute herein. Dann schloß sie sich wieder, und Reinhart bemerkte, daß der Mann draußen den Umhang auszog und den Schnee abschüttelte, desgleichen die Mütze. Dann trat er ein.

«Mit Gunst, Gesellen! Gott ehr ein ehrbar Handwerk!» rief eine tiefe Stimme. Mummens antwortete: «Glück herein, Gesell!»

Sie erblickten eine helle Gestalt in einem hellgrauen Wollwams, mit weißblonden Haaren und lichtblauen Augen. Reinhart stand auf und nahm ihm den nassen Umhang und die Mütze ab. «Willkommen, Gesell! Du kommst uns gerade recht.» Er reichte dem Neuen die Hand, der sie mit festem Druck umfaßte, «dank dir, Bruder», und Reinhart lächelnd in die dunklen Augen blickte. Jetzt kamen auch die anderen Gesellen herbei, und der Fremde nannte seinen Namen, «Jelke Jansen».

Der Meister holte ihn in seine Stube und gewann einen guten Eindruck von dem neuen Gesellen, insbesondere, da Jansen in den Niederlanden schon Altaraufsätze mitgeschnitzt hatte. Brüggemann atmete auf, denn sie hatten noch viel Arbeit vor sich. Da waren zwei Hände mehr von großer Bedeutung. Jelke Jansen hatte sowieso nicht vorgehabt, beim Vater zu bleiben, denn er war kein Möbeltischler. So kam ihm das Angebot Meister Brüggemanns sehr gelegen.

Er erwies sich auch als sehr geschickt und fleißig; und vor allem – was Brüggemann sehr gerne sah – hatte er Erfahrung und schlug dem Meister in aller Bescheidenheit mitunter eine kleine Änderung auf den Vorlagen vor. Eine Eigenschaft, die Sywel nicht besaß. Die handwerkliche Ausführung beherrschte er vollkommen.

Reinhart bemerkte bald, daß Jelke Jansen sich auf seinen Reisen eine Bildung angeeignet hatte, die er sich in Rorbeck hätte nicht holen können. Da Reinhart seinen Freund Bendix sozusagen an seine Schwester verloren hatte, ihn jedenfalls nicht mehr in greifbarer Nähe wußte, freute er sich, in Jelke einen neuen Freund zu finden. Sie waren ein sonderbares Paar: der eine hell, der andere dunkel. Mit den übrigen Kameraden hatte Reinhart eigentlich nicht viel Gemeinsames außer der Arbeit. Selbst mit seinem Stubengenossen Lorne nicht. Hier trat ihm ein junger Mann entgegen, der weltoffen war, anschaulich zu berichten wußte und sich, wie Reinhart auch, an schönen Dingen begeistern konnte. Es brauchte nicht unbedingt die Bildhauerei zu betreffen.

Mitunter saßen sie während ihrer Freizeit zusammen in Jelkes Stübchen bei seiner gütigen Meller und sprachen über Gott und die Welt. Dann huschte die alte Frau wohl herein und stellte den jungen Männern eine Schüssel voll Bratäpfel auf den Tisch, oder sie brachte, wenn's draußen recht kalt war, jedem einen Krug mit Glühwein. Eines Abends nahm Jelke Stift und Papier zur Hand und zeichnete ein Brustbild von Reinhart, wie er ernst vor sich hinsah.

«Was soll das, Jelke? Willst du ein Andenken von mir haben?»

«Nein. Dieses soll in unser nächstes Gehäuse kommen. Der Meister hat uns doch bei dem ‹ungläubigen Thomas› ziemlich freie Hand gelassen…»

«Was? Ich soll einen Jünger darstellen?»

Reinhart hatte Bedenken, ob es dem Meister auch recht sei. Als es soweit war und die Entwürfe gemeinsam begutachtet wurden, riefen die Kameraden, als Jelkes Entwurf auf den Tisch kam, wie aus einem Mund: «Das ist unser Reinhart, wie er leibt und lebt! Gut, Jelke.» Auch der Meister fand den Jüngling mit der Halskrause unterm Kinn wie ein Spiegelbild von Reinhart und den Ort seines Standplatzes im Hintergrund passend.

«Wenn du den festgehaltenen Gesichtsausdruck aus dem Holz ebenso herausbekommst, Jelke, ist er würdig und dem Geschehen im Vordergrund entsprechend.» Brüggemann freute sich über solche Vorschläge, die ihn nicht nur entlasteten, sondern auch der

Ausbildung seiner Gesellen dienten. Er selber wußte, wie hinderlich es war, im Schatten eines zu selbstbewußten Meisters zu stehen.

Sie waren ganz ausgefüllt mit ihrem Schaffen in der kalten Winterzeit. Dann kam eine Unterbrechung: Fastnacht und Mummenschanz. Meister Brüggemann ließ die jungen Leute zwei Tage in den übermütigen Trubel los. Er setzte sich derweil an den Zeichentisch in Modder Dörthes Haus und traf Vorsorge für das Kommende am Altaraufsatz.

Sie hatten sich alle verkleidet. Das gab ein Gelächter, als sie sich dem Meister und Modder Dörthe vorstellten! Brüggemann erkannte sie eigentlich nur an ihren Stimmen. Auch Sywel und Ida hatten sich ausstaffiert und zogen mit ihnen los. Vedderke voran als Mohr, dessen Hautfarbe er aus dem Rauchfang hervorgeholt hatte, mit einem bunten Turban auf dem Kopf, der aus Modder Dörthes «Plünnenkiste» stammte. Überhaupt war diese Kiste eine Fundgrube für das närrische Völkchen gewesen. Ida hatte mit Nadel und Faden geholfen. Zum Glück war das Wetter trocken und nicht allzu kalt. Für Reinhart opferte die Hausfrau Gänsefedern. Mummens war auf die Idee gekommen, Reinhart mit Federn zu bestecken. Dazu eignete sich ganz vorzüglich sein Kettenhemd. Jelke war von seiner vergnügten Meller in ein sonderbares Tier verwandelt worden. Er kam in ein altes Wolfsfell gehüllt und mit Seehundsfellkappe anstolziert. Ihre Gesichter hatten sich die Gesellen mit roter Farbe und Kohlestift verändert.

So gerieten sie mit ihren beiden Frauen mitten in den Trubel hinein; denn Lorne Mummens hatte ein Gewand von Ida angezogen und einen altmodischen Hut von Modder Dörthe auf seine rötlichen Locken gesetzt. Allerdings mußte er seinen Schnurrbart opfern. Mitunter hielten sie sich die Seiten vor Lachen, wenn sie in dem tollen Zug besonders verrückt ausstaffierte Gestalten bemerkten. Sie landeten in einer Schenke, in der Musik zum Tanzen einlud, und hatten im nächsten Augenblick ein Mädchen im Arm. Lorne, der lieber die Mädchen meiden wollte, griff sich einen jungen Mann in Kniehosen, kurzem kunterbuntem Wams und keckem Jägerhut, der sich jedoch alsbald als Mädchen erwies, und hatte seinen Spaß mit dem munteren Wesen.

Bald verloren sich die Gesellen aus den Augen. Reinhart erblickte noch zweimal den Räuberhäuptling Diederik, der die wogende

Menge überragte. Er trank noch mit seiner Tänzerin einen Krug Bier am Tresen, dann wurde er von ihr auf die Straße hinausgedrängt, und das Mädchen zog ihn in eines der Häuser in der Nähe, deren Tür offenstand. Mit einem Blick sah er, daß es drinnen in der großen Stube ziemlich frei zuging. Er drehte sich um und war wieder auf der Straße.

Auf dem Markt trompetete und trommelte es. Es wurde gehopst und gesprungen. Reinhart war eben auf dem Weg zur Musik, als er schallendes Gelächter hinter sich hörte. Er wandte sich um und bemerkte zunächst nur einen Affen, der, in rotes Zeug gekleidet, auf dem Rand des Marktbrunnens umherhüpfte und Grimassen schnitt. Reinhart hatte noch nie so ein possierliches Tier gesehen und lachte nun auch, als der Affe plötzlich hochlangte, einem Mann seinen hohen Hut abriß und ihn sich auf den Kopf stülpte. Da hörte Reinhart das Frauenlachen noch näher. Er reckte den Hals, sah aber nur eine Zigeunerin mit buntem, ins Gesicht gezogenem Kopftuch. Ihr Gesicht war tiefbraun, und ein rot-blaues Tuch bedeckte ihre Schultern. Eine Weile sah er noch dem Äffchen zu, bis ein Mann es an die Leine nahm und mit seinem Hut in der Hand kleine Münzen einsammelte. Gerade wollte Reinhart sich umwenden, um sich zur Musik durchzudrängeln, als sich ihm von hinten zwei Hände über die Augen legten.

«Hast du Holzbock dich aber in einen stolzen Gockel verwandelt!» gluckste es hinter ihm. Er drehte sich um, und jetzt lachte die Zigeunerin ihr unverkennbares Lachen mit allen zweiunddreißig blitzweißen Zähnen.

«Odde Poppendochter! Wie kommst du denn in diesen Trubel?»

«Ich bin herübergeschwommen, was denkst du denn? Wenn so etwas los ist, muß ich dabeisein. Das Wasser war ziemlich kalt; dann kam ein großer Seehund, und ich sprang ihm auf den Rücken. Er trug mich an den Strand und leckte mich von oben bis unten trocken.»

«Aha! Und woher bist du so braun geworden?»

«Ich habe mich aus seiner Trandrüse bedienen dürfen, und da wurde ich so braun. War das nicht nett von ihm?»

«Fabelhaft! Ich meine deine Fabel. Wo hast du nur das Lügen gelernt, Odde?»

«Hier! Hier wird heute nur gelogen, daß sich die Balken biegen.

Du lügst feste mit, Schwarzer. Bist du etwa eine Gans?» Und jetzt, wo sie auf der Treppe eines Beischlages standen, begann Odde ihn zu entkleiden, wie sie sagte. Rücksichtslos riß sie ihm wie wild die Federn aus. Die Leute, die sie umstanden, lachten wiehernd.

«Ich will mit dir tanzen, Holzbock. Aber mit diesen Stacheln geht das nicht!» Unten rief ein Bengel: «Fru Holle!» Ja, die Federn flogen. Reinhart lachte mit und stand schließlich entblößt in seinem Kettenhemd da. Nur auf der Mütze stand noch eine Feder hoch.

Bald schwangen die beiden Freunde die Tanzbeine. Sie ließen sich nicht los, um sich nicht zu verlieren, als sie vom Getobe schier außer Atem waren. Sie griffen sich zwei Krüge Wein, die auf einem Tisch standen, und tranken sie voll Durst leer. Sie drängten sich durch lachende Mannsleute und kreischende Frauen zu einer Truhe, auf der schon ein Pärchen saß, und setzten sich zu ihnen auf den Deckel. Reinhart nahm das Mädchen in die Arme und küßte es, wie es das Paar neben ihnen auch tat. Schließlich löste Odde ihre Arme von seinem Hals und sagte: «Hm... küssen ist etwas Wunderbares, Schwarzer. Das mag ich schrecklich gerne. Und hier kann man es tun... Aber dein gräßliches Hemd aus Eisen paßt nicht dazu.»

«Was willst du denn noch? Erst hast du mir die Federn gerupft, willst du mich etwa noch weiter ausziehen?»

«Nee, lieber nicht. Aber sag mal, woher hast du denn dein Kettenhemd?»

Reinhart mußte bei dem Stimmengewirr ziemlich laut sprechen. «Ja, denk mal, das war eine eigenartige Sache: Ich hatte mich in einem finsteren Wald verlaufen und traf auf eine Horde Mörder. Da rannte ich auf einen Baum zu, den ich im Mondschein erklomm. Aber die Kerle wollten mein Blut saufen und schrien hinauf, ich solle herunterkommen, sonst würden sie mich holen. Oben saß eine Fee und spann aus Mondstrahlen ganz schnell dieses Hemd, warf es mir über und sagte, wer es anrührte, würde in eine Katze verzaubert. Da bin ich also hinuntergestiegen. Der erste faßte mich an und wurde zur Katze. Der zweite auch; und so bekamen die anderen es mit der Angst und rannten fort. Die beiden Katzen bekamen einen tüchtigen Fußtritt von mir und liefen auch davon.»

«Das war ja fabelhaft», bemerkte Odde und blinzelte Reinhart schelmisch an, «hat das Hemd eigentlich noch immer diesen Zauber an sich?»

«Ganz bestimmt. Komm her, du Katze, und küß mich!»

«Miau!» Vor Lachen wurde nichts aus dem Küssen. Reinhart gefiel die Umgebung nicht, er schlug vor, in den «Engel» am Markt zu gehen und sich ein gutes Abendessen zu Gemüte zu führen.

Er nahm die Narrenmütze ab, als sie die Wirtsstube betraten, und die Wirtin erkannte ihn wieder. Sie bekamen einen Platz in einem Nebenstübchen. Odde wunderte sich zwar, aber ließ sich gerne von Reinhart verwöhnen.

Hier erfuhr Reinhart, wieso Odde Poppendochter nach Husum gekommen war. Sie war schon seit Dezember hier und lernte in einer Werkstatt, die Stoffe herstellte, Decken und Tücher weben. Sie wohnte auch in dem Haus mit einigen anderen Mädchen zusammen.

«Meine Eltern wollten mich einige Zeit aus Rorbeck forthaben; denn es wurde allmählich wirklich gefährlich für mich.»

«Hattest du wieder etwas mit den grauslichen Burschen dort angestellt, Odde?» fragte Reinhart besorgt.

«Ach, du liebe Zeit, ja. Sie ließen mich und meine Freundinnen nicht in Ruhe. Zwei von ihnen haben die Eindringlinge, die sie sogar bis in ihren Garten verfolgten, mit Bienenkörben beworfen. Die sind mit Gesichtern umhergelaufen, die nicht auf Schultern gehören, sondern in die Hose.» Odde lachte in Erinnerung daran. «Aber ich war natürlich der Anstifter, obgleich ich gar nicht dabei war.»

«Wie ich dich kenne, hast du es ihnen wieder einmal gegeben, wie?»

«Ja, im Herbst. Da war der Schlimmste gerade allein und kam mit den übelsten Redensarten hinter mir her... da habe ich ihn so durchgehauen, daß er ein paar Tage zu Bett mußte», erwiderte Odde trocken.

«Bist du noch immer beim Lügen?»

«Nein, hier ist kein Mummenschanz mehr. Es ist die Wahrheit.»

Reinhart sah nachdenklich Oddes breite Schultern an, ihre kräftige Gestalt.

«Das muß ja ein ziemlicher Kümmerling gewesen sein, der sich von einem Mädchen verhauen läßt», stichelte er.

«Kann man eigentlich nicht sagen von einem Schmied», bemerkte Odde Poppendochter und trank ihren Krug leer, «immerhin hat besonders meine Mutter Angst, und darum bin ich fortgezogen. Und hier gefällt es mir recht gut. Besonders, wenn du dabei bist, Schwarzer.»

Bald darauf sagte sie, daß sie jetzt gehen müsse, sonst käme sie nicht mehr ins Haus hinein. Reinhart begleitete sie durch das wüste Treiben auf den Gassen heim. «Laß bloß das Zauberhemd zu Hause, wenn wir uns mal wiedersehen», mahnte Odde nach der allerletzten Küsserei, «sonst werde ich wirklich noch verzaubert.» Damit schlug sie die Haustür hinter sich zu.

Reinhart hatte keine Lust mehr zu weiteren Lustbarkeiten und begab sich zu Modder Dörthes Haus. Dort war es still. Die anderen waren noch nicht heimgekommen. Als er den Schlüssel der Küchentür wieder an seinen Platz draußen legte, kam Modder Dörthe aus ihrer Kammer und fragte erstaunt, ob es ihm beim Mummenschanz nicht gefallen habe. Er habe genug, sagte Reinhart. Und wie sie sehe, seien ihm die schönen Gänsefedern ausgerupft worden. Dann begab er sich in den Waschraum neben der Küche und planschte den ganzen Fastelabend von sich herunter.

Als er nach seinem Abendgebet im Bett lag, sah er plötzlich nach langer Zeit wieder seine Lebenskette vor sich und entdeckte, daß heute wieder, nach den gleichmäßig schimmernden Gliedern seiner Arbeit, ein neuer Stein hinzugekommen war. Der leuchtete nicht mehr mattrosa, nein, er war bunt anzusehen, aus mehreren farbigen Steinchen zusammengesetzt. Reinhart schaute an der Kette zurück und bemerkte einen wunderschönen, größeren Stein, der in einem durchsichtigen, hellen Blau leuchtete.

An einem Tag, da der Frühlingssturm über die niedrigen Dächer Husums hinwegbrauste und die Schiffe im Hafen dümpelnd an ihrer Vertäuung zerrten, hatte Jelke Jansen die Figur Reinharts fertiggestellt. Da stand er: Das in der Mitte etwas gescheitelte, wellige Haar fiel in die Stirn und seitlich auf die Halskrause hinunter. Die Augen waren groß geöffnet, und der Gesichtsausdruck war mißbilligend auf den vorne stehenden Jünger Thomas gerichtet, der ungläubig den auferstandenen Jesus berührte.

Jelke wurde von den Gesellen und auch vom Meister gelobt, der keine Verbesserung daran vornahm. Reinhart selbst beschaute das

Werk und brummte: «So sehe ich also aus? Komme mir aber ziemlich fremdartig vor.»

«Das stimmt», sagte Lorenz, «Jelke müßte deine Haare schwarz anmalen und die Augen dunkelbraun. Dann würde es stimmen.»

Jetzt arbeiteten fünf Männer an den Figuren, und das schaffte. Es war aber auch ein zunächst verwirrendes Arbeitsfeld, als sie endlich die beiden Mittelfelder des Aufsatzes in Angriff nahmen – die Kreuztragung Christi und Golgatha. Als sie sich gemeinsam über den vom Meister entworfenen Plan der beiden Felder beugten, meinte Reinhart ziemlich betroffen: «Das ist ja ein Gewühle von Figuren! Eigentlich müßte dazwischen etwas mehr Luft sein. Der Meister möge mir verzeihen...»

Hans Brüggemann lachte kurz auf: «Ja, mein Reinhart, du hast wohl recht, aber man will es so haben.» Und Sywel bestätigte es. Der Meister griff nach den Vorlagen von Dürers «Kleiner Passion». «Seht euch das an. Wir dürfen uns ruhig an den großen Dürer halten; der weiß bestimmt, wie eindrucksvoll dieser große Aufwand eines überragenden Geschehnisses auf die Beschauer wirkt. Es soll viel auf dem Bild erzählt werden, wie es in der Heiligen Schrift aufgezeichnet ist.»

Es sei bei den Menschen immer das gleiche, bemerkte Jelke in seiner bedächtigen Art, «wenn irgendein bewegendes Ereignis sich ankündigt, rennen sie zuhauf, ob es ein freudiges oder ein schauriges ist, sie wollen dabeisein... Und so ist es auch, wenn ein König oder sonst ein mächtiger Fürst durch eine Stadt zieht: Alles, was Beine hat, rennt hin. Und der Herrscher erscheint auch nicht allein, sondern hat meist ein großes Gefolge um sich.»

«Luft dazwischen, sagst du, Reinhart. Bedenke aber, dann muß auch Hintergrund sein. Sollen wir Bäume oder Häuser zwischen das biblische Ereignis setzen? Das wäre gänzlich verfehlt. Also müssen Menschen in den Vordergrund. Luft werden wir uns später im Gesprenge schaffen, da es überirdisch erscheinen soll. Dort können wir Einzelfiguren anbringen... Mir ist das auch lieber vom künstlerischen Standpunkt her.» Das war des Meisters Meinung.

Alle gaben ihm recht, und Reinhart erwiderte, er habe wieder etwas gelernt. Dann gebot ihm der Meister, aus der Bibel von Golgatha vorzulesen.

Ehe Reinhart das Lukasevangelium aufschlug, blickte er im

Schein der drei Kerzen auf dem Tisch noch einmal den Plan mit der Kreuzigung an und sagte dann leise:

«Hier die Gemeinheit der Kriegsknechte im Streit um Christi Rock, dort die Todesqualen des Gottessohnes, unseres Erlösers... zwischen zwei Verbrechern!» Dann begann er zu lesen:

«Auf dem Wege nach Golgatha. Als sie ihn hinführten, ergriffen sie einen, Simon von Kyrene, der vom Felde kam, und legten das Kreuz auf ihn, daß er es Jesus nachtrage.

Es folgte ihm aber nach ein großer Haufen Volkes und Frauen, die klagten und beweinten ihn. Jesus wandte sich zu ihnen um und sprach: Ihr Töchter von Jerusalem, weinet nicht über mich, sondern weinet über euch selbst und über eure Kinder. Denn siehe, es wird die Zeit kommen, in welcher man sagen wird: Selig sind die Unfruchtbaren und die Leiber, die nicht geboren haben, und die Brüste, die nicht genährt haben. Dann werden sie sagen zu den Bergen: Fallet über uns! Und zu den Hügeln: Decket uns! Denn so man tut am grünen Holz, was will am dürren werden?

Es wurden aber auch noch hingeführt andere, zwei Übeltäter, daß sie mit ihm abgetan würden. Und als sie kamen an die Stätte, die da heißt Schädelstätte, kreuzigten sie ihn daselbst und die Übeltäter mit ihm. Einen zur Rechten und einen zur Linken. Jesus aber sprach: Vater, vergib ihnen, denn sie wissen nicht, was sie tun. Und sie teilten seine Kleider und warfen das Los darum. Und das Volk stand auf und sah zu. Auch die Obersten spotteten und sprachen: Er hat anderen geholfen; er helfe sich jetzt selber, ist er der Christus, der Auserwählte Gottes. Es verspotteten ihn auch die Kriegsknechte, traten zu ihm und brachten Essig und sprachen: Bist du der Juden König, so hilf dir selber. Es war auch die Überschrift über ihm: Dies ist der Juden König.

Aber der Übeltäter einer, die gehenkt waren, lästerte ihn und sprach: Bist du nicht Christus? Hilf dir selbst und uns! Da antwortete der andere, strafte ihn und sprach: Fürchtest du dich auch nicht vor Gott, der du doch in gleicher Verdammnis bist? Und wir zwar sind mit Recht darin; denn wir empfangen, was unsere Taten wert sind. Dieser aber hat nichts Unrechtes getan. Und er sprach: Jesus, gedenke an mich, wenn du in dein Reich kommst! Und Jesus sprach zu ihm: Wahrlich, ich sage dir: Heute wirst du mit mir im Paradiese sein.

Und es war schon um die sechste Stunde, und es ward eine Finsternis im ganzen Land bis an die neunte Stunde, und die Sonne verlor ihren Schein, und der Vorhang im Tempel zerriß mitten entzwei. Und Jesus rief laut und sprach: Vater, ich befehle meinen Geist in deine Hände! Und als er das gesagt hatte, verschied er.

Da aber der Hauptmann sah, was da geschah, pries er Gott und sprach: Fürwahr, dieser ist ein frommer Mensch gewesen! Und das Volk, das dabei sah, was geschah, schlug sich an die Brust und kehrte wieder um. Es standen aber alle seine Bekannten von ferne und die Frauen, die ihm aus Galiläa waren nachgefolgt, und sahen das alles.»

Reinhart hob den Kopf und schaute den Meister an, der mit gefalteten Händen in das flackernde Licht sah und jetzt betete:

«Vater, verleihe unseren Herzen und Händen Stärke, auf daß wir diesem Werk die Ausdruckskraft schaffen, die den Andächtigen die Leiden deines Sohnes so recht vor Augen führt, um ihre Herzen anzurühren. Amen.»

Und die Gesellen wiederholten leise das «Amen».

In die nachfolgende Stille drang durch das geöffnete Fenster das Abendlied der Singdrossel herein, ein Preislied in jubelnden Tönen.

«Laßt mich jetzt allein!» sagte der Meister, und die Gesellen gingen leise hinaus.

Während einige Tage später der Meister die Arbeit an der Kreuztragung verteilte, sagte er lächelnd: «Für die Pferde ist natürlich unser Reiter Reinhart zuständig. Da sind die Rösser in guten Händen. Traust du dir auch den Hohenpriester darauf zu?»

«Ja, Meister, ich werde mich bemühen», erwiderte Reinhart mit glänzenden Augen. Auf diesem Schaubild waren die meisten Figuren in enger, dreifacher Staffelung versammelt. Ein fast zeitlos anmutender Zug menschlichen Lebens, in seiner Vielfalt an Gestalten, Kostümen, welche der Meister sorgfältig skizziert hatte, wo es für die Gesellen nötig erschien. Brüggemann hatte den Weg Christi nach Golgatha schon oft in Holz und Farbe betrachten können, wie große Meister vor ihm ihn gestaltet hatten, so daß er sich diesem Zug seiner Zeit und des vorangegangenen Jahrhunderts anpassen konnte. Was aber die Besonderheit seiner Arbeit zeigte, war der Umstand, daß er seinen Helfern schon bei der Verteilung der Figuren einige Freiheit zugestand. Sie alle arbeiteten selbstverständlich im

Stil ihres Lehrmeisters, der die Figuren in ihren Umrissen in den Plan eingezeichnet hatte, die im Hintergrund mit Köpfen und Schultern sichtbar waren. Dazu gab er ihnen einzelne Skizzen ihrer Figuren, wie sie herauszuarbeiten waren. Die Gesellen zeichneten danach die Gesichter im einzelnen auf und legten sie dem Meister vor, der sie begutachtete oder verbesserte. Er selber und Sywel übernahmen die im Vordergrund befindlichen Gestalten.

So erregte es ein allgemeines Schmunzeln, als Lorenz Mummens dem Meister die Zeichnung seines Zuschauers, der ihm übertragen worden war, vorlegte. Es war ein junger Mann mit einem breiten Hut, der gekerbte Ränder zeigte, wie sie eben viel getragen wurden; und darunter sah Vedderkes spitzbübisches Gesicht hervor. Allerdings hatte Vedderke darauf bestanden, daß seine «Entenschnabelnase» darauf etwas veredelter und kürzer erschien. Der Meister zeigte sie den anderen Gesellen. Und die grinsten alle von einem Ohr bis zum anderen. Ein Gelächter verkniffen sie sich in der Werkstatt. Aus diesem Grunde wartete Jelke, dem der Grimassen schneidende Knecht, der Johannes verspottet, aufgetragen worden war, bis sie zur Mittagspause gingen. Er ging zuerst zu Modder Dörthes Haus, bevor er zu seiner Meller ging, und zeigte dem Meister und den Gesellen seinen Entwurf. Ida und Marieke kamen bei diesem schallenden Gelächter in die Vordiele gelaufen.

Das war aber auch ein wunderliches Fratzengesicht... von Diederik, der den Sonntag zuvor mit seinem verzerrten Gesicht bei Jelke Modell gesessen hatte und von dem er jetzt behauptete, er habe Mühe gehabt, es später wieder in die rechte Verfassung zu bringen. «Aber was tut man nicht alles für die Kunst», meinte er ergeben.

Dem Meister gefiel die höhnische Fratze, doch meinte er lächelnd: «Nun wollen wir einmal mit der Familiendarstellung in dem heiligen Bild aufhören. Ich brauche nur noch einmal einen von euch als Adam im Gesprenge, weil das eine freistehende Figur werden soll und lebensecht sein muß.»

«Und die Eva?» fragte Vedderke.

«Die hat der Meister in der Vorhölle auch ohne lebende Vorlage fertigbekommen», fuhr Sywel ihn an.

Draußen prangte der Sommer mit all seinen Freuden, seine milden Winde fuhren durch die reifenden Kornfelder, er scheuchte die

Menschen aus den dumpfen Häusern, er verlockte die Kinder in der Au oder am Strand, im Wasser umherzuwaten und sich kreischend die hochgehobene Kleidung naßzuspritzen.

Meister Brüggemanns Gesellen waren mit Bienenfleiß bei ihrer Arbeit. Fünfzig Figuren auf dem Wege nach Golgatha waren anzufertigen! Abends fielen die jungen Leute müde in die Betten.

Nur am Sonntag genossen sie den Sommer, wenn das Wetter es zuließ. Reinhart und Jelke machten dann gerne einen ausgedehnten Spaziergang in die Umgebung. Und zwischen ihnen marschierte Odde Poppendochter mit. Jelke hatte durch seine Eltern schon erfahren, was sich während seiner Abwesenheit in Rorbeck an ärgerlichen Angelegenheiten mit den vier bösen Buben und Melin ereignet und wie Odde ihre Freundin gerächt hatte. Daß sie sich in Husum aufhielt, erfuhr er erst durch Reinhart, als der ihm von seinem Erlebnis mit ihr am Fastelabend erzählte, weil Reinhart einfiel, daß Jelke auch aus Rorbeck stammte.

«Natürlich kenne ich sie», sagte Jelke, «ich bin ja mit ihrem ältesten Bruder befreundet, dem Müller. Sie war ein entzückendes, kleines Mädchen. Welch ein munteres Ding!»

«Das ist sie noch. In ihrer Gegenwart muß man einfach lustig sein.» Reinhart erzählte ihm dann, was er und die Kameraden mit den scheußlichen Burschen in Rorbeck erlebten.

«Arme Deern! Es ist doch schlimm, daß sie vor diesen Kerlen, die roh und unflätig sind, flüchten mußte», sagte Jelke darauf. «Aber diese finsteren Bräuche werden auf dem Strand eingehalten. Das kann ich dir sagen.»

«Die leben dort anscheinend noch in anderen Jahrhunderten, Jelke», meinte Reinhart.

Der Friese nickte und bemerkte, er sei ganz gerne in die fremde Festlandswelt gewandert, was Reinhart ihm glaubte.

So machten sie an einem warmen Sonntag wieder ihre Wanderschaft nach Simonsberg und Lundenberg im Südwesten Husums. Jelke erzählte, daß diese Landschaften bei einer großen Sturmflut im 14. Jahrhundert vom Strand losgerissen worden, nach Eiderstedt ans Festland getrieben und dort angewachsen seien. Damit war die Lundenbergharde vom Strand zum großen Teil verschwunden.

Endlich saßen sie im Gras mit dem Blick auf das Meer und verzehrten ihre Butterbrote, die Jelkes Meller ihnen eingepackt hatte, da fragte Odde ganz zaghaft: «Darf ich wohl auch einmal in eure Werkstatt hineinsehen und eure heiligen Gestalten betrachten? Ich würde sie so gerne anschauen, besonders weil ihr, meine Freunde, sie gemacht habt.»

Die beiden jungen Bildhauer sahen sich kurz an, dann sagte Reinhart: «Odde, wir müßten erst den Meister fragen. Er duldet keinen Besuch. Und dann würdest du auch nicht ernst bleiben können, fürchte ich.»

«Dann müßten wir Vedderke und Diederik wegpacken...» vollendete Jelke; denn jene Figuren waren schon fertig.

«Ich gehe auch manchmal in die Kirche», bemerkte Odde, «glaubt ihr eigentlich, ich sei eine ewig gackernde Henne?»

«Gut, Odde, ich werde den Meister fragen», versprach Jelke, «vielleicht erlaubt er es am Feierabend, wenn wir fertig sind.»

Der Meister wiegte bedenklich das Haupt und fragte, ob es die lustige Müllerstochter sei, welche die Gesellen besucht hätten? Reinhart nickte und sagte, sie könne aber auch ernst sein und recht verständig. «Nun, dann mag sie am Abend kommen, eure kleine Freundin», erwiderte Brüggemann.

Den anderen Gesellen sagten die Freunde nichts von dem Besuch. Und als Odde Poppendochter eines Abends, als die Bildschnitzer die Werkstatt aufräumten, eintrat, begrüßten sie das Mädchen stürmisch. Der Meister kam aus seiner Stube, bereit zum Fortgehen. Er blieb aber stehen und gab Odde die Hand.

Odde trug ihre eng anliegende Houppelande und einen weiten, hellblauen Rock und sagte artig: «Der Meister wird mir meine Aufdringlichkeit verzeihen. Aber ich sehe so gerne schöne Kunstwerke und bewundere ihre Schöpfer.»

Sie trug keine Kopfbedeckung, und ihre hellen Locken leuchteten in der Abendsonne, die durch das offene Fenster schien. Meister Brüggemann betrachtete diese helle Gestalt aufmerksam, dann sagte er: «Sieh dich nur um, du wilder Kutscher, die du meine Buben durcheinanderrüttelst. Bedenke aber, daß das, was du hier siehst, mehr als nur Kunstwerk ist!»

Anmutig neigte Odde Poppendochter den Kopf und blieb so vor dem Meister stehen. Der wandte sich an seine Gesellen und sagte, sie könnten schon heimgehen, er werde Odde umherführen und nachher abschließen, und er fügte hinzu: «Damit hier kein Spaß getrieben wird.»

Sywel scheuchte die Gesellen, die erstaunt guckten, hinaus. Sie gingen von Bildwerk zu Bildwerk. Odde hatte ehrfürchtige Augen und fragte manchmal leise; der Meister erklärte ihr gerne, was sie wissen wollte. Er ging neben, mitunter hinter ihr her. «Wie wundervoll ist das! Nicht zu glauben, daß Menschenhände so etwas gemacht haben», sagte das Mädchen zum Schluß ganz überwältigt, «jetzt weiß ich auch, warum meine Freunde ihrer Arbeit ganz verfallen sind, Meister Brüggemann.»

«Gehst du auch zur Kirche?» fragte der Meister, und als sie es bejahte, sagte er, dann wisse sie auch, was diese Arbeit an den frommen Figuren für die Kirchgänger bedeute.

«Ein Altar ist ein Ort der Andacht, Meister. Ich war bei unserem Pfarrer in der Schule, der hat sich bemüht, uns zu frommen Menschen zu erziehen.»

Brüggemann führte sie in seine Stube, wo er an dem strauchelnden Christus arbeitete. Odde ließ sich auf ein Knie nieder, obgleich der Heiland noch nicht ganz fertiggeschnitzt war. Und der Meister meinte lächelnd, noch sei das Bildwerk nicht geweiht.

«Das ist einerlei. Er ist es aber... Wie großartig muß es sein, wenn man fähig ist, so etwas Schönes zur Ehre Gottes zu schaffen!»

Der Meister reichte ihr die Hand und sah ihr mit seinen klugen und gütigen Augen in das junge Gesicht, als sie nun aufstand.

«Möchtest du mir bei der Arbeit behilflich sein, Odde?»

«Aber gerne, Meister. Ich kann aber nicht schnitzen...»

«Das sollst du auch nicht. Setz dich dort auf den Hocker, dann wollen wir es besprechen.» Der Meister zeigte ihr den Entwurf des Gesprenges. «Sieh, dort ganz oben über den unteren Schaubildern sollen hier Adam und dort unter dem berankten Bogen Eva stehen. Sie steht frei und muß den natürlichen Leib einer jungen Frau haben. Mir fehlt dafür ein lebendes Muster, Odde. Du besitzt dafür alle Voraussetzungen, wie ich glaube. Willst du mir helfen, die Eva zu schaffen?»

Odde Poppendochter war keineswegs betroffen oder verwirrt, der Schalk blitzte in ihren blauen Augen auf, und sie antwortete: «Meister, das hat nur Gottvater können.»

«Ich habe mich falsch ausgedrückt, du gescheites Mädchen, es soll ja eine hölzerne Eva stellvertretend für die richtige dort stehen. Willst du also ein wenig an diesem frommen Werk mithelfen?»

«Der Meister will mich also entkleidet abzeichnen? So denke ich es mir?»

«Ja, und das Blatt werde ich verschlossen aufbewahren, bis ich soweit bin, es schnitzen zu können. Das Gesicht wird natürlich anders werden; denn es soll dich keineswegs jemand erkennen. Meine Gesellen werden es wissen, aber die werden schweigen. Willst du?»

«Ja, Meister, wenn ich damit diesem Werk in einem Gotteshaus dienen kann, gerne.»

«Ich danke dir sehr, Odde. Nun wollen wir gleich darangehen. Du hast doch hoffentlich etwas Zeit. Oder kommt es dir nicht gelegen?»

Es gab für Odde Poppendochter keine Schwierigkeiten. Sie verhingen das eine Fenster. Durch das andere kam gerade noch das richtige Licht. Und während der Meister die Werkstattür verriegelte, legte Odde Poppendochter ihre Kleidung ab. Unbefangen stand sie im Hintergrund der Stube vor der braunen Holzwand.

«Du bist genau die richtige Eva, wie ich sie vor meinem geistigen Auge hatte, Odde. Wunderbar!»

«Das freut mich. Und wen nimmt der Meister als meinen Adam?»

«Das ist wesentlich einfacher. Ich habe die Auswahl unter meinen Gesellen. Bisher habe ich sie ohne Zeug nicht alle betrachten können.» Der Meister rückte den Tisch etwas zur Seite.

«Ich auch nicht», sagte Odde Poppendochter, «und darum kann ich dem Meister auch keinen empfehlen.»

«Das ist nur gut, Mädchen», lächelte Brüggemann, «man muß ja nicht immer hinter Vorhänge gucken wollen. Bewahre du dir nur deine köstliche Unschuld. Eva tat es leider nicht.»

Was Brüggemanns Künstleraugen mit Befriedigung wahrnahmen, zeichnete seine Hand nach. Sicher und schnell traten auf dem großen Papierbogen die Umrisse des Kopfes, des Halses und der breiten Schultern hervor. Dann erhob sich Brüggemann und holte einen Becher: «Halte diesen Becher, der den Apfel vertritt, so gegen deine Schulter.» Er machte es ihr vor, und Odde tat es ihm nach. Nun gab der Meister ihr eine Anweisung, wie sie den rechten Arm über dem Leib halten müsse, weil sie dort ein Büschel Ysop halten solle, um die Scham zu verdecken. Er müsse jetzt nur ihre Armstellung festhalten. Nach den Armen zeichnete der Meister die hochsitzenden, runden Brüste in den Brustkorb ein. Odde stand still und sah dem Meister zu.

«Du hast ungewöhnlich lange Beine», sagte Brüggemann, «das ist sehr gut, weil sich das Bild von unten verkürzt. Und kräftig sind sie auch. Stell das linke Bein etwas vor, Odde. Gut so!»

«Ach, Meister, ich hätte mir nie träumen lassen, daß ich einmal auf einem Altaraufsatz stehen würde. Mir einfachem Mädchen ist das eine große Ehre, wofür ich dem Meister sehr danken möchte.»

«Du wirst nicht da oben stehen, sondern Eva. Dieses Mal hast *du* dich falsch ausgedrückt.»

«Ich hätte also sagen müssen, daß ich die Ehre habe, Eva meine Gestalt zu leihen?»

«Richtig! Kannst du auch noch stehen? Wir müssen uns leider etwas beeilen, damit ich noch genügend Licht habe.»

Als die Vorderseite geschafft war, durfte Odde ein wenig auf und ab gehen. Auch dabei machte der Meister mit dem Stift seine Studien auf einem anderen Bogen. Dann kam die Rückseite des Mädchens auf das Papier. Und als es fast dunkel war, war der Meister mit seinen Zeichnungen fertig.

Odde schlüpfte erleichtert in ihr Zeug und betrachtete des Meisters Blätter. So sah sie also aus! Während der Meister alles forträumte und verschloß, stand Odde vor der Christusfigur, und Brüggemann sah, da er sich umdrehte, wie sie scheu über Christi Dornenkrone strich.

«Ich möchte dir gerne eine Freude machen, deiner Gefälligkeit wegen, Odde. Wünschest du dir etwas?»

«Nein, Meister. Es war keine Gefälligkeit... es war mir eine Freude, bei diesem schönen Werk mithelfen zu dürfen. Dem Meister möchte ich danken, daß ich sehen und helfen durfte», sagte die sonst so mundfertige Odde bescheiden. Dann schieden sich ihre Wege.

6

Das Lichtlein, das Martin Luther, wie er sich in seinen Schriften nunmehr nannte, in Wittenberg entzündet hatte, war inzwischen zu einer Fackel angewachsen. Seine Schriften, zur Hauptsache unter Luthers Leitsatz «Wie bekomme ich einen gnädigen Gott?», waren in Umlauf gekommen und breiteten sich immer weiter aus. Mit seinen Studenten, mit umherziehenden Pilgern und unter gelehrten Männern wurden sie weithin bekannt. Auch erschien es im Anfang so, als handle es sich um einen Streit unter den Augustinern und Dominikanern, die gegen Luther und die Wittenberger Universität, an der Luther lehrte, wetterten.

Der Klerus, der «das Mönchlein von Wittenberg» anfangs nicht ernst nahm, wurde aufmerksam. Schließlich wurde Doktor Martin Luther nach Rom befohlen. Obgleich Luther den Papst Leo X. noch ohne Einschränkung als das Oberhaupt der Kirche anerkannte und auch verehrte, unterließ er die Romreise und forderte, wie es auch Reuchlin getan hatte, eine Vernehmung in Deutschland. Nicht nur, weil Kunde von den Zuständen in Rom auch nach Deutschland gedrungen war, daß sich in der Heiligen Stadt Kardinäle zusammengetan hatten, um den Papst umzubringen, was Luther zu dem Ausspruch veranlaßte, der Papst sei «Daniel in der Löwengrube». Es bestand aber ein auf den Reichstagen bekanntes Gesetz, daß ein Deutscher nur in Deutschland verurteilt werden könne.

Erst als Kaiser Maximilian eingriff, geriet Luther in das Weltgetriebe. Er wurde zum Reichstag beordert, der 1518 in Augsburg stattfand und dem der altgewordene Kaiser zum letztenmal vorstand.

So pilgerte der gelehrte Theologe durch die sommerliche Landschaft zu Fuß gen Augsburg. Etwas klingende Wegzehrung hatte sein Kurfürst ihm zukommen lassen.

In der reichen Handelsstadt Augsburg wurde Luther in das prächtige Fugger-Palais, den Hauptsitz des Reichstages, gebracht. Das Verhör nahm der römische Kardinal und Legat Cajetan vor. Es war für den hohen Herrn nur eine kleine Nebensache am Ende der großen Verhandlungen mit den deutschen Fürsten. Er trat in Augsburg mit gewohntem Pomp auf, verlangte Vorrang vor «irgendwelchen Königen», beanspruchte bei dem Einzug in die Stadt einen weißen Zelter mit purpurrotem Zaumzeug, desgleichen sollten seine Räume mit purpurrotem Atlas ausgeschlagen werden. Cajetan brachte den Zeremonienmeister des Kaisers mit all seinen Ansprüchen zur Verzweiflung. Immerhin vertrat er eines «der beiden Schwerter», nämlich das geistliche des Heiligen Vaters neben dem weltlichen des Kaisers. Dieser Reichstag zu Augsburg war ein Vorspiel zur Kaiserwahl. Maximilian wollte seine habsburgische Hausmacht sicherstellen, was letztlich von den Stimmen seiner Kurfürsten abhing. Denn es gab mehrere Kandidaten auf die deutsche Kaiserkrone. Cajetan hielt ein feierliches Hochamt im Dom ab, wobei weltliche und geistliche Fürsten anwesend waren. Er verstand es, seine Predigt eindringlich zu gestalten, denn er war ein hochgelehrter Herr.

Luther gab sich vor dem hohen Kirchenfürsten zunächst bescheiden, der sich auch mit ihm in einer vornehm-feinsinnigen Art, natürlich auf lateinisch, unterhielt. Er nannte Luther «seinen lieben Sohn». Dann kam Cajetan zum Kern der Angelegenheit:

Er forderte Widerruf der Irrtümer Luthers, dann die Zusicherung, diese Lehren nicht weiterzuverbreiten. Und vor allem solle Luther den Frieden der Kirche nicht weiter stören. So sei es im Breve des Papstes befohlen. Luthers Bitte, ihm in dieses Schreiben des Papstes Einblick zu gewähren, schlug der Kardinal rundweg ab, da es ganz anders lautete, ihm aber in seiner Vernehmung nur hinderlich gewesen wäre. Der Kardinal kannte Luthers Thesen, wie Luther feststellen konnte, als Cajetan unter anderem einen seiner Hauptleitsätze hervorhob, nämlich, daß nicht das Sakrament, sondern der Glaube den Menschen rechtfertige. Cajetan tat diese neue Lehre als falsch ab.

Die Unterhaltung wurde allmählich zum erregten Wortwechsel. Es lief alles darauf hinaus, daß Luther seine Lehren widerrufen sollte. Er erbat sich Bedenkzeit, die Cajetan ihm gewährte.

Die Verhandlungen zogen sich in die Länge. Staupitz, der voll Sorge angereist kam, wollte Luther zu Hilfe kommen, doch war der Zwist schon so weit gediehen, daß er aus Augsburg fliehen mußte, wollte er sich nicht verhaften lassen.

Das Ende der Vernehmung war, nachdem Cajetan mit Luther nicht zur Einigung kam, die letzte Verhandlung an Luthers Weigerung zu widerrufen gescheitert war und er mit den Worten «Ich gehe

jetzt und werde nach irgendeinem anderen Ort meinen Stab setzen»
den Kardinal verließ, so daß Luthers Freunde ihn dringend baten zu
fliehen, wenn er nicht in Haft gesetzt werden wolle.

Augsburgs Mauern waren schwer bewacht. Doch ein Domherr
ließ Luther ein Mauerpförtchen öffnen. Draußen standen bereits
zwei Pferde und ein Reitknecht. Luther ritt in seiner Kutte acht
Stunden ohne Speise und Trank, bis er sich Ruhe gönnte. So entkam
er den Fängen der Kurie.

Das geschah im Süden. Im Norden trat ein entschieden erfreuliche-
res Ereignis ein:

Königin Elisabeth von Dänemark schenkte ihrem Gemahl den
Thronerben! Endlich. Christian war außer sich vor Glück. Alle Kir-
chenglocken läuteten, und die Feldschlangen donnerten ihre Salut-
schüsse.

Auch Dyweke kam zur Beglückwünschung der jungen Wöchne-
rin. Sie waren längst Freundinnen geworden. Denn Elisabeth hatte
sich nicht der Anziehungskraft dieser warmherzigen Frau entziehen
können, als der König Dyweke zu ihr brachte. Mutter Sigbrit besaß
immer noch großen Einfluß auf seine Regierungsgeschäfte.

Als Dyweke sich zu der jungen Mutter niederneigte, umarmte die
Königin ihre Freundin. Dann ließ sie ihren Sohn hereinbringen, den
Dyweke gebührend bewunderte. Doch sah die Königin wohl, da
sich die Freundin wieder zu ihr setzte, daß Dywekes Augen feucht
waren. Und sie wußte, warum: Dyweke hatte sich so sehr Kinder
von dem König gewünscht, aber sie war unfruchtbar.

Elisabeth hatte nie Eifersucht gezeigt, sie war sich der Liebe ihres
Gemahls sicher. Vielleicht wünschte sie im Grunde ihres Herzens,
ihren Gemahl ganz für sich allein zu haben. Doch von Jugend an zur
Beherrschung erzogen, ließ sie es sich nicht anmerken, denn sie war
zudem klug. Als Dyweke jetzt leise sagte, daß Gott ihre Königin
gesegnet habe, empfand sie tiefes Mitleid mit der geschätzten Freundin.

König Christian II. war auf der Höhe seines Glücks. Sein Sohn
wurde nach seinem Vater «Hans» getauft.

All diese Ereignisse berührten Meister Brüggemann und seine Gesellen nicht. Auf ihrer kleinen, stillen Insel des Schaffens werkelten

sie sich langsam, aber sicher «auf dem Weg nach Golgatha» weiter vorwärts.

Bei schönem Sommerwetter waren sie, eingeladen von Jelke und Odde Poppendochter, zweimal in Rorbeck gewesen. Brüggemann hatte unterdessen Maren besucht, wo er sich von seiner Arbeit immer gut erholte.

Wenn Odde mit ihren fünf Freunden von der Fähre angewandert kam, hörte man sie schon von weitem in Rorbeck. Denn sie sangen so vergnügt in die warme Sommerluft, daß selbst die Rindviecher auf der Weide sich nach ihnen umsahen. Die jungen Leute brauchten diese Ausspannung, um am Montag wieder tatkräftig an ihre Arbeit zu gehen. Sie kehrten bei Jelkes Eltern und bei den Müllersleuten ein. Überall waren sie gerne gesehen. Von den Störenfrieden bemerkten sie nichts. Und da Odde am Ende des Sommers mit ihrer Weberlehre fertig war, meinten die Eltern, sie könne nach Hause kommen und dort weben. Der Vater wollte ihr einen kleinen Webstuhl schenken.

Sie feierten wieder einen Tag vor Oddes Geburtstag, der am Montag war, ein fröhliches Fest im Garten. Zwei von Oddes Freundinnen waren dabei. Die beiden anderen hatten inzwischen geheiratet und erwarteten ein Kind. Sie waren nicht mehr in Rorbeck. Sogar das Pferdchen Hans mit einem Blumenkranz um den Hals durfte sich am Feiern beteiligen. Dieses Mal trug es seine Reiter gesittet um die Obstbäume. Odde hatte die Freunde in ihr Geheimnis eingeweiht. Trotzdem gab es dabei viel Spaß. Odde strahlte wie eh und je so viel Fröhlichkeit aus, daß sie alle mitriß.

Die Gesellen wußten durch den Meister um Oddes Hilfe am Altaraufsatz, aber niemand erwähnte es mit einem Wort. Sie fanden Oddes unbefangene Haltung in dieser Angelegenheit großmütig und achteten sie um so mehr.

«Wenn ich euch fleißige Holzböcke nicht als Freunde hätte, wäre mein Leben ziemlich langweilig», sagte sie beim Abendessen und hob ihren Weinkrug.

Dann erschien der Spielmann, und sie tanzten Ringelreihen auf dem Rasen. Die alten Müllersleute freuten sich, daß ihr Liebling bald wieder daheim sein würde.

Sie wollten über Nacht in Rorbeck bleiben, weil es spät geworden und kein Boot mehr zu bekommen war, und erst früh am Montag zurückfahren. Reinhart sollte bei Jelke schlafen, die anderen drei bei Gunne Poppensen in der Wirtschaft.

Der Mond schien, als Reinhart das Pferdchen von der Weide holte, um es in den Stall zu bringen. Die anderen räumten die Bierkrüge und die Hocker ins Haus. Odde stand allein mit der Katze auf dem Arm unter den Apfelbäumen, als Reinhart mit dem Pferd ankam.

Sie hob ihm die Katze entgegen und lachte: «Ist die auch mit deinem Mondscheinhemd in Berührung gekommen? Wer weiß?»

Reinhart blieb stehen und betrachtete das hübsche Bild. «Nein, das ist eine ganz gewöhnliche Katze, Odde, meine verzauberten Kätzchen sehen anders aus... Etwa so wie du.»

«Magst du einer Katze einen Geburtstagskuß geben, Schwarzer?» Sie legte, nachdem sie die Katze zu Boden gelassen hatte, Reinhart die Arme um den Hals.

Es waren aber sechs Augen in der Nähe, die den Geburtstagskuß mit ansahen. Zwei davon gehörten Jelke, der von der Tür nach Reinhart ausschaute, um mit ihm in sein Elternhaus zu gehen. Darum fragte er Reinhart etwas später ganz verwundert, ob er Odde lieb habe? Und Reinhart antwortete ausweichend: «Wir haben sie doch alle lieb, du etwa nicht?»

«Ja, Reinhart, ich habe Odde Poppendochter sehr lieb; denn ich kenne sie schon ihr ganzes Leben lang.»

«Warum fragst du jetzt danach, Jelke?»

«Weil ich sah, wie ihr euch küßtet. Das erstaunte mich, da Odde in der Hinsicht immer sehr spröde erschien. Das ist wahrscheinlich auch der Grund, weswegen diese groben Burschen hier nie an sie herankamen, weil sie ihnen immer die Zähne zeigte.»

Sie gingen den Seitenweg hinunter, wo Jelkes Elternhaus lag.

Reinhart blieb stehen und sagte leise: «Du, Jelke, das wußte ich nicht, daß du Odde liebst.»

Sie blickten sich einen Augenblick in die vom Mond beschienenen Gesichter. Dann sagte Jelke: «Aber sie liebt dich, Reinhart. Das weiß ich jetzt, nachdem ich sie eben so gesehen habe, wie es sonst nicht ihre Art ist. Das kann nur die richtige Minne bewirkt haben.»

Reinhart sah über Jelkes Schulter in die im matten Licht schimmernde Landschaft. «Meinst du, daß es bei ihr so ernst ist? Das habe ich nicht gewußt.»

«Sie kennt das leichtere Leben, wie es auf dem Festland ist, nicht,

Freund Reinhart. Hier herrschen strenge Bräuche. Weiß sie, wer du in Wirklichkeit bist?»

«Nein, das glaube ich nicht.»

«Du willst sie doch nicht heiraten?»

Stumm schüttelte Reinhart den Kopf, er setzte sich wieder in Bewegung und murmelte dann: «Ich werde sie in Frieden lassen. Sie kommt ja doch bald von Husum fort. Außerdem, das kannst du mir glauben, waren die Küsse, die wir mal getauscht haben, ganz harmloser Art. Für mich eine Art Neckerei, aber daß sie…»

Die Tür zur Werkstatt öffnete sich, und der Geselle sah heraus. «Bist du es, Jelke? Komm hier durch, ich habe auf euch gewartet.»

Sie sprachen an diesem Abend nicht mehr über Odde Poppendochter. Doch einige Tage später sagte Jelke zu Reinhart, er habe einmal die Absicht, Odde zu heiraten… wenn sie ihn haben wolle. Vorläufig sei keine Zeit dafür, und Reinhart freute sich darüber. Er nahm sich vor, dem Freund nicht im Wege zu stehen.

Freilich hatten sie nicht Muße genug, an Angelegenheiten des Herzens Zeit zu verschwenden. Der Meister hetzte sie niemals; doch ist der Drang, eine Arbeit zu beenden, sie hinter sich zu bringen, um sich dann von dem Endergebnis zu überzeugen, bei jedem fleißigen Menschen vorhanden. Und insbesondere in diesem Fall, wo sich die Bildhauer erst nach dem Zusammenbau der Tafel von ihrer Arbeit ein Gesamtbild verschaffen konnten.

Da brach eines Morgens Gunne Poppensen mitten in ihre Arbeit ein. Er stand mit einem so leichenblassen Gesicht in der Tür, daß Reinhart, der ihn zuerst wahrnahm, aufsprang: «Gunne, was ist…»

«Odde ist tot!»

«Allmächtiger!» stieß Reinhart entsetzt hervor. Die Gesellen umringten den Mann mit dem leidvollen Antlitz. Auch der Meister stürzte aus seiner Stube. «Das ist doch nicht möglich! Dieses sonnige Mädchen gestorben?»

«Nicht gestorben… sie wurde von den teuflischen Kerlen ermordet.»

Einen Moment standen sie starr; dann machten sie ihrer Empörung Luft. Der Meister war rot im Gesicht und sagte, sie sollten in seine Stube kommen. Sie schlossen die Türen, dann standen sie um den Müllerssohn, dem der Meister seinen Stuhl zugeschoben hatte.

«Ich bin zu euch geeilt», sagte Gunne, «damit ihr helfen könnt, daß die Unholde ihren verdienten Lohn erhalten.» Er hob den Kopf und sah sie der Reihe nach eindringlich an. «Mein Bruder und ich haben sie gefangengenommen. Wir haben die Hand gegen sie erhoben, daß unsere Schwester ein unschuldiges Mädchen war, denn sie behaupten, sie habe unzüchtige Beziehungen zu euch und besonders zu Reinhart unterhalten. Sie hätten es mit eigenen Augen gesehen, daß sie in Reinharts Armen gelegen habe. Ist das wahr?»

«Mir wirst du doch glauben», sagte Jelke sofort, «Gunne, ich habe auch gesehen, daß Odde Reinhart am Abend ihres Geburtstages im Garten einen Kuß gab. Und das haben die Kerle wahrscheinlich auch hinter der Hecke verborgen beobachtet.»

«Es war ein Spaß, Gunne, wir standen im Garten, und sie hielt ihre Katze im Arm.» Reinhart schilderte freimütig die Begebenheit und schloß: «Es war so harmlos. Nach dem Geburtstagskuß habe ich das kleine Pferd in den Stall gebracht, und Odde ist mit ihren Eltern zum Müllerhaus hinübergegangen. Ich habe, wie du weißt, bei Jelke übernachtet.»

Gunne atmete auf, als er das hörte, und die Gesellen versicherten alle, daß sie Odde geachtet und geschätzt hätten. Von irgendwelchen Liebesbeziehungen, die Odde gehabt haben solle, könne nicht die Rede sein.

«Ich kannte meine Schwester genau, und ich konnte es mir nicht vorstellen», sagte Gunne. «Meine Mutter ist völlig zusammengebrochen und Vater will, daß seine Tochter gerächt wird. Wir alle wollen es, das ganze Dorf will es, wollt ihr...»

«Ja», sagte der Meister, «wir wollen, daß solche unmenschlichen Verbrecher gerichtet werden; denn wer sich unter seinen Mitmenschen solch eines Verbrechens schuldig macht, ist kein Mensch mehr und gehört nicht in eine menschliche Gemeinschaft. Sage uns jetzt, wie es geschah!» Brüggemanns Antlitz war wie aus Stein. Er sah hinüber, wo das Mädchen in seiner unbefangenen Hilfsbereitschaft vor der braunen Wand gestanden hatte, als er es zeichnete.

Leise berichtete Gunne Poppensen, was sich am Strand ereignet hatte, soweit er es wußte.

Am gestrigen Tag war Odde auf ihrem kleinen Pferd nach Volgesbul geritten, um ihre Freundin, die kurz vor der Niederkunft war, zu besuchen und ihr bei der Hausarbeit zu helfen. Nach einer Zeit, in der sie ihr Ziel noch gar nicht erreicht haben konnte, kam das kleine Pferd mit zerrissenem Zaumzeug auf den Mühlenhof angaloppiert und drängte sich aufgeregt an den alten Müller, der aus der Mühle gelaufen kam. Odde mußte verunglückt sein! Da sie nur zwei Pferde außer dem erschöpften Pferdchen besaßen, waren die beiden Söhne in rasendem Galopp den Weg nach Volgesbul entlanggeritten. Sie ahnten schon Böses und hatten sich bewaffnet und Stricke mitgenommen. Unterwegs trafen sie noch zwei ihnen bekannte Bauern beim Pflügen. Gunne war hingerast und erfuhr von dem einen, daß er von weitem drei Reiter schnell gen Volgesbul habe reiten sehen. Odde habe er nicht bemerkt. Sie spannten ihre Pferde sofort aus und schlossen sich den Brüdern an.

«Ihr wißt, wie weit man auf der flachen Insel sehen kann», bemerkte Gunne Poppensen, «und dort, wo der Weg am nächsten am Ufer des Wattenmeeres entlangführt, sahen wir sie. Die Pferde grasten auf den Weiden. Es ist einsam dort und keine Warft in der Nähe. Etwas weiter auf unserem Weg fanden wir den Platz, wo sie unsere arme Odde überfallen hatten. Der Weg war von Pferdehufen aufgewühlt. Zwei abgerissene Lederriemen und... ein Büschel von Oddes blonden Locken lagen auf der Erde. Wir bogen ab und stürmten jetzt auf die Pferde los, die wieherten und uns entgegenliefen. Da kamen die Kerle aber hoch! Sie hatten am Ufer gesessen und auf das Wasser gestarrt. Die beiden Bauern saßen ab und fingen die Pferde ein. Paye, ich und einer der Bauern ritten auf sie los...» Gunne wischte sich mit dem Ärmel über Stirn und Augen.

«Und Odde? Wo war sie?» rief Reinhart.

«Sie sagten es uns bald. Aber erst gab es einen tüchtigen Kampf mit den Mördern. Der Schmied hatte einen Degen bei sich, den er wohl selbst geschmiedet hatte. Ich will euch das nicht schildern. Sie antworteten erst auf Payes Frage, was sie mit unserer Schwester gemacht hätten, als wir sie gefangen hatten. ‹Sie hat die Strafe bekommen, die eine Deern erhält, wenn sie mit Fremden Hurerei betreibt. Wir haben sie ins Wasser geworfen.› Paye und ich waren so zornig, daß wir die drei Verbrecher beinahe gleich umgebracht hätten. Die Bauern hielten uns zurück, und wir sahen es ein, daß sie erst abgeurteilt werden müßten.»

Die Bauern hatten die mit Stricken gefesselten Kerle bewacht, und die Brüder gingen an das Meer hinunter. Der rohe Schmied rief ihnen nach: «Ihr braucht sie gar nicht zu suchen, die Hexe ist schon vor einer ganzen Zeit abgesoffen.» Gunne schwieg.

Die jungen Leute um ihn waren vor so viel Rohheit auch sprachlos. Meister Brüggemann legte dem Müllerssohn, der zusammengesunken auf dem Stuhl saß, die Hand auf die Schulter: «Du brauchst uns nichts mehr zu berichten, du armer Mensch. Sind die Mörder in Gewahrsam?»

«Ja, die entkommen uns nicht... Auf Vaters Antrag ist der Thing für übermorgen einberufen. Wir machen das unter uns in der Beltringharde, zu der Rorbeck gehört, ab. Des Herzogs Staller ist nicht auf dem Strand, sondern eben in Gottorp...»

«Müßten die Verbrecher nicht besser nach Gottorp gebracht werden? Wer soll hier denn ihr Richter sein?» fragte der Meister zweifelnd.

«Der Staller spricht bei uns kein Recht. Ich habe es mir von Vater erklären lassen. Auf dem Strand wird nach dem alten friesischen Landrecht gerichtet, das schon in alten Zeiten von den Fürsten bestätigt wurde. Die Friesen richten sich nicht nach dem auf dem Festland geltenden Gesetz. Sie sind frei davon. Und nun bitten wir euch, zum Thing zu kommen, um eure Aussage zu machen, damit die Ratsleute ihren Spruch fällen können.»

«Seid ihr einverstanden, Gesellen? Sywel, der wohl Odde nicht gekannt hat, ist davon ausgenommen.»

«Wir sind bereit, Meister», erwiderte Reinhart, und die anderen nickten auch.

Über die Insel pfiff ein scharfer und kalter Herbstwind, als Gunne Poppensen die Bildhauer nach Königsbul fuhr. Meist wurde der Thing im Freien abgehalten, aber wegen des kalten Wetters hatte ein Bauer seine Dreschdiele zur Verfügung gestellt, in die für die Ratsleute ein Tisch und eine einfache Bank gestellt worden waren. Es waren drei ältere, würdige Männer in pelzverbrämten Schauben, mit einem schwarzen, samtenen Barett auf den grauen Haaren. Als die Husumer eintraten, begrüßten der Müller und sein Sohn Paye sie ernst. Sie bedankten sich, daß sie seiner, des alten Müllers, Bitte gefolgt waren. Paye Poppensen brachte Hans Brüggemann zu einem Stuhl aus dem Bauernhaus. Und der Meister fragte ihn, wie es nur möglich gewesen sei, daß die Verbrecher etwas so Furchtbares getan hätten und hinterher nicht geflohen seien?

«Sie sind nicht nur schlecht, sie sind auch strohdumm, Herr, sie hatten nur den einen Trieb, sich an Odde zu rächen. Weiter denken diese Kerle nicht.»

Die Gesellen stellten sich hinter den Stuhl ihres Meisters. Es waren viele Männer anwesend. Aber keine Frau. Die gefesselten Mörder standen an einer Wand, bewacht von zwei Männern mit gezogenen Schwertern. Jemand schloß den unteren Teil des großen Tores. Die Ratsmänner waren aus Rorbeck, Bupsee und der mittlere aus Königsbul, der jetzt mit seiner Reitpeitsche auf den Tisch schlug und Ruhe gebot. «Erhebe deine Anklage, Poppe!» gebot er.

Der Müller zwischen seinen Söhnen trat an den Tisch und klagte die drei Männer des Mordes an seiner Tochter Odde Poppendochter an. Er hob dann in starken Worten hervor, daß Odde mit ihrem gerechten Sinn den drei Burschen das Verschulden am Tode ihrer Freundin Melin nicht habe vergessen können. Sie habe ihnen oft ihre Verachtung gezeigt, und die Burschen haben sie, wo sie sie trafen, oder auch die anderen Mädchen ungebührlich belästigt und geschmäht. Odde habe sich gewehrt und sie gedemütigt, zuletzt den Schmied, der ihr unanständige Reden nachgerufen habe und sie tätlich anfassen wollte, verprügelt. Das habe der Mensch nicht vergessen. So hätten die drei Oddes Tod beschlossen. Und nur auf eine Gelegenheit gewartet. Das sei jetzt klar.

Dann erteilte der Königsbuler den Brüdern das Wort, die berichten mußten, wie sie die drei Angeklagten aufgefunden hatten. Sie taten es wahrheitsgemäß, und Paye legte das Haarbüschel, die Lederriemen und einen Schuh von Odde, den sie am Wassersaum gefunden hatten, auf den Tisch. Er schloß: «Sie haben Odde überfallen, sie roh überwältigt und mißhandelt, wahrscheinlich gefesselt, und sie dann ins Wasser geschleppt und ertränkt. Als wir ankamen, waren sie noch naß bis zur Brust und saßen wohl da, um sich zu trocknen.»

Einige Männer aus Rorbeck zeugten auch gegen die Verbrecher und sagten, es sei ein Segen, wenn die Kerle vom Leben zum Tode befördert würden.

Jetzt durften die Angeklagten sich dazu äußern. Sie redeten in ihrer rohen Art davon, daß Odde Hurerei mit den fremden «Kerlen» betrieben habe und daß sie in vollem Recht gehandelt hätten, die Hexe ins Wasser zu werfen. Ja, sie sei eine Hexe gewesen, die über übermenschliche Kräfte verfügt habe, wie sie sonst kein Weib habe. Sie habe Zauberei ausgeübt, wie ihr Biest von Pferd, das jeden außer ihr abschmeiße und den Teufel im Leibe habe. Sie habe die fremden Kerle auch verzaubert; denn die seien ihr wie die Hunde nachgelaufen. Die Hexe habe auch diese Hurenkerle dazu verleitet, die Burschen zu mißhandeln, wo sie doch nur bei ihrem Fest haben zugucken wollen. Und was der Redensarten mehr waren.

«Wir haben unser Dorf von dieser Hexe und Hure befreien wollen. Deswegen haben wir sie, wie es das Gesetz verlangt...»

«Von welchem Gesetz faselst du eigentlich?» unterbrach der Rorbecker.

«Na, von dem, das vorschreibt, daß ein Mädchen, das sich mit einem Fremden abgibt und schwanger wird, ersäuft werden soll.» Er wollte noch etwas sagen, aber der Königsbuler Ratsherr sagte scharf: «Halt die Schnauze!» Darauf wandte er sich an den Müller: «Poppe, du hast die Herren aus Husum, die Odde kannten, als Zeugen hierhergebeten. Mögen sie nun über Odde aussagen.»

Hans Brüggemann wandte sich um und nickte Reinhart zu. Er trat in aufrechter, fast hochmütiger Haltung an den Tisch und sprach:

«Wir waren alle mit der fröhlichen Odde befreundet. Ja, sie nannte uns Freunde», er betonte das Wort, «sie war uns ein guter Kamerad. Ob es nun in Rorbeck oder in Husum war, sie hat uns durch ihren Frohsinn manchen Sonntag verschönt. Odde Poppendochter war ein reiner und herzensguter Mensch. Wir sind alle tieftraurig, daß sie auf solch eine viehische Art zu Tode kam», schloß Reinhart leise.

«Du schwarzer Kerl hast sie aber im Arm gehabt, das haben wir genau gesehen. Und du wirst das nicht allein gewesen sein!» rief der Schmied dazwischen.

Reinhart drehte sich gar nicht nach dem Schmied um. Er sagte: «Ja, ich habe Odde einen Geburtstagskuß gegeben und bin dann mit Jelke zu dessen Elternhaus gegangen, wo ich übernachten sollte!»

Jelke trat an seine Seite und bestätigte es. «Ich habe diesen harmlosen Geburtstagskuß mit angesehen und mir absolut nichts dabei gedacht.»

Der Schmied wollte gerade wieder etwas sagen, doch sein Wächter schlug ihm auf den Mund: «Halt du dein dreckiges Maul, du Aas!»

Der Königsbuler Ratsherr fragte Hans Brüggemann, ob er noch etwas zu sagen habe. Der Meister erhob sich und ging an den Tisch: «Ich habe Odde Poppendochter gekannt, und ich freute mich, daß meine Gesellen mit solch einem anständigen Mädchen bekannt waren. Ein junges Mädchen mit einem feinen, edlen Wesen, wie man es ganz selten antrifft. Es verbarg sich wohl mitunter hinter ihrem fröhlichen und lauten Lachen, aber dahinter war ein goldklarer Wesenskern. Daß dieses Mädchen so grausam ermordet wurde, fordert Sühne, ihr Herren!» Brüggemann verbeugte sich und setzte sich wieder hin. Auch die Gesellen traten zurück.

Die Männer, die anwesend waren, erhoben ihre Stimmen: Der Herr hat uns aus dem Herzen gesprochen… Das war richtig… So war Odde… die arme Deern. Inzwischen tuschelten die drei Ratsherren miteinander. Der Bupseer erhob sich und hielt eine kleine Ansprache, in der er hervorhob, daß selbstverständlich das von dem Schmied angeführte alte Gesetz des friesischen Landrechtes nur ein Vorwand sei, um die Mordtat zu rechtfertigen. Denn hier könne laut Zeugenaussagen weder von unerlaubten Beziehungen noch von Schwangerschaft die Rede sein. Außerdem würde es in solchem Fall allein nur dem Vater überlassen, mit seiner schuldigen Tochter zu tun, was ihm beliebe. Weiter sei Odde Poppendochter alles andere als eine Hexe gewesen. Sie sei hilfsbereit, mildtätig und fromm gewesen und habe den Armen im Moor oftmals geholfen. Der Herr aus Husum habe sie recht erkannt.

Der Königsbuler sprach dann darüber, wo die Menschheit hinkäme, wenn solche Verbrecher weiter frei umherlaufen dürften, und verkündigte das beschlossene Urteil: des geplanten grausamen Mordes an einem unschuldigen Mädchen als schuldig befunden, für jeden die Todesstrafe. Er nahm einen weißen Stab vom Tisch, zerbrach ihn an zwei Stellen und warf die drei Stücke über den Tisch auf den Boden der Diele, indem er einen altüberlieferten Spruch tat.

Da die Strandinger keinen «Unehrlichen» unter sich duldeten, hatten sie auch keinen Henker. Das besorgten sie selbst. Und so sagte der Rorbecker zum Müller: «Poppe, du hast dir die Verurteilten ausbedungen. Bringe sie also vom Leben zum Tode!»

Der Müller erhob sich und dankte den Ratsherren, dann wandte sich der Rächer an die Verurteilten mit den Worten: «Ich habe euch gewarnt, Odde weiter zu belästigen, sonst würde ich euch an die Mühlenflügel hängen. Ihr wolltet nicht hören! Jetzt ist es soweit. Fort mit ihnen, Paye! Du, Gunne, bringst die Husumer zur Fähre.» Er bedankte sich nochmals bei Brüggemann für die schönen Worte, die der Herr über seine Odde gesagt habe. Ja, so sei sie gewesen, sein liebes Kind.

Sie mußten aber, bevor sie abfuhren, in den Pesel des Bauernhofes kommen, wo die Bäuerin für die Ratsherren, die Husumer und den alten Müller eine warme Suppe bereit hatte. Gastlichkeit war auf dem Strand oberstes Gesetz.

In der Nacht frischte der Wind auf, schwarze Wolken geisterten über den halb vom Mondlicht erhellten Himmel. In Rorbeck war alles zur Ruhe gegangen, dunkel lag das Dorf. Nur die Flügel der Mühle drehten sich. Aber sie mahlte kein Korn. Das Rauschen der Flügel verschlang das mitunter auftönende Schreien. Der Müller saß bei seiner Frau am Bett. Gunne war im Innern der Mühle und stellte sie ab, wenn von Paye und dem Knecht ein Toter vom Flügel gelöst werden sollte und der Pfiff des Knechtes zu hören war.

Erst nach Mitternacht standen die Flügel endgültig still.

Reinhart entdeckte in seiner Lebenskette einen neuen Stein. Er war schwarz und stumpf, wie ein Stück Holzkohle. Ein Schlußpunkt vieler heiterer Stunden.

Auf Erden stehet nichts, es muß vorüberfliegen.
Es kommt der Tod daher, du kannst ihn nicht besiegen.
Ein Weilchen weiß vielleicht noch wer, was du gewesen…
Dann wird das weggekehrt, und weiter fegt der Besen.

Theodor Storm

7

Das Schicksal hatte die Karten gemischt und verteilt. Papst Leo X. hatte entschieden schlecht erwischt. Kaiser Maximilian war gestorben, und der Heilige Vater hatte sich schon vorher eingesetzt, um seinem Kandidaten König Franz I. von Frankreich die deutsche Kaiserkrone auf das Haupt zu setzen. Er wollte um jeden Preis verhindern, daß der Enkel Maximilians, Karl von Burgund, zum Kaiser gewählt wurde. Karl, der Sohn Johannas der Wahnsinnigen von Spanien, war bereits seit 1516 im Besitz aller spanischen Reiche, der kastilischen Kolonien, Burgunds und der österreichischen Erblande. Er war als strenger Katholik erzogen worden. Doch dem Papst war sein Gewicht in der Waagschale der Macht zu schwer. Von Rom aus wurde Friedrich der Weise, der Kurfürst von Sachsen, mit lockenden Angeboten bedacht, nachdem der französische König als Thronanwärter durchgefallen war. Die päpstlichen Legaten machten dem Papst klar, daß ein Widerstand gegen die mächtigen Habsburger aussichtslos sei.

Die deutschen Kurfürsten wählten in Frankfurt den Enkel ihres verstorbenen Kaisers, Karl V. Der junge Römische Kaiser Deutscher Nation besaß nicht nur in Europa das Übergewicht, sondern auch in den überseeischen Neueroberungen in Amerika. Demzufolge war sein größter und erbittertster Gegner Franz I. von Frankreich. Dazu kam noch die Auseinandersetzung mit der Türkei. Mit diesen beiden Felsbrocken im Gepäck trat der jugendliche Monarch seine Reise als deutscher Kaiser an.

Auch seinen Schwager in Dänemark traf ein schwerer Schicksalsschlag. Aber er war ganz anderer Art: Wie ein Blitz aus heiterem Himmel wurde Dyweke, sein Täubchen, zu Boden geschlagen und war tot. Es konnte keine Todesursache festgestellt werden. Die schöne Geliebte König Christians hatte Feinde gehabt, und der Verdacht lag nahe, daß ihr Ableben nicht auf natürliche Weise vonstatten gegangen war.

Der Hofmann Torben Oxer kam in die nähere Auswahl der vom König veranlaßten Untersuchung auf Verdächtige. Man hatte beobachtet, daß Torben Oxer sich Dyweke auf einem der Hoffeste aufdringlich genähert hatte und energisch abgewiesen wurde. Er wurde verhaftet. Es war ihm aber nichts nachzuweisen, was Dywekes Tod betraf. Da man sich jedoch mit seinem Aufgabenbereich beschäftigte, entdeckten Höflinge, daß Torben Veruntreuungen begangen hatte.

Er verlor seinen Kopf.

Die unbändige Seele des Königs gab sich wie in der Freude jetzt ebenso schrankenlos der Trauer hin. Nachts fand er kaum Schlaf. Es kam vor, daß er sich von seinem zerwühlten Lager erhob und mit seinem Reitknecht zum Kloster zu Helsingör ritt. Dort war Dyweke in der Klosterkirche beigesetzt worden. König Christian warf sich weinend auf ihre Grabplatte und verharrte so lange, bis der getreue Knecht ihn mahnte und die Kerzen vor dem Altarbild löschte.

Im Morgengrauen ritten sie in rasendem Galopp am Sund entlang nach Kopenhagen. Unterwegs hielt der König an und blickte mit finster gerunzelten Augenbrauen zur schwedischen Küste hinüber. Mit geballter Faust drohte er Schweden und murmelte:

«Dir, Sten Svanteson, werde ich noch das Genick brechen!»

Nicht Königin Elisabeth, die selber um Dyweke trauerte, lenkte ihn von seinem Schmerz ab, sondern der Haß gegen die abtrünnigen Schweden.

Gegen Ende des Februars tobte der Winter mit eisigem Schneesturm über Holstein hinweg. Die Eichenäste, steif vom Frost, rieben sich knarrend aneinander, wenn die Sturmböen durch ihre Kronen fuhren. Auf dem Eekenholter Hof türmten sich die Schneewehen auf, und alles Getier in Wald und Feld hatte sich verkrochen. Dicke Flokken umwirbelten den festen Feldsteinturm, und die Eisblumen glitzerten an den Fenstern. Mit dem Sturm erwachte im alten Gemäuer ein neues Leben mit Geschrei. Nele hatte einen Sohn geboren. Großmutter Hedwig und Tilde-Meller umsorgten sie, und Vater Bendix hielt strahlend vor Freude das kleine Bündel an sich gedrückt. Und erst der Urahn! Er hatte so sehr gewünscht, es möge ein Knabe werden, und nun hatte Gott sein Gebet erhört. Die kleine Stube war so voller Glück, daß Tilde-Meller den Männern schließlich das Kind fortnahm, es der erschöpften Nele in die Arme legte und Bendix samt dem Großvater hinausjagte.

«Komm, Bendix, wir beide werden uns jetzt erst einmal nach all der Aufregung einen ansupen», sagte Claus von Scharpenberg, stieg in den Keller und kam mit einer verstaubten Flasche zurück.

«Das ist ein Tropfen, kann ich dir sagen. Der stammt, soviel ich mich entsinnen kann, noch von meinen ersten Sünden auf der Landstraße her. Was soll's? Der Herrgott wird sich auch freuen über unser neues Glück, sonst hätte er uns nicht so einen strammen Jungen beschert.» Bendix grinste und meinte, ein bißchen Anteil bei der Bescherung habe er schließlich auch, und Claus von Scharpenberg sagte lächelnd: «Anerkannt. Du bekommst für deine Bemühungen ein Glas mehr eingeschenkt.»

Er begab sich zu dem Eisenofen und knallte tüchtig Torf hinein. Sie saßen gemütlich in Scharpenbergs Stübchen. Draußen knackte es vor Frost, aber die dicken Feldsteinmauern hielten die Kälte ab. Dann kamen die beiden Frauen herein und berichteten, daß Nele fest schlafe und das Kind in seiner Wiege auch. Es wurde beraten, wie der Knabe heißen sollte.

«Nele und ich haben uns Gedanken darüber gemacht...»

«Ja, ihr im Norden habt mit euren Nachnamen immer solchen Tüdelkram», sagte der Alte.

«Stimmt, Großvater. Aber das ist eben der Brauch, daß der Sohn den Vornamen seines Vaters mit dem Anhängsel ‹sen›, was Sohn bedeuten soll, erhält. So wird mein Sohn Bendixen als Nachnamen bekommen. Es ist eigentlich kein richtiger Nachname, meist ist noch ein Zuname dabei, vor allem in Jütland. So heiße ich eigentlich mit Zunamen Retrup, wie unser Gut heißt, wo wir zu Hause sind...»

«Dann mag der Junge Retrup genannt werden, falls er dort wohnen sollte. Ich bin der Ansicht, daß er hier aufwachsen wird, und darum sollte er...»

«Eekenholt heißen?» Bendix lachte.

«Scharpenberg soll er heißen. Wer weiß, ob Sievert je ein Kind in die Welt setzt!» erklärte der Alte energisch.

Frau Hedwig fand es auch richtig, und sie schlug vor, das Kind nach seinen beiden Großvätern zu nennen.

«Gut. Das haben Nele und ich auch gedacht», sagte Bendix. «Also, Iver Henneke Bendixen von Scharpenberg.»

Nach dem Abendessen ging Bendix zu seiner Frau. Sie sah ihm mit strahlenden Augen entgegen, im Arm hielt sie ihren Sohn.

«Geht es dir besser, kleine Nele-Mutter?»

«Ja, mein Bendix, ich habe lange geschlafen. Und jetzt bin ich ganz glücklich! Wie schön ist es, ein Kind zu haben. Nur... ich muß mich erst daran gewöhnen, daß ich einen kleinen, anstatt einen großen Mann im Bett habe.» Ihre «blauen Flecke» blinzelten Bendix schon wieder spitzbübisch an.

Jetzt wußte er, daß es seiner Nele wieder gutging. Sie hatte in der vergangenen Nacht neben ihm schon sehr unter den einsetzenden Wehen gelitten. Der Säugling wachte auf, als sein Vater sich über ihn beugte und ihm über das Köpfchen strich, worauf ein blonder Flaum sproß. Er zuckte mit den kleinen Fäusten, die er unter dem Kinn hielt, und brüllte seinen Vater an.

Er richtete sich auf und sagte: «Der fängt ja gut an. Das kann heiter werden!»

Nele entblößte eine Brust, legte den Schreihals zurecht, er verstummte.

«Wie ihr das schon vorbildlich macht», lächelte Bendix, «wie gelernt. Du sollst ihn aber nicht im Bett haben, den kleinen Mann. Er kommt in die Wiege...»

«Ja, das ist besser, sonst erdrückst du ihn, oder bist du etwa eifersüchtig?»

«Weder das eine noch das andere. Ich schlafe in Sieverts Kammer, damit du ruhig schlafen kannst, du tapfere, kleine Mutter.»

«Hm... m», knurrte Nele, «wenn ich dann nur einschlafen kann, so ganz allein ohne männlichen Schutz.»

Als der Knabe satt war, nahm Bendix ihn und legte ihn in die neben dem Bett stehende Wiege. Der junge Herr Bendixen war still und schlief gleich ein. Der Vater setzte sich auf die Bettkante und bedankte sich bei Nele für den Sohn. Das begeisterte Nele so, daß sie ihm die Arme um den Nacken schlang und murmelte: «Ich weiß gar nicht, warum ich es verdient habe, einen so lieben Mann bekommen zu haben und dazu noch ein so süßes Kind.»

Ihr fielen schon wieder vor Müdigkeit die Augen zu, und Bendix ging leise hinaus.

Der Bildschnitzer Reinhart Holt hatte den Winter über die ihm zugewiesenen Hintergrundfiguren fertiggestellt, jetzt kamen die Pferde an die Reihe. Er ließ sich von Brüggemann seine einst geschnitzten Rosse geben. Der Meister schmunzelte: «Sieh sie nur an, Reinhart.» Sein Geselle schaute die Holztiere betroffen an.

«Nee, Meister, die taugen nichts. Die Beine sind zu kurz, und überhaupt... die können wir ins Feuer werfen. Ich glaube, daß ich beim Meister einiges gelernt habe», bemerkte Reinhart und blickte seinen Lehrherrn pfiffig an.

«Wahrscheinlich, mein Junge. Mach mal ganz neue Entwürfe.»

«Wenn ich nur meinen Sleipnir mal wieder genau besehen könnte!»

«Hier gibt es ja auch Pferde, Reinhart, allerdings sind es meistens Ackergäule.»

Zunächst verbrannte Reinhart seine Holzrösser. Am Sonntagmorgen hatte er zur Messe einen Stoß Papier mitgenommen; denn zur Kirche kamen oftmals Leute auf Reitpferden. Der Meister und die Gesellen gingen in die Marienkirche, es war Palmsonntag, und Reinhart blieb draußen und begab sich in den Hof der Gastwirtschaft, wo meist die Pferde standen. Er machte auch ein paar Zeichnungen. Aber das richtige Pferd, das er suchte, fand er nicht. Der Meister tröstete ihn, es käme hauptsächlich auf Kopf und Rumpf an, die sichtbar seien. Aber Reinhart war gründlich. Der Meister hätte ihm schon helfen können, er war ja vom Lande und selbst Reiter; aber er ließ Reinhart sich abmühen.

Er nahm nach einer Zeichnung den Block vor und arbeitete die Umrisse eines Pferdes heraus. Einen Tag vor Gründonnerstag rief plötzlich der Meister, der am Tisch vor den Fenstern schnitzte:

«Reinhart! Dein Pferd ist da... wie bestellt, und Ritter Iversen sitzt darauf.»

Bald hatte er draußen den Freund im Arm, der ihn auf die Wange küßte. «Mein Bendix, welch eine Überraschung! Wir haben uns lange nicht gesehen. Wie ich mich freue!»

Neben Bendix stand auch Hannibal. Der Meister kam heraus und betrachtete Sleipnir. Dann wandte er sich an den Besucher: «Ritter Bendix kommt wie gerufen mitsamt dem Rappen!»

Belustigt hörte Bendix die Erklärung an, dann deutete der Meister auf Hannibal, er nehme an, daß der Ritter seinen Freund abholen wolle.

«Das ist richtig, Meister, zur Taufe; denn Reinhart ist Oheim geworden.»

Reinhart hatte ganz vergessen, daß seine Schwester ein Kind erwartete. Es störte ihn nicht, daß die Gesellen in der Tür standen. Er sprang dem Schwager nochmals um den Hals und wirbelte vor Übermut den würdigen Vater herum.

«Meinen Glückwunsch! Was ist es denn geworden?»

«Ein Heken mit Namen Iver Henneke.» Bendix wandte sich an Brüggemann: «Kann der Meister ihm wohl einige Tage frei geben?»

«Gerne; aber unter der Bedingung, daß er Pferdezeichnungen macht. Er hätte ohnehin über die Feiertage frei bekommen.»

Bendix wartete draußen mit den Pferden, bis Reinhart sich von seinen Kameraden verabschiedet hatte. Einen Augenblick hielt er Jelkes Hand fest.

«Was machst du nun über Ostern, Jelke?»

Sie wollten gemeinsam einen Ausflug machen.

«Ich werde mich den anderen anschließen, Reinhart. Hab viel Freude!»

Bendix hatte die Nacht zuvor in Schleswig übernachtet. Für seine Nele hatte er beim Goldschmied ein Kettchen erstanden, das erzählte er dem Schwager, und Sievert beschloß, seiner Schwester auch eine Freude zu machen. Sie ritten bei Oddes Weberei vorbei, und Sievert kaufte eine Rolle feines Wolltuch für ein Kleid.

In seinem Quartier verwandelte der Bildschnitzer sich nach Bendix' Rat wieder in einen geharnischten Junker. Ida und Modder Dörthe sahen von der Haustür den beiden stattlichen Reitern nach, als sie die Gasse hinuntertrabten.

Sievert von Scharpenberg genoß ausgiebig diesen langen Ritt neben dem Freund. Und dann die Galoppstrecken auf Sleipnir: Hei, war das eine Lust, wieder einmal richtig loszustürmen! Er hatte sein Barett in die Satteltasche gesteckt und ließ sich den Wind um die Ohren sausen. Erst jetzt merkte Sievert, was ihm bei der Stubenhokkerei alles entging, erst jetzt stellte er aber auch fest, wie sehr ihn seine Arbeit am Altaraufsatz fesselte.

Wenn Bendix wieder neben ihm war, lauschte Sievert voll Teilnahme seinem Bericht über die neuen Eekenholter Verhältnisse.

Was Sievert am meisten an Bendix' Berichten in Erstaunen versetzte, war die Verwandlung seines Großvaters.

«Das ist ja unglaublich!» rief Sievert aus. «Daß der alte Bösewicht zahm und fromm geworden ist! Machst du auch keine Witze?»

«Nein, es ist die Wahrheit, Sievert. Ich wollte es dir eigentlich jetzt nicht sagen, sondern es als Überraschung für dich aufsparen. Aber du fragtest danach. Du wirst trotzdem staunen.»

«Ich kann ihn mir zwar nicht sanft und mildtätig vorstellen. Es wäre zu schön, um wahr zu sein... Und die beiden Dörfer hat er endlich in Ordnung gebracht, sagst du?»

«Wir sind vor dem Winter noch nicht ganz damit fertig geworden, da wir auch die Schweineställe fertigmachen wollten, aber jetzt werden eben die letzten Hütten instand gesetzt. Der Alte muß ziemlich viel Geld in Kiel liegen gehabt haben. Wohl zum größten Teil ergaunertes, aber es dient einem guten Zweck. Seine rechte Hand, Isegrim, scheint recht tüchtig gewesen zu sein in der Hinsicht, das gestohlene Gut vorteilhaft umzusetzen.»

Es mutete ganz seltsam an, da sie gerade von gestohlenem Gut sprachen und, um eine Wegkehre kommend, ein Hindernis auf der Straße erblickten: «Potz Welt! Was ist denn hier los?» rief Sievert. «Tatern. Die haben ein Bäuerlein überfallen. Los, Freund, auf sie!»

Sie galoppierten heran. Die Zigeuner waren dabei, die Mehl- und Grützsäcke von einem Kastenwagen in ein kleines Gefährt umzuladen. Der Kutscher schimpfte. Er stand neben seinem Wagen und wurde von zwei Tatern festgehalten. Die Pferde hielt ein anderer schwarzer Kerl fest. Bendix und Sievert zogen blank. «Fort, Gesindel!» schrie Bendix sie an. «Sonst habt ihr was Blankes zwischen den Rippen.» Jetzt waren sie an dem kleinen Planwagen. Die Zigeuner rannten beiseite, einer ließ den Mehlsack fallen. Aber unter der Plane hervor pfiff ein langes Messer auf Sieverts Brust. Es fuhr durch seinen Umhang, prallte an dem Kettenhemd ab und fiel zu Boden. Sleipnir machte einen Satz nach vorne. Sievert zügelte ihn und stach von vorne in den Wagen hinein. Bendix von hinten. Sie hörten einen Schrei. Dann wandten sie sich den anderen Männern zu und jagten sie mit gezogenen Degen seitlich in den Wald.

Jetzt kamen ihnen drei Reiter entgegen und hielten vor ihnen an. «Ho, ho, was ist los?» schrie ihnen der vorderste entgegen, dann lachte er laut: «Ritter Bendix! Wo kommst du nur her?»

«Mensch, Ahlefeldt! Du kommst gerade recht.» Schnell befreiten sie den Kutscher, sahen in den Planwagen, wo der eine Tater mit blutender Schulter auf den Mehlsäcken lag. «Der hat das Messer geworfen, der Schuft», sagte Bendix, und Herr von Ahlefeldt zog ihm die Reitpeitsche über das braune Gesicht.

Der Kutscher war von der Mühle gekommen, als plötzlich die Tatern aus dem Gebüsch herausgesprungen waren, die Pferde zum Stehen gebracht und ihn heruntergezerrt und gefesselt hatten. Der Wagen kam auf einen Pfiff hin aus dem Wald, und dann hatten sie eilig umgeladen. «Der Hofvogt hätte mir den Buckel blau geprügelt, wenn ich ohne die Säcke angekommen wäre. Gott vergelt es den Herren, daß sie mir geholfen haben», sagte der Mann. Er war Knecht auf einem in der Nähe liegenden Gut. Er machte sich ans Umladen der Säcke, dankte nochmals und fuhr davon.

Derweilen hatten sich die Herren über das Woher und Wohin unterhalten. Herr von Ahlefeldt war mit Jäger und Reitknecht auf Jagd gewesen. Drei Wildenten hingen am Sattel des Jägers.

«Scharpenberg?» fragte er. «Ihr stammt doch aus dem Lauenburgischen?»

«Ja, aber ich glaube, dort gibt es keine mehr von uns», entgegnete Sievert, «wir sitzen in Holstein.»

«Da sind aber welche von euch vor langer Zeit in Dänemark oder Nordschleswig gewesen, soweit ich mich entsinnen kann. Das weiß mein Großvater bestimmt. Kommt mit! Wir wollten gerade zum Mittagessen nach Hause...»

«Wir haben noch einen tüchtigen Weg vor uns, Ahelfeldt», wandte Bendix ein.

«Ach, was. Es ist ja lange hell, dahin kommt ihr schon noch. Erst mal müssen wir nachsehen, wo die Zigeuner stecken.» Ahlefeldt wandte sich an seinen Knecht: «Max, bring den Karren von der Straße und binde das Pferd im Wald an. Wir wollen mal sehen, wo die Kerle abgeblieben sind. Ihr seid bewaffnet, das ist gut.»

Sie fanden das Zigeunerlager nicht weit von der Straße im Wald. Mehrere Wagen standen dort, an einem Feuer brieten sie ein Stück Wildfleisch. Es war ein bunter Haufen von wohl dreißig Leuten. Hunde kamen den Reitern kläffend entgegen, und die Männer schnatterten in einem Rotwelsch, gemischt mit indischen Brocken, auf die Herren ein.

«Raus aus meinem Wald! Aber schnell! Packt euren Kram zusammen. Macht, daß ihr fortkommt. Meine Knechte, die ich gleich herschicke, werden euch Beine machen, ihr Diebsgesindel.»

Später saßen sie an einer wohlbestellten Tafel und ließen es sich schmecken. Dabei wurde von alten vergnügten Zeiten geplaudert, wie Ahlefeldt und Iversen als junge Leute auf Gottorp Höflinge waren. Sie erinnerten sich an allerhand lustige Begebenheiten, tranken Wein und lachten. Ahlefeldt hatte gehört, daß Herzog Friedrich bald heiraten wollte.

«Was sagst du da? ... Aber nun entsinne ich mich, daß Josias von Damm mir vor einiger Zeit Andeutungen machte. Wer ist die Auserwählte?» fragte Bendix.

«Eine Tochter von Bugislav von Pommern. Sophia heißt sie. Wie alt ist unser Herzog eigentlich?»

«Ich denke, er geht auf die Fünfzig zu. Na, das wird in Gottorp frischen Wind geben.»

Sievert hatte sich unterdessen mit Frau von Ahlefeldt unterhalten, und als sie ihn fragte, ob er Eekenholt bewirtschafte, sagte er, er sei nur eben auf Besuchsreise dahin, bewirtschaften täte es Bendix Iversen. Ahlefeldt hörte es in einer Gesprächspause und rief erstaunt: «Wie kommst du denn dazu, das Scharpenbergsche Gut zu bewirtschaften, Bendix?»

«Ich bin doch Sieverts Schwager...»

«Ach, das hast du nicht erzählt», sagte Ahlefeldt erstaunt. Und Bendix antwortete, er habe ja nicht danach gefragt. Aber warum Scharpenberg das nicht selber mache?»

«Ich bin Bildschnitzer», sagte Sievert, «und bin froh, daß Bendix es mir abnimmt.»

Nun staunten die Gastgeber. «Das ist aber auch eine verrückte Idee», meinte Ahlefeldt, «wie kommst du denn dazu, Scharpenberg?»

«Es macht mir mehr Freude, der Kunst zu dienen, als mich in der Landwirtschaft zu beschäftigen.» Nun mußte er erzählen, wie und wo er tätig war. Er tat es mit Begeisterung. «Ich finde das großartig», sagte Frau von Ahlefeldt, als ihr Gast geendet hatte. Da kam an einem Stock Ahlefeldts Großvater mütterlicherseits hereingehumpelt, und ihm wurden die Gäste vorgestellt.

Der alte Herr hielt Sieverts Hand fest. «Stammst du von den tollen Scharpenbergs auf Linowe ab, junger Mann?»

«Ja, aber dort sitzen sie schon nicht mehr. Ich weiß eigentlich wenig von ihnen.»

Während der Großvater sein Mahl verzehrte, erzählte er, daß er mit den Herren von Zülen, die früher ihre Burg in Borstorf gehabt hätten, verwandt sei. Durch die habe er einige Schriften bekommen, in denen von den Raubrittern, zu denen sie auch gehört hatten, berichtet wurde, darin kamen auch die Scharpenbergs vor.

Nun wurde Sieverts Anteilnahme doch wach. Und wenig später saßen der alte Herr und er in der vollgestopften Stube des Großvaters beisammen. Sievert ihm zu Füßen, auf einem Bärenfell, den hatte der Alte in jungen Jahren selbst erlegt.

«Sie waren ursprünglich eigentlich keine Räuber», sann der Alte, «sie hatten dauernd Streitereien mit den Lübecker Pfeffersäcken. Da ging es um Wegezoll und andere Vorrechte, die die Lübecker in ihrer Geldgier beanspruchten. Was weiß ich? Und nachdem die Lübecker scharf gegen sie vorgingen, einige von ihnen fingen und hinrichteten, rächten sich die lauenburgischen Ritter, wo es ihnen möglich war. Friedrich von Scharpenberg zum Beispiel war noch ein richtiger Ritter, der die tollsten Kunststücke unternahm, um seine gerichteten Freunde zu rächen. Sein Sohn Lüdecke aber verfiel schon vollständig der Räuberei, auch den Hamburgern gegenüber. Er mußte die Linower Burg dem Herzog von Lauenburg in Pfand geben und flüchten.»

Der alte Herr stand auf und kramte in seiner Bücherreihe. «Sie sind auch in Dänemark gewesen. Erst vor kurzem fand ich hier einen Bericht. Hör zu: ‹Im Jahre 1410, als König Erich der Pommeraner, zu Dännemarck wider Graf Henricen zu Stormarn als seines in Dithmarsche erschlagenen Bruders, Hertzog Gerharden, unmündiger Kinder Vormund, kriegte, sandte der König unter dem Commando Magnus Möncken, Johann von Scharpenberg, Nicolas Thumel, Lüder Kabels, 8000 Fußknechten und 1500 Reisige, um Norder- und Süder-Goesharde auszuplündern. Diese griffen weidlich um sich und nahmen den Husumern, sowie den Bredstettern alles Vieh weg, und wollten es nach Flensburg treiben. Allein Graf Adolph von Schauenburg ging ihnen mit seinen Gehilfen entgegen und nahm ihnen bei Eggebeck den Raub wieder ab. Er machte 1400 nieder, nahm 350 gefangen, unter welchen der mitgefangene von Scharpenberg sich mit einer großen Summe Geldes freikaufen mußte.›»

Der alte Herr blickte auf und blinzelte vergnügt: «Hast du das auch gewußt, junger Freund?»

«Nein, das ist mir neu. Ich werde Großvater mal fragen, ob er weiß, daß seine Vorväter auch unter dem dänischen König Vieh gestohlen haben.»

«Tu das! Es ist immer gut zu wissen, woher man stammt. Dann kann man sich manches erklären, was einem verwunderlich erscheint, meine ich.»

Sievert grinste und schüttelte den Schoß seines Wamses. «Ich habe hier aber keine silbernen Löffel gestohlen.»

Der Alte schlug ihm lachend auf die Schulter, danach sehe er auch nicht aus. Immerhin seien bei der Abstammung noch Mütter dazwischen, um die meistens nicht viel Wesens gemacht werde...

Bendix stand in der Tür. «Sievert, wir müssen uns beeilen, wenn wir heute noch bei Tag nach Eekenholt kommen wollen.»

Sie ritten zwar schnell, doch kamen sie mit dem letzten Tagesschein auf Eekenholt an. Die Zugbrücke war nicht hochgezogen, denn man hatte schon in Sorge auf sie gewartet.

Als Sievert im schwachen Dämmerlicht den alten Turm hinter dem Schlammgraben und den kahlen Eichen aufragen sah, erfaßte ihn zum erstenmal in seinem Leben eine so starke Gemütsbewegung der Zugehörigkeit und Sehnsucht nach seinem Heim, daß er auf dem Wege zum Pferdestall die Zügel anzog, absprang und mit den Worten «Bring mir meinen Kram mit, Bendix!» auf den Turm zueilte. Dort öffnete sich das Portal, und eine hohe Gestalt stand vor dem flackernden Licht der Kienfackeln. Jetzt lief Sievert über die Brücke, die Schattengestalt vor dem Licht öffnete weit die Arme und schloß sie um seinen Enkel. Dasselbe Blut hatte zueinandergefunden. Als Sievert den Kopf von der Schulter des Alten hob, fühlte er sich ihm in diesem Augenblick so stark verbunden wie keinem Menschen zuvor.

Erst als sie in der kleinen Diele standen, fand Großvater Claus die ersten Worte: «Willkommen, mein lieber Junge, willkommen auf Eekenholt!» Und Sievert murmelte: «Zu Hause bei Großvater.»

«Komm herein, Sievert, ich will dich einen Augenblick für mich haben, ehe das Weibsvolk dich erdrückt.»

Sievert riß ungläubig die Augen auf, als er sich in dem alten «Kerker» umsah. Der Alte, der noch immer seine Hand hielt, sagte: «Das haben wir alles unserem lieben Bendix zu verdanken.»

«Davon hat er mir nichts gesagt, der gute Mensch. Und das ist jetzt deine Stube?»

Lächelnd nickte der Alte: «Eine neue Stube, ein neuer Mensch darin.»

«Gott sei Lob und Dank, Großvater!» Der Enkel musterte den alten Mann, der jetzt weiße Fäden in seinem schwarzen Haar hatte, aber aufrecht und frisch mit seinem kurzen Bart wirkte. Er blickte auf den schönen Teppich hinab, und Claus von Scharpenberg bemerkte:

«Die nützlichen Überreste meiner Sünden.» Wohlgefällig schaute er auf die kräftige, aber hagere Gestalt und das jetzt wirklich männliche Antlitz seines Enkels. Dann tranken sie einen Willkommensgruß aus den silbernen Bechern.

Bendix war schon im Turm und wurde oben erleichtert begrüßt, auf die Frage, ob er Sievert nicht mitgebracht habe, antwortete er: «Er ist schon beim Großvater. Lassen wir die beiden ein wenig allein.»

Die Taufe hatte schon vor einem Monat stattgefunden. Bendix hatte sie bei Meister Brüggemann nur als etwas schwerer wiegenden Anlaß für Reinharts Reise angegeben.

Natürlich war der Oheim von seinem Neffen begeistert, der schreien konnte, daß alles zusammenlief. Er tat es nicht oft, aber wenn schon, dann gründlich. Sievert meinte, er sei dem Vater ähnlicher als der Mutter, auch wenn er Scharpenberg heißen solle. «Hast recht», sagte Bendix stolz, «er wird ein Retruper.»

Nele war etwas fülliger geworden und darum von dem Kleiderstoff, den der Bruder ihr schenkte, sehr begeistert, da ihre alten Kleider bereits wieder zu eng waren. Eifrig saß sie mit der Mutter und der Meller beim Nähen, Ostern sollte das Kleid fertig sein. Der Stoff war honigfarben wie ihr Haar, darum hatte Sievert ihn gewählt. Und dazu die goldene Kette von Bendix!

«Du bist ja ein ganz eitles Weibchen geworden, Nele. Das warst du früher nicht», bemerkte Großvater, als er bei einer Anprobe zusah. Nele machte eine Schnute: «Ich will meinem Bendix gefallen. Da muß ich mich doch schmücken...» Sievert und Bendix kamen eben in die Eßstube, um zu sehen, ob es noch kein Mittagsmahl gab, sie hatten es gehört. «Willst du nur Bendix gefallen? Mir nicht auch?» fragte Sievert grinsend.

«Ach, du bist nur ein Bruder. Für so was braucht man sich nicht zu behängen. Dir habe ich auch gefallen, wenn wir im Waldteich, mit nichts behängt, Frösche ärgerten.»

Alles lachte, und Bendix meinte: «Du wirst es nicht glauben, Nele, aber um mir zu gefallen, brauchst du nicht unbedingt einen ‹Behang›.»

Die Frühlingssonne strahlte über Eekenholt, draußen sowohl wie im Turm. Sievert ritt mit Großvater Claus durch Wald und Flur und durch die beiden Dörfer. Er staunte über die instand gesetzten Häuschen und die Kinder, die zum alten Herrn hinliefen, wenn er absaß und sich die noch laufenden Arbeiten ansah. Mitunter hatte er einige Weizenkringel dabei, die aus Tilde-Mellers Kruke stammten. Das war ein besonderer Leckerbissen für die armen Kleinen.

«Wie dumm sind doch schlechte Menschen», sagte er beim Weiterreiten zu dem Enkel, «so dumm, daß sie nicht wissen, daß geben seliger macht denn nehmen. Wenn sie nur wüßten, was sie sich entgehen lassen, weil sie in die eigene Bosheit völlig versponnen sind.»

Abends in seinem Stübchen dachte Sievert nach seinem Abendgebet über diesen Satz nach: Geben macht seliger denn nehmen. Sievert sah durch das geöffnete Fenster von seiner Lagerstatt aus einige Sterne am Nachthimmel. Es sah aus, als ob sie im Geäst der Eichen als Zierat hingen. Hier hatte Bendix auch die Sterne in seiner Leidenszeit glitzern sehen. Was hatte der Freund im letzten Jahr für Eekenholt getan! Es war kaum wiederzuerkennen. Sievert hatte dem Herrgott eben für seine weise Führung gedankt. Auch er hatte den Freund dankbar umarmt. Gewiß, Bendix tat das alles nicht ganz selbstlos, aber er hatte – das merkte Sievert – große Freude daran, daß alle zufrieden waren, daß er sozusagen Eekenholt aus dem Verschlammen gezogen hatte, Mensch und Tier, Acker und Wild. Sicher dachte Bendix dabei nicht an das Bibelwort. Er war seiner eigenen anständigen Veranlagung gefolgt. Und Großvater setzte dieses Werk in den Dörfern fort.

Und was tust du dazu? fragte Sievert sich. Nichts. Du lebst in einer anderen Welt und hilfst einen Altar für ein Haus Gottes aufzurichten. Blickst du aber auf deine Mitmenschen und fragst dich, ob du für sie etwas Gutes tun kannst? Du hast Nele einen Kleiderstoff geschenkt, ihr zur Freude. Du wärest aber nicht von selber darauf gekommen, wenn nicht Bendix ihr einen Schmuck gekauft hätte... aber du hast durch Unbedachtsamkeit vielleicht dazu beigetragen, daß ein junges Menschenleben auf grauenhafte Weise ausgelöscht wurde. Du hast mit Odde getändelt, weil es dir Spaß machte. Erst des Meisters Worte über sie hatten dir bewußtgemacht, welch ein wertvoller Mensch Odde Poppendochter gewesen ist. Hans Brüggemann mußte sie in ihrer wahren Wesensgestalt erlebt haben, nicht nur ihren Körper. Vielleicht wußte Jelke auch davon... Karfreitagabend. Sievert sah den zusammengebrochenen Christus auf dem Weg nach Golgatha vor sich, wie ihn der Meister geschnitzt hatte. Und diese Leiden hatte ER getragen in Gestalt des schweren Kreuzes, um die Menschheit von dieser schweren Sündenlast zu erlösen. Er sah Brüggemanns Christophorus mit dem Jesuskind und der Last der Welt auf seinen Schultern vor sich. Was hatte er selbst getragen? Ja, eine schwere Jugend. Die war ausgelöscht in den Armen seines Großvaters, den ein Priester aus seiner bösen Dumpfheit wie ein Engel des HERRN aufgescheucht hatte.

Sievert warf sich herum; denn das, was ihn jetzt quälte, packte ihn an. Auf seine Frage, wie es Mette ergehe, hatte Nele ihm geantwortet, sie habe Ilefeld wieder auf den alten Stand gebracht. Sie lebe dort aber einsam und habe sich, um nicht gar so allein zu sein, die junge Witfrau ihres Jägers, anstatt der alten, schlampigen Haushälterin, ins Haus genommen. Weder Nele noch Bendix hatten ihn gedrängt, einmal nach Ilefeld zu reiten. Und er wollte es auch nicht. Die Zeit war zu knapp.

Sievert wußte, daß er es eigentlich müßte... «Lieblich hat sich gesellet mein Herz in kurzer Frist», er hatte den Zettel verwahrt. Sie würde ihn nicht wieder ziehen lassen; und Gott mochte wissen, was er dann wieder anrichtete. Ihm brannte die Wunde noch, die er durch die schrecklichen Ereignisse um Odde empfangen hatte. Er würde wahrscheinlich auch in Ilefeld nur Unheil anrichten, und das wollte er nicht; denn seinen Meister konnte und wollte er nicht im Stich lassen. Genausowenig wie Lorenz es getan hatte. Das Werk mußte er vollenden helfen. Das Werk, dem er sich ganz zu eigen gegeben hatte. Morgen wollte er Sleipnir zeichnen.

Er war schon fast im Schlaf, als Sievert seine Lebenskette mit dem leuchtenden, klaren Blaustein sah. Wie eine Mahnung war es ihm. Er richtete sich auf. Er wollte ihr schreiben, damit sie eine Freude habe, damit die «Brücke» ihr in ihrer Einschichtigkeit erhalten bleibe.

Der alte Hinz hielt Sleipnir am Zügel, und Sievert, eigentlich Reinhart, ließ den Stift über den Bogen gleiten. Er saß auf einem Melkschemel und hatte seine Mappe auf den Knien.

Sleipnir äugte zu ihm hinüber und wunderte sich wahrscheinlich. Das Tier gab merkwürdige Laute von sich, während es Sievert beobachtete. Es war etwa wie das Schnarchen eines volltrunkenen Bierkutschers. Sleipnir zerrte an der Fessel, und Hinz sagte: «Wenn dat noch lang duert, Junker, neit he ut.»

«Töv man, ich bin gleich fertig.» Sievert rief dem Roß einige beruhigende Worte zu und beeilte sich. So einen Kopf bekam er anderswo nicht auf das Papier. Allerdings würde es schwer sein, die Feinheiten auf dem Holz herauszubringen.

Claus von Scharpenberg kam vom Turm herüber, ging in den Pferdestall und kam mit Freya wieder heraus.

«Die Tochter ist noch hübscher als der Vater», meinte er und guckte sich die Zeichnung an. «Hm... du kannst was. Aber die Ohren sind zu lang, Sleipnir ist doch kein Esel.»

«Hast recht, Großvater, ein bißchen kleiner könnten sie sein. Töchter sind meistens hübscher als ihre Väter. Aber ich finde Sleipnir schöner.» Sievert hob den Kopf: «Ist Freya gelehrig?»

«Ja, ich bringe ihr eben ein wenig Schliff bei. Sleipnir war klüger. Unser Bendix ist zwar ein vorzüglicher Reiter, aber ich verlange mehr von einem Pferd, als daß es geradeaus laufen kann.»

Sievert war fertig und sah nun zu, wie Claus von Scharpenberg die junge Stute in die Schule nahm. Sie sollte die Vorderhand anheben, war aber unwillig, schüttelte den Kopf und prustete. Schließlich ritt Scharpenberg sie über einen Pflug und andere kleine Hindernisse, die auf dem Hof lagen, hinweg. Und siehe, danach hob sie aus dem Stand ein wenig die Vorderbeine auf.

«Kann Sleipnir das eigentlich noch, Großvater?»

«Habe es bis jetzt noch nicht wieder mit ihm gemacht. Gelernt hat er es jedenfalls.

Ja, das ist das schönste Bild von einem Pferd, wenn es sich auf der Hinterhand aufrichtet. Das müßtest du abzeichnen. Die Levade, wie die Franzosen es nennen. Nur, das ist zu kurz.»

Der Großvater stieg von Freya und gab sie Hinz, dann schwang er sich auf Sleipnir. Er ritt wieder jeden Tag einige Stunden, und seine «alten Schenkel» hatten wieder Kraft gewonnen.

Sleipnir wußte nicht, wie ihm geschah, als der alte Claus ihm die Hilfen für die Levade gab. «Los, Sleipnir. Du kannst es doch. Sieh, so! Hoch mit den Gebeinen! Reiß dich mal am Riemen!» ermunterte sein Reiter. Sleipnir schüttelte den Kopf, um die strammen Zügel abzuschütteln. Aber Scharpenberg half seinem Gedächtnis geduldig nach. Und plötzlich hatte das edle Roß es begriffen und hob seine Vorderfüße schön angewinkelt hoch.

Sievert war begeistert. Welch ein schönes Bild! Er griff wieder zum Stift und bat den Großvater, es noch mal zu versuchen. Sleipnir war nun von langvergessenem Ehrgeiz gepackt, und sein Reiter brauchte sich nicht sonderlich abmühen; Sleipnir machte Männchen wie ein Osterhase.

Claus von Scharpenberg stieg ab und sah die Zeichnungen.

«Daß du es so schnell festhalten konntest. Aber es ist zur Hauptsache nur die untere Körperhälfte des Pferdes. Du bist ja ein Künstler, Junge!»

«Mutter sagt, ich habe diese Gabe von einem ihrer Onkel. Der hat auch gemalt.»

«Daher, du bist aus der Art geschlagen», sagte der Großvater, «aber ein Scharpenberg bist du auch... das habe ich erlebt...»

«Davon wollen wir lieber nicht sprechen, Großvater», erwiderte Sievert ernst. Er klappte seine Mappe zu. «Und nun will ich mal die Freya reiten.»

Alsbald trabten der Alte und sein Enkel durch den Wald, der in den Baumkronen von schwellenden Blätterknospen schon braun schimmerte. Vögel bejubelten den Frühling, das kleine Getier war aus dem Winterschlaf erwacht, und hier und dort guckten schon die weißen und gelben Blütenkronen aus dem braunen, modrigen Laub hervor.

Gegen Abend verfaßte Sievert einen Brief an Mette Krummland. Wann sie ihn erhalten würde, wußte er nicht; doch nahm er an, daß die Rethwischens zum Osterhochamt in die Kirche kommen würden. Sie würden Mette wohl das Schreiben zustellen.

«Vielliebe Mette. Die Botschaft deiner Herzensfreundschaft bereitete mir eine ungeahnte, aber um so innigere Freude. Verstehe jedoch, daß ich mich als ungeeignet bekenne, deinen schönen Reimen in gleicher Weise zu antworten, denn du erscheinst mir als eine

Dichterin. Und eine solche ist verehrungswürdig, teure Base. Wie ich durch Nele vernahm, bist du immerhin aus deiner bedrückenden Trauer emporgetaucht und hast tatkräftig Ilefeld wieder in ein ansehnliches Gutswesen zurückverwandelt. Gut so! Erst ein Werk erfüllen, ist die Krönung der Leistung. Und so halte ich es auch. Die Aufgabe, die ich mir stellte, muß ich erst erfüllen.

Eben bin ich nur einige Tage im Elternhause, um mich von harter Arbeit und einem Kummer zu erholen. Bendix kam und entführte mich kurzerhand. In unserem alten Turm ist Freude eingekehrt, wie du weißt. Eines Tages werde ich wieder an deiner Hand durch deinen schönen, abendlichen Park wandeln, herzliche Freundin. Irgendwann. Deine Brücke ist vorhanden. Die Brücke des Gedenkens.

Dein Vetter Sievert von Scharpenberg

Einen Augenblick saß Sievert und sann vor sich hin, dann faltete er das Papier... aber er mußte es versiegeln. Er eilte hinunter in Großvaters Stübchen. «Großvater, du hast doch ein Siegel.»

Der Alte streckte ihm die Hand hin. «Da, der Ring. Ich schreibe keine Briefe, das machte Isegrim, unter die Briefe setzte ich meine Unterschrift, und dann kam das Wappen darauf. Hier in einer Lade muß Siegelwachs sein.» Er suchte eine Weile umher und fand ein Stückchen. «An wen ist dein Brief?» Der Alte blinzelte den Enkel an. «Dieses Wappen kommt nur auf Briefe, dessen Empfänger ich weiß.»

«Hmmm... Großvater, du glaubst doch nicht, daß ich an einen unwürdigen Menschen Briefe schreibe?»

Bedächtig ließ sich Claus von Scharpenberg auf seinen Stuhl nieder. «Wie soll ich wissen, wem deine Botschaft so wichtig ist? Und wer soll sie befördern?»

Er hat mich in der Klemme, überlegte Sievert. Aber er wollte dem Alten auch nichts vorlügen. Und dann sagte er freiweg:

«Der Brief ist an... Mette Krummland gerichtet.» Vielleicht weiß er es sowieso? Claus von Scharpenberg hatte keine Ahnung. Er verharrte einen Augenblick sprachlos. Dann klatschte er sich auf die Schenkel und lachte schallend. Dann erkundigte er sich, ob Sievert ihn verulken wolle?

In kurzem Worten erzählte Sievert ihm, wie er die traurige Mette auf Neles Hochzeit getroffen und ihr auf Ilefeld mit Mutter Hedwig geholfen habe, den verkommenen Betrieb wieder instand zu setzen. «Sie tat mir leid. So ist etwas wie eine Freundschaft zwischen uns entstanden, Großvater.»

«Junge, Junge, was doch das Geschick für sonderbare Seitensprünge fertigbringt! Hättest du Mette damals geheiratet, wäre der armen Deern vieles erspart geblieben…»

«Fang nur nicht wieder davon an!» rief Sievert unwirsch «Wir waren beide dafür viel zu jung und unreif!»

Ihm wurde dabei auch klar, warum die anderen Familienmitglieder dem Alten nichts von dieser Angelegenheit berichtet hatten: Sie wollten bei dem alten Mann keine neuen und unsinnigen Hoffnungen heraufbeschwören; wohl auch nicht an alte, peinliche Begebenheiten erinnern.

«Mag sein», entgegnete der Alte, «und jetzt?»

«Jetzt gib mir mal dein kümmerliches Stück Wachs und deinen Ring, damit der Brief geschlossen werden kann; denn du weißt, an wen er ist. Oder hast du etwas dagegen?»

«Nee, bestimmt nicht.» Sievert versiegelte sein Schreiben und sagte, er hoffe, Bodo Rethwisch morgen in der Kirche zu treffen.

«Großvater, wir wollen den anderen nichts davon sagen. Sie liegen mir sonst wieder in den Ohren, daß ich Mette besuchen soll. Aber ich… wollte dieses Mal bei dir sein…»

Der Alte stand auf und umarmte den Enkel, sagte aber nichts weiter.

Bodo und Hese-Meller waren am Ostermorgen in der Kirche, und Sievert benutzte nach der Messe einen Augenblick, als sie zu den Wagen gingen, um Bodo den Brief zuzustecken. «Mach kein Aufsehen davon, Vetter. Ich möchte Mette nur eine kleine Freude in ihre Einsamkeit schicken.»

«Kann ich verstehen, Sievert. Sie wird sich freuen. Bleibst du noch?»

«Nein, ich reite morgen mit dem Verwalter nach Husum zurück. Nach Ilefeld war es zu weit für eine Tagesreise.» Dann kam die Meller und erkundigte sich nach seiner Arbeit. Zwischendurch flüsterte sie ihm zu, was er zu seinem verwandelten Großvater sage? «Ich bin glücklich, Hese-Meller, wir verstehen uns jetzt großartig.»

Sievert Scharpenberg trennte sich dieses Mal schwer von Eekenholt, als er mit Martin fortritt. Sie standen alle vor dem Turm und winkten, bis er hinter dem Torhaus verschwand.

Unterdessen war über Meister Brüggemann ein Segen von Arbeit hereingebrochen. Die Kirchenältesten der Marienkirche tauchten Mittwochnachmittag in seiner Werkstatt auf, besahen sich die in Arbeit befindlichen und fertigen Figuren, fragten dieses und fragten jenes. Kurzum, sie bestellten bei dem Meister ein Sakramentshaus für den hohen Chor der Marienkirche zu Husum. Das wäre an sich ein willkommener Auftrag gewesen. Allein, sie saßen bis über die Ohren in der Arbeit des Altaraufsatzes, und der Meister bedeutete den Herren, der Herzog habe ihn mit der Ausführung des Aufsatzes beauftragt, er stehe in des Herzogs Diensten und könne das Sakramentshaus erst dann in Angriff nehmen, wenn er die jetzt laufende Arbeit beendet habe.

Es verhielt sich aber so, daß das Sakramentshaus im kommenden Jahr im Chor von Sankt Marien stehen solle, da dort ein Kirchenfest abgehalten werden sollte, zu welchem der Bischof erwartet werde.

Brüggemann erwiderte, dann müsse er erst den Herzog fragen, ob er eine Unterbrechung seiner Arbeit erlaube, für die er wohl noch mindestens ein Jahr benötige. Die Herren lächelten und meinten, Herzog Friedrich werde wahrscheinlich nichts dagegen haben, daß der Meister zwischendurch das Sakramentshaus fertigstelle. Im übrigen sei der Herzog gerade im Hause des Obristen Hoyer in Husum. Der Meister könne ihn also dort befragen.

Hans Brüggemann schickte Lorenz Mummens zum Hoyerschen Haus, um zu fragen, wann ein Besuch des Meisters erlaubt sei. Aber der Herzog kam am nächsten Tag selber in die Werkstatt, seine Tochter Katharine begleitete ihn. Voll Anteilnahme betrachtete sie die Figuren und die in Arbeit befindlichen Stücke, indessen der Herzog sich mit dem Meister unterhielt. Da am Gründonnerstag nicht gearbeitet wurde, waren Brüggemanns Gehilfen nicht anwesend. Der Meister hatte sie für die Osterzeit beurlaubt.

Als Brüggemann seine Frage vorgebracht hatte, lächelte der Herzog und nickte mit dem Kopf: «Habe ich dir nicht gesagt, Meister, daß Husum für dich ein günstiger Platz ist?»

«Herr Herzog gab mir damals einen guten Rat, wie es sich erwiesen hat... In der schönen, großen Kirche wird sich ein Sakrament gut ausnehmen.»

«Eben. Wenn die Kirchenväter es so eilig haben, stell ihnen das Sakramentshaus also her. Mir kommt es nicht darauf an, in welchem Jahr der Altaraufsatz nach Bordesholm kommt. Und bedenke, daß die Geistlichen und Kirchenherren hier, wenn du ihnen ein schönes Sakramentshaus lieferst, vielleicht auf den Geschmack kommen, ihr Gotteshaus, auf das sie stolz sind, noch weiter zu schmücken. Hier gibt es allerhand vermögende Bürger, Meister Brüggemann, die spendabel sind, wenn die Priester ihnen ein wenig einheizen.» Der Herzog zog mit spöttischem Lächeln die Mundwinkel herab.

Er ließ sich nochmals den Plan des Gesamtwerkes zeigen, und der Meister erklärte ihm, wie weit sie inzwischen gekommen waren.

«Den schwierigsten Teil habt ihr wohl geschafft», meinte der Herzog, der sich noch nach Einzelheiten erkundigte und die sichtbaren Arbeiten voll Zufriedenheit betrachtete.

Es waren jetzt noch die Arbeiten an der Predella, das Kreuzigungsbild und das Gesprenge oben mit seinen Figuren, sowie die Jungfrau Maria und außerhalb des Altars zwei mit Figuren bekrönte Säulen herzustellen. Was letzteres der Meister eben mit dem Herzog besprach, der seinem Vorschlag zustimmte.

«Wie willst du das Sakramentshaus gestalten, Meister?» erkundigte der Herzog sich.

«Natürlich kommt in Sankt Marien die Gottesmutter darauf. Im übrigen werde ich es so entwerfen, daß ich die Gesellen, die bisher im Maßwerk gearbeitet haben, zur Hauptsache damit beschäftige, dann können meine Figurenschnitzer am Altar weiterarbeiten.»

«Das ist vernünftig. Es muß aber hoch werden, meine ich, den Maßen des Chors entsprechend.»

«Herr Herzog versteht etwas von Raumwirkung», gab Brüggemann zurück.

Es folgte noch eine lange Unterredung mit den Auftraggebern und dem Meister. Man wurde sich schließlich einig, was die Ausführung und den Preis betraf.

So standen die Dinge, als Reinhart Holt seine Arbeit wieder aufnahm, nämlich die Pferde, alle Pferde auf der Kreuzigung und dem

348

Weg dahin, zu schnitzen. Sie mußten mitten ins Menschengedränge eingepaßt werden, was eine knifflige Maßarbeit darstellte, die Reinhart schier kribbelig machte. Brüggemanns Vorderfiguren des Kreuzzuges waren fertig, und er überarbeitete eben die von Sywel angefertigten Gestalten der zweiten Staffel links. Jelkes Spötter mit Diedericks Fratze war auch fertig… Reinhart arbeitete fieberhaft, daß der Meister den Pilatus mit dem Turban auf dem Pferd anfangen konnte. Brüggemann war mit Reinharts Pferdezeichnungen sehr zufrieden gewesen. Besonders eindrucksvoll fand er die noch nicht ganz ausgeführten Sprünge und Levaden Sleipnirs.

«Du könntest auch einen Maler abgeben, Reinhart», sagte er.

«Ich gehe lieber mit Holz als mit Farbe um. Es ist zwar eine schwerere Arbeit als Malen, aber gerade darum lockt es mich mehr.»

Indessen schnitzten Diederik und Vedderke die noch nötigen Verzierungen am Schrein fertig. Um Pfingsten gingen sie an die Ausführung des Kreuzigungsfeldes.

Der Meister wollte zuerst den Schrein fertig machen, ehe er mit dem neuen Auftrag begann. Himmelfahrt und das Pfingstwunder waren ebenfalls, zum größten Teil von den Gesellen geschnitzt, bereits auf dem Boden verstaut. Und die im Gesprenge stehenden Vollrundfiguren sowie die Mutter Gottes mußte er später schnitzen.

Nach dem Pfingstgottesdienst begrüßte der Hauptpfarrer den Meister und seine Gesellen und führte sie durch die Kirche. Der alte Priester wußte vom Bau der Kirche zu erzählen; und da Brüggemann und seine Gesellen jetzt einen Auftrag für die schöne gotische Kirche bekommen hatten, lauschten sie aufmerksam.

Die Einwohner der beiden Ortschaften Wester- und Oster-Husum waren einstmals in der Mildstedter Kirche eingepfarrt. Erst 1431 wurde es ihnen gestattet, eine eigene Kapelle zu bauen, welches Abkommen mit dem Mildstedter Kirchherrn und von Herzog Adolf VIII., dem letzten Schauenburger, bestätigt wurde. Die 1436 fertiggestellte Kapelle, das jetzige Mittelschiff, wurde 1470 erweitert. So entstand ein dreischiffiger Hallenbau. Später wurde er nach Westen weiterverlängert und von einem Turm abgeschlossen, welcher im Jahre 1506 im Auftrag Herzog Friedrichs die sehr hohe, kupferbedeckte Spitze erhielt.

Der Pfarrer wandte sich um und breitete die Arme zum Chor aus:

«Dieser herrliche lichtdurchflutete Raum mit seinen großen Fenstern, 22 Meter* hoch, wurde im Jahre 1510 im Osten angefügt. Die Art seiner basikalen Bauweise verlieh der Kirche erst den feierlich-großzügigen Anstrich, während, wie ihr seht, das Mittelschiff eine Höhe von 12 Metern und die Seitenschiffe nur neun Meter Höhe aufweisen. Der Chorraum soll das hohe Himmelsgewölbe darstellen. Und dort hinauf müßte das Sakramentshaus fein und schlank ragen, Meister Brüggemann. Wie hoch werdet ihr es gestalten?»

«Wir werden es 20 Meter hoch auftürmen, Hochwürden», antwortete der Meister.

Sie betrachteten den Hochaltar. Außer ihnen und dem Pfarrer war das Gotteshaus leer. In der Mitte des Schreins befand sich die bemalte Schnitzerei der Kreuzigung Christi, eng mit sich lebhaft bewegenden Figuren besetzt. Die Ausdrucksmöglichkeiten waren auf das höchste ausgenutzt, ergaben aber ein unruhiges, gedrängtes Bild, welches Meister und Gesellen nicht zusagte. Vier kleine Reliefs aus der Leidensgeschichte umrahmten das große Mittelfeld. Auch hier waren Maßwerk, Geranke und das Gesprenge vorhanden.

Davor hing vom Chorbogen, dunkel und traurig anmutend, ein großes, hölzernes Kruzifix herab.

An den jeweils zu vieren in einer Reihe stehenden Rundpfeilern des Kirchenschiffes befanden sich die Nebenaltäre. Geweiht waren sie der Heiligen Jungfrau, dem Heiligen Leichnam, der Heiligen Dreifaltigkeit, St. Michael, St. Nicolaus, St. Lambert, St. Jacob, St. Anna, St. Brandanus, St. Gertrud, dem Rosenkranz, St. Peter, St. Katharina, St. Jost, den 10 000 Rittern und Allerseelen.

Als der Pfarrer sie verlassen hatte, sagte Hans Brüggemann zu seinen Gehilfen: «Wir wollen Gott für den Auftrag danken, daß uns die Ehre zuteil wurde, dem Sakrament seinen schützenden Behälter zu geben, und bitten, daß unsere Hände dieses neue Werk wohlgebildet anfertigen mögen.»

Sie knieten nieder, und jeder von ihnen gab sich einem stillen Gebet hin. Meister Brüggemann aber wußte, wer bei diesem Auftrag wieder die Hand im Spiel gehabt hatte.

---

* Bemerkung d. A.: Hier sind der Verständlichkeit halber «Meter» angegeben, sie maßen nach anderen Werten.

8

Es wurde ein heißer Sommer, verbunden mit einem stetigen Ostwind. Der Boden trocknete aus, der Wind trug auch dazu bei und
wirbelte den Staub hoch. Nur abends schlief der Wind ein, und die
Menschen verließen ihre Behausungen, um die Abendkühle zu genießen.

In Meister Brüggemanns Werkstatt fuhren die Eisen durch das
Eichenholz. Klöpfel hammerten auf die Stiele, und kleine, scharfe
Messer hoben die Feinheiten der Figuren hervor. Die Bildschnitzer
sparten an Kraft bei den hinten stehenden Figuren, wo es angängig
war. Der Schweiß lief ihnen oftmals am Körper hinab. Abends saßen sie in Modder Dörthes Gärtlein.

Der Meister und Sywel, als älteste unter ihnen, bemerkten ein
Erlahmen ihrer Kraft am ehesten. Sie arbeiteten an dem großen
Kreuzigungsbild, was viel Sorgfalt erforderte. Vedderke und Diederik schufen die Umgebung des Bildes, auch Lanzen, Kreuze und sonstiges Zubehör.

Anfang August, als die Hitze immer noch anhielt, sagte Brüggemann eines Abends, als sie die Werkstatt abschlossen: «Wir müssen
Ferien machen. Morgen arbeiten wir noch; doch ab Sonnabend
wollen wir uns ausruhen. Auch der HERR legte, als er die Welt
erschuf, einen Feiertag ein. Bei uns Menschlein müssen es jedoch
ganze vier Wochen sein, denke ich.»

Diese Nachricht löste große Freude aus. Sie hatten sich nicht be-
klagt. Doch waren alle ermattet. Als einziger blieb Sywel in Modder
Dörthens Haus. Ida wäre zwar gerne in die Heide gefahren, aber
Sywel hatte kein Verlangen danach, bei Hitze und Staub zu reisen.
Er wollte sich unter den schattigen Obstbäumen im Garten ausruhen. Die drei jungen Leute aus der Elbgegend erwischten ein Schiff,
das nach Hamburg fuhr, um in ihre Heimat zu gelangen. Der Meister begab sich nach Ilgrof zu Maren.

Reinhart wollte richtig ausspannen. Es war nicht der lange Ritt
bei dem heißen Wetter, der ihn davon abhielt, nach Eekenholt zu
reisen. Und Jelke hatte kein Verlangen nach Rorbeck, wo ihn wahrscheinlich traurige Erinnerungen plagen könnten. Er wollte in eine
andere Umgebung und ausruhen. Da fiel ihm seine Knabenfreund-
schaft mit Nis ein. Nis hatte mit Jelke zwei Jahre bei Jelkes Meller in

Husum gewohnt, um bei einem Vikar der Marienkirche Weisheit zu gewinnen. Bisweilen waren die Knaben in Rorbeck gewesen, mitunter auch auf der Insel Föhr bei den Eltern seines Freundes.

Die beiden jungen Bildschnitzer wurden freudig in Nieblum auf der fruchtbaren Insel aufgenommen. Besonders Nis war begeistert, seinen alten Freund wiederzusehen. Hier durften die Freunde sich richtig ausruhen und verwöhnen lassen. Erholt kamen sie nach Ablauf der Ferien zurück.

Hans Brüggemann hatte es unterdessen in Ilgrof doch nicht lassen können zu arbeiten. Er brachte den fertigen Entwurf des Sakramentshauses mit. Legte ihn aber vorläufig beiseite; denn er wollte erst seine Figuren von der Kreuzigung fertigstellen. Das zog sich bis in die ersten Monate des Jahres 1520 hin. Seine Gesellen arbeiteten an den hinten stehenden Figurengruppen.

Der Meister hatte Freude am Geschick seiner Helfer. Sie hatten inzwischen viel gelernt, so daß der Meister nur noch hin und wieder Kleinigkeiten überarbeiten mußte.

Als der Meister an das Sakramentshaus ging, blieben Sywel, Jelke, Reinhart und Lorne bei dem Kreuzigungsbild, während Diederik und Vedderke mit dem Meister das neue Werk in Angriff nahmen. Die beiden Gesellen seufzten beim Anblick des Planes ihres Meisters. «Uff!» machte Vedderke. «Das ist ja fast der Turmbau zu Babel, nur kniffeliger mit seinen feinen Hölzchen!»

«Und so schmal! Gleicht er nicht dem Turm von St. Marien, wo er hineingestellt werden soll?» bemerkte Diederik Becker.

«Stimmt. Nur ist er nicht so glatt und hat statt einer Unterbrechung deren fünfe, die ihr schön verzieren sollt.»

Bei diesem Turm war eine ganz genaue Maßarbeit vonnöten, sollte er plangemäß vollendet werden. Der Meister schnitzte derweil die Madonna mit dem Jesuskind auf dem rechten Arm. Maria hatte langes, auf den Umhang herabwallendes Haar, und ihr Gesichtsausdruck war ernst-nachdenklich, wie eine Mutter, die über den Lebensweg ihres Kindes sinnt. Die Gesellen freuten sich mit dem Meister über diese liebliche Madonna, als der Meister sie von der Werkbank nahm. Hinzu kamen später die beiden musizierenden Engelein zu Füßen der Heiligen Jungfrau, welche zu ihr aufblickten. Eine Gruppe, die dem Meister überaus gut gelungen war.

Zu dem vereinbarten Zeitpunkt stand das Sakramentshaus in der Marienkirche im hohen Chor: unten ein kräftiger Fuß, darauf der vergitterte Monstranzbehälter, von dem Madonnenschrein bekrönt. Und dann wie eine Himmelsleiter aufragend, der zarte Turm mit seinem feinen Maßwerkschmuck. Bischof Gottschalk von Ahlefeldt aus Schleswig weihte das Sakramentshaus in einem feierlichen Hochamt, das er abhielt.

Der Meister und seine Gehilfen saßen in festlicher Kleidung im Kirchenschiff und freuten sich des gelungenen Werkes.

Sogar Herzog Friedrich und seine Gemahlin, Herzogin Sophie, waren von Schleswig herübergekommen, nicht nur wegen des kirchlichen Feiertages, sondern zur Hauptsache, um das neue Werk Meister Brüggemanns bei seiner Weihe zu erleben. Sie wurden nach Abschluß der Feier von Geistlichen umringt.

Die Bildhauer trafen vor dem Gotteshaus, wo die Husumer ihnen ehrerbietig Platz machten, auf Riepenhusen, der auf sie gewartet hatte und ihnen seine Anerkennung ob dieses ansehnlichen Kunstwerks aussprach. Er begab sich mit ihnen in die Werkstatt, um sich die neuen Arbeiten anzusehen. Freudig begrüßte Riepenhusen den Junker Scharpenberg.

«Du bist also immer noch dabei, junger Freund! Ich wähnte dich wieder auf Eekenholt.»

Sie sprachen auf dem Weg zur Werkstatt von den dortigen Verhältnissen, die Bendix Iversen zu verdanken waren. Riepenhusen freute sich ebenfalls, daß alles seinen guten Ausgang genommen hatte.

Während die ersten Herbststürme über die Zimbrische Halbinsel hinwegbrausten und das fromme Werk in der stillen Abgeschlossenheit von Meister Brüggemanns Werkstatt seiner Vollendung entgegenging, zogen sich Unwetter über Skandinaviens Südküste zusammen.

«Sein Ehrgeiz frißt ihn noch auf», sagte Herzog Friedrich zu seiner «rechten Hand» und seinem Vertrauten, Herrn Wolfgang von Utenhof, welcher wohl wie kaum ein anderer seinen Herzog kannte:

«Ich habe den König gewarnt, aber er will nicht hören. Er will die Kalmarische Union mit Gewalt wieder herstellen.»

«Es wird Seiner Majestät auf die Dauer nicht gelingen; denn die Schweden wollen nicht wieder hinein», äußerte Herr Wolfgang, «wir werden es abwarten. Neutral.» Der Herzog nickte spöttisch.

Der ungestüme König von Dänemark und Norwegen rüstete sich für den Überfall auf Schweden. Sein Zorn war wieder hell aufgelodert bei der Nachricht, daß die Schweden ihren Erzbischof in Lund gefangengenommen hatten. Der Kirchenfürst Gustav Trolle stand auf dänischer Seite und hatte weidlich über das Rebellentum der Schweden gegen den dänischen König gewettert.

Hinzu kam ein trauriges Ereignis, das König Christian und seine Königin bestürzte: Ihnen waren zwei Knaben geboren worden, Zwillinge, welche, auf die Namen Maximilian und Philipp der Habsburger Verwandtschaft getauft, die Augen, die sie kaum aufgetan hatten, für immer schlossen.

Die Insel Seeland war ein wahres Heerlager gewesen, jetzt zur Winterzeit prallten die Landsknechtsheere der Schweden und Dänen in Schweden zum erstenmal aufeinander.

Ein buntes, aber dem Sinn ihrer Arbeit nach ein grausiges Bild. Bunt waren sie herausgeputzt, die «frommen Landsknechte», die vor der Schlacht hinknieten, um zu beten oder auch ein Amulett mit einem frommen Streifen Papier aus dem Wams zu ziehen und es an die Lippen zu drücken. Bald war der Schnee zertrampelt. Die Spielleute trommelten und spielten. Obrist Graf Sinzendorf führte das erste Regiment. Die Rennfahn war schon vorbei. Jetzt stürzten die Gewalthaufen hüben und drüben aufeinander los, daß der Schnee stieb und der heiße Atem der Stürmenden über ihnen in die eisige Luft aufwirbelte.

Die Fußknechte kannten ihren tröstenden Spruch: «Du sollst dich nicht verlassen auf deinen Mann, Haut, Harnisch oder Wehr und Stärk noch auf großen Knechteshaufen und Heereskraft, sundern sollt wissen, daß Siegen von Gott kummbt!»

Wie Riesenbürsten senkten sich jetzt die langen Spieße. Vor ihnen tänzelten die «verloren Knecht», oftmals zu diesem Zweck entlassene Verbrecher, die, sollten sie lebend davonkommen, ihr Leben neu gewonnen hatten. Mit dem blanken, zweischneidigen Schwert schlugen sie Lücken in die starrenden Spieße des Gegners. Dann begann das Kampfspiel auf Leben und Tod zwischen den beiden aufeinanderprallenden Spießwänden. Der Schnee färbte sich von dem Blut der durchbohrten Leiber rot. Sie fielen, und hinter ihnen rückte die nächste Reihe Spieße nach. Sie traten über Verwundete und tote Kameraden hinweg. Stießen, drückten.

Die Reiter an den Seiten schwärmten aus, um Fliehende zu hindern. Die Fahnen der Fähnriche entfalteten sich farbenfroh über dem Getümmel. Der Feind zählte sie. Die Dänen waren in der Überzahl.

Dann setzte das Geschützfeuer ein. Die Katzbalger schrien den Feind an. Die Spielleute spielten. Ein Krachen, ein Splittern, ein Ächzen und Stöhnen. Die Rondartschiere nutzten jede Lücke, um in die feindlichen Glieder einzudringen. Ihre Handschrift war blutrot. Weiter ...

Die ersten Glieder waren niedergebrochen. Der Landsknecht achtete den Tod für gering. Es war sein Handwerk. Manche trugen an ihrem Barett ein Fichtenreis. Die Dänen rückten in den Schwedenhaufen hinein. Inmitten der Obrist in heller Rüstung, hoch zu Roß. Sie scharten sich um ihn und um die Feldhauptleute, drangen mit Hellebarden, Kolben und Schwertern in die lückenhaften Schwedenreihen ein. Manch einem dunkelte es vor Anstrengung vor den Augen. Weiter!

Im Rücken der Schweden schallte Fluchtgeschrei auf. Das war Musik in den Ohren der Dänen. Das Herz jubelte. Der Blick wurde freier. Sie stürzten über die Glätte des Aasundes hinter den Fliehenden her. Reiter überholten sie. Ein von Schreck übermannter Haufen. Die Waffen hingeworfen.

Als der Mond in frostklarer Nacht heraufzog, beleuchtete er die morgens noch in jungfräulichem Schnee daliegende Landschaft. Jetzt hatte Menschenhand ihr den Stempel aufgedrückt.

Die dänischen Heerhaufen rückten weiter nach Schweden hinein. Endlose Strecken, durch Dörfer und Städte, in denen in den Kirchen die Bannbulle des Papstes gegen den schwedischen Statthalter Sten Svanteson Sture und seinen Anhang aushing.

Die Priester schmähten den letzten Machthaber der Stures in Schweden, wenn die Dänen kamen. Waren sie wieder fort, berieten sie sich heimlich, wie den Schweden und ihrer Sache zu helfen sei.

Sten Svanteson ließ sich schwer verwundet im Schlitten nach

Uppsala bringen und gab noch einige Anweisungen. Er stieg dort nicht aus, er wurde herausgehoben, steif und tot.

Seine Witwe Christina Güldenstierna hielt Stockholm. Lange Zeit mußten sie die Hauptstadt belagern, bis die Schweden endlich einsahen, daß weiteres Blutvergießen nutzlos war.

König Christian hatte Sten Sture «das Genick gebrochen». Er schiffte sich ein, um die Hauptstadt von der Wasserseite her mit einer Flotte von stolzen Koggen zu nehmen. Der königliche Gruß an die Stadt war laut und hart: Stein, Eisen und Blei. Und das dänische Lager hinter Stockholm antwortete ebenso kräftig.

Schließlich, als der Sommer schon Abschied nahm, schickte Christina Güldenstierna König Christian die Schlüssel für die beiden Stadttore. Der König verhieß ihr volle Verzeihung. Er ritt unter einem Damasthimmel, den schwedische Adlige trugen, in die Stadt ein. Umringt von seinen Räten und Feldherren, sang er das Tedeum.

Einige Tage hielt er hof im Schloß, dann segelte er nach Dänemark zurück und hinterließ den Bescheid, er werde nach sechs Wochen wiederkommen und die angestammte Krone Schwedens wieder übernehmen, was der neuerlichen Aufrichtung der Kalmarer Union die gebührende Weihe verleihen könne.

Diese Weihe fand auch bei trübem Novemberwetter statt. Der schwedische Adel, Ratsherren und wer in Stockholm noch Bedeutung hatte, beugten die Knie und huldigten ihrem König. Christian verzieh ihre Abtrünnigkeit und gelobte zudem alles mögliche.

Im Stockholmer Schloß fand ein glanzvolles Fest statt, welches allerdings nicht glanzvoll zu Ende ging, denn der Erzbischof Gustav Trolle hatte nach seiner Befreiung eine Anklageschrift aufgesetzt, die Mester Jon aus Uppsala dem König inmitten der Festlichkeit vorlas. Der Erzbischof prangerte darin seine Gegner nicht nur als Rebellen gegen ihren angestammten König, sondern auch als Ketzer an, als Heiden, die aufsässig gegen die Kirche gewesen wären. Es war eine recht lange Klageschrift, und sie enthielt auch Namen. Aber nicht alle.

Der König verlangte den Rest der Namen, und Christina, die Witwe Sten Stures, gab sie Christian. Der König sah sich mit eisigem Lächeln um und verließ den Saal. Die Türen wurden von außen verschlossen. Die Gäste verbrachten eine schlimme Nacht.

Der folgende Tag aber, der 8. November 1520, wurde in Stockholm zur Hölle. Die königlichen Gäste wurden einzeln aus dem Saal geholt und auf dem Markt enthauptet. Es sollen an diesem Tag 82 Menschen auf diese grauenvolle Weise ums Leben gekommen sein. Es ging jedoch am nächsten Tage weiter mit Enthauptungen, denn es standen auf den Listen auch Leute, die nicht eingeladen waren.

Auch Johann Wasa, ein Adliger, fand dort den Tod. Sein junger Sohn Gustav war in dänische Gefangenschaft geraten und saß in Jütland im Kerker. Wohl mit Hilfe wohlmeinender Personen gelang es ihm zu entkommen. Er machte sich auf die Wanderschaft und kam nach Lübeck. Hier gab er sich zu erkennen. Und da die Lübecker dem dänischen König absolut nicht «grün» waren, versprachen sie dem jungen Wasa ihre Hilfe. Auf einem ihrer Schiffe fuhr er in sein geschlagenes Heimatland zurück.

König Christian verließ Schweden, und sein wüster Söldnerhaufen zog hinter ihm her, verwüstete, brandschatzte, vergewaltigte und beraubte die Einwohner und Ortschaften, die am Wege lagen.

Christians Stern war im Sinken begriffen nach dieser mit dem Erzbischof Trolle verübten Untat, genauer betrachtet, schon seit Dywekes Tod.

Schnell wie die Pest oder andere Seuchen verbreitete sich die schauerliche Nachricht vom Stockholmer Blutbad über die Lande. Man war gewiß nicht zimperlich, sah sich grausame Strafen am Pranger und Hinrichtungen an. Aber die Stockholmer «Strafe» überstieg das Maß des Erträglichen. Sie erweckte Abscheu.

Ida Atynghe brachte die schlimme Neuigkeit vom Wochenmarkt mit heim. Sie war so rücksichtsvoll, sie erst nach beendeter Mahlzeit bekanntzugeben.

Hans Brüggemann legte seinen Löffel auf den Tisch und starrte die junge Frau ungläubig an: «Das kann doch nicht wahr sein!»

«O Gott, o Gott!» rief Modder Dörthe aus und schlug die Hände vor das Gesicht.

«Ich glaube das nicht. Das ist Marktgewäsch von Weibern, was du uns da erzählst, Ida!» rief Sywel.

«Aber sie redeten alle davon. Sechshundert Menschen sollen dort umgebracht worden sein.»

Der ruhige Jelke sagte nun: «Es stimmt, was Ida erzählt. Ich weiß es schon seit zwei Tagen, wollte es aber nicht breittreten, um unsere Arbeit nicht zu stören. Mein Oheim brachte diese Schauergeschichte zu uns ins Haus, und ich erfuhr sie abends, als ich zum Abendbrot heimkam.»

Der Meister hatte den Kopf in beide Hände gestützt: «Es ist nicht zu fassen, daß König Christian solch eine Bestie sein soll! Was ist in diesem Menschen vorgegangen, daß er etwas so Entsetzliches tun konnte?» Hans Brüggemann fiel jetzt ein, was er im Kloster Bordesholm zufällig über den König vernommen hatte.

«Es sind nicht allein die Hingerichteten», sagte Reinhart, «wieviel Männer müssen bei den Schlachten in Schweden umgekommen sein!»

«Danach fragen die Fürsten nicht, wenn sie etwas erobern oder verteidigen wollen», sagte Vedderke, «aber die Macht, die ihnen gegeben ist, so furchtbar auszunutzen, das ist ein Verbrechen.»

Später in der Werkstatt setzte sich der Meister an seine Arbeit. Er tönte gemeinsam mit Lorenz ein wenig Augen und Lippen der Figuren des Kreuzigungsfeldes.

In die Stille hörten die Gesellen den Meister wie für sich sprechen: «Heute rot, morgen tot... Hingemäht von der Kriegsfurie. Verrenkt, zerschunden die Leiber. Gottes Ebenbild? Geschändet. So viel vergeudetes Leben. Jugend... bleiche, klaffende Lippen. Die Augen erloschen. Hinweggewischt... Lorenz, gib mir den Indigo herüber, daß die Augen mehr Leben bekommen, sie sind so blaß. Sie sollen nicht leer und blind vor sich hinstarren, unsere biblischen Gestalten, wie Marmorbilder. Stumm sind sie zwar, aber sie sollen trotzdem zu den Beschauern reden. Gib noch etwas Karmin in den Tiegel. Gut so! ...Wenn wir doch nur mit unserem Werk ein ganz wenig dazu beitragen könnten, daß die Menschen beim Anblick des Gekreuzigten und seiner Leiden in sich gehen, Reue empfinden und böse Taten unterlassen; und daß die Trauernden getröstet von dannen ziehen...» Brüggemanns Stimme war so leise, daß seine Helfer jetzt nicht mehr verstanden, was er weiter sagte.

Diederik und Vedderke beteiligten sich mit am Schnitzen der Figuren, der letzten Gestalten in Golgatha. Dafür wollten die Gesellen den beiden «Maßschneidern» beim Schnitzen der Maßwerkschleier der Predella beistehen; dafür hatte sich der Meister etwas besonders Kunstvoll-Prächtiges einfallen lassen. Denn die Predella befand sich etwa in Augenhöhe der Betrachter, und hier mußte die Ausführung auch der Gehäuse besonders eindrucksvoll wirken. Selbst der Meister half bei der Einrahmung der Schaubühnen. Er übernahm die kleinen Figuren an den Einfassungssäulen. So schritt die Arbeit stetig weiter voran in der winterlichen Ruhe.

Es gab eine spaßhafte Überraschung für den Meister und die Gesellen, als Reinhart mit einem Entwurf für eine vom Meister eingezeichnete Hintergrundfigur ans Tageslicht trat.

Die Gesellen hatten Reinharts Heimlichkeit, wenn sie sie überhaupt bemerkt hatten, schon wieder vergessen. Der Meister schaute einen Augenblick verdutzt auf die gezeichneten Gesichtszüge, dann lachte er: «Warum hast du denn unseren lieben Herzog festgehalten?»

Ja, er war es unverkennbar mit seinem kurzen «Schifferbart» um den Unterkiefer, den etwas herabgezogenen Mundwinkeln und den aufmerksamen Augen. «Als er zum erstenmal bei uns war und sagte, er wolle nicht verewigt werden. Da war der Herzog aber schon eingefangen», lächelte Reinhart. «Gestattet der Meister, daß ich Herzog Friedrich ganz in den Hintergrund rücke?»

Der Meister wiegte den Kopf: «Der Herzog wird, wenn er sich erkennen sollte, böse sein.»

«Aber er hat es verdient, daß wir ihm hier ein Andenken hineinsetzen... ebenso wie der Meister», meinte Diederik.

«Nein, ich nicht! Aber gut, Reinhart, wir wollen nachher, wenn du die Figur fertiggestellt hast, zusehen, ob wir sie so lassen können», entschied der Meister.

Viel Mühe machte sich der Meister zunächst mit der Darstellung des Auftritts von Abraham und Melchisedek, auch die meisten der Hintergrundfiguren schuf Brüggemann selbst. Sie waren kleiner als die Schreinfiguren. Und das Winterlicht war oftmals unzureichend, so daß den Schnitzern mitunter die Augen schmerzten.

Trotz aller Widrigkeiten des Winters schuf Meister Brüggemann in schöner Vollendung die eindrucksvollen Gestalten des Abrahams und Melchisedeks am Tisch einander gegenüber, dahinter die kriegerischen Gestalten im Gefolge des Siegers Abraham, dem der Priesterkönig den Kelch reicht.

Die vier in der Predella dargestellten Begebenheiten bezogen sich alle auf das Meßopfer. Das Sakramentshaus wurde von der Fußwa-

schung Petri innerhalb des Abendmahls und dem urchristlichen Liebesmahl umrahmt. Daran schloß sich die Passahfeier. In jedem
Schaubild befand sich der Tisch mit Speise oder Trank.

Es wunderte Reinhart, daß der Meister im Liebesmahl statt, wie
üblich, einen Kelch deren zwei auf den Tisch brachte. Er arbeitete
an der rückwärtigen Gruppe. Als er den Meister fragte, was es bedeute, erwiderte Hans Brüggemann: «Ich könnte dir antworten,
daß ich an Vorahnungen leide. Aber ich will dir sagen, warum ich
hier zwei Kelche anbringe. Vor einigen Tagen hatte ich in der Har-
desvogtei einiges zu erledigen und traf dort unseren Herzog an, der
sich natürlich erkundigte, wie weit wir mit der Tafel seien. Als ich
von der bevorstehenden Arbeit an der Predella sprach, kamen wir
auf das Abendmahl und das geplante Liebesmahl zu sprechen. Und
da hörte ich durch Herzog Friedrich von diesem Mönch Luther und
seinem neuen Glauben, den ich nicht billige. Immerhin, was unser
Herzog mir erzählte, hat mich bewegt... ja. Der Herzog hat in Köln
die Theologie studiert. Ich weiß es von den Augustinerherren in
Bordesholm, und er hat sich mit den Lehren des rebellischen
Mönchs beschäftigt, der vor einiger Zeit eine Schrift über das Sakrament herausgegeben hat. Er fordert darin, daß das Sakrament allen
Menschen beider Gestalten gegeben werden solle, wie den Priestern. Unser Herzog stimmt dem zu, daß nicht der Priester es allein
nehmen soll, sondern daß alle Gläubigen daran teilhaben sollen.
Also Wein und Brot für die ganze Gemeinde. Denn es steht geschrieben: ‹Der gesegnete Kelch, welchen wir segnen, ist der nicht die
Gemeinschaft des Blutes Christi? Das Brot, das wir brechen, ist das
nicht die Gemeinschaft des Leibes Christi? Denn *ein* Brot ist es, so
sind wir viele *ein* Leib, weil wir alle *eines* Brotes teilhaftig sind.› Und
so habe ich anstatt des Priesterkelches zwei hingestellt, denn unser
Herzog sieht weiter in die Zukunft als wir Unwissenden.»

«Wir haben schon untereinander über den Mönch Luther gesprochen», sagte Reinhart, «ich empfinde diesen Aufruhr innerhalb unserer Kirche entsetzlich. Wohin soll das führen? Will dieser Luther
eigentlich alles umstoßen?»

Bisher hatte noch niemand Luther zum Widerruf bewegen können.
Martin Luther war, was seine eigene Person anbetraf, weder eitel
noch ehrgeizig. Er kämpfte um seine Erkenntnisse, was falsch, was

von Menschen im nachhinein in den christlichen Glauben hinzuge-
schoben worden war. Von den sieben Sakramenten der katholischen Kirche anerkannte er nur drei davon, wie sie in der Heiligen
Schrift aufgeführt waren. Nicht nur damit setzte er sich von Rom
ab. Jetzt gab er eine Schrift heraus, die offen gegen römische Thesen
auftrat. Damit trat sein Bruch zutage.

Der Papst schickte ihn in den «Bann». Die «Bulla contra Martini
Lutheri», welche ihm zugestellt wurde, war prächtig verziert. Der
Wittenberger Magister war unversehens in die Räder der Inquisi-
tion geraten. Es focht ihn nicht an. Am 10. Dezember 1520 begab er
sich mit seinen Begleitern und etlichen Studenten vor das Tor von
Wittenberg auf den Schindanger. Er hatte ans Portal der Kirche eine
Bekanntmachung geheftet, die sich an «alle Freunde der evangelischen Wahrheit» richtete, «an der Verbrennung der gottlosen Bücher des päpstlichen Rechtes und der scholastischen Theologie»
teilzunehmen. Die Menschenmenge versammelte sich um den
Scheiterhaufen, er wurde entzündet und die drei Bände des kanoni-
schen Rechtes in die Flammen geworfen. Danach trat Luther hinzu
und warf mit den Worten «Weil du die Wahrheit Gottes zerstört
hast, zerstöre dich dieses Feuer» die päpstliche Bulle in die lodern-
den Flammen.

Im Jahr darauf erhielt Luther eine Vorladung vor Kaiser und
Reich. Er mußte zum Reichstag nach Worms an den Rhein reisen.
Vorsorglich erhielt er freies Geleit und wurde in der alten Burgun-
derstadt von vielen Freunden und Anhängern in Empfang genommen, so daß die Ankunft des «Ketzers» schon fast einem fürstlichen
Geleit gleichkam, das sich nur mühsam durch die wie ein Bienen-
korb wimmelnden Straßen hindurchwand. Martin Luther erhielt
seine Unterkunft bei den Johannitern. Der «Gasthof zum Schwan»,
in welchem sein Kurfürst abgestiegen war, lag in der Nähe.

Der Verlauf der Verhandlungen verlief nicht viel anders als in
Augsburg: Nur hatte er sich jetzt vor dem Kaiser und den Kurfürsten, Deutschen, zu verantworten.

Kaiser Karl V. war jung, sprach und verstand schlecht die deutsche Sprache. Luthers Ausführungen mußten ihm brockenweise
übersetzt werden. Er war ein überzeugter Katholik und sah in Luther einen ausgemachten Ketzer. Wahrscheinlich hatte er auch nicht
alles verstanden, was der Glaubenseiferer anführte. Wieder zogen

sich die Auseinandersetzungen einige Tage hin. Luther erläuterte eingehend seine Lehren. Inzwischen wurde er in seiner Unterkunft von allen Seiten überlaufen. Jeder wollte ihm gute Ratschläge erteilen, ihn belehren, wie er sich den hohen Herrschaften gegenüber zu verhalten habe. Wie er dieses anbringen könne, um guten Eindruck zu erwecken, wie er jenes besser fortlassen solle und so weiter und so fort.

Am Ende des Aufruhrs, nachdem man es ihm wieder und wieder in den Mund gelegt hatte, wenigstens einiges aus seinen Schriften zu widerrufen, gab Luther zur Antwort:

«Wenn ich nicht durch Zeugnisse aus der Heiligen Schrift und klare Vernunftsgründe überzeugt werde – denn weder dem Papst noch den Konzilien allein kann ich glauben, die offenkundig geirrt und sich widersprochen haben –, so bin ich an mein Gewissen und an das Wort Gottes gebunden. Ich kann und will daher nichts widerrufen! Gott helfe mir! Amen.»

Große Unruhe in dem niedrigen Saal. Der Kaiser hatte sich bereits erhoben. Der Mönch war und blieb verstockt! Er machte schnell ein Ende. Keine weiteren Auseinandersetzungen. Den Mönch abführen!

Aber einige der deutschen Kurfürsten ließen Luther nicht im Stich. Bei einer Abstimmung schlich sich vorher der sächsische Kurfürst hinaus, der von der Pfalz war auch nicht anwesend; und so waren sie nicht abstimmungsfähig.

Luthers Freunde fürchteten, daß er gefangengesetzt werde. Und das wurde er auch. Aber es war eine Täuschung. Er verschwand von der Bildfläche. Im finstern Wald wurden er und seine Begleiter überfallen, der Nichteingeweihte floh in den Wald hinein. Luther wurde aus der Kutsche gezerrt, ein Stück Weges durch Gebüsch getrieben. Dann konnte er sich auf ein Pferd setzen und landete auf der Wartburg im Thüringer Wald, welches «Einlager» Kurfürst Friedrich der Weise für ihn bestimmt hatte. Hier war er beschützt, konnte sich aber dort oben frei bewegen. Als «Junker Jörg», den Besuch des Burghauptmannes getarnt, setzte sich Luther an die Arbeit, um das Neue Testament ins Deutsche zu übersetzen.

Übrigens war die Übersetzung des Neuen Testaments in der Wartburg nicht die erste Übertragung ins Deutsche. Bereits 1486 war eine ins Niederdeutsche übersetzte Bibel im Druck erschienen. Luthers Verdienst seiner Bibelübersetzungen war es hauptsächlich, daß er in seinen Schriften die Sprache herausarbeitete, die allen deutschsprechenden Menschen die Heilige Schrift verständlich machen sollte, das Hochdeutsche.

Unter Luthers Bewunderern befand sich auch ein junger Mann, der sich auf dem Reichstag zu Worms eingefunden hatte, voll Anteilnahme, wie der streitbare Mönch unter dem Druck der Vernehmungen abschneiden werde. Er kannte Luthers Lehren und Schriften und pflichtete dem Reformator voll bei.

Im altehrwürdigen Dom saß er während eines Hochamtes, an dem der Kaiser und die Kurfürsten zugegen waren, mit seinem Begleiter unter der Kanzel und lauschte unwillig den Reden eines Franziskanermönches, der gegen Luther und seine Lehren wetterte. Bei den heftigen Gesten des Predigers war es geschehen, daß dessen Leibstrick durch eine Fuge im Kanzelboden gerutscht war. Der junge Herr sah es, grinste, erhob sich und machte, vom Prediger unbemerkt, einen dicken Knoten hinein. Dann setzte er sich wieder gelassen auf seinen Platz, wobei er sich keineswegs versteckte, um sich zu Luther zu bekennen. Natürlich mußte der Mönch nach Beendigung seiner Rede befreit werden, was große Heiterkeit hervorrief. Der Kaiser soll dem jungen Herrn später mißbilligende Worte gesagt haben. Der Übeltäter war Prinz Christian, der Sohn des Herzogs von Schleswig, und sein Begleiter war Herzog Friedrichs Landmarschall Johann Rantzau. Hier zeichnete sich schon das Entgegenkommen des nordischen Herrschergeschlechts der Lutherschen Lehre gegenüber ab, sehr zum Ärger Kaiser Karls, dem zu Ohren gekommen war, daß seine Schwester Isabella, die dänische Königin Elisabeth, vom alten Glauben abgefallen war. Auch eine andere Elisabeth aus Dänemark, die Schwester König Christians und Kurfürstin von Brandenburg, hing Luthers Lehren an, während der Kurfürst Joachim ein erbitterter Gegner des Reformators war.

9

Elsbe Mellefsdochter erhielt endlich ihr vom Hans-Ohm gezeichnetes Brautbild; denn er brauchte es nicht mehr. In ihrer kleinen Kapelle zuoberst des Schreins befand sich die liebliche Madonna mit dem heiligen Kind. Der Meister hatte ihr ein anderes Antlitz, als die junge Braut zu Ilgrof es besessen hatte, verliehen, in dem schon ein hauchfeiner Leidenszug eingeprägt war. Die Sternenkrone verlieh dem jungen Antlitz Würde.

Als der Meister die Zeichnungen von Odde Poppendochter hervorholte, befiel ihn wieder tiefer Kummer. Er war fast versucht, sie nicht als Muster für die Eva zu benutzen. Dann sah er wieder ihre strahlende Jugend vor sich, gedachte ihrer unbefangenen Freimütigkeit, als sie sich mit ihrem kräftigen Körper einsetzte, damit der Meister eine echte Eva schaffen könne, und wie sie sich über die Ehre gefreut hatte, die ihr beschieden war, stellvertretend...

Am nächsten Tag begann er mit der Arbeit an der Urmutter. Die Gesellen sahen möglichst nicht hin, besonders Jelke nicht. Auch Eva erhielt einen ganz anderen Kopf. Aber eines Tages stand sie in all ihrer Jugendpracht da. Es fehlte der Adam dazu. Brüggemann hätte einen erdachten Adam erschaffen können. Er tat es nicht. Bei den größeren Vollrundfiguren, die er in die Werkbank spannte, wo sie drehbar und waagerecht liegend gut zu bearbeiten waren, zog er ein lebendes Vorbild vor. Die Gesellen und der Meister beratschlagten, wer am besten geeignet war. Diederik schied aus, Sywel auch, sie hatten nicht den nötigen jünglingshaften Körperbau. Vedderke hatte zu kurze Beine. Jelke erwies sich zu knochig-hager. Reinhart entschied:

«Es muß Lorne sein! Ich bin schon bei dem ungläubigen Thomas abgebildet. Jetzt kommt er an die Reihe. Lorne, zieh dich aus!»

Mummens brummte: «Was man nicht alles für die Kunst ertragen muß!»

Er begab sich mit dem Meister in dessen Stube und stand dann, den kritischen Augen des Meisters preisgegeben, vor der braunen Wand, wo einst Odde gestanden hatte, und ließ seinen schlanken Leib zeichnen. Für seinen Meister hätte er alles getan.

Es war ein heißer Sommertag, als die Wagen mit den Kisten und den Bildhauern in Bordesholm ankamen. Die Augustiner gerieten in Aufregung, als sie unangemeldet im Klosterhof hielten. Propst Albert Preen stürzte heraus, hinter ihm die Chorherren.

Der erste der Husumer Kutscher hätte ihn fast überfahren.

«Wir hatten euch gar nicht erwartet, und in einer Stunde findet eine Beerdigung statt!» rief er aufgeregt.

Meister Brüggemann kletterte hinunter und sagte trocken: «Es tut uns leid, Hochwürden, daß wir stören; aber die Beisetzung wird wohl nicht ewig dauern. Derweil könnten wir uns ein wenig in euren kühlen Räumen, wenn's beliebt, erfrischen.»

«Aber selbstverständlich, Meister! Kommt nur herein, Bruder Jacobus wird euch führen. Ihr werdet gewiß einige Tage bleiben müssen, bis ihr die Tafel aufgestellt habt. Wir freuen uns, daß sie endlich fertig ist. Gott sei gelobt!»

Nun, nachdem der erste Schreck überwunden war, bemühten sich die Fratres und Patres, es ihren Gästen angenehm zu machen. Sie waren alle erschöpft. Es war nicht nur die anstrengende Reise in der Hitze, sondern sie merkten, daß ihnen die letzte Zeit der angespannten Arbeit recht zugesetzt hatte. Sywel und Jelke waren in Husum geblieben, um in der Werkstatt aufzuräumen und allerlei notwendige Sachen zu erledigen. Einig waren sich alle, daß sie längere Zeit ausspannen mußten. Ob noch Aufträge an sie herangetragen wurden, war ungewiß. Der Gedanke, daß der Meister die Werkstatt auflösen werde, machte sie betrübt. Doch war vorerst die Freude groß, daß das Werk endlich vollendet war. Natürlich wollten die beiden Gesellen den fertigen Altaraufsatz in Bordesholm sehen. Hans Knutsen, der Schwiegersohn des Herzogs, hatte die drei Kastenwagen des Umzugs zur Verfügung gestellt, die am nächsten Tage zurückfahren sollten. Ebenfalls stellte der Kaufherr eine Kutsche bereit, um Jelke und Sywel nach einigen Tagen hinzubringen und die Bildhauer wieder nach Husum zurückzufahren.

Es dauerte fast eine Woche, bis sie den Aufsatz fertig zusammengesetzt hatten. Sie ließen sich Zeit; denn es gefiel den Bildhauern ausnehmend gut im lieblichen Bordesholm und bei den freundlichen Geistlichen, mit denen sich besonders der Meister gerne unterhielt. Das Betreten ihrer eigenen Kirche hatte er verboten. Sie sollten das Retabel erst im fertigen Zustand beschauen.

«So muß es sein», meinte Vedderke, «jetzt sind wir noch an der Reihe, in den nächsten Jahrhunderten sind es andere, da haben wir an unserem Werk nichts mehr zu vermelden.»

Brüggemann hatte dem Propst erklärt, nach Handwerkerart werde eine Bestellung im fertigen Zustand abgeliefert und nicht stückweise; so hielten die Klosterinsassen ihre üblichen Andachten und Messen in diesen Tagen im Refektorium ab. Das Umsetzen des alten, schon schadhaften Altaraufsatzes hatte Schwierigkeiten ergeben, er sollte vorerst als Nebenaltar an einer Kirchenseite aufgestellt werden. Die Mönche hatten zwar den Unterbau, Stipes, vorbereitet, doch paßte beides nicht richtig zusammen. So ging schon ein Tag drauf, bis die Schwierigkeit beseitigt war.

Es sah wüst aus bei den Arbeiten im Chorraum. Trotzdem befanden sich Meister und Gesellen in einem letzten Arbeitsrausch an diesem großen Werk. Sie konnten es kaum abwarten, es endlich fertig im ganzen Zusammenhang zu betrachten. Sie hatten, bevor sie die einzelnen Teile in die Kisten packten, alles mit Öl überzogen, welches vom trockenen Holz gierig aufgesogen wurde. Es gab dem Eichenholz nicht nur den schönen, warmen Farbton, sondern diente vor allem dazu, den Wurmfraß zu verhindern.

Sie waren beim Aufsetzen des Gesprenges, als die sechs Pferde Herzog Friedrichs bei der alten Linde vorbeitrabten. Hans Knutsen hatte dem Herzog einen reitenden Boten geschickt. Friedrich ließ den Bischof nach Gottorp kommen. Gosche von Ahlefeldt bestimmte, daß er die Einweihung des Altars in drei Wochen in Bordesholm vornehmen wolle. Der Bischof wiederum schickte einen reitenden Boten zu seinem Vetter auf Gut Borghorst im Dänischen Wohld, der ebenfalls Gottschalk, Gosche, hieß und dem geistlichen Stand angehörte. Denn die Vettern hatten vor einiger Zeit in Schleswig eine Unterredung miteinander gehabt, die den Borghorster veranlaßte, ebenfalls nach Bordesholm zu reisen.

Aber auch diesen Herren wurde der Eintritt von dem Propst verwehrt. Sie begaben sich in das Amtshaus des Herzogs.

Bald darauf erschien auch Hans Knutsen mit den beiden Nachzüglern Sywel und Jelke. Jetzt ging der Aufbau schnell voran.

Es war ein großer, feierlicher Augenblick, als alle Werkzeuge fortgeschafft waren, der Boden gefegt war und nun endlich die Bildhauer nebeneinander ergriffen vor ihrem fertigen, mächtig

aufragenden Werk standen. Das Sonnenlicht drang von den Südfenstern des Chors herein und erleuchtete und belebte die Figuren
in all ihrer Ausdruckskraft. Der Blick glitt von den Meßopfer-
tischen mit den sie umgebenden Gestalten zu der Leidensgeschichte Christi und zur Maria mit dem Kind hinauf, verweilte am
lockeren Aufbau des Gesprenges, welches sich mit seinen Spitzbö-
gen, Fialen und seinem Rankenwerk von der Helle der hohen Fenster zierlich abhebt und die freistehenden Figuren umschmeichelt:
Zuoberst unter der aufragenden Spitze thront der Weltenrichter
auf dem Regenbogen, Christus im Überirdischen, «von dannen er
kommen wird, zu richten die Lebendigen und die Toten». Lebens-
nah mit einem Büschel Ysop vor der Scham das erste Menschenpaar. Engel mit Posaunen und Marterwerkzeugen. Maria und
Johannes als Fürbitter.

Und seitlich vor dem Altar auf hohen Säulen stehen Kaiser Au-
gustus und die Tiburtinische Sybille, die einen kostbaren Kopfputz
trägt wie einst Königin Elisabeth bei ihrem Besuch in Husum. Sie
weist mit der Hand auf die Heilige Jungfrau und das Kind hin. Die
Säulen sollen ein Tuch spannen, um den Hochaltar verdecken zu
können.

Die kleine Gruppe der sieben Menschen stand verloren in den
Anblick ihres wohlgelungenen, frommen Werkes im Licht des hohen Chors. Sie schämten sich nicht voreinander, daß der lang er-
sehnte Anblick ihnen Tränen in die Augen zwang. Hans Brüggemann faltete die Hände und sprach ein Dankgebet, daß Gott ihnen
Mut und Kraft verliehen habe, dieses zu Seiner Ehre errichtete Altarwerk zu schaffen... Amen, wiederholten seine wackeren Gehilfen. Meister Brüggemann reichte jedem seiner Gesellen mit festem
Druck die Hand und bedankte sich in warmen Worten für ihre
gute und treue Hilfe. Dann gebot er Reinhart, dem Propst zu vermelden, daß sie fertig seien und die Herren eintreten könnten.

Sie öffneten das Portal, und alsbald trat der Herzog mit Albert
Preen ein. Der Herzog war ernst und hielt die Augen gesenkt, als er
den Mittelgang entlangschritt. Einen Augenblick lang ruhte seine
Hand auf dem Bronzebild seiner Herzogin, die neben seiner eigenen Figur auf dem prächtigen Sarkophag ruhte. Hinter ihm kamen
seine Begleiter und die Chorherren herein. Es war still in dem schönen gotischen Raum. Sie standen im Chor und sahen staunend zu

dem wundervollen Bildwerk hinauf. Was sie dabei erblickten, mag ein Bericht aus einer alten Chronik wiedergeben.

« 1. Anfänglich wird gesehen, wie Christus von seinem eigenen Jünger dem Juda, durch einen Kuß verrathen wird; wobey die gewafnete Schaar mit Spieß und Stangen alsofort die gewaltsamen Hände an Christum legen, und ihn gefangen nehmen; worüber Petrus sein Schwert auszeucht, und nach dem Malcho, des hohen Priesters Knecht hauet, welcher aus Furcht zur Erden niedersinket, und eine erbärmliche Positur praesentieret.

2. Wie Christus von den Kriegsknechten gebunden zu dem hohen Priester Caipha geführet wird, der ihn um seine Jünger und seine Lehre befragte. Als ihm nun Christus antwortet, er habe nichts im Winkel geredet, er solle dieselben darum befragen, die es gehöret haben, so steht vor ihm einer von den Kriegsknechten mit einem Panzer angetan, und machet ein trutziges Gesicht, als wolt er sagen: solltesttu dem Hohen-Priester also antworten, und hält die Hand auf, und will JEsu einen Backenstreich geben.

3. Wird gesehen, wie die Kriegsknechte des HErrn Christum geisseln, welcher gebunden an einer Säule stehet; worunter einer ist, welcher kniend die Ruhten zur Geisselung sehr künstlich bindet, mit einer trefflichen Stellung aller seiner Gliedmassen, vornehmlich des Gesichts; welches Bild von den verständigen Künstlern sehr hoch gerühmet wird.

4. Wie die Kriegsknechte dem Herrn Christo die Dornen-Krone aufsetzen, und ein Rohr in seine Hand geben. Einer der zur rechten neben ihm steht, hat in der linken Hand eine lange Zange, und fasset damit die Dornen-Krohne, in der rechten Hand aber hat er einen Prügel und schlägt in unbarmherziger Weise damit die Dornen-Krone aufs Haupt.

5. Das Richthaus, auf beyden Seiten mit Kriegsknechten besetzet. Pilatus führt den HErrn Christum heraus, und stellet ihn mit einer Dornen-Krone und Purpur-Mantel den Juden vor, sprechend: sehet welch ein Mensch.

6. Wie Pilatus Wasser nimmt, vor dem Volke die Hände wäschet, und also vermeinet unschuldig zu seyn an dem Blute des Gerechten.

7. In der Mitten wird gesehen die Ausführung Christi aus dem Tor der Stadt Jerusalem, welches Thor oben mit Löchern und Spitzen gezieret ist. Aus gemeldtem Thore kommen die Kriegsknechte

mit langen Spiessen und Hellebarden zu Fuß und zu Pferde und führen Christum nach der Schedelstätte, da denn Christus sein schweres Kreuz selber träget, und aus Unmacht zur Erden fället. Die Kriegsknechte zwingen mit Gewalt Simon von Cyrene dazu, daß er es ihm tragen helfe. Hinter Simon und den Kriegs-Knechten folget Johannes mit Maria, und den anderen Weibern, mit gar traurigen und wehmütigen Gesichtern, gar künstlich gemacht. Wobey einer von den Kriegsknechten sich zurücke wendet, und den Johann gar glimpflich ansiehet, auch mit Fingern auf ihn weiset, als welches mit großer Verwunderung zu sehen. Vor dem Kreuztragenden Christo gehet einer mit einem Korbe, gar künstlich geflochten aus vollem Holz, worinnen die Nägel liegen, damit Christus soll ans Kreuz genagelt werden. Sie steigen gleichsam den Berg Calvaria hinan, und kommen oben zur Schedelstätte, da Christus gekreuzigt wird mit den zween Schächern, der eine zur Rechten, welcher sich bekehret, darauf ein Engel kommet und seine Seele ins Paradies führet: Der andere zur Linken, der sich nicht bekehret hat, zu dem der Teufel kommt in einer gar greulichen Gestalt, und dessen Seele hinweghohlet. Unten am Kreuz ist zu sehen eine große Schaar zu Roß und zu Fuss, worunter einer auf dem Pferde, mit einem langen Spiess die Seite Christi öffnet. Neben diesem Reuter merkt man, wie Maria in Ohnmacht fället, und von Johanne wieder aufgerichtet wird. Hinter Johannes teilen die Kriegs-Knechte die Kleider unter sich. Hinter dem Schächer zur Linken, dessen Seele der böse Geist weghohlet, siehet man, wie Judas sich an einem Baume erhänget hat, und wie er so geborsten, daß sich sein Eingeweide ausschütten will. In dieser Historie präsentieren sich 93 Bilder. Über dieser Historie stehet ein sehr schönes Marien-Bild, auf einem sehr schön gezierten Gewölbe.

8. Wie Christus vom Kreuz abgenommen wird, da denn einer auf der Leiter stehet, und den Herrn Christum auf seinen Schultern aufhebet, so sehr kunstreich gemacht. Zur Linken steht Nicodemus mit Specerey, und Joseph von Arimathia mit Leinwand, zur Rechten Johannes und Maria mit anderen Weibern.

9. Wie Christus soll in ein Leinwand gewickelt werden durch Nicodemum und Joseph von Arimathia.

10. Wie HErr Christus von Nicodemo ins Grab geleget wird.

11. Wie Christus die Hölle zerstöret, den alten Adam neben an-

dern errettet, wobey sich dann Satan mit einer grausamen Gestalt oben über der Hölle blicken läßt.

12. Siegreiche Auferstehung Christi von den Todten.

13. Wie Christus, nach seiner Auferstehung, dem ungläubigen Apostel Thomä nebenst den andern Jüngern erscheinet, und ihm seine Hand in seine eröfnete Seite legen lässet.

14. Wie Abraham vom Kriege wieder kömmt, da er seines Bruders Sohn, den Loth, wieder errettet hat, und wie der Priester Melchisedech ihm entgegen kömmt mit Brod und Wein. Hier siehet man des Meisters Contrefait, der das Altar gemachet hat.

15. Die Stiftung des heiligen Abendmahls, da der HErr Christus mit seinen 12 Jüngern das Osterlamm isset, und hernach dem Petro die Füsse wäschet.

16. Ein eisernes verguldetes Gegitter, sehr künstlich gemacht, also, daß es schwer zu finden, wo es durcheinander geschoben worden. Hinter demselben Gegitter stehet das Kindlein JEsu mit einem weißen Hembde mit guldenen Spitzen angetan.

17. Wie in der ersten Kirche, nach der Apostel Zeiten, das heilige Abendmahl in den Häusern ist verrichtet worden.

18. Wie die Kinder Israel das Pascha oder Oster-Lamm essen, als sie aus Aegypten ziehen, da sie gegürtet und gestiefelt stehen, und Stäbe in den Händen haben, als sie da fertig seyn zu reisen.

19. Wie Christus auf dem Oelberg, in Gegenwart seiner Jünger, gen Himmel fährt.

20. Die Ausgiessung des heiligen Geistes über die Apostel am Pfingst-Tage.

21. Sitzet Petrus.

22. Sitzet Paulus.

Dieses obgemeldete ist nun das führnemste daran, sonsten sind noch viel Bilder groß und klein, derer nicht gedacht worden, häufig zu sehen. – Was sonst noch an Zierathen zu sehen ist, kann nicht genugsam beschrieben werden, wegen der großen Kunst und Subtilität der durchbrochenen Arbeit, denn es so zart und behände ist, daß es niemand erforschen und ausdenken kann, wie es von Menschen Händen verfertigt worden, alles aus vollem Holze geschnitzet; auch nicht nur an einem Orte, sondern das ganze Altar ist durch und durch unten und oben fleißig verfertiget. Wer dieses gesehen hat, der kann bezeugen, daß dieses sich so verhalte und wahrhaftig sey.

Opus hoc insigne confectum est, Anno incarnationis Dominae MDXXI. ad Dei gloriam.»

Diese lateinische Inschrift am Sockel des Aufsatzes hatte Reinhart Holt entworfen, und Vedderke hatte sie in altgotischen Buchstaben geschnitzt und angebracht: «Dieses ausgezeichnete Werk ist vollendet worden im Jahre der Fleischwerdung des Herrn 1521 zur Ehre Gottes.»

Die ersten Betrachter des fertigen Werkes standen stumm und ehrfürchtig vor Brüggemanns Altarschrein. Dann unterhielten sie sich leise und machten einander auf verschiedenes aufmerksam. Der Meister und seine Gesellen standen bescheiden beiseite am Chorgestühl. Als erster riß sich der Herzog los. Er trat vor Brüggemann hin, reichte dem Meister die Hand, neigte sein Haupt und sprach: «Meister Brüggemann, du und deine Helfer haben ein so wundervolles Werk geschaffen, daß mir die Worte fehlen, es entsprechend zu loben. Ich danke euch sehr.»

Gleich darauf war der Meister von den anderen Herren umringt, die des Lobes voll waren. Der Herzog sprach leise mit einem der Herren und deutete mit einer Kopfwendung zu Reinhart hin. Worauf der Herr auf Reinhart zutrat. «Von dir, junger Scharpenberg, habe ich durch meinen Verwandten gehört. Mein Name ist Ahlefeldt.» Der geistliche Herr sah Reinhart aufmerksam an: «Es erscheint mir bemerkenswert, daß du dich der sakralen Kunst gewidmet hast. Und hast dich, wie ich im Dänischen Wohld hörte, wacker mit den Tatern als Junker Scharpenberg bewährt. Du hast also geholfen, diesen großartigen Altaraufsatz herzustellen, und scheinst außerdem ein Künstler zu sein. Willst du weiter als Bildschnitzer tätig sein?»

«Ja, Hochwürden, das werde ich wahrscheinlich tun. Doch vorerst will ich mich ausruhen und nach Hause reisen…»

Jetzt erlebte Reinhart eine Überraschung; denn Gottschalk von Ahlefeldt erklärte Reinhart, daß er in der kleinen Stadt Eckernförde eine Stiftung für arme und kranke, alte Menschen eingerichtet habe, worin auch ein Raum für eine kleine Kapelle vorgesehen sei, damit die alten Leute nicht bei Wind und Wetter das Haus verlassen brauchten, um am Gottesdienst teilnehmen zu können. Darin fehle ein Altar. Ahlefeldt hatte durch seinen Verwandten von der Husumer Werkstatt gehört, und nun erkundigte er sich bei Reinhart, ob der Meister und seine Gehilfen wohl bereit wären, für seine Armenstiftung zu Eckernförde einen kleinen Altaraufsatz zu schnitzen?

«Das glaube ich gewiß, Hochwürden. Doch vorerst brauchen wir alle eine ausgedehnte Pause, um uns von dieser siebenjährigen Arbeit zu erholen.»

«Das ist verständlich, Scharpenberg. Dein Meister ist ja eben mit seinen Bewunderern beschäftigt. Wir werden später mit ihm sprechen. Wo bist du zu Hause?»

Ein kurzes Gespräch darüber, und Reinhart hatte eine gute Fahrgelegenheit gefunden, gleich von Bordesholm nach Eekenholt zu kommen, da Herr von Ahlefeldt nach Lübeck mußte.

Sie bemerkten, daß sich etwas um den Altar tat. Man durfte ihn noch genau untersuchen, da er noch nicht geweiht war. Und das hatte Wulf Pogwisch, der Verbitter des Stiftes, eben getan. Mit seinen scharfen Augen hatte er sich die Bilder der Predella genau angesehen und unter den Figuren Herzog Friedrich, im Hintergrund am Tisch sitzend, entdeckt. Riepenhusen, der sich eben mit Brüggemann unterhielt, eilte auf das verhaltene Gelächter Pogwischs hinzu, ebenfalls der Herzog, dem Pogwisch zuwinkte. Hans Brüggemann verzog sein Gesicht, als habe er auf etwas Bitteres gebissen. Sie drängten sich alle herzu, um ihren Herzog anzusehen, ließen ihm immerhin den Vortritt. Friedrich mußte ein Schmunzeln unterdrükken, er wandte sich zu dem herankommenden Brüggemann um. «Hast du das gemacht?»

«Nein, Herr Herzog, ich habe es jedoch geduldet, weil der Kopf gut gearbeitet war und vortrefflich in das Bild paßte.» Er winkte Reinhart, der aufmerksam geworden war, heran. «Hier steht der Sünder.»

Der Herzog blickte den jungen Mann mit zusammengezogenen Augenbrauen an, aber ein Mundwinkel zuckte. Dann sagte er: «Du hast mich, wie es scheint, vortrefflich getroffen. Wie hast du das fertiggebracht?»

«Während Herr Herzog uns besuchte. Ich erfuhr erst später, daß Herr Herzog nicht wünschte, auf der Tafel verewigt zu werden. Doch waren wir alle der Ansicht, daß der großmütige Stifter des Aufsatzes, wenn schon kein entsprechender Vermerk auf das Werk sollte, als Gedenken darauf erscheinen müsse», erwiderte Reinhart.

Was beifälliges Gemurmel beantwortete, das aber gleich ver-

stummte, als Wulf Pogwisch, der seine Spürnase weiter in die Predella gesteckt hatte, jetzt kurz auflachte und dann, indem er sich an
den Meister wandte, sagte: «Ihr habt es gleich gründlich mit dem
Gedenken gemacht. Hier ist noch ein Kopf Herzog Friedrichs!»

Dieser Kopf war von einer Seitenansicht im Bild von Abraham
und Melchisedek zu sehen, ebenfalls mit der Bartkrause und unverkennbar der Herzog. Und dieses Mal war der Meister selbst der
«Sünder»!

«Ja», sagte Brüggemann, «den Kopf habe ich gearbeitet. Es war
gar nicht meine Absicht, Herrn Herzog dort abzubilden, meine
Zeichnung war anders. Aber während des Schnitzens kam dieses
Antlitz wie von selbst hervor. Wahrscheinlich habe ich gerade sehr
stark an Herrn Herzog gedacht. Ich bitte sehr um Verzeihung. Aber
wenn Herr Herzog es wünscht, könnten wir, Reinhart und ich, mit
einigen Schnitten die Köpfe anders gestalten.»

Der Herzog zog ergeben die Schultern hoch und sagte: «Da kann
man wieder erleben, was alles gegen ein Verbot geschieht, sobald
man diesen Sündern den Rücken kehrt. Aber laßt es nur so stehen.
Es sollte wohl so sein, daß ich in dieser schönen Kirche nun glücklich dreimal verewigt bin.»

Dessen ungeachtet war bei dem nachfolgenden festlichen Abendessen Meister Brüggemanns Platz neben dem Herzog; der Kunst zu
Ehren, hatte der Herzog angeordnet. Es war der große Tag im Leben
der sieben Bildschnitzer. Da Herzog Friedrich den Altar gerne noch
im Kerzenlicht betrachten wollte, hatte der Sakristan eine Prachtbe-
leuchtung veranstaltet. Und als die Nacht hereingebrochen war, erschienen die Holzfiguren des Aufsatzes noch lebendiger im flak-
kernden Licht der Kerzen. Jetzt waren alle Insassen des Klosters
zugelassen und standen stumm vor Staunen und Wundern. Reinhart
und Jelke hatten vor dem Abendessen auf den Wiesen am Seeufer
einen Riesenstrauß Margeriten gepflückt, der auf dem Altartisch
zwischen den hohen Kerzen stand. Anschließend besprachen Herr
von Ahlefeldt, Meister Brüggemann und Reinhart, wie der Goschhof-Altar in Eckernförde zu gestalten sei. Brüggemann hatte Reinhart zu der Besprechung herbeigewinkt, da er ihm den Auftrag
übertragen wollte. Brüggemann war in den sieben Jahren recht ge-
altert. Seine Schläfenhaare waren grau geworden. Er wollte erst einmal in Ilgrof ausruhen.

Sie wurden sich über den Preis einig, über die Ausführung, und der Meister schlug vor, daß Reinhart unterdessen auf Eekenholt schon einen Entwurf anfertigen solle. Herr von Ahlefeldt sagte: «Du könntest ihn mir auf deiner Reise zurück nach Husum zur Überprüfung bringen. Entweder findest du mich in Kiel oder auf Borghorst, wenn du – wie du angabst – im Spätsommer dort vorbeikommst.» Er beschrieb Reinhart, wo er in Kiel zu finden sei, reichte den beiden Bildschnitzern die Rechte, und damit war das Abkommen besiegelt. Ahlefeldt begab sich befriedigt in die Stube des Herzogs, wo ihn derselbe mit den Worten empfing:

«Nun? Hast du dem Meister deinen Auftrag erteilt?» Herr von Ahlefeldt berichtete. «Das finde ich anständig von Meister Brüggemann, daß er dem jungen Scharpenberg das selbständig überlassen will. Schließlich hat er den Auftrag herangebracht.» Der Herzog wandte sich an Wulf Pogwisch: «Jetzt bist du an der Reihe, Pogwisch, etwas für einen Gott gefälligen Zweck zu stiften. Wie steht es damit?»

«Ich bin nicht so vermögend, Herr Herzog, wie ihr beiden Herren. Aber trotzdem bin ich für eine Stiftung allerhand Geld losgeworden.»

«Und das wäre?» fragte Ahlefeldt.

Wulf Pogwisch grinste: «Ich habe etwas für das Nonnenkloster St. Johannes vor Schleswigs Pforten gestiftet. Nämlich zwei ältliche Jungfern aus meiner Familie, die, weil nicht anziehend genug, es nicht verstanden haben, einen Mann zu ergattern. Das hat mich einen ansehnlichen Haufen Geld gekostet.»

Da Reinhart früh am nächsten Morgen mit Herrn von Ahlefeldt abreisen wollte, trafen sich die Arbeitskameraden noch einmal in dem dem Meister zugewiesenen Zimmer des gastfreien Augustinerstiftes. Sie wollten anderntags mit Hans Knutsen nach Husum fahren. Von dort gedachten die in Elbnähe wohnenden drei Gesellen mit einem Schiff in ihre Heimat nach Hamburg zu reisen. Jelke und Brüggemann würden sich nach Strand begeben. So nahmen sie Abschied voneinander und wollten sich im September in Husum einfinden.

Am nächsten Morgen hatte Brüggemann mit dem Herzog in dessen Amtszimmer die letzte Auszahlung zu erledigen. Der Herzog überreichte ihm einen Brief an Herrn Elvers in Gottorp und sagte:

«So entlasse ich dich, Meister Brüggemann, aus meinen Diensten...
Es könnte aber sein, daß ich deine Kunst noch einmal in Anspruch
nehme. Und ich glaube, daß du nach diesem hervorragenden Werk
auch andere Aufträge erhältst. Nur... das sage ich dir offen, es
braut sich um diesen Luther etwas zusammen. Mein Sohn hat mich
mit seinen Lehren bekanntgemacht. Er ist für Schlichtheit und ver-
wirft den Prunk in den Kirchen. Wenn das wörtlich zu nehmen ist,
und dieser Reformator sich durchsetzen sollte, was ich nicht unbedingt glaube, dann wird es für eure sakrale Kunst bedenklich. Doch
sind seine Gegner zu mächtig, als daß seine Lehre sich weiter ausbreiten könnte.»

«Daran glaube ich auch, Herr Herzog, Gott wird nicht dulden,
daß der Rebell unserer alten ehrwürdigen Kirche schaden kann.»

Der Herzog blickte zum Fenster hinaus in den lichtblauen Som-
merhimmel und erwiderte nichts darauf. Meister Brüggemann verabschiedete sich.

In der Bordesholmer Kirche stand der große Altar mit geschlossenen Flügeln. Das Gesprenge ragte hell durchleuchtet mit den heiligen Gestalten darüber hinaus.

Draußen summte ein Bienenschwarm in der alten Linde.

10

Neffe Iver war der erste, der Sievert in seinem Elternturm begrüßte,
als der Oheim ins Portal trat. Das Bürschchen wackelte ihm mit
einem Armbrustpfeil in der kleinen Faust entgegen und schrie: «Ho,
ho!» Sievert wollte ihn auf den Arm nehmen, aber er wehrte sich
und strampelte: «Nee!»

Da kam der Ugroßvater durch die Stubentür und blieb überrascht
stehen. Dann umarmte Sievert den Alten.

«Junge! Sievert!» freute sich der alte Mann. Alle waren froh, daß
Sievert endlich wieder auftauchte und nun viel Zeit mitbrachte.

«Du siehst abgespannt aus, mein Sievert», bemerkte Frau Hedwig besorgt, und Nele nannte den Bruder «Käsgesicht».

Es dauerte jedoch keine acht Tage, bis die Frauen ihn wieder
«hochgepäppelt» hatten. Sievert saß gerne in Neles blühendem

Kräutergärtchen zwischen duftenden Pflanzen und Blumen. Oder er ritt auf Sleipnir allein oder auch mit Großvater durch Wald und Feld. Bendix war voll Freude, den oftmals vermißten Freund wiederzuhaben. Auf Eekenholt stand alles zum Besten. Das junge Paar hatte sich vorgenommen, nach der Ernte zu Bendix' Verwandten nach Nordschleswig zu fahren. Auch wollte Bendix nach seinem Hof sehen.

Und Mette? Wie war es ihr ergangen? Danach fragte Sievert eines Abends, da sie unter der Bronzeleuchte zusammensaßen und plauderten. «Du, die wird umschwärmt, die wohlhabende Witfrau», erklärte Nele und trat ihren Bendix unter dem Tisch auf den Fuß.

«So? Ist sie das?» bemerkte Sievert und nagte weiter an seinem Hühnerbein. «Wer sind denn ihre Freier?»

«Eine ganze Menge… ich glaube, ein Sestede, der da wohl gerne einheiraten möchte, ist dazwischen, wie ich hörte. Ich habe die Namen nicht mehr im Kopf.»

«Danach müssen es wohl allerhand Bewerber sein. Warum heiratet Mette denn nicht? Dann ist sie doch nicht mehr allein und kann sich Kinder anschaffen», muffelte Sievert, der Bendix zublinzelte.

«Wie soll ich das wissen, vielleicht kann sie ihren ersten Mann nicht vergessen. Jedenfalls bekommt sie oftmals Besuch, erzählte Bodo uns», gab Bendix von sich, «hier ist sie lange nicht gewesen.»

Claus von Scharpenberg grunzte: «Frag sie doch selber, du bist doch mit ihr befreundet.»

«Könnte ich mal machen. Ich habe ihr vor langer Zeit versprochen, ihren Hof zu besichtigen. Bisher hatte ich keine Zeit dazu. Willst du wieder mitkommen, Mutter?» Frau Hedwig sah den Schelm in ihres Sohnes Augen. Sie kannte ihn viel zu gut und wußte, daß er sich lustig machte. Sie schüttelte den Kopf und meinte, sie sei nun beinahe eine alte Frau, und der Weg dorthin sei ihr zu weit. Immerhin konnte sie noch gut reiten; denn die mildtätige Frau ritt öfter in die Dörfer und kümmerte sich um ihre Bewohner.

Zwei Tage später verkündete Sievert, er müsse sich für seinen Altarentwurf Papier besorgen, welcher Umstand der Familie Eindruck gemacht hatte; und dabei könne er auf dem Wege Mette aufsuchen.

Er nahm Saxa mit und sagte beim Abschied, sie sollten sich keine Gedanken machen, wenn es etwas länger dauere, bis er zurück sei; denn er wolle sich unterwegs auch noch einige Altäre in am Wege liegenden Kirchen ansehen. Dabei grinste er Bendix an. Klönhammer, der sein gesatteltes Roß brachte und das Gepäck in die Satteltaschen verstaute, sagte, als der Junker aufsaß: «Ick will min Hot upfreeten, wenn de Junker nu ni togriept!» Und Sievert gab zurück: «Denn freet em man. Ich will bloß Papier kaufen und Kirchen ansehen. Was dachtest du denn?» Er drehte sich noch einmal nach den auf der Brücke Winkenden um und trabte fort.

Mette Krummland war zu Felde geritten, wie Sievert von einem Knecht erfuhr, der ihm den Weg angab, den sie entlanggeritten war. Ihr Besuch sah sie schon von weitem an einem blühenden Roggenschlag stehen. Die Luft war voller Duft des Getreides, das rötlich an den noch dünnen Ähren schimmerte. Die Wachtel lachte verborgen im Feld. Die Herrin auf Ilefeld saß unbeweglich in ihrem Frauensattel und blickte über die Ähren hin. Sievert gewahrte nun, indem er sich ihr im Schritt näherte, zwei dunklere Bahnen im Korn; und da tauchten die Köpfe von Rehbock und Ricke auf. Sie äugten zu den Reitern hinüber. Saxas Hufe klapperten gegen einen Feldstein, da wandte Mette den Blick von den Tieren und bemerkte den Reiter; sie setzte ihr Roß in Bewegung und trabte heran.

Sievert nahm das Barett ab und verneigte sich tief. Da erst erkannte sie ihn: «Es ist nicht zu glauben! Bist du es wirklich, Sievert?» Er streckte ihr lächelnd die Hand entgegen, die sie mit staunendem Blick nahm. «Ich habe mein Wort gehalten, Mette...» – «Es hat aber reichlich lange gedauert... Vetter!» Er sah sie überrascht an; denn sie hatte sich entschieden verändert. Unter der das Gesicht eng umschließenden Haube wirkte ihr klassisches Antlitz streng und die hellgrünen Augen kalt. Sie trug eine dunkle, hochgeschlossene Jacke mit gepufften und geschlitzten Ärmeln, durch die eine weiße Unterjacke hervorsah, die am Hals in einer weißen Krause endete. Sie saß kerzengerade im Sattel, als sie sich nun nebeneinander dem Hof zubewegten.

Sie sprachen über belanglose Angelegenheiten. Sievert lobte Mette, daß alles so ordentlich in Hof und Feld anmutete. Sie berichtete, daß sie einen tüchtigen neuen Hofvogt bekommen habe und was dergleichen Dinge mehr sind. Sievert fröstelte es innerlich dabei. Er hatte sich ein Wiedersehen mit ihr anders vorgestellt. Was war mit ihr geschehen? Er sah, als sie abgesessen und dem Haus zugeschritten waren, zu dem alten Turm hinüber, der etwas von dem neueren Fachwerkhaus entfernt stand, und dachte, daß die kindjunge Mette einst dort oben gestanden hatte in tödlicher Verzweiflung über das, was sie noch nicht bewältigen konnte.

«Sag mal, Base, komm ich dir auch gelegen?» fragte er, da sie nun in der Diele standen und die Magd seine Taschen hereinschleppte.

«Bereite dem Junker Scharpenberg ein Bad!» ordnete die Herrin an, bevor das Mädchen verschwand. «Du bist mir herzlich willkommen, Sievert... nur muß ich mich erst innerlich ein wenig umstellen, weil ich gar nicht damit gerechnet habe, daß du wirklich wiederkommen würdest. Du weißt, daß ich ziemlich schwerfällig bin.»

Sie führte ihn in die Stube, und Sievert rief überrascht aus: «Da sind ja die Bilder wieder!» Er betrachtete die dunklen Familiengemälde in den vergoldeten Rahmen.

Indessen sie in Mettes Wohnstübchen Platz nahmen, erzählte Mette: «Bodos Rechtsbeistand hat es geschafft. Die Bilder waren in Marquart Krummlands Wohnung aufgehängt, und er mußte sie herausrücken. Nein, verkauft hatte er sie nicht. Er habe sie nur mitgenommen, da es auch seine Ahnen seien und er vermutet habe, daß ich Ilefeld nicht wieder betreten werde. Ja, Sievert, das habe ich dir auch zu verdanken. Übrigens ist der alte Krummland inzwischen gestorben, und Marquart ist hier nicht wieder aufgetaucht.»

Sievert entgegnete nur trocken: «Nimm doch diese grausliche Haube ab, Mette, sie kleidet dich nicht, finde ich.»

«Ich werde mich umziehen, wenn du badest. Übrigens soll sie mich auch nicht kleiden...»

«Aber warum denn nicht?»

«Weil ich, wenn ich Besuch habe, auch grauslich aussehen will. Und ich hatte heute nachmittag einen Gast und mußte mir windige Schmeicheleien anhören. Habe mich dann mit dringenden Geschäften entschuldigt.»

«Aha! Deine Freier! Das habe ich schon auf Eekenholt zu hören bekommen. Es sollen ziemlich viele sein. Gefallen sie dir denn nicht?»

«Nein; denn ihnen gefällt nur mein Besitz, das weiß ich.»

Das Mädchen meldete, das Bad sei bereit, und Sievert saß alsbald in einer großen Holzwanne voll warmen Wassers, das die Magd von der nebenan liegenden Küche hereingeschleppt hatte.

Er fand bei der Abendmahlzeit eine ganz andere Mette vor, die ihm ihre Hausgenossin Christine Sommerfeld vorführte, welche Mettes Haushalt vorstand. Eine zierliche, kleine Frau, die flink wie ein Wiesel im Hause umherhuschte, wo jetzt wirklich alles blitzblank und ordentlich war.

Mette saß ihm an der Tafel gegenüber, und die Kerzen machten ihr schönes Gesicht wieder lebendig und weich. Sie trug keine Haube über dem «flachsigen» Haar, das sie in Flechten um den schmalen Kopf gelegt hatte. Darin blitzten drei silberne Haarnadeln mit seltsamem Zierat. Ein ausgeschnittenes Sommergewand hob die Reize der jungen Frau hervor. Frau «Stine» schnitt das Fleisch vor, und Sievert fühlte sich zwar müde von dem langen Ritt, aber ansonsten pudelwohl bei solch einem anmutigen Gegenüber. Er berichtete Mette von seiner Arbeit und daß er wirklich nicht habe aus Husum fortkönnen. Frau Stine verschwand gleich nach dem Essen in die Küche und ließ Vetter und Base allein.

Sie saßen im Wohnzimmer, und Sievert mußte von der Arbeit am Bordesholmer Altar erzählen. Sievert verschwieg ihr, daß er bereits einen neuen Auftrag bekommen habe. Doch freute es ihn, daß Mette sich für seine Arbeit begeisterte. «Es muß doch wunderbar sein, etwas so Schönes herzustellen», meinte sie, «ich will mir euer Werk bestimmt ansehen, Sievert. Dieses Werk, das dich so lange von mir fernhielt.»

«Die Brücke war doch da», sagte er lächelnd.

«Im Laufe der Zeit wurde sie zu einem so schmalen und schwankenden Steg, fast nur einem morschen Brett, daß ich mich kaum noch hinüberwagte», erwiderte die junge Frau traurig. «Über deinen Brief, den Bodo mir brachte, habe ich mich sehr gefreut. Das ist nun auch schon lange her.»

Nachdenklich sah Sievert sie über den Rand seines Bierkrugs an und trank ihn leer. Er war müde, und Mette merkte, daß ihm fast die Augen zufielen; so trennten sie sich. Mette bekam einen Kuß auf die Stirn, und Sievert fiel bald darauf wie ein Stein auf sein Lager.

Am nächsten Morgen zeigte ihm Mette voll Stolz, was sie inzwischen auf ihrem Gut geschaffen hatte, und Sievert sparte nicht an Lob. Sie ritten weit durch den Gutsbereich, und Mette zeigte ihm eine herrlich malerische Moorlandschaft, die sie sich, da das Geeststück herrenlos war, für einen kleinen Erlös in Segeberg angeeignet hatte. «Torf», erklärte sie, «unglaublich viel Torf.» Daran anschließend hatte der Gutsimker seinen Bienengarten für die Blütezeit gebracht.

Nach dem Mittagessen, als Mette mit einem Viehhöker zu tun hatte, begab ihr Gast sich in den Garten, bewunderte Mettes Blumenbeete und legte sich schließlich in den Schatten der großen Linden auf den mosigen Rasen lang hin: War das schön, sich mitten am Tag im Freien hinzustrecken und nichts zu tun! Sievert blickte zu den im leichten Wind schwankenden Zweigen mit den herzförmigen Blättern auf, schnupperte den süßen Duft der Blüten ein, lächelte vor sich hin und schlief ein.

So fand Mette ihn, da sie ihn suchte. Im Schlaf war sein Gesicht so entspannt und fast kindlich, daß Mette sich neben ihn niederkniete und ihn betrachtete. Das war fast der Sievert, der vor ihr ausgerückt war. Wie endlos lange war es her! ... Wohl zehn Jahre. Sie hatte ihn damals gerne leiden mögen, doch war er immer mürrisch zu ihr, und das hatte ihr sehr weh getan. Und jetzt war er zu ihr gekommen. Sie beugte sich über ihn und konnte dem Verlangen, ihn zu küssen, nicht widerstehen. Sie war ihm böse gewesen. Das lange Warten, seine Gleichgültigkeit. Als ihre Lippen seine Stirn berührten, wachte er auf und murmelte, er habe eben von ihr geträumt. «Aber du küßtest mich auf den Mund. Warum tust du es nicht? Es war so herrlich.»

Mette gehorchte klopfenden Herzens. Dann war sie in seinen Armen gefangen, und seine Küsse, nach denen sie sich gesehnt hatte, waren beglückende Wirklichkeit.

Alles Traurige, was zuweilen noch in ihrem Gedächtnis aufgetaucht war, entschwand. Mette Krummland empfand die Zärtlichkeiten ihres stürmischen Liebhabers wie den Sonnenstrahl, der eine lange Zeit im Schatten gewachsene Blume trifft, welche sich erst jetzt entfaltet, lebt.

Sievert erwachte am nächsten Morgen in Mettes Bett. Die Sonne stand schon hoch. Er war allein und reckte sich voll Behagen. Plötzlich erschien ihm seine Lebenskette wieder: Der klare, blaue Halbedelstein darin war verschwunden; an seiner Stelle leuchtete ein blutroter Edelstein.

Er fand seine Mette in ihrem Kräutergärtlein, wo sie sich die Würze für das Mittagessen pflückte. Nun hielt sie inne und beobachtete einen bunten, vor ihr umhergaukelnden Schmetterling. Sievert atmete tief: Wärme, Duft, Vogelgesang und mittendrin diese geliebte, anmutige Frau!

Jetzt bemerkte sie ihn und eilte ihm mit ausgebreiteten Armen entgegen. Lange hielten sie sich umschlungen. Das Kräutersträußchen lag am Boden.

Dann wandelten sie im Park umher, und ganz plötzlich fragte Sievert sie: «Wie lange brauchst du, schöne, junge Frau, um dich zur Hochzeit mit einem armen Bildhauer vorzubereiten, der nicht dein Gut heiraten möchte, sondern ausnahmsweise nur dich?»

«Ich kann es kaum glauben…»

«Daß ich deinen Besitz nicht haben will?»

«Nein, daß du ewig Abwesender mich wirklich heiraten willst.»

Sievert legte den Arm um ihre Schulter und flüsterte ihr ins Ohr: «Das muß ich als Ehrenmann schon. Denn es könnte sein, daß unser Kind schon unterwegs ist. Liebste…»

«Oh, Sievert, welch großes Glück wäre das! Aber du tust es nicht wegen des Ehrenmannes. Ich weiß es gewiß.»

Sie beschlossen, in drei Wochen zu heiraten. Sievert mußte Mette nun gestehen, daß er einen Altaraufsatz schnitzen müsse.

«Du ganz allein?» fragte sie mit glänzenden Augen.

Die beiden Glücklichen blieben noch vier Tage beieinander. Mette erzählte, daß sie im vergangenen Jahr Einladungen zu Festen erhalten habe, bei denen Heiratskandidaten auftauchten. Sie hatte durch diese Festlichkeiten, wo man sie verwöhnte, ein neues Selbstvertrauen erhalten, das dann aber meist auf die Probe gestellt wurde, indem sie bemerkte, daß die Aufmerksamkeiten weniger ihr selbst, sondern Ilefeld galten. Da war sie wieder traurig geworden. «Und ich wartete doch so sehnsüchtig auf dich, Sievert.»

«Das kann ich nicht glauben, daß diese Glücksritter nur deinen Besitz meinten. Du bist doch so anziehend, meine Mette», beschwichtigte der Bräutigam.

Sie ritten zusammen nach Hummelstedt. Dort brach große Freude aus. Hese-Meller schloß Sievert in ihre molligen Arme: «Endlich! Wir alle haben so sehr gehofft, daß du dich von deiner Schnitzerei loseisen würdest, lieber Sievert.»

«Mutter, du irrst. Jetzt geht es erst richtig los. Er soll einen Altar für ein Stift entwerfen. Gosche von Ahlefeldt, der Borghorster, hat ihn damit beauftragt.» Mette berichtete es nicht traurig. Sie war stolz auf ihren Bräutigam.

«Na, er wird ja eines Tages mit den Altären fertig werden. So viele Kirchen stehen bestimmt nicht ohne Altar, daß er sein ganzes Leben damit zu tun hätte», äußerte Bodo trocken.

Die Hochzeit sollte natürlich auf Hummelstedt abgehalten werden, und da galt es, Vorbereitungen zu treffen. Zuerst suchten sie den Pfarrer ihrer Kirche auf. Dann aber machte Sievert sich davon, um Papier zu besorgen und was sonst noch alles dazugehört; denn er war ohne alles Zubehör. Mette mußte ihm Geld leihen, da er wegen der guten Fahrgelegenheit «nackt und bloß» von Bordesholm aufgebrochen war und beim Aufbruch aus Eekenholt überhaupt nicht an Geld gedacht hatte. Auch ließ er sich in der kleinen, schönen Stadt an dem großen See beim Schneider ein Festgewand anmessen.

Und nun erst auf Eekenholt! Der erste, der von Sieverts Glück erfuhr, war natürlich Martin Klönhammer, der Saxa vor dem Stall in Empfang nahm. «Du brauchst deinen Hut nicht aufzufressen», rief er Martin zu. Der strahlte übers ganze Gesicht. «Hev ick mi dacht. Hett blots 'n beeten lang duert. Und wo ist das Papier?» Er durfte sich davon überzeugen, daß es in einer Satteltasche steckte, und es hineintragen, nachdem er den Junker beglückwünscht hatte.

Im Turm brach dann der Trubel los. Der Großvater konnte sich vor Lachen gar nicht beruhigen. «Warum bloß diese Umwege, es ist ja total verrückt!» Frau Hedwig und die Meller meinten, wenn man es überlege, sei eigentlich alles dadurch ins rechte Geleise gekommen, weil Großvater Bendix hatte einsperren lassen. Sonst wäre Sievert wohl gar nicht wiedergekommen. «Und ich hätte meinen Bendix nicht bekommen», rief Nele. Doch ihr Ehemann sagte, er hätte sie auch ohne verbeulten Schädel geheiratet.

So wurde eigentlich der Großvater als – wenn auch böser – Glücksbringer gefeiert. Was den alten Mann überaus freute. «Mitunter tut man unwillkürlich etwas und ahnt nicht, welche Folgen es hat», meinte er schmunzelnd. Dann ernst werdend: «Wir wollen unserem Herrgott danken; denn der hat die Schicksalsfäden in der Hand.»

Es ging nun alles den geplanten Gang mit einer fröhlichen Hochzeit und einer beglückenden Ilefelder Zeit, in der sich das Paar noch näherkam. Mette hatte Sievert zur Hochzeit eine schöne Fuchsstute geschenkt, damit er in Husum beweglicher wäre, falls er sie etwa – es könnte ja sein, daß er Sehnsucht nach ihr hätte – zu besuchen wünschte. Aber ehe er von seiner Frau Abschied nahm, wußten beide gewiß, daß sie sich auf ihr Kind freuen durften. «Damit du nicht so allein bist», lächelte Sievert.

Sein Entwurf lag sorgfältig zusammengefaltet in der Satteltasche, als der junge Ehemann wieder gen Norden ritt. Bendix begleitete ihn ein Stück auf Hannibal. Der Großvater hatte ihm, da er nun Familienvater sein würde, am vorletzten Abend über die Familie Scharpenberg, wonach Sievert gefragt hatte, aufgeklärt. Er wußte viel davon, weil ihm sein Vater davon erzählt hatte. «Ich weiß nicht, ob ich noch lebe, wenn du zurückkommst», sagte der Alte, angeregt durch Sieverts Erzählung, die der alte Herr ihm bei Ahlefeldts erläutert hatte.

«Das muß einer von den Scharpenbergs gewesen sein, die sich in Dänemark festsetzten», sagte der Alte, «dieser Johann von Scharpenberg, der im Auftrag des dänischen Königs Vieh stahl, tat auch nichts anderes, als was die Linower gemacht haben. Die haben dort auf zwei Hügeln, von Wasser und Gräben umgeben, ihre Burg gehabt, die kaum einzunehmen war. Das ist wohl schon 150 Jahre her. Sie waren es nicht allein, die Kaufmannszüge ausraubten, Dörfer überfielen bis nach Hamburg hin und darüber hinaus. Sie müssen damals ein Schrecken der Menschen gewesen sein.

Und wenn die Beraubten ihnen folgten, um ihnen ihr Vieh oder sonstiges Gut wieder abzujagen, erhielten sie kaum Antwort, aber höchstens Grobheiten und Schläge. Ich kann mich entsinnen, daß mein Vater erzählte, sie hätten auf einem Raubzug nach Hamburg und die umliegenden Dörfer etwa 60 Stück Rindvieh, 85 Schafe, Ziegen und Schweine gestohlen. Auf einem solchen Raubzug durch Stormarn wurde der Schaden auf 2255 Kurant Mark geschätzt. Und sie waren nicht kleinzukriegen, unsere wackeren Ahnen, mein Junge. Das müssen Kerle aus Eisen gewesen sein.»

«Hat denn dein Vater das noch mitgemacht?» erkundigte sich Sievert.

«Nein, das war alles früher. Aber es wurde von Mund zu Mund weitererzählt; denn aufgeschrieben haben die wackeren Raubritter nichts. Denen lagen das Schwert und der Morgenstern besser in der Hand als die Gänsefeder. Doch die Schreiberlinge in den Städten haben es zum Teil aufgeschrieben. Alle diese Bündnisse und Vereinbarungen gegen die Scharpenbergs, Zülens, Tralows, Ritzeraus, Brockdorfs, Westensees, Lüchows und wie sie alle hießen, die lange Finger machten.»

Vor Sieverts Augen erstand nun ein Bild mittelalterlicher Düsterheit, indessen sie aus geraubten Silberbechern Wein tranken. Der bekehrte Raubritter Claus von Scharpenberg wußte zwar nicht mehr die genauen Daten. Wußte aber, daß er von dem berüchtigten Heinerich von Scharpenberg auf Linowe abstammte.

Trotzdem sich eine Unzahl von regierenden Fürsten im Bund gegen die Räuber zusammentaten, dazu noch die Hansestädte Lübeck und Hamburg, brachten sie nicht mehr als 100 Schützen und 225 schwerbewaffnete «Reuter» zusammen. Damit waren die Räuber aber nicht zu bezwingen. Außerdem machten manche Fürsten im geheimen gemeinsame Sache mit den «Dianas foresters», wie die Lieblinge des Mondes und Dunkelritter auch genannt wurden.

Nach einer Fehde zwischen der sachsen-lauenburgischen Ritterschaft und der Stadt Lübeck wurde am 9. Januar 1321 zu Dutzow beschlossen, daß die Burgen der Ritter – darunter auch Linowe – zerstört würden und keine neuen Festen wieder an der Stelle aufgebaut werden dürften. So geschah es; doch bauten einige, darunter die Scharpenbergs, die Burgen wieder auf, und das Räuberleben wurde in noch größerem Umfang fortgesetzt. Die Scharpenbergs steckten mit Herzog Erich II. von Lauenburg unter einer Decke, und als ihnen der Boden unter den Füßen zu heiß wurde, verpfändeten sie dem Herzog Linowe und gingen mit mehreren anderen Rittern nach Mecklenburg, wo der Landesherr den Zuzug der Ritter billigte, da er im Streit mit dem dänischen König lag. Die Scharpenbergs erhielten Land und Burg Dartsing, wo sie alsbald ihre alten Lebensgewohnheiten wieder aufnahmen und es so arg trieben, daß der Mecklenburger sie aus dem Land jagte. Lüdeke von Scharpenberg vereinigte sich mit Heine Brockdorf, und die beiden nahmen wieder Linowe in Besitz. Natürlich erschien Heinerich von Scharpenberg wieder in Linowe, und sie betrieben weiter ihre «freien Künste».

Die Verbündeten gegen die Raubritter aber hatten sich gegen die

Raubnester aufgemacht und zerstörten innerhalb von zehn Tagen die Burgen Zecher, Niendorf, Borstorf, Lanken, Nannendorf, Steinhorst und Gudow. So kamen Graf Adolf von Schauenburg und die Stadt Hamburg zu dem Bündnis. Jetzt sollte der schlimmste Feind, die Scharpenbergs, lahmgelegt werden. Die hatten unterdessen, unangenehm berührt von der gründlichen Aufräumung ihres gleichgesinnten Gelichters, in Hamburg mit dem Domkapitel ihren Frieden geschlossen, indem sie demselben versprochen hatten, falls sie dereinst «zu besserem Glück» kämen, den Schaden, den sie in den Liegenschaften des Kapitels verursacht hatten, zu ersetzen. Auch hatten die Scharpenbergs sich zuvor in einem Streit mit dem holsteinischen Grafen Adolf für das Domkapitel wacker eingesetzt. Es nützte ihnen aber nichts, das Unheil zog sich über ihnen zusammen.

Ein Heer von fast 3000 Mann, geführt von den regierenden Fürsten, marschierte vor der bisher nicht besiegten Burg Linowe auf. Die Belagerung war schwierig. Erst als die Hamburger schwere Geschütze brachten, die gegen die Feldsteinmauern ununterbrochen donnerten, fiel am St. Michaelistage im Jahre 1349 die Burg in Trümmer. Sie wurde von Grund auf zerstört. Man ließ aber die Familien Scharpenberg und Brockdorf entkommen. Sie waren zum Teil mit den Belagerern versippt und verschwägert. 1354 stellten die Scharpenbergs an den Rat der Stadt Hamburg Entschädigungsansprüche wegen der Niederlegung ihrer Burg. Aber vergebens. Sie gingen in fremde Kriegsdienste.

«Wie auch Henneke von Scharpenberg im Dienst der Stadt Lübeck stand und in einem Streit der Lübecker mit Detlef Gudendorpe gefallen ist. Nach diesem Ahn hat dein Vater seinen Namen erhalten. Er war schon kein Räuber mehr, als er 1386 fiel», schloß Claus von Scharpenberg seinen Bericht. Nachdenklich trank er seinen Becher leer und fügte hinzu: «Es waren Bösewichte, unsere Ahnen, mein Junge... aber verstehen kann ich sie. Sie waren Adler, die sich mit Lust auf ihre Beute stürzten. Es war wohl nicht nur Gewinnsucht. Es war etwas anderes. Es war das Spiel mit der Gefahr, das sie reizte. Die konnten nicht anders. Ihr Zeichen war die Pfeilspitze, das tödliche Geschoß haben alle Scharpenbergs, und es leben noch viele davon, in ihrem Wappen. Der Name Eekenholt ist eine Erinnerung an den Besitz Eekenhorst, der mitsamt Nannendorf und Steinburg neben dem großen Linower Landbesitz den Scharpenbergs gehörte.»

Über diese alten Geschichten sprachen die beiden Freunde, während sie sich freuten, noch ein wenig beieinander zu sein.

«Da du einen Scharpenberg als Sohn hast, solltest du im Bilde sein, aus welch einer Räuberhöhle er abstammt; damit du dich später nicht wunderst, wenn er auf derartige Gelüste kommen sollte.» Sievert sagte es ganz ernst. Bendix war zwar etwas betroffen, doch erkundigte er sich, wie es mit den alten Wegelagerern weitergegangen sei.

«Großvater sagte, hundert Jahre nach der Zerstörung der Burg habe Volrai von Scharpenberg erst seinen großen Landbesitz mit Linowe und Wentorf, Nannendorf und was weiß ich alles an Herzog Bernhard von Lauenburg verpfändet. Um die Zeit wohl ist auch Eekenholt in Scharpenbergschen Besitz gekommen. 1470 hat Ahn Volrai den gesamten Landbesitz dort im Lauenburg-Stormarnschen an Herzog Johann IV. verkauft. Oh, es waren auch recht achtbare Herren unter ihnen, sagt Großvater. Zum Beispiel war ein Volrad Scharpenberg herzoglicher Rat. Wie auch Hartig Scharpenberg to Zeedorpe. Das war alles im vorigen Jahrhundert. Wir Eekenholter sind jedenfalls weit weg von dem eigentlichen Heimatland Lauenburg und kommen mit denen dort nicht mehr zusammen.»

«Der Alte hat mir mal erzählt, daß er in jungen Jahren am Hof des Lauenburgers gewesen ist und dort den Ritterschlag und sein schönes Schwert erhielt.» Bendix erwähnte es und verabschiedete sich jetzt, sie hielten sich einen Augenblick fest umarmt, dann trennten sie sich.

II

Bevor Sievert sich zu Modder Dörthes Haus begab, hatte er seine Ilefelder Stute Jule bei einem Kleinbauern am Rande Husums untergebracht, dem er erlaubte, das Pferd vor seinen kleinen Bretterwagen zu spannen, nur nicht als Ackerpferd zu benutzen.

So kam er mit seiner Tasche zu Fuß an und fand Meister Brüggemann und Jelke vor. Sie freuten sich herzlich über Sieverts junges

Glück. Jelke hatte sich der Einfachheit halber bei Modder Dörthe in Sywels Zimmer eingenistet; denn Sywel würde nicht wiederkommen, wie Sievert erst jetzt erfuhr. Ida wollte in ihre Heide zurück, sie erwartete ein Kind, und da wurde ihr die Arbeit hier zuviel. Außerdem wollte Sywel nun endlich seinen Meister machen und sich später vielleicht in Bremen niederlassen. Da der Herzog sich großzügig erwiesen hatte, konnte der Meister Sywel eine ansehnliche Summe auszahlen. Auch Sievert bekam seinen Anteil, der ihn überraschte, ausgezahlt.

Hans Brüggemann hatte sich zwar unter Marens Fürsorge erholt, nur hatte er immer noch starke Schmerzen im rechten Handgelenk, das geschwollen war. Das hatte ihn bei den letzten Figuren am Aufsatz schon arg geplagt. «Ich habe nicht mehr so junge Sehnen wie ihr», erklärte er, «die müssen nun etwas ausruhen.»

Modder Dörthe war froh, nicht mehr allein zu sein. Sie wäre sich ganz verloren und verlassen vorgekommen, sagte sie.

Nun war der Meister aber nach dem Abendessen begierig zu sehen, was Sievert entworfen hatte, und die drei Bildschnitzer beugten sich über seine Zeichnung. «Herr von Ahlefeldt ist mit allem zufrieden... nur ist ihm nahegelegt worden, in den Flügeln Inschriften anzubringen. Ich hatte, wie ihr sehen könnt, Figuren als Relief darin vorgesehen. Doch habe ich den Wortlaut und die Wappen aufgezeichnet... Hier!»

Der Meister meinte, mit einer schönen Schrift könne sich das recht gut machen. «Das ist etwas für Vedderke», meinte Sievert, «und das Maßwerk über der Heiligen Familie in der Mitte ebenfalls.»

In der Staffel unten hatte Sievert die Gottesmutter und die 14 Nothelfer andeutungsweise eingezeichnet, wie Ahlefeldt es gewünscht hatte.

Anderntags waren auch die drei aus der Elbgegend wieder da. Man ging wieder in die Werkstatt. Brüggemann verteilte die Arbeit und ließ Sievert die Einzelheiten genau aufzeichnen. Man brauchte sich nicht abzuhetzen. Zur Weihe des Bordesholmer Altars waren der Meister und Jelke mit anderen Husumern zusammen in der übervollen Kirche anwesend gewesen. Es hatte sich alles recht feierlich abgespielt; doch meinte Jelke, ihre kleine Feier nach Schluß der Arbeiten in Bordesholm habe er eindrucksvoller empfunden.

Der Meister hatte auch Neuigkeiten von seinem Abschlußbesuch aus Gottorp mitgebracht: Der Herzog hatte einen Sohn bekommen, Johann genannt, und Königin Elisabeth war von einer Tochter entbunden worden. König Christian hatte keine Stütze mehr am dänischen Adel, der ihm die Verurteilung des Adligen Torben Oxer zum Tode durch Bauern nicht vergessen konnte. Und wohl auch nicht das Stockholmer Blutbad. Der Wittenberger Mönch war in Acht und Bann getan, also vogelfrei. Er war vom Erdboden verschwunden. Möglicherweise sei er beseitigt worden. All das hatte der Meister in Gottorp vernommen und war froh, wieder in seiner stillen Werkstatt unter seinen ihm liebgewordenen Gehilfen zu sein. Vedderke, Diederik und Lorne Mummens waren ebenfalls wieder bei ihm. Es waren jetzt fast zuviel Gesellen. Sie hatten sich, in der Annahme, daß keine anderen Aufträge als der kleine Altar für Eckernförde mehr hereinkämen, in der Zunft in Hamburg und Lüneburg umgehört. Doch war nichts Verlockendes in Sicht gewesen. Sie wollten nicht ins Tischlergewerbe hinein. Und daran hatten sie gutgetan. Denn alsbald erhielt Brüggemann vom Kloster Börglum einen Auftrag für einen Aufsatz. Er begab sich mit Mummens und Diederik Becker dorthin, um sich die vorgesehene Stätte anzusehen und zu vermessen.

Unterdessen war Sievert eifrig mit den Figuren «seines» Altars beschäftigt. Die Tischlerarbeiten hatten die «Kistenmacher» schon fertiggemacht. Ehe noch der kleine Stiftsaltar fertig war, begann schon die Arbeit am nächsten.

Der Meister war mit Sieverts Schnitzereien zufrieden, verbesserte mit seiner geschickten Hand noch einiges an den größten Gestalten im Mittelfeld, und als der Frühling ins Land kam, konnte der Aufsatz für den Goschhof – der Name nach dem Stifter Gosche von Ahlefeldt – abgeholt werden. Sievert hatte nun den unechten Namen ganz abgelegt und ließ sich mit seinem richtigen Namen anreden.

Zur Einweihung schickte ihn der Meister nach Eckernförde, und Sievert nahm gleich Urlaub, um nach seiner Mette zu sehen, die wohl ihrer schweren Stunde entgegensah. In Eckernförde traf er außer seinem Auftraggeber auch den anderen Ahlefeldt aus dem Dänischen Wohld an, der ihn nach der Feier auf sein Gut mitnahm, auf dem er zwei Tage der Entspannung und anregender Unterhaltung, vor allem auf dem ausgestopften Bären zu Füßen des alten Großvaters, verbringen konnte. Jetzt konnte er die Schwarte, was seine Ahnen betraf, auswetzen und dem aufmerksam lauschenden Alten davon berichten. Auch unternahm Sievert mit dem liebenswürdigen Gastgeber einen ausgedehnten Ritt durch die Besitzungen der Ahlefeldts und durch die schöne Landschaft im Frühlingskleid, die an der Ostseeküste entlang besonders reizvoll war.

Mette, sehr rundlich geworden, kam ihm strahlend vor Überraschung auf dem Hof entgegen. Hier war der Frühling schon grüner als in dem windgekühlten Dänischen Wohld. Jule wieherte der Herrin freudig entgegen. Sievert sprang ab und nahm seine liebe Frau in die Arme.

Und nach vierzehn Tagen hielt Sievert einen strammen Jungen in den Armen. Es war ihm ganz merkwürdig zumute, als er das weinende Büblein an sich drückte; ein Glück, welches so funkelnd neu war, daß ihm die Augen feucht wurden. Dann gab er das kleine Bündel mit den dunklen Haaren der weisen Frau und kniete bei der blassen, jungen Mutter nieder. Er küßte ihre Wangen in stummer Dankbarkeit. Bis zur Taufe Anfang Mai, zu der die Eekenholter und Hummelstedter Verwandten erschienen, blieb er. Der Knabe erhielt den Namen Claus von Scharpenberg. Großvater war vor Freude ganz aus dem Häuschen.

Einen Tag der Stille mit seiner Mette bei einem Spaziergang durch Garten und Feld verbrachte er noch auf Ilefeld, dann wurde Jule gesattelt, und es hieß wieder Abschied nehmen. Er fiel dem jungen Familienvater schwer genug.

Er half am Börglumer Altar. Brüggemanns Gelenk war noch nicht in Ordnung, er machte nur Verbesserungen an den Arbeiten seiner Gehilfen und freute sich, was sie schon bei ihm gelernt hatten. Dieses Mal hatte der Meister selber die Entwürfe gemacht.

Sie waren zu drei Vierteln mit den Reliefs fertig, Sievert hatte gerade die Arbeiten an der Gottesmutter beendet und der Meister übernahm das Ausputzen, als die Tetenbüller eintrafen und für ihre Kirche einen Altar bestellten.

Vedderke und Diederik begannen gleich mit der «Kistenarbeit» für Tetenbüll, und die vier Bildschnitzer brachten die Börglumer Reliefs zur Vollendung.

Hans Brüggemann ärgerte sich über seine rechte Hand. Er begab sich bei Gelegenheit mit dem Hardesvogt nach Schleswig und fand in Gottorp den Heilmeister des Herzogs. Herr Josias von Damm sagte nach der Untersuchung: «Lieber Meister Brüggemann, du mußt erst einmal Schluß machen. Du hast sicher deinem Gelenk zuviel zugemutet.» Der Arzt betrachtete diese schlanke, sehnige Hand mit der harten Innenfläche, die so ein gewaltiges Werk wie den großen Altar geschaffen hatte. Es war kein Wunder, daß sie überlastet worden war.

Es paßte dem Meister gar nicht, daß er feiern mußte, er sah es aber ein. Herr Josias machte ihm einen festen Verband um das Gelenk und empfahl, daß der Husumer Sattler ihm einen engen Lederriemen nach Maß zum Zuschnallen arbeiten solle. Aber vorerst keine Arbeit mehr. Er habe ja Gehilfen. Wie es Sievert ergehe?

«Sievert ist Vater geworden, er hat im Vorjahr seine Base geheiratet, die ein großes Gut besitzt. Und ich fürchte, ich werde ihn bald verlieren, leider; denn er ist der Begabteste meiner Gesellen.»

Herr Josias lachte und war verwundert, bestellte herzliche Grüße an Sievert und erzählte von ihrem gemeinsamen Abenteuer auf Eekenholt.

Brüggemanns Befürchtungen wurden bestätigt, als Sievert sich nach Fertigstellung der Börglumer Arbeiten abmeldete, um einmal wieder seine Familie zu besuchen.

«Wenn ihr mich ganz dringend braucht, schickt mir einen Boten nach Ilefeld, dann komme ich.» Sievert zeichnete den Weg dahin auf und verabschiedete sich herzlich von dem Meister und seinen Kameraden. Besonders liebevoll von Jelke, der ihm ein rechter Freund geworden war. «Jelke und du, Lorne, ihr werdet den Altar für Tetenbüll auch ohne mich fertigstellen, im Verein mit unseren Kistenmachern. Macht ihn gut, Freunde!»

Zu Modder Dörthe, die nasse Augen hatte, sagte er zum Abschied, als er mit seinem Gepäck herunterkam: «Weine nicht, liebe Alte, ich komm ja wieder; denn ich lasse außer dem einen Kettenhemd meine gesamte Ritterrüstung bei dir.» Er steckte ihr und der jungen Magd ein Geldgeschenk zu; denn der Meister hatte ihn ausgezahlt, und Sievert kam sich geradezu reich vor.

Der Meister ließ Jelke den Altaraufsatz entwerfen, war zwar nicht mit allem einverstanden und verbesserte manches daran; denn Jelke Jansen hatte seinen eigenen Kopf, was Ausdrucksgebärden und Anordnung der Figuren anbetraf. Aber Brüggemann fand es nötig, daß jeder sich selbst in seiner Ausgestaltungsart entwickelte. Er beschloß, da er doch nicht mitarbeiten durfte, in seine Heimat zu reisen, um sich dort um seine Angelegenheiten zu bekümmern. So verging ein Jahr. Für Sievert ein Jahr voll Familienglück und Erholung an der Seite seiner Mette.

In Husum entstand derweilen der Altar für Tetenbüll. Er zeigt in der Mitte die Kreuzigung unter einem Maßwerkschleier. Dort drängt sich um den Gekreuzigten und die Schächer eine dichte Menschenfülle. Ganz vorne die ohnmächtige Maria, von Johannes gehalten. Besonders aber in den Flügeln des Schreins tauchen in den vier Reliefs die Ähnlichkeiten mit dem Bordesholmer Altar auf: der Rutenbinder in der Geißelung, in der Dornenkrönung und andere mehr. Doch ist zu bemerken, daß Meister Brüggemanns Hand hier fehlt.

Wahrscheinlich lag es auch daran, daß Jelke Jansen nicht so lange bei Brüggemann in der Lehre gewesen war wie die anderen Gehilfen. Lorne jedenfalls, der an den Flügeln arbeitete, war nicht für die drangvolle Fülle, die sich bei Jelkes Mittelfeld deutlich machte. Er setzte durch, daß seines Meisters Bemerkung, die Gruppen etwas mehr aufzulockern, eingehalten wurde.

Während in der Husumer Werkstatt Meister Brüggemanns Leute die bestellten frommen Werke herstellten, geschah es, daß es scharfe Auseinandersetzungen zwischen König Christian und dem Herzog von Schleswig, seinem Oheim, gab. Schweden, wo es dem jungen Gustav Wasa gelungen war, die Zügel in die Hand zu bekommen, hatte sich mit Lübeck verbündet. König Christian hatte es sich in den Kopf gesetzt, Dänemark als führende Handelsmacht im Ostseebereich zu sehen. Gustav Wasa hatte sich schon im Mai 1521 mit seinen Bauern gegen ihn erhoben. Jetzt wollte der König ihn niederzwingen. Aber da war Lübeck im Wege. Er mußte die Schleswig-Holsteiner zu Hilfe haben; die Gefahr, daß sein Oheim sich mit Lübeck verbinden würde, lag nahe.

Am 13. August 1522 fand ein Treffen in Bordesholm statt. König Christian und der Herzog von Schleswig waren beide schlecht gelaunt, als sie sich im dortigen Amtshaus gegenübersaßen.

Christian verlangte eine Teilnahme Schleswig-Holsteins an einem

Feldzug gegen Lübeck. Der Landmarschall Johann Rantzau lehnte es grundsätzlich ab; es gehe die Herzogtümer nichts an, was der König in seiner Eigenschaft als dänischer König mit Lübeck für Auseinandersetzungen habe. Herzog Friedrich bemerkte, er hege absolut keine Feindschaft gegen die Lübecker; denn er verstünde es, mit seinen Nachbarn in gutem Einvernehmen zu leben, und denke gar nicht daran, sich in einen dänischen Krieg verwickeln zu lassen. Es blieb dem König nichts anderes übrig, als sich in einen Vergleich einzulassen, daß die Herzogtümer Neutralität wahren würden, falls es zum Krieg mit Lübeck käme. Auch mußte er versprechen, nur gemeinsam mit dem Herzog über Adlige und Geistliche zu urteilen. Er versprach alles, was man von ihm verlangte. Als er aufbrach, knurrte er seinen Oheim jedoch finster an: «Nimm dich in acht, es könnte sonst sein, daß meine Hunde eines Tages vor deinem Gottorp bellen werden!»

Darauf fuhr er in seiner achtspännigen Kutsche davon. Direkt nach Segeberg, wo sich das Archiv der Herzogtümer befand. Er ließ es aufbrechen, untersuchte die Urkunden darin; diejenigen, die ihm lästig waren, verbrannte er, die ihm nützlich sein konnten, behielt er. Daran anschließend fuhr er nach Flensburg und verurteilte einen Ahlefeldt, ohne sich mit seinem Oheim zu besprechen.

Gustav Wasa, von den Lübeckern unterstützt, bedrohte Kopenhagen zu Wasser und steckte Helsingör in Brand. Der König fand keine Unterstützung mehr. Er hatte es mit den Adligen verdorben und war aus der katholischen Kirche ausgetreten, nicht allein, um zu beschleunigen, daß den katholischen Geistlichen die Macht genommen werde. Er gelobte den jütischen Ständen gegenüber Buße, ein mildes Regiment und Stiftungen zu machen. Man glaubte ihm nicht mehr. Der dänische Adel wollte Herzog Friedrich als Regenten haben. Sie sandten dem König einen Brief, in dem sie ihm «Treue und Mannschaft» kündigten. Der dänische Adlige Mogens Munk, der Christian den Brief bringen sollte, wagte nicht, ihn dem König zu überreichen. Er vergaß seinen Handschuh mit dem Brief darin.

Christian war, wie es seiner Natur entsprach, völlig niedergeschmettert, und obgleich viele Bürger und Bauern zu ihm standen, verlor er den Mut, um seinen Thron zu kämpfen. Unentschlossen schwankte er, was er tun solle. Schließlich gab er auf und schiffte sich mit Elisabeth, seinen drei Kindern und Sigbrit nach den Niederlanden ein. Dort wollte er seine Mitgift fordern und Hilfe erbitten. Er bekam weder das eine noch das andere. In Lier lebte er ziemlich dürftig mit seiner Familie im «Het Hof van Dennemark».

Gustav Wasa wurde im Juni 1523 zum schwedischen König gekrönt.

Herzog Friedrich war, als sein Neffe entthront wurde, gerade im Haus seines Schwiegersohnes Harmen Hoyer zu Besuch, als am 14. April 1523 eine Abordnung des dänischen Adels unter Leitung von Mogens Munk in Husum erschien und ihm die dänische Krone darbot. Der Herzog war nicht sonderlich überrascht, da er im Bilde war, wie unbeliebt sich Christian gemacht hatte. Er nahm die Krone an und begab sich mit der Abordnung nach Gottorp, wo man ihm als König Frederik I. huldigte. Der König versorgte sich mit Geld und fuhr nach Jütland, wo ihm in Viborg gehuldigt wurde. Auch Fünen leistete keinen Widerstand. Seine Hauptgegner waren die Königstreuen auf Seeland. Friedrichs Flotte lag vor Nyborg, gedeckt von den Lübeckern. In Korsör konnten sie jedoch, ohne auf Widerstand zu stoßen, an Land gehen. Die königlichen Schlösser ergaben sich, ohne einen Schuß abzugeben. Freilich, Kopenhagen mußte noch erobert werden. Dort schätzten sie den Schleswiger Herzog nicht, der nicht einmal richtig dänisch sprechen konnte, sondern nur plattdeutsch.

Es dauerte acht Monate, bis die Hauptstadt sich ergab. Erst im Jahre 1524 wurde Friedrich als König von Dänemark und Norwegen gekrönt. Was ihn besonders erfreute, war der Umstand, daß Schleswig und Holstein wieder vereinigt waren und er Herzog über beide war, wie einst sein Vater Christian I. Friede herrschte in den nordischen Reichen; denn König Friedrich verband ein freundliches Verhältnis mit dem Schwedenkönig, was noch dadurch gefestigt wurde, als sein Thronfolger Christian und Gustav Wasa zwei Töchter des Herzogs von Sachsen-Lauenburg heirateten. König Friedrich war nicht sehr oft in Kopenhagen, er regierte seine Reiche von Gottorp aus. Wolfgang von Utenhof war sein Kanzler und Johann Rantzau sein Marschall. Die Prophezeiung seines Freundes, des Astrologen Dr. Lüder Reventlow, welcher in Friedrichs Jugend behauptet hatte, der Herzog werde dereinst König werden, hatte sich bewahrheitet.

Die alte Burg Gottorp wurde nunmehr als Königsschloß umgestaltet. Ein bisher wenig benutzter Saalbau, im Süden vor der Burg gelegen, wurde in den Südflügel eingebaut, in die Königshalle, ein langer, zweischiffiger Raum mit einem erhöhten Thronsitz am Westende. Das Gewölbe wurde von sieben runden Pfeilern mit achteckigen Kapitellen getragen. Ein in seiner harmonischen Gestaltung wahrhaft königlicher Festsaal!

Außer der Umgestaltung der Burg hatte Friedrich den Plan, seiner Befreiung von seinem Unterdrücker Christian II. ein Denkmal zu setzen. Er gedachte es dem schwedischen Sten Sture, dem Älteren, der sein Land Ende des vergangenen Jahrhunderts vom dänischen Joch befreit hatte, nachzutun, indem er in Stockholm von dem Lübecker Bildhauer Bernt Notke eine große Sankt-Jürgen-Gruppe errichten ließ, welche den Heiligen in seinem Sieg über den Drachen darstellte.

Es schien König Friedrich, daß Husum mit seiner großen Marienkirche den geeigneten Platz für dieses «Denkmal» bot. Dafür kam sein Bildhauer Hans Brüggemann in Betracht; denn dieser Meister war der geeignete Künstler, um eine große Figurengruppe zu schaffen. Friedrich brauchte nur den Christophorus in seiner Kapelle zu betrachten... Ja, ja, dieser eindrucksvolle Nothelfer hatte den Herzog von Schleswig auf seinem Weg zum dänischen Königsthron beschützt. Friedrich lächelte vor sich hin, er «högte» sich; denn die «Hunde» mit ihren Kanonen, die sein Neffe vielleicht doch noch eines Tages auf Gottorp hätte losgelassen, waren zum größten Teil zahm geworden und wedelten mit dem Schwanz. Die wenigen, die sich weiterhin gegen ihn auf die Hinterbeine stellten und kläfften, weil sie zu dem geflüchteten König hielten, würde Friedrich schon noch zähmen. Der König fackelte nicht lange, um deren Besitz einzuziehen. Sein Vater hatte es auch nicht anders gemacht. Er wollte Frieden in seinen Landen haben. Der war indes fortwährend gefährdet, wenn eine Minderheit aufsässig war und hetzte.

Überflüssig wäre es zu schildern, wie sich die Husumer Kirchenherren und Geistlichen der Marienkirche geehrt fühlten ob dieser neuen Stiftung des Königs.

Der erste Schnee rieselte dünn herab. Winterstille in Ilefeld. Im Dämmerlicht des Nachmittags lagen die Wirtschaftsgebäude dunkel im Weiß der leichten Schneedecke. In den Bäumen des Gartens lärmten noch die Krähen, ehe sie zur Ruhe gingen.

Sievert von Scharpenberg saß in der warmen Stube des Hausherrn unter den Familienbildern der Krummlands an seinem Tisch und schnitzte an einem Pferdchen, daß er seinem Söhnchen zur Weihnacht schenken wollte. Mette saß daneben und stickte an einem Häubchen für ihr Töchterchen. Die Wachskerzen flackerten, und der Geruch von Bratäpfeln, die auf dem Ofen lagen, erfüllte das Gemach.

«Ich glaube, sie sind jetzt gut», meinte die Hausfrau und wollte eben eine Tonschüssel holen, als Wolf, der Hund, der noch draußen war, heftig bellte.

Ein eingeschneiter Reiter trabte auf den Hof. Ein Knecht eilte hinaus und nahm ihm das Roß ab. Gleich darauf erschien der Reisende in der Haustür. Mette eilte mit der Schüssel aus der Küche herbei. «Ist Herr von Scharpenberg zu Hause?» fragte eine tiefe Stimme. Und dann lagen sich die Freunde in den Armen, wobei Sievert auch ziemlich feucht wurde.

«Jelke Jansen! Woher kommst du bei diesem Schietwetter?»

«Aus Bordesholm, mein Sievert. Unser Meister schickt mich, du mußt uns jetzt helfen!» Jelke ging vor die Haustür und schüttelte seinen nassen Umhang aus. Frau Mette und Stine, die auch gelaufen kam, sorgten zuerst einmal für den Besuch. Dann erschien er in der Stube und sah das halbfertige Spielzeug, nahm es in die Hand und lächelte.

«Erzähl, Jelke, was ist los?» drängte Sievert.

«Laß mich erst mal Luft schnappen... aber das Pferdchen kannst du deinem Sohn zu Ostern schenken. Das wird bis Weihnachten, wofür es wohl sein soll, nichts mehr. Denn du sollst ein großes Pferd herstellen... Pu! War das ein widerlicher Ritt!»

«Jetzt wird erst mal gegessen!» Frau Mette erschien mit einer Anzahl Butterbrote auf einem Holzbricken und einem Krug Warmbier. Der Friese fiel hungrig darüber her; aber bevor er alles verzehrt hatte, wußte Sievert, welchen Auftrag Meister Brüggemann vom

König erhalten hatte, und sie freuten sich beide, daß gerade so eine Art Arbeit auf den Meister zukommen würde, die ihm mehr lag – das wußten sie – als viele Kleinarbeiten.

Jelke wollte nun zunächst die Kinder sehen. Stine brachte sie. Das kleine Mädchen war noch ein Säugling, aber der Knabe Claus war schon fix auf den Beinen und schloß zutraulich Freundschaft mit dem langen Friesen. Sie saßen um den Tisch und verzehrten die duftenden Bratäpfel. Die Kleine begann zu quengeln, und Mette trug sie hinaus, um sie zu stillen. Die junge Frau war richtig aufgeblüht in ihrem Familienglück. Nicht mehr zu vergleichen mit der «Trauerweide» von damals.

Jelke, der den kleinen Jungen auf dem Schoß hatte, sagte zum Freund: «Du weißt wohl nicht, welch einen Reichtum zu besitzt, Sievert.»

«Das weiß ich sehr wohl; denn ich habe ja früher so gelebt wie ihr anderen. Doch war ich auch dabei glücklich. Alles zu seiner Zeit, Jelke. Du wirst auch eines Tages mit einem Sohn auf den Knien dasitzen.» Sievert erhob sich, brachte den Jungen zu Stine, kam mit einer Kanne Wein wieder und schenkte die Krüge voll. «Wir wollen anstoßen auf unser Wiedersehen und auf das neue Werk unseres verehrten Meisters, bei dem ich ihm gerne helfen will.» Nachdem sie getrunken hatten, erkundigte sich Sievert, wie es eigentlich mit Brüggemanns Handgelenk stehe.

«Das ist eine merkwürdige Geschichte», erwiderte Jelke, «die ist zum Glück wieder in Ordnung. Der Meister ärgerte sich weidlich über sein Pech mit dem Gelenk und durfte lange Zeit nicht arbeiten. Wir erhielten doch damals den Auftrag, einen Altar für die Kirche von Tetenbüll anzufertigen. Der Meister übergab mir die Ausführung. Er war nicht ganz zufrieden mit meinem Entwurf und ließ noch einige gute Ratschläge zurück, dann begab er sich nach Walsrode, wo er anscheinend sein ererbtes Land verkaufte. Was er bei der Rückkehr erzählte, war folgendes: Er trug seinen breiten Lederriemen weiter, aber das Gelenk kam nicht wieder ins alte Geleis. Eine alte Frau im Dorf erzählte ihm, daß in der Heide draußen ein Schäfer sei, der ‹raten› könne.»

Sievert lachte und sagte dann: «Ja, so was soll es geben, und diese Besprechungen haben mitunter Erfolg, wie ich mal gehört habe.»

«Bei uns auf der Insel macht das eine häßliche Alte. Die hat schon manch einem geholfen. Also, unser Meister wanderte in die Heide und fand den Schäfer. Der hat erst gemeint, er wolle es versuchen, der Meister müsse nur richtig an den Erfolg glauben, sonst brauche er nicht anzufangen. Er untersuchte das Gelenk, nahm ein großes Schlachtermesser, ließ den Messerrücken unter allerlei Gemurmel über den Höcker hin und her gleiten und legte es zum Schluß stramm über die Schwellung, wo es eine Weile kalt und blank aufgedrückt blieb. Schließlich gab er dem Meister ein paar Kräuter mit, die sollten gekocht werden und dann als Flüssigkeit mit reinem Leinen eiskalt drumrum gebunden werden. Nach dreizehn Tagen solle er wiederkommen. Und was meinst du? Nach vier Wochen war das Gelenk in Ordnung!»

«Das ist großartig. Vielleicht hat das Kräutlein mehr geholfen als das ‹Raten›, meinst du nicht auch?»

«Wer weiß das? Jedenfalls ist unser Meister sehr glücklich darüber. Und jetzt will ich dir berichten, wonach du vorhin schon fragtest. Was wir inzwischen getrieben haben.» Jelke trank seinen Krug leer.

«Zunächst brachte der Meister, als er im August endlich wieder da war, eine Botschaft von Sywel mit, den er in Walsrode traf, wo er Ida und die beiden Kinder nach Bremen abholen wollte. Sywel ist Meister und hat dort einen eigenen Betrieb aufgemacht. Er fragte an, ob zwei von uns zu ihm kommen wollten. Aber daraus wurde vorerst nichts; denn es hagelte Aufträge. Wir waren noch nicht mit dem Tetenbüller Altar fertig, da kam der Meister mit einem Auftrag, einen Altar für Walsrode zu schnitzen. Du, das müssen da aber richtige Krämerseelen sein. Er hat uns den Vertrag gezeigt. Sie wollen dem Meister von der vereinbarten Summe, die schon ziemlich dürftig war, noch etwas abziehen, wenn die Tafel nicht nach ihrem Geschmack ist, und sie meinen, sie sei das Geld nicht wert. Sie sollte im Herbst fertig sein. Gut, wir haben alle darüber den Kopf geschüttelt; doch der Meister sagte, wir wollen sie gleich in Angriff nehmen, es sei sein Heimatort, und er habe diesen Auftrag nur deswegen angenommen, weil diese Kirche in seinem Leben eine Rolle gespielt habe. Er wolle ihr einen schönen Aufsatz geben. Es ist eine hübsche, kleine Tafel geworden, die wir neben dem Tetenbüller Altar fertigmachten. Zur Hauptsache der Meister selber. Idas Bruder kam und holte sie zum vereinbarten Termin ab. Dann bekamen wir den Auftrag, einige Sachen in der Bordesholmer Kirche anzufertigen. Wir waren eben dabei, als Leute aus dem benachbarten Dorf Brügge kamen und ein Retabel bestellten. Der Meister mußte abgelagertes Holz einkaufen; denn wir hatten nur noch genug für die kleinen Arbeiten in Bordesholm. Ehe er mit einem Pferd aus Brügge losritt, sagte er zu uns: ‹Ich will lieber gleich ordentlich viel kaufen; denn wer weiß, wer uns noch über den Hals kommt.› Als wenn er es geahnt hätte, daß König Friedrich einen neuen Auftrag für ihn hätte.»

«Das ist aber auch unerwartet, lieber Jelke, was habt ihr nun zunächst vor? Ich nehme an, der Meister ist zurück, da er dich geschickt hat. Also, wohl erst den St. Jürgen?»

«Du vermutest richtig. Die Kirchenältesten in Brügge scheinen nicht solche Kleinkrämer zu sein wie die Walsroder. Sie lassen dem König den Vortritt. Nun hat der Meister beschlossen, daß Vedderke und Diederik erst Sywel in Bremen helfen können, da wir für den St. Jürgen keine Kistenmacher brauchen. Sie sind schon abgereist. Werden aber wahrscheinlich, falls Sywel sie nicht mehr nötig hat, für den Brügger Aufsatz wieder nach Husum kommen. Lorne macht derweil die Bordesholmer Arbeiten fertig, und ich sitze gemütlich bei dir und soll dich mitbringen. Das wäre es.»

In Husum wurde Sievert freudig begrüßt. Der Meister war bei dem Entwurf des St. Jürgen. Er hatte noch Sieverts Pferdebilder, die sein Geselle und er in ein mutiges Springpferd abänderten, das der bereits besiegt daliegende Drache mit seinen gewaltigen Klauen von unten stützen sollte. Und oben auf dem Roß der zierlich wirkende Reiter, gleichsam als der überlegene Geist, der als Sieger das Untier bezwang, in der weit ausgestreckten Rechten das Schwert, um dem Drachen den Todesstoß zu versetzen.

Meister Brüggemann geriet in Gottorp mitten in die Umbauarbeiten. Sein König war von der Zeichnung des St. Jürgen begeistert. So etwa habe er sich das Bildwerk gedacht. «Wie hoch gedenkst du die gesamte Figur zu schnitzen, Meister Brüggemann?»

«Etwa zwei Meter, Majestät, das würde auf einem Sockel von drei Metern dem Raum des Nordschiffes der Marienkirche entsprechen. Höher darf das Gesamtwerk nicht sein, da das Seitenschiff nur neun Meter hat, eher ein bißchen weniger.»

«Richtig! Es wird sich mit den Maßen gut ausnehmen.»

Als alles Nötige vereinbart war, reichte König Friedrich dem Bildhauer die Hand: «Abgemacht, lieber Meister.» Brüggemann verneigte sich tief und bedankte sich für diesen erfreulichen Auftrag. Der König meinte, er habe es ihm ja schon angedeutet, daß er für den Meister möglicherweise noch Arbeit habe. «Ich wußte es nur noch nicht ganz genau, ob ich dir diesen Auftrag geben könnte», waren die rätselhaften Worte des Königs, der Brüggemann lächelnd entließ.

Vollzog sich in Italien die Wiedergeburt durch Abkehr von der Askese und des strengen, auf das Jenseits gerichteten Bestrebens in der Kunst zur Lebensbejahung, ja, zur körperlichen Lust, so waren in Deutschland schwerwiegende Geschehnisse zu ernst, um der Darstellung der religiösen Kunst die Tiefe zu nehmen. Immerhin ist der Stil ein neuer, die sakralen Werke werden nicht mehr beherrscht von dem mittelalterlichen Predigtton in seinem Sündenbewußtsein. Sie werden gelöster, dem natürlichen Leben mehr zugekehrt. Eben lebendiger, wirken sie auf den Beschauer weniger als These denn als Erzählung und sprechen ihn direkt an.

Während in der Husumer Werkstatt die St.-Jürgen-Gruppe unter den Händen dreier Bildhauer entstand, brodelte es in den deutschen Landen voll Unruhe und Aufruhr. Die Bauern erhoben sich gegen die Ritter: In Schwaben, Elsaß und Thüringen gab es schwere Kriege. Der Kaiser kämpfte – allerdings außer Landes – gegen Franz I. von Frankreich. Luther richtete sich gegen Erasmus von Rotterdam und die Wiedertäufer. Ein Greuel waren dem Reformator die «Bilderstürmer», welche, Luthers Eifer gegen den Prunk in christlichen Kirchen mißverstehend, die Gotteshäuser stürmten und unendlich viele sakrale Kunstwerke zerstörten. Die katholischen Geistlichen wehrten sich gegen die sich ausbreitende lutherische Lehre, die besonders in Norddeutschland meist von jugendlichen Geistlichen immer mehr Fuß faßte.

Hinzu kam bei all den Wirren, daß mancherorts das Gerücht entstand, der Weltuntergang, eine neue Sintflut oder dergleichen, stehe nahe bevor. Es solle blutiger Regen vom Himmel gekommen sein. Mißgeburten unnatürlichster Art, sich ausbreitendes Geziefer und was der Mären mehr waren. Das abergläubige Volk geriet in Furcht und Schrecken. Aber nicht nur das Volk: Kurfürst Joachim von Brandenburg, von seinem Astrologen, einem Verwachsenen, beraten, begab sich mit seiner Familie auf die Höhe des Tempelhofischen Berges, um der Sintflut zu entgehen. Die Berliner und Kölner gerieten, als sie es gewahr wurden, in Todesangst und rannten aus ihren Wohnstätten. Bei der wilden Flucht aus beiden Städten wurden im Gedränge mehr totgetrampelt als wahrscheinlich die Sintflut an Toten verschlungen hätte, wäre sie tatsächlich erfolgt.

Nördlich der Elbe ging es ruhiger zu. Besonders, was die Reformation anbetraf: König Friedrich ließ junge evangelische Geistliche predigen, stellte ihnen sogar mitunter Schutzbriefe aus. Sein Sohn, Prinz Christian, der in Hadersleben residierte, trieb dagegen die Luther-Lehre tatkräftig voran. Ebenso hielt es König Gustav Wasa in Schweden; wie auch Heinrich VIII. von England sich – zu einem etwas späteren Zeitpunkt – mit dem Papst überwarf und eine eigene Kirche gründete, in der er selbst das Oberhaupt war.

Auch in Husum predigte einer der Vikare der Marienkirche, der ein Verehrer Luthers und seiner Lehren war, diesen Glauben: Hermann Tast, ein Husumer. Bald verwiesen ihn seine vorgesetzten Geistlichen aus der Kirche. Aber Mathias Knutsen ließ Hermann Tast in seinem Hause predigen, das jedoch für den Zustrom seiner Hörer bald zu klein wurde. So verkündeten er und sein gleichgesinnter Freund und Vikar Diedrich Becker die neue Lehre unter den Linden, welche die Marienkirche umgaben. Hermann Tasts Name war bald an der Westküste bekannt; denn er predigte nicht nur in Husum, sondern auch in anderen Städten. So breitete sich der «Protestantismus» in wenigen Jahren in den drei nordischen Reichen verhältnismäßig schnell aus. Der Bischof von Schleswig, der letzte katholische Bischof, ließ es geschehen. Gottschalk von Ahlefeldt wußte, daß ein Widerstand vergeblich sein würde. Die Schleswig-Holsteiner wollten von Rom loskommen.

Anders Hans Brüggemann, der dieses treibende Geschehen mit tiefer Betrübnis wahrnahm. Er konnte sich nicht damit abfinden, konnte mit seinem starken religiösen Glauben, dem hergebrachten, nicht fassen, daß es in den Gotteshäusern keine Madonna, keine Heiligen, keine Märtyrer und keine sie verehrende Kunst mehr geben durfte. Keine Messen und Beichten. Und die Gottesmutter! Sie gehörte doch dazu! Sollte sein St. Jürgen, der herrlich aufragend im

Licht der oberen Fenster in der Marienkirche als Streiter gegen das Böse stand, auch entfernt werden? Oder der Christophorus in seines Königs Schloßkapelle? Warum duldete König Friedrich diese Ketzerlehre? Hans Brüggemann empfand Verehrung für seinen König und verstand nicht, wie er die neue Glaubensrichtung dulden konnte. Er war doch fromm; denn er hatte viel für die Gotteshäuser in seinen Landen getan. König Friedrich war doch ein weiser und duldsamer Fürst. Sah er nicht, was Luther zerstörte? Ja, duldsam... das mochte es sein. Friedrich war ein Friedensfürst, er wollte wohl keine Streitereien, wo es um seelische Dinge ging. Und es gab auch keine, außer, daß die Dithmarscher einen evangelischen Prediger aus Bremen verbrannten. Aber dabei hatten die dortigen Mönche ihre Finger im Spiel gehabt. Am längsten leistete die Lübecker Geistlichkeit Widerstand.

In Brüggemanns Werkstatt näherte sich die Arbeit ihrem Ende. Während der Meister, Sievert und Jelke an der St.-Jürgen-Gruppe arbeiteten, kam Lorenz Mummens per Schiff von Bremen, um ihnen zu helfen. Brüggemann war sehr erfreut und unterbrach seine Arbeit, um gemeinsam mit Lorne den kleinen Schrein für Brügge nach den Wünschen der Auftraggeber zu entwerfen. Lorne machte sich an die Arbeit, und der Meister war damit zufrieden. Die Kistenarbeit machten sie nach Vollendung des St. Jürgen gemeinsam. Dieser Aufsatz sollte Lornes Werk werden.

Sie waren noch nicht ganz fertig damit, als Sievert herausgeholt wurde.

Der alte Claus von Scharpenberg war gestorben, erzählte Martin Klönhammer, den Bendix eilig nach Husum geschickt hatte. Der Großvater war auf Sleipnir zur Jagd in den Wald geritten, und nach einer Stunde etwa war Sleipnir mit hängenden Zügeln und ohne seinen Reiter auf den Hof getrabt gekommen. Bendix nahm ihn in Empfang und schwang sich voll böser Ahnung hinauf, und das kluge Tier führte ihn zu der Stelle hin, wo den Alten der Herzschlag getroffen hatte. Er lag auf dem Rücken, als ob er schliefe, die Armbrust neben ihm. Der alte Eekenholter war tot.

Sievert brach sofort mit seiner Jule auf. Martins Pferd war erschöpft, er kam erst am nächsten Tag auf Eekenholt an. Alle trauerten, auch die Leute in den Dörfern, und die Kirche war bei der

Beerdigung berstend voll. Mette war von Ilefeld gekommen. Der Pfarrer sprach in warmen Worten davon, wie Claus von Scharpenberg nach einem wildbewegten Leben zu seinem Herrgott gefunden habe und in seiner Mildtätigkeit ein wahrer Christ geworden sei. Dann bewegte sich der lange Trauerzug zu der Gruft der Scharpenbergs. Sievert und Mette voran mit dem Geistlichen, dann Bendix und Nele, Hedwig von Scharpenberg und Tilde-Meller. Dahinter der lange Zug der Trauernden, auch die Rethwischs waren darunter und andere Nachbarn. Die Gutsleute von Eekenholt, die einstmals ihren Herrn gefürchtet und gehaßt hatten, schämten sich nicht, sich jetzt ihre Augen zu wischen.

Nach der Beisetzung saß die Familie noch eine Stunde im Kirchspielkrug zusammen. Sievert wollte noch für zwei Tage mit nach Ilefeld. Bendix und er saßen nebeneinander, und der Freund erklärte Sievert, daß sie in Großvaters Stube eine Abschrift von einem Nachlaß gefunden hätten mit des Alten Unterschrift und einem Siegel, daß Sievert von Scharpenberg der alleinige Erbe von Eekenholt und all seinen Ländereien und Dörfern sei.

«Gut, Bendix, es bleibt aber alles beim alten. Tu mir den Gefallen, oder wolltest du etwa nach Nordschleswig auf deinen Hof?»

«Mir ist Eekenholt ans Herz gewachsen, mein Sievert, es ist landschaftlich ungleich schöner und größer. Hoffentlich bleibst du nun bald mal auf Ilefeld bei deiner lieben Mette!»

«Ja, das werde ich, ich will nur noch meine Sachen aus Husum holen, dann ist Schluß mit der Bildschnitzerei, so wie du deine Ritterei aufgegeben hast», lächelte Sievert. Erstaunt vernahm er jetzt erst von Nele, daß Bendix sie auch einige Monate habe «sitzen lassen», natürlich wegen seiner Ritterei.

«Sein nunmehriger König brauchte Bendix anscheinend dringend für seinen Krieg mit den Anhängern des Grafen von Oldenburg, denn weiter ist Christian II. ja eigentlich nichts mehr...»

«Du irrst, Nele, er ist immerhin ein Königssohn», verbesserte Bendix sie. «Ja, ich mußte nochmals meine Ritterrüstung anziehen, um meinem Herrn zur Eroberung Kopenhagens zu folgen. Aber es gab nicht allzuviel zu tun auf Seeland. Der Einzug in Kopenhagen war dann natürlich recht prachtvoll, den hätte ich nicht versäumen mögen. Nämlich meinen Herrn Friedrich nunmehr als König einziehen zu sehen. Weißt du, was er zu mir sagte in bezug auf den ausgerückten Christiern: ‹Gottes Mühlen mahlen langsam, Ritter Bendix, aber sie mahlen.› Und darin hatte er wohl recht.»

Das glückliche Eekenholter Paar hatte inzwischen zwei Söhne, und der zweite hieß Sievert, aber nicht Scharpenberg, sondern Bendixen Retrup. «Der soll wenigstens ‹echt› werden», hatte Bendix geäußert. Sie gedachten auch des alten Claus, der nunmehr neben seiner geliebten Frau ruhte. Sie vermißten ihn alle sehr, besonders Frau Hedwig, die ihren Schwiegervater bei ihren abendlichen Unterhaltungen liebgewonnen hatte. Und wie es Frauenart ist, tuschelten die beiden Großmütter zusammen darüber, daß es wohl sein könnte, daß das kleine, rothaarige Mädchen von Ilefeld einstmals wieder einen Vetter von Eekenholt ehelichen würde.

Nachdem Brüggemann und seine Gesellen die Tafel in Brügge aufgestellt hatten und wieder in Husum um Modder Dörthes Tisch in der Küche beisammensaßen, besprachen sie, was nun geschehen solle. Aufträge waren nicht mehr eingelaufen. «Es kommen auch keine mehr», sagte der Meister, «sie werden keine neuen Kunstwerke in ihre Kirchen aufstellen wollen, soweit ich es beurteilen kann, nach dem, was man über Luthers Ansichten gehört hat. Und wir sehen es ja schon hier in Husum, daß immer mehr Menschen vom alten Glauben abfallen.» Sie waren alle wehmütig gestimmt, weil sie nun auseinandergehen würden. Der Meister fragte, was sie vorhätten? Er wolle die Werkstatt aufgeben, er habe keine Anlage für die Möbeltischlerei und in den letzten Jahren genug Mittel zusammengebracht, um in Ruhe und Beschaulichkeit das Alter abzuwarten. «Wie wollt ihr es halten, meine lieben Helfer?»

Bei Sievert war der künftige Lebensweg klar vorgezeichnet, er wollte seiner Frau auf Ilefeld die Arbeit einer Gutsherrin abnehmen, damit sie sich den Kindern widmen könnte.

Lorenz Mummens würde in Bremen bei Sywel Atynghe mit Diederik und Vedderke weiterarbeiten, wenn's sein mußte, auch Möbel tischlern. Lorne sagte das letztere mit schmerzhaft verzogenem Gesicht. Sein Vater wollte ihn zwar gerne in seiner Werkstatt haben, aber der habe vorläufig noch einen tüchtigen Gesellen.

«Willst du die Werkstatt übernehmen?» wandte sich Brüggemann an Jelke. «Nur müßtest du natürlich erst deinen Meister machen; denn ohne Meister kannst du keine Werkstatt führen.»

Sie hatten alle vor lauter Arbeit keine Zeit gehabt, um inzwischen den Meistertitel zu erwerben. Und im Umkreis eine gleichwertige Werkstatt und einen Meister zu finden war ziemlich aussichtslos. Jelke hatte darum vor, die Werkstatt des Vaters zu übernehmen, was nahelag. Der Vater wartete schon auf ihn, er wollte sich zur Ruhe setzen. «Ich denke mir, wenn ich meinen Meister gemacht habe, wahrscheinlich kunstvoll verzierte Möbel herzustellen... Und wenn unser lieber Meister mir vielleicht auch bei anfallenden sakralen Aufträgen beistehen will, wäre ich ihm sehr dankbar.» Jelke lächelte Hans Brüggemann mit seinem gewinnenden Wesen an.

«Gerne, mein Jelke. Denn auf Strand gibt es auch Kirchen. Und außerdem, Modder Dörthe, falls doch noch ein Auftrag hier eintreffen sollte, schick Jelke einen der Schiffer mit der Botschaft.»

Modder Dörthe saß ganz zusammengesunken, tieftraurig da, weil die Bildhauer sie jetzt alleine ließen. «Ja, das werde ich tun», versprach sie.

Der Meister und seine Gesellen waren ebenfalls betrübt, daß ihre gute Gemeinschaft jetzt beendet war. Der begeisterte Auftrieb bei der Arbeit am Bordesholmer Altar war nur noch einmal bei der Herstellung des St. Jürgen aufgeflackert. Jetzt war er erloschen. Sie lösten die Werkstatt auf, wovon Jelke dem Meister einen Großteil abkaufte. Ein Husumer Tischler erstand auch allerlei. Sievert nahm als Andenken eines der kleinen Hohleisen mit.

Hans Brüggemann wußte keinen besseren Ort, an dem er sich so wohl befand wie bei seiner Base Maren in Ilgrof. Sie war schon seit zwei Jahren Witfrau. Mellef Ketelsen hatte ein halbes Jahr krank zu Hause gelegen. Nun war Maren auch allein, und sie hatte den Vetter gebeten, zu ihr zu kommen. Brüggemann war dem sonderbaren Zauber der Insel Strand erlegen: dieser hohe Himmel voller Vögel, Arten, die man auf dem Festland nicht antraf. Man lebte inmitten des Naturgeschehens... und welch gewaltiges Brausen und Toben trug es oftmals an die kleinen Menschen heran. Gott war hier näher, empfand Hans Brüggemann. Und die fruchtbare Landschaft mit ihren Warften, die wie kleine Burgen über Feldern und Weiden schwebten, wenn Korn und Gras hoch standen. Gesegnetes Eiland!

So kam der Abschied von Brüggemann und Jelke heran: Sie beluden ein Segelboot mit ihren Sachen. Es war ein sehr trüber, nebeliger Herbsttag. Der Schiffer kraulte sich unter der Mütze; denn es wehte ein schwacher Wind. Modder Dörthe, Lorenz und Sievert standen mit auf der Brücke. Hans Brüggemann nahm sie nacheinander alle in die Arme und drückte sie an sich, Jelke desgleichen. Dann stiegen sie ins Boot und legten ab. Eine Weile winkten sie noch, dann wallte eine graue Schwade vorüber. Das Boot war im Nebel verschwunden.

Nachtrag

Das letzte Bild ist verblaßt. Dunst liegt über dem Gewesenen. Vierhundertsechzig Jahre sind seitdem über die Erde mit Stürmen, Wasserfluten, Feuersbrünsten und grausam zerstörenden Kriegen hinweggezogen. Was ist aus jener Zeit übriggeblieben?

Manche Leser wissen es, viele nicht. An letztere ist die nachfolgende Ergänzung hauptsächlich gerichtet.

Sehen wir uns zunächst einmal in dem ehemaligen Flecken Husum um: Den Fremden, der sich der Stadt nähert, begrüßt kein spitzer, himmelhoher Kirchturm mehr. Die schöne mittelalterliche Marienkirche wurde ohne dringende Notwendigkeit 1807 abgerissen und 1829 durch eine wesentlich kleinere Kirche im klassizistischen Stil ersetzt. Von den alten reet- oder strohgedeckten Häusern wurde ein erheblicher Teil bei einer Feuersbrunst vernichtet, danach durften die Häuser nur noch hartgedeckt werden. Es stehen in der Altstadt noch einige ansehnliche Bürgerhäuser aus etwas späterer Zeit.

Das Franziskanerkloster vor dem Tor wurde nach der Reformation von den Mönchen verlassen und später auch abgerissen. Ein Nachkomme Herzog Friedrichs, Herzog Adolf von Gottorp, ließ dort 1577 ein prächtiges Renaissanceschloß errichten, dessen vernüchterter Kern noch vorhanden ist und als Landratsamt dient. Auch das stattliche Torhaus ist geblieben.

Der Gasthof «Zum Engel» am Markt wurde niedergelegt, um dort das Rathaus zu erbauen, dessen Abbild 1892 im Renaissancestil wiedererstand.

Wenn man es richtig betrachtet, ist eigentlich nur die Aue aus der damaligen Zeit dieselbe geblieben. Sie fließt noch immer durch den Husumer Binnenhafen in die Nordsee hinaus. Und es gibt in Husum als Andenken an den großen Bildhauer, der einst hier gearbeitet haben soll, eine «Brüggemannstraße» im Norden der Stadt; Theodor Storms «graue Stadt am Meer». Ebenfalls kann man dort ein Straßenschild mit dem Namen «Langen-Harm-Straße» entdecken. Ein Gedenken für den langen Obristen Harm Hoyer, den Schwiegersohn Herzog Friedrichs.

Die große Insel Strand ist nicht mehr auf der Landkarte eingezeichnet. Eine gewaltige Sturmflut zerfetzte 1634 ihre Seedeiche,
und die «Mordsee» überflutete danach die fruchtbare Insel. Der
damalige Herzog von Gottorp ließ zwar einen Teil der Pylwormharde, der erhalten blieb, eindeichen. Zu weiteren Hilfsmaßnah-
men fehlte das Geld; so versank die ganze Beltringharde, der größte
Teil der Insel, im Meer. Die im Roman erwähnten Dörfer sind verschwunden. Was geblieben ist, sind die Inseln Nordstrand, Nord-
strandischmoor, welches das letzte Stück der Beltringsharde ist
– dort auf dem Hochmoor hausten damals arme Leute –, und die
Insel Pellworm mit ihrer uralten kleinen Kirche und der Turmruine,
die noch immer ein Seezeichen für Seefahrer darstellt. Vom Seedeich
Nordstrands aus kann der Betrachter am Horizont über die Nordsee die beiden anderen Stücke und noch die Hamburger Hallig liegen sehen, die auch dazugehörte. Erst dort zeigt sich, wie groß die
Insel Strand einst war.

Auf den Spuren der mittelalterlichen Raubritterfamilie von
Scharpenberg wäre noch ein düsteres, von alten Bäumen bestande-
nes hügeliges Gelände zu erwähnen. Das Fundament eines Rund-
turms befindet sich neben altem Wurzelwerk am Hang. Vereinzelte
Steine liegen umher. Morast hindert den Wanderer. Wenn der Früh-
ling ins Land kommt, leuchtet dieser einsam gelegene Ort hell auf:
Dicht an dicht blühen Anemonen und Himmelsschlüssel auf der
Stätte der Verwüstung. Die Feldsteinmauern der wehrtüchtigen An-
lage der Burg Linowe, die Anno 1349 unter dem Beschuß der Hamburger Kanonen fielen, befinden sich im heutigen Dorf Linau in
Gestalt von Einfriedigungen, Vorratskellern und Fundamenten der
Bauernhäuser.

Bordesholm, zwischen Kiel und Neumünster gelegen, hat das
idyllisch-dörfliche Aussehen nicht mehr. Das Augustiner-Chorher-
ren-Stift wurde nach der Reformation in eine Gelehrtenschule abge-
wandelt, aus der 1665 die Kieler Christian-Albrechts-Universität
hervorging. Nach ihrem Stifter, einem Gottorper Herzog, benannt.
Die schöne Gotikkirche aber steht noch immer dort und auch die
uralte Linde! Drinnen befindet sich weiter das herrlich angefertigte
Freigrab der Herzogin Anna von Schleswig, und Herzog Friedrich
liegt in voller Rüstung neben ihr auf dem Deckel – in Bronze gegossen. Aber nicht seine sterblichen Überreste sind dort beigesetzt wor-

den. Doch der Altar im hohen Chor ist ein Barockwerk. Von Brüggemanns Gehilfen zeugen dort einige kleine Arbeiten. Die Klosterge-
bäude von damals sind neueren Bauten gewichen. Auch der Amtssitz
des Herzogs Friedrich ist verschwunden, in welchem König Christian ihm erbost zurief, der Oheim solle sich in acht nehmen, daß
nicht eines Tages seine Hunde vor Gottorp bellen würden. Dabei sei
hier angeführt, was das weitere Schicksal Christians war: Er hatte
von den Niederlanden aus noch alle möglichen Versuche unternom-
men, um den dänischen Thron zurückzuerobern. Er trat wieder zum
katholischen Glauben über, damit seine beiden Schwäger, Kaiser
Karl V. und der Kurfürst von Brandenburg, ihm geneigt sein würden.
Einige Mittel, um ein Heer aufzustellen, erhielt Christian auch. Sie
reichten aber nicht aus; die Söldner liefen auseinander. Elisabeth,
seine Gemahlin, reiste nach England zu Heinrich VIII. und bat den
König um Hilfe. Vergebens. Sie starb bereits mit 26 Jahren. Auch ihr
Sohn Hans starb in Deutschland. Christian begab sich zu Schiff nach
Norwegen, um Anhänger zu sammeln. Als er sich darauf in Sonder-
burg auf Alsen einfand, um mit seinem Oheim zu verhandeln, wurde
er von Heinrich Brockdorf gefangengenommen und im Sonderbur-
ger Schloß bewacht. Christian erlangte nie wieder die Freiheit, er
starb als Greis in Gefangenschaft.

Was wurde nun also aus Brüggemanns und seiner getreuen Gehilfen
Werken? Der einzige Altar, der heute noch auf seinem für ihn bestimmten Platz steht, ist der Altaraufsatz in Tetenbüll in Eiderstedt,
der annähernd die Brüggemannsche «Handschrift» aufweist. Im naheliegenden Husum ist nichts mehr aus der Werkstatt des Meisters
vorhanden. Nachdem man die alte Marienkirche niedergelegt hatte,
wußte man offenbar nicht, wohin mit den großen Kunstwerken. Den
Altar eines unbenannten Meisters übernahmen die Schwabstedter in
ihre alte Feldsteinkirche über der Treene, dort steht er noch. Brüggemanns Sakramentshaus von zwanzig Metern Höhe stellte ein Gast-
wirt in seinen Garten, wo es verkam. Vorher jedoch ist die Madonna
mit den beiden musizierenden Engeln geborgen worden. Die liebliche Muttergottes mit dem Jesuskind befindet sich im Besitz der
dänischen Königsfamilie. Von den ausdrucksvollen Engeln entzückt
auch heute noch einer die Besucher eines Berliner Museums, es ist der
mit der Laute. Der andere ist verschwunden.

Das letzte großartige Werk Hans Brüggemanns in Husum, der St. Jürgen mit dem Drachen, wurde als Gerümpel auf dem Dachboden des Schlosses verstaut, wie die Husumer erzählen. Dort entdeckte ihn ein Herr aus Dänemark. Knaben, die dort spielten, hatten ihn als Zielscheibe für Schießübungen mit Pfeil und Bogen benutzt, den streitenden Reiter, der sich nicht wehren konnte. Dabei ist dem Drachentöter wohl die Nase abhanden gekommen; denn er hat eine neue bekommen, die absolut nicht zu dem strengen Gesicht paßt. Der Däne nahm sich seiner an und erhielt ihn als Geschenk. Und so blieb die schöne Gruppe erhalten und steht noch heute im dänischen Nationalmuseum in Kopenhagen in einem hellen Raum, der nicht groß genug für sie ist. Der St. Jürgen braucht in seiner breiten Ausladung Raum.

Zum Schluß steht Schleswig, die ehemalige Residenz der Herzogtümer und der preußischen Provinz. Die gewaltige Südfront des Schlosses Gottorf wächst eindrucksvoll unter den ziehenden Wolken empor. Sie wurde Ende des 17. Jahrhunderts von einem Gottorper Herzog errichtet vor den auch schon damals wohl mehrfach erneuerten drei anderen Flügeln, die den rechteckigen Hof umschließen. Das Schloß hat kaum noch Ähnlichkeit mit der alten Trutzburg mit ihren im Wasser liegenden Befestigungen. Aber die Königshalle Herzog Friedrichs ist mit der uralten Säulenreihe in der Mitte im Südflügel geblieben. Das Schloß ist heute schleswig-holsteinisches Landesmuseum, und in der Königshalle stehen an den Wänden auch zwei der kleinen Altäre, die den Brüggemannschen Stil aufweisen: der Goschhof-Altar, den Gosche von Ahlefeldt für sein Eckernförder Altenstift bestellte, und der Altar aus Brügge bei Bordesholm. Von des Meisters Hand allein jedenfalls sind sie nicht geschaffen worden.

Sein großartigstes Werk erhebt sich vor den langen Chorfenstern im Chor des Doms zu Schleswig, der Brüggemann- oder meist Bordesholmer Altar geheißen. Der Meister und seine Gesellen hatten ihn derart solide angefertigt, daß der herrliche Schreinaltar mit seinen geöffneten Flügeln unversehrt dasteht. Kein Wurmfraß befiel ihn, die Figuren haben keine auffallenden Risse bekommen. 1666, ein Jahr nachdem auch die Bordesholmer Gelehrtenschule die Pforten geschlossen hatte, ließ Herzog Christian Albrecht von Schleswig-Holstein-Gottorp den Altar im Dom zu Schleswig aufstellen, wo er wohl den würdigsten Platz hierzulande fand. Dieses berühmte Kunstwerk zieht jahraus, jahrein eine Flut von Besuchern in den altehrwürdigen Dom, wo sie in stummer Verwunderung vor ihm verharren. Einmal wurde Brüggemanns Werk noch auseinandergenommen und von seinem Platz entfernt. Im Zweiten Weltkrieg lagerte es sicher unter der Erde.

Der Stifter des Altaraufsatzes, König Friedrich I. von Dänemark, wurde 1533 im Dom zu Schleswig beigesetzt, als einziger dänischer König. Im Jahre 1552 fertigte der große Bildhauer der Renaissance Cornelis Floris in Antwerpen sein wunderschönes Grabmal an. Ursprünglich befand es sich im Chor des Doms. Und später stand ihm der Bordesholmer Altar gegenüber; doch verlegte man später das Grabmal in das nördliche Seitenschiff, wo man es heute noch bewundern kann: Auf einem prachtvollen Unterbau aus schwarzem Marmor, den Karyatiden stützen, ruht die große, aus Alabaster gefertigte Figur des Königs in vergoldeter Rüstung und Krone. Seine Hände sind im Gebet erhoben.

Nicht weit von ihm an der Nordwand ragt der Riese aus Eichenholz, der heilige Christophorus von Hans Brüggemann. Und so mag dieses Buch auch mit dem Nothelfer enden.

Quellennachweis

Appuhn, Horst: Der Bordesholmer Altar und andere Werke des Hans Brüggemann. Verlag Langewiesche, Königstein.

Appuhn, Horst: Hans Brüggemann aus Walsrode. Wolff & Co AG, Walsrode.

Appuhn, Horst: Gotische Plastik in Schleswig-Holstein. Westholsteinische Verlagsanstalt, Boyens & Co, Heide/Holstein.

Appuhn, Horst: Die Marienkirche zu Husum.

Bremer Landesmuseum für Kunst- und Kulturgeschichte: Aus dem Alltag der mittelalterlichen Stadt. Handdruck zur Sonderausstellung im April 1983.

Close, Olaf: Zeitschrift für schleswig-holsteinische Geschichte.

Freytag, Gustav: Bilder aus der deutschen Vergangenheit, Bd. II. Albrecht Knaus Verlag, Hamburg 1978.

Friedenthal, Richard: Luther. Sein Leben und seine Zeit. R. Piper & Co. Verlag, München 1982.

Hamkens, Freerk Haye: Der Bordesholmer Altar. Insel Verlag, Leipzig.

Kjersgaare, Erik und Hvidfeldt, Johann: Danmarks Historie Bd. V. Politikens Forlag, 1963.

Körner, Robert: Historische Streifzüge im Flußgebiet der Bille. Leopold Voß Verlag, 1907.

Laß, J.: Sammlung einiger Husumer Nachrichten, 1750. Verlag H. Lühr & Dircks, St. Peter Ording 1981.

Ploetz, Karl: Hauptdaten der Weltgeschichte. A. G. Ploetz Verlagsbuchhandlung, Bielefeld 1951.

Wilm, Hubert: Die gotische Holzfigur. J. B. Metzlersche Verlagsbuchhandlung, Stuttgart 1944.

Lesefutter

John Barth
Der Tabakhändler (5621)

Barbara von Bellingen
Die Tochter des Feuers (5478)

Eberhard Cyran
Der König (5638)

Fanny Deschamps
Jeanne in den Gärten
Deutsch von Uli Aumüller und
Grete Osterwald.
528 Seiten. Gebunden und als
rororo 5700
Jeanne über den Meeren
Deutsch von Uli Aumüller und
Grete Osterwald.
560 Seiten. Gebunden

Robert S. Elegant
Die Dynastie
Deutsch von Margaret Carroux.
785 Seiten. Gebunden und als
rororo 5000
Mandschu
Deutsch von Margaret Carroux.
607 Seiten. Gebunden und als
rororo 5484
Mandarin
Deutsch von Margaret Carroux.
720 Seiten. Gebunden

Pauline Gedge
Die Herrin vom Nil
Deutsch von Ulla H. de Herrera.
538 Seiten. Gebunden und als
rororo 5360
Pharao
Deutsch von Margaret Carroux und
Ulla H. de Herrera.
544 Seiten. Gebunden
(Wunderlich Verlag)

C 2271/1

Lesefutter

C 2271/1a